एक ऐतिहासिक किताब

दीप त्रिवेदी

बेस्टसेलर 'मैं मन हूँ' के लेखक द्वारा लिखित

कृष्ण की सम्पूर्ण आत्मकथा 2

मथुरा में मेरे संघर्षशील जीवन की दास्तां

रोमांचकता की हदों के पार ले जाने वाली एक दिलचस्प कहानी

दूसरा संस्करण: 2022
मूल्य: ₹399/-
भारत में मुद्रित

संकलपना, चित्रण व साज-सज्जा:
आत्मन इनोवेशन्स्
प्रकाशन का स्थान: मुंबई

ISBN 978-93-84850-39-5

www.aatmaninnovations.com

दीप त्रिवेदी

दीप त्रिवेदी एक प्रसिद्ध लेखक, वक्ता और स्पीरिच्युअल सायको-डाइनैमिक्स के पायनियर हैं जो एक व्यापक दृष्टिकोण से ना सिर्फ लिखते हैं, बल्कि विभिन्न विषयों पर वर्कशॉप्स भी कंडक्ट करते हैं। इनकी सबसे बड़ी विशेषता यह है कि इन्हें पढ़ने व सुनने-मात्र से मनुष्य में आमूल सकारात्मक परिवर्तन आ जाता है। वे अपने कार्यों द्वारा आजतक लाखों लोगों को सुख और सफलता के मार्ग पर लगा चुके हैं।

दीप त्रिवेदी ने अपने इन कार्यों द्वारा प्रकृति, उसके नियम, उसका आचरण, उसकी सायकोलॉजी और उसके मनुष्यजीवन पर पड़नेवाले प्रभाव को बड़ी ही गहराई से समझाया है। जीवन का ऐसा कोई पहलू नहीं है जिसे उन्होंने न छूआ हो। वे कहते हैं कि सायकोलॉजी के बाबत कम ज्ञान और कम समझ होना ही मनुष्यजीवन के तमाम दुःखों और असफलताओं का मूल कारण है।

वे बेस्टसेलर्स 'मैं मन हूँ', 'मैं कृष्ण हूँ', '101 सदाबहार कहानियां', 'आप और आपका आत्मा' तथा '3 आसान स्टेप्स में जीवन को जीतो' समेत कई अन्य किताबें लिख चुके हैं। उनके द्वारा लिखी गई बेस्टसेलिंग किताब, 'मैं मन हूँ' कई राष्ट्रीय एवं अंतर्राष्ट्रीय भाषाओं में प्रकाशित हो चुकी हैं। समाज में उनके असीमित योगदान के लिए दीप त्रिवेदी को साल 2018 के Times Power Men Award से सम्मानित किया गया है।

मनुष्यजीवन की गहरे-से-गहरी सायकोलॉजी पर उनकी पकड़ का अंदाजा इसी बात से लगाया जा सकता है कि मनुष्यजीवन और 'भगवद्गीता' पर सर्वाधिक वर्कशॉप्स कंडक्ट करने का रेकॉर्ड उन्हीं के नाम पर है जिसमें उन्होंने 58 दिनों में गीता पर 168 घंटे, 28 मिनट और 50 सेकंड तक एक लंबी चर्चा करी है। इसके अलावा अष्टावक्र गीता और ताओ-ते-चिंग पर भी सर्वाधिक वर्कशॉप्स कंडक्ट करने का रेकॉर्ड उन्हीं के नाम पर दर्ज है। ये सारे रेकॉर्ड्स राष्ट्रीय एवं अंतर्राष्ट्रीय रेकॉर्ड बुक्स में दर्ज हैं। साथ ही मनुष्य के जीवन, सायकोलॉजी, आत्मा, प्रकृति के नियम, भाग्य तथा अन्य विषयों पर सर्वाधिक (लगभग 12038) कोटेशन लिखने का रेकॉर्ड भी उन्हीं के नाम दर्ज है। भगवद्गीता पर उन्हे उनके सायकोलॉजिकल कार्यों के लिए ऑनरेरी डॉक्टरेट की उपाधि भी प्रदान की गई है। उनके द्वारा लोगों के रोजमर्रा के जीवन की समस्याओं पर करी गई इंटरैक्टिव वर्कशॉप्स ने सभी के जीवन में क्रांतिकारी ट्रांसफॉर्मेशन लाया है। ये तमाम वर्कशॉप्स भारत में लाइव ऑडियन्स के सामने आयोजित किये गए हैं।

दीप त्रिवेदी की खास बात यह है कि वे जीवन के गहरे-से-गहरे पहलुओं को छूते हैं और उन्हें सरलतम भाषा में लोगों के सामने प्रस्तुत करते हैं जिससे कन्फ्यूजन की कहीं कोई गुंजाइश ही नहीं बचती है। वे अपनी किताबें और वर्कशॉप्स में जिस अनोखी स्पीरिच्युअल-सायकोलॉजिकल भाषा और एक्सप्रेशन का इस्तेमाल करते हैं उससे उन्हें पढ़ने तथा सुनने वालों में उसका तात्कालिक प्रभाव भी होने लगता है और यही बात उन्हें इस क्षेत्र का पायनियर बनाती है।

इनके बारे में और अधिक जानने के लिए विजिट करें: www.deeptrivedi.com

दीप त्रिवेदी मशहूर वक्ता

दीप त्रिवेदी सायको-स्पीरिच्युअल कॉन्टेंट, आवाज, भाषा और एक्सप्रेशन का ऐसा मिश्रण प्रस्तुत करते हैं जिससे उन्हें देखने और सुनने वालों में तत्काल परिवर्तन आता है। लाखों लोग सिर्फ उन्हें सुनने-मात्र से परिवर्तित हो चुके हैं।

दीप त्रिवेदी जीवन से जुड़े हर विषय पर प्रकाश डालते हैं। उनके द्वारा लोगों के रोजमर्रा के जीवन की समस्याओं पर करी गई इंटरैक्टिव वर्कशॉप्स ने सभी के जीवन में क्रांतिकारी ट्रांसफॉर्मेशन लाया है। जीवन का ऐसा कोई पहलू नहीं है जिसे उन्होंने न छूआ हो। वे विभिन्न विषयों पर बोल चुके हैं जैसे भगवद्‌गीता, ताओ-ते-चिंग, अष्टावक्र गीता, कुदरत के रहस्य, मन के रहस्य, आत्मा के रहस्य, भाग्य के रहस्य, इत्यादि, और:

- **प्रकृति के नियम**
- **टाइम एण्ड स्पेस**
- **धर्म**
- **डीएनए-जीन्स**
- **जीवन की राह**
- **डे-स्लीप**
- **मन और बुद्धि**
- **व्यक्तित्व**
- **हीनता**
- **डर**
- **गिल्ट**
- **इन्वोल्वमेंट**
- **पक्षपात**
- **अपेक्षा**
- **स्वीकार्यशक्ति**
- **नेचरल इंटेलिजेंस**
- **पावर ऑफ ट्रान्स्फर्मे**
- **शन**
- **विवाह**
- **स्वतंत्रता**
- **भविष्य**
- **हिपोक्रेसी**
- **कोन्सन्ट्रेशन**
- **सुख और सफलता**
- **समृद्धि**
- **अच्छा-बुरा**
- **भगवान**
- **अहंकार**
- **क्रोध**
- **सेल्फ-कॉन्फिडेंस**
- **प्रेम**
- **कन्फ्यूजनप्रेम**
- **कन्फ्यूजन**

अनुक्रमणिका

कृष्ण पर रिसर्च की पूरी दास्तां ... 1

लेखक की कलम से ... 6

कहानी अबतक ... 9

अध्याय - 1 : मेरा मथुरा की राजगद्दी ठुकराना ... 11

अध्याय - 2 : जरासंध से भिड़न्त ... 46

अध्याय - 3 : मेरी शिक्षा ... 85

अध्याय - 4 : आत्मबोध ... 107

अध्याय - 5 : गुरुदक्षिणा चुकाने के लिए पंचजन से टकराना ... 142

अध्याय - 6 : मेरा रण छोड़कर भागना ... 185

अध्याय - 7 : गोमन्त की टेकड़ी में शरण लेना ... 223

अध्याय - 8 : श्रृंगलव का उद्धव को कैद करना ... 263

अध्याय - 9 : मेरा पांडवों से परिचय ... 292

अध्याय - 10 : मेरी प्राण-प्यारी का स्वयंवर ... 304

कृष्ण पर रिसर्च की पूरी दास्तां

इसमें कोई दो राय नहीं कि कृष्ण एक ऐतिहासिक व्यक्तित्व हैं, क्योंकि इतिहास के अनगिनत पन्नों में वे दर्ज हैं। यह बात मैं इसलिए कह रहा हूँ कि कई बुद्धिमान लोग ऐसे अनेक महापुरुषों के जीवन व अस्तित्व को एक खूबसूरत कहानी से ज्यादा कुछ नहीं मानते। भले ही अन्य अनेकों के मामले में यह बात सही भी है, परंतु कृष्ण के बाबत ऐसा नहीं है। सायकोलॉजिकली कहूं तो जब कहानी के सिरे व मनुष्य के व्यक्तित्व की शृंखला मिल जाए, तो फिर उस व्यक्ति तथा उसके जीवन को महज कोरी-कहानी नहीं माना जा सकता है।

तीन बातें कृष्ण के जीवन के वास्तविक अस्तित्व की गवाही पूरे जोर से देती हैं। एक, जो कहानी होती है, उसका कहानीकार एक ही होता है। ...यानी उसका सम्पूर्ण जीवन उस कहानी में ही आ जाता है। लेकिन कोई ऐसा ग्रंथ नहीं, जिसमें कृष्ण के सम्पूर्ण जीवन का वर्णन हो। कृष्ण के बाबत सबसे चर्चित, पुराना तथा लोकप्रिय ग्रंथ महाभारत है। लेकिन यह ग्रंथ हस्तिनापुर-केन्द्रित है, अत: इसकी पूरी कहानी कौरवों और पांडवों के इर्द-गिर्द घूमती है। इसमें प्राय: कृष्ण का जिक्र तभी आता है जब कृष्ण कौरवों, पांडवों या हस्तिनापुर के संपर्क में आते हैं। अत: महाभारत में ना तो कृष्ण के जन्म या बचपन की ही कोई चर्चा है, और ना ही उनके जीवन के अंतिम 36 वर्षों की कोई चर्चा ही है। परंतु उसके बावजूद यह मानना पड़ेगा कि कृष्ण का सम्पूर्ण सायकोलॉजिकल व्यक्तित्व सिर्फ महाभारत में उपलब्ध है। यह मैं इसलिए कह रहा हूँ कि भगवद्‌गीता महाभारत का ही अंश है, जो कि कृष्ण-अर्जुन के बीच संवाद के रूप में संकलित है। और इसमें कृष्ण अर्जुन को जो समझाते हैं, वह ना सिर्फ उनके जीवन का अनुभव है, बल्कि वे तमाम बातें उनके व्यक्तित्व का हिस्सा भी हैं।

इसके अलावा कहूं तो टुकड़े-टुकड़े में कृष्ण का जीवन कई ग्रंथों में उपलब्ध है, और यदि उन सबके सिरे मिला लिए जाएं तो करीब-करीब उनका सम्पूर्ण जीवन मिल जाता है। यहां यह बात विशेष रूप से समझने की है कि महाभारत के भी करीब एक लाख श्लोकों में से सिर्फ 8800 श्लोक जिसे ''जय-खंड'' के रूप में जाना जाता है, की रचना ही 3000 ई. पूर्व हुई है। ...बाकी के सारे श्लोक महाभारत में चौथी से दूसरी सदी ई. पूर्व में जोड़े गए हैं। अर्थात् कहने की जरूरत नहीं कि नब्बे प्रतिशत महाभारत भी काफी पीछे से भिन्न-भिन्न लोगों द्वारा लिखी गई है।

खैर, उसके पश्चात की बात की जाए तो महाभारत के बाद के करीब 1000 वर्षों में 15 अन्य प्रमुख ग्रंथ हैं, जिनमें कृष्ण के जीवन का उल्लेख है। लेकिन उनमें प्रमुखरूप से हरिवंश पुराण व विष्णु पुराण ही हैं, जिनमें कृष्ण के जीवन का सम्पूर्ण उल्लेख है। और यदि कृष्ण के जीवन बाबत कुछ भी लिखना या बोलना है तो ये दो ग्रंथ ही सबसे ज्यादा महत्वपूर्ण व विश्वसनीय कहे जा सकते हैं। ...फिर भी मैं आपको यहां महाभारत के अलावा पंद्रह ग्रंथों का संक्षिप्त विवरण प्रस्तुत कर रहा हूँ।

ग्रंथ का नाम	सर्वमान्य रचनाकाल
1. महाभारत	संपूर्ण एक लाख श्लोक में से मूल 8,800 श्लोक (जिसे जय खंड के नाम से भी जाना जाता है) की रचना लगभग 3000 ईस्वी पूर्व हुई तथा शेष की रचना चौथी से दूसरी सदी ईस्वी पूर्व हुई।
2. शतपथ ब्राह्मण	लगभग नवीं सदी ईस्वी पूर्व में रचित यजुर्वेद की शाखा के इस ब्राह्मण ग्रंथ में कृष्ण का वर्णन वृष्णिवंशियों के एक संघर्षशील योद्धा के रूप में हुआ है।
3. ऐतरेय आरण्यक	लगभग नवीं सदी ईस्वी पूर्व में रचित ऋग्वेद की शाखा के इस आरण्यक ग्रंथ में भी कृष्ण का वर्णन वृष्णिवंशियों के एक संघर्षशील योद्धा के रूप में हुआ है।
4. निरुक्त	महर्षि यास्क द्वारा छठी सदी ईस्वी पूर्व में रचित इस ग्रंथ में स्यमन्तक मणि का वर्णन मिलता है जो कृष्ण-कथा का एक महत्त्वपूर्ण अंग है।
5. अष्टाध्यायी	पाणिनि ने इस ग्रंथ की रचना छठी सदी ईस्वी पूर्व में की। इस व्याकरण ग्रंथ में कृष्ण तथा उसके जीवन से जुड़े कुछ शब्दों की परिभाषा दी गई है।
6. गर्ग संहिता	चौथी सदी ईस्वी पूर्व में रचित इस ग्रंथ में कृष्ण के जन्म और बाल्य-काल का विवरण मिलता है। परन्तु पंद्रहवीं शताब्दी में आकर ब्राह्मणवाद, अवतारवाद तथा पूजापाठ व कर्मकांड से जुड़ी सामग्री बड़े पैमाने पर इसमें घुसेड़कर इसे विकृत कर दिया गया। इसलिए इस ग्रन्थ के अध्ययन में सावधानी की जरूरत है।
7. जातक कथा	लगभग चौथी सदी ईस्वी पूर्व में रचित इस बौद्ध ग्रंथ के घट पंडित जातक कथा में कृष्ण का उल्लेख किया गया है।
8. अर्थशास्त्र	चौथी सदी ईस्वी पूर्व में कौटिल्य ने अपने इस प्रसिद्ध ग्रंथ में वसुदेव के पुत्र वासुदेव के रूप में कृष्ण का वर्णन किया है।
9. इंडिका	चौथी से तीसरी सदी ईस्वी पूर्व में यूनानी विद्वान मेगस्थेनिस द्वारा रचित इस ग्रंथ में सौसैंनी जनजाति के हेराक्लिस के रूप में कृष्ण का ही वर्णन किया गया है।

10. हरिवंश पुराण	दूसरी सदी ईस्वी पूर्व में उग्रश्रवा द्वारा रचित इस ग्रंथ में कृष्ण के जन्म से लेकर उसके लगभग सभी पराक्रमों का वर्णन है।
11. विष्णु पुराण	दूसरी सदी ईस्वी पूर्व में किसी अज्ञात रचनाकार द्वारा रचित यही सबसे पुराना ग्रंथ है जिसमें सर्वप्रथम कृष्ण के जन्म से लेकर मृत्यु तक का पूरा विवरण समेटा गया है।
12. महाभाष्य	दूसरी सदी ईस्वी पूर्व में पतंजलि ने इस ग्रंथ में कृष्ण का यशोगान किया है।
13. पद्म पुराण	दूसरी सदी ईस्वी पूर्व में रचित इस ग्रंथ में पाताल खंड के अंतर्गत राम के साथ-साथ प्रसंगवश कृष्ण-जन्म तथा उसकी बाललीला का वर्णन मिलता है।
14. मार्कंडेय पुराण	ईस्वी सन दूसरी से चौथी सदी में रचित इस पुराण में भी कई जगहों पर प्रसंगवश कृष्ण का नाम उल्लिखित है।
15. कूर्म पुराण	ईस्वी सन दूसरी से चौथी सदी में ही रचित इस पुराण में भी कृष्ण-बलराम सहित यदुवंशियों का वर्णन मिलता है।

अब इसमें महत्वपूर्ण बात यह कि इन ग्रंथों में भी कृष्ण के जीवन से संबंधित कई बातों में विरोधाभास है। लेकिन मैंने यह विशाल कहानी लिखते वक्त उनके जीवन की जो बातें या किस्से उनके व्यक्तित्व से मेल खाते हैं, उन्हें ही चुना है। मैं यह स्पष्ट कर दूं कि मैं एक सायकोलॉजिस्ट हूँ तथा स्पीरीच्युअल सायकोलॉजी लिखता, बोलता व जानता हूँ और स्पीरीच्युअल सायकोलॉजी का अर्थ है कि संसार में कुछ भी रहस्य नहीं, यानी कोई ऐसी बात नहीं जो जानी व कही न जा सके।

इस बात को आगे बढ़ाऊं तो भगवद्गीता एक ऐसा ग्रंथ है जिसे पढ़ते ही समझ में आ जाता है कि ये बातें किसी चेतना के शिखर पर बैठे व्यक्ति ने कही है। कोई भी स्पीरीच्युअल सायकोलॉजी का जानकार इस बात की गवाही दे देगा। और जब गीता कहनेवाला व्यक्ति इतना ज्ञाता हो तो उसका अनुभव भी तगड़ा होना ही चाहिए। क्योंकि यह स्पष्ट समझ लेना कि सायकोलॉजिकली जो कोई, जो कुछ भी कह रहा है वह उसका अनुभव है, और कहने की जरूरत नहीं कि वह अनुभव उसे जीवन से हुआ है। अर्थात् जो कोई जो कुछ भी कह रहा है, वह उसके जीवन का सार है, वही उसका व्यक्तित्व है जिसके आसपास उसका जीवन गुजरा है। सो, मैं यहां स्पष्ट कर दूं कि कृष्ण के जीवन की तमाम रिसर्च के अलावा मैंने उनके जीवन पर आधारित यह कहानी लिखते वक्त भगवद्गीता में उनके स्वयं के शब्दों में वर्णित अपने स्वभाव को ज्यादा महत्व दिया है। क्योंकि मनुष्यजीवन में सबसे ज्यादा महत्वपूर्ण उसकी स्वयं की सायकोलॉजी है, और वही यह तय करती है कि किन परिस्थितियों में कौन-सा मनुष्य क्या करेगा या उसने क्या किया

होगा। अत: किन परिस्थितियों में कृष्ण ने क्या सोचकर क्या व क्यों किया होगा, यही उनके जीवन में सबसे ज्यादा महत्वपूर्ण है। सच कहूं तो जिसके भीतर स्पीरीच्युअल सायकोलॉजी की रोशनी जल रही हो, उसके लिए तो कृष्ण का सम्पूर्ण जीवन भगवद्गीता में वर्णित ही है, बाकी तो उसे सिर्फ जीवन के सिरे मिलाने हैं। तथा यही कारण है कि मैंने इस पूरी किताब में जब भी कृष्ण ने जो अनुभव किया तथा अपना वह अनुभव उन्होंने गीता कहते वक्त अर्जुन को कहा, वे सारे श्लोक उन किस्सों के साथ जोड़ दिए हैं।

इस किताब को रिसर्च करने व लिखने में मुझे पूरे पांच वर्ष लगे, और निश्चित ही उन पांच वर्षों में मैंने और कुछ नहीं किया। सीधा कहूं तो वे पांच वर्ष मैंने सिर्फ कृष्ण व उनकी कही भगवद्गीता के साथ बिताए। ...या कहूं कि उस दरम्यान मैंने अपनी पूरी चेतना कृष्णमय कर दी थी, तो गलत नहीं होगा।

खैर, कृष्ण के जीवन बाबत ग्रंथों में की गई चर्चाओं को यदि मैं दो भागों में विभाजित करूं तो एक वे ग्रंथ हैं, जो ईस्वी सन् पूर्व में लिखे गए और जिनमें कृष्ण को एक कुशल योद्धा व एक महामानव के तौर पर वर्णित किया गया है, लेकिन तत्पश्चात् अनेक ग्रंथ ईस्वी सन् के पश्चात लिखे गए जिनमें सूरदास द्वारा रचित सूरसागर तथा प्रसिद्ध ग्रंथ भागवत् पुराण भी हैं।

तथा स्पष्ट तौर पर इन तमाम ग्रंथों के आगमन के बाद ही कृष्ण के जीवन में शृंगाररस व चमत्कारों का आगमन हुआ। होगा, मैंने तो कृष्ण को एक गुणी महामानव के तौर पर ही जाना है। सो, मैंने इस किताब की रिसर्च में पुराने व प्रामाणिक ग्रंथों का ही सहारा लिया है। हां, बीच में जहां सिरा नहीं मिला वहां सायकोलॉजिकली जो शृंखला में होना चाहिए वह किस्सा चित्रित किया है। बाद के ग्रंथ तथा उनका सर्वमान्य रचनाकाल:

ग्रंथ का नाम	सर्वमान्य रचनाकाल
1. भागवत पुराण	ईस्वी सन पांचवीं से दसवीं सदी के बीच रचित इस ग्रंथ के संपूर्ण दशम स्कंध तथा प्रारम्भिक ग्यारहवें स्कंध में कृष्ण-जन्म से लेकर यादवस्थली के लिए प्रस्थान करने तक की कथा का विस्तृत वर्णन मिलता है।
2. जैनियों का हरिवंश पुराण	ईस्वी सन सातवीं से आठवीं सदी में एक जैन संत आचार्य जिनसेन द्वारा रचित इस ग्रंथ में भी पूरी कृष्ण-कथा का विवरण उपलब्ध है।
3. गीत गोविन्द	तेरहवीं शताब्दी में जयदेव द्वारा लिखित इस संस्कृत ग्रंथ में कृष्ण-राधा के प्रेम को अलौकिक बताते हुए उनकी विभिन्न लीलाओं का वर्णन किया गया है।

4. पदावली	तेरहवीं-चौदहवीं सदी में बिहार के विद्यापति ने भागवत पुराण और जयदेव के गीत गोविन्द को आधार बनाकर राधा-कृष्ण की विभिन्न लीलाओं का वर्णन किया है।
5. सूर सागर	पंद्रहवीं शताब्दी में पुष्टिमार्ग के कवि सूरदास द्वारा रचित इस ग्रंथ में मुख्यत: कृष्ण की बाललीला का वर्णन है।
6. गुरु ग्रंथ साहेब	1469 से 1708 ई. के दरम्यान विभिन्न सिख गुरुओं द्वारा संकलित पदों में से 2492 दोहे कृष्ण की विभिन्न लीलाओं से सम्बंधित हैं।
7. प्रेम सागर	विष्णु पुराण और भागवत पुराण की कथाओं के आधार पर 1810 ई. में लल्लू लाल ने इस ग्रंथ की रचना की। इसमें कृष्ण की विभिन्न लीलाओं का अतिशयोक्तिपूर्ण वर्णन है।
8. श्री प्रेम सुधा सागर	गीताप्रेस द्वारा भागवत पुराण के दशम स्कंध को हिन्दी में अनुवाद कर इस नाम से ग्रंथ का प्रकाशन किया गया है।
9. सुख सागर	भागवत पुराण की कथा को सरल हिन्दी भाषा में माखनलाल खत्री द्वारा इस पुस्तक की रचना की गई है।

इसके अलावा कृष्ण पर लिखी एक कहानी 'मेरी आत्मकथा' से भी कुछ किस्से इसमें लिए गए हैं।

नोट: साथ ही पाठकों की सुविधा के लिए कृष्ण के जीवन का जो किस्सा मैंने अपनी किताब में वर्णित किया है, उसे किन-किन ग्रंथों से लिया गया है वह एक फूटनोट के तौर पर उसी पेज में वर्णित भी कर दिया है। मैं उम्मीद करता हूँ कि मेरा यह प्रयास तथा मेरे द्वारा लिखी गई यह रोचक कहानी आपको पसंद आएगी। और उससे भी ज्यादा महत्वपूर्ण यह कि कृष्ण के चैतन्य की ऊंचाई व उनके जीने की कला, हम सबको अपने जीवन को नई ऊंचाइयों पर पहुंचाने में सहायक सिद्ध होगी। ...बस इस उम्मीद के साथ मैं यह किताब आप लोगों को समर्पित करता हूँ।

लेखक की कलम से...

'कृष्ण' एक ऐसा व्यक्तित्व है जिसके बारे में हरकोई जानना और समझना चाहता है। लेकिन उन्हें पूरा-का-पूरा शायद ही किसी ने कभी जाना या समझा हो। जो शायद कभी किसी की समझ में नहीं आया। इतनी तो उनके व्यक्तित्व की भिन्नताएं थीं कि वे पूरे-के-पूरे कभी किसी की पकड़ में नहीं आए। फिर भी जितना प्यार कृष्ण को मिला और जिस कदर लोगों ने उन्हें दिलों में बिठाया, वह अपने-आप में एक मिसाल है। उनके व्यक्तित्व का कमाल तो यह कि कोई उन्हें प्रेमी मानता है तो कोई ध्यानी, कोई योगी मानता है तो कोई कर्मवीर। और मजा यह कि जो उनके जिस रूप को जानता या मानता है, वह उनके उस रूप का दीवाना हो जाता है। हालांकि चारों ओर हरकोई उनका दीवाना ही है, ऐसा भी नहीं है। उनके व्यक्तित्व का विरोधाभासी प्रभाव यह भी है कि जहां हिन्दू धर्म के कुछ ज्ञानियों ने उन्हें एकमात्र "पूर्ण-अवतार" माना, वहीं जैन शास्त्रकारों ने अपनी ही समझ, अपनी ही वजहों और अपने ही कारणों से उन्हें नरक में स्थान दिया। लेकिन कृष्ण का व्यक्तित्व इनमें से किसी की भी सोच का मोहताज कहां?

अब उनका व्यक्तित्व भले ही किसी अन्य की किसी सोच का मोहताज नहीं, परंतु उनका वास्तविक व्यक्तित्व समझना तो है ही। उनका जीवन जानना तो है ही। हमें यह तो जानना ही है कि कारागृह में पैदा होने व मौत के साए में पलने के बाद भी कैसे उन्होंने द्वारकाधीश की ऊंचाई पाई? यह जानना भी रोचक है ही कि राधा और उनका प्यार क्या था? क्यों राधा को उन्होंने छोड़ा? क्यों राधा जीवनभर उनकी याद में बृज की गलियों में बावरी घूमती रही? यह तो समझना ही पड़ेगा कि यह व्यक्ति क्या है जिनपर एकतरफ महाभारत जैसा विनाशकारी युद्ध कराने का इल्जाम है, और वहीं दूसरी तरफ जिन्हें भगवद्‌गीता जैसा सर्वश्रेष्ठ ज्ञान देनेवाले का गुमान भी उपलब्ध है। कृष्ण ऐसा तो कैसा विरोधाभासी व्यक्तित्व है कि जिन्हें चोर, कपटी, झूठा और छलिया कहनेवालों की भी जीवनभर कभी कोई कमी नहीं रही, तो वहीं उनके जीवन में वासुदेव, मधुसूदन, कान्हा, परमात्मा व ज्ञानी कहनेवालों की भी कभी कोई अछत नहीं रही। यही क्यों, कृष्ण ने कितने विवाह किए, उनकी कितनी संतानें थी, यह यादवस्थली क्या है, जैसे अनेक सवाल भी उनके बाबत जानने की जिज्ञासा जगाते ही हैं।

परंतु जिज्ञासा जागने के बावजूद उनके जीवन बाबत जानते कितने लोग हैं? कृष्ण के जीवन बाबत तमाम सवालों के उत्तर उपलब्ध कहां है? सो यह वर्तमान पुस्तक मैंने इसी उद्देश्य से लिखी है ताकि उनके जीवन के सभी महत्वपूर्ण पहलुओं से सबको अवगत करवा सकूं। इस हेतु मैंने कृष्ण के बाबत उपलब्ध तमाम पौराणिक ग्रंथों जैसे हरिवंश पुराण, विष्णु पुराण, शिव पुराण, श्रीमद्‌भागवत पुराण, मार्कण्डेय पुराण, कूर्म पुराण, भविष्य पुराण, महाभारत व अन्य ऐतिहासिक ग्रंथों का गहन अध्ययन किया और तत्पश्चात उनमें उल्लिखित तमाम संवादों और कथा-प्रसंगों के व्यावहारिक तथा मनोवैज्ञानिक पहलू को समझने के बाद ही यह पुस्तक लिखी है। इसमें मैंने ना सिर्फ कृष्ण के 108 वर्ष

के सम्पूर्ण जीवन तथा उसकी तमाम महत्वपूर्ण घटनाओं को समेटा है, बल्कि साथ ही इसमें मैंने कृष्ण के व्यक्तित्व को उनकी वास्तविक सायकोलॉजी के अधिकतम निकट रखने की कोशिश भी करी है। साथ ही उनकी जीवन-यात्रा को रोचकता प्रदान करने हेतु इसे मैंने एक कहानी का स्वरूप दिया है। और कहने की जरूरत नहीं कि जब कहानी है तो कई किस्सों को साहित्यिक जरूरत के मद्देनजर यथासाध्य विस्तार भी देना पड़ा है।

दरअसल मैं एक सायकोलॉजिस्ट हूँ। और एक सायकोलॉजिस्ट की निगाह से समझें तो व्यक्ति हो, उसका जीवन हो या उसके जीवन में घटनेवाली कोई भी व कैसी भी घटना हो, अंत में तो सबकुछ एक सायकोलॉजिकल शृंखला का ही अंग है। और कृष्ण का व्यक्तित्व भी अपनी तमाम महानताओं तथा जटिलताओं के बावजूद इसमें अपवाद नहीं। माना मानसिक तौर पर उन्होंने आसमान की ऊंचाइयां छूई हैं, पर फिर भी उनकी मनोदशा समझ से परे कतई नहीं है। और मेरा यह मानना है कि किसी भी घटनेवाली घटना से उसके घटित होने के कारण ज्यादा महत्वपूर्ण होते है। मनुष्य ने ''क्या किया'' यह जानने से ज्यादा महत्वपूर्ण उसने यह ''क्यों किया'' है। अत: इस पुस्तक में मैंने जितना महत्व कृष्ण के जीवन को दिया है, उतना ही महत्व उनकी मनोदशा को भी दिया है। सो मुझे यकीन है कि यह पुस्तक आपको ना सिर्फ कृष्ण के जीवन से अवगत कराएगी बल्कि उनके वास्तविक व्यक्तित्व से भी आपको रूबरू करवाएगी।

जहां तक मेरा सवाल है, तो मेरा तो जीवन ही भगवद्‌गीता ने बनाया है तथा कृष्ण व भगवद्‌गीता पूरी तरह मेरे दिल में अपनी पूरी सच्चाई के साथ स्थित हैं। लेकिन आम धारणा से अलग मेरा यह स्पष्ट मानना है कि किसी को भी भगवान बना देना उन्हें हमसे दूर कर देता है। यह कहना कि वे भगवान ही पैदा हुए थे, यह तो उनके द्वारा अपनी प्रतिभा निखारने हेतु की गई मेहनत, उनकी प्रज्ञा, उनकी क्षमता व उनकी जिज्ञासा का सरासर अपमान है। क्योंकि सच तो यह है कि यहां जो भी व्यक्ति जो कुछ भी बना है, उसमें उसकी प्रज्ञा, उसकी क्षमता व उसकी मेहनत लगी ही हुई है। बाकी तो यह कह देना बड़ा आसान है कि यह महान बना, क्योंकि उसके भाग्य में लिखा था। हो सकता है कि यह शायद आपको अपने महान न बन पाने का एक पुख्ता बहाना प्रदान कर देता हो, लेकिन सच यह है कि व्यक्ति की महानता को उसके भाग्य से जोड़कर हम उसकी प्रतिभा व मेहनत का अपमान करते हैं। इसीलिए मैंने इस किताब में कृष्ण की सीखने की कला से लेकर उनके हर एक गुण को पूरे विस्तार से प्रकट करने का प्रयास किया है। और उन्हें यथा-तथ जानना व पहचानना ही हमें उनके वे गुण सीखने में सहायता करता है। कृष्ण ने भी हर घटना और हर व्यक्ति से जीवन में सीखा है। प्रेम, ध्यान, कर्म व ज्ञान के हर शिखर उन्होंने अपनी जिज्ञासा व कटिबद्धता के सहारे ही सर किए हैं। और... यही उनके जीवन से सीखने जैसा है। ...दरअसल यह पुस्तक उनके सम्पूर्ण जीवन के साथ-साथ उनके 'कृष्ण' से 'जय श्रीकृष्ण' बनने की पूर्ण दास्तान भी अपने में समेटे हुए है। और मैं यह दावे से कहता हूँ कि हां, कृष्ण मनुष्यजाति के इतिहास के एकमात्र सम्पूर्ण व्यक्तित्व के मालिक हैं, परंतु उससे भी ज्यादा दृढ़ता से मैं यह कहता हूँ कि उन्होंने यह मुकाम अपनी लगन व प्रतिभा से पाया है। अत: मैं उनके साथ-साथ उनकी लगन और प्रतिभा को भी सलाम करता हूँ।

और जहां तक मेरा प्रश्न है, तो मैं तो उनके गुणों को अपने जीवन में उतारकर उनकी सायकोलॉजी से अपना फासला कम करने हेतु कटिबद्ध हूँ, ताकि उनकी ही तरह मुझे भी जीवन के हर मोड़ पर सिर्फ विजय हाथ लगे। मैं भी ना सिर्फ अपना जीवन उनकी तरह हंसते-गाते बिता सकूं, बल्कि उनकी ही तरह मेरा भी यह जीवन मनुष्यता के काम आए; इस बात की उनसे प्रेरणा भी ले सकूं। और मुझे यकीन है कि कृष्ण के जीवन तथा व्यक्तित्व पर आधारित यह पुस्तक आपको भी बहुत कुछ सीखने और समझने की प्रेरणा देगी। ...बस इसी उम्मीद के साथ कृष्ण की यह रोचक कहानी मैं आपको समर्पित कर रहा हूँ।

दीप त्रिवेदी

कहानी अबतक...

हार और जीत; दोनों में झूमनेवाले बहुत ही कम हुए हैं...
मैं उन्हीं में से था...!

मथुरा के एक कारागृह में पैदा होकर भी मैं पिता वसुदेव की बदौलत मौत को मात दे सका, जो मुझे उस अंधेरी-तूफानी रात में मथुरा के निकट स्थित गोकुल नामक गांव ले गए। मेरा बचपन मेरी प्यारी मां यशोदा के दुलार में बीता और बड़ा होते-होते तो मैं गोकुल में सबकी आंखों का तारा बन गया। हालांकि मेरा बचपन मामा कंस के चलते संकट व संघर्षों से घिरा रहता था, लेकिन मैं कृष्ण था - एक कर्मवीर, जिसने कभी हार नहीं मानी और हर संकट पर विजय पाई। ऐसे में संकटों को मात देना और जीतना जल्द ही मेरा स्वभाव हो गया। जब मैंने देखा कि मनुष्यता की परवाह किए बगैर इंद्रपूजा जैसी पुरानी परंपराओं का पालन हो रहा है, तब मैंने इसका पुरजोर विरोध कर इसे रुकवाया। जब भेड़ियों के झुंड ने मेरे सुंदर गांव गोकुल पर हमला किया, तब मैंने गोकुल वासियों के साथ स्थानांतरण का फैसला किया और यमुना नदी के किनारे गोवर्धन पहाड़ी के तलहटी में स्थित वृंदावन में आश्रय लिया।

बड़ा होते-होते मेरा आकर्षण कई गुना बढ़ गया और ऐसे में वृंदावन की हर गोपी के हृदय में बस एक ही नाम धड़कने लगा... कान्हा। लेकिन सबके दिलों पर राज करनेवाला... यह कान्हा, जिसके वंशी वादन ने और जिसकी मनमोहक हंसी ने वृंदावन की गोपियों पर अपना जादू बिखेर रखा था, वही कान्हा एक दिन राधा की खूबसूरती पर बुरी तरह से मर-मिटा था। और फिर वही राधा आगे चलकर मेरे जीवन का प्यार भी बनी और मेरी प्रेरणा भी। वही राधा मेरी दोस्त भी

बनी और मार्गदर्शक भी। खैर, मेरे लिए जीवन उतार-चढ़ावों से भरी एक खूबसूरत यात्रा थी, जहां कभी मैं केशी और पूतना जैसे राक्षसों का सामना करता तो कभी राधा और गोपियों संग रासलीला रचकर आनंद की पराकाष्ठा का अनुभव करता। मैंने सोचा था कि मेरा जीवन यूं ही बीत जाएगा, जहां वृंदावन का यह ग्वाला कभी गोपियों के साथ रास रचाएगा तो कभी राक्षसों का मुकाबला करेगा। लेकिन कुदरत को कुछ और ही मंजूर था। दरअसल एक अप्रत्याशित और रोचक घटना मेरे साथ तब घटी जब मामा कंस ने मुझे मथुरा में आमंत्रित किया। हालांकि मैं यह हमेशा से ही जानता था कि वे मेरे खून के प्यासे हैं, लेकिन मुझे यह नहीं पता था कि यह सबकुछ इतनी जल्दी घटित होगा। हुआ यह कि जब मैं मथुरा पहुंचा तब उन्होंने षड़यंत्र रचकर इस धरती पर से मेरा नामोनिशान मिटाने की हर संभव कोशिश की, लेकिन मैं बच निकलने में कामयाब रहा। मगर जब उन्होंने पिताजी और गोपों समेत सभी को मारने का आदेश दिया, तब कोई रास्ता न देख मुझे उनका वध करना पड़ा। क्योंकि मेरा यह हमेशा से मानना था कि जब कोई मनुष्यता के लिए खतरा हो जाए, तब उसका खातमा जरूरी है। हालांकि मैंने उसकी हत्या निःस्वार्थ भाव से ही की थी, लेकिन मुझे इसका भान था कि इससे मैं अपने जीवन को बड़े जोखिम में डाल रहा हूँ। मुझे लग ही रहा था कि मेरा जीवन यहीं समाप्त हो जाएगा, क्योंकि मुझ जैसे एक साधारण ग्वाले ने मथुरा के राजा का वध उसी की प्रजा के सामने किया था। अब उसके सिपाही क्या करेंगे? मथुरा की प्रजा की क्या प्रतिक्रिया होगी? क्या उनके राजा की हत्या करने के लिए मुझे सजा दी जाएगी? या फिर मेरे जीवन को बख्शा जाएगा...?

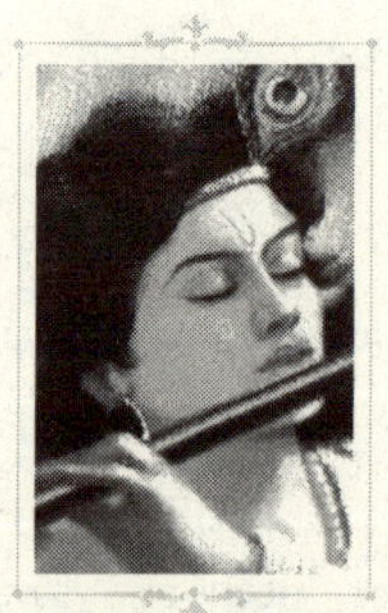

अध्याय - १

मेरा मथुरा की राजगद्दी ठुकराना

उधर पूरे प्रांगण में अब भी खलबली मची हुई थी। कुछ लोग तो मारे भय के घर लौटने लगे थे पर बाकी लोग उत्सुकतावश अब भी डटे हुए थे। सबकुछ ठीक होता देख मैं भी काफी हद तक निश्चिंत हो गया था। और कहने की जरूरत नहीं कि निश्चिंत होते ही गुस्ताख निगाहें एकबार फिर रुक्मिणी से जा टकरायी। अब तक वह भी सामान्य हो चुकी थी। और सच कहूं तो शांत रुक्मिणी बहुत प्यारी लग रही थी। मैं उसकी इस भोली शक्ल पर ऐसा फिदा हुआ कि हाथ हिलाते हुए उसका अभिवादन कर बैठा। और आप मानेंगे नहीं कि प्रत्युत्तर में उसने भी खड़े होकर मुस्कुराते हुए हाथ हिलाया। मैं तो पागल हो गया। मुझे राजकुमारी से ऐसे प्यारे प्रत्युत्तर की उम्मीद नहीं थी। मारे खुशी के ऐसा तो झूम उठा कि पांव जमीन पर पड़ने ही बंद हो गए। ...लेकिन क्या बताऊं, मेरी यह खुशी ज्यादा देर टिक नहीं पाई। क्योंकि तभी वहां आए रुक्मी ने यह नजारा देख लिया। पता नहीं क्यों रुक्मिणी द्वारा मेरा अभिवादन करना उसे पसंद नहीं आया। उसने रुक्मिणी का हाथ पकड़कर उसे वापस बिठा दिया। मुझे रुक्मी का रुक्मिणी पर, ...अपनी रुक्मिणी पर यह जबरदस्ती करना अच्छा नहीं लगा। मैं उदास हो गया। सच कहूं तो रुक्मी के व्यवहार ने मुझे यह पक्का एहसास करा दिया कि अभी रुक्मिणी मेरी नहीं। ...अभी मैं इस सदमे से उभर पाऊं, उससे पहले एक और झटका लग गया। अचानक सेनापति को क्या सूझी कि वे स्वयं कड़ी सुरक्षा के बीच राजमहल की महिलाओं, राजकुमारियों तथा युवराजों को राजमहल ले गए। अफसोस यह कि साथ में रुक्मिणी भी चली गई। यानी सेनापतिजी ने मेरा एहसास और पक्का करा दिया। बस मैं इस खचाखच भरे प्रेक्षागृह में दुखी मन से जाती हुई अपनी सपनों की रानी को निहारता रह गया।

खैर! उसके जाते ही मैं पूरी तरह प्रांगण में आ गया। यह भी मेरे मन की एक अद्‌भुत विशेषता थी जो एक रंग से दूसरे रंग में आने में क्षणभर नहीं लगाता था। यूं भी आज यह गुण बड़ा महत्त्वपूर्ण था। पल-पल बदलती परिस्थिति व तेजी से घट रही घटनाओं पर पैनी नजर बनाये रखने हेतु एक इसी गुण का आसरा था। बस रुक्मिणी प्रस्थान के साथ ही मैं पूरी तरह होश में आ गया, और होश में आते ही मैं पूरी तरह सावधान भी हो गया। अब इतने बड़े राजा के हितैषी भी तो जरूर होंगे जिन्हें मेरा "कंस-वध" करना अच्छा नहीं लगा होगा। कहीं ऐसा न हो वह कंस की मौत का बदला लेने हेतु मुझ पर हमला बोल दे। यानी मैं चाहूं-न-चाहूं एक और संघर्ष की तगड़ी संभावना बनी ही हुई थी। और निश्चित ही ऐसे में राजकीय-दीर्घा में रुकना सुरक्षित नहीं कहा जा सकता था। बस यह विचार आते ही मैं तुरंत भैया के साथ राजकीय-दीर्घा से पलायन कर सामान्य दीर्घा के सामने जाकर खड़ा हो गया। दौड़ तो ऐसी लगाई थी मानो मौत ही आ गई हो। आ ही सकती थी, क्योंकि कोई भी अप्रत्याशित हमला राजकीय-दीर्घा में ही हो सकता था। सीधे तौर पर कंस के अधिकांश हितैषी यहीं मौजूद थे। इससे तो मैं प्रजा के मध्य ज्यादा सुरक्षित था। वैसे रहूं कहीं भी पर पूरी तरह सुरक्षित नहीं था... यह भान भी बना ही हुआ था। नजारा ऐसा था कि मैं सामान्य प्रेक्षागृह में आम जनता के बीच खड़ा था। हर कोई मुझे विस्मय भरी निगाहों से निहार रहा था। वैसे यहां से भीड़ लगातार कम होती चली जा रही थी। एक समय खचाखच भरे इस प्रांगण में इस समय आराम से आवक-जावक संभव थी। दूसरी ओर अब तक राजकीय-दीर्घा तो करीब-करीब खाली हो चुका था। खाली तो दूर से ही वहां पड़ा कंस का सिहांसन भी नजर आ रहा था। हां, बीस-तीस

हथियारबद्ध सिपाही अवश्य उसके आस-पास अब भी चहल-कदमी कर रहे थे। करने दो, यहां नहीं आ रहे तब तक कोई खतरा नहीं। कुल-मिलाकर मेरी निगाहें अब भी लगातार "राजकीय-प्रेक्षागृह" पर ही बनी हुई थी। मैं वहां की हर छोटी-से-छोटी गतिविधि पर लगातार नजर रखे हुए था। तभी कंस की दोनों पत्नियां अस्ति व प्राप्ति यानी मेरी मामियां कंस की लाश के पास आकर विलाप करने लगी। उन बेचारियों का मातम लाजमी ही था व उससे मुझे कोई खतरा भी न था। हां, यह बात अलग थी कि उनका रोदन बड़ा ही व्यापक था। उनमें से प्रथम रानी तो विलाप करते-करते ही बोल पड़ी- आप इतने बलिष्ठ, बलवान व श्रेष्ठ थे, आप कैसे मर गए? आपने हमें इतना प्रेम दिया था कि अब हम अनाथ व विधवा बनकर कैसे जीयेंगे? आप जो हमें परम सुख देकर पाल रहे थे, अचानक हमें दीनता का जीवन व्यतीत करने के लिए अकेले क्यों छोड़ गए? ...यह तो ठीक पर उधर प्रथम को इस तरह विलाप करते देख दूसरी से भी नहीं रहा गया। वह तो और जोर से दहाड़े मारते हुए बोली- आपके प्रेम में कमी क्यों आ गई? आप हमें साथ क्यों नहीं ले गए? भला अब हम जीकर क्या करेंगे?

इधर सच कहूं तो घटनायें यहां इतनी तेजी से घटी थी कि मामियों का विलाप देख मुझे पहली बार पक्का यकीन हुआ था कि सचमुच मेरे हाथों "महाराज कंस" का वध हो गया है, वरना तो रह-रहकर अब भी मुझे यह सपना-सा ही भास रहा था। स्वाभाविक तौर पर एक अठारह वर्षीय लड़के के हाथों अपने महाराज का वध हो जाना कोई सामान्य घटना तो थी नहीं? वृन्दावन का एक साधारण-सा ग्वाला जिसका पूरा गांव ही कंस की दी हुई गाय-भैंसों से पलता हो... उसके हाथों अपने शक्तिशाली राजा की हत्या हो जाना, बात तो हर दृष्टिकोण से चौंकाने वाली ही थी। यह भी ठीक पर इस समय तो मामियों के रोदन ने मुझे पूरी तरह चौंका के रख दिया था। सच तो यह है कि उनके इस लगातार के रोदन ने मुझे एक नई ही चिंता में डाल दिया। मेरा माथा चकराने लगा। ...अचानक मेरे जहन में लोहिता की लाश पर विलाप करती हुई उसकी पत्नी की याद ताजा हो गई, आपको भी याद होगा कि जिसके विलाप ने भीड़ को बुरी तरह उकसा दिया था। यह भी मैं अच्छे से जानता था कि भीड़ साधारणतः कमजोर सहानुभूति का शिकार होती ही है, और ऐसे में अक्सर वह बगैर सोचे जल्दी ही उस ओर झुक भी जाती है जिस पर संकट आया होता है। और निश्चित ही इस समय संकट मामियों पर आया था। यही नहीं, दुर्भाग्य से इस समय मैं भी भीड़ के साथ ही खड़ा हुआ था। कुल-मिलाकर अजब हालत हो गई थी मेरी। कंस की हत्या होते तो हो गई थी, लेकिन इस समय मैं स्वयं को कहीं सुरक्षित नहीं पा रहा था। मेरे लिए न तो राजकीय-प्रेक्षागृह सुरक्षित था और ना ही सामान्य जनता का यह प्रांगण। ...तभी तो कहते हैं कि अपने से बड़े बिल में घुसने से पहले हजार बार सोच लेना चाहिए।

खैर! आखिर कोई आसरा न देख मैंने तुरंत दूर खड़े ग्वालों को अपने पास बुला लिया। सोचा, संकट की इस घड़ी में दो से चार भले। दूसरी ओर भैया को कोई चिंता नहीं थी। वे तो जहां मैं जाता वहां लहराते हुए साये की तरह मेरे पीछे-पीछे चले आते थे। वैसे भी उनके लिए कुछ सोचने-समझने से ज्यादा आसान बल-प्रयोग ही था, होगा। ...वैसे इस समय वह भी अति महत्त्वपूर्ण था। यहां की परिस्थितियों में उसकी आवश्यकता कभी भी पड़ सकती थी; खासकर यह देखते हुए

कि उधर मामियों का रोदन अब भी चालू था। निश्चित ही वे दोनों काफी दुखी नजर आ रही थीं। कंस की पत्नियां होने के नाते उनका दु:ख लाजमी भी था। लेकिन यहां उनका बढ़ता दु:ख मेरे लिए चिंता का विषय बनता जा रहा था उसका क्या? सच कहूं तो मुझे तो इस समय क्या करूं-क्या-न-करूं कुछ समझ में नहीं आ रहा था; और उधर मामियों के आंसू थे जो रुकने का नाम ही नहीं ले रहे थे। यहां तो उल्टा समय के साथ उनका रोदन बढ़ता ही चला जा रहा था। तभी एक रानी बिलखते हुए बोली- आप हमेशा मुलायम बिस्तर पर सोते थे, आज जमीन पर लेटे हुए आपको कष्ट नहीं हो रहा है? इतना कहते-कहते वह और जोर से दहाड़ें मारकर रो पड़ी। अब "मरे" को बिस्तर क्या व जमीन क्या? व्यर्थ का रोदन कर भीड़ को भावुक कर रही है। अभी यह सब सोच मैं "झल्लाना" शुरू ही हुआ था कि तभी रोते हुए कंस की माताजी भी वहां आ पहुंची। यानी मुसीबत थमने का नाम ही नहीं ले रही थी। मां का दर्द भी निराला था। वह तो अपने पुत्र की लाश देखकर बार-बार मूर्छित हो रही थी। बीच-बीच में गलती से होश में आती तो भी "हाय मेरा पुत्र"...हाय मेरा पुत्र कहकर चिल्लाती हुई फिर बेहोश हो जाती। यह भी खूब रही, यानी कुल-मिलाकर समस्या सुझलने की जगह और उलझती जा रही थी। और मजे की बात यह कि समस्या देने वाले सब थे मेरे रिश्तेदार ही। अब कंस की मां मेरी नानी ही हुई न... वहीं कंस की पत्नियां भी मेरी मामियां ही हुईं; यानी मेरी जान पर बन आई थी मेरे ही रिश्तेदारों के कारण। समझ नहीं आ रहा था कि पहली बार दर्शन होने की खुशी में नानी को प्यार करूं, उनके आशीर्वाद लूं या फिर उनपर क्रोध करूं? समझ में तो यह भी नहीं आ रहा था कि भला ऐसे दुष्ट पुत्र के लिए इतना विलाप क्यों? अरे मेरी प्यारी नानी! ...बस करो। समझ नहीं आता कि इससे तुम्हारे नाती पर संकट गहरा जाएगा? याद करो मेरी प्यारी नानी, इसी ने आपके पति व मेरे नानाजी को वर्षों से कैद कर रखा है। ...फिर भला आप उसके लिए विलाप क्यों कर रही हैं? खैर, अब यह सब बातें नानी को कौन समझाये? निश्चित ही मेरी यह सारी बातें मन में ही चल रही थी, नानी तक तो जाया नहीं जा सकता था; वहां तो जान पर और भी गहरा संकट था। मैं भी कैसा दुर्भाग्यशाली हूँ; आज नानी के पहली बार दर्शन हुए भी तो किन हालातों में? वैसे तो मामियों को भी आज पहली बार ही ध्यान से देखा था। वे दोनों थी भी सगी बहनें व लगती भी थी, ना सिर्फ शक्ल से बल्कि अपने रोदन से भी। होगा, सबसे बड़ा अजूबा तो यह कि रिश्तेदारों की इन मुलाकातों में आज मेरी मामा कंस से भी पहली व अंतिम मुलाकात हो ही चुकी थी। अर्थात् अठारह वर्ष बीत जाने के बाद आज अपने अंतरंग रिश्तेदारों से कैसे और किस हाल में मुलाकात हो रही थी! वाह री कुदरत और ...वाह रे तेरा यह "कृष्ण"!

खैर! सौ बातों की एक बात यह कि इस समय नानी और मामियों का रोदन मेरी जान का शत्रु बनता जा रहा था। उनका यह लगातार का रोना-धोना कभी भी मथुरा में मेरे खिलाफ वातावरण खड़ा कर सकता था। यूं भी भीड़ हमेशा से भावुक रही है; वह भावनाओं में अच्छे-बुरे का भान भुलाकर कुछ भी कर गुजरने के लिए मशहूर ही है। वहीं यह भी सत्य है कि इन पागल भावुकों के कारण ही इतने उपद्रव होते हैं। उससे बड़ा सत्य यह है कि मनुष्य या तो भावुक हो जाता है, या क्रूरता पर उतर आता है; मध्य में रहना उसे आता ही नहीं है। मैंने भगवद्गीता में अर्जुन से यही तो कहा था, *"जो अत्याचारी और क्रूर है वह तो पापी है ही, और मैं उनका विनाश अवश्य करता हूँ।*

...लेकिन याद रख अर्जुन! जो भावुक हैं वे भी पापी हैं; फर्क सिर्फ इतना है कि वे अपना विनाश स्वयं करते हैं[३८]।" ...आपको याद ही होगा कि उस क्षण अर्जुन भी भावनाओं में बहकर स्वयं का विनाश करना चाहता था। तभी तो मैंने उससे कहा था कि *"तू सब ओर से स्पृहा रहित और ममता रहित हो जा। क्योंकि जो ममता कर्म के आड़े आ जाए, वह दो-कौड़ी की होती है[३९]।"* मैंने "भगवद्गीता" में जो कुछ कहा था, वह मैंने जीवनभर अनुभव किया था। तभी तो कहता हूँ "गीता" और कुछ नहीं मेरे जीवन के अनुभवों का सार है। आप तो जानते हैं कि हर परिस्थिति, हर घटना, हर व्यक्ति से सीखना, उस पर चिंतन करना, और फिर उसका विश्लेषण करना यह सब मेरा स्वभाव था। ...और इस लिहाज से भगवद्गीता और कुछ नहीं बस जीवन के मेरे उन सारे अनुभवों का निचोड़-मात्र थी। मेरी सीखने-समझने की आदत का आलम तो यह था कि मामियों का रोदन भी मुझे बहुत कुछ सिखा रहा था। निश्चित ही इस समय मामियों के रोदन व उनकी बातों से स्पष्ट था कि मनुष्य कितना ही दुष्ट क्यों न हो, वह अपने आस-पास के कुछ लोगों से प्यार अवश्य करता है। स्वाभाविक तौर पर वह जिनसे प्यार करता है उनसे अच्छा व्यवहार भी करता ही है। ...यानी दुष्टतम मनुष्य में भी कहीं-न-कहीं मनुष्यता तो जीवित रहती ही है। निश्चित ही उसी तर्ज पर कंस का भी मामियों से व्यवहार अच्छा ही रहा होगा, तभी तो मामियां इतनी दुखी हो रही थीं। अर्थात् दुष्टों के भी चाहने वाले तो होते ही हैं। इसका अर्थ यह भी हुआ कि एक मनुष्य का दूसरे मनुष्य से संबंध उनके आपसी व्यवहार पर निर्भर करता है; उसके जीवन के कर्मों या उसके व्यक्तित्व से किसी को कुछ लेना देना नहीं। परंतु मेरी दृष्टि में यह गलत है। कायदे से तो एक मनुष्य का दूसरे मनुष्य से संबंध उसके वास्तविक व्यक्तित्व पर निर्भर होना चाहिए। यदि कंस दुष्ट है ...तो दुष्ट है; फिर भले ही उसका मामियों के साथ का व्यवहार अच्छा हो तो भी कायदे से मामियों को कंस से नाराज ही रहना चाहिए। मेरा तो मनुष्यों से संबंध कभी भी उसका मेरे प्रति व्यवहार कैसा है उस पर निर्भर नहीं रहा। मैंने तो हमेशा सम्पूर्ण मनुष्यता के साथ उसका क्या व्यवहार है, उसी को तवज्जो दी। और होना भी यही चाहिए।

खैर, वहीं एक और चीज जो मैं इस समय समझ रहा था वह यह थी कि कभी कोई व्यक्ति अकेला नहीं मरता, उसके साथ उसका पूरा परिवार, उस पर आश्रित लोग और उसके चाहने वाले सभी मरते हैं। बस क्या था; उसी क्षण मैंने तय किया कि किसी भी मनुष्य की हत्या समस्या का आखिरी उपाय होना चाहिए। जब तक समस्या सुलझाने का कोई दूसरा रास्ता हो, व्यर्थ किसी की भी हत्या नहीं की जानी चाहिए। ...हालांकि आज कंस की हत्या भी मैंने अंतिम उपाय के तौर पर ही की थी। उसने मुझे पागल हाथी से मरवाना चाहा, लेकिन मैं नाराज नहीं हुआ था। मुझे खत्म करने हेतु उसने योजनापूर्वक मेरा युद्ध चाणूर के साथ रखा, फिर भी मुझे उस पर क्रोध नहीं आया था; क्योंकि तब तक वह सिर्फ मेरा शत्रु था। ...लेकिन जब सवाल तमाम गोपों व पिताजी समेत अन्य मथुरावासियों का आ खड़ा हुआ ...तब मजबूरन मुझे उसका वध करना पड़ा। कहने का तात्पर्य जो सिर्फ मेरी जान का दुश्मन है या मुझसे नफरत करता है, उसे मैं अपना शत्रु कभी नहीं मानता। मैं तो शत्रु उसे मानता हूँ जो "मनुष्यता" का दुश्मन हो। ...यानी जिससे अन्यों का जीवन नर्क होता हो, वही मेरा वास्तविक शत्रु है। आप मानेंगे नहीं कि यही कारण है कि कंस की हत्या करते वक्त

---

३८. श्रीमद्भगवद्गीता, अध्याय-१६, श्लोक-१९-२०
३९. श्रीमद्भगवद्गीता, अध्याय-३, श्लोक-१९

मेरे मन में कतई न तो मां देवकी का दर्द था, न मारे गए मेरे भाइयों का दुःख और ना ही उसके मुझे मारने के लिए किए गए प्रयासों पर क्रोध था; वह सब तो बीत चुका था। ...और जो बीत गया मेरी दृष्टि में कंस उसका निमित्त-मात्र था। प्रतिशोध मेरा स्वभाव नहीं था, और उस दृष्टि से समझा जाए तो मैं भी जो भयानक घट सकता था उसे रुकवाने का निमित्त-मात्र था। अतः मेरे द्वारा की गई कंस की हत्या भी एक निमित्त के तौर पर ही देखी जानी चाहिए; प्रतिशोध, दुश्मनी या क्रोधस्वरूप कतई नहीं।

खैर! चिंतन व सोच-विचार काफी हो चुका। अभी वर्तमान हालत पर लौट आऊं तो माजरा अजब जमा हुआ था। क्रूर कंस मर चुका था, नानी मूर्छित थी, भावुक मामियां रो रही थीं; और दूर खड़ा मैं भावनाओं का यह तमाशा देख रहा था। कुछ पता नहीं था कि भावनाओं का यह ऊंट किस करवट जा बैठेगा। वैसे सबसे विचित्र हालत मां व पिताजी की थी। मां तो वाकई बड़ी दुःखी नजर आ रही थी। आखिर उसने भी अपना प्यारा भाई खोया था। साथ ही शायद उसके मन ने गहरी चिंता भी पकड़ ली थी, क्योंकि उसी के लाड़ले ने उसके भाई की हत्या की थी। ...यानी भाई तो खो चुकी थी, कहीं "लाल" से भी हाथ न धोना पड़ जाए। वहीं पिताजी बेचारे अब भी बड़ी चिंतित मुद्रा में वहीं बैठे हुए थे। वे बेचारे तो कुछ कहें भी तो कैसे व मातम मनाये तो भी कैसे...? उन्हीं के पुत्र के हाथों राजा की हत्या हुई थी। वाकई मैंने पैदा होते वक्त भी दोनों को बड़े असमंजस में डाला था व आज भी कंस की हत्या कर दोनों को अजीब चक्कर में फंसा दिया था। वहां नंदजी व ग्वालों के हाल तो उनसे भी बुरे थे। सवाल यह कि गैर-इरादतन ही सही, पर मेरे इस कृत्य के तार कहीं-न-कहीं उनसे भी जुड़े ही थे। कुछ भी बवंडर की स्थिति में उनके भी लपेटे में आ जाना तय था।

...अभी मैं यह सब सोच ही रहा था कि तभी अचानक सेनापतिजी कुछ सिपाहियों के साथ प्रांगण में आ धमके। आश्चर्यजनक रूप से उनके साथ "राजा उग्रसेन" यानी मेरे नानाजी भी पधारे थे। यह दृश्य देखते ही मेरा वर्तमान चिंतन तो थम गया, लेकिन तत्क्षण "चिंतन" कुछ नया अप्रत्याशित न घट जाए, उसमें उलझ गया। मैं मन-ही-मन सोचने लगा, मामियों और नानी ने क्या कम उपद्रव मचा रखा था जो अब सेनापतिजी आप महाशय को भी ले आए हैं। अब चले आए तो चले आए, पर मामला यहीं थमता नजर नहीं आ रहा था। यहां तो आश्चर्य-पर-आश्चर्य घटना जारी था। क्योंकि नानाजी के पीछे-पीछे ही अन्य प्रदेशों से आए सभी युवराज भी चले आए थे। वैसे यह आश्चर्य अपने साथ एक खुशी भी लाया था, क्योंकि उन युवराजों के साथ मेरी "रुक्मिणी" भी वापस आ पधारी थी। हालांकि इस समय रुक्मिणी पर ध्यान देने की बजाय मैंने अपना ध्यान घट रही इन नई घटनाओं पर केंद्रित करना ही उचित समझा; क्योंकि उस 'जान' पर ध्यान देने के लिए भी इस 'जान' को बचाये रखना जरूरी था। और फिर यूं भी इस समय भटकने की उम्मीद ही कहां थी, पहले ही घटनायें इतनी तेजी से घट रही थी कि इस ग्वाले को ना तो कुछ समझ में आ रहा था ना ही कुछ संपट ही बैठ रही थी। ...वहीं नानाजी की बात करूं तो ध्यान से देखने पर वे बड़े ही सरल व्यक्ति प्रतीत हो रहे थे। हालांकि दुखी वे भी बराबरी पर ही नजर आ रहे थे। आखिर उन्होंने भी अपना पुत्र खोया था। ...कुछ देर तो वे कंस की लाश के पास गुमसुम बैठे रहे, तत्पश्चात् अपने मृत

बेटे के सिर पर हाथ फेरते हुए उठ खड़े हुए। उठते ही उन्होंने ना सिर्फ रोदन कर रही मामियों को सांत्वना दी, बल्कि मूर्छित नानी की भी हालत जानी। उसके तुरंत बाद उन्होंने सेनापति से मुझे बुलाने को कहा। तारीफ यह कि "नाना उग्रसेन" ने यह तमाम कार्य पल-भर में ही निपटा दिए थे।

इधर स्वाभाविक तौर पर उनके बुलावे ने मुझे चिंता में डाल दिया। उनके बुलाने का प्रयोजन वाकई मेरी समझ के बाहर था। सच कहूं तो मन किसी बड़ी मुसीबत की आहट से घबरा उठा था। खैर, प्रयोजन समझ आए-न-आए, मुझे जाना तो था ही। राजी-खुशी नहीं जाऊंगा तो सिपाही पकड़कर ले जाएंगे। बस यही सोचकर चुपचाप चल पड़ा। भैया भी पीछे-पीछे चल पड़े थे। सच ही है, ऐसे संकट की घड़ी में वे मुझे अकेला कैसे छोड़ सकते थे? इस समय मेरी मनोदशा भी अजीब थी। मन में हजारों विचार आ और जा रहे थे। वैसे मैं किसी भी अप्रत्याशित हमले के लिए पूरी तरह से तैयार भी था। लेकिन राजा की हत्या के जुर्म में गिरफ्तार ही कर लिया गया तो क्या? फिर तो सारी सावधानी व बहादुरी धरी-की-धरी रह जाएगी। यूं भी नानाजी के आसपास फटक रहे पचासों सैनिक देखकर मेरी घिग्घी वैसे ही बंधी जा रही थी। एक तरफ मन में जहां ऐसे हजारों तूफान उठ रहे थे, वहीं दूसरी ओर मैं अपनी नजर नानाजी की गतिविधि पर भी बनाये ही हुआ था। क्योंकि सारा दारोमदार उनके भीतर क्या चल रहा है, उसी पर था। यहां प्रांगण में तो भीड़ वैसे ही छंट गई थी। बमुश्किल इस समय हमारे समेत चार-पांच सौ लोग मौजूद थे। ...पर उधर राजकीय-प्रेक्षागृह पुनः पूरी तरह भर गया था। वहां चहल-पहल भी काफी बढ़ गई थी। स्पष्टतः आगे के सारे नियंत्रण नानाजी के हाथ में दिखाई दे रहे थे। इधर हम भी आम-प्रेक्षागृह छोड़ सपाट मैदान से गुजरते हुए धीमे कदमों से राजकीय-प्रेक्षागृह की ओर बढ़े जा रहे थे। वहीं मैं तो सर पे खड़े संकट के बावजूद मन के किसी कोने में नानाजी से प्रभावित भी हुआ जा रहा था। मुझे उनकी सबसे ज्यादा जिस बात ने प्रभावित किया था वह यह कि इतने वर्षों बाद कारागृह से बाहर निकलने के बावजूद उनका प्रभाव बरकरार था। मैंने सोचा था कि इतने वर्ष कारा में गुजारने के बाद वे बीमार, थके व हारे हुए होंगे। लेकिन उन्होंने मेरी सोच को परास्त कर दिया था। ...और कोई मेरी सोच को मात दे दे, मुझे पसंद था। सच कहूं तो जिसको समझा जा सके या वह क्या करने वाला है यह जाना जा सके, तो फिर वह मनुष्य बचा ही कहां? वह तो वस्तु हो गया, फिर तो उसका वस्तु की तरह उपयोग किया जा सकता है। उस लिहाज से मैं "आचार्य-श्रुतिकेतुजी" के बाद पहला इतना प्रभावशाली व्यक्तित्व देख रहा था। ...चलो मरते वक्त इतना प्रभावशाली व्यक्तित्व देखने को मिल रहा था, यही क्या कम था? अन्यथा तो आप जानते ही हैं कि मैंने आज तक सभी मनुष्यों का वस्तु की तरह ही उपयोग किया था। फिर चाहे वह मां की ममता हो या पिताजी की चुप्पी, राधा की जिद हो या भैया का क्रोध, अंत में जाकर तो सभी मुझे ही फायदा पहुंचा जाते थे। लेकिन इसके विपरीत मेरा कभी कोई उपयोग न तो कर पाया था, और ना ही कर सकेगा। क्योंकि ना ही मेरी कोई जिद है और ना ही मेरा अपना कोई स्थिर स्वभाव ही है। ध्यान रहे जिस मनुष्य का अपना कोई स्थायी स्वभाव है या किसी बात की जिद है उसका आसानी से वस्तु की तरह उपयोग किया जा सकता है।

...चलो, जब अपने स्वभाव बाबत इतनी बातें कही हैं तो कुछ अपने सीखने की कला के बाबत भी कह डालूं। ...पता नहीं कल मौका मिले न मिले? आप तो जानते ही हैं कि मेरे लिए तो

यह जीवन ही एक पाठशाला थी। मैं जीवन में जो भी सीखता गया, उससे स्वयं को रूपांतरित भी करता चला गया। सत्य भी यही है कि कोई बच्चा सीख कर पैदा नहीं होता, जीवन ही उसको सीखने योग्य सबकुछ सिखाता चला जाता है। इसीलिए मेरी मान्यता है कि मनुष्य के जीवन का विकास इसी बात पर निर्भर करता है कि वह अपने जीवन में किस गति से कितना ज्यादा सीख पाता है। मेरा ही उदाहरण लो। मैंने जीवन में सीखने का एक भी मौका कभी नहीं गंवाया। कोई चीज मुझे दुबारा सीखनी नहीं पड़ी। और यही मेरी सीखने की ग्राह्यता व सीख कर स्वयं को परिवर्तित करने की क्षमता ने ही मिलकर मेरे वर्तमान "व्यक्तित्व" का निर्माण किया था। स्वयं के मन को जानने व दूसरों के मन को पहचानने की लगातार की गई कोशिश के कारण ही मेरी आंखें, मेरी बुद्धि, मेरी वाणी और अब मेरी मुस्कुराहट भी मेरे प्रमुख हथियार बनते जा रहे थे। क्योंकि जो दूसरों के मन समझता है वह उनके मन को परिवर्तित भी कर सकता है। वैसे ही यदि मनुष्य का स्वयं का मन अपने पूर्ण नियंत्रण में है तो वह दूसरों के मनों को बड़ी आसानी से नियंत्रित कर पाता है। और जो स्वयं के साथ-साथ दूसरों के मन को भी नियंत्रित कर सकता है भला उसे जीवन में कोई कैसे हरा सकता है? अतः इस विद्या से ऊपर दूसरी कोई विद्या नहीं। भला दूसरे मनुष्यों को नियंत्रित कर पाने की शिक्षा से बढ़कर और कौन-सी शिक्षा हो सकती है? वहीं इससे एक और फायदा है कि अपना मन हमेशा अपने नियंत्रण में रहता है। अब आप अपने मन के मालिक हों तो उससे बड़ी सिद्धि क्या है? मुझे ही देखो! मेरा मन हमेशा से मेरे पूर्ण नियंत्रण में रहा है। तभी तो रुक्मिणी के पीछे पूरी तरह पागल होते हुए भी इस समय मेरा ध्यान रुक्मिणी पर बिल्कुल नहीं था। जीवन चुनाव है। इस समय चुनाव रुक्मिणी व सेनापति की गतिविधियों के बीच था। रुक्मिणी के दिल व नानाजी के मन के बीच था। और रुक्मिणी पर ध्यान न देने से कोई बहुत ज्यादा बनने-बिगड़ने वाला नहीं था, लेकिन सेनापति की गतिविधियों को नजरअंदाज करने पर जान की जोखिम हो सकती थी। नानाजी का मन न समझ पाने पर बचा हुआ जीवन कारा में गुजारना पड़ सकता था। सौ बातों की एक बात "जान है तो जहान है।" यह सिर्फ वर्तमान परिस्थिति की बात नहीं, हर जगह हर परिस्थिति में जीवन के यही हाल हैं। ...यानी जीवन एक-दो नहीं हर जगह चुनाव है। थोड़ा ध्यान से समझें तो कंस के वध के समय भी चुनाव ही तो था। मेरे समेत पिताजी व ग्वालों का वध या कंस का वध; और मेरा चुनाव था...कंस का वध। ...यह भी कमाल हो गया! मौत मुंह फाड़े सामने खड़ी थी और मन चिंतनों में उलझ गया था, और वह भी ऐसे-वैसे नहीं श्रेष्ठ चिंतनों में। शायद मौत सामने खड़ी हो तो "परमहोश" जाग ही जाता है। वैसे परमहोश क्या जागा, मेरा आत्मविश्वास ही लौट आया। अब मैं धीरे-धीरे ही सही परंतु बड़ी दृढ़तापूर्वक नानाजी के पास बढ़ता चला जा रहा था। ...देखें वे क्या कहते हैं?

इधर मैं बढ़ते-बढ़ते राजकीय-प्रेक्षागृह के काफी निकट पहुंच गया था, तो उधर मेरे बढ़ते कदमों से ग्वाले बुरी तरह घबरा उठे थे। जहां तक मां का सवाल है, वह तो कंस की मृत्यु के बाद से ही चिंता व दुःख के गहरे सागर में डूबी हुई थी। वहीं राजनीति के जानकार पिताजी भी इस समय अत्यंत व्याकुल नजर आ रहे थे। उधर प्रजा भी विचलित थी, पता नहीं कब क्या हो जाए? ...और यह मत समझना कि बेचैनी का आलम राजकीय-प्रेक्षागृह में नहीं था। वहां तो नानाजी को छोड़

सभी व्यग्र नजर आ रहे थे। सेनापति समेत बाहर से आए युवराज भी बेचैन थे, आगे क्या होने वाला है किसी को नहीं मालूम था। क्योंकि इस समय कमान नानाजी ने सम्भाली हुई थी, और वे इतने दृढ़ व शांत नजर आ रहे थे कि उनके हाव-भाव से उनके भीतर छिपे तूफान का अंदाजा लगा पाना आसान नहीं था। कहने का तात्पर्य, एक मैं ही नहीं सभी असमंजस में पड़े हुए थे। यह सब तो ठीक, पर बेचैन तो रुक्मिणी भी नजर आ रही थी। यानी अपवाद स्वरूप कोई निश्चिंत था तो वे नानाजी ही थे। अब उनकी निश्चिंतता शुभ है या अशुभ, यह तो वहां पहुंचने पर ही पता चलना था। तो वह भी क्या दूर था, मंजिल आ ही गई। मैं नानाजी व सेनापतिजी के सामने था। जाहिरी तौर पर सर्वप्रथम मैंने बड़े प्यार से और पूर्ण आत्मविश्वास दर्शाते हुए नानाजी के चरण-स्पर्श किए। उन्होंने भी आगे बढ़कर बड़े प्यार से मुझे गले लगा लिया। उन्होंने प्यार से गले क्या लगाया, मेरी आधी जान तो यूं ही लौट आई। क्योंकि जिस प्यार से उन्होंने गले लगाया था, उससे यह तो स्पष्ट हो ही गया था कि अब राजमहल की तरफ से मुझे कोई खतरा नहीं। वैसे नाना-नाती का प्यार देख प्रजा ने भी राहत की सांस ली थी। मां व पिताजी के तो नानाजी के गले लगाते ही आंसू निकल पड़े थे। मैंने सोचा, जब अलग-अलग रह रहे व एक या अन्य कारण से बिछड़ा हुआ परिवार निकट आ रहा है; तो मामियों में भी कुछ फर्क अवश्य आया होगा। ...शायद उनका भी भांजा-प्रेम उमड़ पड़ा होगा। इसी आशा के साथ मैंने मामियों की ओर नजर घुमायी। ...लेकिन "भांजा-प्रेम" तो गया भाड़ में, उन्हें तो नानाजी का मुझे गले लगाना भी रास नहीं आया था।

...हालांकि यह भी मेरी ही अपनी एक विशेषता थी कि परिस्थिति कैसी ही क्यों न हो, मैं हमेशा अपने चारों ओर किसके मन में क्या चल रहा है, यह ताड़ने का प्रयास करता ही रहता था; ताकि यदि किसी के मन में कुछ ऐसा चल रहा है जिससे मेरा या अन्य का अहित हो सकता है तो समय रहते उससे निपटा जा सके। और यहां यह तो साफ हो ही गया था कि मामियों की नाराजगी यथावत थी। होने दो, यह कोई तत्काल चिंता का विषय नहीं था। क्योंकि वे कहां राजमहल के कार्यों में दखलअंदाजी कर सकने वाली थीं? इस समय महत्त्वपूर्ण नानाजी की सोच थी और उन्होंने गले लगाकर मेरे प्रति अपनी सकारात्मक सोच का सबूत दे ही दिया था। ...हालांकि निश्चित ही नानाजी का मुझे इस तरह गले लगाना मेरे लिए बिल्कुल अप्रत्याशित था। और कहते हैं न कि एक आश्चर्य दूसरे आश्चर्य का व एक खुशी दूसरी खुशी का पीछा करती चली ही आती है; ठीक उसी तर्ज पर जैसे मुझे प्रेम से गले लगाकर एक आश्चर्य में नानाजी मुझे पहले ही डाल चुके थे, वैसे ही मुंह खोलते ही उन्होंने मुझे दूसरे आश्चर्य में डाल दिया। अनायास ही नाना उग्रसेन ने बड़े प्यार से मेरे सिर पर हाथ फेरते हुए कहा- राज्य हमेशा वीरों द्वारा भोगा जाता है और तुमने पहले कुवलयापीड़, फिर चाणूर व तत्पश्चात् कंस का वध कर अपनी वीरता का परिचय दे दिया है। तुम मथुरावासियों को बेहद प्रेम करते हो, यह तुम्हारे व्यवहार से ही जाहिर है; और मथुरावासी भी तुम्हें चाहने लगे हैं यह भी प्रांगण के माहौल से दृष्टिगोचर हो ही रहा है।

इतना कहकर उन्होंने तो खामोशी की चादर ओढ़ ली, लेकिन मैं अचम्भित रह गया था। मेरे पक्ष में इतनी तर्कपूर्ण बातें करना मुझे अच्छा तो लगा, परंतु मैं इसके पीछे का प्रयोजन नहीं समझ पा रहा था। हां; जान को कोई खतरा नहीं, कम-से-कम इसका यकीन अवश्य हो चला था।

और स्वाभाविक तौर पर वर्तमान में कुछ अन्य समझने की बजाय यह समझना ज्यादा महत्त्वपूर्ण था। इधर मेरे हाव-भाव भले ही कुछ समझने की कोशिश वाले रहे हों, पर उधर नानाजी के मुख से यह सब सुनते ही युवराजों के चेहरे अवश्य उतर गए थे। यह बात मेरे लिए एक नई ही पहेली बनकर उभरी थी। मुझे समझ नहीं आ रहा था कि नानाजी की बातों से उनका क्या बन-बिगड़ रहा था? होगा, अभी तो इधर मुझे इस तरह नासमझों की तरह खड़ा देख नानाजी ने अपनी बात आगे बढ़ाते हुए कहा- कंस की मृत्यु के पश्चात् मथुरा इस समय राजा विहीन हो गई है; और कोई भी राज्य एक दिन भी बिना राजा के नहीं रह सकता। ...यह नियम भी है कि जो राजा का वध करता है वही राजा बनने का अधिकारी भी होता है। फिर तुम तो हमारे नाती भी हो व साथ ही तुम्हारे पिताजी का राजभवन से निकट का रिश्ता भी है। ...इसलिए मैं पूरी मथुरा की ओर से तथा राजभवन की तरफ से तुम्हें अपनी योग्यता के कारण मथुरा का राजपाट सम्भालने की गुजारिश करता हूँ। मेरी यह गुजारिश सम्पूर्ण राजभवन की ओर से समझी जानी चाहिए। अतः मेरा तुमसे यह विनम्र निवेदन है कि तुम मथुरा का राजा बनना स्वीकारो।

...मैं तो अवाक् रह गया। सोचा था क्या...क्या हो गया? अब भला एक ग्वाला जो मौत की सोच में डूबा हो, उसे अचानक राजा बनने का प्रस्ताव दिया जाए, तो क्या उसकी कोई इन्द्रियां काम कर सकती हैं? मेरे तो सोचने-समझने की ही नहीं, सुनने-देखने की भी क्षमता जाती रही। कहां तो धरती में समाने की तैयारी किए बैठा था, और कहां नानाजी ने आकर आसमान की बात छेड़ दी थी। मैं तो बुतों का भी महाबुत हो गया था। ...दूसरी तरफ नानाजी ने मुझे राजा बनने का प्रस्ताव क्या दिया, प्रांगण के कई कोनों से मेरे समर्थन में स्वर गूंज उठे। स्वाभाविक तौर पर इन उठ रहे स्वरों ने मुझे तत्क्षण होश में ला दिया। होश में तो आया, पर यकीन अब भी नहीं कर पा रहा था कि मैं बालक और राजा...? आखिर जब मुझे कुछ समझ नहीं आया तो मैंने स्वयं को चिकोटी काटी, कहीं कोई स्वप्न तो नहीं देख रहा? लेकिन नहीं; सामने पड़ी कंस की लाश और प्रजा का जोश सबकुछ हकीकत होने की गवाही दे रहे थे। जब यह वास्तविकता ही है तो सम्भलना भी आवश्यक है। मैंने तत्क्षण अपनी पूरी चेतना होश बढ़ाने में लगाई, क्योंकि अब एक बालक के परिपक्व होने का समय आ गया था। ...एक परिपक्व सोच ही इस परिस्थिति से निपट सकती थी। यह तो मेरी बात हुई, पर दूसरी ओर भैया और ग्वाले तो यह सुनते ही झूम उठे थे। पिताजी भी कुछ रंग में आए जान पड़ रहे थे, परंतु मां पर इसका कुछ विशेष प्रभाव पड़ा हो, ऐसा नहीं लग रहा था। अब मां पर प्रभाव पड़ा हो या नहीं, पर यहां उसका लाल बुरी तरह फंस गया था। नानाजी ने तो बड़ी आसानी से एक ग्वाले को राजा बनने का प्रस्ताव दे डाला था, लेकिन दूसरी तरफ इस ग्वाले के लिए राजा बनना तो दूर... परिस्थिति समझना ही मुश्किल हो रहा था। कहां तो यहां से बच निकलने पर वृन्दावन लौटकर एक ग्वाले का जीवन फिर प्रारंभ करना था, और कहां राजसिंहासन नसीब हो रहा था। शायद एक पल में इतनी बड़ी और विपरीत उड़ान भरने का मौका कभी किसी को नहीं मिला होगा। ...अरे, राजा बनने की बात करते हो, मैंने तो किसी राजा को ही आज जीवन में पहली बार देखा था, ऐसे में मैं बेचारा यह नियम क्या जानूं कि राजा को मारने वाला राजा बनने का अधिकारी होता है? अब चाहे जो हो, नानाजी की बात पर मनन तो करना ही था। ना सिर्फ

परिस्थिति का ठीक-ठीक विश्लेषण आवश्यक था, बल्कि उनकी बात का समुचित उत्तर भी देना था। और कुछ नहीं तो जब नानाजी ने इतना विश्वास जताया था तो अपनी ओर से भी कम-से-कम कुछ परिपक्वता की छाप तो छोड़नी ही थी। यानी यदि औकात से बड़ा प्रस्ताव आया था तो स्वयं से बढ़कर सोचना भी जरूरी था। बस मेरे मन में विचारों की ऐसी आंधी चल पड़ी थी जो प्रस्ताव के पहलू की हर छोटी-से-छोटी व बड़ी-से-बड़ी बात में उलझ गई।

...उधर इन तमाम व्यथाओं से दूर भैया व ग्वाले अब भी मारे खुशी के झूम रहे थे। दूसरी ओर पूरा प्रांगण भी धीरे-धीरे गरमा रहा था। वैसे खुश तो मैं भी था, क्योंकि एक तो जान बची थी व दूसरा पलभर में रुक्मिणी के लायक हो गया था। लो, रुक्मिणी की याद क्या आई; निगाह खुद-ब-खुद उसकी ओर घूम गई। वह भी अचरज भरी निगाहों से मुझे ही निहार रही थी। मेरे देखते ही उसने ना सिर्फ हाथ हिलाकर मेरा अभिवादन किया, बल्कि हाथोंहाथ प्रस्ताव स्वीकारने हेतु मुझे उत्साहित भी किया। अब उत्साह बढ़ाने में उसका क्या जा रहा था, राजा तो मुझे बनना था। और मेरे मन में उसके प्रेम की दीवानगी अपनी जगह थी तथा मथुरा की प्रजा के भविष्य का महत्त्व अपनी जगह। कुल-मिलाकर इतने बड़े विषय पर मैं जल्द ही "हां" या "ना" कहने के पक्ष में कतई नहीं था। कुछ भी उत्तर देने से पूर्व दोनों संभावनाओं को बराबर तराजू में नाप-तौल लेना चाहता था। लेकिन तुरत-फुरत में इतना गहरा चिंतन करना भी कोई मजाक नहीं था। सच कहूं तो इस समय मैं दो विपरीत पाटों में विभाजित हो चुका था। जहां एक ओर रुक्मिणी के उत्साह बढ़ाने के चक्कर में उलझ गया था तो वहीं दूसरी ओर स्वयं की योग्यतानुसार ही कदम उठाने को कटिबद्ध भी था। और इन्हीं दो पाटन के चलते मैंने अपनी पूरी चेतना तेजी से घट रहे घटनाक्रम को समझने में लगा दी, ताकि परिस्थिति का ठीक-ठीक आकलन कर 'हां' या 'ना' का उचित उत्तर दे सकूं। परंतु जैसा कि मैंने कहा, इस बाबत समुचित चिंतन करना भी इतना आसान नहीं था। एक तो नानाजी ने पल-भर में मुझे जमीन से उठाकर आसमान पर बिठा दिया था। अब मैं जो बचपन से पथरीली जमीन पर चलता आया हूँ, आसमान की बात समझने में वक्त तो लगना ही था। दूसरा, जीवन में पहली बार अप्रत्याशितों की इतनी मार एक साथ मुझ पर पड़ रही थी। ...एक से सम्भलूं तो दूसरा व दूसरे से सम्भलूं तो तीसरा। और इन सारे अप्रत्याशितों की जड़ में नानाजी ही थे। चलो, मैं इससे उभर भी जाता व कुछ निष्कर्ष पर पहुंच भी जाता, पर मेरी अड़चन यह भी थी कि मैं चाहकर भी उनके प्रभाव से बाहर नहीं निकल पा रहा था। उनको आए अभी बमुश्किल कुछ ही समय हुआ था, लेकिन इतने ही कम समय में उन्होंने कितना कुछ कर दिखाया था।

...सबसे पहली बात तो वे सभी युवराजों को अपने साथ ले आए थे। युवराजों को वापस प्रांगण में लाने का सीधा अर्थ था कि भले ही यहां के राजा की हत्या हो चुकी है, पर अब स्थिति नियंत्रण में है। और निश्चित ही युवराजों पर यह प्रभाव छोड़ना मथुरा के राजकीय अस्तित्व के लिए अत्यंत आवश्यक था। उनको प्रांगण में वापस उपस्थित करके नानाजी ने ना सिर्फ उनकी आंखों में मथुरा की लाज बचायी थी, बल्कि मथुरा को संभावित अराजकता से भी बचा लिया था। शायद नानाजी युवराजों व मथुरावासियों को यह स्पष्ट संदेश देना चाहते थे कि मथुरा कंस की मृत्यु के बाद भी प्रशासन विहीन नहीं हुई है। ...नहीं तो हो सकता था मामियों के रोदन से कुछ लोग सहानुभूति

में बहकर कंस के पक्ष में खड़े हो जाते, दूसरी तरफ कंस विरोधियों की तो वैसे ही मथुरा में कोई कमी नहीं थी; ऐसे में निश्चित ही मथुरा दो स्पष्ट गुटों में बंट जाती और उनके आपसी संघर्ष से मथुरा में अराजकता फैलने का भय पैदा हो जाता। साथ ही नानाजी के दिमागी संतुलन की भी प्रशंसा करनी होगी और उनके संबोधन का तो कहना ही क्या, एक-एक शब्द का चयन कितना अद्‌भुत था। वे इतने वर्षों की कैद से पहली बार पूर्णरूपेण आजाद हुए थे और आते ही क्या देखा था, अपने वीर पुत्र की लाश? इसके बावजूद उन्होंने अपना मानसिक संतुलन नहीं खोया था; यह क्या कम प्रशंसनीय था? हालांकि उनका यह मानसिक संतुलन बनाये रखना मैंने हमेशा के लिए अपने जहन में उतार लिया था। सचमुच नानाजी से आज मैंने हर परिस्थिति में अपना दिमागी संतुलन कैसे बनाये रखा जाए, यह सीख लिया था। सच कहूं तो आज नानाजी से ग्रहण की गई मानसिक संतुलन बनाए रखने की यह शिक्षा मेरे जीवन की श्रेष्ठतम शिक्षाओं में से एक कही जा सकती है। क्योंकि विपरीत परिस्थितियों में मानसिक संतुलन खो देने के कारण ही मनुष्य पतन के गर्त में समा जाता है, जबकि हकीकत यह है कि विपरीत परिस्थितियों में ही मानसिक संतुलन बनाये रखने की सबसे ज्यादा आवश्यकता होती है। ...वैसे नानाजी का इससे भी बड़ा कमाल तो यह था कि अपने बेटे की लाश देखकर भी वे न तो रोये थे, न मातम ही मनाया था; ना तो क्रोधित हुए थे और ना शोकाकुल ही। पलभर में ऐसे श्रद्धांजलि दे डाली थी, मानो कुछ हुआ ही न हो। यह उनकी इसी अदा का कमाल था जिसने क्षणभर में पूरे वातावरण को सामान्य कर दिया था। ...तभी तो कहता हूँ कि यह पूरा संसार एक विद्यापीठ है, और हर घटना हर व्यक्ति एक शिक्षक। आज मैंने महाराज उग्रसेन से ही नहीं, कंस और मामियों से भी बहुत कुछ सीखा था। यानी यह यथार्थ सिद्ध हो रहा था कि संसार में हमारा कोई मित्र या शत्रु नहीं होता। कभी कोई हमारा शिक्षक बनकर उभरता है, तो कभी कोई विद्यार्थी बनकर सामने आ खड़ा होता है। और गौर से देखा जाए तो हम चौबीसों घंटे करते क्या रहते हैं? या तो कुछ-न-कुछ सीखते रहते हैं, या दूसरों के सीखने हेतु मौकों का निर्माण करते रहते हैं।

खैर! आप कहेंगे कि बाकी सब बातें तो आपने अच्छे से समझा दी व हमने अच्छे से समझ भी ली, पर आपके राजा बनने के प्रस्ताव का क्या हुआ? ...तो ऐसा है कि गहरे में तो मनन उस पर ही जारी है, पर किसी भी निष्कर्ष पर पहुंचना इतना आसान कहां? जरा यहां का नजारा तो देखो, सामने ही नानाजी खड़े हैं जो गौर से मेरे भीतर चल रहे विचारों के उतार-चढ़ाव समझने की कोशिश कर रहे हैं। सामने कंस की लाश पड़ी है जिसके चलते यह राजा बनने का सवाल उठा है। दायीं ओर रुक्मिणी व मामियां खड़ी हैं तो बायीं ओर कई युवराज खड़े हुए हैं। वहीं इतनी भीड़ में माता-पिता समेत अक्रूरजी भी एक कोने में खड़े दिखाई दे रहे हैं। दूर आम-प्रजा के प्रेक्षागृह से भी तरह-तरह की पुकारें सुनाई दे रही हैं। यदि घुमाकर नजर उन प्रेक्षागृहों पर डालूं तो उछलते-कूदते ग्वाल-मित्र भी साफ नजर आ रहे हैं। और मेरे ठीक सर पर भैया खड़े हैं, जो नजर जहां भी घुमाऊं, नजर आ जाते हैं। अब ऐसे में यह ग्वाला गहरा चिंतन करे भी तो कैसे? हालांकि यह ग्वाला इतना शाणा अवश्य था कि जब राजा उग्रसेन बोल रहे थे तब भी उसने कोई हाव-भाव नहीं दिखाया था, और अब भी वह पूरी तरह शांत ही खड़ा था। यानी इतना बड़ा अप्रत्याशित प्रस्ताव पाकर भी मैं

भाव-हीन ही था। निश्चित ही यह कमाल अभी ताजा-ताजा महाराज उग्रसेन से सीखी संतुलन बनाये रखने की शिक्षा का था। वरना प्राय: तो हमारे हाव-भावों से ही अपने भीतर क्या चल रहा है इसका पता दूसरों को चल जाता है, और स्वाभाविक तौर पर जो हमारे लिए कतई ठीक नहीं।

वैसे एक बात और बता दूं कि भले ही मैं अपने हावभावों पर नियंत्रण रखे हुए था, लेकिन मेरी पैनी निगाह दूसरों के हावभाव समझने में लगी ही हुई थी। और उसका तारण कहूं तो महाराज उग्रसेन के प्रस्ताव से प्रांगण में उपस्थित अधिकांश प्रजा खुशी से झूम उठी थी। वहीं दूसरी ओर ग्वाले भी इस बात से पगला गए थे कि उनका मित्र राजा बनने जा रहा है। दूसरी ओर रुक्मिणी भी कम खुश न थी। और भैया का तो कहना ही क्या, वे तो पूरी तरह अकड़े हुए थे। मां और पिताजी इतना सबकुछ घट जाने के बावजूद अब भी बमुश्किल ही सामान्य हो पाए थे। हालांकि इस दरम्यान एक-दो बार नानाजी इशारे से मुझे निर्णय बाबत पूछ भी चुके थे, और मैं उन्हें इशारे से प्रस्ताव पर मनन चालू है, यह समझा भी चुका था। यहां यह भी बता दूं कि नानाजी के प्रस्ताव की सिर्फ सकारात्मक प्रतिक्रियाएं आ रही थी ऐसा भी नहीं था, नानाजी के प्रस्ताव से मामियां अत्यंत विचलित हो उठी थीं। भला उनके प्यारे पति का हत्यारा मथुरा का राजा बन बैठे, यह वे कैसे बर्दाश्त कर सकती थीं? मामियां ही क्यों, अधिकांश युवराज भी नानाजी के इस प्रस्ताव से राजी नहीं थे। 'रुक्मी'...तो खुलेआम प्रस्ताव के विरोध में खड़ा हो गया था। वैसे मैं इन युवराजों की मजबूरी भी समझ रहा था। ये युवराज थे ही इसलिए कि ये राजा के पुत्र थे। और यदि गैर राजा पुत्रों, वह भी खासकर ग्वालों के राजा बनने की परंपरा चालू हो गई तो इन बेचारों का क्या होगा...? लेकिन नानाजी की तारीफ करनी होगी कि उन्होंने यहां सारी परंपराओं को ताक पर रखकर एक ग्वाले को राजसिंहासन सौंपने का साहस दिखाया था। सचमुच यदि यह परंपरा विकसित हो गई तब तो इन युवराजों के अस्तित्व पर ही प्रश्नचिन्ह लग जाएगा। वैसे मेरी समझ से नानाजी द्वारा दर्शाये इस साहस के पीछे मेरे नाती होने ने भी अपनी महत्त्वपूर्ण भूमिका निभाई होगी। वहीं यदि अपनी समझ को और आगे बढ़ाऊं तो यह भी स्पष्ट था कि रुक्मी के पास प्रस्ताव से नाराज होने की एक वजह और मौजूद थी, जी हां... हमने उसे पीटा जो था। साथ ही रुक्मिणी का मुझपर कुछ ज्यादा ही ध्यान देना भी शायद उसके विरोध का एक प्रमुख कारण हो सकता था। वैसे प्रस्ताव से नाराज हो उठनेवालों की फेहरिस्त यहीं नहीं रुक रही थी, उसमें वे सभी "यादव संभ्रांत" भी शामिल थे जो इस समारोह के मुख्य मेहमान थे, जैसे सत्राजित, कृतवर्मा, सात्यकी इत्यादि। कुल-मिलाकर बाहर से आए युवराज और मथुरा के स्थायी संभ्रांत जिनका राजमहल पर अच्छा-खासा वर्चस्व था, वे मुझे राजा बनाने के पक्ष में कतई नहीं थे। ...और इनके विपरीत अधिकांश जनता-जनार्दन मेरे साथ थी।

...यानी कुल-मिलाकर हमेशा की तरह आज भी मेरे सामने एक कठिन चुनाव था। और आज का यह चुनाव ना सिर्फ राजा बनने या ग्वाला बने रहने के बीच था, बल्कि आज का यह चुनाव राजा या रंक का जीवन गुजारने के बीच भी था। यूं तो राजा बनना कौन नहीं चाहता? और इधर तो राजा बनने से मुझे अपनी स्वप्न-सुंदरी "रुक्मिणी" प्राप्त होने के आसार भी बढ़ जाते थे। साफ तौर पर राजा बनते ही मैं पलभर में हर दृष्टि से उसकी बराबरी का हो जाता था। ...दूसरी तरफ आप यह भी जानते हैं कि युवराजों के रुआब ने मुझे कितना प्रभावित कर रखा था। सोचो, राजा

बनते ही क्या ठाठ होगी मेरी। सारा कार्य सेवक-सेविकाएं करेंगे। चारों ओर बड़ा नाम व सम्मान होगा। यानी राजा बनने के निजी फायदे तो साफ नजर आ रहे थे, लेकिन साथ ही मैं यह भी समझ रहा था कि परिस्थिति व संयोगवश अचानक राजा बनने का मौका मिलना एक बात है, और राजा बनने की योग्यता होना व राजपाट चला पाना सर्वथा दूसरी बात है। अतः मैंने चिंतन को स्वार्थ से हटाकर योग्यता पर केंद्रित किया व स्वयं में राजा बनने की योग्यता खोजने लगा। और यहां दूर जाने की कोई आवश्यकता ही नहीं थी। "महाराज उग्रसेन" के रूप में एक राजा मेरे सामने खड़े थे, और उनके शानदार व्यक्तित्व और संतुलित मिजाज से तुलना करने पर यह पूरी तरह साफ था कि मुझ में अभी राजा बनने की कोई लायकात नहीं है। एक राजा को रोज नई-नई परिस्थितियों और मुसीबतों का सामना करना पड़ता है। नित हजार समस्याएं मुंह फाड़े खड़ी हो जाती हैं। अरे यहां परिवार का ख्याल रखना आसान नहीं तो पूरे राज्य का ख्याल रखना कोई मजाक थोड़े ही है? ...आज का ही वाकया लो। यदि राजा उग्रसेन की जगह मैं होता तो पता नहीं क्या करता; लेकिन यह तो तय है कि वह कुछ नहीं कर पाता जो उन्होंने कर दिखाया था। युवराजों को वापस प्रांगण में बुलाना तो मेरी समझ में ही न आता। परिस्थिति का जितना सही आकलन उन्होंने किया था, और जिस तरह पल-भर में ही उस पर नियंत्रण पाया था उससे ही साफ जाहिर हो जाता है कि "राजा" बनने के लिए एक अलग ही तरह की प्रज्ञा व अनुभव की आवश्यकता होती है। कहने का तात्पर्य अब राजा बनने के निजी फायदे भी समझ चुका था व अपनी राजा बनने की अयोग्यता भी पहचान ली थी। चलो एकबार इस तरह से भी सोच लिया जाए कि मुझ जैसे चिंतनशील व बहादुर को राजा बनने की योग्यताएं सीखने में वक्त ही कितना लगेगा? भला सिर्फ योग्यता कम होने के आकलन के कारण राजा बनने का हाथ लगा मौका भी कहीं छोड़ा जाता है? साथ ही मैं यह क्यों भूल जाऊं कि सवाल मेरे दिल का भी है, मेरे राजा बनते ही रुक्मिणी नामक सपने को हकीकत में बदलने के आसार कितने बढ़ जाएंगे।

नहीं... नहीं, इसका अर्थ यह मत निकाल लो कि मैं राजा बनने की तैयारी कर रहा हूँ। ...क्योंकि मामला यहीं से तो शुरू ही होता है, अभी आगे और भी पेचीदगियां हैं। माना मथुरा की जनता मेरे साथ है, परंतु इन युवराजों का क्या जो लगातार विरोध के स्वर उठा रहे हैं? चलो ये तो बाहर से आए हैं, कितने दिन विरोध करेंगे...? जल्द ही सबकुछ भूलकर अपने-अपने राज्य को लौट जाएंगे। लेकिन प्रमुख सवाल इन यादव-प्रमुखों का है जिन्हें मैं एक आंख नहीं सुहा रहा। और उनके सहयोग के बगैर मथुरा की राजगद्दी टिकाये रखना असंभव है। क्योंकि ले-देकर यहां की आम प्रजा उनके तगड़े प्रभाव में है। उन्होंने भड़काया नहीं कि प्रजा ने रंग बदला नहीं। यानी एकबार को राजा बनना तो आसान था, क्योंकि नानाजी प्रस्ताव दे ही चुके थे; लेकिन आगे उसे टिकाये रखना मुश्किल नजर आ रहा था। मालूम पड़े चन्द रोज के लिए तो राजा बन गए व फिर मथुरा से ही भगा दिए गए। ...और "राजा कृष्ण" फिर गायें व बैल चराने के काम पर लग गए। चलो यह मजाक छोडूं तो भी राजा बनने का मतलब होगा इन यादव-प्रमुखों से नित्य टकराहट। और इन टकराहटों का अंतिम परिणाम मथुरा में अशांति व अराजकता होगा। अर्थात् यदि अपना नजदीकी फायदा देखकर राजा बनना चुन भी लूं तो भी इसमें मथुरा का तो नुकसान-ही-नुकसान था।

और अपने स्वभाव से मैं अपनी स्वार्थ-पूर्ति के लिए पूरी मथुरा को आग में नहीं झोंक सकता था। अब जहां तक सवाल रुक्मिणी का है तो वह तो मेरा सपना है। और सपनों का क्या है, उन्हें देखने में भी उतना ही आनंद है जितना उन्हें पूरा करने में। दरअसल सपना तो प्रगति की राह पर लगने का एक अवसर-मात्र है। कोई उसकी पूर्ति होना आवश्यक थोड़े ही है? सपना तो संजोये रखने की वस्तु है। हां, यह बात अलग है कि समय व परिस्थिति पूरी तरह अनुकूल हो जाए तो उन सपनों को पूरा करने में कोई हर्ज भी नहीं है। लेकिन अपने सपनों की पूर्ति के लिए मनुष्यता की हद से थोड़े ही गिरा जा सकता है? सपने कोई हर हाल में पूरे करने की वस्तु थोड़े ही है? सपने देखने की कला ही यह है कि वह आपकी योग्यताओं को बढ़ाये, और आपकी दृष्टि विराट करे। यदि सपनों को भी गिरकर पूरे किए जाएं तो सपनों और कामनाओं में फर्क ही क्या रह जाएगा? अतः यह स्पष्ट है कि जहां सपनों में मनुष्य उठता है, वहीं कामना में मनुष्य गिरता है। सौ बातों की एक बात, ...इन सारी बातों का सार यह कि राजगद्दी स्वीकारना मेरे जाती हित में होने के बावजूद मुझमें न तो राजा बनने की कोई योग्यता है और ना ही मथुरा का स्थानीय वातावरण उसके पक्ष में दिखाई दे रहा है। ...यानी कुल-मिलाकर राजा बनना स्वीकारा नहीं जा सकता। भले ही मैंने निर्णय पर पहुंचने में देर लगाई थी, पर संतोष था कि पहुंचा मैं श्रेष्ठ निर्णय पर ही था। उधर मुझे इस कदर गहरे चिंतन में उलझा देख नानाजी ने मेरी चुप्पी तोड़ने का प्रयास करते हुए अबकी शब्दों का इस्तेमाल करते हुए कहा- मैं तुमसे निजी तौर पर एक निवेदन करना चाहता हूँ कि भले ही तुम सोचने में चाहे जितना वक्त लो पर कंस की ससम्मान अंत्येष्टि की इजाजत दे दो।

मैं तो यह सुनते ही चौंक गया। मेरा चिंतन पूरी तरह ठहर गया। भला मुझसे इजाजत क्यों? मैं यहां का राजा थोड़े ही हूँ। तो क्या... कहीं नानाजी मेरी चुप्पी का अर्थ यह तो नहीं निकाल रहे हैं कि मैंने मथुरा का राजा बनना स्वीकार लिया है। अरे कन्हैया! जल्दी सारी बातें साफ करो। अपने मन की बात कहो। कहीं ऐसा न हो तुम्हारा राजतिलक हो जाए और तुम इसी तरह बुत बने खड़े रह जाओ। ...बस तुरंत मैंने हड़बड़ाते हुए नानाजी से कहा[४०]- मैंने मामा का वध ना तो अपनी वीरता बताने हेतु किया था, ना ही राजा बनने के किसी प्रयोजन से। मेरी दृष्टि में उनकी मौत उनके कर्मों से हुई देखी जानी चाहिए, और मुझे उस भयानक कर्म का निमित्त-मात्र समझा जाना चाहिए। वहीं, जहां तक राजा बनने का सवाल है... तो मैं यह स्पष्ट कर दूं कि अभी राजा बनने की न तो मेरी उम्र है और ना ही राजा बनने की मुझमें कोई योग्यता है। क्योंकि मेरा लालन-पालन एक साधारण ग्वाले के रूप में ही हुआ है। अतः मेरी दृष्टि में आप ही मथुरा के राजा बनने योग्य हैं। पहले भी आपके ही राज में मथुरा ने खुशी का अनुभव किया है, अतः मैं आपसे निवेदन करता हूँ कि आप एकबार फिर मथुरा को खुशी देने के निमित्त बनें। और जहां तक मामा की अंत्येष्टि का सवाल है तो वह एक राजा थे, और उनका अंतिम संस्कार पूरे राजकीय सम्मान के साथ होना ही चाहिए। ...इस हेतु मुझे नहीं लगता कि राजमहल को मेरी इजाजत की कहीं भी आवश्यकता है।

इतना कहकर मैं तो चुप हो गया और उधर नानाजी ने भी प्रस्ताव स्वीकारने में आना-कानी ही दिखाई। यानी मथुरा के राजा बनने का जो मामला उलझा पड़ा था वह उलझा ही रह गया। हां, इस दरम्यान "महाराजा कंस" की अंत्येष्टि पूरे राजकीय सम्मान के साथ होना अवश्य तय हो गया।

---

४०. हरिवंश पुराण, विष्णु पर्व, अध्याय-३२, श्लोक-१८-५३; भागवत पुराण, स्कंध-१०, अध्याय-४५, श्लोक-१२; विष्णु पुराण, अंश-५, अध्याय-२१, श्लोक-९

वहीं दूसरी ओर सच कहूं तो नानाजी द्वारा प्रस्ताव ठुकराते वक्त भी कहीं-न-कहीं उनके मन में राजा बनने की जागी तमन्ना स्पष्ट देखी जा सकती थी। यानी उनके इनकार में कोई बहुत ज्यादा मजबूती नहीं थी। और मुझ शाणे ने यह बात अच्छे से ताड़ ली थी। वैसे नानाजी, यानी राजा उग्रसेन के मन में एकबार फिर राजा बनने की ख्वाहिश जागना समझा भी जा सके, ऐसा था। एक सफल राजा जो इतने वर्षों से कैद में सड़ता रहा हो, उसे उम्र के इस पड़ाव पर स्वयं को सिद्ध करने हेतु राजा बनने की इच्छा जागना स्वाभाविक बात थी। वहीं दूसरी ओर एक और स्वाभाविक घटना भी हाथोंहाथ घटी थी। मेरे द्वारा नानाजी को राजा बनाये जाने के प्रस्ताव-मात्र से यादव-प्रमुखों के खेमे में खुशी की लहर दौड़ गई थी। यह बात समझना तो और भी आसान था। निश्चित ही वे मुझसे छुटकारा पाने का हाथ लगा यह हसीन मौका कतई छोड़ना नहीं चाहते थे। मजा तो यह कि उन्होंने महाराज उग्रसेन के पक्ष में नारेबाजी भी प्रारंभ कर दी थी। यही नहीं, वे अपनी ओर से महाराज पर प्रस्ताव स्वीकारने का समुचित दबाव भी डालना शुरू कर दिए थे। उधर नानाजी जिनका इन्कार पहले ही कमजोर था, जल्द ही यादव-संभ्रांतों के दबाव के सामने झुक गए। उन्होंने मथुरा की राजगद्दी सम्भालना स्वीकार लिया। इधर नानाजी के राजी होते ही मैंने चारों ओर उनकी जय-जयकार करवा दी। इस तरह एकबार फिर मथुरा की बागडोर "महाराजा उग्रसेन" के हाथों में सौंपने की तैयारी हो गई।

...चलो यह मामला तो सुलझ गया, लेकिन उधर नानाजी ने प्रस्ताव स्वीकारने हेतु एक विचित्र शर्त रखकर मेरे समेत सबको आश्चर्य में डाल दिया। नानाजी की शर्त यह थी कि यदि मैं मथुरा में रहकर ही राज-पाट के काम में उनका हाथ बंटाने का वादा करूं, तो ही वे यह राज सिंहासन स्वीकारने को तैयार हैं। अब यादव-प्रमुखों को नानाजी की यह शर्त रास आने का सवाल ही नहीं उठता था। लेकिन दुर्भाग्य से इस समय वे उस स्थिति में भी नहीं थे कि नानाजी का विरोध कर सकें। इधर मुझे तो इस बात से कोई एतराज होने का सवाल ही नहीं उठता था। राज्य के कामकाज सीखना तो मैं भी चाहता ही था, और ऊपर से मैं उनका नाती भी था। वहीं, मथुरा नगरी भी मुझे भा ही गई थी। और फिर इस उम्र में अपने नाना का साथ मैं नहीं दूंगा तो और कौन देगा? कुल-मिलाकर शर्त में ऐसा कुछ नहीं था जो मैं अस्वीकार कर सकूं। एक तो शर्त स्वीकारना मेरा कर्तव्य भी था व दूसरा सच कहूं तो बात भी मेरे पसंद की ही थी। मैं तो इसे रुक्मिणी के लायक बनने के एक अवसर के रूप में ही देख रहा था।

खैर! मेरे राजी होते ही यह मामला अब पूरी तरह सुलझ गया। महाराज उग्रसेन का एकबार फिर राजगद्दी पर बैठना तय हो गया। और इस दृष्टि से आज का दिन हम नाना-नाती, यानी मेरे और नानाजी दोनों के लिए बहुत ही अद्‌भुत रहा। करीब-करीब दोनों के लिए एक-सा अवसर था। एक ओर जहां मुझे पल-भर में ग्वाले से राजा बनने का अवसर मिला था, तो वहीं दूसरी ओर नानाजी... जो कहां पूरा जीवन कैदखाने में बीत जाएगा, ऐसा सोच रहे होंगे; ...और कहां क्षणभर में राजा बन गए थे। सचमुच समय कितनी तेजी से करवट लेता है; पलभर में राजा को रंक और रंक को राजा बना देता है। इसीलिए तो कहते हैं कि इस दुनिया में "समय" से बलवान और कुछ नहीं। हालांकि यह तो मेरी और नानाजी की बात हुई। उधर स्वाभाविक रूप से मेरे राजा बनने के प्रस्ताव ठुकराने

से ग्वाले व भैया उदास हो गए थे। और जहां तक मथुरावासियों का सवाल है, उन्हें मेरे या नानाजी से कोई विशेष फर्क पड़ा हो, ऐसा नहीं जान पड़ रहा था। उन्हें तो बस "कंस" से छुटकारा चाहिए था और जो मैं उन्हें दिलवा चुका था। बाकी अभी मथुरा में मेरा कोई इतना प्रभाव थोड़े ही था कि मेरे राजा न बनने से वे उदास हो उठते। अब रहा सवाल युवराजों व यादव-संभ्रांतों का तो वे तो खुश ही थे।

चलो यह सब बातें बहुत हो गई। अब यदि मैं इस पूरे घटनाक्रम पर नए सिरे से विचार करूं तो सबसे ज्यादा काबिले-तारीफ कार्य सेनापतिजी ने किया था। यह मथुरा का सौभाग्य ही था कि उनकी नियुक्ति में जरासंध का कोई हाथ नहीं था। और यही कारण था कि वे मथुरा के प्रति पूर्णतः समर्पित थे। उन्होंने महाराजा उग्रसेन को कैद से छुड़वाकर व तत्क्षण सभास्थल पर लाकर सचमुच बुद्धिमानी का कार्य किया था। वहीं यदि प्रांगण के वर्तमान माहौल की बात करूं तो कई लोग पहले ही भय-वश अपने-अपने घरों को जा चुके थे, पता नहीं कब क्या हो जाए। हालांकि फिर भी कुछ साहसी तथा जिज्ञासु लोग अब भी प्रांगण में मौजूद था। वैसे चूंकि यहां एक-एक कर सभी चीजों का समाधान निकल ही चुका था, अतः प्रांगण का वातावरण भी तेजी से सामान्य होता जा रहा था। यहां मथुरा को भी अपना नया महाराज मिल ही गया था, अतः अब अराजकता के आसार भी पूरी तरह खत्म हो चुके थे। ...अब तो ले-देके सबके सामने एक ही सवाल मुंह फाड़े खड़ा था, और वह था कंस के सम्मानपूर्ण अंतिम संस्कार का। महाराजा उग्रसेन ने इसकी जिम्मेदारी सेनापतिजी को सौंपी थी, और चपल सेनापति ने लगे हाथों अंत्येष्टि की सारी तैयारियां भी कर ली थी। कमाल यह कि सभी युवराजों समेत हरकोई यहां अब भी डटे हुए थे। यानी राजकीय शिष्टाचार निभाने में कोई पीछे नहीं था। और मेरी बात करूं तो मैं तो अभी से ही नानाजी के पीछे-पीछे लग गया था। ...और भैया मेरे पीछे लगे हुए थे। उधर जैसे ही सारी तैयारियां हो गई कि तत्काल पूरे राजकीय सम्मान के साथ कंस की शवयात्रा यहीं प्रांगण से निकाली गई। ...उधर पता नहीं कैसे यह खबर आग की तरह पूरी मथुरा में फैल गई, और फिर तो कंस के अंतिम संस्कार में शामिल होने के लिए करीब-करीब पूरी मथुरा उमड़ पड़ी। सभी अत्यंत दुखी भी नजर आ रहे थे। ...यानी "मरने के बाद मनुष्य के पाप धुल जाते हैं" यह सुना तो था, ...आज देख भी रहा था। नानाजी के साथ-साथ मेरे समेत कई युवराज व यादव संभ्रांत भी राजकीय श्मशान घाट की ओर चले आ रहे थे और उनके पीछे दो-ढाई हजार के करीब की भीड़ भी चली आ रही थी। कहने की जरूरत नहीं कि महाराज कंस मरते ही लोकप्रिय हो गए थे। खैर, ससम्मान अंत्येष्टि तो निपट गई व हमलोग वापस प्रांगण भी लौट आए; लेकिन यहां आते ही फिर मुसीबत से सामना हो गया। वहीं रोदन करती मामियों का सामना करना पड़ा। वाकई मामियों का क्रोध अब भी मेरी चिंता का प्रमुख विषय बना हुआ था। जब भी आमना-सामना हो रहा था या आंख मिल रही थी, वे घुर्राना नहीं भूलती थी। उनकी कातिल नजरों से यह स्पष्ट था कि यदि मौका मिला तो वे मुझे कच्चा चबा जाएंगी। सच कहूं तो राजगद्दी ठुकराने का एक कारण यह भी था, भले छोटा ही सही; क्योंकि मामियों के क्रोध से यह स्पष्ट था कि वे मुझे मथुरा की गद्दी पर चैन से नहीं बैठने देतीं। साथ ही मेरे दुर्भाग्य से उनके पिता "जरासंध" वीर, पराक्रमी व अत्यंत शक्तिशाली राजा थे। अतः यदि मैंने राजा बनना स्वीकारा

होता तो यह तय था कि मेरी मामियां जरूर अपने पिताजी को भड़काकर मथुरा में मेरे लिए नित नई मुसीबतें खड़ी करवातीं। छोड़ो; मामियों की चर्चा फिर कभी। अभी तो मामियों के साथ रुक्मिणी के भी दर्शन हो गए थे उसकी चर्चा करूं। उससे इस दरम्यान दो-तीन बार आंखें टकरा चुकी थी पर उसके हाव-भाव कुछ समझ में नहीं आ रहे थे। ...यूं भी अब मैं कुछ सोचने-समझने लायक बचा भी कहां था?

खैर! इधर यह सब निपटते-निपटाते संध्या हो गई थी। हम सभी बुरी तरह थक चुके थे, खासकर मेरी और भैया की हालत बुरी तरह लड़खड़ा गई थी। सुबह से तीन-तीन महायुद्ध किए थे और ऊपर से अन्न का एक दाना अब तक पेट में नहीं गया था। हालात यहां तक बिगड़ चुके थे कि अब तो हम अपने पांव चलकर घर तक जाने में भी सक्षम नहीं थे। किसी तरह लड़खड़ाते हुए अक्रूर चाचा के रथ पर सवार होकर उनके घर पहुंचे थे। सच कहूं तो आज तो स्नान तक करने की ताकत नहीं बची थी हममें; लेकिन हकीकत यह थी कि इस हालत में स्नान किए बगैर चले, ऐसा भी नहीं था। दिन-भर खून की होली जो खेली थी। वैसे स्नान करना शुभ ही रहा था, क्योंकि स्नान कर थकान काफी हद तक कम हो गई थी। इधर थकान कम होते ही भूख ने बूरी तरह पागल कर दिया था। वैसे भी इस कदर भूखे रहने का जीवन में यह प्रथम अवसर ही था। कहने की जरूरत नहीं कि भोजन परोसते ही मैं और भैया भोजन पर भूखे शेर की तरह टूट पड़े थे। वैसे आज दिन में भी कंस और उसके दानवों पर हमलोग भूखे शेर की तरह ही तो टूट पड़े थे, इस लिहाज से तो इस समय सिर्फ उस परंपरा को आगे बढ़ा रहे थे। खैर, इधर कारण चाहे जो हो, पर आज अक्रूर चाचा की आव-भगत भी कुछ विशेष थी। भोजन में भी हमारे लिए छप्पन-भोग ही बनवाये गए थे। निश्चित ही आज की यह आव-भगत और यह छप्पन-भोग मथुरा में हमारे बढ़ते "राजकीय प्रभाव" के आभारी थे।

...इधर छप्पन-भोग क्या खाया नींद मेरे पूरे अस्तित्व पर छा गई। मैं तुरंत सोने चला गया। काफी देर तक करवटें बदलता रहा, लेकिन आज इतनी थकान के बावजूद नींद थी कि दगा देने पर तुली हुई थी। मन बार-बार दिनभर के घटनाक्रम में उलझ रहा था। सचमुच आज का दिन कितना लंबा व महत्त्वपूर्ण था। सुबह घर से निकला था महोत्सव में भाग लेने, हो गई भिड़ंत पागल हाथी से। फिर चाणूर से युद्ध। फिर तो परिस्थिति वश कंस का ही वध करना पड़ा। और अचानक... नानाजी द्वारा राजा बनने का प्रस्ताव! वह तो कमाल ही रहा। ...प्रस्ताव से याद आया, जब नानाजी ने राजा बनने का प्रस्ताव दिया और मैंने ठुकराया; इन दो क्षणों के बीच में कुछ समय के लिए तो मैं "राजा" बन ही गया था। यानी भले ही कुछ क्षणों के लिए ही सही, पर आज इस ग्वाले ने राजपाट तो भोग ही लिया था। और कुछ नहीं तो कम-से-कम आज के बाद मैं अपने बारे में यह तो दावे से कह ही सकता हूँ कि अब मैं वृन्दावन का साधारण ग्वाला नहीं रह गया हूँ; कुछ क्षण के लिए राजपाट भी भोग चुका हूँ। खैर, कुल-मिलाकर आज का दिन मेरी जिंदगी में विजय का दिन था। पहले पागल हाथी से जीता, फिर चाणूर से जीता; और फिर तो कंस की सोच को ही मात दे डाली। ...लेकिन सच कहूं तो ये सारी विजय फीकी थी उस विजय के सामने जो मैंने रुक्मिणी का अभिवादन प्राप्त कर पाई थी। रुक्मिणी का मेरा उत्साह बढ़ाना, मेरी जीत से खुश होना, मेरा बात-बात पर

अभिवादन करना निश्चित ही मेरे जीवन की सबसे बड़ी विजय नहीं तो और क्या थी? वैसे भी वृन्दावन के एक रसिक ग्वाले के लिए राजकुमारी का आकर्षण प्राप्त करने से बढ़कर विजय और क्या हो सकती थी?

...लेकिन सवाल यह कि इतनी बड़ी विजय मुझे अनायास मिली कैसे? इस पर मनन करूं तो मेरी इस विजय-यात्रा में कइयों का सहयोग था। कई लोग मेरी इस विजय के निमित्त बने थे। अब अक्रूर चाचा को ही लो। यदि उन्होंने वृन्दावन से मथुरा आते वक्त मुझे कंस से सावधान रहने की सलाह न दी होती, तो शायद कंस मेरा वध करने में कबका कामयाब हो चुका होता। अक्रूर चाचा ही क्यों, उस वृद्ध का एहसान भी क्या कम था जिसने पैदल बाजार घूमते वक्त कंस पर एक शानदार व्यंग कसा था। ...आपको याद है न उसने कहा था – मामा ने भांजे को समारोह में भाग लेने हेतु बुलवाया है, लेकिन देखो उसे लेने रथ तक नहीं भेजा; बेचारा बाजार में पैदल ही चल रहा है। आपको अच्छे से याद होगा कि उस वृद्ध के इस एक व्यंग ने मुझे तत्क्षण एक मजा हुआ कूटनीतिक बना दिया था। यदि मैं समय रहते कूटनीति नहीं सीखता तो शायद कंस अपने नापाक इरादों में कब का कामयाब हो गया होता। यह बात तो एकदम सही है। बस इस विचार के साथ ही चिंतन सक्रिय हो गया। अब नींद तो वैसे ही नहीं आ रही थी, सोचा एक के बाद एक घटे इन घटनाक्रमों का चक्कर क्या है यही समझने का प्रयत्न कर लिया जाए। हजार सवाल वैसे ही मन में उठ रहे थे। क्या कोई शक्ति है जो हमारा जीवन चला रही है? क्या अक्रूर चाचा और वह वृद्ध उस शक्ति से आए निमित्त हैं? यदि समय रहते मैं सावधान न हुआ होता या कूटनीति न सीख पाता तो क्या मेरा वजूद मिट गया होता? क्या मेरे सीखने व जीवित रहने में कोई ताल-मेल है? ...यदि ऐसा है तो इसका अर्थ यह हुआ कि वह शक्ति ही हमारा जीवन चला रही है। इसका अर्थ यह भी हुआ कि फिर तो वही शक्ति कोई व्यक्ति या किसी घटना को निमित्त बनाकर हमें कब क्या करना, कहां जाना इसके संदेश भेजा करती है। यदि सचमुच ऐसा है तब तो हमारा एकमात्र कर्तव्य उन संदेशों को समझना व उस पर अमल करना रह जाता है। हां, ऐसा ही कुछ होना चाहिए; क्योंकि तभी तो कुदरत के भेजे संदेश को सीखते व समझते वृन्दावन के इस ग्वाले को मथुरा के राजा बनने तक की उड़ान भरने का मौका मिल गया था। और यदि ऐसा ही है, तो जो संदेश न समझे उनका क्या? फिर शायद वे ग्वाले ही पैदा होते होंगे और ग्वाले ही मर जाते होंगे।

लेकिन यह तो अच्छा था मैं वीर था, पहलवान था, साहसी था, वरना हाथी या चाणूर मुझे कबके मार न चुके होते? अरे, तुम्हें बचना था इसीलिए तो वीर व साहसी निकल आए थे। लेकिन मैं वीर व साहसी हुआ कैसे? ...शायद सीखने की आदत व निःस्वार्थ-भाव का इसमें काफी बड़ा योगदान है। परंतु इस स्वभाव के तो काफी मनुष्य होते हैं, कोई सभी साहसी व वीर थोड़े ही हो जाते हैं? तो क्या... कालिया, केशी या पागल सांढ़ वगैरह मेरी शक्ति व साहस बढ़ाने के निमित्त-मात्र थे? ऐसा है तब तो वे मेरे शत्रु न होकर मित्र हुए; और इस लिहाज से तो कोई कभी हमारा शत्रु नहीं होता। अर्थात् जीवन का यह खेल सिर्फ मनुष्य स्वयं और उसका जीवन चलाने वाली प्रकृति के बीच ही चल रहा है, बाकी सब आने-जाने वाले तो उसके जीवन के निमित्त-मात्र हैं। "यदि यह सच है तो - तो जो भी हो रहा है वह अच्छा हो रहा है। जो हुआ वह भी अच्छा ही

हुआ... और आगे भी जो होगा अच्छा ही होगा।" देखा आपने, आज मेरा चिंतन कुछ ज्यादा ही ऊंची उड़ाने भर रहा था। यह नन्हा-सा गुस्ताख चिंतन आज प्रकृति के रहस्यों को समझने का दुस्साहस कर बैठा था। शायद यह क्षण-भर को ही सही, 'राजा' बनने का प्रताप था। चाहे जो हो, जमीनी हकीकत यह थी कि अभी मेरी प्रज्ञा या मेरा चिंतन इतना विशाल नहीं हुआ था कि वह प्रकृति के इन रहस्यों को पूरी तरह समझ सके; या उसके रहस्यों का ठीक-ठीक आकलन कर सके। ...तो क्या, आज जीवन में पहली बार मेरे चिंतन ने इतनी गहरी डुबकी लगाई तो थी; कल बाकी की मंजिलें भी सर कर ली जाएगी।

बस ऐसा सोच मन शांत हुआ ही था व नींद गहराने को ही थी कि फिर एक सवाल ने दस्तक दे नींद पूरी तरह उड़ा दी। लेकिन चिंतन साथ दे ही कहां रहा था। यानी, अब हालत यह हो चुकी थी कि नींद आ नहीं रही थी और चिंतन साथ नहीं दे रहा था। वहीं कुछ-न-कुछ करना भी आवश्यक था। कोई ऐसे ही सुप्त होकर तो पड़ा नहीं रहा जा सकता था? सोचा, क्यों न वंशी बजा ली जाए। वंशी की धुन में डूबकर स्वयं को चिंतन-मुक्त करना भी आसान हो जाएगा और मौज भी हो जाएगी। विचार शुभ था, अतः अमल में देरी करना व्यर्थ था। तुरंत वंशी लेकर बाहर की ओर चल पड़ा। कुछ दूर जाकर एक पेड़ के नीचे बैठकर मैंने वंशी की धुन छेड़ दी। आप मानेंगे नहीं, आज वंशी की धुन ऐसी छिड़ी कि प्रभात कब हो गई पता ही न चला। शायद वंशी भी विजय का जश्न मनाने को तड़प उठी थी। चलो उसकी तड़प भी दूर हुई, पर अब आगे क्या? नहीं समझे, दिनभर की थकान ऊपर से रातभर का जागरण; ...अब करो तो क्या करो? सोचा कुछ टहल आऊं। वैसे भी नींद न आ पाने की सुस्ती को भगाने का यही एक तरीका उत्तम जान पड़ रहा था। चलो टहल भी आया। ...वापस लौटा तो देखा भैया बाहर बरामदे में ही नहा-धोकर मेरा इन्तजार कर रहे हैं। अरे हां, याद आया, हमें तो सुबह-सुबह ही नानाजी के पास जाना था। बस क्या था, तुरत-फुरत तैयार होकर हम दोनों राजमहल नानाजी से मिलने निकल पड़े। ...अजब हालत थी मेरी। चाणूर व कंस जैसे शत्रुओं से तो निपट चुका था, लेकिन इस "नींद" नामक महाशत्रु का कोई उपाय नजर नहीं आ रहा था। ऊपर से थकान नामक महा-बीमारी तो ऐसे घेरे हुए थी कि जाने का नाम ही नहीं ले रही थी।

खैर! कंस की मृत्यु के बाद का आज पहला दिन था। राजमहल भी हमलोग आज पहली दफा ही जा रहे थे। राजमहल देखने की जिज्ञासा तो कब से मन में संजोये हुए था, लेकिन अब तक मामा के डर से स्वयं को उससे दूर रखे हुए था। उधर राजमहल मेरे सोचने से भी कई गुना भव्य व विशाल था। वृन्दावन के सबसे बड़े घर के गुमान में जीने वाले ग्वाले की तो राजमहल देख बुद्धि ही चकरा गई थी। राजमहल क्या था, एक अच्छाखासा किला नजर आ रहा था। भीतर से इतना भव्य कि मैं एक क्षण को तो उसके अनगिनत विशाल कक्ष, बड़े-बड़े खंभे और दीवारों पर लटक रही एक-से-एक शानदार चित्रकारियों में ही खो गया था। राजमहल की भव्यता देख मेरी तो आंखें ही चौंधिया गई थी। सच कहूं तो कच्चे घरों में रहने के आदी इस ग्वाले के लिए यह शानदार राजमहल किसी स्वप्न से कम न था। सचमुच शहर...शहर होता है। धन...धन होता है। राजमहल... राजमहल होता है व राजा...राजा होता है। अचानक राजमहल की भव्यता देख मेरे मन को एक

मजाक सूझा, वह स्वयं से परिहास करता हुआ बोला- अरे पगले, राजा बनना न स्वीकार कर व्यर्थ इतने भव्य राजमहल से हाथ धो बैठा न। वाकई पहले मालूम होता तो शायद राजा बनने से इनकार न करता। निश्चित ही अपनी सुस्ती भगाने हेतु ही मैं स्वयं से ऐसे परिहास कर रहा था, आप इसे संजीदगी से कतई मत लेना।

...उधर स्वाभाविक तौर पर राजमहल बुरी तरह शोक में डूबा हुआ था। हमें सीधे नानाजी के ही कक्ष में ले जाया गया। नानाजी तो मुझे देखते ही लिपट पड़े। मैं भी उन्हें देखते ही गद्‌गद् हो गया। अभी कल ही तो मैं उनसे पहली बार मिला था; लेकिन देखो एक दिन के संक्षिप्त संबंध में ही हमारी आत्मीयता आसमान छू गई थी। हम दोनों एक-दूसरे को अच्छे से समझने भी लगे थे। ...वैसे भी नाना-नाती का प्रेम कुछ विशेष होता ही है। सो, उस बात को छोड़ो। अभी तो कुछ देर यहां-वहां की बात कर तत्क्षण नानाजी हमें मुख्य सभा कक्ष में ले गए। सभाकक्ष खचाखच भरा हुआ था। मथुरा के संभ्रांतों के साथ-साथ मामियां भी वहां पहले से मौजूद थीं। उनकी आंखों से ही लग रहा था कि वे रात भर नहीं सोई हैं। भला अपना पति खोकर कौन सो सकता है? ...लेकिन कमाल यह कि इतनी थकान व मातम के बावजूद मुझे देखते ही दोनों में जाने कहां से घुर्राने की ताकत आ गई थी। मुंह तो ऐसा फाड़ा था, मानो मुझे कच्चा ही चबा जाएगी। यह तो वाकई कमाल हो गया था। समय के साथ इनका क्रोध तो बढ़ता ही जा रहा था। मैं पूरी तरह आश्चर्यचकित था। क्योंकि मैंने अब तक जितने क्रोध देखे थे सब समय के साथ शांत होने वाले देखे थे। भैया का, पिताजी का, मां का और हां...राधा के क्रोध का भी मैं कई बार सामना कर चुका था। लेकिन इन सभी के क्रोध को मैंने समय के साथ शांत होते ही देखा था। समय के साथ बढ़ने वाले क्रोध का यह मेरा पहला अनुभव था। हालांकि प्रथम अनुभव के बावजूद उनके क्रोध का यह स्वरूप देख मुझे इतना तो समझ आ ही रहा था कि यदि मामियों का क्रोध इसी गति से बढ़ता रहा, तो आज नहीं तो कल ये मेरे लिए कोई-न-कोई मुसीबत अवश्य खड़ी करेंगी। दूसरी ओर संभ्रांत-यादवों के भी मेरे प्रति हाव-भाव कुछ ठीक नजर नहीं आ रहे थे। निश्चित ही नानाजी से मेरी बढ़ती निकटता उनसे बर्दाश्त नहीं हो रही थी। यानी "कृष्ण महाराज" नानाजी के प्रति अपना कर्तव्य जान व मन की उड़ानें भरने के मिले-जुले कारणों से मथुरा रुक तो गए थे, पर आगे कुछ आसान नजर नहीं आ रहा था। होगा, अभी तो मैं अपने सुरक्षा-कवच "नानाजी" की बगल में ही बैठा हुआ था। उधर लोगों का आना अब भी जारी था। मातम भले ही सबके सर पर सवार था, पर मामियों के मातम का आलम ही कुछ और था। उनका रोना-धोना तो थमने का नाम ही नहीं ले रहा था। और उनके इस रोने-धोने ने कंस की मृत्यु के बाद भी मुझे काफी परेशान किया था, और अब भी मैं उससे परेशान हो रहा था।

खैर छोड़ो! अभी तो अचानक वातावरण ने जो करवट ली उसकी चर्चा करूं। हमारे आने के ...कुछ ही देर बाद युवराज भी आने शुरू हो गए। युवराजों को देखते ही मुझे रुक्मिणी की याद आ गई। उसकी याद क्या आई टक-टकी लगाती हुई मेरी निगाहें अपनेआप प्रवेश-द्वार पर टिक गई। मेरी बेकरारी का आलम तो यह था कि मेरी थकी हुई आंखें भी बगैर पलक झपके बड़ी बेसब्री से "रुक्मिणी-आगमन" का इन्तजार करने लगी।

देखा आपने, मेरे भीतर का वातावरण कैसे पलटी खाकर हसीन हो गया। अब एकबार मन में रुक्मिणी आ बैठी फिर मामियों के रोदन पर कौन ध्यान दे? और इसके चलते अजब नजारा हो गया था। इस समय तीन सौ के करीब लोग इस विशाल व शानदार सभागृह में मौजूद थे। दायीं ओर यदि हम पुरुष बैठे थे तो बायीं ओर मामियों के साथ कुछ महिलायें भी बैठी हुई थीं। निश्चित ही उसमें देवकी भी थी, वहीं वसुदेवजी व अक्रूरजी हमारे ही साथ बैठे हुए थे। यहां तक तो ठीक पर जहां बाकी सब शांत, उदास व गंभीर थे, वहीं मैं अपनी गर्दन टेढ़ी किए लगातार उस प्रवेशद्वार की ओर ही देख रहा था जिधर से रुक्मिणी के आने की अपेक्षा थी। यह शुक्र था जो मुझे ज्यादा इन्तजार नहीं करना पड़ा। वरना यह दृश्य देख कोई भी मुझे पागलों में गिनता, और सोचता भी कि अच्छा था जो यह राजा नहीं बना। छोड़ो, कौन परवाह करता है? आशिक तो पागल होते ही हैं। अभी तो राहत की बात यह कि उसके आगमन के साथ ही हमारी निगाहें चार हुईं। निगाहें चार क्या हुई मेरी सारी थकान छू हो गई। उधर रुक्मिणी आते ही मामियों के पास बैठ गई। हालांकि मेरा आंखें चुरा-चुरा कर उसको देखना अब भी जारी था। फर्क सिर्फ इतना था कि मैं अब सामान्य तरीके से बैठ गया था, क्योंकि महारानी सामने ही विराजमान थी। उधर कभी-कभार उसकी भी निगाहे-करम हो जाया करती थी। सच कहूं तो उसका यह बार-बार का देखना मन में हजार गुदगुदियां पैदा कर रहा था। निश्चित ही अन्य परिस्थिति होती तो शायद मैं अपना आपा कब का खो चुका होता। हालांकि काफी हद तक तो आपा अब भी खो ही चुका था। मैं कहां बैठा हूँ, क्यों बैठा हूँ, यह सब भूलकर रुक्मिणी को निहारने के आनंद में ही तो खोया हुआ था। ...तो इसमें कुछ बुरा भी नहीं था। लेकिन दुर्भाग्य से यह आंख-मटक्का लंबा न चल सका। कुछ देर बाद अचानक क्या हुआ कि रुक्मिणी उठी व द्वार से बाहर निकल गई। मैं उदास हो गया। हालांकि उदास नजरों से भी मैं देख तो जाती हुई रुक्मिणी को ही रहा था। मैं यहां बैठा हूँ और वह चल दी, मेरा दिल ही टूट गया। मेरी तो जान ही निकली जा रही थी। मतलब साफ था, मैं उसके आकर्षण में बुरी तरह फंस गया था। अब मेरी उसकी कोई बातचीत तो हुई नहीं थी, ना ही कोई विशेष मुलाकात ही हुई थी; यानी मैंने अपनी ही ओर से यह सारा खेल आंखों-ही-आंखों में जमा लिया था। मजा यह कि गुस्ताखी आंखों ने की थी, सजा दिल भोग रहा था। ...वो भी इस कदर कि उसके आने पर खुशी से झूम उठे और जाते ही गमगीन हो जाए। उसकी नजरें इनायत हो जाए तो दीवानगी छा जाए, और यदि गलती से उपेक्षा हो जाए तो प्राण ही निकल जाए। अभी मैं अपने इन्हीं सब अनुभवों के विचारों में खोया हुआ था कि अचानक मुझे ऐसा लगा मानो रुक्मिणी मुझे इशारा कर बाहर बुला रही है। मेरी तो इन्द्रियों ने ही काम करना बंद कर दिया। नहीं...नहीं; यह नहीं हो सकता। तुम दिन में ही सपने देखने लग गए हो कन्हैया। रुक्मिणी तुम्हें बुलाये, वह भी राजमहल में... और सबके सामने। कृष्ण तुम बावले हो गए। किसी काम के नहीं बचे। कन्हैया तुम्हारे मन में ही लड्डू फूट रहे हैं। सब उल्टा-पुल्टा दिखाई दे रहा है। बेहतर है अपनी औकात में आ जाओ व चुपचाप बैठ जाओ। ...बस मैं चुपचाप गुमसुम बैठ गया। अब तो नजरें भी रुक्मिणी की ओर से हटा ली।

अब यह तो बुद्धि का लादा नियंत्रण था, मन तो उसे मानने से रहा। बस कमबख्त निगाहें फिर रुक्मिणी की ओर उठ गई। ऐसा लगा मानो वह मेरे नहीं जाने से क्रोधित हो उठी है, वहीं इशारे

से बुला तो अब भी रही है। अब तो बात पक्की हो गई। राजकुमारी ग्वाले को पुकार ही रही है। मैं मारे खुशी के पागल हो गया। उदासी पर प्रसन्नता का राज हो गया। मैं फटाक से उठा व चल दिया। क्या या क्यों... समझने की चेष्टा ही नहीं की। यूं भी राजकुमारियों की अदा समझ पाने की अभी इस ग्वाले की औकात ही कहां थी? उसके लिए तो बस राजकुमारी का हुक्म सर आंखों पर था। बस मैं तपाक् से वहां पहुंच गया जहां रुक्मिणी खड़ी थी। मेरे निकट आते ही वह पलटी और फिर चलना प्रारंभ कर दिया। मेरे पांव खुद-ब-खुद उसके पीछे चल पड़े। अचानक एक जगह जाकर वह रुक गई। मैं भी रुक गया। हालांकि रुकते ही कुछ जमीनस्थ अवश्य हुआ, और जमीनस्थ होते ही होश में भी आ गया। ...देखा तो अपने को एक ऐसे एकान्त कोने में खड़ा पाया जहां कोई आवक-जावक नहीं थी। अच्छा तो राजकुमारी ने इस हसीन मुलाकात के लिए कोना भी ढूंढ़ रखा था। अभी मैं इस बात को समझूं, सम्भलूं या मारे खुशी के झूम उठूं कि देखा रुक्मिणी बड़े आत्मविश्वास के साथ मेरी आंखों में आंखें डाल मुझे निहार रही है। वैसे तो मैंने कल ही तीन-तीन कत्ल किए थे और वह भी एक-से-एक वीरों के, लेकिन रुक्मिणी की आंख के इस एक ही वार ने मुझ जैसे वीर को चारों खाने चित कर दिया था। उसके कत्ल करने का अंदाज ही निराला था। न तीर, न तलवार, न चालबाजी न दगाबाजी; फिर भी मुझे ऐसा मारा था कि मैं पानी तक नहीं मांग रहा था। अभी मैं इन सब बातों से निकलकर अपनी ओर से सम्भलने की कोशिश ही कर रहा था कि उसने एक सीधे सवाल से मूर्छित ही कर दिया। उसने सीधा अधिकार जताते हुए पूछा- आपने राजा बनना क्यों नहीं स्वीकारा?

...ऐसी कातिल नजरों से ऐसा सवाल कतई अपेक्षित नहीं था। आज मेरा "मन का गणित" कुछ काम नहीं आ रहा था। मेरी सारी विशेषताएं जिन पर मैं इठलाता फिरता था, धरी-की-धरी रह गई थी। पहले से ही बेहोश मैं सवाल सुनते ही बुरी तरह हड़बड़ा गया। मेरे ज्ञान-चक्षुओं ने काम करना ही बंद कर दिया। इस पर जो कुछ कमी रह गई थी वह उसकी तेज रुआबदार आंखें पूरी कर ही रही थी। अब आप ही बताइए भला मैं सम्भलूं भी तो कैसे? और इसका उत्तर दूं भी तो क्या? लेकिन आज नहीं तो कभी नहीं, यही सोचकर मैंने जल्द ही अपना आत्मविश्वास जगाया। आज पहली मुलाकात में ही इस तरह चारों खाने चित हो जाओगे तो जीवनभर का साथ कैसे पाओगे? सचमुच रुक्मिणी ने पहली मुलाकात में ही मुझे पूरी तरह अपने वश में कर लिया था। या यूं कहूं...मैं स्वयं उसके वश में आ गया था। चाहे जो हो, इस समय तो गोपियों के लाड़ले "कान्हा" की इज्जत का सवाल आन खड़ा हुआ था। ...अरे बावले, अभी कल ही तो नानाजी से संतुलन बनाए रखना सीखा था, तो फिर संतुलन बनाता क्यों नहीं? राजकुमारी ही है, कोई आसमानी परी तो नहीं... मैंने तत्क्षण स्वयं को आत्मविश्वास से भरा। अपना संतुलन बनाया। होश जगाया, और उसकी आंखों में आंखें डालते हुए पूरे आत्मविश्वास से कहा-क्योंकि मैं अपने में राजा बनने की योग्यताएं नहीं पाता।

...रुक्मिणी यह सुनते ही अवाक् रह गई। तत्पश्चात् एक लंबी सांस लेते हुए बड़ी गंभीरता से बोली- गलत! मैं तो सफल राजा बनने के लिए केवल तीन योग्यताओं का होना आवश्यक समझती हूँ। प्रथम, जो इतना वीर हो कि अपने सिंहासन की रक्षा कर सके। दूसरा, जिसको जनता

का समर्थन प्राप्त हो। और तीसरा, जो प्रजा के हित की चिंता करता हो। ...और मुझे तो आप में ये तीनों गुण दिखाई देते हैं।

आप समझ गए होंगे, वृन्दावन के इस सीधे-सादे ग्वाले को कुंडिनपुर की इतनी प्रभावशाली राजकुमारी के सामने स्वयं को लगातार सम्भाले रखने में कितनी दिक्कत आ रही होगी। बस अवाक्-सा खड़ा उसकी बातें सुनता रह गया। आज मेरे पास व्यक्त करने को न तो कोई भाव थे, ना ही मुंह से कोई शब्द ही फूट रहे थे। बोलूं क्या? इस स्तर की बात कभी सुनी-समझी हो तो कुछ कहूं। आप तो जानते हैं कि प्रथम दृष्टि में ही मैं उसके प्रभावशाली व्यक्तित्व का दीवाना हो चुका था। फिर उसके भोलेपन में खो गया था। वहीं उसके रूप की दीवानगी ने तो सारी सीमाएं पहले ही लांघ दी थी। और आज उसके साहस और समझदारी गुलाम बनाने पर तुले हुए थे। यानी "कान्हा" के अस्तित्व पर रुक्मिणी का जादू पूरी तरह छा गया था। अब जब कान्हा ही मर गया तो बोले क्या...? अब कान्हा मरा था, मारने वाली तो जिंदा ही थी। सो, मुझे इस कदर गुमसुम खड़ा देख वह स्वयं ही बोल पड़ी। अबकी उसके बोलने में भी गजब की दृढ़ता थी। वह सीधे आंखों में आंखें डालते हुए बोली- यह स्पष्ट समझ लो कि मेरी दृष्टि में आपका राज-पाट नहीं स्वीकारने का निर्णय योग्य नहीं था। शायद आप जानते नहीं कि राजा का पुत्र न होते-सोते राजा बनने का अवसर मिलना, वो भी एक ग्वाले को...यह अपनेआप में एक इतिहास है। शायद आपको दुबारा यह इतिहास रचने का मौका न मिले। हो सकता है, राजा के सारे गुण होने के बावजूद राजा नहीं बन पाने का गम आपको जीवन भर सताता रहे।

...अभी इससे पहले कि मैं उसके कहने का अच्छे से अर्थघटन कर सकूं या उसकी बोलने की अदा पर पूरी तरह मर मिटूं, कहीं से उसका भाई रुक्मी आ टपका। उसने मुझे तो बड़ी गंदी निगाहों से देखा ही देखा, लेकिन क्या कहूं...गुस्से में मेरी रुक्मिणी का भी हाथ पकड़कर उसे खींचते हुए वहां से ले गया। इसके साथ ही हमारी यह हसीन व ज्ञानवर्धक मुलाकात समाप्त हो गई। एकबार फिर रुक्मी ने यह एहसास करा दिया कि एक ग्वाले का दिल कितनी ही जोर से क्यों न धड़क रहा हो, अभी राजकुमारी उसकी पहुंच से बहुत दूर है। वाकई रुक्मी के इस व्यवहार ने मुझे अंदर तक विचलित कर के रख दिया। हालांकि बावजूद इसके मेरी निगाहें जाती हुई रुक्मिणी पर लगी ही रही। ...पर कमाल रुक्मिणी ने कर दिखाया। इतना सबकुछ हो जाने पर भी वह पूरी तरह शांत नजर आ रही थी। और बिंदास तो ऐसी कि नजरों से दूर होने से पूर्व हंसते हुए हाथ हिलाकर मेरा अभिवादन भी करती गई। शायद यही एक अनपढ़ ग्वाले व एक पढ़ी-लिखी राजकुमारी के व्यक्तित्व में बुनियादी फर्क था। परिस्थितियां उसे विचलित कहां कर रही थी? वैसे परिस्थितियों से विचलित होने वालों में से तो मैं भी नहीं था, यह तो दिल के हाथों थोड़ा कमजोर हो गया था। और वह भी इस कदर कि रुक्मिणी चली गई थी और मैं दीवानों-सा खड़ा-का-खड़ा रह गया था। सच कहूं तो आज रुक्मिणी के साथ "कृष्ण" भी चला गया था, ...रह गया था तो बस उसका शरीर। और यदि इस शरीर में कुछ रह गया था तो वह था रुक्मिणी का चिंतन। सो, बस इस समय वहीं एक खंभे पे हाथ रखकर रुक्मिणी के विचारों में खो गया था। वाकई उसकी हर बात निराली थी। जब उसने मुझे इशारा किया था, तब वह कितनी बिंदास नजर आ रही थी। और बातचीत के प्रारंभ से ही उसने

कितना विश्वास जताया था मेरी काबीलियत पर। सबसे बड़ी बात तो यह कि इतनी बड़ी राजकुमारी होते हुए भी उसने एक साधारण ग्वाले के उज्ज्वल भविष्य में कितना रस दिखाया था। और-तो-और, इस छोटी उम्र में भी उसका व्यक्तित्व कितना संतुलित था। रुक्मी के अचानक आ जाने पर भी वह कहां हड़बड़ायी थी? क्रोधित भाई साथ होते हुए भी जाते-जाते वह हाथ हिलाना कहां भूली थी? ...अब मैं यह तो नहीं जानता था कि उसको मेरी योग्यता में ही रस है या मुझमें भी, लेकिन अपनी ओर से मेरा हाले-दिल स्पष्ट था कि वह उसे हर हाल में पाने के लिए मचल उठा था। और इसी पाने की चाह के चलते आज मैंने वहीं खड़े-खड़े दो संकल्प लिए। एक मुझे रुक्मिणी को हर हाल में पाना है व दूसरा मुझे स्वयं को उसके काबिल बनाना है। ...यानी यह मौका नहीं बन पाया तो क्या, फिर भी रुक्मिणी को राजा बनकर दिखाना ही है।

...लेकिन क्या इतने से ही मेरा और रुक्मिणी का विवाह हो जाएगा? कहीं हमारे प्यार को रुक्मी के क्रोध का भोग तो नहीं सहना पड़ेगा? यह साला तो साला बनने से पूर्व ही मुझसे नाराज हुआ पड़ा है। उसका स्वभाव देखते हुए यह तय ही था कि वह मेरा साला न बनना पड़े, उसके अंतिम-से-अंतिम प्रयास कर गुजरेगा। ...लो, हवा में तो ऐसा उड़ने लगा मानो मैं राजा हो ही गया होऊं, रुक्मिणी ने विवाह में रस भी दिखा ही दिया हो, अतः अब रुक्मी के बाबत सोचना आवश्यक हो गया हो। पागल कहीं का! यह तो वही मिसाल हुई कि गाय खरीदने की सोची नहीं कि सीधे राजमहल माखन के भाव-तौल करने पहुंच गया। अब ग्वाला हूँ तो मिसाल भी ग्वालों वाली ही दूंगा। अरे कृष्ण! मिसाल भले ही ग्वालों वाली दो, पर कम-से-कम ग्वालों वाली हरकत से तो बाज आओ। यह क्या, सभाकक्ष छोड़ यहां दीवानों-से खड़े हो। कुछ परिपक्वता दिखाते हुए जाकर सबके बीच बैठो। ...लो चल दिए। इसके साथ ही मैं वापस सभा-कक्ष तो गया लेकिन कृष्ण अब भी वापस नहीं आ पाया था; वहां भी सिर्फ उसका शरीर ही पहुंचा था। मैं तो अब भी पूरी तरह रुक्मिणी के ख्यालों में ही खोया हुआ था। मुझे रह-रहकर बस रुक्मिणी का मेरी क्षमताओं पर जताया विश्वास याद आ रहा था।

कमाल था! जिन माता-पिता ने पाल-पोसकर मुझे इतना बड़ा किया था उन्होंने भी आज तक मेरी क्षमता पर इतना विश्वास कभी नहीं जताया था। जिस भैया के साथ मैं चौबीसों घंटे रहता हूँ उन्हें भी भला मेरी काबीलियत पर इतना विश्वास थोड़े ही था? ऐसे में नानाजी व रुक्मिणी का चन्द मुलाकातों में ही मेरी क्षमता पर इतनी श्रद्धा दिखाना, बात ताज्जुब में डालने वाली ही थी। और जहां तक मेरा सवाल है तो मुझे तो अपनी योग्यता पर बचपन से ही विश्वास था। मैंने अपने मन स्वयं को साधारण माना ही कब था? कालिया व केशी से टकराने ऐसे थोड़े ही पहुंच गया था? अर्थात् मैं स्वयं को योग्य तो बचपन से ही मानता आ रहा था, और मैं योग्य हूँ उसमें कोई दो राय भी नहीं थी। सवाल यह कि तो फिर क्यों सिर्फ इन 'दो' ने विश्वास जताया, बाकियों ने नहीं? इसका अर्थ तो यह हुआ कि किसी की योग्यता पहचानने के लिए स्वयं का भी योग्य होना आवश्यक है। होगा! अभी तो दोपहर होने को थी और लोग-बाग वापस जाना शुरू हो गए थे। कुछ ही देर में सभा कक्ष पूरा खाली हो चुका था। सबके जाते ही तुरंत नानाजी हमें अपने साथ भोजन कक्ष में ले गए। अहा, इतना विशाल व भव्य भोजन कक्ष...? मैं तो देखता ही रह गया। वैसे भोजन कक्ष ही

नहीं, अब तो मैं राजमहल की हर वस्तु को बड़े ध्यान से देख रहा था। भूल गए क्या, अब इन भव्य वस्तुओं को देखना और समझना ही नहीं बल्कि बनवाना भी मेरी आवश्यकता हो चुकी थी। नहीं समझे, अब एक गुणवान राजकुमारी को घर लाने की तमन्ना हो तो यह सब तो करना ही पड़ेगा।

...तो यह सब तो करते रहेंगे। अभी तो जो बड़ी जोर भूख लगी पड़ी थी उस बाबत सोचूं। और उस बाबत भी सोचना क्या था, विशाल भोजनकक्ष में हम प्रवेश कर ही चुके थे, अपना स्थान भी ग्रहण कर लिया था, दास-दासी भी भोजन परोसने हेतु सक्रिय हो ही चुके थे; बस रुक्मिणी का सुरूर स्वतः ही उतरने लग गया। मैं भोजन के इन्तजार में भोजन-कक्ष निहारने लग गया। एक साथ करीब बीस लोगों के भोजन करने की व्यवस्था थी यहां। हमारे बैठने का आसन तो मुलायम था ही, साथ में पीछे टेके हेतु शानदार तकिया भी उपलब्ध था। यह कम था तो सामने रखी पाट भी चांदी की बनी हुई थी व भोजन करने का थाल भी चांदी का ही बना हुआ था। साथ ही यह कक्ष एक-से-एक चित्रकारी से सजा भी पड़ा था। हालांकि इस वक्त भोजन ग्रहण करने हेतु पांच ही लोग थे, यानी मेरे, भैया व नानाजी के अलावा सेनापतिजी व महामंत्री भी पीछे से आ चुके थे। अब उनकी वो जाने, यहां ग्वालों की तो निकल पड़ी थी। ...लेकिन यह क्या? छप्पन-भोग की आस में बैठे हम लोगों को एकदम सादा भोजन परोसा गया था। यह तो भोजन का पूरा नशा ही उतर गया। इतना भव्य राजमहल और ऐसा सादा भोजन। शायद नानाजी की उम्र की वजह से होगा, या हो सकता है राजमहल कंस के शोक में डूबा हुआ हो इस वजह से सादा भोजन परोसा गया हो। अब कारण चाहे जो हो, एक ग्वाले की छप्पन-भोग खाने की इच्छा तो मन में ही रह गई थी? खैर, चाहे जैसा हो- भोजन तो हो ही चुका था। माल-खतम - मुहब्बत खतम। अब मेरा मन राजमहल में नहीं लग रहा था। थोड़ी सुस्ती भी चढ़ी हुई थी। अब पिछले दिन किए भव्य-कर्म और उस पर रातभर का जागरण, सुस्ती तो चढ़नी ही थी। अतः मैंने नानाजी से जाने की इजाजत चाही।

हालांकि इजाजत लेने में थोड़ी मशक्कत करनी पड़ी; क्योंकि वे चाहते थे कि मैं राजमहल में ही रुकूं। रुकना तो मैं भी चाहता था, लेकिन मेरी कूटनीतिक सावधानी मुझे राजमहल में रुकने से रोक रही थी। यादव-संभ्रांत जो पहले ही मेरी व नानाजी की निकटता से परेशान थे, स्वाभाविक रूप से मेरे राजभवन रुकने से वे नानाजी के लिए अनेक मुसीबत खड़ी कर सकते थे। वैसे यह हकीकत है कि मेरा मन इस भव्य राजमहल में रुकने को बुरी तरह तड़प उठा था, लेकिन स्वयं के मन को समझाया जा सकता था; पर इन यादव-संभ्रांतों को समझाना असंभव था। यानी चुनाव मेरी इच्छा व नानाजी की शांति के मध्य था, और स्वाभाविक रूप से विजय नानाजी की शांति की ही होनी थी। उधर नानाजी ने भी ज्यादा जोर नहीं दिया। ...उन्हें लग रहा था कि मैं मामियों के क्रोध की वजह से राजमहल में रुकना नहीं चाहता हूँ। चलो यह प्रकरण तो निपटा, पर शायद मुझे लगातार अचम्भे में डालना नानाजी व रुक्मिणी की आदत-सी हो गई थी। तभी तो नानाजी ने जाते-जाते मुझे एक शानदार "रथ" भेंट स्वरूप दिया। मैं तो यह अनहोनी भेंट पाकर पागल ही हो गया। मारे खुशी के झूम भी उठा। कुल-मिलाकर नानाजी की इस अनोखी सौगात ने मेरा दिल ही जीत लिया।

इधर रथ क्या मिला, मन ने उड़ानें भरना चालू कर दिया। मन दोहरी खुशी से झूम उठा। एक तरफ जहां रथ पाने का आनंद था, वहीं दूसरी तरफ रुक्मिणी के लायक बनने की ओर अनायास

ही पहला कदम उठ जाने की खुशी भी थी। कितना फर्क था वृन्दावन और मथुरा के जीवनस्तर में। वहां पिताजी कभी-कभार कोई नए वस्त्र ले आते तो हम खुशी से झूम उठते थे। आपको याद होगा, जिस रोज पिताजी ने नई वंशी भेंट में दी थी मेरे पांव जमीन पर ही नहीं पड़ रहे थे। ...और यहां भेंट में सीधे रथ, वह भी शानदार एवम् राजकीय। तभी तो कहते हैं कि बड़े शहर की हर बात बड़ी होती है। लेकिन मैंने तो तत्क्षण छोटापन दिखा दिया। रथ देखते ही मैं एकबार रुक्मिणी के सपनों में खो गया। क्या कभी कोई ऐसा दिन भी आएगा जब वह मेरे साथ रथ में बैठी होगी? अभी मैंने ऐसे हसीन सपने देखना प्रारंभ ही किए थे कि रथ-चालक ने हमें रथ में बैठने का इशारा किया। तो यह भी कोई कम गौरव की बात तो थी नहीं, बस मैं और भैया बड़े शान से रथ के पीछे बैठ गए। सच कहूं तो मैं कुछ ज्यादा ही तन के बैठा हुआ था। उधर हमारे बैठते ही रथ-चालक ने रथ हांक डाला, और हम सीधे अक्रूर चाचा के घर की ओर चल पड़े। रथ प्रारंभ क्या हुआ, "रुक्मिणी" छू हो गई और मैं पूरी तरह से "रथमय" हो गया। देखा आपने, मथुरा आने के बाद घटनाक्रम कितनी तेजी से घट रहे थे। हो सकता है यही बड़े नगरों का दस्तूर हो। अच्छा था, मुझे यह दस्तूर रास भी आ रहा था। जीवन के जितने उतार-चढ़ाव व रंग मैंने अठारह वर्ष वृन्दावन रहकर नहीं देखे थे, उससे तो कहीं ज्यादा यहां दो माह में ही देख चुका था। यही क्यों, प्रगति के भी वे शिखर जिन्हें वृन्दावन में रहते हुए जीवनभर छूने तक की कल्पना नहीं कर सकता था, वे यहां आते ही सर कर लिए थे।

बस इन्हीं विचारों में अक्रूरजी का घर भी आ गया। थकान अपनी चरम सीमा पर थी ही, सो सीधे सोने चला गया। लेकिन सच कहूं तो बाहर खड़ा कमबख्त रथ ठीक से सोने नहीं दे रहा था। वैसे भी नया-नया रथ घर के बाहर खड़ा हो और नटखट कन्हैया की आंख लग जाए, ...यह शक्य ही कहां था? सो, सोना तो बाजू में रह गया और संध्या होते ही हम लोग रथ लेकर बाजार घूमने निकल पड़े। रथ में बाजार घूमने का मजा ही कुछ और था। ऐसा लग रहा था ...मानो आज पहली बार मथुरा का बाजार देख रहे हों। हां; लौटते वक्त मैं मालिनी के यहां शरबत पीना नहीं भूला था। कितने शान से रथ से उतरकर मालिनी को गले लगाया था। वैसे तो आज वह भी अपने प्रेमी की प्रगति पर फूली नहीं समा रही थी, गले तो वह भी पूरे लहराकर ही लगी थी। यह उसका अधिकार भी था। आपको याद ही होगा कि मथुरा आगमन के प्रथम दिन ही उससे मुलाकात हुई थी। उस दिन के "कृष्ण" और आज के "कृष्ण" में कितना फर्क आ गया था। कल तक जो वृन्दावन का साधारण ग्वाला था "वह" आज देखते-ही-देखते मथुरा का वीर और "पराक्रमी कृष्ण" हो चुका था। ...और मेरे इस परिवर्तन में सबसे बड़ा योगदान उसी का था। और यह पराक्रम दिखाने का ही परिणाम था जो आज यहां बाजार में हर कोई मुझे सम्मान से देख रहा था। खैर, मालिनी से मिलकर तुरंत हम वापस घर की ओर चल दिए।

वाकई आज की यह बाजार-यात्रा एक यादगार यात्रा बनकर रह गई थी। ना सिर्फ सलीके से रथ में बैठकर बाजार घूमने का आनंद लिया था, बल्कि युवराजों-सी शान का अनुभव भी किया था। कुल-मिलाकर ग्वाले ने प्रगति के द्वार पर पहली दस्तक दे डाली थी। उधर घर पहुंच कर भोजन वगैरह करके हम लोग बाहर बरामदे में ही बैठे हुए थे। नींद गहरी आ रही थी, पर मन अब भी रथ में ही उलझा पड़ा था। हालांकि भैया कुछ देर बैठकर जरूर सोने चले गए थे। लेकिन मैं ठहरा बेचैन

आत्मा, भला मुझे नींद कहां आने वाली थी? सीधी बात है; बाहर खड़ा रथ बुरी तरह मेरी बेचैनी का सबब बना हुआ था। आखिर मुझसे नहीं रहा गया। मैंने रथ चालक को बुलाया व रथ लेकर यमुना किनारे निकल पड़ा। आप तो जानते ही हैं कि यमुना यूं ही मेरी दुखती नस थी। लेकिन शहर से दूर होने के कारण मथुरा आने के बाद वहां जाना काफी कम हो गया था। ...पर अब हम रथ वाले थे, यानी अब कोई समस्या नहीं थी। सचमुच कुछ देर रात के अंधियारे में यमुना में पांव रखकर क्या बैठा, मन को बड़ा सुकून मिला। वैसे भी पिछले दो दिनों के तूफानी घटनाक्रमों के बाद कुछ सुकून और शांति की आवश्यकता भी थी ही। यहां तक तो ठीक पर वापसी में मैंने रथ चलाना भी सीखा। बड़ा मजा आया। अब भला रुक्मिणी को घुमाने ले जाऊंगा तो रथ कोई रथ-चालक को थोड़े ही चलाने दूंगा। प्रेयसी के साथ जीवन में कुछ एकान्त भी तो चाहिए।

खैर! घर पहुंचते ही सीधे सोने चला गया। लेकिन एक तो रुक्मिणी के प्यार ने पहले ही नींद न आने की व्यवस्था कर दी थी; ऊपर से ये रथ। दोनों मिलकर मेरी नींद के ऐसे शत्रु हो गए थे कि पूछो ही मत। हालांकि आज सोना आवश्यक था। दो दिन का जागरण था व थकान वाकई गहरी थी। इस समय शरीर "मन" का और साथ देने में असमर्थ हो गया था। अब मन चाहे लाख उड़ानें भर ले पर शरीर तो 'शरीर' का काम करता ही है। सो, अंत में किसी तरह मैंने स्वयं को सुला ही दिया। इधर नींद पूरी क्या हुई 'बुद्धि' ने भी अपनी चाल पकड़ ली। आखिर अक्रूर चाचा के यहां कितने दिन रुका जा सकता है? महोत्सव तक तो ठीक था, पर अब मथुरा में कितना रुकना पड़ जाए कुछ मालूम नहीं था। वापस वृन्दावन जाना कब नसीब होगा यह नानाजी पर निर्भर करता था। वहीं राजमहल में रुकना सुरक्षा व शांति दोनों दृष्टि से उचित नहीं जान पड़ रहा था। और निश्चित ही ऐसे में पिताजी एकमात्र विकल्प के रूप में उभरकर सामने आ रहे थे। और फिर अब तो वह कारण भी मौजूद नहीं था जिस वजह से हम पिताजी के यहां नहीं रुक रहे थे। कंस का वध तो हो ही चुका था। हो क्या चुका था, मैंने ही किया था। जब इतना तय कर लिया तो उधर ग्वालों का भी अब मथुरा में व्यर्थ पड़े रहने का कोई औचित्य नहीं था। बस दोपहर को उनसे मुलाकात होते ही मैंने उन्हें वापस वृन्दावन जाने का निर्देश दिया। ...इसके साथ ही एक नई मुसीबत खड़ी हो गई। वे हमें भी साथ चलने की जिद करने लगे। भला यह भी कोई बात हुई? इस समय हम मथुरा छोड़कर जा ही नहीं सकते थे। हमारा यहां रुकना अत्यावश्यक था। अतः मैंने उन्हें मथुरा की परिस्थिति से अवगत कराते हुए जल्द-से-जल्द वृन्दावन आने का आश्वासन देकर किसी तरह समझाने की कोशिश की। बाकी सब ग्वाले तो समझ गए लेकिन उद्धव व श्रीपाद हमें लिए बगैर जाने को कतई तैयार नहीं थे। अजब नजारा जम गया था। राजकीय विश्रामालय की निकट की ही एक सड़क पर खड़े-खड़े हमलोग यह सब चर्चा कर रहे थे। और उधर सड़कों पर आते-जाते लोग हमें इतनी गहन चर्चा में डूबा देख आश्चर्यचकित हो रहे थे। कई लोग दूर से ही मेरा अभिवादन भी कर रहे थे। अब मैं उन्हें जानूं-न-जानूं, पर मथुरा में कौन ऐसा होगा जो अपने राजा के हत्यारे को न पहचाने? यह सब तो ठीक, पर यहां ग्वालों ने काफी मशक्कत करवाई। हालांकि आखिर में सफलता मेरे हाथ लग ही गई। ...लेकिन परेशानी यहीं समाप्त नहीं हुई। जाते-जाते उद्धव ने छेड़ने के उद्देश्य से पूछा- राधा से कुछ कहना है?

अब इस बात का क्या जवाब देता? मैं चुप ही रहा। व्यर्थ प्रतिक्रिया व्यक्त कर दस नए मौके देना। हालांकि मैं यह भी जानता था मामला यहीं शांत होने वाला नहीं, एकबार ग्वालों को मस्ती सूझी है तो पूरी ठिठल्ली कर के ही मानेंगे।

और हुआ भी कुछ ऐसा ही। अबकी श्रीपाद को मस्ती सूझी। उसने जोर से चिल्लाते हुए पूछा- वहां सब लोग पूछें तो क्या-क्या कहूं।

इस बेवक्त के सवाल से मैं झुंझला उठा; और उसी झुंझलाहट में मेरे मुंह से निकल गया- जो यहां हुआ, और जो चल रहा है वो सबकुछ।

शायद उद्धव ऐसे ही किसी जवाब के इन्तजार में था। उसने तुरंत चुटकी ली - तो क्या कुब्जा वाली बात भी सबको बता दूं।

मैंने कहा- हां।

उद्धव बोला- राधा को भी!

मेरी तो एक चुप सौ चुप। मैंने हथियार डाल दिए। मेरे पास मुस्कुराने के अलावा कोई चारा न था। मैं सिर्फ मुस्कुरा दिया। सचमुच; मित्रों के साथ निखालसता का जो आनंद है, वह आनंद दुनिया का दूसरा कोई सुख नहीं दे सकता। मन तो ऐसे मित्रों से बिछड़ने का बिल्कुल नहीं कर रहा था। ...पर बिछड़ना परिस्थिति की मांग थी, सो बिछड़ना तो था ही। यूं भी जीवन में सबकुछ मन-मुताबिक तो घटता नहीं; मन को तो समझाना ही पड़ता है। ...बस समझा दिया था। खैर, अभी तो इधर हमारे जल्द ही वापस आने का तगड़ा आश्वासन पाकर ग्वाल-मंडली राजी-खुशी वृन्दावन जाने के लिए रवाना हो गई, पर मेरे लिए दुःख की बात यह कि साथ में मां-यशोदा व नंदजी भी चले गए। कोई बात नहीं, इधर वसुदेव-देवकी हमें अपने यहां पाकर धन्य हो गए। उनके चेहरों पर आई खुशी ने नंद-यशोदा के जाने का गम काफी हदतक हल्का कर दिया। यह तो ठीक पर चूंकि पिताजी का भवन विशाल था, सो मुझे व भैया को हाथोंहाथ एक-एक शानदार कक्ष आवंटित भी कर दिए गए थे। कक्ष इतने शानदार थे कि इसके वृन्दावन के कक्षों से तुलना ही नहीं की जा सकती थी। मुझे तो प्रवेश के साथ ही 'कक्ष' अपना-सा लगने लगा था। लेकिन एक बात मेरी समझ में नहीं आ रही थी कि पता नहीं क्यों सबकुछ होने के बावजूद मैं मां देवकी के प्रति इतनी ममता से नहीं भर पा रहा था जितना मां यशोदा से भरा हुआ था। शायद मां यशोदा की अठारह वर्ष पालने की ममता पैदा करने वाली "मां" पर भारी पड़ रही थी।

होगा; अभी तो उधर महोत्सव देखने आए सभी युवराज भी मथुरा से जा चुके थे। दुःख की बात यह थी कि उनके साथ ही मेरी प्यारी रुक्मिणी भी चली गई थी। स्वाभाविक तौर पर रुक्मिणी का जाना तो दुःखद था ही, पर उस पर सितम यह था कि जाते-जाते हमारी दुबारा मुलाकात भी नहीं हो पाई थी। हो सकता है रुक्मी उसी दिन रुक्मिणी को लेकर वापस कुंडिनपुर चला गया हो, ताकि न रहे बांस न बजे बांसुरी। साला कहीं का; अब आप ही इन्साफ करिए, भला साले क्या ऐसे होते हैं? इस साले के चक्कर में तो अब इस ग्वाले का हाल बयाने-काबिल ही नहीं बचा। इस दोहरी मार ने उसे पूरी तरह गमगीन कर दिया था। लड़ते-झगड़ते भी राधा सामने तो थी, यह तो सामने से ही चली गई थी। अब मन मथुरा में तो छोड़ो, संसार में भी लगना बंद हो गया था। दिन-दो-दिन

तो दीवानगी में डूबा रहा; एकदम एकान्त में शांत, दुखी, गमगीन और गुमसुम। ...लेकिन आखिर कब तक? जब जाने वाले को तुम्हारी नहीं पड़ी तो तुम क्यों व्यर्थ उसकी याद में दुबले हुए जा रहे हो? यूं भी मेरे स्वभाव की एक खासियत थी, वह ज्यादा देर गमगीन रह ही नहीं सकता था। मस्ती मेरे स्वभाव की जड़ में समायी हुई थी। ...ऐसे में दुःख को ज्यादा दिन कहां टिकने देने वाला था? और दुःख को भुलाने का सबसे आसान तरीका होता है मन को किसी दूसरी जगह लगा देना। लेकिन दिक्कत यह थी कि यहां मन लगाने को कुछ नया था ही नहीं। तो क्या, मैंने चुपचाप नित्यकर्म में ही अपना मन लगा दिया। इसके साथ ही जीवन एक ढर्रे में ढल गया। दिन में राजमहल जाना, फिर बाजार घूमना व कुब्जा से मिलना। संध्या, रथ चलाना सीखना व रात्रि भोजन मां-पिताजी के साथ करना।

इधर मन को दुःख से क्या हटाया, उसका एक सुखद परिणाम भी आया। मैं जल्द ही रथ चलाना सीख गया। घट गई न प्रसन्न होने वाली घटना। बस रथ ने रुक्मिणी की जगह ले ली। मैं पूरी तरह से "रथमय" हो गया। जब एकबार रथ चलाना सीख लिया तो फिर रथ-चालक का क्या काम? उसको मैंने वापस राजभवन भेज दिया। वाकई स्वयं रथ चलाने का आनंद ही कुछ और था। अब तो दिनभर मेरा रथ मथुरा की गलियों में इतराता फिरता था। ऐसे में एक दिन क्या सूझी कि देर रात्रि को मैं भैया के साथ यमुना घूमने निकल पड़ा। वापसी में खाली सड़कों पर क्या रथ दौड़ाया था...मजा आ गया। सच कहता हूं कि रथ चलाना क्या सीखा, मुझे तो मथुरा में मजा आने लग गया। लेकिन उधर आनंद के दुश्मन भैया का मन मथुरा में बिल्कुल नहीं लग रहा था। कारण साफ था; उन्हें न तो राजनीति में कोई रस था, न रथ चलाने में, और ना ही उनके पास "कुब्जा" जैसी कोई मित्र थी। वैसे भैया कह तो कुछ नहीं रहे थे, परंतु उनके उदास हाव-भाव सबकुछ बयां कर ही रहे थे। कभी बहुत उदास हो जाते तो इतना-भर पूछ लेते - क्या लगता है ...हम वृन्दावन वापस कब तक जा पाएंगे?

मैं भैया का दर्द समझ रहा था। बात सिर्फ मन लगने की थी। और भैया का मन लगाना जरूरी था। वरना या तो वे मुझे घसीटकर वृन्दावन ले जाएंगे या फिर यहां मथुरा में मेरा जीना ही दुश्वार कर देंगे। बस मैंने जल्द ही इसका उपाय भी खोज निकाला। हमने अखाड़े जाना शुरू कर दिया। अखाड़े जाते ही वे ऐसे रंग में रंग गए कि उन्होंने गदा-अभ्यास भी दुबारा प्रारंभ कर दिया। उधर चाणूर और मुष्टिक, मथुरा के दो सबसे बलिष्ठ मल्लों को तो हमने पहले ही मार गिराया था। अब कौन था मथुरा में जो भैया का मल्ल युद्ध में सामना कर पाता? भैया मथुरा के छुटभैये पहलवानों को हराकर प्रसन्न रहते थे। इधर भैया ने अखाड़े जाना क्या शुरू किया कि देखते-ही-देखते पूरी मथुरा में उनकी वीरता का सिक्का जम गया। निश्चित ही भैया को अखाड़ा पूरी तरह रास आ गया। मैं मुक्त हुआ। अब मुझे उनके साथ रोज जाने की जरूरत नहीं रह गई थी। वे खुद ही अपने बल का रुआब झाड़ने अखाड़े पहुंच जाया करते थे। वैसे अक्सर कुब्जा को लेकर भैया की हौसला-अफजाई करने मैं भी अखाड़े पहुंच जाया करता था। कई बार कुब्जा के चढ़ाने पर मैं भी अपने दो-चार हाथ अखाड़े में दिखा दिया करता था। ...वैसे अब तक भैया का अभ्यास तो इतना पक्का हो चुका था कि उन्हें अब चार-चार पहलवानों के साथ अकेले भिड़ना पड़ता था, और हद

तो यह कि तब कहीं जाकर उन्हें कुछ संतोष होता था। उधर भैया के चढ़ाने पर कभी-कभार मैं भी गदा-अभ्यास कर लिया करता था। वहीं भैया की बात करूं तो उनका तो अखाड़े में इस कदर मन लग गया था कि उन्होंने राजमहल आना-जाना ही बिल्कुल कम कर दिया था। यह तो ठीक पर खुशी की बात यह कि वहीं धीरे-धीरे कर अखाड़े में ही भैया की दो-तीन मिष्ठान्न की दुकान वालों से अच्छी मित्रता हो गई थी। यानी भैया का समय भी कट रहा था और मुफ्त में श्रेष्ठ पकवान खाने को भी मिल रहे थे। साथ ही दिन-ब-दिन मथुरा में वट तो बढ़ता ही जा रहा था, सो अलग।

...इधर मैं राजभवन बिना नागा रोज आया-जाया करता था। मंत्रिमंडल की चर्चाएं भी नियमित रूप से सुना करता था। नानाजी भी मेरा उत्साह बढ़ाने का कोई मौका नहीं चूकते थे। नानाजी की लगातार हौसला-अफजाई से मेरा आत्मविश्वास भी दिन-ब-दिन बढ़ता जा रहा था। देखते-ही-देखते बात यहां तक पहुंच गई थी कि अब तो कोई बात समझ में आ जाए तो मैं अपनी राय देने से भी नहीं हिचकिचाता था। उस पर मेरी बुद्धिमत्ता की तारीफ हो जाए तब तो कहना ही क्या? तत्क्षण उड़ने लग जाता। अभी परिपक्वता ही कितनी थी...? ...अब पता नहीं कि मैं वाकई बुद्धिमानी की बातें करता था, या नानाजी वैसे ही मौके-बेमौके मेरा उत्साह बढ़ाया करते थे। अब उनकी ओर से कारण जो भी हो, यहां तो परिणाम में मेरा आत्मविश्वास बढ़ता ही चला जा रहा था।

...एक दिन ऐसे ही मंत्रिमंडल की बैठक चल रही थी कि सेनापतिजी ने सबका ध्यान एक गंभीर समस्या की ओर आकर्षित किया। मैंने भी बात ध्यान से सुननी प्रारंभ की। यूं भी मुझे महत्व देने हेतु नानाजी ने मेरा एक छोटा-सा सिहांसन अपनी बगल में ही लगवा लिया था। बाकी चारों ओर दरबारियों के बैठने की व्यवस्था थी। उधर सेनापतिजी का कहना था कि कंस के शासनकाल में कुछ सेना मगध से आई थी जिसे कंस ने बाद में स्थायी नियुक्ति दे दी थी। लेकिन अब कंस-वध के बाद सेनापतिजी को उनकी विश्वसनीयता पर शंका हो रही थी। उनका मुख्य सवाल था कि ऐसी हालत में उन्हें रखना या निकालना? वैसे नानाजी भी यह बात तो मान ही रहे थे कि जो मागधी- सैनिक कंस के प्रति पूरी तरह से वफादार थे, वे शायद आज राजभवन के प्रति उतने वफादार न रहे। लेकिन निर्णय करना जितना दिख रहा था उतना आसान नहीं था। क्योंकि मगधी सेना को हटाने का अर्थ था जरासंध से दुश्मनी; और जरासंध को दुश्मन बनाने से हर कोई घबरा रहा था, विशेष कर नानाजी। वैसे उनका इस कदर घबराना पूरी तरह से जायज भी था। ...वो जरासंध की ही तो ताकत थी जिसने ना सिर्फ उनकी राजगद्दी छीन ली थी, बल्कि वर्षों तक उन्हें कैदखाने में सड़ने पर मजबूर भी किया था। वैसे सेनापतिजी ने जब पूरी बात बताई तो मालूम हुआ कि उनकी चिंता विश्वसनीयता से भी दो-कदम आगे की थी। उन्हें डर था कि जरासंध के इशारे पर ये मगधी सेना कहीं विद्रोह पर ही न उतर आए? उधर देखते-ही-देखते महामंत्रीजी भी सेनापति के समर्थन में उतर आए थे। और उससे भी दो कदम बढ़कर बात यह कि वे दरअसल वर्तमान समस्या से भी बहुत आगे की सोच रहे थे। विश्वसनीयता के अलावा उन्हें अपने राजकीय-कोष की चिंता भी प्रमुखता से खाये जा रही थी। निश्चित ही कंस के राज में राजकीय-कोष की हालत अत्यंत दयनीय हो चुकी थी; क्योंकि कंस ने मथुरा के राजकीय-कोष की तरफ कभी ध्यान ही नहीं दिया था। अत: राजकीय-कोष की हालत के मद्देनजर आज की तारीख में मथुरा

मगधी सैनिकों की तनख्वाह का बोझ किसी कीमत पर नहीं उठा सकती है, यह महामंत्रीजी का स्पष्ट सुझाव था।

...अब चूंकि समस्या गंभीर व बहुमुखी थी, अतः एक लंबे विचार-विमर्श का दौर चल पड़ा। मुझे भी समस्या और चर्चा दोनों रसपूर्ण मालूम पड़ रहे थे। मैं चर्चा बड़े ध्यान से सुनने लगा। पक्ष-विपक्ष में दी जा रही एक-एक राय मैं अपने जहन में बसाये चले जा रहा था। साथ ही समस्या से निपटने हेतु मैंने अपनी दिमागी कवायदें भी चालू कर दी थी। ...वैसे जीवन में पहली बार इतना बुद्धिमत्तापूर्ण विचार-विमर्श सुन रहा था। सच कहूं तो शुरू-शुरू में इस वजह से मेरी हालत बड़ी अजीब हो गई थी। जब प्रस्ताव के पक्ष में कोई तगड़ी राय देता तो मेरा मन उसके साथ हो जाता; फिर जब कोई विपरीत राय प्रकट करता तो मन उसके बहकावे में आ जाता। हालांकि यह खेल बहुत लंबा नहीं चला, धीरे-धीरे बात मेरी समझ में आने लगी थी। आपको यकीन नहीं होगा कि कुछ ही देर की चर्चा सुनने के बाद मैं इस विषय पर अपनी एक राय भी बना चुका था। लेकिन कह कुछ नहीं रहा था, डर रहा था कि कहीं यह मूर्खता का प्रदर्शन न साबित हो जाए।

उधर चर्चा के अंत में एक आश्चर्य घटा। जब तमाम विचार-विमर्श के बाद निर्णय की बारी आई तब निर्णय लेने से पूर्व नानाजी ने इस विषय पर मेरी राय भी जाननी चाही। एक क्षण में हजारों भाव व विचार मेरे मन में आए और गए। एक मन ने तो स्पष्ट कह दिया कि मुंह ही मत खोलना कन्हैया, वरना इज्जत का ढोल बज जाएगा। हालांकि तत्क्षण दूसरे मन ने उत्साह बढ़ाते हुए कहा, पागल मत बन - अपनी समझदारी व्यक्त करने का हाथ लगा ऐसा मौका कहीं छोड़ा जाता है? मैं बुरी तरह फंस गया था। कभी एक मन के साथ तो कभी दूसरे मन के साथ। पहले चर्चा-विचारण के तर्क-वितर्कों ने मुझे झुलाया था, अब मेरे ही मन मुझे झुलाने पर तुले हुए थे। उधर मुझे इस तरह असमंजस में फंसा देख नानाजी ने मेरा उत्साह बढ़ाते हुए कहा- बेधड़क होकर अपनी राय व्यक्त करो कन्हैया। एक मैं ही नहीं, पूरा दरबार इस विषय पर तुम्हारी राय जानना चाहता है।

...अब उत्साह व आत्मविश्वास तो मेरे भीतर वैसे ही कूट-कूटकर भरा हुआ था। ऊपर से नानाजी चिंगारी लगा ही चुके थे। मैं तत्क्षण पूरे आत्मविश्वास से बोलने को खड़ा हो गया। मैंने कहा- मथुरा के राजकीय-कोष की हालत व मगधी सेना की विश्वसनीयता पर प्रश्न-चिन्ह, मेरे विचार से मगधी सेना की बर्खास्तगी के लिए यह दो कारण पर्याप्त हैं। और जहां तक जरासंध का सवाल है, तो वह कभी भी महाराज का मित्र नहीं रहा है। मथुरा एकबार को जरासंध से तो निपट सकती है, परंतु यदि मगधी-सेना विद्रोह पर उतर आई तो भारी पड़ सकता है। यह एक ऐतिहासिक सत्य है कि घर में ही पल रहे दुश्मन से निपटना हमेशा मुश्किल होता है। इतिहास गवाह है कि रावण जैसे शक्तिशाली को भी घर के भेदी विभीषण के कारण हार का मुंह देखना पड़ा था। गौर करने लायक बात यह भी है कि हम सभी जानते हैं कि कंस ने अपने शासन-काल में मगधी-सेना को कुछ ज्यादा ही तवज्जो दे रखी थी। निश्चित ही इससे स्थानीय सैनिकों के मन में असंतोष रहा होगा, और स्वाभाविक तौर पर कंस के राज में यह असंतोष दबाना उनकी मजबूरी भी रही होगी;

लेकिन अब कंस-वध के बाद ना सिर्फ उनका वह असंतोष भड़क सकता है बल्कि उनकी सोई उम्मीदें जाग भी सकती हैं। ...यदि ऐसा हुआ तो बैठे-बिठाये मथुरा की सेना का विभाजन हो जाएगा, और कहने की जरूरत नहीं कि विभाजित सेना, "सेना" न होने के बराबर है। अतः मेरी यह स्पष्ट राय है कि वर्तमान में मौजूद सारे कारण मगधी-सेना की बर्खास्तगी के ही विकल्प को चुन रहे हैं। ...इतना कहकर मैं तो बैठ गया, लेकिन आप मानेंगे नहीं कि मेरी राय ने काफी वाह-वाही लूटी। सभी ने ना सिर्फ मेरी काफी प्रशंसा की, बल्कि मगधी सेना को तात्कालिक प्रभाव से बर्खास्त भी कर दिया गया। इस तरह मेरी एक राय ने मुझे ना सिर्फ नानाजी का दुलारा बना दिया, बल्कि मंत्रिमंडल के सामने मुझे एक समझदार व्यक्ति के रूप में स्थापित भी कर दिया।

...उधर जैसी कि मुझे उम्मीद थी, स्थानीय सैनिकों में भी इसकी सकारात्मक प्रतिक्रिया हुई। सबने जश्न भी मनाया। वहीं मगधी-सेना की हकालपट्टी से मथुरावासियों के दिल में भी राजमहल के प्रति एक विश्वास जागा। वर्षों बाद पहली बार आम-प्रजा राजमहल के निकट आई। इसका कारण भी बिल्कुल साफ था, कंस के शासन काल में आम-प्रजा पर सारे अत्याचार इन मगधी सैनिकों ने ही किए थे। अतः स्वाभाविक तौर पर उनके निष्कासन के साथ ही मथुरावासी राजमहल को अपना हितैषी मानने लगे। चारों ओर "राजा उग्रसेन" की जय-जयकार हो गई। ...तो जयकार में यह "नाती" भी पीछे नहीं था। एक तरफ जहां मथुरा में मेरी ख्याति बढ़ रही थी तो दूसरी तरफ मेरी वीरता के डंके पूरे आर्यावर्त में भी बजने शुरू हो गए थे। आप तो जानते ही हैं कि एक इन्द्रपूजा रुकवाने ने मुझे आर्यावर्त में कुछ प्रसिद्धि तो पहले ही दे दी थी, उसपर कंस-वध ने तो उस प्रसिद्धि में चार चांद ही लगा दिए। एक छोकरे ने कंस को मार डाला, यह खबर अपनेआप में बहुत बड़ी थी। यहां यह बात भी गौर करने लायक है कि आमतौर पर आर्यावर्त में ख्याति कुछ पराक्रमी राजाओं व चन्द श्रेष्ठ आचार्यों की ही फैला करती थी। इस दृष्टि से देखा जाए तो आर्यावर्त के इन ख्यातनाम लोगों में "मैं" ही एक अपवाद था। मैं न तो राजा था न युवराज, न मंत्री था न सेनापति; और ना तो आचार्य था - ना ही कलाकार। फिर भी कमाल देखो कि आज प्रसिद्धि में "मैं" किसी से कम नहीं था। तभी तो कहता हूँ कि मनुष्य कहां पैदा होता है या किन हालातों में पलता है यह कोई मायने नहीं रखता; महत्वपूर्ण यह है कि उन हालातों से वह कितना सीखता है।

खैर! इधर मैं और मेरा नित्यकर्म। और कुछ था ही नहीं यहां। दरबार में जाना, माता-पिता के साथ भोजन करना, कुब्जा से मिलना और रथ चलाना। रथ चलाने से याद आया, परिवर्तन के नाम पर एक परिवर्तन आया था कि अब रथ चलाने में मैं दिन-ब-दिन माहिरात हासिल करता जा रहा था। दो सुंदर, बलिष्ठ व श्वेत रंग के घोड़ों से चलायमान यह रथ अब पूरी तरह से मेरे नियंत्रण में रहता था। तेज गति से जाते हुए रथ को अचानक रोकना, और क्षण-भर बाद ही उसे चारों दिशा में घुमा डालना तो अब मेरे बायें हाथ का खेल हो चुका था।

चलो यह भी ठीक। यहां परिवर्तन की बात क्या करी, परिवर्तन की एक तगड़ी उम्मीद ने दस्तक भी दे डाली। और आश्चर्यजनक रूप से इस परिवर्तन के निमित्त भैया बनकर उभरे। हुआ यह कि ऐसे ही एक रात्रि मैं भैया के साथ अपने रथ पर मथुरा का चक्कर लगाने गया हुआ था। अचानक भैया को क्या सूझी कि उन्होंने कहा- कन्हैया! यह मिष्ठान्न का व्यवसाय अच्छा है। क्यों

न हम यह व्यवसाय करें। ...मुझे तो बात तुरंत जम गई। वैसे भी मैं तो जीवन में आगे बढ़ना चाहता ही था, और आप यह भी भलीभांति जानते हैं कि इसकी वजह रुक्मिणी व सिर्फ रुक्मिणी थी। सो, भैया ने बात क्या छेड़ी... मैं तो सपनों में ही खो गया। दुकान पर बैठकर पकवान बेचते "सेठ-कन्हैया"। लेकिन सपने-सपने होते हैं। हकीकत उससे कई कड़वी होती है। साधारण विचार-विमर्श से ही समझ आ गया कि दुकान डालने हेतु हमारे पास धन है ही कहां? कुल-मिलाकर विचार सकारात्मक होते हुए भी उसपर अमल करने का कोई मार्ग न था। और इसके साथ ही मुझे यह भी अच्छे से एहसास हो गया कि गरीब ग्वालों का आगे बढ़ना इतना आसान नहीं। मैं तो ठीक, लेकिन भैया इससे बड़े उदास हो गए। और आप तो जानते हैं कि देखने को मैं सबकुछ देख सकता हूँ, पर भैया को उदास देखना मेरे बस की बात नहीं। फलस्वरूप भैया की उदासी ने मुझे हताशा के गहरे गर्त में धकेल दिया। ...हालांकि यहां "समय" ने पलटी खाते हुए परिवर्तन की चल रही हवा की पुष्टि भी कर दी। जल्द ही नानाजी ने मेरी उदासी ताड़ ली। पूछने पर मैंने उन्हें सारी बात विस्तार से बता भी दी। बात सुनते ही पहले तो वे हंस दिए, और कुछ देर बाद जब सम्भले तो सिर पर हाथ फेरते हुए बोले- बस! इतनी सी बात!!

अभी मैं... उनके इस अंदाज का मतलब समझ पाऊं उससे पहले तत्क्षण उन्होंने राजभवन से हमें सामान्य वार्षिक शुल्क पर सौ गायें दिलवाने की व्यवस्था कर डाली। ...लो हो गए व्यवसायी। उधर जब मैंने यह खबर भैया को सुनाई तो वे झूम उठे। अब तो उन्हें सम्भाले कौन? वे तो बैठ गए पकवानों की सूची बनाने। उत्साह इतना कि इसकी चर्चा के अलावा उन्हें कुछ सूझ ही नहीं रहा था। सामान्यतः भैया शांत प्रकृति के आदमी थे, उत्साह उनका स्वभाव न था; लेकिन मानना पड़ेगा कि इस समय उत्साह के मामले में उन्होंने मुझे भी मात दे दी थी। व्यवसाय की रूपरेखा तो रातोंरात तैयार कर ली गई थी। दूसरे दिन सबसे पहले हमने कुछ चरवैये नियुक्त किए जिनका कार्य गायें चराना था। अरे भाई, अब हम व्यवसायी हो गए थे, कोई ग्वाले थोड़े ही थे जो स्वयं गायें चराने जाते। उधर जब पिताजी को इस बात का पता चला तो उन्होंने भी हमारा उत्साह बढ़ाने हेतु अपनी जमा पूंजी में से कुछ हमें सहायता स्वरूप दी। हमने जल्द ही उस राशि से एक तबेला खोल लिया। अब स्वभाव से वैसे ही हम ग्वाले थे, अतः मेहनत से पीछे हटने का तो सवाल ही नहीं उठता था। बस उत्साहित मैं और भैया दिन रात भिड़े हुए थे। व्यवसाय जमता गया। आप मानेंगे नहीं कि अगले दो माह में ही हमने ना सिर्फ बाजार में एक दुकान खरीद ली, बल्कि मिष्ठान्न की उस दुकान का शुभारंभ भी हो गया। दूध, दही, माखन और मिश्री से बने एक-से-एक पकवान वहां उपलब्ध थे। व्यवसाय बढ़ता गया। व्यवसाय के साथ ही हमारी मेहनत व लगन भी बढ़ती गई। देखते-ही-देखते मथुरा के तीनों प्रमुख बाजारों में हमारी दुकानें हो गई। हालांकि तीनों दुकान भैया ही सम्भालते थे। मजे की बात तो यह कि भैया दुकान पर इतना तन के बैठते थे, मानो कोई मथुरा का "नगर-सेठ" बैठा हुआ हो। उधर मथुरा के सभी यादव-संभ्रांत जो पहले ही हमसे अकारण नाराज थे, हमारे बढ़ते हुए व्यवसाय ने उनकी नाराजगी की आग में घी का काम किया। उन्हें लग रहा था मानो हम उनका व्यवसाय मार रहे हैं। बात भी सही थी, उनकी पुरानी व प्रतिष्ठित दुकानों के मुकाबले हमारी दुकानों में ग्राहकी ज्यादा थी। कारण चाहे मेरा व भैया का व्यवहार हो

या मिष्ठानों की ताजगी व गुणवत्ता, ...या फिर हमारा राजकीय प्रभाव ही इसमें सहायक क्यों न हो, लेकिन हकीकत यही थी कि हमारा व्यवसाय तेजी से फल-फूल रहा था। और इसी फलते-फूलते व्यवसाय के साथ हमारे दिन मथुरा में चैन से कट रहे थे।

अध्याय - २

जरासंध से भिड़न्त

...यह समझ ही नहीं आ रहा था कि मथुरा हमें धीरे-धीरे अपना रही थी, या फिर हम मथुरा को तेजी से अपनाते चले जा रहे थे। चाहे जो हो, पर अब हम पक्के मथुरावासी जरूर हो चुके थे। हमारे दिन यहां बड़ी मस्ती से गुजर रहे थे। तभी अचानक जीवन में खुशी की बरसात हुई। हुआ यह कि नित्यकर्मानुसार उस दिन भी मैं हमारी मुख्य बाजार स्थित दुकान पर ही बैठा हुआ था कि पिताजी का सेवक मुझे ढूंढ़ता हुआ आया, ...और खबर क्या लाया आप जानते हैं, "मां यशोदा व पिता नंद मथुरा पधारे हैं।" वैसे नंदजी तो वार्षिक शुल्क चुकाने हर वर्ष मथुरा आया ही करते थे, पर इस बार उन्हें जाने क्या सूझी कि मां यशोदा को भी साथ ले आए थे। शायद मां को आ रही अपने लाल की याद ने नंदजी को यह कमाल करने पर मजबूर कर दिया होगा। चाहे जो हो, मैं तो दुकान के बरामदे से जो कूदा कि सीधे घर की ओर दौड़ लगा दी। सचमुच बेचारी ने इतने दिन मेरे बगैर कैसे गुजारे होंगे? दूसरी तरफ मुझ निर्मोही को देखो, मथुरा में ऐसा रम गया था कि उसकी खबर तक नहीं ली थी। लेकिन क्या करूं, परिस्थितियां ही कुछ ऐसी घटी थी; कामकाज में ही ऐसा उलझ गया था। ...पर अब क्या उलझन? मां के आने की खबर क्या आई... खो गया उसमें। मन-ही-मन बतियाने भी लगा उससे। अब आप तो जानते हैं कि "यशोदा" से मेरा रिश्ता ही कुछ ऐसा था कि उसके आने की खबर-मात्र से मुझे तो पगलाना ही था। सच कहता हूँ कि मथुरा आने के बाद इतना खुश मैं पहले कभी नहीं हुआ था। वैसे भी "मां" के दर्शन होंगे इससे ज्यादा खुशी की बात मेरे लिए दूसरी कोई हो भी नहीं सकती। स्वाभाविक तौर पर उन्हें ठहरना भी वसुदेवजी के ही यहां था। यूं भी मथुरा में उनका और था ही कौन? और फिर उन्हें तो वहीं ठहरना था जहां उनका "लाल" था।

...उधर मां-यशोदा तो झूले पे बैठी मेरा इन्तजार ही कर रही थी। नंदजी भी उसकी बगल में ही बैठे हुए थे। देवकी व वसुदेव भी पास ही स्थित एक बैठक पर विराजमान थे। मैंने तो जाते ही मां व पिताजी के चरण छुए। मां ने तो अपने वीर लाल को गले ही लगा लिया। ...फिर तो भावनाओं का वह तूफान बहा जिसमें हम दोनों मां-बेटे बह गए। उधर संध्या होते-होते भैया भी लौट आए। फिर तो बातचीत का जो सिलसिला प्रारंभ हुआ तो देर रात ही थमा। मजा तो इतना आया कि अगले रोज से यह हमारा नित्यकर्म ही हो गया। वाकई मां-यशोदा क्या आई... मेरा पूरा बचपन साथ ले आई। वह रोज वृन्दावन की यादों का पिटारा खोलती, और मैं रोज उन यादों में खो जाने पर मजबूर हो जाता। वृन्दावन की गलियां, यमुना, सरोवर, गोवर्धन, गोपियां और...राधा! क्या जीवन था वह? मनुष्य को जीने के लिए जो चाहिए, वो सबकुछ वहां था। यदि उसकी तुलना मथुरा से करूं तो निश्चित ही मथुरा बड़ा शहर था। यहां सफल व्यवसाय था, बड़ा घर था, राजमहल में महत्त्व था, और अब तो मेरे पास स्वयं का रथ भी था। दूसरी तरफ देखा जाए तो उज्वल भविष्य के लिए आवश्यक संभावनाओं से भरपूर भी था यह शहर। वहीं यदि तुलना छोड़ मेरी बात कहूं तो "कान्हा" को दोनों पसंद थे। यूं भी दोनों अपनी-अपनी जगह थे। जो एक जगह था, दूसरी जगह नहीं था। दोनों जीवन की विपरीत दिशाएं थी। अभी यह सब सोच ही रहा था कि तभी चिंतन ने एक नई ही दिशा पकड़ ली। मैं सोचने लगा, मथुरा में पैदा होने के बाद गोकुल जाने का निर्णय मेरा थोड़े ही था, वह तो परिस्थितिवश जाना पड़ा था। वैसे ही वृन्दावन से मथुरा आने का निर्णय भी

मैंने थोड़े ही किया था, मामा का उमड़ा प्रेम मुझे यहां खींच लाया था। और फिर मथुरा रुकने का निर्णय भी कौन-सा मेरा अपना था? नानाजी की जरूरत व मथुरा की भलाई मुझे यहां रोके हुए थी। कब कहां रुकना, यह सारे निर्णय आज तक परिस्थितियों ने ही लिए हैं, तो आज मैं यह तुलना क्यों करने लगा? खासकर तब जब मुझे दोनों बराबरी पर पसंद हैं। ...मैं कहां कर रहा हूँ? ...यह तो बैठे-बिठाये मां-यशोदा मुझे मरवा रही है। जबसे आई है वृन्दावन का पिटारा खोले चली जा रही है और परिणामस्वरूप मैं गरीब वहां की यादों में खोता चला जा रहा हूँ। कहां वृन्दावन का शांतिपूर्ण, आनंददायक व प्रेमपूर्ण जीवन, ...और कहां कठिन, रूखा, मित्र-रहित व संघर्ष से भरा मथुरा का जीवन। कहां वृन्दावन, जो भोले और प्यारे लोगों से भरा पड़ा था; और कहां यह स्वार्थ से रची-पची मतलबी दुनिया। ...लो मां के आते ही पलटी खा ली। हो गया वृन्दावन का पलड़ा भारी। नहीं... नहीं, ऐसा नहीं है। यह तो भावनाओं में बह गया था, वरना मुझे इससे क्या मतलब? मैं पहले ही कह चुका हूँ कि मेरा कोई चुनाव नहीं था, दोनों अपनी-अपनी जगह महत्त्वपूर्ण थे। यह तो यूं ही करने के लिए तुलना कर गया था। लेकिन अपने चिंतन का क्या करूं जो एकबार शुरू हो जाए तो रुकने का नाम ही नहीं लेता था; किसी तरह एक जगह से हटाओ तो दूसरी तरफ लग जाता था। ...और मां के आने के बाद तो यह रोज रात का हो गया था। मां से वृन्दावन की बातें सुनकर ही सोने जाता, लेकिन सो नहीं पाता और वहां की यादों में खो जाता। ...लेकिन एक दिन तो कमाल ही हो गया। चिंतन वृन्दावन-मथुरा की सोचते-सोचते बहुत आगे निकल गया। वह सोचते-सोचते सोचने लगा कि क्या प्रेम और प्रगति एक साथ नहीं रह सकते? ...क्यों नहीं रह सकते? मैं, अपने जीवन से "प्रेम" व "प्रगति" का संगम संभव है, यह सिद्ध करके दिखाऊंगा। क्योंकि मैं स्वयं दोनों के बगैर नहीं जी सकता। मुझे वृन्दावन का अपनापन व सुकून से भरा जीवन तथा मथुरा का प्रगतिशील जीवन, दोनों ही पसंद है। और जब पसंद है तो दोनों एक साथ चाहिए। व्यर्थ जीवन में एक की अनुपस्थिति का दुःख क्यों पालूं? ...हवा में ही सही, पर वाकई यह तो बड़ा ही सकारात्मक सोच गया था। और अच्छा यह कि आज रात नींद भी इसी सकारात्मक विचार के साथ ही आई थी।

खैर! मां यशोदा के आने के बाद मेरा दोनों वक्त का भोजन वसुदेवजी के यहां होने लगा था। निश्चित ही इसी बहाने मां के पिटारे का आनंद भी मिल जाया करता था, और रोज रात्रि भोजन के पश्चात् घंटों बगीचे में बैठ बतियाने का मौका भी हाथ लग जाता था। बस मां-यशोदा वृन्दावन की सुनहरी यादों को ताजा कर देती, और मैं उन यादों में खो जाता। कुल-मिलाकर मां के आने के बाद यह हमारा नित्यकर्म हो गया था। एक तरीके से तो कहा जा सकता है कि "मां" के पल्लू में छिपकर मैं वृन्दावन घूम आया करता था। नजारा ऐसा जमता कि प्रायः देवकी व यशोदा दोनों झूले पर बैठ जातीं; नंदजी व वसुदेवजी पास ही की बैठक में बैठ अपनी ही बातों में खोये रहते; और अब बचे मैं और भैया, ...तो हम झूले के सामने ही जमीन पे बैठ घंटों मां-यशोदा की बातों में खो जाया करते थे। सचमुच जिसका बचपन बच्चों जैसा बीता हो, वही अच्छा युवा हो सकता है। युवा आगे बढ़ना चाहता है, जबकि बच्चा सिर्फ मौज-मस्ती चाहता है। ऐसे में यह तय है कि जिसने बचपन का निर्दोष मजा लिया हो वही युवा होने पर प्रगति की राह पर चल सकता है। शायद मथुरा

आने के बाद मेरी फटाफट-प्रगति का राज भी यही था। मैं यकीन से कह सकता हूँ कि जिसने बचपन को भी गंभीरता से जीया हो वह अच्छा युवा कभी नहीं हो सकता। और यहां कहने की जरूरत नहीं कि जो अच्छा युवा ही नहीं हो सकता, वह श्रेष्ठ वृद्ध कैसे बन सकता है?

खैर! मां-यशोदा सात दिन रुकी। कमाल की बात यह थी कि उसने यह सात रोज मथुरा में बिताए, जबकि मैंने यह पूरे सात दिन वृन्दावन में बिताए। इससे बाकी सब तो ठीक पर मथुरा का वर्तमान जीवन मुझे रूखा-रूखा सा लगने लगा। वाकई यहां न उत्सव थे, न महोत्सव। था तो बस एक रूखा-रुखासा नित्यकर्म। अब जो था, सो था। कम-से-कम मां जाते-जाते मेरे जहन में हमेशा के लिए वृन्दावन की सुनहरी यादें तो बसा गई थी। मुझे वृन्दावन के ख्यालों में डुबा तो गई थी। ...और वह भी इस कदर कि फिर जीवनभर वे यादें मुझसे नहीं बिछड़ी। और उस पर मां यशोदा की लीला का तो कहना ही क्या? उस देवी ने इतने दिनों में एकबार भी नहीं पूछा था कि लाल... तू वापस वृन्दावन कब आ रहा है? उसके लिए तो हमेशा की तरह आज भी उसके लाल की खुशी ही ज्यादा महत्वपूर्ण थी। फिर चाहे वह वृन्दावन में रहे या मथुरा में, पास रहे या दूर; उसे क्या फर्क पड़ता था? ...वह तो मुझे अपने दिल में ऐसा बसा चुकी थी कि उससे दूर हो ही न सकूं। थी न कमाल मां "यशोदा"। यह तो मैं भाग्यशाली था जो मुझे अठारह वर्ष ऐसी महान ममता की मूरत ने पाला था। मुझे हंसता देख जिसने अपनी इकलौती बेटी की कुरबानी को भी सहजता से स्वीकारा था। ऐसी प्यारी "मां" दुनिया में दूसरी कहां से खोज के लाओगे? सच कहूं तो जब तक मां रुकी, मन रोज करता था कि उसके साथ ही वृन्दावन चला जाऊं। लेकिन नया-नया व्यवसाय था, ऊपर से नानाजी भी कहां छोड़ने वाले थे? फिर सोचा एक दिन का तो मार्ग है... कभी भी चला जाऊंगा। और अब तो मेरे पास अपना स्वयं का रथ है; जब रथ मैं दौड़ाऊंगा तो आधे दिन की ही तो बात है। यह सब बात इसलिए कि मां के जाने के बाद मैं इतना उदास हो गया था कि मन कहीं लगने को ही तैयार नहीं था। मां को तो हंसते बिदा कर दिया था, लेकिन फिर यहां दिनभर एकान्त में यमुना किनारे बैठकर नदी में पत्थर डालता रह गया था। यह करते-करते संध्या हो गई थी, लेकिन चैन अब भी नहीं आ रहा था। यह तो ठीक परंतु असली मुसीबत तो यहां से शुरू हुई। दिन तो किसी तरह निकल गया, लेकिन रात का क्या...? रोज यशोदा के साथ बैठकर उसका वृन्दावनरूपी पिटारा सुनने की आदत जो पड़ गई थी; लेकिन अब वह तो है नहीं। बस इस खयाल-मात्र से मैं बुरी तरह बेचैन हो उठा। गुस्से में एक आखरी पत्थर जोर से नदी पर दे भी मारा। पर इन सब हरकतों से मां लौट थोड़े ही आनी थी। सो, बड़ी हताशा में घर का रुख किया। लेकिन घर पहुंचकर तो हालत और बिगड़ गई। मन भोजन तक करने का नहीं हो रहा था। एकबार को झल्लाया भी कि इससे तो अच्छा होता मां के साथ वृन्दावन ही चला गया होता।

अजब हालत हो गई थी। सोने की कोशिश करूं तो नींद न आए और उल्टा यशोदा की बातें याद आ जाए। आंख बंद करने की कोशिश करूं कि वृन्दावन आंखों के सामने नाचने लगे। अब सोना कौन-सा भागा जा रहा था, मन का साथ दो। मां नहीं, मां की यादें ही सही। ...दोनों मां कितना खुश हुई थी जब उनको रथ में बिठाकर मथुरा घुमाने ले गया था। और यह कैसे भूल जाऊं कि मेरी मिष्ठान्न की दुकानें देखकर तो यशोदा फूली नहीं समायी थी। और जब मां यशोदा को मैंने

अपने हाथों से अपनी ही दुकान के पकवान खिलाये थे तब..., तब वह मिष्ठान्न खाकर कितना तृप्त हो गई थी। तो, मां भी जब अपने हाथों से खिलाती थी मैं भी कितना तृप्त हो जाया करता था। मां तू चली क्यों गई? ...जब इतना ही था तो तू क्यों नहीं मां के साथ चला आया? बात तो सही थी। मां कम-से-कम मिलने तो आई, मैंने तो आज तक वृन्दावन की सुध तक नहीं ली थी। क्या कहूं आपसे कि उसके जाने के बाद मैं पूरी तरह "वृन्दावनमय" हो चुका था। चाहकर भी वृन्दावन से बाहर नहीं आ पा रहा था। वैसे मैं "राधामय" तो कई बार हो चुका था; "रुक्मिणीमय" तो अब भी था; लेकिन "वृन्दावनमय" होने का तो नशा ही कुछ और था। क्योंकि एक वृन्दावन में सब समा जाते थे। शायद इसीलिए राधामय या रुक्मिणीमय होने में ऐसी वेदना का अनुभव कभी नहीं करना पड़ा था जो वेदना वृन्दावनमय होने पर भुगतनी पड़ रही थी। ...तो, वृन्दावन की याद आते ही तड़प क्यों न उठूं? यमुना व गोवर्धन का घूमना-फिरना कैसे भुलाऊं? गोप-गोपियों को याद कैसे न करूं? माता-पिता के प्यार के बगैर कैसे रहूं? और राधा के बगैर तो जीऊं ही कैसे?

लो, राधा याद क्या आई, उसी के खयालों में खो गया। वाकई जब भी वृन्दावन जाऊंगा शुरू में तो राधा मारे क्रोध के मुझसे बात ही नहीं करेगी। ...लेकिन कब तक? जैसे ही उसको रथ पर अपने साथ आगे बिठाकर गोवर्धन घुमाने ले जाऊंगा "उसका" सारा क्रोध यमुना में बह नहीं जाएगा? और गोपियां...वे तो रथ में पहले बैठने के लिए आपस में ही इतना झगड़ पड़ेंगी कि शायद मारा-मारी पर ही न उतर आए। वाकई राधा का रूठना व गोपियों का झगड़ना, ...कितना मजा आएगा। देखा आपने, मैं बगैर वृन्दावन गए वृन्दावन का भरपूर आनंद उठा रहा था, जैसे आज बगैर रुक्मिणी के भी रुक्मिणी के साथ जीने का आनंद उठा रहा हूँ। यही तो मेरी हमेशा रहने वाली प्रसन्नता का राज था। मैंने शारीरिक तौर पर साथ रहने या बिछड़ने को कभी महत्त्व नहीं दिया था। सच कहूं तो मिलने-बिछड़ने के चक्कर में मैं कभी पड़ा ही नहीं। मेरे लिए तो किसी को याद करना या किसी के सपने देखना उतना ही संतोषकारक था जितना उसके साथ जीना। क्योंकि मेरा स्पष्ट मानना था कि सच्चा प्रेम हृदय में होना पर्याप्त है। अब किसी से मिलना या बिछड़ना तो सामने वाले की इच्छा, और उसकी व अपनी हजारों परिस्थितियों व कारणों पर निर्भर करता है। लेकिन सपने देखने हेतु एक अपनी मर्जी पर्याप्त होती है। वैसे ही सच्चे प्रेम हेतु अपना शुद्ध हृदय ही काफी होता है। वहीं सपनों की तो एक और खूबी है, यदि स्वयं की इच्छा दृढ़ हो और प्रेम पूर्ण हो तो उसके साथ तत्क्षण जीया जा सकता है, जैसे मैं जी रहा हूँ। हृदय से वृन्दावन में हूँ, मन से रुक्मिणी के साथ; और फिर भी पड़ा हुआ हूँ...यहां मथुरा में। इसका अर्थ यह नहीं कि मैं यहां दुःखी हूँ। नहीं, यहां मथुरा के अपने कार्य थे और यहां का अपना एक जीवन था, वैसे ही यहां के अपने कुछ आनंद भी थे। अतः यह स्पष्ट कर दूं कि यहां के कर्म करते वक्त मैं मथुरामय हो ही जाया करता था। और जहां तक यादों और सपनों का सवाल है, तो उसके इलाज हेतु मेरे पास मेरी वंशी तो थी ही। राधा के प्यार ने उसमें जादू के वो सुर पूरे थे कि उड़कर कभी भी कहीं भी पहुंच सकता था। जब कभी वृन्दावन या राधा की याद आती तो वंशी की धुन पर सवार होकर वृन्दावन घूम ही आया करता था। और वैसे ही जब कभी रुक्मिणी की याद सताती तो वंशी की लहरों के सहारे उसके साथ भी हवा में उड़ ही आया करता था। यही कारण है कि मैं "राधा" और "रुक्मिणी" से बिछड़ने के

बावजूद कभी नहीं बिछड़ा। दोनों से वंशी के सहारे अक्सर मुलाकात हो ही जाया करती थी। जब मेरा शुद्ध हृदय व मेरी प्यारी वंशी मेरे साथ है तो मैं राधा और रुक्मिणी क्या, किसी से भी कैसे बिछड़ सकता हूँ? यानी यह स्पष्ट समझ लेना कि "असंतोष की मेरे जीवन में कहीं कोई जगह नहीं।" मैं जीवन की मजबूर वास्तविकता को समझकर उसे स्वीकारता चला जाता था। परिस्थिति बदलने की जिद करने की बजाय परिस्थिति के अनुसार स्वयं को ढाल कर प्रसन्न रह लेता था। यही तो मेरी सदैव रहने वाली मुस्कान का रहस्य था। मैंने स्वयं के भीतर एक ऐसी आत्मनिर्भर प्रसन्नता पाई थी जिसे कोई परिस्थिति, कोई व्यक्ति या कोई समय कभी नहीं छीन सकता था। बस इन्हीं सब विचारों और यादों में रात बीत गई। सूर्योदय हो गया। और तब कहीं जाकर विचारों का सिलसिला थमा। विचारों का सिलसिला क्या थमा, आंख लग गई। यानी मां के जाते ही सब उल्टा-पुलटा हो गया। रातभर जागा व सुबह होते ही सो गया।

खैर! अभी बमुश्किल आंख लगी ही थी कि राजभवन के सिपाही नानाजी का बुलावा लेकर आ धमके। अब पहली बार नानाजी ने इतनी सुबह-सुबह याद किया था। निश्चित ही कोई गंभीर बात होगी। यह विचार आते ही नींद हवा हो गई व बुलावे के कारणों में खो गया। अर्थात् नानाजी के इस बेवक्त के एक बुलावे ने तत्क्षण मुझे वृन्दावन से निकालकर फिर मथुरा में ला खड़ा कर दिया। तुरंत तैयार होकर बुलावे के कारण पर चिंतन करते-करते राजमहल की ओर चल पड़ा। रथ से राजमहल पहुंचने में क्या देर लगनी थी? राजमहल तो पहुंच गया, पर बुलावे का कारण अब भी रहस्य ही बना हुआ था। उधर राजभवन का नजारा तो पूरी तरह भिन्न था। दरबार खचाखच भरा हुआ था। नानाजी भी अपने सिंहासन पर ही विराजमान थे। पूरी मंत्रिपरिषद भी अपने स्थान पर उपस्थित थी। यह तो ठीक, पर कई परदेशी भी अपने परिवारों के साथ नानाजी के ठीक सामने जमीन पर बैठे नजर आ रहे थे। यह आश्चर्य में डालने वाली बात थी। राजभवन में ऐसा नजारा पहले कभी नहीं देखा था। हालांकि एक और बात थी जिसने मुझे आश्चर्य में डाला हुआ था। परदेशियों के साथ-साथ मथुरा के सभी संभ्रांत-यादव भी आज दरबार में अपने स्थान पर विराजमान थे। और सबसे आश्चर्यजनक बात यह कि वे काफी भड़के हुए व क्रोधित नजर आ रहे थे। यानी कुल-मिलाकर माजरा पूरी तरह समझ के बाहर था। ...तो मेरी समझ ही कितनी थी? अभी चार दिन ही तो हुए थे राजमहल आते-जाते। क्या जानता था राजनीति और राजपाट के बारे में? ...यह तो यूं ही लाड़ने हेतु लाड़ गया था, वरना तो यह राजमहल मेरे लिए एक गुरुकुल ही था जिसमें रोज कुछ नया सीखने को मिल ही जाया करता था। इधर मैं भी एक अच्छे शिष्य की तरह अपनी ओर से कुछ नया सीखने को तत्पर रहता ही था। ...लेकिन वर्तमान नजारा पूरी तरह से मेरी समझ के बाहर था। बस यही सब सोचते-सोचते मैंने नानाजी की बगल में अपने लिए सुरक्षित रखा स्थान ग्रहण किया। मेरे स्थान ग्रहण करते ही नानाजी ने महामंत्री से कार्यवाही प्रारंभ करने हेतु कहा। यानी मेरे आने का इन्तजार किया गया था। यह तो नानाजी ने मुझे वाकई बड़ा ऊंचा सम्मान प्रदान किया था। सचमुच मेरा राजमहल में जो भी थोड़ा बहुत अस्तित्व था वह उनके प्रेम व सहयोग को ही आभारी था; निश्चित ही मेरी काबीलियत का उसमें कोई योगदान नहीं था। बस मैं आज अपने को नानाजी के प्यार के योग्य बनाने को कटिबद्ध हो गया।

खैर! इधर मैं यह सब सोचता रह गया और उधर नानाजी की आज्ञानुसार महामंत्रीजी ने अपने स्थान पर खड़े होकर पूरे दरबार को सारी बातें संक्षिप्त में समझाते हुए कहा- ये परदेशी पहले मथुरावासी ही थे। सभी काफी संभ्रांत थे, लेकिन कंस के भय व अत्याचारों से घबराकर ये लोग उस समय अपने परिवार समेत मथुरा छोड़कर चले गए थे। अब कंस-वध के बाद जब परिस्थिति सुधर गई है, तो ये लोग सपरिवार आश्रय की तलाश में वापस मथुरा आए हैं। उससे हमें कोई ऐतराज नहीं, पर वास्तविक मामला यह है कि ये लोग अपनी जमीनें व दुकानें वापस चाहते हैं, जो जाते वक्त वे मजबूरीवश यहीं छोड़ गए थे। स्वाभाविक तौर पर अब वह राजकीय-संपत्ति का एक हिस्सा है। दूसरी ओर स्थानीय संभ्रांत यादव उन्हें कुछ भी लौटाने का पुरजोर विरोध कर रहे हैं, उनका सोचना है कि इससे उनके वर्तमान व्यवसाय पर मार पड़ सकती है। सबसे बड़ी बात तो यह कि इस मामले में मंत्रिमंडल की राय भी विभाजित है। अतः सबके विचार जान इस विषय पर सामूहिक चर्चा हेतु आज की यह सभा बुलवाई गई है। राजमहल अपनी ओर से सबसे चर्चा कर ही चुका है, व सबकी राय भी मैंने स्पष्ट कर ही दी है। ...अब इतना कहकर महामंत्रीजी तो बैठ गए। इधर कुछ देर की चर्चा के बाद ही यह स्पष्ट हो गया कि संभ्रात-यादव, लौट आए इन यादवों को राजमहल कुछ भी दे इसके पक्ष में अब भी नहीं। दूसरी ओर मंत्रिपरिषद भी फैसला नहीं कर पा रही थी कि दोनों पक्षों को कैसे एक बात पर राजी किया जाए। राजमहल दोनों में से किसी को नाराज भी करना नहीं चाहता था। इधर मैंने ना सिर्फ महामंत्रीजी की प्रस्तावना ध्यान से सुनी थी, बल्कि सारी चर्चाएं भी समझ ही रहा था। उधर जब काफी चर्चा के बाद भी कोई निष्कर्ष नहीं निकला तो नानाजी ने मेरी राय जाननी चाही। यह तो महत्व देने की हद ही हो गई। सचमुच नानाजी मुझे सम्मान देने का या मेरा कद बढ़ाने का कोई मौका नहीं चूकते थे। अब यह मेरा कर्तव्य बनता था कि मैं उनकी उम्मीदों पर खरा उतरूं। और आज तो मैं नानाजी द्वारा दिए जा रहे 'सम्मान' का 'मान' रखना भी चाहता ही था। यूं भी मैं परिस्थिति का आकलन करने में माहिर था ही, और यह सर्वविदित है कि एकबार यदि परिस्थिति का ठीक-ठीक आकलन कर लिया जाए तो उचित निष्कर्ष पर पहुंचना बड़ा आसान हो जाता है। और फिर अब तक बात भी पूरी तरह मेरी समझ में आ ही चुकी थी। वैसे तो बात थी भी दो और दो चार जैसी ही। अब सवाल बचता था परिस्थिति के ठीक-ठीक आकलन का। अब परिस्थितियों का ठीक-ठीक आकलन तो मैं गोकुल व वृन्दावन में भी कई बार कर चुका था। यहां भी उसी मनन में डूब गया। मैं मनन क्या करने लगा पूरे दरबार की निगाहें मुझ पर लग गई। कई लोग तो मन-ही-मन हंस भी रहे थे कि यह बालक क्या विचार करेगा। अभी मालूम पड़ता है। आप मानेंगे नहीं कि कुछ ही देर के गहरे चिंतन के बाद मैं समस्या की जड़ तक पहुंच गया था। वैसे भी संसार के सारे समाधान समस्या की जड़ में ही छिपे होते हैं। सो, वस्तुस्थिति मेरी आंखों के सामने पूरी तरह साफ थी। उसके अनुसार निर्णय का प्रभाव तीन लोगों पर पड़ रहा था, एक राजमहल स्वयं, दूसरे परदेशी व तीसरे स्थानीय संभ्रांत-यादव। अतः कोई ऐसा समाधान खोजना था जिससे तीनों के हित की रक्षा की जा सके। और तो ही यह मामला सुलझ भी सकता था, वरना टकराहट बने रहने के ही आसार थे। समाधान तो मेरे जहन में स्पष्ट था लेकिन इतनी बड़ी बात कैसे कहना; या कहना कि नहीं कहना यह असमंजस बना हुआ था। अब

वृन्दावनवासियों को राय देना या उनके लिए योजनाएं बनाना अलग बात है, परंतु यहां तो एक-से-एक दिग्गज व अनुभवी बैठे हुए हैं; कहीं ऐसा न हो जो थोड़ी बहुत इज्जत है वह भी जाती रहे। ...कहीं मेरा सुझाया समाधान बचकाना साबित न हो। तो क्या? बालक तो मैं हूँ ही। फिर जिस समस्या का समाधान इन दिग्गजों को नहीं सूझ रहा, यदि ऐसे में मेरा सुझाया समाधान भी व्यर्थ गया तो कोई पहाड़ थोड़े ही टूट पड़ेगा। और फिर जब नानाजी ने इतना विश्वास जताया है तो उनके विश्वास का मान रखकर भी कुछ तो कहना ही होगा। वहीं सबसे बड़ी बात यह कि मुझे अपने समाधान में कोई खोट नजर नहीं आ रही थी। ऐसे में दरबार में छाने का यह मौका क्यों गंवाया जाए?

...हालांकि इधर एक तरफ जहां मुझे सोचने के लिए समय दिया गया था, तो वहीं उधर सबका आपसी विचार-विमर्श भी चालू ही था। संभ्रांत-यादव अब भी क्रोध में लाल-पीले हुए जा रहे थे। स्पष्ट था, वे अपने हितों पर हमला सहन करने के पक्ष में बिल्कुल नहीं थे। वैसे अब तक मैं भी पूरी तरह तैयार हो चुका था। सो, अपने स्थान से खड़े होकर नानाजी से अपनी राय व्यक्त करने की इजाजत चाही। हालांकि इजाजत चाहते वक्त भी एक नजर पूरे खचाखच भरे दरबार पर भी घुमायी। दृश्य ऐसा था कि इस समय दरबार में दो सौ के करीब लोग मौजूद थे। हालांकि इसमें पचास के करीब तो परदेशी थे जो मेरे सामने ही बैठ हुए थे। बाकी स्थानीय संभ्रांत-यादव थे व कुछ सैनिक-सिपाही थे, और पूरी-की-पूरी मंत्रिपरिषद तो मौजूद थी ही। सबसे बड़ी बात तो यह कि इनमें से अधिकांश पचास से सत्तर वर्ष के बीच के थे। उनके बीच मुझ उन्नीस वर्ष के बालक का इस तरह अपनी राय प्रकट करने खड़े होना, थोड़ा विश्वास की कसौटी लेने वाला था ही। लेकिन मैं तो अपनेआप में आत्मविश्वास की मूरत था, बस नानाजी का इशारा पाते ही मैंने बड़े आत्मविश्वास से समस्या का समाधान सुझाते हुए कहा- यह सर्वविदित है कि कंस का शासन काल मथुरा के लिए एक विकट समय था। निश्चित ही उस समय इन संभ्रांत-यादवों के परिवार यहां सुरक्षित नहीं कहे जा सकते थे। लेकिन क्योंकि ये लोग धनवान थे इसलिए सुरक्षा की खोज में मथुरा छोड़ कर जा सके। गौर करने लायक बात यह है कि सभी संभ्रांत-यादव मथुरा छोड़कर नहीं भागे थे। स्पष्टत: जिन्होंने संकट के समय मथुरा का त्याग किया हो और परिस्थिति सुधरते ही जिन्हें फिर मथुरा की याद आई हो, ...वे कतई सच्चे मथुरावासी नहीं कहे जा सकते हैं। हालांकि मथुरा एक बड़ा राज्य है, और बड़े राज्य का हृदय भी विशाल होना ही चाहिए। इस लिहाज से मथुरा की समस्या यह हुई कि वह आज न तो उनको अस्वीकार कर सकती है, और ना ही तहेदिल से उनका स्वागत ही कर सकती है। वैसे अब-तक परदेश में रहकर इन्होंने भी यह तो समझ ही लिया होगा कि जो सम्मान मनुष्य को स्वयं की धरती पर मिलता है वह विदेशों में कभी नहीं मिल सकता। ...ऐसे में यदि हम इन्हें इनकी पूरी जमीनें व दुकानें वापस देते हैं तो यह उन संभ्रांत-यादवों के साथ अन्याय होगा जिन्होंने संकट के समय मथुरा का साथ निभाया था। दूसरी तरफ यदि हम कड़ा रुख अपनाकर इन्हें जमीन वापस नहीं करते हैं तो यह मथुरा का अपनी ही संतानों के प्रति रूखा व्यवहार होगा। अत: मैं इस निष्कर्ष पर पहुंचा हूँ कि इन्हें अपनी आधी जमीनें वापस की जानी चाहिए लेकिन बदले में इन पर व्यावसायिक शुल्क दो गुना लादा जाना चाहिए, ताकि इनके आने से स्थानीय मथुरावासियों के व्यावसायिक हित की सुरक्षा की जा सके। आगे जो निर्णय दरबार करे।

...इतना कहकर मैं बैठ गया। बाकी सब तो ठीक, मैं स्वयं अपने विश्लेषण व स्पष्ट वक्तव्य पर अचम्भित था। वाकई मैंने अपने सुझाये समाधान में तीनों पक्षों के हित की रक्षा की थी। एक तरफ जहां बाहरी यादवों को मथुरा में बसने का मौका देकर उन्हें एकबार फिर मथुरावासी होने का गौरव प्रदान कर रहा था, तो वहीं दूसरी ओर राजभवन को उनकी आधी जमीनें व दो गुना वार्षिक शुल्क मिल ही रहा था। ...बचे स्थानीय यादव, तो निश्चित ही इस समाधान में वापस लौटे यादवों पर दो-गुना व्यवसायिक शुल्क लादकर यहां उनके वर्तमान व्यवसाय को सुरक्षा प्रदान भी कर ही दी गई थी। कुल-मिलाकर मेरा समाधान इतना सटीक था कि पूरा मंत्रिमंडल ही नहीं, स्थानीय संभ्रांत व लौटकर आए संभ्रांत सभी पूर्णतः संतुष्ट हो गए थे। वाकई मेरी राय बड़ी सुलझी हुई थी। वैसे तो मैं अपनी समझदारी का सबूत मगधी-सैनिकों के बाबत राय देकर पहले भी दे ही चुका था, लेकिन इस बार का मामला कुछ ज्यादा ही पेचीदा था। और मैं साफ देख पा रहा था कि इस समाधान ने मथुरा के राज-दरबार में मेरी समझदारी का सिक्का पूरी तरह जमा दिया था। नानाजी तो इतना खुश हो गए थे कि उन्होंने सारे दरबारी शिष्टाचार ताक पे रखकर मुझे गले ही लगा लिया था। उधर बाहर से आए परदेशी व स्थानीय संभ्रांत भी आश्चर्यचकित थे। मंत्रिमंडल तो मुझपर पूरी तरह फिदा हो गया था। इधर सच कहूं तो मन-ही-मन मैं मिल रहा यह सम्मान पचा नहीं पा रहा था, और इसका सबूत यह कि भीतर-ही-भीतर फूल के कुप्पा हो गया था। वैसे इस समय गौरवान्वित महसूस करना एक ओर जहां मेरी योग्यता का अधिकार था, तो वहीं दूसरी ओर यह मेरी वर्तमान अपरिपक्वता का सबूत भी था। चाहे जो हो, मेरा सुझाव शब्दशः मान लिया गया। और मुझे वाकई स्वयं पर बेहद गर्व हुआ।

खैर! कुल-मिलाकर बस मथुरा में दिन ऐसे ही कट रहे थे। समय के साथ समझदारी बढ़ाने के साथ-साथ व्यावसायिक प्रगति करना भी जारी था। और इससे भी बड़ी बात तो यह कि इन दिनों राजभवन में मामियों की गुस्सायी निगाहों का सामना नहीं करना पड़ रहा था। दरअसल वे पिछले काफी समय से अपने पिता जरासंध के यहां रहने मगध चली गई थी। शायद उनका मथुरा में मन नहीं लग रहा था। सच ही तो है, बगैर मामा के वे यहां करती भी क्या? चलो मामियां खुश तो भांजे को भी सुकून। ...तभी मेरे परम आश्चर्य के बीच अचानक एक दिन उद्धव मथुरा आ टपका। मैं तो उसे देखते ही खुशी के मारे पागल हो गया। लेकिन यह क्या? उसे मुझसे मिलने की कोई प्रसन्नता न थी। वह बहुत दुखी नजर आ रहा था। शायद मुझसे नाराज भी था। उसकी नाराजगी तो मेरी समझ में आ रही थी कि मैं वृन्दावन क्यों नहीं लौट रहा, लेकिन उसका दुःख मेरी समझ के परे था। तो उद्धव कौन-सी राधा थी, उसे पटाना क्या मुश्किल था? ...अभी बात खुलकर सामने आ जाती है। यही सोचकर उसे शांत करने के उद्देश्य से मैंने थोड़ा लाड़ते हुए उससे वृन्दावन के हालचाल जानना चाहा। पर यहां तो पासा ही उल्टा पड़ गया, मानो वह तो ऐसे ही किसी मौके की तलाश में था। बस वह तो सवाल सुनते ही मुझपर बुरी तरह उबल पड़ा और बड़े रूखे स्वर में सवाल के जवाब में सवाल ही दाग दिया - क्या तुम्हें अब भी वृन्दावन याद है? कहने की जरूरत नहीं कि उसके इस उलट-सवाल से ही मुझे उसकी मानसिकता का अंदाजा लग गया। यह तो वृन्दावन ने वाकई बड़ी प्रगति कर ली है। अब इतनी दूर से मित्र मुझसे मिलने नहीं बल्कि नाराजगी

जाहिर करने पधारने लगे हैं। कोई बात नहीं, हम चुप्पी साध लेते हैं। सो, मैं पूरी तरह से चुप हो गया। ...क्योंकि इस समय उससे कोई भी बात करने पर हर बात का करारा जवाब मिलना तय था। मुझ शाणे ने कुछ देर के लिए वृन्दावन की बात ही छोड़ दी; उल्टा टुकड़े-टुकड़े में उसकी नाराजगी दूर करने के दूसरे उपाय प्रारंभ कर दिए। सर्वप्रथम उसे लेकर बाजार घुमने गया। संध्या उसे रथ में बिठाकर मथुरा घुमाने भी ले गया। हालांकि अब भी हम दोनों में कोई खास बातचीत नहीं हो रही थी। तो मुझे कौन-सी बात करनी थी? मैं तो उसका गुस्सा शांत करने में लगा हुआ था और मैं स्पष्ट देख रहा था कि उसकी नाराजगी धीरे-धीरे कम हो भी रही थी। ...आखिर "कृष्ण" से कोई कब तक नाराज रह सकता है? बस संध्या भोजन के पश्चात् वह काफी हद तक सामान्य हो चुका था। तो, इसी उद्देश्य से ही तो भोजन में "छप्पन-भोग" खिलाया था।

रात के भोजन के पश्चात् मैं उसे कुछ देर टहलने ले गया। हालांकि ज्यादा बातचीत करने की हिम्मत मैं अब भी नहीं जुटा पा रहा था। लौटते ही हम दोनों बाहर बगीचे में जाकर झूला झूलने लगे। मैंने एक मशाल भी जला दी थी ताकि उसके हाव-भाव व क्रोध का आलम साफ देख सकूं। हालांकि बातचीत अब भी नहीं हो रही थी, लेकिन उसकी वर्तमान परिस्थिति देखते हुए अब बातचीत की जा सके ऐसी थी। अतः मौका देखकर मैंने एकबार फिर उससे वही सवाल दोहराया जिसे पूछकर सुबह मुंह की खा चुका था - वृन्दावन में सब ठीक तो है। ...अबकी सवाल सुनते ही वह बड़ा उदास हो गया, ...और उसी उदासी के स्वर में बोला- क्या खाक ठीक है? पूरा वृन्दावन तुम्हारे बिना सूना पड़ गया है। गोपियां तो हंसना ही भूल गई है। उनका अब किसी काम में मन नहीं लगता। वृन्दावन के बुजुर्गों की तुम्हारी राह तकते-तकते आंखें थक गई है। सच मानो कन्हैया कि वे एकबार तुम्हें फिर देख पाने की लालसा में ही जी रहे हैं। ये भोले बुजुर्ग तुम्हारे पराक्रमों पर तुम्हें आशीर्वाद देने की तमन्ना रखते हैं। बेचारे मरने से पूर्व "कान्हा" और "पराक्रमी-कृष्ण" में क्या फर्क है... यह देखना चाहते हैं। उधर गोपों ने भी खेलना-कूदना छोड़ दिया है। जब कन्हैया ही नहीं, तो खेलने में क्या आनंद? यमुना का तो जैसे पानी ही बहना बंद हो गया है। अब यमुना न तो ठंडक देती है, न सुकून। दूसरी ओर गोवर्धन भी पूरी तरह सूख गया है। वृन्दावन के फल-फूल तो इतना रूठ गए हैं कि वे खिलना ही भूल गए हैं। अतः सभी ने मिलकर, ...खासकर गोपियों ने मुझे तुम्हें वृन्दावन वापस ले चलने के लिए भेजा है।

मैं उद्धव की पूरी दास्तान मन-ही-मन बड़ा मुस्कुराते हुए सुनता रहा। सच कहूं तो उसकी बातें सुन मुझे हंसी भी आ रही थी। ...लेकिन इस समय हंसना मामले को खतरनाक स्वरूप दे सकता था। बमुश्किल शांत हुआ उद्धव फिर भड़क गया तो मुझे ही भारी पड़ सकता था। अतः मेरी खैरियत इसी में थी कि मैं चुपचाप उसकी हां में हां मिलाता रहूं। ...निश्चित ही उसका वर्णन दर्शन की सारी सीमाएं लांघ चुका था। यही प्रेम की खूबी होती है; प्रेमी के सपने, प्रेमी की बातें, प्रेमी की वेदना सबकुछ बड़ा काव्यात्मक होता है। ...हमेशा व्यावहारिकता से कोसों दूर। हालांकि ऐसे चिंतनों की खूबी यह कि बिना किसी ज्ञान का होने के बावजूद वह सुनने में हमेशा अच्छा लगता है। खैर, किसी तरह मैंने अपनी हंसी पर तो नियंत्रण रखा पर मंद-मंद मुस्कुराहट पर नियंत्रण नहीं रख पाया; और मुस्कुराते हुए ही पूछ बैठा- राधा का हाल-चाल तुमने नहीं बताया।

उद्धव तपाक् से बोला- मैंने सोचा तुम समझदार हो! बाकी सबके हाल-चाल से तुम्हें राधा की हालत का अंदाजा लग ही गया होगा। फिर भी मेरे मुंह से सुनना चाहते हो तो सुनो-वह पूरी तरह से बावली हो गई है। न हंसती है, न रोती है और ना ही वह किसी से बात ही करती है। बस दिन-भर वृन्दावन की गलियों में पागलों की तरह यहां से वहां घूमती रहती है। ...ऐसा लगता है मानो वृन्दावन के चप्पे-चप्पे में वह तुम्हें खोज रही हो।

मैंने मन-ही-मन सोचा, शायद राधा दिल से नहीं खोज रही होगी; वरना सचमुच वह वृन्दावन के चप्पे-चप्पे में मुझे पाती। हालांकि मैं बोला कुछ नहीं, चुप ही रहा। क्योंकि आज बोलने के शौकीन कन्हैया के चुपचाप सुनने का समय था। यह सब तो ठीक पर आगे मजा यह हुआ कि उधर उद्धव तो अपनी भड़ास निकालकर सोने चला गया, और इधर मुझे एकबार फिर वृन्दावन की यादों में खोने पर मजबूर कर गया। ...कितना हसीन बचपन था मेरा। सचमुच, बचपन यदि गांव में गुजरे तो ही यादगार हो सकता है। वैसे सामने यह भी उतना ही सत्य है कि युवावस्था नगर में गुजरे तो ही मनुष्य प्रगति कर सकता है। छोड़ो इन बातों को, अभी मेरी चिंता का प्रमुख विषय उद्धव व वृन्दावनवासियों का दुःख कम करना था; क्योंकि मैं उन्हें दुखी नहीं देख सकता था। ...लेकिन कैसे? उन्हें कन्हैया चाहिए था, और जो वर्तमान हालत में मथुरा छोड़कर जा नहीं सकता था। तथा बगैर मेरे गए उनका दुःख कम हो नहीं सकता था। निश्चित ही मामला पेचीदा था और ऐसे में कोई बीच का मार्ग ढूंढ़ना आवश्यक था। बस मेरा चिंतन चालू हो गया। चिंतन चालू क्या हुआ कि जल्द ही सबकुछ आइने की तरह साफ भी हो गया। इस पूरी समस्या का सार यह था कि वृन्दावनवासी मेरे मोहवश दुखी थे, और इधर मैं उनके प्रति अपने प्रेम से भरे हृदय के कारण दुखी था। ...निश्चित ही ये हमारी वे जाती कमजोरियां थीं जिससे परिस्थितियों को कोई लेना-देना नहीं था। यानी हमारी जाती समस्याओं को अनदेखा कर उसका अपना खेल तो बस अपने ही निराले ढंग से चल रहा था। ऐसे में मुझे तो प्राकृतिक परिस्थितियों का ही साथ देना था, यानी हमें स्वयं अपने को सम्भालने की जिम्मेदारी उठानी थी। ...यह विचार आते ही मैं उद्धव की बगल में जाकर शांति से सो गया।

अगले दिन प्रातःकाल मैं उद्धव को टहलाने ले गया। निश्चित ही टहलना एक बहाना था, दरअसल मैं उसे वास्तविक परिस्थिति समझाने ले गया था। सो, कुछ दूर जाने पर ही मैंने उसे बड़ी संजीदगी से कहा- देख उद्धव! यह नया-नया व बमुश्किल जमाया हमारा व्यवसाय छोड़कर इस समय हमारा वृन्दावन जाना ठीक नहीं। वहीं दूसरी ओर नानाजी के प्रति भी मेरा कुछ कर्तव्य है। उन्हें भी अक्सर मेरी जरूरत महसूस होती रहती है। अब ऐसे में तू ही बता कि मैं वृन्दावन कैसे आ सकता हूँ?

मैंने बात पूरी गंभीरता से कही थी और तारीफ करनी होगी उद्धव की कि उसने भी जवाब पूरी गंभीरता से ही दिया। उसने कहा- ठीक है तो दो-चार दिन के लिए ही चल।

मैंने कहा- मेरे भाई! दो-चार दिन रुकने में न तो मुझे ही आनंद आएगा और ना ही तुम लोग तृप्त हो पाओगे; उल्टा इससे तो दोनों में विरह की आग और भड़केगी।

मेरी बात सीधी और साफ थी, फिर भी उद्धव मेरी किसी बात पर राजी नहीं हो रहा था। मैं आश्चर्यचकित था, ...ऐसा क्यों? काफी टटोलने पर ऐसी बात सामने आई जिसकी कल्पना ही

नहीं की जा सकती थी। दरअसल वह आया नहीं था, उसे डरा-धमकाकर भेजा गया था। और जानते हो किसने डराया था, ...गोपियों ने। सच कहता हूँ कि उद्धव को इतना डरा हुआ मैंने पहले कभी नहीं देखा था। वह थर-थर कांपता हुआ ही बोला- कन्हैया मेरी बात मानो, यदि मैं तुम्हें लिए बगैर गया तो गोपियां मुझे सचमुच मार डालेगी।

...मैं मन-ही-मन सोचने लगा कि यह क्या बात हुई? कन्हैया नहीं आता तो कन्हैया को मारो, उसमें बेचारे उद्धव का क्या? सच कहूं, यह सोचते-सोचते एकबार को तो मैं भी घबरा गया। ...गोपियां सचमुच बड़ी आतंकिनी थी। इधर मुझे इस तरह सोच में डूबा देख उद्धव ने बात आगे बढ़ाते हुए कहा- सुन कन्हैया! उन्होंने मुझे स्पष्ट धमकी दी है कि अबकी कन्हैया को नहीं ला पाता है तो वापस वृन्दावन में पांव रखने की जुर्रत कभी मत करना।

मैं समझ गया कि इस समय गुस्सायी गोपियों का भय उसके मानस पर बुरी तरह छाया हुआ है। वैसे भी उद्धव शुरू से ही गोपियों से घबराता फिरता था। यूं तो उद्धव ही क्यों, सभी गोपियों से घबराते थे। भैया तक की उनसे कभी नहीं पटी। पूरे वृन्दावन में एक मैं ही तो था जिसकी ना सिर्फ गोपियों से पटती थी, बल्कि बचपन से उनका लाड़ला व दुलारा भी था। मजा तो यह कि उल्टा वे मुझसे घबराती फिरती थी। बड़ास मारना छोड़ो व जमीनी हकीकत पर लौट आओ कन्हैया, वह सब तो इतिहास हो गया। आज तो वे सर पे चढ़ गई हैं इस बाबत कुछ सोचो। ...अभी तो वे विद्रोह पे उतर आई हैं उसका क्या? अरे, जब राधा को समझा देता हूँ तो गोपियां क्या चीज है? एकबार पहले जरा उद्धव-महाराज से तो निपट लूं। अब मैं पीछे पड़ जाऊं तो क्या मुश्किल था, बस किसी तरह मैंने उद्धव को अपनी बातों के जाल में फंसाकर उसे वापस वृन्दावन जाने के लिए राजी कर लिया। मैंने उसे विश्वास दिलाया कि तू मेरा संदेश लेकर गोपियों के पास जाएगा तो वे शांत व प्रसन्न हो जाएगी। ...फिर तुझे कुछ नहीं कहेगी। वैसे सच कहूं तो गोपियों के तांडव देख चुके उद्धव को मेरी बात का यकीन तो नहीं हो रहा था, पर बस एकबार को हिम्मत कर वह मेरा विश्वास कर गया था। कन्हैया का संदेश ले जा रहा हूँ... हो सकता है मुझे बख्श ही दे। उधर मेरा संदेश ज्ञान से लबालब भरा हुआ था, जिसका सार था - प्यारी गोपियां, तुम्हारा कन्हैया कभी भी तुमसे नहीं बिछड़ा है। वह आज भी मन से तुम-लोगों के साथ वृन्दावन में ही रह रहा है। शरीर का संग तो समय की बात है, परंतु मन का संग सदैव का होता है। और तुम सभी से मेरा मन का संग है, अतः तुम लोग मुझसे बिछड़ ही नहीं सकती। बस यह परम सत्य समझकर तुम सभी प्रसन्न रहो।

अब उद्धव संदेश कितना समझा यह तो मैं नहीं जानता... पर हां, उसने संदेश रट जरूर लिया था। कमाल तो यह कि संदेश उसने रट लिया था, आश्वासन मैं दे ही चुका था; फिर भी न जाने क्यों वह अब भी वृन्दावन जाने के नाम पर घबराया हुआ ही था। यानी गोपियों का आतंक अब भी उसके मानस पर असर कर ही रहा था। सच कहूं तो मुझे तो उसकी यह हालत देखकर बार-बार हंसी आ रही थी। ...तो इसमें कौन-सी नई बात थी, वैसे भी दूसरे की दुर्गति पर हंसना हमेशा आसान होता है। लेकिन सोचने का विषय यह था कि क्या सचमुच गोपियां किसी को इतना डरा सकती है या यह उद्धव अपनी कमजोरी का परिणाम भुगत रहा है? चाहे जो हो, अभी तो उद्धव से राज उगलवा के और उसे पट्टी पढ़ाकर मैं उसके साथ घर लौट आया था।

खैर! दिन-दो-दिन रुककर उद्धव तो किसी तरह चला गया, लेकिन मेरे दिलों-दिमाग पर वृन्दावन की सुनहरी यादें फिर ताजा कर गया। साथ ही हजार व्यर्थ की जिज्ञासाएं भी जगा गया। गोपियों पर मेरी बात का क्या असर होगा? गोपियां उद्धव के साथ क्या व्यवहार करेंगी? अब एक तरफ वृन्दावन की याद व दूसरी तरफ अपने संदेश को लेकर मन में जागी हजार जिज्ञासाएं, ...मन कहीं और कहां लगने वाला था? इस असमंजस व उधेड़बुन में अभी कुछ ही दिन काटे थे कि एक दिन अचानक संध्या घर पहुंचने पर उद्धव महाराज के दर्शन हो गए। महाराज बड़ी मनहूसियत ओढ़े बगीचे में चक्कर काट रहे थे। मैं तो उसके आगमन से बुरी तरह चौंक गया। और उससे भी ज्यादा चौंका उसकी हालत देखकर जो पहले से भी ज्यादा बदतर नजर आ रही थी। सच कहूं तो मेरा संदेश ले जाने के बावजूद उसकी यह हालत देख एकबार को तो मैं भी घबरा गया। ...हालांकि इसबार आश्चर्यों का सिलसिला यहीं नहीं थमा था, अबकी उद्धव अपने साथ बहन सुभद्रा को भी लेकर आया था। और वह सर खुजाते व चक्कर लगाते उद्धव को देख वहीं झूले पर बैठी मुस्कुरा रही थी। कहने की जरूरत नहीं कि उसे देखते ही ध्यान उद्धव के हाल से हटकर तत्क्षण बहन के आगमन पर लग गया। स्वाभाविक रूप से मेरी खुशी का ठिकाना नहीं था। उतनी ही देर में भैया भी लौट आए। वे तो सुभद्रा को घर आया देख झूम ही उठे। दूसरी ओर मां की खुशी तो ऐसी कि वह तो रसोइघर में घुस शाही भोजन की तैयारियों में जुट गई थी। उधर सुभद्रा भी इतने समय बाद अपने भाइयों से मिलकर पागल हुई जा रही थी। बात-बात में पता चला कि सुभद्रा को मथुरा भेजने का सुखद निर्णय मां यशोदा का ही था। वह चाहती थी कि इस बहाने वह मथुरा भी घूम ले व अपने भाइयों का प्यार भी पाते आए।

सचमुच मां के निर्णय कितने अद्‌भुत होते थे। उसे अपने लाल की खुशी का कितना ख्याल था। वाकई सुभद्रा ने तो आते ही मथुरा के हमारे नीरस जीवन में रंग भर दिया था। खैर, यह तो हमारी बात हुई, दूसरी ओर सुभद्रा की प्रसन्नता तो पूरी तरह अवर्णनीय थी। वह तो इतनी भव्य नगरी देखकर ही बावली हुई जा रही थी। उसके पांव जमीन पर पड़ने को ही तैयार न थे। नजारा ऐसा जमा था कि मैं और भैया झूले पर ही चहकती सुभद्रा के अगल-बगल में बैठ गए थे। मां ने खाने के लिए कुछ फल वगैरह भिजवा दिए थे जो खाये जा रहे थे, और अपनी प्यारी बहना से बातें किए जा रहे थे। ...तथा सबसे हसीन नजारा तो यह कि हमारे ठीक सामने सर खुजाते व झल्लाते उद्धव महाराज टहल रहे थे जिन पर कोई ध्यान नहीं दे रहा था। अब ध्यान दो या नहीं पर उसकी उतरी हुई शक्ल सुभद्रा आगमन का नशा तो हिरण कर ही रही थी। वहीं सच यह भी है कि चाहते-न-चाहते हुए भी मेरे मन में उसकी उदासी को लेकर हजार जिज्ञासाएं तो उठ ही रही थी। हालांकि कुछ देर तो मैं अपनी जिज्ञासा दबाकर बहना से वृन्दावन की बातें कर वहां की याद ताजा करता रहा, लेकिन आखिर मुझसे नहीं रहा गया। मैंने झूले से नीचे उतरकर टहलते उद्धव को धर दबोचा व उसके गले में हाथ डालते हुए उसे टहलाने बाहर गलियों में ले गया।

...मजा तो यह कि हम टहलने तो निकल पड़े थे, पर न तो वह कुछ बता रहा था और ना ही मैं उससे कुछ पूछ रहा था। यही नहीं, अपना पूरा चिंतन लगाने के बावजूद मैं उसकी उदासी

का रहस्य नहीं समझ पा रहा था। यानी उसका हाल देख मेरी प्रज्ञा तक जवाब दे गई थी। ...अंत में थककर मैंने समर्पण करते हुए सीधे उससे ही पूछ लिया। और उसने जो कुछ बताया उससे तो मेरे होश ही उड़ गए। ...उसने बताया कि जैसे ही मैं वृन्दावन पहुंचा मैंने राधा समेत सभी गोपियों को एकत्रित किया। मुझे अकेला आया देखकर पहले तो वे सब मुझ पर टूट पड़ी, पर जब मैंने कहा कि मैं तुम्हारा संदेशा लाया हूँ तो वे थोड़ा शांत हुई। और सब-की-सब मुझे पकड़कर बस्ती से दूर यमुना किनारे ले गई। उनके प्यारे "कान्हा" का संदेश था, सो एकान्त में शांति से सुना जाए। मैंने भी माहौल जमा देख उनसे वे सारी बातें कह दी जो तुमने मुझे उनसे कहने को कही थी। अब पता नहीं उन लोगों ने तुम्हारे संदेश का क्या अर्थ निकाला, लेकिन हकीकत यह है कि संदेश सुनते ही लगी सब-की-सब मुझे गालियां देने। जब इतने से उनका मन नहीं भरा तो सबने मिलकर मुझे खूब पीटा। मुझे कई अपशब्द कहे। यहां तक कि मुझे दुष्ट व निकम्मे की पदवी से भी नवाजा। और जब इससे भी उन्हें संतोष नहीं हुआ तो उन्होंने तुम्हारी बारी भी निकाल दी। ...तुम्हें भी नहीं बख्शा। अरे, तुम्हारे बारे में तो काफी उलजलूल बातें की। उनका कहना था कि दुष्ट का मित्र दुष्ट नहीं तो और क्या होगा? सच कहूं तो तुम्हें तो और भी क्या-क्या नहीं कहा?

बेचारा उद्धव तो कहते-कहते पूरी तरह दुःखी हो गया, पर इधर गोपियों की ऐसी अदा देख मुझे हंसी आ गई। अब आ गई तो आ गई। आगे मैंने तो उद्धव से सीधे मुस्कुराते हुए ही पूछा- अच्छा! तो फिर मुझे किन-किन अलंकरणों से नवाजा गया यह भी जरा खुलकर बताओ।

शायद यह सवाल उद्धव को रास आ गया। वह तुरंत बोला- पूछो ही मत। उन्होंने छलिया, कपटी, धोखेबाज, झूठा, मक्कार, मतलबी, चालबाज समेत ऐसे कौन से अलंकार थे जो तुम्हारी शान में नहीं कहे। एक गोपी तो लगातार तुम्हारे चरित्र पर ही कीचड़ उछाल रही थी। उसका कहना था कि कन्हैया मथुरा जाकर नगर की छोकरियों के चक्कर में उलझ गया होगा, तभी उसे हमारी याद नहीं आती। बस यह सुन एक अन्य भी ताव खाते हुए बोली थी कि सुना है आजकल कुब्जा के साथ बड़ा इतराता फिर रहा है, अब ऐसे में हम गांव की भोली गोपियों में उसका रस कहां रह गया होगा? फिर तो यही सिलसिला चल पड़ा। ...कोई कहती कि- कुछ नहीं घमंड चढ़ गया है। नगर जाकर बड़ा पराक्रमी जो हो गया है। लेकिन एहसान-फरामोश यह भूल गया कि उसके सारे पराक्रमों की जड़ तो वृन्दावन ही है, ...यह तो ठीक पर एक गोपी ने तो यहां तक कहा कि- मथुरा जाकर बड़ा व्यवसायी बना बैठा है, लेकिन वह भूल गया कि यहां हमारा माखन चुराकर खाया करता था। भला उस जैसी मिठास उसे वहां कहां मिलने वाली?

अब ऐसी प्यारी-प्यारी बातें सुन मैं क्या कर सकता था, बस चुपचाप मुस्कुराते हुए अपना चरित्र-पुराण ध्यान से सुन रहा था। बीच में कोई जोरदार बात आती तो हंस भी देता था। लेकिन मेरा बेशरमों की तरह यह मुस्कुराना उद्धव को रास नहीं आया; वह और झल्ला उठा। ...अब झल्ला उठा तो झल्ला उठा; इसमें मैं क्या कर सकता हूँ? हां, भूख लग रही थी सो टहलने की दिशा वापस घर की ओर कर दी। यह सब तो ठीक पर गड़बड़ यह कि मेरे हंसते ही उद्धव चुप हो गया था। ...पर मैं सुनना चाहता था, सो मैंने फिर हंसते हुए ही जिज्ञासा जाहिर की - सबने इतना कहा, राधा ने कुछ नहीं कहा?

अबकी उद्धव बुरी तरह झल्ला उठा। ...फिर तो कंधे पर रखा मेरा हाथ हटाते हुए बोला- क्यों नहीं! उसने भी बहुत कुछ कहा है, लेकिन मैंने सोचा तुम्हें राधा की बात में कोई रस नहीं होगा। वैसे तुम जैसे बुद्धिमान के लिए गोपियों की बातों से राधा की बात का अंदाजा लगाना क्या मुश्किल काम है।

कमाल यह कि घबराहट व झल्लाहट में भी उद्धव व्यंग मारने से नहीं चूक रहा था। वैसे प्यारा मित्र था, जल्द ही मान गया। अंत में उसने राधा की दास्तान भी सुना ही दी। मेरी जानों की जान राधा के बारे में उसका कहना था कि जब तक गोपियां गुस्सा कर रही थी व मुझे पीट रही थी, वह चुप ही रही। यही नहीं, उल्टा वही उन्हें यह सब करने को उकसा रही थी। यह तो अच्छा था कि सब मुझे पकड़कर यमुना तक घसीटकर ले गई थी और मेरी पिटाई भी वहीं की थी, वरना बस्ती में पीटा होता तो ग्वालों के सामने मेरी क्या रह जाती? ...यह सुनते ही एकबार मुझे हंसी तो बड़ी जोर से आई पर अबकी उसपर नियंत्रण कर गया। ...व्यर्थ इससे राधा की प्रतिक्रिया जानने में देर होगी। खैर, मैंने जैसे ही उद्धव से सहानुभूति जतायी उसने फिर कहना प्रारंभ किया - दरअसल मुझपर क्रोध निकालकर गोपियां शांत होने को ही थी कि राधा ने उनको फिर भड़काते हुए कहा कि वह तो शुरू से ही छलिया था। धोखेबाजी उसका स्वभाव था। उसने अपने पूरे संदेश में एकबार भी आने का जिक्र तक नहीं किया है। बदमाश शुरू से अपने को होशियार व दूसरों को मूर्ख समझता आया है। बस राधा के वक्तव्य ने गोपियों को फिर पूरी तरह उकसा दिया। और फिर तो उसी उकसाहट में सबने मिलकर यह प्रस्ताव भी पारित कर दिया कि यदि कान्हा को हमारी नहीं पड़ी तो हमें भी कान्हा को भुलाना आता है। घूमा करे वह मथुरा की छोकरियों के साथ, यहां ब्रज में उसे कोई याद नहीं कर रहा। और यह कहते हुए गोपियों ने ना सिर्फ फिर मुझे दुबारा पीटा, बल्कि वृन्दावन से निकाल बाहर भी किया। उनका स्पष्ट कहना था कि वृन्दावन को न तो कान्हा की, ना ही उसके "संदेश-वाहकों" की कोई आवश्यकता है। ...और फिर घबराया मैं पलट के बस्ती में गया ही नहीं, चुपचाप उलटे कदम यहां चला आया।

सच कहूं तो उद्धव का हाले-बयां सुन मैं स्वयं बुरी तरह घबरा गया। सारी मुस्कुराहट हवा हो गई। कहीं वृन्दावन जाने पर मेरा भी ऐसा ही स्वागत न किया जाए? यह विचार आते ही कुछ देर के लिए तो मैं खामोश हो गया। मुझे तो यमुना किनारे गोपियों से पिटता "कन्हैया" नजर आने लगा। फुदक अब भी रहा था पर नृत्य करने नहीं "मार से बचने हेतु"। दृश्य सचमुच बड़ा भयावह था। ...हालांकि जल्द ही सम्भल भी गया; और सम्भलते ही मैंने उद्धव से बड़े प्यार से कहा- कोई बात नहीं! उन्हें न सही, मुझे "संदेश वाहक" की बड़ी आवश्यकता है। तुम मेरे साथ यहीं मथुरा रुक जाओ। अब उस बेचारे के पास तो दूसरा चारा भी कहां था? और प्रमुख बात तो यह कि उद्धव ने इन दो संदेशों की आवाजाही क्या की, वह एक मंझा हुआ संदेशवाहक हो गया। फिर तो जीवनभर उद्धव ने मेरे संदेश ले जाने व मुझ तक दूसरों के संदेश पहुंचाने का कार्य बखूबी निभाया। इस लिहाज से तो मैं कह सकता हूँ कि मुझे तो गोपियों की नाराजगी से भी फायदा ही हुआ।

होगा! अभी तो घर पहुंचते ही दूसरा फायदा भी हुआ। अब तक पिताजी भी लौट आए थे। उधर मां भी रसोई बना ही चुकी थी। बस सुभद्रा के आने की खुशी में माहौल उत्सव का हो

गया। हम सबने बाहर बगीचे में बैठकर ही भोजन किया। यह भी अपने तरीके का एक नया ही अनुभव था। वृन्दावन में तो यह शक्य ही नहीं था। एक तो वहां भोजन के नाम पर यहां की तरह कोई वानगियां तो होती नहीं थी, वही फल-फूल व दही ही खाया करते थे। ...दूसरा वहां सेवक भी कहां थे? वाकई सुभद्रा के आने से पूरा माहौल ही बदल गया। देर रात तक हम गप्पें मारते रहे। मां-पिताजी झूले पर आ गए, सुभद्रा ने पास की एक बैठक पर कब्जा जमा लिया; और हम तीनों वहीं जमीन पर बैठ गए व देर रात तक बतियाते रहे। यहां तक तो सब ठीक चला, पर दाव रात को हो गया। कमरे में जाते ही अपनी भड़ास निकाल चुका उद्धव तो तुरंत घोड़े बेच के सो गया, और इधर मेरे जहन में गोपियों का तांडव पुनः शुरू हो गया। काफी चिंतन के बाद एक बात तो समझ आ ही गई थी कि गोपियों के व्यवहार ने मेरे संदेश में छुपी त्रुटियों को ही उजागर किया था। वे या तो मेरा आना स्वीकार करती, या मेरे आने की तय तिथि स्वीकारती। कोरी बातों के चक्कर में प्रेम की दीवानी ये बावरियां नहीं फंसने वाली थी। मुझे यह स्वीकारने में कोई हिचक नहीं कि प्रेम की मदहोशी से चूर इन गोपियों के सामने ज्ञान की पिपुड़ी बजाना मेरी ही मूर्खता थी। और यही बात जो मैंने आज गोपियों से सीखी थी, वही गीता में अर्जुन से कही थी। *"भक्ति अपनेआप में परिपूर्ण है। फिर उसे कोई कर्म नहीं, और कोई ज्ञान नहीं*[४१]*।"* भला प्रेम से भरे हृदय को कोई विषय जानने या समझने की आवश्यकता ही क्या? प्रेम तो अपनेआप में हर सत्य की कुंजी है। ...यह नहीं था कि गोपियां मेरा संदेश नहीं समझी थी, बल्कि सच तो यह है कि प्रेम में डूबी इन गोपियों को मेरे संदेश की व्यर्थता समझ में आ गई थी। यह क्या कम कमाल है कि वे समझ गई थी कि ना तो कान्हा आया है और ना ही इस संदेश में उसके आने की कोई सूचना ही उसने भिजवायी है। अतः यह पूरा संदेश हमारे लिए सिवाय एक कोरी बकवास के और कुछ नहीं। ...और सच कहूं तो गोपियों के इस अप्रत्याशित व्यवहार व उसमें छिपे प्रेम ने मेरे मन में एक कशिश पैदा कर दी। मेरा मन वृन्दावन जाने को बुरी तरह तड़प उठा। लेकिन बात अब भी वहीं-की-वहीं थी, मथुरा की वर्तमान परिस्थितियों को देखते हुए तुरत-फुरत में जा पाना संभव न था। और जो था सो था; मैं अपनी स्वार्थपूर्ति के लिए कर्तव्य से मुख तो नहीं मोड़ सकता था? सो किसी तरह मैंने स्वयं को समझाकर मध्यरात्रि तक सुला ही दिया।

लेकिन दूसरे दिन सुबह फिर कमाल हो गया। रात का समझाया उद्धव सुबह तक फिर बिफर पड़ा। उसने एकबार फिर वृन्दावन जाने की रट छेड़ दी। ...हालांकि अबकी उसकी देखादेखी मैंने भी पलटी खा ली। साफ इन्कार की बजाय उसे सांत्वना देते हुए कहा कि- जब सुभद्रा का मन मथुरा से भर जाएगा तब हम सभी एक साथ वृन्दावन चले चलेंगे। देखो मैं जाते ही कैसे सब ठीक कर देता हूँ। कहने की जरूरत नहीं कि मेरे ऐसे आश्वासन ने उद्धव को काफी हद तक सामान्य कर दिया। भैया व सुभद्रा भी मेरे इस निर्णय से काफी खुश हुए। सो छोड़ो अब उद्धव प्रकरण को। अभी तो कुछ बातें मुख्य मेहमान यानी हमारी प्यारी बहन सुभद्रा की की जाए। निश्चित ही इस समय मेरा व भैया का पूरा ध्यान उसी पर लगा हुआ था। मैं तो उसे नित्य बाजार घुमाने ले जाया करता था। वह मेरे साथ रथ पर आगे बैठकर धन्य हो जाती थी। मैंने उसे काफी गहने व वस्त्र भी दिलवाये थे। कहने का तात्पर्य मैं अपनी ओर से प्यारी बहन का पूरा-पूरा ख्याल रखे हुए था। उधर भैया भी

---

४१. श्रीमद्भगवद्गीता, अध्याय-१८, श्लोक-५६

सुभद्रा का ध्यान रखने में पीछे नहीं थे। वे भी रोज संध्या उसे अपने साथ दुकान ले जाते थे। उन्होंने भी अपनी ओर से अपनी प्यारी बहन को वस्त्रों और गहनों से लाद दिया था। ...और इस पर सबसे बड़ी खुशखबरी यह कि इधर उद्धव भी समय के साथ मथुरा के वातावरण में रमता जा रहा था। अब तो उसने गौशाला का पूरा कार्यभार संभालना प्रारंभ कर दिया था। वैसे वह कभी-कभी भैया के साथ दुकान भी चला जाया करता था। यानी उद्धव व सुभद्रा दोनों के दिन मथुरा में बड़ी प्रसन्नता से गुजर रहे थे। और उनके पीछे-पीछे हमारी भी उड़ के लग गई थी। हां, एक गड़बड़ अवश्य हो गई थी। सुभद्रा के आने के बाद कुब्जा से मुलाकातें काफी कम हो गई थी। अब एक ही समय में तमाम खुशियां तो समेटने से रहा। फिर भी इसमें कोई दो राय नहीं कि जमते व्यवसाय और सुभद्रा व उद्धव का साथ मिलने से दिनों को पर लगे हुए थे।

खैर! इस तरह करीब एक माह का समय बीता होगा, और एक दिन रात्रि को ऐसे ही भोजन के बाद हम यहां-वहां की बातें कर रहे थे; तभी अचानक राजभवन से एक सिपाही मंत्रिपरिषद की बैठक हेतु नानाजी का बुलावा लेकर आया। इतनी रात को मंत्रिपरिषद की बैठक? कहीं कोई बड़ी मुसीबत ने तो मथुरा में दस्तक नहीं दी है? हो सकता है, बस यही सोचकर मैं तुरंत राजमहल जा पहुंचा। मेरा अंदाजा ठीक था। दरबार खचाखच भरा हुआ था। और नानाजी तो सचमुच काफी चिंतित नजर आ रहे थे, और वह भी इस कदर कि वे अपने सिंहासन के आसपास टहल रहे थे। उधर सेनापतिजी का भी यही हाल था, वे तो पूरे दरबार में यहां-से-वहां चक्कर लगा रहे थे। बाकी दरबारी भी बड़ी मनहूसियत ओढ़े अपने-अपने स्थान पर बैठे हुए थे। मैं तो नजारा देखते ही स्तब्ध रह गया। क्या करता, जब कुछ समझ नहीं आया तो नानाजी के पीछे-पीछे टहलने लगा। कोई कुछ कह नहीं रहा था, और मेरी आगे चलकर कुछ पूछने की औकात नहीं थी। ...फिर पता चला कि यादव-संभ्रांतों को भी बुलावा भिजवाया गया है व उन्हीं का इन्तजार हो रहा है। ...चलो अपन भी इन्तजार कर लेते हैं। उधर जैसे ही वे आने शुरू हुए नानाजी ने अपना स्थान ग्रहण कर लिया। देखादेखी में मैं भी बैठ गया। उधर यादव-संभ्रांतों के साथ-साथ राजगुरु, आचार्यजी और अन्य प्रतिष्ठित व्यक्तियों का आना भी लगातार चालू था। मुझे तो कुछ भी समझ में नहीं आ रहा था। हां; इतनी रात गए मथुरा के सभी प्रमुख व्यक्तियों का राजमहल में एकत्रित होना मामले की गंभीरता जरूर दर्शा रहा था। तो, अब इतना तो बच्चा भी भांप सकता था। लेकिन ऐसा क्या हो सकता है यह समझ पाने के लिए मेरा "राजकीय-चिंतन" काफी कमजोर पड़ रहा था। तो ऐसा कहो न... हां-हां, तो इसलिए तो मैं भी चिंतित मुद्रा बनाये हुए चुपचाप नानाजी के पास बैठा हुआ था। चलो छोड़ो, अभी तो नित उभरकर आ रही नई समस्याओं को देख मैं इतना तो समझ ही रहा था कि राजा बनना या राज करना कोई मजाक नहीं है। सच कहूं तो आज मुझे अपने राजपाट ठुकराने के निर्णय पर बड़ा गर्व हो रहा था। वाकई दूर से देखने पर लगता है कि राजा की बड़ी ठाठ होती है; लेकिन वास्तविकता यह है कि एक राजा को ठाठ से हजार गुना तो जवाबदारियां होती हैं।

खैर! जब अधिकांश लोग आ गए तो राजा उग्रसेनजी ने ही कार्रवाई शुरू करते हुए बोलना प्रारंभ किया – यह तो आप सभी जानते हैं कि कंस की पत्नियां पिछले कई दिनों से मगध रहने

गई हुई हैं। वे कितना दुखी थीं, यह भी हम सभी जानते हैं। लगता है उनका दुःख और क्रोध बर्दाश्तगी की हदों के बाहर हो गया होगा, अतः भावुकता में बहकर उन्होंने अपने पिता राजा-जरासंध को मथुरा के खिलाफ भड़का दिया। अब जरासंध जो मथुरा का पुराना शत्रु है, उसको अपनी बेटियों द्वारा भड़काये जाने पर भड़कने में क्या देर लगनी थी? और इन सब बातों का दुष्परिणाम यह हुआ कि जरासंध ने ताबड़तोड़ मथुरा पर हमला करने का निश्चय कर लिया। हमारे गुप्तचरों ने खबर दी है कि जरासंध के साथ कई अन्य राजा भी अपनी सेना के साथ इस हमले में शामिल हैं। यही नहीं, सम्मिलित राजाओं की यह सेना मथुरा पर आक्रमण करने निकल भी चुकी है। ...उनकी मानें तो यह विशाल सेना ज्यादा-से-ज्यादा पन्द्रह दिनों में मथुरा पहुंच जाएगी। वहां जरासंध का अपनी सेना को स्पष्ट निर्देश है कि उन दोनों छोकरों "कृष्ण व बलराम" को देखते ही मार डालो और हो सके उतना मथुरा को तहस-नहस कर दो।

...यह तो वास्तव में मामला बड़ा गंभीर था। स्वाभाविक तौर पर यह सुनते ही पूरे दरबार में सन्नाटा छा गया। वातावरण पर घबराहट का राज हो गया। अब मामियां कुछ-न-कुछ गुल अवश्य खिलाएंगी यह तो मैं पहले से ही जानता था। लेकिन उनका क्रोध इतना भयंकर परिणाम लाएगा यह मैंने कभी नहीं सोचा था। दरबारियों का तो ठीक, सबसे ज्यादा पतली हालत मेरी ही थी। एक तो समस्या की जड़ में "मैं" था, व दूसरा... जरासंध का निशाना भी "मैं" ही था। मैं तो आंखें नीची किए चुपचाप मुंह लटकाकर बैठ गया। उधर दरबार में छाया सन्नाटा नानाजी ने ही तोड़ा। उन्होंने कुछ खास नहीं, बस समस्या पर सबके सुझाव आमंत्रित किए। लेकिन कोई कुछ नहीं बोला। बोलने जैसा हो तो बोले? एकबार फिर पूरे दरबार में कभी न खत्म होने वाला सन्नाटा छा गया। मैं भीतर-ही-भीतर बड़ा ऊपर-नीचे हो रहा था। आखिर मुझसे नहीं रहा गया और मैं अपने स्थान से उठ खड़ा हुआ व खड़े होते ही सेनापतिजी की तर्ज पर टहलना शुरू कर दिया। हां, चूंकि इस मुसीबत ने मेरे कारण दस्तक दी थी, अतः किसी से नजरें नहीं मिला रहा था, यानी मुंड़ी नीचे किए ही टहल रहा था। वहीं मन-ही-मन सबपर थोड़ा उबाल भी खा रहा था। जब जरासंध आ रहा है तो उससे बचने के उपाय पर चर्चा करो। समझते क्यों नहीं कि आखिर मेरी जान का सवाल है। ...नहीं कन्हैया! कोई क्यों तुम्हारी जान की परवाह करने लगा? तुम्हें ही अपनी जान बचाने के प्रयास करने चाहिए। लेकिन इसमें मैं क्या कर सकता हूँ? कोई जानवर, राक्षस या शैतान आ रहा हो तो निपट भी लूं। यह तो पूरी फौज आ रही है। तो क्या? तुम्हें आज नहीं तो कल राजा नहीं बनना है? रुक्मिणी की आंखों में स्वयं को सिद्ध नहीं करना है? वह सब भी छोड़ो, क्या तुम्हें जीवित नहीं रहना है? हां...हां... क्यों नहीं। मैं जाग उठा। एक तो अपनी जान खतरे में, दूसरा अपनी जान यानी "रुक्मिणी" का सवाल। मुझे अपना ही पुराना निष्कर्ष याद आ गया। कोई भी संकट से निपटने का मार्ग "कर्म" से ही खुल सकता है; यानी इस तरह बैठकर जरासंध का इन्तजार करके तो कुछ होगा नहीं, जाना तो कर्म की शरण ही पड़ेगा। बस इस विचार के साथ ही मेरा चिंतन सक्रिय हो गया। मेरा स्वयं पर भरोसा जागा। और आप मानेंगे नहीं कि काफी सोच-विचार के बाद दरबार में छाया सन्नाटा मैंने ही तोड़ा। मैंने ठीक दरबार के मध्य खड़े होकर बड़े आत्मविश्वास से सेनापतिजी को संबोधित करते हुए पूछा- मैं मथुरा की तैयारियों के बारे में जानना चाहता हूँ।

उधर सेनापतिजी ने बड़ी गंभीरतापूर्वक प्रत्युत्तर में कहा कि- मथुरा जीतने के लिए तो अकेले जरासंध की सेना ही पर्याप्त थी। ऐसे में यह स्पष्ट है कि मथुरा इस "संयुक्त-सेना" का मुकाबला सात दिन भी नहीं कर सकती। इसका प्रमुख कारण यह है कि महाराज कंस को अपनी सैन्य-शक्ति पर ध्यान देने की कभी कोई आवश्यकता ही नहीं पड़ी; क्योंकि पूरा आर्यावर्त जानता था कि कंस जरासंध का जमाई है। अब आर्यावर्त में कौन था, जो जरासंध के जमाई पर हमला करने का दुस्साहस कर सके?

...यह सुनते ही मेरी तो हवा ही निकल गई। उधर पूरे दरबार की भी घबराहट और बढ़ गई। सन्नाटा एकबार फिर छा गया। अब ऐसे में कोई बोले भी तो क्या बोले। यहां तक कि अधिकांश लोगों को तो विचार-विमर्श करना ही व्यर्थ नजर आ रहा था। यह तो ठीक, पर उधर कब से ताक में बैठे यादव-संभ्रांतों को तो एक नया ही खेल सूझा। एक तो मैं उन्हें पहले ही एक आंख नहीं सुहाता था; ऊपर से यह भयानक मुसीबत मेरे कारण ही आ रही थी। उनके अनुसार तो बात एक ही थी कि न मैं कंस को मारता और न मथुरा को ये दिन देखने पड़ते। ...बस उन्होंने सौ काम छोड़कर मुझे घूरना शुरू कर दिया; ...मानो कह रहे हों कि इस छोकरे को मारने के लिए जरासंध का इन्तजार करने की क्या आवश्यकता है? मैं बात तो उनके घूरने-मात्र से समझ गया, लेकिन मैंने उन पर ध्यान देना उचित नहीं समझा। इनसे तो बाद में भी निपट लिया जाएगा, पहले जरासंध से तो बच लिया जाए। पर कैसे? बस यही तो बात थी; हताशा मेरे भीतर इतनी छा गई थी कि चिंतन साथ ही नहीं दे रहा था। अब चिंतन साथ दे या नहीं, कोई हथियार तो डाले नहीं जा सकते थे। मौत को तो स्वीकारा नहीं जा सकता था, और फिर यह मेरा स्वभाव भी नहीं था। ...यानी परिस्थिति से तो हर हाल में जूझना ही था। अतः किसी तरह चिंतन एकबार फिर सक्रिय किया। एकबार चिंतन सक्रिय हुआ तो छोटी-मोटी योजना भी समझ में आने लगी। अब कोई हमला करने आ रहा है तो युद्ध तो करना ही पड़ेगा। और फिर फौज से मुझे अकेले थोड़े ही टकराना था, पूरी मथुरा मेरे साथ थी। ...अभी मेरे दिमाग में यह सब चल ही रहा था कि अचानक नानाजी ने सन्नाटा तोड़ते हुए एकबार फिर मुझपर विश्वास जताया। एक ठंडी सांस लेते हुए मुझसे सीधा पूछ बैठे- कन्हैया तुम ही कुछ कहो! अब हम क्या करें?

कहने को तो मैं बहुत कुछ कहना चाहता था; अपनी जान बचाने हेतु सबको सक्रिय करना भी चाहता था; फिर भी सोच में पड़ गया था कि कहूं या न कहूं...? क्योंकि हमला मथुरा पर कम व मुझपर ज्यादा था, और ऐसे में मेरा कुछ कहना कहां तक उचित होगा बस यह मैं नहीं समझ पा रहा था। वैसे मैं परिस्थिति का ठीक-ठीक आकलन कर चुका था। वहीं दूसरी तरफ देखूं तो सवाल भी मेरी ही जान का था, सो "उचित-अनुचित" गया भाड़ में। जान बचानी है तो मुंह खोलना ही पड़ेगा। और जब नानाजी ने पूछ ही लिया है तो अपनी राय देने में क्या हिचकिचाना? शायद कोई मार्ग निकल आए। वैसे भी अन्य कोई तो कुछ कहता हुआ नजर आ नहीं रहा। बाकी कोई कुछ कहने भी क्यूं लगा? जान पर तो मेरी बन आई है, सो अंत में मजबूरीवश ही सही, परंतु मैंने पूरे आत्मविश्वास से कहना प्रारंभ किया- मेरी दृष्टि में मथुरा युद्ध करना चाहती है या नहीं, हम युद्ध करने की स्थिति में हैं या नहीं; यह सब सवाल अब गौण हो चुके हैं। क्योंकि जरासंध द्वारा हम पर

युद्ध लाद दिया गया है। अर्थात् प्रथम बात जो मैं समझाना चाहता हूँ वह यह कि यह युद्ध अब अटल हो चुका है। ...वैसे तो इतने विशाल युद्ध को समझने के लिए मैं अभी पूरी तरह से नासमझ हूँ। निश्चित ही अब तक मैंने या तो जानवरों को मारा है या बहुत हुआ तो आमने-सामने के युद्ध में कुछ वीरों को पछाड़ा है; जबकि यह एक सेना का दूसरी सेना से व एक राज्य का दूसरे राज्य से युद्ध है। ...फिर भी अब-तक की चर्चाएं सुनकर मैं जिस नतीजे पर पहुंचा हूँ वह मैं आपसे बांटना अपना कर्तव्य समझता हूँ। यदि मेरा आकलन कुछ गलत हो जाए तो मैं क्षमा का प्रार्थी हूँ; क्योंकि मैंने पहले ही कहा है कि ऐसे युद्ध के संदर्भ में मेरा अनुभव कुछ विशेष नहीं है।

मेरी बात सुनकर नानाजी ने मेरा उत्साह बढ़ाते हुए तुरंत कहा- हां...हां, तुम अपनी राय बेफिकर होकर कहो। यूं भी तुमने हमेशा बुद्धिमत्तापूर्ण सुझाव ही दिए हैं। अतः इस विषय पर भी तुम्हारा आकलन सुनने को हम सभी लालायित हैं।

हालांकि नानाजी का मेरा इस कदर उत्साह बढ़ाना व सम्मान करना मथुरा के संभ्रांत-यादवों को बिल्कुल रास नहीं आ रहा था, लेकिन मैं पहले ही कह चुका हूँ कि यह वक्त उनको तवज्जो देने का कतई नहीं था। इस समय तो जरासंध का हमला व मेरी जान पर खतरा यही मेरे सामने यथार्थ बनकर खड़ा हुआ था, और ऐसे में नानाजी द्वारा की गई हौसला-अफजाई ही मेरे लिए पर्याप्त थी। अतः तुरंत मैंने अपनी बात आगे बढ़ाते हुए कहा- सारी बातों से यह साफ जाहिर है कि वर्तमान परिस्थितियों में हित की बात सोचना व्यर्थ है। कहने का तात्पर्य मथुरा को कम या ज्यादा नुकसान तो उठाना ही पड़ेगा। अतः समझदारी इसी में हैं कि हमें वे सारे उपाय करने चाहिए जिससे मथुरा को कम-से-कम नुकसान उठाना पड़े। यदि हमने युद्ध नहीं करने का फैसला किया तो-तो मथुरा पर जरासंध का यानी मागधी सेना का स्थायी शासन हो जाएगा और बावजूद इसके हमें जान-माल की हानि तो उठानी ही पड़ेगी। गौरतलब यह है कि बात फिर भी यहीं समाप्त नहीं होगी। हमें नहीं भूलना चाहिए कि हमने हाल ही में मागधी सेना को बर्खास्त भी किया है; और हम यह भी जानते हैं कि कंस के राज में यादवों पर सारे अत्याचार इन मगधी सैनिकों ने ही किए थे। इससे यह भी तय होता है कि यदि सत्ता पुनः उनके हाथ में आई तो बौखलायी हुई यह मागधी सेना मथुरावासियों पर अबकी दोगुनी ताकत से अत्याचार करेगी। अर्थात् वे दुष्ट अपनी बर्खास्तगी का पूरा क्रोध इन बेचारे निर्दोष मथुरावासियों पर निकालेंगे। इसलिए राज्य के लिए न सही, परंतु राजधर्म यह कहता है कि मथुरावासियों के लिए तो हमें यह युद्ध लड़ना ही होगा।

बात आइने की तरह साफ थी। सबको तुरंत समझ भी आ गई। ...फिर क्या था, ना सिर्फ मेरी प्रशंसा की गई, बल्कि सबका कर्तव्य-बोध भी जागा। मुझ आशावादी को तो युद्ध लड़ने की मानसिकता बनती भी नजर आने लगी। हालांकि यह सब मेरी सोच थी, उधर तो हमेशा की तरह एकबार फिर दरबार में सन्नाटा ही छाया हुआ था। छाया रहे, हाल-फिलहाल तो मैं अपने को मिली प्रशंसा व मेरी बात के सकारात्मक परिणाम की आशा के चलते पूरे उत्साह से भर गया था; और आप तो जानते ही हैं कि एकबार मैं उत्साह से भर गया तो चिंतन हजार गुनी गति से सक्रिय हो ही जाता है। बस "कुवलयापीड-वध" याद आ गया। वह पागल हाथी क्या कम शक्तिशाली था? लेकिन "छिप-मार" का खेल... खेलकर उसे भी तो मार गिराया था। वह वार करने आए तो छिप

जाओ और मौका मिले तो पलटवार कर दो। क्यों न यही रणनीति जरासंध के साथ भी अपनायी जाए? ...हुआ करे जरासंध शक्तिशाली। कृष्ण के पास हर तूफान का जवाब है। योजना जहन में साफ हो गई थी, इधर मेरा आत्मविश्वास भी बढ़ा ही हुआ था; बस अपनी बात कहने को मैं मचल उठा था। हालांकि अब भी यह सब मेरे भीतर-ही-भीतर चल रहा था, बाहर तो अब भी मैं खामोशी ही ओढ़े हुए था; दरअसल कोई अन्य प्रतिक्रिया आए उसका इन्तजार कर रहा था। ...लेकिन खामोशी थी कि टूटने का नाम ही नहीं ले रही थी। और मैं इतनी सटीक योजना बिन पूछे कहकर इसे व्यर्थ जाया करना नहीं चाहता था। यूं भी अब तो जीवन व मौत के बीच में इसी एक योजना का आसरा था। यह सब तो ठीक पर इस सन्नाटे का क्या? ...तभी हमेशा की तरह एकबार फिर चुप्पी नानाजी ने ही तोड़ी। ...वे सीधे मुझे संबोधित करते हुए बोले- कन्हैया! हमें तुम्हारी बात तो समझ में आ गई है। हम युद्ध के लिए तैयार भी हैं। लेकिन क्या इस युद्ध हेतु तुम कोई रणनीति सुझा सकते हो?

...लो! नेकी और पूछ-पूछ। यह तो बिल्कुल मेरे मन-मुताबिक ही सवाल हो गया। मैं तो ऐसी किसी प्रस्तावना का इन्तजार ही कर रहा था। रणनीति सुझाने को तो मैं कब से उतावला हुआ जा रहा था। अत: अब कोई और कुछ कहे या कोई बात को नया ही रंग चढ़ा दे, मैंने तुरंत अपने स्थान पर खड़े होकर दरबार को संबोधित करते हुए कहा- यह सर्वविदित सत्य है कि युद्ध में जब तक राजा को न हराया जाए या राजभवन न जीत लिया जाए युद्ध जीता नहीं माना जा सकता है। अत: यदि हम किले की ठीक से किलाबंदी कर लें तो मथुरा का मजबूत किला ध्वस्त कर उसे जीतना जरासंध के लिए इतना आसान नहीं होगा। यानी हम पूरे युद्ध के दरम्यान महाराज उग्रसेन को महल रूपी किले से बाहर ही नहीं निकलने देंगे, अब वे युद्ध करेंगे तो हारेंगे न...! इससे हमारे युद्ध हारने की संभावना स्वत: ही क्षीण हो जाएगी। यहां एक बात और ध्यान रखने योग्य है कि युद्ध सिर्फ जरासंध की जिद्द की वजह से हो रहा है, जाहिरी तौर पर अन्य राजाओं को इस युद्ध में कोई रस नहीं है; उन्हें ना तो हमसे कोई प्रतिशोध लेना है और ना ही उनकी मथुरा में कोई दिलचस्पी ही है। अत: यदि हम युद्ध को लंबा खींचने में कामयाब हो गए तो यह तय है कि वे जल्द ही थक जाएंगे। यूं भी दुश्मन की सेना इतनी दूर से आ रही है कि उनपर यात्रा की थकान वैसे ही छायी होगी। ऐसे में यदि हम उनके भोजन-पानी मिलने में व्यवधान पैदा कर सकें तो वे निश्चित ही जल्द ही थककर भाग जाएंगे। अत: सबसे पहले हमें मथुरा के बुजुर्गों, महिलाओं व बच्चों को महल के पिछले भाग में भेजना होगा, ताकि इस पूरे युद्ध के दरम्यान उन्हें पूर्णरूपेण सुरक्षित रखा जा सके। साथ ही हमें अपने बाजार खाली कर देने होंगे ताकि उन्हें खाद्यान्न समेत जीवन हेतु जरूरी अन्य कोई सामग्री लूटने का मौका न मिल सके। यही नहीं, जिस मार्ग से वे मथुरा में प्रवेश करने वाले हैं, वहां के सारे जंगल जला दिए जाने चाहिए, जिससे उन्हें भोजन हेतु आवश्यक फल व फूल भी प्राप्त न हो सके। और-तो-और, हमें रास्ते में पड़ने वाले सारे सरोवरों के पानी को भी जहरीला कर देना होगा, जिसके फलस्वरूप उनके सैनिकों को पीने के लिए पानी भी नसीब न हो। यहां तक कि हमें मथुरा के भी सारे कुओं का पानी गंदा व जहरीला कर देना होगा। और जहां तक हमारे पीने के पानी का सवाल है तो वह तो यमुना से आ ही जाएगा। महल के पिछले भाग में होने की वजह से वह पूरी तरह सुरक्षित है, क्योंकि दुश्मन किला जीतने से पहले यमुना तक कभी नहीं पहुंच सकता।

इतना कहकर मैं तो एक क्षण को चुप हो गया, लेकिन उधर मेरी बात सुनते ही दरबारियों की आंखों में चमक आ गई। नानाजी को भी आशा की एक किरण दिखाई देने लगी। सेनापतिजी का भी खोया आत्मविश्वास लौटने लगा। देखते-ही-देखते चारों ओर मेरी प्रशंसा के पुल भी बांधे जाने लगे। स्वाभाविक तौर पर इस समय दरबार में फैली घबराहट भी काफी कम हो गई थी। और कहने की जरूरत नहीं कि हर कोई आगे की योजना सुनने को बेताब हो उठा था। ...तो, मुझे भी क्या देर थी। ऐसा प्रोत्साहित प्रतिसाद पाकर मैं कहां ज्यादा देर चुप रहने वाला था? बस मैंने भी दोगुने उत्साह से अपनी आगे की योजना बताना प्रारंभ करते हुए कहा- सबसे महत्त्वपूर्ण बात यह कि हम उनसे युद्ध करने नहीं जाएंगे, बल्कि उन्हें युद्ध करने हम तक आने देंगे। अर्थात् हम आमने-सामने का युद्ध न कर गुरिल्ला-युद्ध करेंगे। और उस हेतु मार्ग में पड़ने वाले सभी घरों को सैन्य-छावनियों में बदल दिया जाएगा, तथा वहीं से हमारी टुकड़ियां एक साथ युद्ध न कर बारी-बारी से युद्ध करेगी। इसका सबसे बड़ा फायदा तो यह होगा कि हमारी स्फूर्ति व ताकत पूरे युद्ध के दौरान बनी रहेगी। मुझे उम्मीद ही नहीं यकीन भी है कि इस रणनीति से जरासंध की सेना किला तो नहीं ही जीत पाएगी, लेकिन साथ ही पानी व भोजन की कमी के कारण ज्यादा दिन मथुरा में टिक भी नहीं पाएगी। कहने का तात्पर्य हमें कम-से-कम बर्बादी हो व लंबे से लंबा युद्ध चले, सिर्फ उस पर ध्यान देना होगा। इस तरह हम अपनी प्यारी मथुरा व मथुरावासियों को निश्चित ही बचा पायेंगे।

इधर एकबार को तो मैं अपनी बात समाप्त कर बैठ गया पर उधर आप मानेंगे नहीं कि सभी ने खड़े होकर सम्मानपूर्वक तालियां बजाते हुए मेरी योजना की प्रशंसा की। बिना किसी अन्य विवाद के मेरी सुझाई रणनीति से ही युद्ध लड़ना तय हुआ। सच कहूं तो आज के इस आकलन व सम्मान से मैं खुद स्वयं की आंखों में गौरवान्वित हो गया था। हालांकि मेरी इस प्रतिभा को निखारने का पूरा श्रेय नानाजी को ही जाता था; फिर भी प्रतिभा निखारी तो मैंने ही थी। खैर, प्रभात होने से पूर्व ही सारे निर्णय हो चुके थे। बस सारे निर्णय निपटते ही मैं घर की ओर भागा। निश्चित ही आज की रात्रि मेरे जीवन की सबसे यादगार व सफल रात्रि थी। आज मेरे आकलन व चैतन्य ने वह छलांग लगाई थी कि जहां से अब भविष्य में मुझसे टकराना किसी के लिए भी आसान नहीं रह गया था। मेरे भीतर तो आत्मविश्वास की वो आंधी चल पड़ी थी कि कोई ताव पर चढ़ाये तो मैं पलभर में आसमान से टकरा जाऊं। सौ बातों की एक बात, इस समय घर लौटते वक्त मेरा हाल बयाने-काबिल ही न था। खैर, घर पहुंचते-पहुंचते तो प्रभात ने दस्तक दे दी थी फिर भी मैंने कुछ विश्राम करना ही उचित समझा। कुछ देर के लिए आंख भी लग गई। और सच कहूं तो इस छोटी-सी नींद ने भी मुझे पूरी तरह तरोताजा कर दिया।

...उधर स्वाभाविक तौर पर भैया, उद्धव, पिताजी समेत सभी मेरे उठने का ही इन्तजार कर रहे थे। इतना तो वे भी समझ रहे थे कि इतनी रात राजमहल से बुलावा कोई उत्सव मनाने हेतु तो आया नहीं होगा। ऊपर से आते-आते प्रभात हो जाना, जाहिर तौर पर समस्या अपनी जटिलता खुद बयां कर रही थी। कुल-मिलाकर उनकी व्यग्रता अपने पूरे उफान पर थी। लेकिन मैंने पहले अपना नित्यकर्म सलटाना ही उचित समझा, ताकि तरोताजा होकर विस्तार से चर्चा कर सकूं। सीधी बात है, अब इतनी देर में थोड़ी देर और सही। उधर तरोताजा होते ही मैंने सभी को राजमहल में

हुई चर्चा का ब्यौरा दिया। जैसी कि उम्मीद थी सभी बुरी तरह चिंतित हो उठे। लेकिन भैया को छोड़कर। इस समाचार से उल्टा वे तो खुश हुए कि चलो एक युद्ध करने को तो मिलेगा। यूं भी इस समय मथुरा में सबसे वीर व बलिष्ठ भैया ही थे, शायद इसी कारण उनकी वीरता मथुरा में अपने बल का सिक्का जमाने को बेताब रही होगी। वैसे मैंने भी भैया को उनकी तमन्नानुसार एक ही कार्य सौंपा कि वे शारीरिक व मानसिक तौर पर स्वयं को इस युद्ध के लिए पूरी तरह से तैयार कर लें। भला भैया को इसमें क्या ऐतराज हो सकता था? वे तो तत्काल प्रभाव से व्यायाम व गदा-युद्ध की तैयारियों में भिड़ गए। वहीं उद्धव व सुभद्रा को मैंने वापस वृन्दावन भेजना तय किया। यूं भी इस व्यर्थ के लफड़े में मैं उनकी जान पर जोखिम नहीं चाहता था। और समय की कमी देखते हुए यह सारे कार्य मैंने हाथोंहाथ ही निपटाये थे।

...समय से याद आया, वाकई समय ने बड़ी अजीब करवट ली थी। कहां तो मैं सपनों में खोया हुआ था कि इस बार हम सभी वृन्दावन जाएंगे और कहां वृन्दावन से आए दो प्यारों को भी वापस वृन्दावन भेजना पड़ रहा था। और सपने भी कैसे-कैसे देख रहा था कि ग्वालों के साथ यमुना में जल-क्रीडा करूंगा, गोपियों के साथ रास रचाऊंगा; दिन-दिन भर वो सारे खेल खेलूंगा जो हम खेलते आए थे। कुल-मिलाकर अपना बचपन एकबार फिर जी-भर के जीऊंगा। ...और राधा को तो ऐसा पटाऊंगा कि उसका गुस्सा जीवन भर के लिए छू कर दूंगा। लेकिन सारे सपने चूर-चूर हो गए। शायद जीवन इसी का नाम है जहां अपना सोचा कभी नहीं होता। वैसे भी कब किसे मुकम्मल जहां नसीब हुआ है? यूं भी इच्छा के बाबत दो बातें स्पष्टतः समझ लेनी चाहिए, एक तो इच्छा करो तो पूरी दृढ़ता से करो और उसे पूरी करने का मौका मिले तो कभी मत चुको; व दूसरा यदि परिस्थिति साथ न दे व किसी कारण इच्छा पूरी न हो सके तो उसका मातम कभी मत मनाओ। क्योंकि इच्छाएं पूरी होना न होना या संकटों का आना-जाना यह सब तो जीवन के उस खेल का एक हिस्सा है जिससे यह जीवन बना है। अतः जब तक सांस चल रही है, जीवन का यह खेल तो जारी ही रहेगा। अतः मेरी दृष्टि में तो जो मनुष्य इच्छाएं पूरी न होने पर शोक मनाते हैं या जीवन पर आए संकटों से घबरा जाते हैं, उन्हें न तो इच्छा करने का कोई अधिकार है और ना ही जीने का कोई अधिकार। बात साफ है; संसार में सभी लोग अनगिनत इच्छाएं करते रहते हैं और इस कारण उनकी इच्छाएं आपस में ही टकराती रहती हैं, ऐसे में सबकी इच्छा पूरी होने का तो सवाल ही नहीं उठता। ...हाल ही का उदाहरण लो, जरासंध की इच्छा मुझे मारने की है तो इसके विपरीत मेरी इच्छा बचने की है, अब भला दोनों की इच्छा एक साथ तो पूरी नहीं हो सकती। और फिर हम यह क्यों भूल जाते हैं कि इस बाबत प्रकृति की भी अपनी इच्छा होगी। ...चलो एकबार को मनुष्य की इच्छाओं को तो मात दी भी जा सकती है, शायद मैं बुद्धि व बल का ठीक प्रयोग कर जरासंध की इच्छा को तो मात दे भी दूं; लेकिन सामने प्रकृति की इच्छा का क्या? ...वह तो करोड़ों इच्छाओं व कर्मों का जोड़ है। अर्थात् प्रकृति की मर्जी अंतिम "न्याय" है। और न्याय से ना तो उलझा ही जा सकता है और ना ही उसे बदला ही जा सकता है; उसे तो बस स्वीकारा जा सकता है। जैसे रुक्मिणी को पाने की मेरी इच्छा है। तो क्या...? रुक्मी व कुंडिनपुर का राजभवन क्या अपनी राजकुमारी का विवाह एक गरीब ग्वाले से होने देगा? अब मैं ग्वाला हूँ... यह प्रकृति की इच्छा है। वह राजकुमारी है...

यह भी प्रकृति की इच्छा है। साथ ही रुक्मिणी की भी अपनी कोई इच्छा है जिसका मुझे अभी तक कुछ अता-पता नहीं। ऐसे में मेरी इच्छा का क्या औचित्य व क्या अस्तित्व? इसलिए तो कहता हूँ कि रुक्मिणी तो मेरा एक ऐसा सपना है जो मुझे जीवन में आगे बढ़ने की प्रेरणा दे रहा है; उसे पाना या न पाना तो बहुत दूर की बात है। वैसे ही कई इच्छाएं ऐसी भी होती हैं जिन्हें मनुष्य अपने स्वभाव से पूरी नहीं कर सकता। इस बात को भी मेरे ही उदाहरण से समझो। अब यह तो कहने की जरूरत ही नहीं कि मैं वृन्दावन जाने को तड़प ही रहा हूँ। वहीं जाने को तो मेरे पास अब रथ भी है। और कुछ नहीं तो दिन-दो-दिन के लिए तो जाकर आ ही सकता हूँ। लेकिन मेरा स्वभाव है कि मैं अधूरा नहीं जा सकता, यानी जब भी जाऊंगा...पूरा जाऊंगा। कहने का तात्पर्य मैं वृन्दावन अपने साथ राजभवन की चिंता, व्यवसाय के लफड़े और वापस आने की जल्दी लेकर नहीं जा सकता। क्योंकि मेरी दृष्टि में अधूरा जाना न जाने से कई गुना बदतर है। इससे तो मैं वृन्दावन के सपने न देखूं? उसकी याद में वंशी बजाकर न खो जाऊं? कम-से-कम यह सपने देखना या यादों में खो जाना पूरा तो होता है। यहां यह भी समझ लेना कि वृन्दावन, राधा, रुक्मिणी यह सब मेरी वेदनाएं हैं, मेरा दु:ख नहीं। दरअसल यह सब बहुत गहरे तल पर मुझसे इतने एक हो चुके हैं कि मैं इनसे दूर रहने का मीठा दर्द तो हमेशा पालता ही रहता हूँ, लेकिन बावजूद इसके, मुझे उनसे दूर होने का कोई एहसास नहीं होता। दु:ख और दर्द में यही तो फर्क है। दर्द का अपना एक आनंद होता है, उसकी अपनी एक मिठास होती है; जबकि दु:ख सिवाय स्वयं के विनाश के और कुछ नहीं होता।

खैर! कहां तो बात समय की कमी से शुरू की थी और कहां इन व्यर्थ के चिंतनों में उलझ गया था। सो, एकबार फिर अपना पूरा ध्यान कार्यों पर लगाया। और सबसे बड़ा कार्य इस समय मेरे सामने उद्धव को वृन्दावन भेजने का था। वो और सुभद्रा निश्चित ही मेरा प्रस्ताव सुनते ही उदास हो उठे थे। पर फिर भी भेजना तो उन्हें था ही। बस मैंने सौ काम छोड़ उद्धव को पकड़ा व उसे समझाते हुए कहा- देख उद्धव। कहां तो हम साथ में वृन्दावन जाने वाले थे और कहां यह मुसीबत सर पर आन पड़ी है। शायद इस समय प्रकृति की इच्छा नहीं कि मैं वृन्दावन का आनंद ले सकूं। और तुम तो जानते ही हो कि प्रकृति की इच्छा स्वीकारने में ही बुद्धिमानी है; उसके विरुद्ध जाने में कोई फायदा नहीं। बस एक बात का ध्यान रखना कि जब तक मथुरा की परिस्थिति सामान्य नहीं हो जाती, न तुम मथुरा आना - न किसी वृन्दावनवासी को यहां आने देना। ...उद्धव बात तो समझ रहा था, लेकिन उदासी ने एकबार फिर उसका दामन थाम लिया था। उसे लग रहा था कि वह एकबार फिर मुझे अपने साथ ले जाने में असमर्थ रहा है। हालांकि इस बार उसके पास मुझे साथ न ला पाने के उचित कारण मौजूद थे, और निश्चित ही उसे इस बात का संतोष भी था कि कम-से-कम इस बार वृन्दावन जाने पर वह उन कारणों के बल पर गोपियों के आतंक से मुक्त था। अब बची सुभद्रा तो उसके तो भैया के किसी बात से इन्कार करने का सवाल ही नहीं उठता था। अब यहां कार्यों की पड़ी फेहरिस्त को देखते हुए दोनों को तुरंत रवाना करना जरूरी था। बस मैंने अपने ही रथ में सारथी के साथ दोनों को रवाना कर दिया।

खैर! दोनों को रवाना कर करीब दोपहर के बाद मैं सीधा राजमहल पहुंचा। ...निश्चित ही रणनीति बनाना एक बात थी और उसका कार्यान्वयन सर्वथा दूसरी बात। हालांकि मैं केशी से लेकर

कुवलयापीड़-हाथी के योजनापूर्वक वध के बाद यह अच्छे से समझ रहा था कि एक अच्छी रणनीति और कुछ नहीं तो आधा युद्ध जीतना भर तो है ही। उधर उम्मीद के मुताबिक ही आज राजमहल में काफी हलचल थी। आज तो प्रवेशद्वार से लेकर उद्यान तक सभी जगह चहल-पहल नजर आ रही थी। वैसे तो आज मेरी आव-भगत व पूछपरछ भी कुछ विशिष्ट ही थी। ...हालांकि सबसे बड़ी खुशी की बात यह थी कि सेनापतिजी अपने कार्य में लग चुके थे। मैं भी राजमहल में घुसने की बजाय बाहर प्रांगण में सबको निर्देश दे रहे सेनापतिजी को प्रणाम कर उनके पास ही रुक गया था। वहां सौ के करीब सिपाही व कई कुशल योद्धा मौजूद थे। मेरे जाते ही माहौल में और सरगर्मी आ गई। मेरे लिए तो यह पूरा नजारा एकदम नई बात थी। सो, मैं बजाय कोई रायशुमारी करने के सेनापतिजी की कार्रवाई निहारने में व्यस्त हो गया। दरअसल वे इस समय सेना को विभाजित कर उनकी टुकडियां बनाने में व्यस्त थे। हर टुकड़ी में वे करीब दो-सौ सिपाही सम्मिलित कर रहे थे। मजा यह कि वे निर्देश देते जा रहे थे व पास खड़े तीन-चार सिपाही उसे अंकित करते जा रहे थे। उन्होंने मेरे व भैया के साथ-साथ सात्यकी, चित्रक, श्याम, युयुधान, राजाधिदेव, मुदुर, शवफलक व सत्राजित समेत सभी वीर योद्धाओं को एक-एक टुकडी का नेतृत्व सौंप दिया था। वहीं उनके नेतृत्व में पांच सौ व्यक्तियों की एक विशाल टुकडी अलग से बनायी गई थी। बचे हुए एक हजार सैनिक राजभवन की सुरक्षा हेतु नियुक्त किए गए थे। ...मैं सेनापतिजी की कार्यक्षमता से बड़ा प्रभावित हुआ जा रहा था। उन्होंने बगैर समय गंवाए रणनीति के अनुसार कार्य करना प्रारंभ कर दिया था। यही तो रणनीति मैंने सुझाई थी कि हम आधी ताकत से राजभवन की सुरक्षा करेंगे और बची हुई आधी ताकत से युद्ध करेंगे। यह तो ठीक, पर इधर सेनापतिजी के साथ खड़े-खड़े ही संध्या होने को आ गई। मैं तुरंत उनसे इजाजत लेकर दरबार की ओर भागा। निश्चित ही वहां नानाजी भी बड़ी बेसब्री से मेरा इन्तजार कर रहे थे। कमाल यह हो गया था कि मेरे पीछे-पीछे सेनापतिजी भी दौड़े आए थे। शायद उनका भी कार्य पूर्ण हो चुका था। सो कुल-मिलाकर दरबार प्रवेश हमदोनों ने साथ ही किया।

...वहां दरबार आज भी उम्मीद के मुताबिक पूरी तरह खचाखच भरा हुआ था। सभी यादव-प्रमुख, पूरा मंत्रिमंडल और नानाजी तो थे ही थे, साथ ही वे तमाम जिन्हें हाजिर होना चाहिए था... हाजिर थे। वहीं दरबार में भी आज मेरी पूछपरछ कुछ अलग ही थी। कुल-मिलाकर कल की सुझाई रणनीति का असर सबके अभिवादन से स्पष्ट झलक रहा था। ...अब सम्मान किसे अच्छा नहीं लगता? मैं भी मन-ही-मन फूला नहीं समा रहा था। राजमहल में मिल रहा यह सम्मान एक साधारण ग्वाले के दिल को कितना छू सकता है, शायद इसकी कल्पना "आप" कभी नहीं कर सकते। यहां तक तो ठीक, पर सीना उस समय तन के और चौड़ा हो गया जब सेनापतिजी ने मुझसे एक आज्ञाकारी सिपाही की मुद्रा में कहा- टुकड़ियां बनाने व सैनिकों के विभाजन के बाद मेरा कार्य पूर्ण हुआ। क्योंकि मथुरा युद्ध तुम्हारी रणनीति से लड़ रही है इसलिए ना सिर्फ आगे के सारे निर्देश तुम्हें ही देने होंगे, बल्कि युद्ध की तमाम योजनाएं भी तुम्हें ही सुझानी होगी।

...अब मैं जो दरबार में मिल रहे सम्मान से यूं ही गौरवान्वित हुआ जा रहा था, ऊपर से सेनापतिजी द्वारा दिए गए सम्मान से तो मेरे पांव जमीन पर पड़ने ही बंद हो गए थे। ...साथ ही मेरा

आत्मविश्वास भी आसमान को जा छुआ था। वैसे भी यह सम्मान अकारण तो था नहीं, गौर से देखा जाए तो सेनापतिजी की बात सही भी थी और समझदारी की भी; क्योंकि यह निर्विवाद सत्य है कि जो रणनीति बनाता है वही उसका श्रेष्ठ क्रियान्वयन भी कर सकता है। ...हालांकि इससे पहले कि मैं सम्मानों की हवा में बहक जाऊं, सेनापतिजी के उदाहरण से प्रेरणा लेकर मैंने स्वयं को जमीनस्थ किया। क्षणभर में अपना अहंकार त्याग "स्वयं" को नई जिम्मेदारियां उठाने हेतु तैयार किया। यहां दरबार तो वैसे ही मुझे सुनने को बेताब बैठा हुआ था, बस मैंने तत्क्षण विनम्रतापूर्वक कहना प्रारंभ कर दिया - मैं ना सिर्फ सेनापतिजी द्वारा दिए गए सम्मान व विश्वास का आभारी हूँ, बल्कि साथ ही मैं मथुरा को बचाने की अपनी जवाबदारी भी स्वीकारता हूँ।

...यह सुनते ही नानाजी ने मेरी पीठ थपथपाई। नानाजी ने पीठ क्या थपथपाई मैं पूरी तरह उत्साह से भर गया। और फिर तो इसी उत्साह के चलते मैंने "युद्ध की रणनीति" पर एक अच्छाखासा संबोधन ही दे डाला। मैंने कहा- किसी भी युद्ध में सबसे ज्यादा महत्वपूर्ण है युद्ध की पूर्व तैयारियां। और उसके लिए कार्यों का सही विभाजन जितना आवश्यक है उतना ही सभी के द्वारा अपनी जिम्मेदारी का ठीक से निर्वाह करना भी जरूरी है। ...यह तो साफ है कि जरासंध की इतनी विशाल सेना का सामना हम सिर्फ मथुरा की सेना के भरोसे नहीं कर सकते। वहीं यह भी तय है कि जरासंध से दुश्मनी की कीमत पर कोई अन्य मित्र राज्य भी हमारी सहायता को आगे नहीं आएगा। अतः जाहिरी तौर पर मथुरा के युवाओं को भी कंधे-से-कंधा मिलाकर हमारा साथ देना होगा। वे ही क्यों, सभी यादव-प्रमुखों को भी इस युद्ध में पूरी दिलचस्पी लेनी होगी, ...वे दूर खड़े होकर तमाशा कतई नहीं देख सकते। हम सभी जानते हैं कि सत्राजित, सात्यकी, चित्रक, श्याम, युयुधान, राजाधिदेव, मुदुर, शवफलक, प्रसेन जैसे यादव-प्रमुखों का मथुरा के युवाओं पर कितना प्रभाव है। अतः मैं नानाजी की इजाजत से उन्हें ना सिर्फ अपनी-अपनी टुकड़ियों का नेतृत्व आज से ही सम्भालने का बल्कि युवाओं को एकत्रित करने का अतिरिक्त जिम्मा भी सौपता हूँ। यूं भी मेरी दृष्टि में इस युद्ध में जितनी महत्त्वपूर्ण मथुरा की सेना है, उससे कई ज्यादा महत्त्वपूर्ण इन सम्माननीय यादव-प्रमुखों की भूमिका है। वहीं उतना ही सत्य यह भी है कि यदि मथुरा पर मागधी सैनिकों का अधिकार हो गया, तो जितना नुकसान आम मथुरावासी को भुगतना पड़ेगा उससे कई ज्यादा नुकसान इन यादव-प्रमुखों को उठाना पड़ेगा। ...क्योंकि राजकोष खाली पाकर जरासंध इस युद्ध का खर्च इन्हीं से वसूल करेगा।

...इतना कहकर मैं चुप हो गया। और चुपचाप तिरछी निगाहों से यादव-प्रमुखों की ओर देखने लगा। मेरा तीर ठीक निशाने पर लगा था। सबको आवश्यक महत्त्व भी मिल चुका था व इमानदारी से कार्य करने हेतु सहायक भय भी मैं दे ही चुका था। अब उन्हें झखमारकर युद्ध में बराबरी पर भाग लेना ही था, और यह वर्तमान युद्ध के लिए अत्यंत आवश्यक था। प्रायः राज्य के संभ्रांतों का युद्ध से कुछ लेना-देना नहीं होता, शासन किसी का भी हो, उनका वर्चस्व बना ही रहता है। लेकिन मैंने बात ही ऐसी घुमा दी थी कि उनके गले पूरी तरह उतर गई थी। यूं भी यदि अपने को सुरक्षित मानकर उन्होंने वर्तमान युद्ध में रस नहीं दिखाया तो आम प्रजा भी इसे राज्य का ही दायित्व मान दूर हो सकती थी। पर मथुरा वर्तमान युद्ध सबके वर्चस्व का समूचा उपयोग किए बगैर लड़ने की परिस्थिति में कतई नहीं थी। इस लिहाज से वाकई मैंने चतुराईपूर्वक एक तीर से दो शिकार

करने में सफलता पाई थी। और इस सफलता से उत्साहित मैंने उनके मौन को स्वीकृति जान आगे कहना शुरू किया। और मजा तो यह कि अब तो मैंने सीधे उन्हें निर्देश देते हुए ही कहा- यादव-प्रमुखों को अगले दस दिनों में इन युवाओं को साथ लेकर दो प्रमुख कार्य निपटाने होंगे। सबसे पहले तो उन्हें एकत्रित किए गए युवाओं व अपनी सैन्य टुकड़ी की सहायता से सभी बच्चों, महिलाओं व बुजुर्गों को किले के पिछले भाग में स्थानांतरित करना होगा। दूसरा, उनके व समस्त सैनिकों के भोजन पानी की उचित व्यवस्था भी इनके नेतृत्व में इन युवाओं को ही करनी होगी। कुल-मिलाकर उन्हें सबके हेतु करीब एक माह का राशन-पानी जुटाना होगा। निश्चित ही इसका सीधा असर सेना की कार्यक्षमता पर पड़ेगा। इस झंझट से मुक्त होते ही वह सीधे आज से ही युद्ध की पूर्व तैयारियों में जुट सकेगी। और जहां तक युद्ध की प्रमुख रणनीति व सैन्य-टुकडियों के कार्यों के विभाजन का सवाल है तो अब मैं उस पर आता हूँ। ...जैसा कि मैं पहले भी कह चुका हूँ कि हम सिर्फ उन्हें परेशान कर यहां ज्यादा-से-ज्यादा दिन उलझाना चाहते हैं, ऐसे में वे भले ही युद्ध करने आ रहे हैं, पर हम युद्ध टालने के ही प्रयास करते रहेंगे। यानी हम उन तक न जाकर उनके हमारे तक पहुंचने की राह देखेंगे, और उस राह में बने उतने व्यवधान खड़े करेंगे ताकि हमारी उनसे कम-से-कम मुलाकात हो। कुल-मिलाकर हमें इन्तजार उनके परेशान होकर लौट जाने का ही रहेगा। कुछ प्रमुख टुकड़ियों को तो पहले ही भोजन-पानी जुटाने व युवाओं को सक्रिय करने का जिम्मा सौंपा जा चुका है। अब बची हुई टुकड़ियों में से सर्वप्रथम सेनापतिजी की टुकड़ी को मगध से आने वाले मार्ग को अति संकरा कर देना होगा। तत्पश्चात् मिट्टी, पत्थर व कांटों से पूरे मार्ग को भर देना होगा। ...फिर यही कार्य बढ़ाते हुए मथुरा के राजमार्ग को छूने वाले हर रास्ते पर भी करना होगा, ताकि मागधी सेना की आधी ऊर्जा मार्ग खोजने व मार्ग साफ करने में लगी रहे। दूसरी तरफ मेरी व भैया की टुकड़ी उनके संभावित भोजन-पानी पर हमला बोल देगी। उनके मार्ग में पड़ने वाले सारे सरोवरों व कूओं का पानी हम गंदा व जहरीला कर देंगे। उनके मार्ग में आ रहे सारे जंगलों के फल-फूल भी नष्ट कर दिए जाएंगे। कहने का तात्पर्य जितना बने उतने समय के लिए युद्ध टालना व दुश्मन सेना को युद्ध से पहले ही ज्यादा-से-ज्यादा थकाना हमारी रणनीति का प्रमुख हिस्सा होगा। मेरा सबसे निवेदन है कि समय की कमी को देखते हुए हम सभी को आज से ही अपने-अपने कार्यों में लग जाना चाहिए। साथ ही हमें यह भी तय करना होगा कि समय रहते हम सभी अपने-अपने कार्यों की प्रगति की सूचना मंत्रिमंडल को देते रहें। अर्थात् एक तरीके से मंत्रिमंडल "समन्वय-समिति" का कार्य करेगा; और आज से ठीक दसवें दिन किए गए कार्यों की विवेचना करने हेतु हम सभी इसी सभागृह में एकबार फिर मिलेंगे।

आप मानेंगे नहीं कि इस समय दरबार में मैं ऐसा छाया हुआ था कि जितनी दृढ़ता से मैं रणनीति सुझा रहा था, उससे कई ज्यादा विश्वास के साथ मेरी रणनीति हाथों-हाथ अपनायी जा रही थी। मेरे लिए तो इससे ज्यादा गर्व की बात हो ही नहीं सकती थी कि जंगली जानवरों से भिड़ने वाला ग्वाला आज एक महायुद्ध का संचालन कर रहा था। इससे यह भी तय हो चुका था कि भले ही आर्थिक तौर पर न सही, परंतु युद्ध के तल पर तो मैं "राजा" के स्तर तक उठ ही गया था। और मुझे इस बात की बेहद खुशी थी कि इस योग्यता के साथ मैं रुक्मिणी के लायक बनने की ओर एक तगड़ा कदम उठा चुका था। यह तो हद हो गई। मैंने स्वयं को बड़ी जोर लताड़ा; यह भी कोई वक्त है ऐसी

बातें सोचने का? जानते नहीं क्या अपने को? कहीं ऐसा न हो तुम उसके सपनों में खो जाओ, और यहां युद्ध व युद्ध की रणनीति दोनों धरी-की-धरी रह जाए? तत्क्षण मैंने अपनी भलाई जान "रुक्मिणी" को आने से पहले ही विदा कर दिया। जब मैं स्वयं बेवक्त कोई कार्य नहीं करता तो किसी और को भला बेवक्त अपने मन में बसने कैसे दे सकता था?

खैर! मैं यह सब सोचता रह गया और उधर दरबार खाली भी हो गया। स्वाभाविक तौर पर सभी को आगे के कार्यों में भिड़ना था। ...तो भिड़ना तो मुझे भी था। बस मैं नानाजी से इजाजत लेकर भैया को खोजने अखाड़े जा पहुंचा। ...निश्चित ही कार्यों का विभाजन करते-करते भैया के जिम्मे जंगल उजाड़ने का कार्य आया था व मेरे जिम्मे पानी गंदा करने का। कार्य दोनों के अपनी-अपनी पसंद के थे। और जैसे ही अखाड़े में चार-चार मल्लों से भिड़े हुए भैया को कोने में ले जाकर यह खबर दी तो वे उत्साह से उछल ही पड़े। सबसे खुशी की बात तो यह कि उनका गदाभ्यास भी पुरजोर जारी था। यूं भी हमारे सुने अनुसार जरासंध गदायुद्ध का एक प्रसिद्ध योद्धा था; अतः भैया का गदा-कौशल्य इस युद्ध में महत्वपूर्ण सिद्ध हो ही सकता था। ...हालांकि अब भैया का अभ्यास समाप्त हो चुका था और हम घर की ओर निकल पड़े थे। रास्ते में कार्यों के आवंटन को लेकर छिड़ी चर्चा के दरम्यान समझ आया कि भैया का काम कुछ ज्यादा ही जटिल था। क्योंकि भैया को फल-फूल नष्ट करने से पूर्व हो सके उतने जुटाने पर भी ध्यान देना था। निश्चित ही युद्ध के दौरान मथुरा के भोजन का अच्छाखासा दारोमदार इन जुटाये हुए फल-फूलों पर ही था। अतः भैया के कार्य का महत्त्व जान मैंने "रथ" घर की बजाय राजमहल की ओर मोड़ दिया व तत्काल महाराज से कहकर भैया को दस बैलगाड़ियां व करीब पचास मजदूर भी उपलब्ध करवा दिए। अब भैया को हर हाल में यह तय करना था कि जो फल-फूल जुटाये न जा सके वे ही नष्ट किए जायें।

खैर, आज की रात तो सो गए लेकिन उत्साहित भैया तो दूसरे दिन सुबह से ही कार्य में भिड़ गए। स्वतः ही राजमहल जाकर बैलगाड़ियों व मजदूरों समेत अपना पूरा ताम-झाम एकत्रित भी कर लिया। इधर पीछे मैं भी न था... भले ही मेरा कार्य आसान था, परंतु उसका महत्व कम थोड़े ही था? मैंने तत्काल अपनी उपस्थिति में ही सरोवरों व कुंए के पानी में ढेर सारे नीम के पत्ते व कांटे डलवाना प्रारंभ कर दिया। एक हम ही क्यों, सभी अपने-अपने कार्यों में बड़ी मुस्तैदी से लग गए थे। वाकई सबका उत्साह व विश्वास देखते ही बनता था। इसका स्पष्ट असर दरबार पर भी दिखाई दे रहा था। सभी के चेहरों से घबराहट काफी हद तक कम हो चुकी थी। उधर अगले दस दिनों में तो सभी अपने-अपने कार्यों को सफलतापूर्वक अंजाम भी दे चुके थे। सबसे बड़ी बात यह कि यादव-प्रमुख भी सक्रियता में किसी से कम सिद्ध नहीं हुए थे। कुल-मिलाकर अब युद्ध की निर्णायक रणनीति तय करने का समय आ चुका था। ...हालांकि यह अंतिम रणनीति भी मुझे ही सुझानी थी और मैं रणनीति के साथ पूरी तरह से तैयार भी था। उधर वैसे भी आज कार्यों के आवंटन का दसवां रोज था व सभी दरबार में मौजूद भी थे। मैं भी भैया को लेकर समय से ही दरबार में पहुंच चुका था। दरबार इससे ज्यादा भरा मैंने पहले कभी नहीं देखा था। यहां तक कि आज तो कई अतिरिक्त आसन भी लगवाने पड़े थे। और बेताबी तो ऐसी कि जहां एक ओर समय की कमी देखते हुए मैं अपनी रणनीति के साथ तैयार था, तो वहीं दूसरी ओर पूरा दरबार भी रणनीति सुनने को बेताब ही बैठा था।

इधर मैंने भी बिना किसी प्रस्तावना के रणनीति पर चर्चा प्रारंभ करते हुए कहा- यह हम सभी जानते हैं कि जरासंध की सेना हर दृष्टिकोण से हमपर बहुत भारी है, अर्थात् उन्हें युद्ध में कतई नहीं हराया जा सकता। अतः हमारी रणनीति स्पष्ट है कि हमें उन्हें हराना नहीं, थकाना है। हम चाहते हैं कि वे थककर खाली हाथ वापस लौट जाएं। और जैसा कि मैं पहले भी कह चुका हूँ कि यह तभी संभव है जब युद्ध लंबा चले। और लंबा युद्ध तभी संभव है जब हम युद्ध करने की बजाए उसे टालने का उद्देश्य बनायें। और इसी उद्देश्य को ध्यान में रखकर यह पहले ही तय कर चुके हैं कि हम युद्ध करने जाएंगे ही नहीं; और इससे झक मारकर जरासंध और उसकी सेना को युद्ध करने हम तक आना होगा। और वही हमारी परीक्षा की घड़ी होगी। बस उसी को उद्देश्य मानकर मैं अपनी सैन्य टुकड़ियों को दो भागों में विभाजित करता हूँ। पहली भैया व सेनापतिजी की टुकड़ी जो जरासंध से आमने-सामने का युद्ध करेगी व दूसरी हम सबकी जो छिप-छिपकर मात्र गुरिल्ला-युद्ध करेगी। यानी हम स्वयं को बचाते हुए छिप-छिप कर उन पर वार करेंगे। हमारा लक्ष्य एक ही होगा कि यह युद्ध इतना लंबा चले कि ये लोग थक कर मर जाएं तो भी इनकी कोई बड़ी टुकड़ी राजमहल तक न पहुंच पाए। यहां तक कि उन्हें राजमहल तक पहुंचने से रोकने हेतु व समय-समय पर विचलित करने हेतु हम मार्ग पर पड़ रहे घरों में छिपकर मौके-बेमौके उनपर वार करते रहेंगे। निश्चित ही यह उनके लिए एक ऐसा नया अनुभव होगा जो शायद उन्हें पागल करने के लिए पर्याप्त सिद्ध होगा।

दूसरी ओर हम आज से ही दिन-रात मेहनत कर राजमहल जाने वाले हर मार्ग को इतना संकरा व गंदा कर देंगे कि मार्ग खोजने व साफ करने में ही इनकी पूरी उर्जा नष्ट हो जाएगी। हालांकि इन तमाम तैयारियों व व्यवधान के बावजूद उधर राजभवन पर हमारे एक हजार सैनिक हमेशा तैनात रहेंगे जो हर हाल में जरासंध की टुकड़ियों से राजमहल की रक्षा करेंगे।

दूसरी ओर इन तमाम तैयारियों के चलते हमारी एक ही कोशिश होगी कि राजमहल तक मागधी सेना के एकबार में पांच सौ से ऊपर सैनिक कभी न पहुंच पाए, ताकि राजमहल पहुंचने वाली हर टुकड़ी वहां तैनात सैनिकों से हारे व मरे। ...वाकई रणनीति नई व विचित्र होते हुए भी इतनी सटीक थी कि सभी नए उत्साह और विश्वास से भर चुके थे। और यही समय की सबसे बड़ी आवश्यकता थी। और इसका एक तात्कालिक सुखद परिणाम तो यह कि अब सभी युद्ध के लिए पूरी तरह से तैयार हो चुके थे। उधर गुप्तचरों की सूचना के अनुसार जरासंध की सेना किसी भी वक्त पहुंचने को थी। ...तो हम भी तैयार ही थे। बुजुर्गों व महिलाओं को पहले ही यमुना किनारे बसा दिया गया था। दुकानें खाली हो ही चुकी थीं। और जहां तक मार्ग गंदा करने का सवाल है, मिट्टी, कीचड़, पानी, कांटे व नुकीले पत्थर तैयार ही थे; बस बिछाने की देर थी। सो जरासंध के किसी भी वक्त टपकने की खबर सुन उस कार्य में भिड़ गए। यूं भी कोई भी चीज बनाने में वक्त लगता है, ...बिगाड़ने में क्या देर? दो दिन में ही मार्गों की वह दशा कर दी गई कि वे चलने लायक नहीं बचे।

इधर कार्य सलटते ही हम सभी नए नित्यकर्म के अनुसार राजमहल में ही रहना प्रारंभ कर दिए थे। मंत्री-परिषद व हमारे समेत सभी यादव-संभ्रांत भी आस-पास के ही विश्रामालयों में आश्रय ले चुके थे। कार्य के नाम पर निपटाये कार्यों का अवलोकन चल रहा था व बहुत हुआ तो

युद्ध को लेकर एकदूसरे को सांत्वनाएं दी जा रही थी। ...पर हकीकत तो यह है कि कुल-मिलाकर जरासंध का इन्तजार ही हो रहा था। और इन्तजार के ये पल यदि किसी से काटे नहीं कट रहे थे तो वे भैया ही थे। वैसे भी मथुरा के बड़े वीरों में उनका शुमार हो ही रहा था, उन्हें तवज्जो भी उस अनुसार मिल ही रही थी; बस कुछ आगे-पीछे की सोचे बिना स्वयं को सिद्ध करने के उत्साह से भरे पड़े थे। उधर खबर अच्छी कहो या बुरी "जरासंध" ने हमें लंबा इन्तजार नहीं करवाया। उस दिन भी संध्या को दरबार में हम सब बैठे युद्ध की चर्चा कर ही रहे थे कि गुप्तचर महाराज जरासंध के पधारने की खबर ले ही आया। खबर ज्यादा भयानक इसलिए भी हो गई कि उसमें करीब दस हजार सैनिकों के साथ-साथ कई वीर योद्धा व राजा शामिल थे, जिनमें शाल्व, श्रुतायु, बादिक, गोनर्द, दंतवका, सोमक, चेकितान, शतधन्वा, विदूरथ, जयद्रथ इत्यादि प्रमुख थे। निश्चित ही ये सभी बड़े राजा थे, और इसका अर्थ स्पष्ट हुआ कि जरासंध कई राज्यों की श्रेष्ठ सैनिक टुकड़ियों के साथ आ पहुंचा है। क्योंकि किसी भी राज्य की श्रेष्ठ सैन्य टुकड़ी ही हमेशा राजा के साथ जाती है। यही नहीं, सूचनानुसार तो सेना भी एक-से-एक आधुनिक शस्त्रों से लैस जान पड़ रही थी। ...जिसके विपरीत हमारे पास जंक लगी तलवार व टूटी-फूटी गदा के सिवा कुछ न था। हां, कहने को कुछ भाले, तीर व अन्य छोटे-मोटे हथियार अवश्य थे। स्वाभाविक तौर पर मेरा माथा, जो साथ आए राजाओं की सूची जानकर पहले ही चकराया हुआ था, सैनिकों की तादाद व हथियारों की फेहरिस्त सुनकर तो बुरी तरह घबरा गया। एक क्षण को तो पूरा उत्साह हवा हो गया। स्पष्टतः हमारी मौत का सामान पूरे साज-शृंगार के साथ मथुरा आ धमका था। स्पष्टतः ऐसे में हमें तो उनके सामने बिना साज-शृंगार के गोपियों की तरह नाचना था। हवा एक मेरी ही नहीं, पूरे दरबार की निकल गई थी। पर भैया अजीब थे, इतना सबकुछ जानने के बावजूद उनका उत्साह नहीं चूक रहा था। अब इसे उनकी बहादुरी कहूं या नादानी; या फिर इसे उनके उत्साह की पराकाष्ठा कहूं? अब चाहे जो मर्जी आए कहूं पर अभी तो हकीकत यह थी कि हमें यदि युद्ध में टिकना है तो भैया से सबक ले उन्हीं की तर्ज पर बुद्धि को ताला लगाकर उत्साहित रहना होगा। तो लो भर गए कन्हैया महाराज भी उत्साह से। बस उसी के तहत सबसे पहले मैंने स्वयं को सम्भाला व दर्शाया तो ऐसा मानो जरासंध की सेना में कोई खास बात न हो। उल्टा जरासंध की सेना के रात्रि-विश्राम की पल-पल की खबर पाने हेतु दस गुप्तचर और दौड़ा दिए। सीधी बात थी, रणनीतिकार उत्साह दिखाएगा तो ही माहौल बना रहेगा। वही पस्त हो गया तो यहां तो सभी पस्त होने को तैयार ही बैठे थे। सो अभी तो उत्साह बनाये रखने हेतु मैंने सभी को अपने-अपने कार्यों के अंतिम अवलोकन का निर्देश दे डाला। उधर सभी कार्यों में व्यस्त हो गए और इधर मैं नानाजी व सेनापतिजी के साथ गुप्तचरों की अगली खबर का इन्तजार करने में लग गया।

...वहां सेना ने जैसे ही मथुरा के बाहर डेरा डाला कि जरासंध ने पुरजोश में आह्वान किया – पूरी मथुरा को घेर लो। पत्थरों के गोले बरसाने वाले यन्त्रों को ऊंचाई पर स्थित कर दो। और कल सुबह युद्ध प्रारंभ होते ही प्रास, तोमर व धनुषों की वर्षा कर दो। पूरी मथुरा को तहस-नहस कर दो। उन दोनों छोकरों, कृष्ण व बलराम को देखते ही हजारों तीरों से छलनी कर दो। और युद्ध तब तक जारी रखो जब तक वे मर नहीं जाते। ...इसके साथ ही जरासंध का जोशपूर्ण औपचारिक

भाषण समाप्त हुआ। अब लंबी यात्रा की थकान तो थी ही, बस रातभर सबने विश्राम कर थकान उतारी। यानी आज की रात वहां इसके अलावा कुछ विशेष नहीं हुआ। वैसे आज की रात कुछ विशेष होना भी नहीं था। हमने भी यह सोच राहत की सांस ली कि चलो पहली रात तो कटी।

उधर दूसरे दिन तो सुबह होते ही रंग जम गया। जरासंध की सेना तो उत्साहवश सुबह होते ही तैयार हो चुकी थी, परंतु अब तक युद्ध करने मथुरा की सेना नहीं पहुंची थी। यह तो ठीक पर अब तो सूरज चढ़ना भी शुरू हो गया था परंतु सेना आने की कोई आहट भी नहीं आ रही थी। जरासंध बुरी तरह चकरा गया। अब तक आर्यावर्त के सारे युद्ध एक ही तरीके से लड़े जाते थे कि जिस राज्य पर आक्रमण हुआ हो उसकी सेना युद्ध करने नगर के बाहर पहुंच जाया करती थी ताकि नगर और नगरवासियों को युद्ध से दूर रखा जा सके। लेकिन यहां चूंकि मथुरा मेरी रणनीति से युद्ध लड़ रही थी, अतः कुछ-न-कुछ परंपरा तो टूटनी ही थी। उधर इस बात से बेखबर जरासंध ने संध्या तक मथुरा की सेना का इन्तजार किया, लेकिन सेना नहीं आई तो नहीं ही आई। आती कैसे, यही तो मेरी रणनीति थी। यानी आज का दिन बिगड़ गया। अब उसके पास रात्रि-विश्राम के अलावा चारा न था। बाकी सब तो ठीक पर जरासंध रातभर करवटें बदलता रहा। ...और अंत में बेचारा इस निष्कर्ष पर पहुंचा कि तैयारियों में कुछ कमी रह गई होगी, इसलिए सेना नहीं आई होगी। कोई बात नहीं, कल सुबह आ जाएगी।

...तो सुबह कौन-सी दूर थी। वह भी हो गई, पर सेना नहीं पहुंची। अब तो रातभर का जगा जरासंध पागल हो गया। देखा आपने, मेरी रणनीति के एक ही पासे ने उनके मुख्य हथियार जरासंध का क्या हाल कर दिया? जागरण भी करवा दिया व पागल भी हो गया। बेचारे को इन्तजार करते-करते दोपहर हो गई, ...और फिर संध्या भी हो गई। यानी एकबार फिर आज की रात्रि जरासंध के भाग्य में जागरण और पागलपन ही आया। और तब कहीं जाकर तीसरे दिन दोपहर होते-होते उसकी बुद्धि चली व सेना को मथुरा में घुसकर हमला करने का आदेश दिया। ...पर यह भी कौन-सा आसान था; आप जानते ही हैं कि मथुरा की गलियां एकदम संकरी बना दी गई थीं; सड़कों पर पत्थर व कांटे बिछा दिए गए थे, जमीन पर कीचड़-ही-कीचड़ था; अर्थात् जरासंध की सेना आसानी से मथुरा-प्रवेश न कर सके, उसके सारे इन्तजाम पहले ही कर लिए गए थे। और इस रणनीति ने हाथोंहाथ अपना रंग भी दिखाया। संध्या हो गई, लेकिन इतनी विशाल व सुसज्जित सेना का एक भी सैनिक मथुरा में प्रवेश नहीं कर पाया।

इधर हमलोग तो राजमहल में बैठे ही गुप्तचरों द्वारा दी जा रही जानकारियां सुन रहे थे। स्वाभाविक तौर पर युद्ध में तो तब लगते जब जरासंध इन जफाओं से युक्ति पा लेता। इधर आज की जरासंध की इस असफलता ने माहौल ही बना दिया। खुश-खुश नानाजी ने तो मुझे बधाई देते हुए भरे दरबार में ही गले लगा लिया। सच कहूं तो उनके जहन में पहली बार विश्वास जागा था कि जरासंध से बचा भी जा सकता है। वहीं दूसरी ओर पूरी मथुरा में भी मेरी रणनीति के डंके बज गए थे। रात्रि होते-होते तो राजमहल के उद्यान में उत्सव का माहौल हो गया था। चारों ओर मेरी वाह-वाही हो रही थी। मुझे बधाई देने वालों का तांता लग गया था। माहौल तो ऐसा हो गया था मानो हम युद्ध ही जीत गए हों। उत्साह तो ऐसा छाया था कि फिर मेरे ही नेतृत्व में कुछ युवा ढोल-नगाड़ों के साथ

यमुना किनारे गए, जहां खुले में व तंबुओं में बुजुर्गों व महिलाओं ने आसरा लिया हुआ था। हमारे इस उत्साह ने उन्हें भी बड़ी राहत पहुंचाई। ...पर यह तो हमारी बात हुई; उधर जरासंध खेमा रात भर परेशान रहा। देर रात तक उनमें आपसी विचार-विमर्श चलता रहा। "अप्रत्याशित" का यही तो फायदा है कि मनुष्य की पूरी शक्ति सोचने में ही चली जाती है। एक तो पहले ही इतनी लंबी थकान भरी यात्रा कर सेना बमुश्किल मथुरा पहुंची थी, ऊपर से दो रात का जागरण था; और उस पर मजा यह कि तीसरे दिन भी सिर्फ ताली बजाते रह गए थे। तीन-तीन दिन बीत जाने के बावजूद अब तक कोई टकराहट नहीं हुई थी। यानी मैं खुश! राजमहल खुश!! मथुरावासी खुश!!! और उधर... जरासंध पागल! राजे बेचैन!! और उनकी सेना चकित!!!

खैर! चौथे दिन सुबह जरासंध को क्या करना, यह तय था। इसमें अब कोई दुविधा नहीं थी। सबको दल-बल समेत मथुरा प्रवेश करना था। बस सुबह होते ही जरासंध के जोशपूर्ण भाषण के साथ यह कार्य प्रारंभ हो गया। ...तो उससे क्या होना था? यहां भी उन्हें अप्रत्याशित का सामना करना ही था। जो कार्य सीधे-सीधे निपटना होता है उसमें भी हजारों व्यवधान पहले ही खड़े किए हुए थे। अर्थात् उसमें भी उन्हें कन्हैया की रणनीति से तो जूझना ही था। सो चौथे दिन बाजों-गाजों के साथ उन्होंने धावा तो बोला, पर पूरा दिन बीत जाने के बावजूद ...तीन सौ रथ, पचासों बैलगाड़ियों, अनगिनत हाथी व घोड़ों से सजी यह सेना मथुरा में घुसने का प्रयत्न ही करती रह गई; और देखते-ही-देखते संध्या भी ढल गई। चार दिन चले ढाई कोस! जरासंध तो यह सब देख बुरी तरह पागल हो गया। फिर तो अगले कुछ दिन यह उनका नित्यकर्म हो गया, जो करीब सात रोज चला। माजरा यह कि जहां हर गुजरते दिन के साथ जरासंध की झुंझलाहट बढ़ती रही, वहीं दूसरी तरफ यहां हर गुजरे दिन के साथ मेरी वाहवाही बढ़ती रही। जहां तक रथों व बैलगाड़ियों का सवाल है, सड़कें इतनी संकरी कर दी गई थी कि उनके तो मथुरा-प्रवेश का सवाल ही नहीं उठता था। ऐसे में घोड़े व हाथियों का ही सहारा बचा था। तो उनकी भी व्यवस्था की ही हुई थी। लगातार कीचड़ से पोछ-पोछकर सड़कें इतनी चिकनी कर दी गई थी कि हाथी-घोड़े घुसने की कोशिश करते ही फिसल रहे थे। अब ऐसे में ले-देकर पैदल सिपाहियों के अलावा कोई चारा नहीं बचा था। कमाल यह कि यह बात समझने में उन्होंने पूरा हफ्ताभर लगा दिया था। और आज जहां तक पैदल सिपाहियों का सवाल है तो उनकी भी तगड़ी व्यवस्था की ही हुई थी। चिकनी सड़क के अलावा उनके लिए नुकीले पत्थर व कांटे पूरे मार्ग पर बिछा ही रखे थे। अर्थात् पैदल सिपाहियों का प्रवेश भी इतना आसान नहीं था। अब आसान हो या नहीं, उनकी ओर से प्रयास चालू तो हो ही गए थे। और उन लगातार के प्रयासों के बाद कुछ सिपाही मथुरा की गलियों में घुसने में सफल भी हो गए थे। लेकिन यहां भी उनके साथ दाव ही होना था। क्योंकि मेरे समेत सभी गुरिल्ला-युद्ध करने को घरों के अंदर छिपकर तैयार ही बैठे थे। बस जो इक्का-दुक्का जांबाज गलती से प्रवेश कर जाते थे, बेचारे हमारी इस रणनीति के शिकार हो रहे थे। यानी घरों की छतों व गलियारों में छिपे हमारे सैनिक उनपर दूर से ही हमला बोल देते। कहने का तात्पर्य अगले तीन दिन यह नजारा भी खूब जमा। अर्थात् कुल-मिलाकर पूरे दस दिन बीत जाने के बावजूद जरासंध इन्हीं सब जद्दोजहद में उलझा रहा, लेकिन मथुरा प्रवेश नहीं कर पाया तो नहीं ही कर पाया।

...इधर स्वाभाविक तौर पर जब पूरे दस दिन बीत जाने के बावजूद जरासंध किसी का बाल तक बांका नहीं कर पाया तो यहां मथुरा में जश्न-सा माहौल हो गया। चारों ओर कन्हैया की रणनीति के डंके बज गए। यहां तक कि एकबार तो मारे उत्साह के मेरा विजय जुलूस भी निकाल दिया गया। आगे अनेक दुष्कर परिस्थितियों का सामना करना था, अत: मैं पूरी तरह जमीनस्थ रहा व लोगों को भी शांत किया; क्योंकि योजना ने रंग दिखाना शुरू किया था, कोई युद्ध थोड़े ही जीत गए थे। जरासंध कोई वापस मगध थोड़े ही चला गया था, वह अब भी हमारे सर पर सवार ही था। चलो यह तो हमारी सोच व हमारी बात हुई। उधर आखिर जरासंध को भी समझ आ ही गया कि सड़कों की साफ-सफाई किए बगैर मथुरा-प्रवेश असंभव है। साथ ही उसे यह भी समझ आ गया कि यह सबकुछ एक रणनीति के तहत ही चल रहा है। फिर क्या था, अगले दो दिन उन्होंने सड़कों की साफ-सफाई में बिता दिए। सड़कों पर खूब पानी बहाया गया। अच्छा था, इस बहाने उनके बेशकीमती पानी का अपव्यय हो रहा था। वहीं दूसरी ओर उसने चार टुकड़ियां अलग से तैनात कर दी थी जो सड़कों पर से पत्थर व कांटे बीनने के काम में लगी हुई थी। सचमुच यह नजारा बड़ा ही दर्शनीय हो गया था। घरों की छतों पर छिपे हमलोगों को यह तमाशा बड़ा आनंद दे रहा था। मुझे तो इतना मजा आ रहा था कि पूछो ही मत। आए थे युद्ध करने, लग गए थे साफ-सफाई के काम में। वाह कन्हैया वाह! क्या भेजा चलाया है। आर्यावर्त के बड़े-बड़े राजाओं की सबसे उच्च-कोटि की सेना तुम्हारी नगरी की साफ-सफाई कर रही है। क्या बताऊं, मैं मन-ही-मन स्वयं पर इतना गौरवान्वित हो रहा था कि दिन में पचासों बार स्वयं अपनी ही पीठ थप-थपा रहा था।

खैर! यह तमाशा भी खत्म हुआ। आखिर तेरहवें रोज जरासंध की सेना ने निर्विघ्न रूप से मथुरा में प्रवेश कर ही लिया। कोई बात नहीं, भैया व सेनापति की टुकड़ियां उनका स्वागत करने को तैयार ही खड़ी थी। हालांकि सड़कें भले ही चौड़ी कर ली गई थी पर उनकी चिकनाई अब भी पूरी तरह नहीं गई थी। अत: रथ रह-रहकर अब भी फिसल जाया करते थे। कई बार उन्हीं के रथ से उन्हीं के सिपाही घायल हो रहे थे। चाहे जो हो, पर अब उनका मथुरा-प्रवेश तो हो ही चुका था। और जब प्रवेश हो ही गया तो युद्ध भी करना ही पड़े, ऐसा था। बस इसके साथ ही मथुरा की सड़कों पर घमासान प्रारंभ हो गया था। होने दो, पर हम सीधा युद्ध तो लड़ नहीं रहे थे, सेना तो यहां-वहां घरों में ही छिपी हुई थी; परिणामस्वरूप हमारे सिपाहियों को खोजने में जरासंध की सेना को काफी मशक्कत करनी पड़ रही थी। पहले उन्हें खोजना पड़ता था, और तब कहीं जाकर उनसे युद्ध हो पाता था। इससे परेशान हुए सिपाहियों ने अपना क्रोध मकानों पर निकालना प्रारंभ कर दिया। देखते-ही-देखते उन्होंने कई मकान धराशायी कर डाले। हालांकि उन मकानों में कोई रहता तो था नहीं, अत: जान-हानि तो नहीं हो रही थी, परंतु हां ...माल-हानि अवश्य हो रही थी। कुल-मिलाकर मेरी रणनीति जरासंध व उसके साथ आए राजाओं के सब्र का पूरा-पूरा इम्तिहान ले रही थी। उन्हें हम से तीन तरफा युद्ध लड़ना पड़ रहा था। एक तो संकरी गलियों व चिकनी सड़कों से उनका संघर्ष अब भी जारी ही था। दूसरा, सीना ताने खड़े भैया और सेनापतिजी की टुकड़ियों से उन्हें आमने-सामने का युद्ध लड़ना पड़ रहा था। और तीसरा, ...छतों, घरों व गलियारों में छिपी हमारी टुकड़ियों से उन्हें गुरिल्ला-युद्ध लड़ना पड़ रहा था। परिणामस्वरूप उनकी बढ़ती परेशानियों ने

धीरे-धीरे पागलपन का स्वरूप धारण करना शुरू कर दिया था। एक तो महीनों की यात्रा कर व बड़ी तकलीफें उठाकर यहां तक पहुंचे थे। इतने हाथी व पैदल सिपाहियों के साथ यात्रा उम्मीद से कहीं लंबी पहले ही हो चुकी होगी; और उस पर यहां आकर उन्हें युद्ध के बजाय जाने कैसे-कैसे उटपटांग कार्यों में भिड़ना पड़ गया था। क्या सोचकर आए थे-और क्या हो गया था।

खैर! मजे की बात तो यह थी कि वे लोग इतनी जहमत भी इस उम्मीद में उठा रहे थे कि आज नहीं तो कल उन्हें आमने-सामने का युद्ध नसीब होगा। और उनकी कर्मठता देखते हुए वह दिन ज्यादा दूर नहीं दिख रहा था। अब बलि चढ़ने वाला जानवर कब तक खैर मना सकता था? आखिर एक दिन भैया व जरासंध की सेना का पूरी तरह से आमना-सामना हो ही गया। और उनके आमने-सामने होने के दूसरे दिन ही भैया और जरासंध के बीच भी घमासान युद्ध शुरू हो गया। अब जैसा कि आप जानते ही हैं कि दोनों "गदा-युद्ध" के महारथी थे[४२]। फिर क्या था। हार-जीत अपनी जगह थी पर दोनों को लडने में भी मजा आ रहा था। प्रभात होते ही दोनों जो भिड़ जाते तो संध्या होते-होते बड़े बेमन से ही युद्ध विराम करते। और कमाल यह कि इन दोनों का युद्ध शहर के एक विशाल व प्रमुख चौराहे पर हो रहा था। मजा यह कि इसी के आस-पास के मकानों में हमलोग छिपे बैठे हुए थे। जो कोई वहां से आगे निकल आता उस पर हम टूट पड़ते वरना भैया व जरासंध के बीच चल रहे युद्ध का आनंद उठाते। वहीं दूसरी ओर इससे पहले वाले चौराहे पर जरासंध के करीब तीन सौ सिपाही सेनापतिजी की टुकड़ी से भिड़े हुए थे। यानी कुल-मिलाकर मथुरा के हर चौराहे तक इस युद्ध ने दस्तक दे दी थी। ...हालांकि फिर भी यह सबकुछ अपनी जगह था व भैया व जरासंध का युद्ध अपनी जगह। सचमुच, भैया व जरासंध दोनों पक्के गदाबाज थे। उन दोनों का युद्ध शुरू होते ही सबकुछ थम-सा जाता था। हर कोई उनका युद्ध देखने में लीन हो जाता। ऊपर से ज्यादा आनंद इसलिए आ रहा था कि दोनों गदा-युद्ध के नियमों का पूरी तरह से पालन कर रहे थे। निश्चित ही इससे "युद्ध-कला" अपने सर्वोच्च शिखर को छू गई थी। दूसरों की क्या कहूं, मैं स्वयं यह महान गदा-युद्ध देखकर धन्य हुआ जा रहा था। गदा-युद्ध इतना कलात्मक भी हो सकता है इसकी तो मैंने कभी कल्पना तक नहीं की थी। ऐसा लग रहा था जैसे दो बड़े पहाड़ एक सोची-समझी रणनीति के तहत टकरा गए हों। मैं स्वयं को धन्यभागी मान रहा था जो मुझे यह युद्ध साक्षात् निहारने का मौका मिल रहा था।

...हालांकि वहीं एक चिंतनीय बात भी थी। इस युद्ध का सहारा लेकर जरासंध की अन्य टुकड़ियां आगे बढ़ती जा रही थी। सेनापतिजी भी अब उन्हें रोकने में असमर्थ साबित हो रहे थे। और धीरे-धीरे कर हालात यहां तक बिगड़ चुके थे कि हमें भी "गुरिल्ला-युद्ध" छोड़कर आमने-सामने का युद्ध करने मैदान में कूदना पड़ गया था। यानी नजारा कुछ ऐसा था कि उधर भैया व जरासंध भिड़े हुए थे तो इधर हम लोगों की संयुक्त शक्ति का जरासंध की सेना से युद्ध जारी था। तभी मेरा सामना एक दिन रुक्मी की टुकड़ी से हुआ। यह यहां कैसे? एकबार तो मैं उसे देखकर चक्कर ही खा गया। मन-ही-मन सोचने भी लगा कि मेरा साला होकर दुश्मन की तरफ से लड़ता है? यह तो मेरी बात थी, पर उधर रुक्मी तो मुझे देखते ही उबल पड़ा था। उबल क्या पड़ा था, वह तो मुझे देखते ही मुझपर टूट पड़ा था। जाहिरी तौर पर उसके पुराने जख्म अब भी ताजा थे। अब मुझ जैसे

४२. हरिवंश पुराण, विष्णु पर्व, अध्याय-३६, श्लोक-१३-२३; गर्ग संहिता, द्वारका खंड, अध्याय-१, श्लोक-४१-४७; विष्णु पुराण, अंश-५, अध्याय-२२, श्लोक-८-९

वीर के सामने उसकी क्या बिसात? मैंने एक नहीं, दो-बार उसे पूरी तरह से वश में कर लिया था, लेकिन फिर जाने क्या सोचकर छोड़ दिया... शायद मेरे भी पुराने जख्म हरे ही थे। आपको याद ही होगा कि पिछली बार जब मैंने अपने साले को सिर्फ दो लातें जमायी थी तो भी रुक्मिणी कितनी नाराज हो गई थी। और ऐसे में आज यदि उसे घायल कर दिया तो...? तौबा-तौबा... अब मैं किसी कीमत पर अपनी जान से प्यारी रुक्मिणी की नाराजगी लेने को तैयार नहीं था। लेकिन उधर रुक्मी यह बात समझे तब न! नजारा कुछ ऐसा हो गया था कि रुक्मिणी का लिहाज कर मैं बार-बार उसे छोड़ देता था; और वह बेशरमों की तरह बार-बार मुझसे ही भिड़ने चला आता था। कहते हैं न कि यहां का किया यहीं भुगतना पड़ता है - तभी तो उधर जरासंध के सब्र का इम्तिहान मैं ले रहा था, और इधर रुक्मी मेरे सब्र का इम्तिहान लेने पर तुला हुआ था। अर्थात् जरासंध और भैया की ही तरह रुक्मी और मेरी टकराहट भी लगातार जारी थी। ना तो उस युद्ध का परिणाम आ रहा था, ना ही इसका कुछ परिणाम आता दिखाई दे रहा था।

...तो परिणाम तो इस महायुद्ध का भी कुछ आता नहीं दिख रहा था। करीब बीस रोज बीत जाने के बावजूद कोई विशेष उठपटक नहीं हुई थी। उस पर अच्छी खबर यह थी कि धीरे-धीरे कर अब जरासंध की सेना को भोजन-पानी की तकलीफें पड़नी शुरू हो गई थी। उनका साथ लाया भोजन-पानी चूकने लगा था। उन्हें इस बात का अंदाजा ही नहीं था कि कुओं का पानी कड़वा व कांटों से भरा हुआ होगा या जंगल उजाड़ दिए गए होंगे। ऐसे में इस बात का एहसास होने का तो सवाल ही नहीं उठता था कि युद्ध इतना लंबा चलेगा। वैसे जरासंध की इक्का-दुक्का टुकड़ियां अब राजभवन तक भी पहुंचने लगी थी। लेकिन इतनी बड़ी तादाद में नहीं कि मथुरा के लिए कोई खतरा पैदा कर सके। जबकि इसके विपरीत दूसरी ओर बड़ी खुशखबरी यह थी कि अधिकांश राजा लोग अब कंटाल गए थे। यूं भी उनको युद्ध में कोई रस तो था नहीं, उन्हें तो बस जरासंध के प्रभुत्व के कारण बेमन से आना पड़ा था; ऐसे में उनका जल्द ही थक जाना स्वाभाविक भी था। निश्चित ही यह सब देख मेरा उत्साह सातवें आसमान पर जा बैठा था। और एकबार उत्साह आ जाए तो मेरी कलाकारी बढ़ ही जाती है। वहीं एक-के-बाद-एक मिल रही सफलता देखकर उम्मीदें भी अंगड़ाई ले ही रही थी; बस अचानक मुझे एक खुराफाती योजना सूझी। क्यों न इनके बचे-खुचे भोजन के गाड़ों में ही आग लगा दी जाए? न पानी न भोजन; अपनेआप भाग जाएंगे। लेकिन इसमें एक अड़चन थी। दिन में यह कार्य शक्य नहीं था और रात को करना युद्ध-नीति के खिलाफ था। सो इसका उपाय खोजने हेतु मैंने इस योजना की चर्चा महाराज व सेनापतिजी से की। सुनते ही दोनों बुरी तरह चौंक गए। यहां तक तो ठीक, परंतु उन्होंने मुझे युद्ध-नीति के विरुद्ध कुछ भी ना करने के स्पष्ट निर्देश तक दे डाले। मैं मन-ही-मन झल्ला उठा। ...तो फिर यह युद्ध मेरी रणनीति से क्यों लड़ रहे हो; युद्ध-नीति का पालन करते हुए जाते न अपनी सेना लेकर जरासंध का मुकाबला करने? ...दो ही दिन में सारी नीति न निकल गई होती, तो कहते।

खैर छोड़ो। मैंने उनकी बात तो ऐसे स्वीकारी मानो मैं उनकी आज्ञा का पालन करने वाला हूँ। लेकिन मैं अपने स्वभाव से मजबूर था। मैं कहां किसी नीति या किसी के निर्देशों को मानने वाला था। आप तो जानते हैं कि मैं सिर्फ अपने ही निर्देशों का गुलाम था। ...और मेरा निर्देश स्पष्ट था- सर

पे आई मौत को किसी कीमत पर टाला जाए। बस मैं तो रात को अपने नेतृत्व वाली टुकड़ी लेकर चल पड़ा, और पहुंच गया दूर उन मैदानों में जहां दुश्मन खेमे ने आसरा लिया हुआ था। मशालें जल रही थी, लेकिन दुश्मन सो रहे थे। बमुश्किल बीस-तीस सिपाही यहां-वहां पहरा दे रहे थे और वह भी राजाओं के तंबुओं के आस-पास। इधर हमें भोजन से भरे बीस-तीस गाड़े दूर से ही अलग-थलग पड़े नजर आ गए थे। बाधा वैसे ही कोई नहीं थी, बस गाड़ों में आग लगा दी। निश्चित ही सेना के भोजन पर हुए इस अप्रत्याशित हमले से जरासंध बुरी तरह भड़क उठा। भड़कने दो। यूं भी जो कुछ नहीं कर सकता वही भड़कता है। सो उसकी छोड़ो, मजा तो यह आया कि जब यह नजारा साथ आए राजाओं ने देखा तो वे तो बुरी तरह सकते में आ गए। पिछले तीन महीनों से अकारण परेशान ये राजे भोजन की कमी का दबाव बर्दाश्त करने में असमर्थ नजर आने लगे। बात तो उनकी ठीक ही थी; एक तो डेढ़-दो माह की कठिन यात्रा, उस पर करीब एक माह से यहां करनी पड़ रही जद्दोजहद। और इस पर लौटने की जफा तो अभी सर पे खड़ी ही हुई थी। राजाओं का तो ठीक पर अब तो सेना का भी आलम यह था कि उसे दबाव में डालकर युद्ध को ज्यादा लंबा नहीं खींचा जा सकता था। भला बगैर भोजन-पानी के कौन कब तक लड़ सकता है? यानी जरासंध परेशान! सेना हैरान!! और साथ आए राजे भौंचक्के!!! आखिर सत्ताईस दिनों बाद मजबूर जरासंध को युद्ध समेटकर वापस जाने का फैसला करना ही पड़ा। ...यानी इतनी बड़ी बारात को दुल्हन का मुंह देखे बगैर ही लौट जाना पड़ा। और इसके साथ ही मथुरा के इतिहास में आया सबसे बड़ा संकट पूरी तरह से टल गया। साथ ही मेरी सुनिश्चित दिखती मौत भी टल गई।

...निश्चित ही इससे मथुरा में दीपावली-सा माहौल हो गया। चारों ओर उत्सव व जश्न मनाये जाने लगे। राजमहल तो दीपों से सजा दिया गया। रात्रि मशालों ने राजमहल की रौनक ही बदलकर रख दी। महल से सटे उद्यान पर तो मानो मशालों का राज हो गया। उससे भी खास बात यह कि जहां देखो वहां मेरी ही तारीफों के पुल बांधे जा रहे थे। पूरी मथुरा में मेरे नाम का डंका बज रहा था। यहां तक कि युवाओं का मुझे कंधों पर बिठाकर जुलूस निकालना तो सुबह-शाम का काम हो गया था। बस कभी भी पचास-सौ युवा ढोल-नगाड़ों के साथ आ पहुंचते, मुझे व भैया को कंधों पर बिठाते व फिर नाचते-गाते पूरी मथुरा में चक्कर लगाते। हमारा जुलुस जहां से निकलता, सड़क के दोनों ओर भीड़ जमा हो जाती, और यह नजारा देख वह भी हमारी जयकार बोला देती। इधर हम "ग्वाले" यह प्यार व सम्मान पा बड़े गौरवान्वित होते।

...चलो यह सब छोड़ो, एक परम राज की बात बताऊं। भले ही कहने को पूरी मथुरा खुश थी, फिर भी नानाजी की खुशी विशेष व परम थी। यूं भी जरासंध से सबसे ज्यादा भयभीत भी वे ही थे। क्योंकि उनके जरासंध को लेकर पुराने जख्म पूरी तरह ताजा थे। ऐसे में आज उसका खाली हाथ लौट जाना इस उम्र में नानाजी के लिए एक बड़ी उपलब्धि थी। वहीं यह भी तय था कि इस विजय के बाद आर्यावर्त में चारों ओर उनके नाम के डंके बज जाएंगे। और जहां तक मेरा सवाल है तो मेरे लिए तो यह सबकुछ एक सपने जैसा था। मथुरा आने के बाद घटनाएं इतनी तेजी से घट रही थी कि कई बार तो उन पर विश्वास करना ही मुश्किल हो जाता था। फिर भी हकीकत तो यही थी कि वृन्दावन का "कान्हा" मथुरा आकर "महापराक्रमी कृष्ण" हो चुका था। हालत तो यह थी

कि एक ओर जहां मिल रहे सम्मान से मैं फूला नहीं समा रहा था, तो वहीं दूसरी ओर स्वयं पे गर्व किए बगैर भी नहीं रह पा रहा था। और खुशी तो इतनी थी कि जहन में समाने का सवाल ही नहीं उठता था। एक-एक कर जानवरों और मौत रूपी राक्षसों को तो कई बार योजनापूर्वक मार चुका था, प्रकृति की इच्छा को भी गोकुल से वृन्दावन स्थानांतरण कर मात दे चुका था; लेकिन आज..."आज" तो आर्यावर्त की सबसे विशाल सेना को भागने पर मजबूर किया था। भला आप ही बताइए, इस शानदार प्रगति पर कौन फूला नहीं समाएगा? वहीं लगातार मिल रही विजयों व एक-के-बाद एक सीधे पड़ रहे पासों के कारण मेरा आत्मविश्वास भी दिन-ब-दिन बढ़ता जा रहा था। सच कहूं तो धीरे-धीरे इस बढ़ते आत्मविश्वास के कारण मैं अजेय होता जा रहा था। यूं भी मुझे जीतना पसंद था, हारना तो मेरी फितरत को रास ही नहीं आता था। आना चाहिए भी नहीं, आखिर जीवन "जीत" का ही तो दूसरा नाम है। ...यहां तक तो सब ठीक, स्वाभाविक ही था; लेकिन जल्द ही जीत की खुशी में मन लगा उड़ान भरने। अब आप तो जानते ही हैं कि उन दिनों मन की सारी उड़ानें "रुक्मिणी" के आसपास ही मंडराती रहती थी। बस मैं सोचने लगा कि जब जीवन में इतनी विजय प्राप्त की है, कभी हार का मुंह नहीं देखा है, तो आज नहीं तो कल रुक्मिणी पर..., मेरी अपनी रुक्मिणी पर भी विजय मिल ही जाएगी। अरे मिल क्या जाएगी, यदि इस समय रुक्मिणी तेरी रणनीति का असर देख लेती तो शायद तत्क्षण तेरे साथ मथुरा में बसने को राजी हो गई होती।

खैर! अब मैं उड़ूं या न उड़ूं पर यह सत्य ही था कि मेरे भीतर प्रतिभा के नित नए अंकुर फूटते ही जा रहे थे। निश्चित ही यह मेरा स्वयं को किए सहयोग का परिणाम था। वाकई देखा जाए तो प्रकृति ने मनुष्य को कितनी अद्‌भुत शक्तियों व अनगिनत संभावनाओं से नवाजा हुआ है। ...फिर भी न जाने क्यों यह मनुष्य अपनी भीतरी शक्तियों को जगाने में रस नहीं दिखाता? न जाने क्या सोचकर अपनी संभावनाओं को उभरने का मौका ही नहीं देता? सचमुच मनुष्य चाहे तो क्या नहीं कर सकता है? मुझे ही देखो; क्या रणनीति बनायी थी। कोई भी युद्ध जीतने में सक्षम जरासंध की सेना सिर्फ एक मेरे कारण बिना विजय प्राप्त किए लौट गई थी कि नहीं? मैं तो कहता हूँ कि ऐसी ही अद्‌भुत प्रतिभाओं की हजारों संभावनाएं लेकर हर मनुष्य पैदा होता है। हां, यह बात अलग है कि कुछ कम या ज्यादा; या फिर एक या दूसरे क्षेत्र की। लेकिन असली सवाल कम या ज्यादा संभावना का नहीं है, ना ही प्रश्न क्षेत्रों की भिन्नता का है; वास्तविक प्रश्न तो उसे पहचान कर निखारने का है। फिर वह संभावनाएं जो हो, जितनी हो या जिस क्षेत्र की भी क्यों न हो; क्या फर्क पड़ता है? वैसे समझाने को तो मैं सबकुछ गीता में समझा ही चुका हूँ, और यहां भी जब भी मौका मिलता है समझाने से बाज नहीं आता हूँ; चाहता सिर्फ इतना हूँ कि आपका जीवन सजे, संवरे व प्रगति की राह पर लगे।

छोड़ो, अपनी बड़ास भी बहुत मार ली व चिंतन भी बहुत झाड़ दिया; अब कुछ मथुरा की वर्तमान परिस्थिति पर बात कर ली जाए। मेरी कहानी कुछ आगे बढ़ाई जाए। और यहां युद्ध की विजय पुरानी हो गई थी। मथुरा का जो हाल मैं देख रहा था, उससे स्पष्ट था कि मथुरा को असली समस्या का सामना तो अब करना पड़ेगा। क्योंकि कई मकान तो पूरी तरह से ध्वस्त हो चुके थे, वहीं छोटा-मोटा नुकसान तो अधिकांश मकानों को हुआ था। यानी सर्वप्रथम तो रहने की समस्या

मुंह फाड़े खड़ी थी। दूसरी ओर सड़कें भी चौपट हो ही चुकी थी। इसके अलावा खाने-पीने की समस्या भी हमारे कारण मुंह फाड़े खड़ी हो ही गई थी। क्योंकि ना सिर्फ कुओं का पानी हमने गंदा कर दिया था, बल्कि चारों तरफ का पूरा जंगल भी हमलोग नष्ट कर ही चुके थे। यानी जो-जो खड्डे हमने जरासंध के लिए खोदे थे, उनमें अब हम ही बुरी तरह गिर रहे थे। यूं भी यही कुदरत की न्यायिक परंपरा का तरीका है, सो भला हम इसमें कैसे अपवाद रह सकते थे? खैर, कुल-मिलाकर कहने का तात्पर्य यह कि मथुरा का शासन तो बच गया था, पर जीवन तहस-नहस हो चुका था। रहने व खाने-पीने की समस्या विकराल स्वरूप धारण कर चुकी थी। यह कम था तो पहले से कंगाल राजकोष अब पूरी तरह खाली हो चुका था। ...ऊपर से करीब तीन सौ सैनिक भी मारे जा चुके थे। अब ऐसे में भला कौन किसकी सहायता करे? हर व्यक्ति घायल था, हर जिस्म प्यासा था, और बदहाली तो ऐसी हो गई थी कि वर्णन लायक ही नहीं बची थी। जीत का नशा तो वास्तविकता का सामना करते ही हिरण हो गया था।

लेकिन मेरी बात कुछ और थी। मैं ठहरा पक्का कर्मवीर। हथियार डालने का सवाल ही नहीं उठता था। समस्या कोई भी स्वरूप धारण करके आई हो, उससे भिड़ना मैं अपना कर्तव्य मानता था। ऐसे में स्वाभाविक रूप से मथुरा को ठीक करने की जिम्मेदारी मैंने अपने कंधों पर उठा ली। तत्काल कुछ स्थानीय युवाओं के साथ समस्याएं निपटाने में भिड़ गया। हम लोगों ने दिन-रात मेहनत की। पहले कुओं का पानी साफ किया। सड़कें कुछ ठीक-ठाक की। साथ ही धीरे-धीरे मकानों की मरम्मत का कार्य भी हाथ में लिया। ...लेकिन क्या बताऊं, महीनों दिन-रात लगे रहने के बावजूद हम मथुरा के हालात में कोई खास सुधार नहीं ला पाए। लाख प्रयत्नों के बाद भी मथुरा के बाजारों की रौनक नहीं लौटी तो नहीं ही लौटी। बीमारी व भुखमरी अब हर घर की समस्या हो चुकी थी। हालांकि वर्तमान समस्याओं से जूझते-जूझते इतना अवश्य समझ आ गया था कि श्रेष्ठ रणनीति से युद्ध तो जीते जा सकते हैं, युद्धों में हार से भी बचा जा सकता है..., हो सकता है... रणनीति ठीक हो तो युद्ध में मचने वाली तबाही को कम भी किया जा सकता है; लेकिन इस तबाही से पूरी तरह कभी नहीं बचा जा सकता है। ...यानी तबाही हर युद्ध का अनिवार्य "नियम" है। आज मैं यह स्पष्टरूपेण समझ रहा था कि "युद्ध" दो अहंकारों की वो टकराहट है, जिसका हर्जाना हजारों बेगुनाह सैनिक व लाखों मासूमों को अकारण भुगतना पड़ता है। समझ नहीं आता कि ऐसे अहंकार का क्या फायदा जो मनुष्यता का ही विनाश कर दे? सच कहूं तो वर्तमान आलम देखकर मुझे युद्ध से ही नफरत होने लग गई थी। देखो न, एक मामियों का अकारण क्रोध व दूसरा जरासंध के अहंकार की वहज से मथुरा आज बेवजह कितनी मुसीबतों का सामना कर रही थी।

खैर! मथुरा में पुनः निर्माण का कार्य चलते-चलते तीन माह बीत चुके थे, लेकिन स्थिति में कोई विशेष सुधार अब भी नहीं आ पा रहा था। इसका सबसे प्रमुख कारण राजकीय-कोष की खास्ता हालत थी। और व्यवसाय तो सब वैसे ही चौपट हो चुके थे, यानी ऐसे में नए कर एकत्रित होने का भी सवाल पैदा नहीं होता था। और कुछ नहीं तो इस कड़वे अनुभव ने मुझे राजकीय-कोष के महत्त्व का एहसास अवश्य करवा दिया था। वाकई मथुरा आकर मुझमें सबसे बड़ा परिवर्तन जो आया था वह यही था कि मैंने यहां आकर "धन" का महत्व जाना था। चलो यह सब तो ठीक पर

उधर मथुरा के इस उबाऊ जीवन में अचानक एक खुशखबरी ने दस्तक दी। ...अनायास ही उद्धव मथुरा आ टपका। हद तो यह हो गई कि उसे देखकर मुझे याद आया कि वृन्दावन नामक कोई गांव अब भी अस्तित्व में है। मैं तो मथुरा की उलझन में ऐसा उलझा था कि वृन्दावन का अस्तित्व ही भूल बैठा था। उधर खुशी की बात यह थी कि वहां सब ठीक-ठाक था। दरअसल उसे हमारे हाल-चाल जानने के लिए भेजा गया था। यूं भी अपने प्यारे कन्हैया की चिंता वृन्दावनवासी नहीं करेंगे तो और कौन करेगा? अब यहां के हालचाल में तो बताने जैसा था ही क्या? उद्धव भले ही मुझे व भैया को सही-सलामत पाकर खुश हुआ हो, पर मथुरा की हालत देखते ही पूरी तरह हतप्रभ भी रह गया था। निश्चित ही उसने जो मथुरा देखी थी वह यह नहीं थी। ...यानी इन्सान के सारे भाव, फिर चाहे वह खुशी हो या गम; सब तुलनात्मक ही होते हैं। इसका सीधा अर्थ यह भी हुआ कि मनुष्य "तुलना" करना छोड़ दे तो भाव स्वतः ही तिरोहित हो जायें। अर्थात् फिर जो बच जाए वही सदैव रहने वाला "आनंद" है। हालांकि यहां मथुरा में तो अभी "आनंद" क्या होता है यही भूलने के दिन आ गए थे। दूसरों की क्या बात करूं, हमारा खुद का व्यवसाय पूरी तरह चौपट हो चुका था। वैसे भैया दिन-भर व्यवसाय की गाड़ी फिर पटरी पर लाने का प्रयत्न करते रहते थे; पर जब पूरा नगर ही ध्वस्त हो गया हो तो वे क्या कर सकने वाले थे? चाहे जो हो, मैंने उद्धव को भी भैया के साथ ही लगा दिया था। स्वाभाविक तौर पर मैं तो अपने पुनःनिर्माण के कार्यों में ही उलझा पड़ा था, और वह भी इस कदर कि मालिनी तक से मुलाकातें करीब-करीब बंद हो गई थी। अब जो था सो था, और मुझे वह पूरी तरह स्वीकार्य था।

अध्याय - ३

मेरी शिक्षा

अभी बमुश्किल छः माह की मेहनत से मथुरा का जनजीवन कुछ सामान्य हुआ ही था कि मथुरा पर फिर संकट के बादल मंडराने लगे। लगता है सुकून से जीना या खुशहाल रहना मथुरावासियों के भाग्य में ही नहीं था। वैसे तो यह सर्वविदित सत्य है कि भाग्य का निर्माण मनुष्य के "कर्म" ही करते हैं; और साथ ही यह मैं अपने अनुभव से कह सकता हूँ कि मथुरावासियों से बड़े निकम्में खोजना मुश्किल था। अर्थात् सही मायने में देखा जाए तो "भाग्य" नाम की कोई वस्तु होती ही नहीं है, दरअसल तो मनुष्य के "कर्म" ही उसके जीवन के उतार-चढ़ाव का फैसला करते हैं। आप कहेंगे कि ऐसी तो क्या समस्या आ गई कि मारे चिंता के सीधे चिंतन पर उतर आए? ...तो ऐसा है भाई कि मैं तो अपने सीधे-सीधे कुछ युवाओं को लेकर बाजार गया हुआ था, सोचा था बाजार की रौनक कैसे वापस प्राप्त की जाए, उस बाबत कुछ चर्चा कर लूंगा। लेकिन अभी बाजार पहुंचा ही था कि एक गुप्तचर दौड़ा-दौड़ा आया व मुझे कोने में ले जाकर वह खबर दी कि मेरे हाथ-पांव ही ठंडे पड़ गए। बात यह कि गुप्तचरों को कहीं से खबर मिली थी कि जरासंध फिर मथुरा पर हमला करने निकल पड़ा है। यही नहीं, अबकी उसने प्रण लिया है कि वह "कृष्ण" को खत्म किए बगैर मथुरा नहीं छोड़ेगा। ...गुप्तचरों ने यह भी सूचना दी कि अबकी वह अपने साथ छोटी-लेकिन मजबूत सेना लेकर आ रहा है। और-तो-और अबकी वह साथ में तीन माह चले इतना भोजन-पानी भी लेकर निकला है। खबर वाकई खतरनाक थी। यानी अबकी वह खेल पूरा किए बगैर यहां से हिलने वाला नहीं। कुल-मिलाकर वह पुराने अनुभवों से बहुत कुछ बहुत जल्दी सीख गया था। होगा, अभी तो यहां सोचने वाली बात यह कि मथुरावासियों का तो समझ में आता है कि स्वभाव से निकम्मे थे इसलिए उनपर बार-बार संकट के बादल मंडराते रहते थे; परंतु मैं तो कर्मवीर हूँ, फिर बार-बार मेरी जान पे क्यों बन आती है? ...शायद मेरी कर्म-क्षमता की परीक्षा लेने के लिए। सच कहूं तो यह सोचकर मैंने तत्क्षण स्वयं को भावी युद्ध के लिए तैयार कर लिया। अब पहली बार भी युद्ध कौन-सा आसान था, फिर भी रास्ता निकाल ही लिया था। अबकी भी कोई-न-कोई रास्ता निकाल लिया जाएगा।

लेकिन यह तो मेरी सोच व मेरी प्रतिक्रिया हुई। उधर नानाजी के तो यह खबर सुनते ही तोते उड़ गए। उन्होंने तुरंत मंत्री-परिषद की बैठक बुलवाई जिसमें मेरे सहित सभी यादव-प्रमुखों को भी बुलवाया गया था। अर्थात् मैं खबर सुनकर राजमहल पहुंचा तब तक तो नानाजी बैठक भी बुलवा चुके थे। और आश्चर्य तो यह कि अभी मैं और नानाजी आपस में कुछ चर्चा कर पायें, लोग-बाग आना भी शुरू हो गए। देखते-ही-देखते सभाकक्ष खचाखच भर गया था। कहने की जरूरत नहीं कि इस खबर ने उपस्थित सभी महानुभावों को हिलाकर रख दिया था। ...या यूँ कहूं कि सबको चिंता की एक गहरी खाई में धकेल दिया था। अब मनोदशा चाहे जो हो, संकट गहरा था व संकट पर चर्चा करने ही सब एकत्रित हुए थे। बस चर्चा प्रारंभ हो गई। ...और काफी चर्चा-विचारणा के बाद एक बात जो प्रमुख रूप से उभरकर सामने आई वह यह थी कि मथुरा अब एक और युद्ध करने की स्थिति में कतई नहीं है। अब नहीं है तो न सही, मैं तो पूरे समय खामोश ही रहा। ...क्या कहता? इस पूरी समस्या का केन्द्र बिन्दु तो मैं ही था। नानाजी ने एक-दो बार पूछा भी, पर मैंने अपनी खामोशी नहीं तोड़ी। क्या करता और क्या कहता? कोई उपाय हो तो कहूं,

कोई रणनीति हो तो सुझाऊं; जब मथुरा युद्ध करने की स्थिति में ही नहीं है तो फिर वैसे भी कहने को बच क्या जाता है? लेकिन उधर "तारणहार" की खामोशी दरबार से बर्दाश्त नहीं हुई, उल्टा उसने वातावरण में कुछ ज्यादा ही घबराहट फैला दी। तो मुझे कौन-सी कम घबराहट थी? पर इसका अर्थ यह थोड़े ही कि कोई बेतुकी बात ही कर जाऊं। बस मुंह नहीं खोला तो नहीं ही खोला। ...अंत में बिना किसी निष्कर्ष पर पहुंचे सभा समाप्त हो गई।

अजब हालत थी। गंभीर समस्या मुंह फाड़े खड़ी थी, परंतु किया कुछ नहीं जा सकता था; क्योंकि मथुरा के पास न सेना थी न हथियार और ना ही प्रजा में अब वो जान बची थी कि वे किसी भी युद्ध का मुकाबला कर सके। सच तो यह था कि मेरे समेत पूरी मथुरा युद्ध लड़ने से पूर्व ही हार चुकी थी। मैं, जिसने जीवन में कभी पराजय का मुंह नहीं देखा था, इसबार बचने के कोई चिह्न दिखाई नहीं दे रहे थे। उधर हम सबके विपरीत यदि पूरी मथुरा में कोई उत्साह से भरा नजर आ रहा था तो वो भैया थे। लेकिन उनका यह उत्साह स्वयं के बल का था, इसमें समझदारी का सर्वथा अभाव था। यथार्थ यही था कि जरासंध को पूरी मथुरा ध्वस्त करने में दो-चार दिन भी नहीं लगेंगे। अब यथार्थ चाहे जो हो पर स्वीकारा जा सके ऐसा कतई नहीं था। मैं दिन-रात इसी चिंता में डूबा रहने लगा। हालांकि दिन-रात के चिंतन से भी होना क्या था? जब तक प्रकृति कोई पक्का उपाय न सुझाए कुछ कदम उठाना भी बेकार था। निश्चित ही यह मेरे अब तक के जीवन का सबसे बड़ा संकट था, जिसका लड़कर या मरकर भी कोई इलाज नजर नहीं आ रहा था। यानी जीने के शौकीन "कन्हैया" की मौत अटल हो चुकी थी, यदि इसमें कुछ बात थी तो वह सिर्फ समय की थी। अब मैं समय की बात समय पर छोड़ तो सकता था, लेकिन अपने स्वभाव से बंधा मैं हथियार कतई नहीं डाल सकता था; सो बचने के उपायों पर मेरा चिंतन अब भी जारी था। सौ बातों की एक बात यह कि मरने से पहले मरना मुझे रास नहीं आ रहा था। ...चलो मेरे इरादे अपनी जगह थे, लेकिन क्या बताऊं - कुदरत का इतने-मात्र से मन नहीं भरा। समस्या जो पहले ही अपनी उस जटिलतम सीमा पर खड़ी थी जहां से उसके और जटिल होने की कोई संभावना नहीं थी, अपने बदइरादों के चलते कुदरत ने उसे और भी जटिल करके बता दिया। ऐसा लग रहा था मानो सदैव विजयी रहने की तमन्ना से जी रहे इस "कृष्ण" के जीवन पर पूर्णविराम लगाना उसने तय कर लिया हो। तभी तो एक ऐसी खबर आई कि जिसने ना सिर्फ मेरी मौत के फरमान पर मुहर लगा दी बल्कि मेरे वर्तमान अस्तित्व को भी हिलाकर रख दिया।

बात यह हुई कि उस दिन रात्रि भोजन के बाद मैं और भैया बाहर बरामदे में बैठे हुए थे। निश्चित ही बात करने को जरासंध के अलावा दूसरा कोई विषय नहीं था। ...तभी अचानक "सात्यकी" घर आया। इतनी रात को कभी कोई मुझसे मिलने घर आया नहीं था। आपको बता दूं कि वही एक यादव-प्रमुख था जिससे मेरी मित्रता हो पाई थी, अन्यथा बाकी यादव-प्रमुखों को तो मैं एक आंख नहीं सुहाता था। चलो यह तो ठीक, पर वह आते ही मुझे कोने में ले गया व फिर बाहर टहलने चलने का निवेदन किया। मैंने गौर से देखा, वह काफी व्यग्र व चिंतित नजर आ रहा था। अब ऐसे में मेरे इन्कार करने का तो सवाल ही नहीं उठता था। बस हम सुनसान गलियों में टहलने निकल पड़े। उस दिन उसने जो बात बताई उसने मेरे हृदय को हजारों घाव की वेदना दी। मैं कह सकता हूँ

कि ऐसी वेदना झेलने का यह मेरा पहला अनुभव था, और वह भी ऐसा कड़वा कि उसकी कोई दूसरी मिसाल नहीं दी जा सकती। ...उसके बताए अनुसार कल राजभवन में यादव-प्रमुखों... खासकर सत्राजित, कृतवर्मा व शतधन्वा के आग्रह पर एक सभा बुलवाई गई थी। जिसका उद्देश्य जरासंध के संभावित हमले पर चर्चा करना था। पूरे मंत्रिमंडल के साथ-साथ सभी यादव-प्रमुख और तुम्हारे पिता वसुदेव व अक्रूरजी भी इस चर्चा में आमंत्रित किए गए थे। लेकिन तुम्हें इससे जान-बूझकर दूर रखा गया था। दरअसल यादव-प्रमुखों का नानाजी पर इतना दबाव था कि वे चाहकर भी तुम्हें इस सभा में आमंत्रित नहीं कर पाए थे। सभा में विकद्रू[४३] ने यादव प्रमुखों की ओर से एक दो-टूक प्रस्ताव रखा, जिसका सार था – हम सभी जानते हैं कि मथुरा वर्तमान परिस्थितियों में जरासंध का मुकाबला करने की स्थिति में नहीं है। हम यह भी जानते हैं कि जरासंध की मथुरा से कोई दुश्मनी भी नहीं है। वह हम पर हमला सिर्फ "कृष्ण" की वजह से कर रहा है। अतः इस संकट से बचने का एक ही उपाय है कि या तो उसे पकड़कर जरासंध के हवाले कर दिया जाए, या फिर कृष्ण-बलराम को मथुरा छोड़ने के निर्देश दे दिए जाएं। दोनों ही हालात में हम संभावित बदहाली से बच सकते हैं। जब वे दोनों मथुरा में होंगे ही नहीं तो जरासंध के इस हमले का कोई औचित्य नहीं रह जाएगा। निश्चित ही वह दल-बल समेत वापस लौट जाएगा। यूं भी यदि दो व्यक्तियों की जान का सौदा कर हजारों जानें बचाई जा सकती हैं; तो "राजधर्म" रिश्तों से ऊपर उठकर ऐसा ही करने का स्पष्ट संकेत देता है।

मैं तो बात सुनकर बुरी तरह चौंक गया। हालत ऐसी कि काटो तो खून नहीं। अरे एहसान-फरामोशों! क्या भूल गए कि पिछली बार मैंने ही तुम्हें जरासंध से बचाया था। आज जरा-सा संकट क्या आया कि दूध से मक्खी की तरह निकाल फेंकना चाहते हो? चलो छोड़ो, यादव-प्रमुखों को तो शुरू से ही मैं एक आंख नहीं सुहाता था; लेकिन उनके कहने से होता क्या है? पूरी मंत्रि-परिषद तो मेरे साथ है। और फिर पिताजी और नानाजी भी तो हैं। यह सोचकर मैंने तत्क्षण स्वयं को आश्वस्त किया, और फिर अभी सात्यकी की बात पूरी भी कहां हुई थी? हालांकि यह सब बात भी स्वयं को सांत्वना देने समान ही थी, बाकी तो तेज कदमों से चलने वाले मेरे पांव इस समय बमुश्किल ही उठ रहे थे। ...इधर मुझे कुछ सम्भला देख सात्यकी ने कुछ देर की खामोशी के बाद एक ठंडी सांस लेते हुए अपनी बात आगे बढ़ाई। उसने कहा- इस प्रस्ताव से पूरे दरबार में कुछ देर के लिए शांति छा गई। ...लेकिन दुर्भाग्य से कोई उपाय न देखकर धीरे-धीरे प्रस्ताव सबको समझ आने लगा। ...इतना कहकर सात्यकी पूरी तरह खामोश हो गया। उसकी खामोशी ने मेरे दिल की धड़कन और तेज कर दी। यह तो जरासंध के साथ-साथ मथुरा भी मेरी दुश्मन हुई जा रही है। मैं तो चलना छोड़ यह सुन जहां खड़ा था वहीं खड़ा हो गया। विचारों की आवन-जावन पूरी तरह थम चुकी थी। जब कुछ न सूझा तो एक पेड़ के तने से लगकर खड़ा हो गया। निश्चित ही मेरा यह हाल सात्यकी से भी नहीं देखा जा रहा था।

खैर! अब उस बेचारे के पास उपाय ही क्या था? जब इतनी बात बताई थी तो उसे पूरी बात भी बतानी ही थी। अतः कुछ देर चुप रहने के बाद मेरे कंधे पर हाथ रखते हुए बड़े दुखी स्वर में वह स्वतः ही बोल पड़ा- आश्चर्य की बात यह है कि सबसे पहले तुम्हारे पिता वसुदेव ने ही इस

---

४३. हरिवंश पुराण, विष्णु पर्व, अध्याय-३७, श्लोक-९

प्रस्ताव का समर्थन किया। फिर तो धीरे-धीरे अक्रूरजी समेत पूरा मंत्रिमंडल इस प्रस्ताव के पक्ष में हो गया। सिर्फ राजा उग्रसेन इस बात से सहमत नहीं थे, वे पूरी तरह डटे हुए थे। यही नहीं, तुम्हारे पिताजी के व्यवहार से उन्हें बड़ा आघात भी पहुंचा था। ...और तारीफ करनी होगी उनकी कि अकेले पड़ने के बावजूद उन्होंने सबसे निवेदन भी किया कि हमें एहसान फरामोश नहीं होना चाहिए। यह कृष्ण ही था, जिसने अपनी वीरता से कंस का वध कर मथुरा को उसके आतंक से छुटकारा दिलवाया था। वह कृष्ण ही था, जिसकी रणनीति के कारण जरासंध ने अपने पिछले हमले में मुंह की खायी थी। ...वह बलराम की वीरता ही थी जो जरासंध जैसे वीर पर भारी पड़ी थी। ...उधर दिक्कत यह कि दरबार में घबराहट ऐसी फैली हुई थी कि नानाजी की बात सही होते हुए भी किसी को प्रभावित नहीं कर पा रही थी। कोई टस-से-मस होने को तैयार ही नहीं था। अंत में कोई उपाय न देखकर नानाजी ने एक बात तो स्पष्ट शब्दों में कह दी कि मैं मरते मर जाऊंगा, पर उन दोनों को जरासंध के हवाले कभी नहीं करूंगा। ...अंत में बेचारे ने करीब-करीब रोते हुए सबको समझाने के अंतिम प्रयासरूप यह भी कहा कि- जरा सोचो! जिन्होंने हर संकट में मथुरा का इतना साथ दिया हो, क्या संकट के समय उनको अकेला छोड़ देना न्यायोचित होगा? और फिर यह हम सभी जानते हैं कि जरासंध का प्रभाव आर्यावर्त के अधिकांश राज्यों पर है। अतः जरासंध के समर्थक राजा जरासंध को खुश करने के लिए चारों ओर कृष्ण-बलराम को खोजेंगे व मिलते ही मार डालेंगे। ...इससे तो बेहतर होगा कि हम सब मिलकर जरासंध का सामना करें; इससे कम-से-कम हम लोग साथ जी और साथ मर तो सकेंगे। ...लेकिन दुर्भाग्य से पूरे दरबार में जरासंध का आतंक ऐसा छाया हुआ था कि किसी ने भी नानाजी की बात नहीं सुनी। उल्टा सबका कहना था कि मौत कृष्ण और बलराम के सर पर मंडरा रही हैं, हम व्यर्थ क्यों उनके साथ मरने लगे। अंत में सबके दबाव में नानाजी को भी प्रस्ताव स्वीकारना ही पड़ा। यही नहीं, तुम लोगों को मथुरा छोड़ने के निर्देश देने का कटु-कार्य भी नानाजी को ही सौंपा गया। हां; तुम लोगों तक खबर कब और कैसे पहुंचानी इसके पूरे अधिकार नानाजी ने स्वयं के ही पास रखे हुए हैं। अब यह उनके विवेक पर निर्भर करता है कि वे तुम्हें मथुरा छोड़ने का निर्देश कब और कैसे देते हैं। ...मैंने तुम्हें पूर्व-सूचना इसलिए दी है ताकि "कहां जाना-कैसे जाना" इन बातों पर उचित विचार करने हेतु तुम्हें कुछ समय मिल जाए।

...इतना कहकर सात्यकी तो चुप हो गया पर इधर मैं जिस पेड़ से सटा खड़ा था वहीं बैठ गया। बेचारा सात्यकी भी कहते-कहते ही काफी ढीला पड़ गया था। वह भी मेरे सामने ही आलथी-पालथी मारकर जमीन पर बैठ गया। ...वाकई सात्यकी के एक-एक शब्द ने मुझे हजारों घाव दिए थे। ऐसा लग रहा था मानो मेरे दिल के हजारों टुकड़े हो चुके हों, और हर टुकड़ा लाखों आंसू बहा रहा हो। मुझे चिंता इस बात की नहीं थी कि अब हमारा क्या होगा? ...ना ही मुझे इस बात की फिक्र थी कि अब हम कहां जाएंगे? दुःख था तो सबके व्यवहार का। क्रोध था सबकी उस स्वार्थी सोच पर जिसने मुझे दर्द के गहरे गर्त में धकेल दिया था। वैसे तो मैंने जीवन में कई संकट देखे थे, उनका डटकर मुकाबला भी किया था; फिर चाहे वह संकट गोकुल पर आया हो या वृन्दावन पर, "कालिया-नाग" से टकराना हो या केशी से, पागल-हाथी से भिड़ना हो या चाणूर से मल्ल-युद्ध करना हो, वृन्दावन का निर्माण करना हो या मथुरा का, इन्द्र से टकराना हो या जरासंध से; किसी

भी संकट से मैं कभी विचलित नहीं हुआ था... क्योंकि मैं मानता था कि जबतक जीवन है "संकटों" का आना-जाना तो लगा ही रहेगा। आपको याद होगा जब मैं कालिया-नाग के जहरीले फन में उलझ गया था और मृत्यु निश्चित हो चुकी थी, तब भी ग्वाले दूर खड़े-खड़े ही मेरी चिंता कर रहे थे; यानी उस वक्त भी मुझे बचाने की कोई नहीं सोच रहा था। ...और निश्चित ही तब मुझे एक क्षण को जरूर दुःख हुआ था कि क्यों कोई बचाने नहीं आया? हालांकि फिर यह सोचकर तुरंत स्वयं को सम्भाल भी लिया था कि उनकी उम्र ही क्या है? और फिर उनमें साहस ही कितना है? यही क्यों, वृन्दावन न जा पाने का दुःख हो या राधा से बिछड़ने का गम हो, मैं इन सारी वेदनाओं को भी अपनी वंशी की धुन में पिरोकर इनका भी आनंद लेता आया हूँ। इन गमों ने कभी मुझे कमजोर नहीं किया। अभी ताजा उदाहरण ही लो। रुक्मिणी के प्रभाव का जादू मुझपर ऐसा चला था कि उसे पाए बगैर जीवन का सार ही खत्म हुआ जा रहा था। अब यही तो उम्र होती है ऐसी चाहें करने की, लेकिन मैं यह भी जानता हूँ कि उसे पाना एक ग्वाले के लिए दुःस्वप्न से ज्यादा कुछ नहीं। और यह समझकर ही मैंने उसके प्यार में मिल रहे दर्द को भी उत्साह में बदल दिया था। और आप देख ही रहे हैं कि उसी दिन से उसके लायक बनने के प्रयास में लगा हुआ हूँ। ...लेकिन आज टूटने का कारण था। आज का दर्द भिन्न भी था व गहरा भी; क्योंकि आज का दर्द देने वाले सक्षम भी थे व समझदार भी। ...ऊपर से सब-के-सब अपने ही थे। और यही कारण था कि जो हजारों संघर्षों से कभी नहीं थका, जो रोज-रोज आती मौत से कभी विचलित नहीं हुआ, पचासों दर्द दिल में समाये होने पर भी जो कभी नहीं रोया... वह "कृष्ण" आज हिल गया था। मैंने तो राजभवन के हर संकट को ना सिर्फ हमेशा अपना संकट माना था, बल्कि मथुरा को भी हमेशा अपना ही जाना था। फिर भी...? खैर, बाकी तो ठीक है पिताजी आप भी...? क्या इसी दिन के लिए आपने मुझे कंस से बचाया था ...ताकि जवानी में जरासंध को भेंट चढ़ा सकें?

...चलो माना दर्द गहरा था, लेकिन यह दर्द कोई जीवन का अंत तो नहीं था, माना मौत सर पे खड़ी है, ...लेकिन मरने से पहले तो नहीं मरा जा सकता था? अब तक आप इतना तो समझ ही गए होंगे कि दुःख, दर्द, चिंता, भय इत्यादि मेरे स्वभाव को मेल नहीं खाते थे। लाख कोशिश के बावजूद कुछ क्षण से ज्यादा वे टिक ही नहीं पाते थे। तत्क्षण इससे बाहर आने हेतु मेरे चैतन्य ने दूसरी दिशा पकड़ी। उन्होंने जो किया वह उनकी समस्या है व उनका स्वभाव है; ऐसे में उनकी गलती का दर्द मैं क्या भोगूं? इससे तो बेहतर है आगे खड़ी समस्या का चिंतन करूं। और फिर भी कोई उपाय न सूझे तो कम-से-कम जितने दिन बचे हैं उन्हें मस्ती से गुजारने पर ध्यान दूं। बस इस विचार के साथ ही मैं उठ खड़ा हुआ व हाथ पकड़के उदास सात्यकी को भी उठाया, और फिर लौट चले हम घर की ओर। मुझे घर छोड़कर सात्यकी तो लौट गया, उधर बेफिकर भैया भी सोने जा ही चुके थे; बच गया था मैं जो पूरी तरह से काम पर लग गया था। सोने तो गया था, पर नींद आने का तो सवाल ही नहीं उठता था। किसी को कोसकर अपना दिमाग और खराब करना भी नहीं चाहता था। सो, सोच को सकारात्मक दिशा में लगा दिया। और सकारात्मक सोच यही थी कि मथुरा से निकाले जाने पर जाए कहां? ...चाहे जहां जाने की सोचें पर अब वृन्दावन तो जा नहीं सकते थे। माना मथुरा से दस-कोस की दूरी पर है, माना बेचारे पलकें बिछाए मेरा इन्तजार कर रहे हैं; परंतु

व्यर्थ मेरे कारण भोले वृन्दावनवासियों पर तो संकट थोपा नहीं जा सकता था। निश्चित ही वहां शरण लेने पर जरासंध मेरी टोह लेते हुए सदलबल वृन्दावन पहुंच ही जाएगा। यह तो समझे पर अब वृन्दावन नहीं तो और कहां जाएं? और कोई जगह तो देखी ही नहीं है। दूसरी किसी जगह जाने के लिए हमारे पास पर्याप्त धन भी नहीं है। यह सब सोचते-सोचते अचानक हंसी आ गई। दिल के किसी कोने से आवाज आई कि न जगहों का ज्ञान है, न पास में धन है और ना ही जरासंध से टकराने के साधन ही है; जब कुछ है ही नहीं तो व्यर्थ चिंता क्यों कर रहा है पगले...? बात तो सही ही है। ...यदि कोई संकट का समाधान नजर आए तो डटकर उसका मुकाबला किया जा सकता है। परंतु जिस समस्या का कोई समाधान ही न हो, तब तो समझदारी इसी में हैं कि उसे प्रकृति के न्याय पर छोड़कर तत्काल चिंता-मुक्त हो लिया जाए। हालांकि जीवन में पहली बार कोई ऐसी समस्या का सामना कर रहा था जिसका कोई उपाय सूझे नहीं सूझ रहा था। लेकिन क्योंकि चिंता मेरा स्वभाव नहीं था, इसीलिए मैं समस्या प्रकृति को सौंपकर तुरंत चिंतामुक्त हो गया। ...और चिंता मुक्त होते ही आंख भी लग गई।

उधर सुबह उठकर मुंह वगैरह धोकर मैं कक्ष से बाहर निकला ही था कि भैया को बाहर बरामदे में बैठे बड़ी बेचैनी से मेरा इन्तजार करते पाया। मुझे देखते ही उन्होंने आवाज देकर बुलाया, मैं भी चुपचाप उनकी बगल की बैठक में बैठ बहार की चहल-कदमी निहारने लगा। भैया ने अपने ही अंदाज में मुझे ऊपर से नीचे तक टटोलते हुए पूछा- सात्यकी कल क्यों आया था? ...मैंने भी अपने ही अंदाज में बात घुमाते हुए कह दिया- ऐसे ही, उसका घर पर मन नहीं लग रहा था तो टहलने चला आया था। बस बात आई-गई हो गई। मैंने ना तो भैया को चिंता देना उचित समझा था और ना ही उनका दिल दुखाना। ...खासकर पिताजी वाली बात तो मैं उन्हें आजीवन नहीं बता सकता था। हो सकता है वे यह जानकर जीवन भर पिताजी व यादव-प्रमुखों से नाराज रहें। ...और यह मैं कतई नहीं चाहता था। जहां तक मेरा सवाल है मुझे किसी से कोई नाराजगी नहीं थी; क्योंकि अब मेरा चैतन्य फिर अपनी सामान्य स्थिति में लौट आया था। मैं तो हर घटना से सीखने में विश्वास रखता था, और इस-घटना से भी जो सीखने जैसा था "सीख" ही लिया था। *"जब मनुष्य की अपनी जान पर बन आती है तब उसका अपनी जान बचाने के अलावा किसी से कोई रिश्ता नहीं रह जाता।"* ऐसे में मैं भला उन लोगों से व्यर्थ नाराज क्यों रहूं। उल्टा मेरा मन तो पिताजी व यादव-प्रमुखों को धन्यवाद दे रहा था जिनके कारण आज मुझे इतनी महत्वपूर्ण शिक्षा नसीब हुई थी।

खैर! भैया तो नहा-धोकर अपने अखाड़े चले गए। नहा-धो तो मैं भी लिया था, पर क्या करूं व कहां जाऊं समझ नहीं आ रहा था। मन दरबार की बात पर सोचना नहीं चाहता था व उसके अलावा सोचने को कुछ था नहीं। समस्या जटिल थी व समाधान था नहीं। मौत सर पे खड़ी थी व उपाय सूझ नहीं रहा था। पास में समय ही समय था पर मन कहीं नहीं लग रहा था। ऐसे में वंशी का ही सहारा था। एक वही थी जो इन हालातों में मेरा साथ निभा सकती थी। विचार उत्तम था परंतु उसके अमल हेतु भी शाम तक का इन्तजार करना पड़े ऐसा था। कोई भरे दिन में तो वंशी बजायी नहीं जा सकती थी, और खासकर तब जब अपनी वंशी बजाने जरासंध आ ही रहा हो। इससे तो उल्टा जग-हंसाई हो जाती; सब कहते कि जरासंध के आने की सूचना ने ही कृष्ण को पागल कर

दिया। सो, मैं यह इच्छा मन में ही दबाये सीधे कुब्जा के यहां चला गया। निश्चित ही वह तो इतने दिनों बाद मुझे आया देख ही दीवानी हो गई। बस संध्या तक उससे गप्पे लड़ाता रहा व उसके साथ का आनंद लेता रहा। संध्या ढलते ही रथ उठाया व यमुना किनारे जाने को निकल पड़ा। वहां पहुंचते ही दूर किनारे जाकर रथ रोका व उसकी पिछली बैठक में बैठे-बैठे ही वंशी की तान छेड़ दी। अब मेरी वंशी की विशेषता तो आप जानते ही हैं, उसकी धुन मेरे जीवन के उन हसीन पन्नों को खोल देती थी जिन्हें पढ़कर मैं कैसे भी झंझटों से तत्क्षण मुक्त हो जाता था। साथ ही उसकी धुन मेरे जहन में छिपे उन सुनहरे सपनों को भी उजागर कर देती थी जिनमें खोकर मेरा वर्तमान दर्द छू हो जाया करता था। आज भी इसी उम्मीद से वंशी की शरण गया था कि वह मुझे वृन्दावन के "कुंज" की हसीन गलियों में घुमाने ले जाए। पर क्या कहूँ, अभी वंशी की तान भी कुछ जम नहीं रही थी। कोई बात नहीं, यमुना का बहता पानी यूं ही मेरी जान था। सो, रथ से उतरकर यमुना किनारे टहलना चालू कर दिया। वैसे भी मन आज यमुना के बहते पानी के साथ एकान्त चाह ही रहा था, बस किनारे चलते-चलते मैं बहुत दूर निकल गया। आवाजाही से दूर ...बहुत दूर, जहां कोई देखने वाला न हो, कोई सुनने वाला न हो। आखिर एक सुनसान जगह पर पेड़ के नीचे शरण ली व कुछ देर आंखें बंद कर वहीं बैठा रहा। मन को शांत किया। जब मन पूरी तरह शांत हो गया तो जाकर यमुना के पानी में पांव पसार दिए। इससे पूरी तरह तरोताजा हो गया। अब पता नहीं इस समय मैं स्वयं को वंशी की धुन में खो जाने हेतु तैयार कर रहा था या फिर व्यग्रतावश स्वयं से ही खेल रहा था। चाहे जो हो, एकबार फिर सामने बहती यमुना को निहारते हुए वंशी की तान छेड़ दी। इस समय मैं वाकई बड़ी मनमोहक मुद्रा में बैठा था। टेका पेड़ से अवश्य लिया हुआ था, पर पांव दोनों पूरी तरह पसार दिए थे। ...और वंशी तो होठों से लगी ही हुई थी, बस जल्द ही उसकी धुन में खोता चला गया। ...अबकी वंशी ने मुझे धोखा नहीं दिया। अबकी उसकी धुन क्या छिड़ी...वह मुझे वृन्दावन ले ही गई। ...मां तो मुझे देखते ही पगला गई। कमाल औरत थी वह; इतना बड़ा हो गया था फिर भी अपने ही हाथों से खिलाना चाहती थी। कितने ही मटके माखन लेकर बैठ गई थी मुझे खिलाने। इधर मैं भी मां के प्यार में ऐसा बहा कि सब चट कर गया था। उतने में गोपियां आ धमकीं और ले गई मुझे घेर के जंगल में। वहां रास तो वो रचाया कि मैं पूरी तरह से झूम उठा। ऐसा तो दीवाना हुआ कि एक-एक कर सब थक गई लेकिन मैं रुकने का नाम ही नहीं ले रहा था। दूसरी ओर ग्वालों की तो दीवानगी ही अलग थी। वे सुबह उठते ही मुझे पकड़कर सीधा गोवर्धन ले गए। तुरंत खेलना-कूदना शुरू हो गए। आज तो वे हर खेल में मुझसे ऐसे हार रहे थे मानो खेलना ही भूल गए हों। और राधा की तो पूछो ही मत... पहले दिन से आज-तक वह बिल्कुल नहीं बदली थी। कुछ प्यार-कुछ झगड़ा। प्यार करते-करते झगड़ पड़ती थी व झगड़ते-झगड़ते ही प्यार करने लग जाती थी। कभी तारीफ करते-करते शिकायत पर उतर आती, तो कभी शिकायत करते-करते प्यार कर बैठती। कभी गोपियों के साथ रास रचाने पर आंख निकालती, तो कभी ग्वालों के साथ खेलने क्यों गया... कहकर डांट देती। मेरी क्या कहूं? मैं तो राधा का अजब दीवाना था ही। मुझे तो उसका प्यार व झगड़ा दोनों बराबरी पर पसंद था। वाह मेरी वंशी! क्या सुकून पहुंचाया था। इतना जी भर के जी लिया था वृन्दावन में कि अब जरासंध आकर मार भी डाले तो कोई रंज नहीं बचा था।

बस अभी इस विचार के साथ वंशी की धुन रुकी ही थी कि अचानक मैं फिर बेचैन हो उठा। ऐसा लगा जैसे कुछ-न-कुछ बाकी रह गया है। अनायास ही मन ने उदासी पकड़ ली। याद आया...! सबसे मिला पर अपनी "जान" से तो मिलना ही रह गया। नहीं समझे...रुक्मिणी। लेकिन इसमें वंशी का क्या दोष? भला उससे वृन्दावन में कैसे मिला जा सकता था। हालांकि रात काफी हो चुकी थी, लेकिन यह पागल दीवाना रुक्मिणी से मिले बगैर कैसे जा सकता था? यमुना सामने ही बह रही थी, बस मुंह वगैरह धोकर फिर पेड़ के नीचे डट गया। ...फिर छेड़ दी वंशी की तान। उधर वंशी भी आज मेरी हर खुशी पूरी करने को उतावली जान पड़ रही थी; शायद उसे भी समय की कमी का एहसास हो चला था। चाहे जो हो, अभी तो वंशी ने तत्क्षण रुक्मिणी से मिलने की व्यवस्था भी जमा दी। वह आ बसी मेरे चैतन्य में। आज बोलने की बारी मेरी थी। ...उसे काफी कुछ समझाना और बताना था। हालांकि मैं भी अजीब था, समझाते-समझाते उससे क्षमा भी मांग बैठा। ...क्षमा इस बात के लिए कि उसके योग्य बन-पाता, उससे पहले ही यह भयानक संकट आ गया। अब जब रहने को ठौर ही नहीं बचा तो राज्य क्या खाक बना पाऊंगा? उधर नादान रुक्मिणी तो यह सुनते ही रो पड़ी। ...मुझसे उसका रोना नहीं देखा गया। विचलित हुए मैंने लगे हाथों उसे सांत्वना भी दे डाली - रो मत पगली! मुझ पर भरोसा कर। मेरा तो जन्म ही कारागृह में हुआ है। पहले दिन ही मौत को मात देकर कारा से भगाया गया था। फिर तो जीवन भर ना सिर्फ संकटों में रहा हूँ, बल्कि मौत के साये में ही पला भी हूँ। अब तो संकटों पर विजय प्राप्त करने की व मौत को मात देने की एक आदत-सी पड़ गई है। इस संकट से भी उभर ही जाऊंगा। किसी भी दिन मौत को मात देकर तेरे सामने प्रकट हो जाऊंगा। ...चिंता मत कर मेरी पगली; संकट टलते ही कड़ी मेहनत कर तेरे योग्य बनूंगा। मेरा विश्वास कर, आज नहीं तो कल तुझसे विवाह जरूर रचाऊंगा। ...यह सुनते ही वह हंस दी। उसने वाकई बड़ी राहत महसूस की। इस कदर प्रसन्न व हंसती रुक्मिणी को देख यह ग्वाला कितना तृप्त हुआ, क्या बताऊं? इसी खेल में मध्यरात्रि भी बीत गई। बीतने दो, अब जब जीवन की ही रात्रि होने को आ गई तो इस एक रात्रि की परवाह कौन करे? अभी तो मजा आ गया। वाह मेरी वंशी। वृन्दावन भी घुमा लाई व रुक्मिणी से भी मुलाकात करवा दी। एक तेरे से ही तो मेरा अस्तित्व टिका हुआ है, ...कहते हुए अपनी प्यारी वंशी को चूम लिया। अब मैं पूरी तरह सामान्य हो गया था। वापस घर जाकर जो सोया तो सीधे भोजन के समय पर उठा।

...वाकई, एक ही दिन के प्रयास से मैं मानसिक रूप से इस महासंकट से मुक्त हो चुका था। जब करने को हाथ में कुछ न हो तो व्यर्थ चिंता क्यों करना? बस अब तो जो कुछ भी बचे-खुचे दिन हैं उसे जी भर के जीना तय कर लिया। जब नानाजी कहेंगे कि मथुरा छोड़ो तब देखी जाएगी। हां नहीं तो, "खबर नहीं है पल की और चिंता करूं कल की", पागल हूँ क्या...? चलो यह तो ठीक पर सवाल यह कि इस समय मेरे पास अब कुछ काम तो था नहीं, काम के नाम पर बहुत हुआ तो नानाजी के बुलावे का इन्तजार था। यानी अपनी मौत के फरमान का इन्तजार था। वैसे हां, जीने के नाम पर रोज कुब्जा के हाथों का शरबत अवश्य पी रहा था। यानी पूरी तरह बेसहारा नहीं हो गया था। जहां मस्ती के नाम पर उससे मालिश करवा रहा था तो वहीं उधम-मस्ती के नाम पर मथुरा में यहां-से-वहां रथ भी दौड़ाया करता था। वहीं सुकून के नाम पर बहती हुई यमुना को भी

देखने रोज पहुंच ही जाया करता था। मजा तो यह कि यह सब करते-करते तीन रोज बीत गए परंतु राजभवन से कोई बुलावा नहीं आया। उससे भी बड़ा मजा यह कि पिताजी से रोज मुलाकात हो रही थी पर वे तो ऐसे अनजान बने बैठे थे जैसे कुछ हुआ ही न हो। शायद मुझमें नाटकीयता उन्हीं से आई होगी। होगा, अभी तो नानाजी का बुलावा न आने वाली बात समझ में नहीं आ रही थी। हो सकता है शायद नानाजी मुझसे मथुरा छोड़ने की कहने का साहस नहीं जुटा पा रहे हों। वैसे मैं भी कम कलाकार थोड़े ही था, मैंने जब से यह सुना था, राजमहल आना-जाना ही बंद कर दिया था। भला मैं स्वयं चलकर क्यों मौत के मुंह में जाऊं? मेरा सोचना साफ था, स्वयं चलकर मौत के मुंह में जाने से तो बेहतर है मौत को चलकर अपने तक आने दिया जाए। कम-से-कम इस बहाने मौत कुछ समय के लिए टल तो जाएगी।

...अब मौत टल भले ही रही हो, पर सर पे खड़ी तो थी ही। ऐसे में जिनकी वजह से यह मौत सर पे आन खड़ी थी, उस बात को भी भूलना आसान नहीं था। मैं चाहूं न चाहूं एक बात मुझे अब भी खाये ही जा रही थी कि जिस मथुरा के अस्तित्व के लिए मैं इतने वर्ष लड़ा, आज उसी ने अपना अस्तित्व बचाने के लिए मुझे ठुकराने में एक क्षण नहीं लगाया। भला यह क्या दस्तूर हुआ? और यदि दुनिया का यही दस्तूर है तो इसका अर्थ साफ हुआ कि मुझे जीवित रहने के लिए अपना अस्तित्व मथुरा से भी बड़ा बनाना होगा। अब जिंदा बचे तो यह भी कर लेंगे। आज तो जब जीने के ही लाले पड़े हुए हैं तो ऐसे में इन हवाई चिंतनों का क्या फायदा? ...फिर सवाल यह कि फायदा हो या न हो, इस हकीकत से तो मुंह मोड़ा ही नहीं जा सकता था कि आखिर इन्तजार तो मैं मौत का ही कर रहा था। अब यूं तो मौत का इन्तजार मैं पहले भी कई बार कर चुका था, धीरे-धीरे तो इस कुटिल इन्तजार का आदी भी हो गया था। फिर भी इस बार का इन्तजार कुछ निराला ही था, क्योंकि इस बार अपनों ने ही मारा था। वैसे होगा, अभी तो इस इन्तजार का भी अंत आ गया था। कुछ दिन बाद ही राजमहल से बुलावा आ गया। मैं तो अपनी मौत का फरमान सुनने को तैयार ही बैठा था। पूरी निश्चिंतता के साथ राजमहल जा पहुंचा।

...लेकिन यह क्या? मेरी अपेक्षा के विरुद्ध नानाजी काफी प्रसन्न दिखाई दे रहे थे। शायद मुझे आश्चर्य में डालना उनका स्वभाव होता जा रहा था। हालांकि गौर से देखने पर उनके चेहरे पर आज छायी प्रसन्नता मेरे जीवन के पक्ष में किसी शुभ संकेत की ओर ही इशारा कर रही थी। यूं भी यदि ऐसा कुछ न होता तो इस समय मुंह लटकाए रो रहे होते। मन-ही-मन तो मैंने बड़ी राहत महसूस की, फिर भी बात पक्की हो जाए तो अच्छा। लेकिन वह तो तब हो सकती थी जब नानाजी अपना मुंह खोलें, जबकि अभी तो इसके कोई आसार नजर नहीं आ रहे थे। क्योंकि यहां तो एक और आश्चर्य घटित हुआ पड़ा था। नानाजी के सिंहासन पर नानाजी नहीं, कोई आचार्यजी बैठे हुए थे। यह नजारा भी मैं पहली बार ही देख रहा था, चलो उस ओर दिमाग न भी लगाऊं तो भी अब उनके सामने तो कोई ऐसी-वैसी बात होने से रही। कोई बात नहीं, पहले फर्ज-अदायगी कर लेते हैं। मैंने तत्क्षण पहले नानाजी व फिर आचार्यजी के चरण-स्पर्श किए। तुरंत नानाजी ने आचार्यजी से मेरा परिचय करवाया। वे "आचार्य सांदीपनि" थे। वे सचमुच बड़े ही अद्‌भुत व्यक्तित्व के मालिक नजर आ रहे थे। मैं प्रथम दृष्टि में ही उनसे प्रभावित हुए बिना न रह सका। हालांकि मैंने

जीवन में देखा ही क्या था? आचार्य श्रुतिकेतुजी के बाद पहली बार किसी अन्य आचार्य को देख रहा था, ऐसे में मेरा प्रभावित होना लाजमी भी था। वैसे प्रभावित तो मैं वातावरण से भी बड़ा हुआ जा रहा था। इस समय दरबार में न कोई सैनिक था न सेवक। सिंहासन पर आचार्यजी विराजमान थे व उनकी अगल-बगल की बैठक पर मैं और नानाजी आसीन थे। सच कहूं तो यह एकान्त बड़ी जिज्ञासा जगाने वाला था। होगा, अभी तो बातचीत का दौर प्रारंभ करते हुए नानाजी ने मुझसे मुखातिब होकर कहा- आचार्य सांदीपनिजी इस समय आर्यावर्त के श्रेष्ठ आचार्यों में से एक हैं।

...इतना कहकर वे चुप हो गए। ठीक है, मैंने उन्हें एकबार फिर प्रणाम कर लिया। ...लेकिन मन-ही-मन बुरी तरह झल्ला उठा। अब यह तो उनके प्रभाव से ही जाहिर है। ...पर मेरे सर पर मंडरा रहे संकट के बारे में कुछ सोचा है कि नहीं? नजारा तो ऐसा जम पड़ा था कि जहां एक ओर मैं अपनी चिंता में खोया पड़ा था तो उधर नानाजी भी अपनी ही धुनकी में थे। मेरे हाव-भाव पर उनका ध्यान ही नहीं जा रहा था। यहां तक कि अबकी उन्होंने बड़े उत्साह से आचार्यजी को संबोधित करते हुए कहा-यह मेरा नाती "कृष्ण" है। यह बड़ा ही प्रतिभावान व बहादुर है। इससे ज्यादा समझदार आज मथुरा में कोई नहीं। जितना यह बुद्धिमान है उतना ही यह वीर भी है। इसी ने कंस का वध किया था, और इसी की चालबाज रणनीति ने मथुरा को जरासंध से भी बचाया था। ...अबकी तो मैं और भी बुरी तरह झल्ला उठा। अब इस समय मेरी बहादुरी व समझदारी की चर्चा करने का क्या तुक? इतना ही बहादुर हूँ तो मथुरा से भगाया क्यों जा रहा हूँ? अभी मैं इस तरह सोचना शुरू ही हुआ था कि नानाजी ने एक और आश्चर्य मेरे अस्तित्व पर चिपका दिया। मेरे परम आश्चर्य के बीच नानाजी ने आचार्यजी से विनती करते हुए कहा- आचार्यजी! मैं यह तो जानता हूँ कि इसकी उम्र अब शिक्षा ग्रहण करने लायक नहीं बची है; परंतु इस बच्चे के साथ कुछ परिस्थितियां ही ऐसी घटी कि यह शिक्षा से वंचित रह गया है। अतः आपका बड़ा उपकार होगा यदि आप इस गुणवान को शिक्षित करना स्वीकारें। ...मैं तो चौंक गया। मेरा चौंकना लाजिमी ही था। वैसे मैं क्या, आप भी चौंक गए होंगे। कहां तो यह सोचकर आया था कि नानाजी मुझसे मथुरा छोड़ने का निवेदन करेंगे। और कहां नानाजी मुझे "सांदीपनि[४४]" जैसे श्रेष्ठ आचार्य के यहां शिक्षित करने का चक्कर चला रहे हैं। हालांकि मैंने शुरू से देखा है कि नानाजी के बारे में कुछ भी पहले से सोचकर रखना स्वयं को गलत साबित करना ही होता था।

...तो गलत साबित हो गए। पर अभी तो आप कल्पना नहीं कर सकते कि शिक्षा की बात सुन यह जाहिल ग्वाला कितना खुश हुआ होगा। हालांकि जल्द ही फिर उदास भी हो गया। जिंदा बचूंगा तो शिक्षित होऊंगा न? अब नानाजी जमाने भर की बात किए जा रहे हैं, पर मेरे सर पर जो मौत खड़ी है, उस बाबत तो कुछ कह नहीं रहे। ...अब तो मुझे रह-रहकर नानाजी पर क्रोध भी आ रहा था। तभी एक दूसरी चिंता पकड़ ली; उम्र का तकाजा है, कहीं ऐसा तो नहीं कि नानाजी जरासंध वाली बात ही भूल गए हों? ऐसा ही होगा, तभी तो ना सिर्फ अकारण प्रसन्न हो रहे हैं, बल्कि मुझे शिक्षित करने के खयाली पुलाव भी पका रहे हैं। निश्चित ही भूल गए होंगे कि मुझे मथुरा से निष्कासित करना है। लगता है मेरे प्यार ने उन्हें पागल कर दिया है। जान पड़ता है मुझपर आए संकट ने उन्हें मानसिक रूप से विकृत कर दिया है। और सबूत के तौर पर अपनी जगह आचार्यजी को सिंहासन

---

४४. हरिवंश पुराण, विष्णु पर्व, अध्याय-३३, श्लोक-३; भागवत पुराण, स्कंध-१०, अध्याय-४५, श्लोक-३१; विष्णु पुराण, अंश-५, अध्याय-२१, श्लोक-१८-१९

पर बिठाये ही हुए हैं। लो, एक तरफ जहां मेरे मन में यह सब चल रहा था तो वहीं दूसरी तरफ आचार्यजी ने मुझे गंभीरतापूर्वक टटोलना भी प्रारंभ कर दिया। उन्होंने बड़े ध्यान से मुझे ऊपर से नीचे तक देखा। यानी उन्होंने नानाजी की बात को पूरी गंभीरता से लिया था। जीवन में पहली बार कोई मेरी परीक्षा ले रहा था। अब इतने बड़े आचार्य से शिक्षित होने की इच्छा किसे न होगी, खासकर मुझ ग्वाले के लिए तो यह रुक्मिणी का सपना सच होने जैसा था। अब वह तो था ही, पर यहां तो फिर कमाल हो गया; रुक्मिणी की याद आते ही मैं भी जरासंध को भुलाकर आचार्यजी व नानाजी के साथ हो लिया। सर पर मंडरा रही मौत को भूल शिक्षित होने के सपनों में खो गया। सोचा, उस पागलपन में क्या बुराई है जिसमें हाल-फिलहाल कुछ खुशी मिल रही हो? बस सबकुछ भुला मैंने भी शिक्षित होने की उत्सुकता का नाटक चालू कर दिया।

...सबसे महत्त्वपूर्ण बात तो यह है कि कहां मौत का साया छाया हुआ था और कहां जीवन को आगे बढ़ाने की बात चल पड़ी थी। निश्चित ही ऐसे में सकारात्मक बातों का ही साथ देना बेहतर होता है, कम-से-कम इससे हसीन सपने देखने का मौका तो मिलता है। चलो यह तो मेरी बात हुई, पर उधर आचार्यजी ने मुझमें ऐसा तो क्या देखा कि वे एक गहरे चिंतन में खो गए। इधर मैं उनकी इस मुद्रा को अनदेखा कर आशा भरी निगाहों से टकटकी लगाए उनकी सहमति का ऐसे इन्तजार कर रहा था मानो सचमुच शिक्षित होने वाला होऊं। वैसे कुछ सोच-विचार के बाद ही आचार्यजी मुझे शिक्षित करने के लिए राजी हो गए। मैंने भी खुशी के इजहार का नाटक करते हुए तत्क्षण उनके चरण छूकर उनसे आशीर्वाद लिए। उधर आचार्यजी के राजी होते ही नानाजी भी इस उम्र में खुशी से उछल पड़े। यह तो ठीक, पर खुशी की अधिकता के चलते नानाजी के मुंह से निकल गया- चलो आपके आश्रम में मेरा "कन्हैया" सुरक्षित तो रहेगा।

यह सुनते ही आचार्यजी ने आश्चर्य से पूछा- मतलब...?

चौंक तो मैं भी बुरी तरह से गया था। उधर नानाजी को भी लगा कि उनसे कोई चूक हो गई है। लेकिन अब क्या? आचार्यजी को तो घुमाया नहीं जा सकता था। अत: उन्होंने जरासंध की पूरी बात बताते हुए कहा- कन्हैया प्रतिभावान है, इसमें कोई दो राय नहीं। मैं इसे शिक्षित देखना चाहता हूँ, यह भी सत्य है। परंतु मेरी प्रथम प्राथमिकता इसे जरासंध रूपी मौत के चंगुल से बचाना है जो किसी भी समय इसे मारने मथुरा आ पहुंचने वाला है। अब आप तो जानते ही हैं कि आश्रम पर राजकीय हमले वर्जित हैं; ऐसे में यह शिक्षित भी हो जाएगा ...व सुरक्षित भी रहेगा।

इतना कहकर नानाजी ने बड़ी आशाभरी निगाहों से आचार्यजी की ओर देखा। उधर आचार्यजी ने पहले नानाजी को फिर मुझे देखा। मैं तो आश्चर्य मिश्रित खुशी से भर गया था। यह तो वाकई कमाल हो गया था, मानना होगा कि नानाजी बड़ी दूर की कौड़ी सोचकर लाए थे। और इधर मैं पागल उन्हें क्या-क्या समझ रहा था? मुझे अपने प्यारे नानाजी पर बहुत प्यार आया। साथ ही स्वयं पर थोड़ा क्रोध भी आया कि कैसा-कैसा सोचता है नानाजी के बारे में। अब तो मैं वास्तव में आचार्यजी की ओर बड़ी आशाभरी निगाहों से देख रहा था। निश्चित ही आज मेरे जीवन-मरण का फैसला उनके हाथ में था। ...उधर कुछ देर सोचने के पश्चात् ही उन्होंने बड़े प्यार से मुझे अपने

पास बुलाया और मानो आशीर्वाद दे रहे हों, इस तरह सर पर हाथ फेरते हुए बोले- जिसने कंस जैसे पापी का वध किया हो, ऐसे होनहार को शिक्षित करना मैं अपना फर्ज समझता हूँ।

...लो, यह तो बात पक्की भी हो गई। यानी पासा ही पलट गया। बच तो गया ही गया, लगे हाथों शिक्षित होने का मौका भी हाथ लग गया। स्वाभाविक तौर पर माहौल एकदम खुशनुमा हो गया था। कुछ देर यहां-वहां की बात भी चलती रही कि तभी मुझे याद आया..., मेरा तो ठीक पर भैया का क्या? जरासंध रूपी मौत तो हम दोनों के सर बराबरी पर मंडरा रही है। मैं उन्हें छोड़कर तो जा ही नहीं सकता। तो क्या, बात फिर वहीं की वहीं आ गई? नहीं...नहीं, यदि आचार्यजी भैया को भी शिक्षित करने को राजी हो जायें तो बात बन सकती है। ...पर बात बने कैसे? आचार्यजी का व्यक्तित्व इतना प्रभावशाली था कि कुछ कहने की हिम्मत नहीं जुटा पा रहा था, फिर भी कहना तो था ही। सो, अंत में मैंने हिम्मत कर आचार्यजी से निवेदन करते हुए पूछ ही लिया- यदि आप मेरे भाई बलराम को भी मेरे साथ शिक्षित करना स्वीकारें तो आपका बड़ा उपकार होगा। क्योंकि पैदा होने से आज तक मैं एक दिन भी भैया से अलग नहीं रहा हूँ। वैसे भैया भी बड़े ही गुणी व बलवान है। गदायुद्ध में तो इतने निपुण है कि उन्होंने जरासंध जैसे गदाबाज से कई दिनों तक बराबरी पर गदा-युद्ध किया था। उन्हें भी आप जैसे किसी आचार्यजी के आशीर्वाद की अभिलाषा है।

...इस बार आचार्यजी ने ज्यादा वक्त नहीं लिया। कुछ देर बाद ही उन्होंने मुझे अपने पास बुलाया और फिर मेरे सिर पर हाथ फेरते हुए बोले- मैं तुम्हारी बात तो मान लेता हूँ, लेकिन ध्यान रहे, अनुशासन मेरे आश्रम की प्रथम आवश्यकता है। चूंकि अब-तक तुम लोग जीवन में स्वच्छंदता से विचरते आए हो, सो कहीं ऐसा न हो कि वहां के कठोर अनुशासन के कारण तुम्हें मेरा आश्रम कारागृह लगे। मैंने मुस्कुराते हुए कहा- आचार्यजी! आप इस बात की फिक्र मत करें, मेरा तो जन्म ही कारागृह में हुआ है। यह सुनते ही आचार्यजी मुस्कुरा दिए। कहने की जरूरत नहीं कि वे मेरी हाजिर-जवाबी से बड़े प्रभावित हुए। वह तो होने ही थे, पर आगे उन्होंने बड़ी गंभीरतापूर्वक मुझसे कहा कि मेरे आश्रम में अधिकांश विद्यार्थी राज-परिवार से हैं, तथा वे काफी वर्षों से शिक्षा ग्रहण कर रहे हैं। अतः तुम दोनों को उनके साथ बराबरी पर आने के लिए ना सिर्फ कड़ी मेहनत करनी होगी, बल्कि ग्वाले होने के तुच्छ भाव से भी उबरना होगा। बात तो उन्होंने बड़े पते की कही थी, पर मुझे भी अपने पर विश्वास था ही; बस मैंने भी बड़े आत्मविश्वास से कहा- आपके आशीर्वाद से हम आपको निराश नहीं करेंगे।

...और फिर इतना कहते-कहते दोनों के चरण छूकर मैं वहां से निकल पड़ा। क्योंकि मुझे ऐसा लगा कि नानाजी व आचार्यजी एकान्त में कुछ बातें करना चाहते हैं, वहीं दूसरी ओर मैं यह खुशखबरी भैया को देने हेतु भी मचल ही रहा था। कहने की जरूरत नहीं कि इस समय मेरी प्रसन्नता का ठिकाना न था। मैं क्या, आज मेरा रथ भी हवा में उड़ रहा था। कहां तो चंद घड़ी पहले जीने के लाले पड़े हुए थे और कहां अब "कन्हैया-महाराज" शिक्षित होने जा रहे थे। ...वह भी सांदीपनिजी के आश्रम में, जहां जरासंध तो क्या उसका भूत भी नहीं पहुंच सकता था। यानी "कन्हैया" अब पूर्णरूपेण सुरक्षित था, क्योंकि आर्यावर्त की प्रचलित परंपरानुसार आश्रम पर किसी

किस्म के राजकीय हमले करना या अन्य किसी प्रकार की हिंसा करना प्रतिबंधित था। ऐसे में जरासंध जैसे बड़े राजा से तो यह कतई अपेक्षित नहीं था कि वह आर्यावर्त के प्रचलित नियमों का उल्लंघन करे। वाकई नानाजी की एक ही चाल से जीवन भी बच गया था व उसे प्रगति की राह भी नसीब हुई थी। मैं शिक्षित होऊंगा; रुक्मिणी के योग्य होने की ओर एक कदम बढ़ाऊंगा; अचानक जीवन में उजाला-ही-उजाला नजर आने लगा। सचमुच, रात जितनी अंधेरी होती है – सुबह उतनी ही सुहानी होती है। ...बस शर्त एक ही है कि गहरी अंधेरी रात में भी मनुष्य के आशा और आत्मविश्वास दोनों बरकरार रहना चाहिए।

खैर! मैं तो तहेदिल से नानाजी के प्रेम की दृढ़ता का कायल हो गया था। इसी को तो प्रेम कहते हैं। प्रेम कोई कोरी भावना या श्रेष्ठ शब्दों का नाम नहीं है, प्रेम तो प्रेम-पूर्ण परिणाम का नाम है। नानाजी जानते थे कि हमें मथुरा तो छोड़नी ही पड़ेगी, परतुं उन्हें चिंता सता रही थी कि आखिर हम जाएंगे कहां? वे जानते थे कि जरासंध का पूरे आर्यावर्त में जोर है, ऐसे में हम कहीं भी जाएं, परिस्थिति मथुरा से भिन्न रहनी नहीं थी। वाकई जब प्यार तहेदिल से हो, तो रास्ते खोज ही लेता है। ...और देखो उनके प्रेम ने "आचार्य सांदीपनि" के रूप में हमारे रहने हेतु एक सुरक्षित जगह खोज ही ली थी। यह तो ठीक, पर आज जीवन में पहली बार दिल कुदरत को भी धन्यवाद देने को चाह रहा था, क्योंकि नानाजी मुझे बचाने की उलझनों में फंसे हुए ही थे कि आचार्य सांदीपनिजी का मथुरा में पदार्पण हुआ था; और निश्चित ही बचने का मार्ग तो इस संयोग से ही निकला था।

...चलो यह बात भी छोड़ो। उधर जब मैंने भैया को यह खबर दी तो उन्हें कोई विशेष प्रसन्नता नहीं हुई। एक तो उन्हें शिक्षा में ऐसे ही कोई विशेष रुचि नहीं थी, ऐसे में उनका सोचना था कि व्यर्थ अनुशासन के नाम पर गुलामी क्यों सहनी? यूं भी भैया राजमहल की मंशा से वाकिफ ही कहां थे, वरना शायद उनका नजरिया मुझसे मेल खा जाता। वे शायद समझ जाते कि मौत से तो अनुशासन अच्छा। सवाल यह कि वे समझें या न समझें, मुझे तो उन्हें समझाना ही रहा। सो, तरह-तरह के प्रलोभन देकर व मीठे-मीठे सपने दिखाकर किसी तरह मैंने भैया को भी जाने के लिए राजी कर ही लिया। इसके साथ ही उद्धव को मैंने वापस वृन्दावन भेज दिया और हम जाने की तैयारियों में जुट गए। अब तैयारी क्या करनी थी, बस उत्साह को राह दिखानी थी। ...इधर कुब्जा इस खबर से काफी दुखी हो गई थी। वही पुराना रोना, यानी उसके दुःख के मूल में भी बिछड़ने का गम ही था। मुझे तो समझ ही नहीं आता था कि प्रेम में बिछड़ा कैसे जा सकता है? मेरी राय में तो जिस प्रेम में बिछड़ा जा सके वह प्रेम नहीं बल्कि अहंकार की एक आवश्यकता-मात्र है।

खैर! छोड़ो इन बातों को भी। अभी तो दो दिन बाद ही हमें सांदीपनिजी के आश्रम "उज्जयिनी" जाने के लिए निकलना था। और सच कहूं तो मुझसे तो यह दो दिन काटे नहीं कट रहे थे। फिर भी समय काटना तो था ही, सो मैं अपना अधिकांश समय नानाजी के साथ ही बिता रहा था। दूसरी तरफ भैया साथ ले जाने की साधन-सामग्री जुटाने में भिड़े हुए थे। मौका देख मैंने भी अपनी एक लंबी-चौड़ी सूची उनके हाथों में थमा दी थी। ...पता नहीं कितना समय वहां रुकना पड़ जाए? यह सब तो ठीक पर कहतें हैं न कि गीदड़ की मौत आती है तो शहर की तरफ जाता

है। बस यही हमारे साथ भी हुआ। उत्साहवश हम आचार्यजी को सामान की सूची बताने क्या गए कि बुरी तरह फंस गए। उनके एक आदेश ने सब किए कराए पर पानी फेर दिया। उन्होंने स्पष्ट आदेश दिया कि हम लोग अपने साथ सिर्फ दो जोड़ी वस्त्र, और दो अन्य वस्तु ले जा सकते हैं। भैया तो यह सुनते ही सकते में आ गए। एक क्षण को चौंक तो मैं भी गया था। लेकिन मजबूरी थी; जीवन में पहली दफा किसी की आज्ञा सुनने को बाध्य थे। वैसे तो आचार्यजी ने पहले से मानसिक रूप से तैयार कर ही दिया था कि आश्रम में रहना हो तो स्वच्छंदता छोड़ अनुशासन स्वीकारना होगा। सो मैंने यह सोच संतोष माना कि चलो अच्छा हुआ जो शिक्षा अभी से प्रारंभ हो गई। स्वाभाविक रूप से मुझे अपने वंशी व चक्र अपने साथ लेने थे व भैया को अपने गदा व हल लेने थे।

होगा, अभी तो हम चुपचाप वहां से खिसक लिए थे। यूं भी और काम पड़े थे यहां उदास होने के सिवाय। बस यह सब भुला हम आगे के कार्यों में भिड़ गए। वैसे भी अब हमारे पास सिर्फ दो दिन का वक्त था और इन दो दिनों में करने को इतना कुछ था कि अन्य किसी बात के लिए समय भी नहीं बचा था। जाने की तैयारी तो करनी ही करनी थी, साथ ही नानाजी के साथ भी उचित समय बिताना था। कुब्जा को भी सम्भालना था। मां व पिताजी के आशीर्वाद भी लेने थे। और सबसे प्रमुख बात तो मुझे स्वयं को विश्वास दिलाना था कि हम जा रहे हैं। क्या करूं? जीवन छलांग ही ऐसी लगाता था कि पलभर में ही एक अति से दूसरी अति पर ला खड़ा कर देता था। कहां तो मौत पक्की माने बैठा हुआ था, और कहां शिक्षा नसीब हो रही थी? ऐसे में रह-रहकर दिल को यकीन तो दिलाना ही पड़ रहा था।

खैर! दो-दिन का क्या था? मिलने-मिलाने में ही बीत गए। आज प्रातःकाल हमें निकलना था। यानी बात पक्की हो गई थी। उत्साहित मैं और उदास भैया दोनों मां व पिताजी के साथ प्रभात होते-होते राजभवन पहुंच चुके थे। हमारे परम-आश्चर्य के बीच बड़ी तादाद में मथुरावासी भी हमें विदा करने हेतु वहां पहले से डटे हुए थे। मैं भावुक हो उठा। यह तो फिर एक अति से दूसरी अति की छलांग हो गई। कहां तो मुझे निष्कासित किया जाने वाला था और कहां यह भावपूर्ण विदाई नसीब हो रही थी। और वह भी कैसी कि राजमहल के प्रमुखद्वार के बाहर ही हम सब लोग खड़े हुए थे। सामने ही आठ-दस रथ भी खड़े हुए थे। सौ के करीब लोग हमें बिदा करने पहुंचे थे, उनमें कुब्जा व सात्यकी तो थे ही थे, साथ में भैया के कई अखाड़े के मित्र भी थे। अभी हम सबसे बतिया ही रहे थे कि नानाजी व आचार्यजी प्रमुखद्वार से पधारे। उनके आते ही सरगर्मी बढ़ गई। निश्चित ही आचार्यजी के आशीर्वाद लेने सभी टूट पड़े। उधर यह सब निपटाकर आचार्यजी ने कुछ अंतिम शब्द नानाजी से कहे व फटाक से रथ पर बैठ गए। यह देखते ही हमने भी तुरंत-फुरंत में सबके आशीर्वाद लिए, सामान रथ पे चढ़ाया व चुपचाप रथ में जा बैठे। इस तरह हड़बड़ाने का भी यह मेरा पहला अनुभव था। सोचने वाली बात यह कि अभी यहां यह माहौल है, तो आश्रम में क्या होगा? मेरा तो ठीक, पर पहले ही बेमन से जा रहे भैया का क्या होगा? इधर मैं यह सब सोचते रह गया और उधर हमारे बैठते ही रथ चल भी दिया, और इस तरह हमारी "आश्रम" की यात्रा प्रारंभ हो गई। इसके साथ ही जीवन ने एक जोरदार करवट ली। वृन्दावन के यह अनपढ़ ग्वाले

राजकुमारों के साथ शिक्षा ग्रहण करने निकल पड़े; और वह भी आर्यावर्त के श्रेष्ठ आचार्यों में से एक के यहां।

खैर! कुल जमा चार रथों का हमारा काफिला था। एक में आचार्यजी विराजमान थे तो दूसरे में मैं और भैया बैठे हुए थे। और आगे पीछे दो सेवकों के रथ चल रहे थे, जिनमें यात्रा संबंधी कुछ आवश्यक सामग्रियां भी रखी हुई थी। यानी हम भले ही ग्वाले हो पर नानाजी हमें भेज राजकुमारों-सी शान से ही रहे थे। इस समय हमारा यह खूबसूरत कारवां मथुरा की गलियों से गुजर रहा था। दुःख की बात यह थी कि चूंकि हम प्रभात होते ही निकल पड़े थे इसलिए मथुरा की गलियों में कोई विशेष हलचल नहीं थी। यानी कृष्ण की ऐसी शान मथुरावासियों की नजरों में नहीं चढ़ पा रही थी। कोई बात नहीं, यात्रा तो शानदार थी। जीवन ने प्रगति तो की थी। इधर प्रगति की क्या सोची, कन्हैया-महाराज चिंतनों में ही खो गए। निश्चित ही यह सब एकदम अचानक हुआ ऐसा भी नहीं था। मथुरा आने के बाद से ही जीवन प्रगति की राह पर चल पड़ा था। इतने बड़े शहर में ना सिर्फ मेरा अपना व्यवसाय था, बल्कि मेरी अपनी पूछपरछ व मेरा अपना रुतबा भी था। महाराज का नाती ही नहीं, उनका सबसे चहेता व विश्वासी सलाहकार भी था। और इस लिहाज से मैं मथुरा का एक सम्माननीय नागरिक हो ही चुका था। और यह तो मानना ही होगा कि जीवन की इस प्रगति में मेरे कर्मों व मेरी समझ का बहुत बड़ा योगदान था।

वैसे मथुरा आने के बाद प्रगति तो मैंने कई अन्य क्षेत्रों में भी की थी। खासकर मित्रों व खेलों के मामले में तो मेरी उड़ान वाकई बेमिसाल थी। वृन्दावन में मेरे सभी मित्र हमउम्र थे, जबकि यहां मेरे सबसे खास मित्र नानाजी थे। यानी वहां जहां सारे मित्र ग्वाले थे तो यहां मेरा मित्र राजा स्वयं था। वैसे ही खेलों की बात करूं तो वहां दौड़-पकड़ व छिपा-छुई खेला करता था, तो यहां राजनीति व कूटनीति खेलने का आनंद उठा रहा था। वहां पर मेरे शत्रु पागल सांढ़, जहरीले नाग व अन्य जंगली जानवर हुआ करते थे, तो यहां मेरे शत्रु यादव-संभ्रांत थे। यादव-संभ्रांत ही क्यों, अब तो आर्यावर्त का सबसे शक्तिशाली राजा "जरासंध" भी मेरा जाती शत्रु हो चुका था। अब आप ही बताइए कौन अपनी ऐसी चौ-तरफा प्रगति से प्रसन्न नहीं होगा? यूं तो इस चौ-तरफा प्रगति के अलावा प्रसन्नता के कुछ अन्य कारण इस यात्रा में भी मौजूद थे। सबसे महत्त्वपूर्ण तो यह कि पैदा होने से लेकर आज तक में पहली बार सुरक्षित जीवन नसीब होने जा रहा था। इस समय जीवन पूरी तरह मौत के साये से आजाद था। यहां तक कि अब जरासंध की सेना हमारे सामने भी आ जाए तो भी वह हमारा कुछ नहीं बिगाड़ सकती थी; क्योंकि अब हम आचार्यजी की शरण में थे। ...यानी इस एक यात्रा के कारण जीवन के समस्त संघर्षों से हाल-फिलहाल के लिए तो मुक्ति मिल ही गई थी। वरना तो आप जानते ही हैं कि मौत के साये ने जहां वृन्दावन में मेरा पीछा कभी नहीं छोड़ा था, वहीं उसने पूरी वफादारी से मेरा साथ यहां मथुरा में भी निभाया ही था।

चलो छोड़ो इन सब बातों को। मैं भी कहां व्यर्थ के चिंतनों में उलझा रह गया और हमारा रथ मथुरा की सड़कों से निकलकर मुख्यमार्ग पर भी आ गया। लो, यह तो "कुएं" का मेंढ़क "समुद्र" की सैर को निकल पड़ा। पहली बार वृन्दावन-मथुरा के बाहर की दुनिया देखने को मिल रही थी। यह सब भी छोड़ो, इससे भी महत्त्वपूर्ण बात तो यह कि इसके साथ ही रुक्मिणी के लायक

बनने की ओर एक सबसे निर्णायक कदम उठा चुका था। आप ही सोचिए, होनहार कृष्ण को आर्यावर्त के श्रेष्ठ आचार्य से शिक्षित होकर रुक्मिणी के लायक बनने में क्या देर लगेगी? अब आप से क्या छिपाना, यदि जीवन साथ दे व मौका मिले तो आज भी मेरी परम-खुशी "रुक्मिणी" के आसपास ही घूम रही थी। ...वैसे उम्र का तकाजा भी यही था। कृष्ण लौट आओ..., लौट आओ कृष्ण; फिर खो गए विचारों में। अरे, इतनी अनूठी यात्रा पर निकले हो, कुछ बाहर के नजारे का आनंद भी तो लो। बस यह विचार आते ही मैं बाहर की सुंदरता में खो गया। कहीं चौड़ी सड़कें, कहीं संकरे मार्ग। कभी बस्ती-कभी जंगल। कहीं नदी-कहीं पहाड़। मैं तो ऐसा खो गया कि लगातार छोटे बच्चों की तरह आंखें फाड़-फाड़कर बाहर के दृश्यों का आनंद लेने लगा। वैसे मेरी उम्र बच्चों वाली नहीं थी, बीस वर्ष का हो चुका था; लेकिन मनुष्य परिपक्व उम्र से नहीं अनुभव से होता है। अतः यात्रा के लिहाज से तो मैं चार वर्ष का ही था और उसी के मुताबिक आनंद लूट रहा था।

खैर! दो-दिन की यात्रा में ही हमारा एक नित्यकर्म जम गया था। वही दोपहर के भोजन के बाद कुछ देर विश्राम करना और संध्या होते ही किसी सुरक्षित जगह पर पड़ाव डाल देना, बाकी समय यात्रा में गुजारना। यहां तक तो सब ठीक था, पर तीसरे दिन आचार्यजी ने हमारी युवराजों-सी शान का नशा एक ही झटके में चकनाचूर कर दिया। वैसे तो यात्रा में हमारे साथ नानाजी के भेजे सेवकों की कोई कमी नहीं थी, परंतु बावजूद इसके अचानक आचार्यजी ने आज्ञा दे डाली कि हमें अपने कार्य स्वयं करने होंगे। यानी आश्रम में दाखिल होने से पूर्व ही हमारी शिक्षा प्रारंभ हो गई थी। माजरा यह कि अब हमें ना सिर्फ अपने भोजन हेतु फल तोड़ने स्वयं जाना पड़ रहा था, बल्कि अपने वस्त्र भी स्वयं धोने पड़ रहे थे। अब वस्त्र धोने का यह हमारा पहला अनुभव था। उधर स्वाभाविक रूप से भैया को यह सब बिल्कुल रास नहीं आ रहा था। ऐसे में भैया कोई गड़बड़ न कर बैठे, उस डर से आचार्यजी की आंख चुराकर भैया के वस्त्र भी मैं ही धो दिया करता था। कुछ गड़बड़ हुई व आचार्यजी नाराज हो उठे तो पता चला फिर जरासंध के आतंक तले जीने पर मजबूर हो गए। ना बाबा ना, इससे तो दुगुना परिश्रम अच्छा।

चलो यह तो निपट गया, इसमें कोई खास बात थी भी नहीं। खास बात तो यह थी कि मैं लगातार अनुभव कर रहा था कि आचार्यजी का आर्यावर्त में बड़ा सम्मान है। यह बार-बार इस बात से जाहिर हो रहा था कि हम जिस नगरी से गुजरते, वहां के राजा उनसे मिलने अवश्य आते। साथ ही ढेर सारे पकवान व व्यंजन भी पेश करते। हालांकि इसका एक दुःखद पहलू भी था, और वह यह कि आचार्यजी हमें वह पकवान ग्रहण नहीं करने देते थे। बस मन मारकर हमें सादा भोजन ही खाना पड़ रहा था। आश्चर्य तो इस बात का था कि स्वयं आचार्यजी हमारे साथ सादा भोजन ग्रहण कर रहे थे। यहां तक भी ठीक, पर हद तो तब हो जाती जब हमारी आंखों के सामने आचार्यजी यह पकवान सेवक व सैनिकों में बांट देते थे। हम मुंह ताकते रह जाते और वे गपागप पकवान चट कर जाते। शायद श्रेष्ठ आचार्य इसी को कहते हैं जिनके हर व्यवहार से सीखने को मिले। इस लिहाज से कहूं तो आश्रम में तो पहुंचेंगे तब पहुंचेंगे; लेकिन मेरी शिक्षा तो अभी से प्रारंभ हो चुकी थी। वहीं दूसरी तरफ परेशानी तो आएगी तब आएगी पर इधर भैया अभी से परेशान होना शुरू हो गए थे। ...कहते हैं न पूत के लक्षण पालने में; यही इस समय हमारे साथ हो गया था। आश्रम में जाकर

हम दोनों का भविष्य क्या होगा, यह यहीं से उजागर हो रहा था। इधर मैं जितना दिन-ब-दिन आचार्यजी से प्रभावित होता जा रहा था, ठीक उसी रफ्तार से दिन-ब-दिन भैया की आचार्यजी से नाराजगी बढ़ती जा रही थी। और निश्चित ही उनकी नाराजगी के मूल में हाथ लगे पकवान का मुंह तक न जा पाना प्रमुखता से था। एक दिन बात-बात में उन्होंने मुझसे कहा भी कि यह आचार्य तो मुझे उल्टी खोपड़ी के जान पड़ते हैं; अपने हिस्से के पकवान भी सेवकों को खिला देते हैं। ...अब उन्हें कौन समझाए कि पकवान सेवक नहीं मालिक खाया करते हैं। ...मैं भैया की बात सुनकर सिर्फ मुस्कुरा दिया था। यानी बस किसी तरह शांति बनी रहे, इसके प्रयास में लगा हुआ था। कहीं ऐसा न हो आचार्यजी हमें आधे रास्ते से ही फुटा दें? ...हालांकि ऐसा नहीं था कि मैं भैया की व्यथा नहीं समझ रहा था, मैं जानता ही था कि भोजन उनकी सबसे बड़ी कमजोरी है; पर समय, संजोग व परिस्थिति भी कोई चीज होती है कि नहीं? अब वैसे तो भोजन उनकी ही क्यों मेरी भी बराबरी पर कमजोरी थी, तो क्या मैं भी उपद्रव करता फिरूं? माना पकवान और व्यंजन हमारी सबसे बड़ी दुखती नस थे, माना भैया भोजन के ऐसे दीवाने थे कि पकवान खिलाकर उनसे कोई भी काम निकलवाया जा सकता था; इसका मतलब यह थोड़े ही कि एक भोजन के चक्कर में जरासंध के भोजन हो जायें।

चलो छोड़ो! हम दोनों भाइयों का तो यह सब शायद जब तक आश्रम में रहेंगे, चलता ही रहेगा। अभी तो मैं अपनी बात करूं तो, मैंने तो आचार्यजी के व्यवहार व उनके हावभाव से भी सीखना चालू कर दिया था। और इस कारण मुझे तो हर दृष्टि से आचार्यजी का साथ काफी पसंद आ रहा था। यहां तक कि अब तो अक्सर मैं आचार्यजी से आज्ञा लेकर उनके रथ में उनके साथ भी बैठ जाया करता था। मुझे तो ऐसा लगने लगा था कि उनकी उपस्थिति-मात्र से मेरे भीतर कुछ परिवर्तन हो रहा है। सच कहूं तो चन्द दिनों के साथ में ही मैं आचार्यजी को पूरी तरह समर्पित हो चुका था। उधर आचार्यजी भी हर मुलाकात के बाद मुझसे प्रभावित हो ही रहे थे। अब तो वे ना सिर्फ मुझसे बातचीत करने में रस दिखाने लगे थे, बल्कि मुझे कई बातें समझाने भी लगे थे। ...यानी आग दोनों तरफ लग चुकी थी। एक दिन ऐसे ही मैं उनके रथ पर ही विराजमान था। बाहर का दृश्य व मौसम दोनों सुहावने थे। दोपहर का समय था और हमारा रथ जंगलों से गुजर रहा था। ...अचानक मेरे मन में आश्रम की शिक्षा के प्रति जिज्ञासा जागी। उन्होंने तुरंत उसका निराकरण करते हुए कहा- दरअसल आश्रम में आए राजकुमारों को दो तरह से तैयार किया जाता है। जहां एक तरफ राजकुमारों को उनका व्यवहार कैसा होना चाहिए, कैसे वह श्रेष्ठ राजा बन सकता है, श्रेष्ठ राजा के गुण क्या होते हैं; यह सब सिखाया जाता है। ...वहीं दूसरी तरफ मेरा यह मानना है कि भले ही राजपाट व वैभव भोगना यह एक राजा का अधिकार है, परंतु कायदे से राजा को प्रजा का सबसे बड़ा सेवक होना चाहिए; और सच कहूं तो हकीकत में वह होता भी प्रजा का सेवक ही है। अतः उसे सबकुछ भोगते हुए भी हर हाल में तमाम मोह-माया से दूर होना चाहिए। उसे जरूरत पड़ने पर शरीर से ही नहीं, मन से भी सादा व सरल जीवन गुजारना आना चाहिए। इसलिए आश्रम में अन्य शिक्षाओं के अलावा सबको कठिन व अनुशासित जीवन गुजारने हेतु भी तैयार किया जाता है। ...ठीक वैसे ही चूंकि एक राजा के लिए शस्त्र-विद्या में स्वयं निपुण होना आवश्यक है, इसलिए राजकुमारों को शस्त्र चलाना भी सिखाया जाता है।

...अच्छा तो हमें इसीलिए सादा भोजन करवाया जा रहा है, और शायद इसीलिए हमसे इतनी मेहनत भी करवाई जा रही है। लेकिन हम कहां युवराज हैं? हमारा तो बगैर मेहनत किए "जीवन का गुजारा" ही संभव नहीं। वैसे ही यदि कोई प्रसंग बने तो ठीक, वरना तो हमें सादा भोजन ही खाना पड़ता है। ...फिर हम पर यह जुल्म क्यों? खैर, यह तो मजाक की बात थी। सच तो यह है कि आचार्यजी की यह बात सुनकर मुझे रुक्मिणी की कही बात याद आ गई। उसने भी राजा बनने के यही तीन गुण तो बताए थे। वह वीर हो, उसे प्रजा के प्रति हमदर्दी हो व मौका पड़ने पर कष्टपूर्ण जीवन बिता सकता हो। ...और उसने तो यह भी कहा था कि यह तीनों गुण मुझमें है ही। यकीन तो आचार्यजी की बात सुनकर मुझे भी हो चला था। वाकई रुक्मिणी की बात कितनी सही थी। ...यदि उसकी बात इतनी ही सही लग रही है तो भूल गए कि उसने यह भी कहा था कि मथुरा के राजा बनने का मौका तुमने व्यर्थ गंवाया; अब जीवन में तुम कभी भी राजा नहीं बन पाओगे। उसके कहने से क्या होता है? मुझमें राजा बनने के गुण हैं और राजा तो बनकर ही दिखाऊंगा। चलो तुम्हारे संकल्प की हम कद्र करते हैं, पर जरासंध जिंदा छोड़ेगा तब न... अरे, उसका भी रास्ता निकाल लिया जाएगा। मैंने अपने बाबत कुदरत की नहीं चलने दी तो जरासंध व रुक्मिणी क्या चीज है। और फिर आचार्यजी के सानिध्य में बैठा हुआ हूँ, नकारात्मक सोचूं ही क्यों? ...अभी तो यह सोच रहा हूँ कि आचार्यजी के मतानुसार मुझे एक अच्छे राजा बनने हेतु सिवाय "शस्त्र-विद्या" के और क्या सीखना बाकी रह गया था? सादा और सरल जीवन तो मैं बचपन से जीता ही आया हूँ, वहीं एक श्रेष्ठ राजा के गुण तो मैं नानाजी से रोज-रोज सीख ही रहा था; सो बस अब तो मौके की ही बात है। यानी इस समय मैं ना सिर्फ आत्मविश्वास से भर गया था, बल्कि मैं आचार्यजी की बात का पूरा सार भी समझ गया था। उनके कहने का सीधा तात्पर्य यही था कि राजा बनने का अधिकार ही उसे है जिसके मन में अपनी प्रजा के प्रति प्रेम हो। जिसकी इच्छा उन पर शासन करने की नहीं उनकी सेवा करने की हो। और जो अपने तमाम राजकीय वैभव को सिर्फ एक राजा का शारीरिक कर्म मानता हो, परंतु मन से हमेशा उसके बगैर जीने की कुवत रखता हो। यानी जो आवश्यकता पड़ने पर जमीन पर भी सो सके और जरूरत पर भूखा भी रह सके, वही श्रेष्ठ राजा है। अर्थात् जो राजभवन में रहने के बावजूद राजभवन के तमाम वैभवों से अछूता रह सके वही राजा बनने का असली अधिकारी है, जैसे "राजा जनक"।

...लो, मैं भी अजीब हूँ। यहां इन सब चिंतनों में खोया रह गया और उधर संध्या पड़ाव का समय भी आ गया। मजा यह कि आज जंगल घना होने व आसपास कोई सराय न होने की वजह से एक छोटे तालाब किनारे ही आज का यह पड़ाव डाला गया था। मौसम और दृश्य दोनों सुहावने थे पर रात पत्थरों पर काटनी थी। कोई बात नहीं, फल वगैरह खाकर व कुछ देर यहां-वहां की बातें कर हम सोने चले गए। मैं वहीं एक पत्थर की शिला पर पत्ते बिछा कर लेट गया। आचार्यजी व भैया ने भी ऐसा ही आसरा ले लिया। आचार्यजी तो पड़ते ही सो गए थे, भैया को यह रात क्रोध में ही निकालनी थी; और बचा मैं... तो भले ही मैं भैया पर ध्यान न दूं पर नींद कहां से लाऊं? सो निश्चित ही विचारों में खो गया। विचार कहीं से भी शुरू करूं पर आचार्यजी को शिला पर लेटा देख मेरे जहन में साफ हो गया कि क्यों पूरे आर्यावर्त में आचार्य सांदीपनिजी का इतना सम्मान है? क्यों उन्हें श्रेष्ठ आचार्य कहा जाता है? यह सोचते-सोचते अचानक मेरा चिंतन मुझे झकझोर-झकझोर कर

पूछने लगा कि आखिर मुझ ग्वाले को इतने श्रेष्ठ आचार्य से शिक्षित होने का मौका कैसे मिला? ...अब आप तो जानते ही हैं कि सिर्फ एकबार मेरे चिंतन को झकझोर दिया जाए, फिर तो वह यूं ही विश्लेषण का शौकीन है; बस लग गया परिस्थिति का आकलन करने में और खोजने लगा इस महान घटना का कारण। क्या इसमें मामियों के क्रोध और जरासंध के भड़कने के सहयोग को नकारा जा सकता है? क्या उन्होंने मुझे शत्रु न माना होता तो इस जनम में मुझे ऐसे श्रेष्ठ आचार्य से शिक्षित होने का मौका मिलता? तो क्या जीवन में जो हुआ अच्छा हुआ? यदि यह सच है तो जो हो रहा है वह भी अच्छा ही हो रहा है। और यदि उपरोक्त दोनों बातें सत्य हैं तो यह मनुष्य क्यों चिंता करता है? क्यों दुखी रहता है? क्योंकि फिर तो जो होगा वह भी अच्छा ही होगा। निष्कर्ष सुनने में तो अच्छा लग रहा था, पर सत्य यह है कि अभी मेरा चिंतन इतना विकसित नहीं हुआ था कि मैं इन सत्यों की तह तक जा सकूं। झूठ क्यों बोलूं, अभी मेरी प्रज्ञा इतनी विकसित नहीं हुई थी कि वह जीवन के वास्तविक रहस्य को समझ सके। लेकिन आज के इस चिंतन के निष्कर्ष से मेरे मन में मनुष्यजीवन और विशाल ब्रह्मांड के रहस्यों को जानने की जिज्ञासा अवश्य पैदा हो चुकी थी। परंतु क्योंकि आज का यह चिंतन अत्यंत गहरा व मेरी वर्तमान औकात के बाहर था, अतः मैंने चिंतन को यहीं पूर्णविराम देकर सोने की कोशिश में ही अपनी भलाई समझी। ...हालांकि नींद फिर भी मध्यरात्रि के बाद ही आई। कोई बात नहीं सुबह नित्यकर्म निपटाकर वहीं सरोवर में डुबकी लगा दी। दूसरी ओर भैया व आचार्यजी सरोवर के किनारे बैठे-बैठे ही नहा लिए। और इसके साथ ही हमारी यह खूबसूरत यात्रा फिर प्रारंभ हो गई।

खैर! कुल-मिलाकर आर्यावर्त की खूबसूरती देखते-देखते व आचार्यजी से शिक्षित होते-होते हमारी यह लाजवाब यात्रा आगे बढ़ रही थी। क्या कुछ नहीं था आर्यावर्त में; एक-से-एक सुंदर नदियां, सरोवर, जंगल व पहाड़ों से पूरा आर्यावर्त भरा पड़ा था। मेरा आलम तो यह था कि जैसे ही रथ चलना शुरू होता मैं बाहर के दृश्यों में खो जाता। ...आखिर दस दिनों की लगातार यात्रा के बाद हम "उज्जयिनी" पहुंच गए। प्रथम दृष्टि में उज्जयिनी नगरी बड़ी ही भव्य प्रतीत हो रही थी। हालांकि यह मथुरा जितनी विशाल नहीं थी, फिर भी उससे कई ज्यादा सुनियोजित नजर आ रही थी। हमारे रथ जहां से निकलते आचार्यजी से आशीर्वाद लेने वालों का तांतां लग जाता। अब एक तो नगरी की भीड़भाड़ ऊपर से लोगों का व्यवधान, निश्चित ही ऐसे में यात्रा की गति अत्यंत धीमी पड़ गई थी। और इसी दरम्यान जब हमारा काफिला बाजार से गुजरा तो गति मानो थम ही गई। अच्छा ही था, कम-से-कम इसी बहाने अच्छे से बाजार देखने को तो मिल रहा था। आखिर बाजार भी गुजर गया व संध्या होने से कुछ पूर्व हमने आश्रम में दस्तक भी दे डाली। सबसे बड़ी बात तो यह कि आश्रम शहर से दूर एकान्त में था। क्षिप्रा नदी के किनारे बसा हुआ यह आश्रम बड़ा ही मनोरम था। आश्रम के पीछे पहाड़ियां-ही-पहाड़ियां थी। ...यानी आगे बहती नदी व पीछे पहाड़। सचमुच आचार्य सांदीपनिजी जैसों के आश्रम हेतु इससे उपयुक्त जगह और कोई नहीं हो सकती थी। वहीं, यदि सिर्फ आश्रम की बात करूं तो यह विशाल भी था और व्यवस्थित भी। आश्रम में कुल सात कक्ष नजर आ रहे थे। एक स्वयं आचार्यजी के रहने हेतु था जबकि दूसरा भोजन कक्ष था, और इसके अलावा अन्य पांचों कक्ष विद्यार्थियों के लिए थे। यानी सुख-सुविधा की दृष्टि से भी

आश्रम अच्छा ही जान पड़ रहा था। वहीं आश्रम में हरियाली भी अद्‌भुत थी। बड़े-बड़े व विशाल पेड़ों से घिरा हुआ यह आश्रम ऐसा प्रतीत होता था मानो किसी घने जंगल के मध्य बनाया गया हो। ...सच कहूं तो आश्रम देखते ही मुझे वृन्दावन की याद ताजा हो गई। वृन्दावन भी तो इतना ही रमणीय था। ...पर वृन्दावन ही क्यों? क्या मैंने वहां जीवन गुजारा है इसलिए? पहले मैं सोचा करता था कि वृन्दावन में यमुना नदी है, गोवर्धन पर्वत है, सरोवर है; भला इस जैसा खूबसूरत और क्या होगा? लेकिन दस दिनों की इस यात्रा के बाद एहसास हो गया कि पूरी प्रकृति चारों ओर सुंदरता से भरी पड़ी है। कोई अकेले वृन्दावन में चार चांद नहीं लगे थे। जगह-जगह सुंदर नदियां और शानदार पहाड़ हैं। एक से बढ़कर एक सरोवरों से पूरा आर्यावर्त भरा पड़ा है। यानी सुंदरता के मामले में प्रकृति ने कहीं कोई पक्षपात नहीं किया है। हां, यह बात अलग है कि हर जगह की अपनी एक अलग सुंदरता है। ...तो फिर वृन्दावन से इतना पक्षपात क्यों? लो, अभी तो आश्रम में घुसे ही हैं ...और स्वयं ही, स्वयं को शिक्षित करना प्रारंभ भी कर दिया।

खैर! आश्रम पहुंचते ही सर्वप्रथम हमने स्नान किया। उसके तुरंत बाद हमने भोजन किया। भोजन की समस्त व्यवस्था का जिम्मा आचार्यजी की पत्नी, यानी आचार्य-मां सम्भाले हुए थी। आश्रम में हमारे समेत कुल पन्द्रह विद्यार्थी थे। हालांकि अब तक हमारी उनसे कोई औपचारिक मुलाकात नहीं हुई थी। ...तो वह भी हो जाएगी, अभी तो हम भोजन करने के पश्चात् कुछ देर के लिए टहलने गए। शायद यह आश्रम का नित्यकर्म था। तत्पश्चात् हम सभी आश्रम के मध्य स्थित एक खुले चौगान में बैठ गए। आचार्यजी व आचार्य-मां वहीं हमारे सामने एक पेड़ से सटकर बने ऊंचे आसन पर विराजमान हो गए। निश्चित ही यह भी आश्रम के नित्यकर्म का एक भाग ही जान पड़ रहा था। और आप मानेंगे नहीं कि अब कहीं जाकर आचार्यजी ने अन्य शिष्यों से हमारा परिचय करवाया। शुरुआत उन्होंने आचार्य-मां से ही की, फिर तमाम सहपाठियों से भी मिलवाया। जैसी कि अपेक्षा थी, सभी शिष्य राज-परिवार से ही थे। हां; एक लड़का जिसका नाम आचार्यजी ने सुदामा बताया था... वही एक राज-परिवार से नहीं था। बाकी सब तो ठीक पर "विन्द" और "अनुविन्द" नाम के दो राजकुमार प्रथम दृष्टि में ही काफी घमंडी नजर आ रहे थे। हो सकता है इसलिए कि वे दोनों उज्जयिनी के ही राजकुमार थे, तथा उनके अनुदान से ही यह आश्रम चल रहा था। होगा, हमें इससे क्या? हम तो यहां आचार्यजी की शरण आए थे। खैर, आज और कुछ विशेष बात नहीं हुई। शायद आचार्यजी थके हुए थे। वैसे थके हुए तो हमलोग भी थे; बस जल्द ही सब सोने चले गए। हां, जाने से पूर्व आचार्यजी हम सभी को सुबह सूर्योदय के साथ ही नित्यकर्म निपटाकर इसी चौगान पर एकत्रित होने का निर्देश अवश्य देते गए थे।

...उधर स्वाभाविक तौर पर प्रभात होते ही सभी निर्धारित स्थान पर एकत्रित हो चुके थे। रात को तो ठीक से कुछ समझ नहीं आया था, परंतु सुबह देखने पर वाकई यह एहसास हो गया था कि आश्रम के मध्य स्थित बना यह चौगान बड़ा ही खूबसूरत था। जहां उसके दांयी ओर कक्ष नजर आ रहे थे तो बांयी ओर फैली हुई घनी हरियाली दृष्टिगोचर हो रही थी। हम जहां विराजमान थे उसके सामने दूर-दूर तक हरियाली से आच्छादित पहाड़-ही-पहाड़ दिखाई दे रहे थे व पीछे मुड़ कर देखें तो कल-कल करती क्षिप्रा नदी साफ नजर आ रही थी। सचमुच शिक्षित होने हेतु इससे

खूबसूरत जगह हो ही नहीं सकती थी। होगा, अभी तो आचार्यजी व मां हमलोगों के ठीक सामने पेड़ से सटकर बने पत्थर के एक आसन पर विराजमान थे। ...उधर आचार्यजी से इशारा पाते ही सुदामा जाकर उनके चरणों के पास खड़ा हो गया, और उसने गुरुवंदना छेड़ दी। शायद यह भी यहां का नित्यकर्म ही था। होगा, अभी तो सुदामा का गायन सुन न जाने क्यूं मुझे भी वंशी बजाने की इच्छा जागृत हुई। ...शायद मुझे अपनी प्रतिभा से सबको अवगत करवाने का अहंकार पकड़ लिया था। चाहे जो हो, मैंने तत्क्षण अपने स्थान से खड़े होकर आचार्यजी से सुदामा के गायन के साथ वंशी का संगत करने की इजाजत मांगी। आचार्यजी ने प्रसन्नतापूर्वक इसकी इजाजत दे दी। ...फिर तो सुदामा के गायन व मेरी वंशी का ऐसा मिलन हुआ कि पूरा आश्रम मंत्र-मुग्ध हो गया। यह तो ठीक, पर अगले रोज से तो यह आश्रम का नया नित्यकर्म ही हो गया। होना ही था; कृष्ण आए और परिवर्तन न लाए!

खैर, आज तो इस शानदार गायन व वादन की समाप्ति पर आचार्यजी ने हम सभी को पांच-पांच की तीन टुकड़ियों में विभाजित होने को कहा। मैंने तत्क्षण सुदामा को अपने साथ लिया; उधर पता नहीं क्या सोचकर विन्द-अनुविन्द स्वयं ही हमारी टुकड़ी में शामिल हो गए। ...अब हम पांचों को अन्य गतिविधियों के साथ-साथ सोना भी एक ही कक्ष में था।

अध्याय - ४
आत्मबोध

वैसे आश्रम में गुजारे पहले दिन के बाद अब यह यकीनी तौर पर कहा जा सकता था कि हमारी शिक्षा औपचारिक रूप से प्रारंभ हो गई थी। अब तक तो मैंने वही सीखा था जो जीवन के संघर्षों ने मुझे सिखाया था। ऐसे में निश्चित ही यदि आचार्यजी का साथ न मिलता तो शायद जीवन में मैं बहुत कुछ सीखने से वंचित रह जाता। सचमुच इस बात के लिए मैं नानाजी के जितने एहसान मानूं कम था। सच कहा जाए तो बचपन मां-यशोदा का प्यार पाकर व जवानी नानाजी का मार्गदर्शन पाकर धन्य हो गई थी। ...वहीं आगे का जीवन भी आचार्यजी के सानिध्य में कोई बड़ी राह पकड़ता दिख ही रहा था। यह सोचते-सोचते अचानक मेरे चिंतन ने एक नई ही दिशा पकड़ ली। मैं सोचने लगा, सांदीपनि जैसे आचार्य कितने होंगे? यह तो ठीक, पर मुझ जैसे शिष्य भी कितने होते होंगे जो गुरु की हर बात से सीखने को तत्पर रहते हों। ...शायद बहुत कम। वैसे भी सीखने की लालसा व ग्राह्यता के मामले में मुझे शुरू से स्वयं पर गर्व था। और क्यों न हो? जब किसी के कुछ सिखाये बगैर यदि मैं जीवन में इतना कुछ सीख गया था, तो अब ऐसे गुरु मुझे क्या से क्या बना देंगे, यह आप समझ ही सकते हैं।

खैर! आज का हमारा पूरा दिन आपसी सामंजस्य बिठाने में ही निकल गया। फिर भी मैं कह सकता हूँ कि यह मेरे अब तक के जीवन का सबसे महत्वपूर्ण अनुभव था। यह तो ठीक, पर अभी तो आज आश्रम में दूसरी ही रात थी और एक अप्रत्याशित अनुभव भी हो गया। आचार्यजी ने आज सभी को अपने कक्ष के बाहर पथरीली जमीन पर बगैर ओढ़े-बिछाए सोने का आदेश दिया। आश्चर्य इस बात का था कि आचार्यजी स्वयं भी अपने कक्ष के बाहर बगैर ओढ़ना-बिछावन लिए सोने चले आए थे। ...यह भी खूब रही। सचमुच यदि सांदीपनि जैसे गुरु हों व मेरे जैसा शिष्य हो तो शिक्षा दिन-रात चलती ही रहती है। तभी तो आचार्यजी का हर व्यवहार मैं बड़े ध्यान से देखा करता था। आचार्यजी का वर्तमान व्यवहार यही सिखा रहा था कि हमें दूसरों से वही कार्य करने को कहना चाहिए जो हमने कभी किया हो या करते हों, या फिर करने की क्षमता रखते हों। उनकी तो सांस लेने-छोड़ने व आंखें खोलने-बंद करने तक की सारी क्रियाएं सीखने लायक थी। कुल-मिलाकर धीरे-धीरे मेरा यह पक्का अनुभव होता जा रहा था कि आचार्यजी जो सिखाते थे उससे कई ज्यादा तो उनका लगातार निरीक्षण करके सीखा जा सकता था। और सबूत के तौर पर जब से आचार्यजी से मुलाकात हुई थी मैं उनके लगातार निरीक्षण से कुछ-न-कुछ सीखता ही चला जा रहा था।

खैर छोड़ो! वर्तमान में हुए उस अनूठे अनुभव की बात करूं जिसके कारण इतनी बात चल पड़ी थी। एक तो कड़ाके की सर्दी के दिन थे, और ऊपर से उज्जयिनी में ठंड यूं ही ज्यादा पड़ती थी। यह कम था तो आश्रम नदी किनारे बसा हुआ था जिस कारण सांय-सांय कर हवा लगातार बहती ही रहती थी। अब ऐसे में जमीन पर बगैर ओढ़े सोना..., आप समझ ही सकते हैं कितना कष्टदायक होगा। लेकिन आचार्यजी की आज्ञा थी, सो कोई उपाय न देख मैं तो चुपचाप लेट गया। लेकिन उधर भैया बड़े परेशान हो उठे थे, बस मारे क्रोध के करवटें बदले जा रहे थे। वैसे तो हम लोग गरीब ग्वाले थे, हमें ज्यादा कष्ट होना तो नहीं चाहिए था; परंतु क्या करें... अब तक इस तरह बगैर ओढ़े-बिछाए सोने का मौका कभी नहीं पड़ा था। ऊपर से कड़ाके की ऐसी ठंड का तो

हमने कभी अनुभव ही नहीं किया था। निश्चित ही उज्जयिनी वृन्दावन-मथुरा के मुकाबले कहीं ज्यादा ठंडा था। ...लेकिन जो था, सो था। नींद मुझे भी नहीं आ रही थी, कुछ-न-कुछ कष्ट तो मुझे भी था; फिर भी सामने आचार्यजी का आदेश मानने का जो आनंद था उसने मुझे तो काफी हद तक सम्भाल लिया था। चलो हमारा तो ठीक, पर उधर वर्षों से शिक्षित हो रहे विन्द-अनुविन्द का हाल भी हमसे भिन्न न था। ले-दे के हमारी टुकड़ी में एक ही भाग्यवान था सुदामा, जिसके पड़ते ही खर्राटे बोलने शुरू हो गए थे। नजारा ऐसा था कि कुल-जमा हुए लोगों में से दो, यानी आचार्यजी व सुदामा सो रहे थे व हम चारों करवटें बदल रहे थे। वहीं बाकी के शिष्य अपने-अपने कक्षों में चैन से सो रहे थे, क्योंकि आचार्यजी की यह मेहरबानी सिर्फ हमारी टुकड़ी पर हुई थी।

अब एक तो हमारा कक्ष वैसे ही कोने में पड़ता था और ऊपर से उसका बरामदा भी सीधे क्षिप्रा नदी की ओर खुलता था; फलस्वरूप सांय-सांय कर बहती हवाएं कितनी कातिल साबित हो रही होगी, आप समझ ही सकते हैं। सो, बाकियों की छोड़ो, मैं खुद हाथ घुटनों में फंसाये सो रहा होने के बावजूद ठंड से कांप रहा था। अब नींद तो आ नहीं रही थी, सो समय पसार करने हेतु दो-दो हाथ की दूरी पर सो रहे अन्यों पर कुछ-कुछ देर में निगाह घुमा लिया करता था। तभी मैंने देखा कि विन्द-अनुविन्द अपने कक्ष से ओढ़ने-बिछाने को ले आए। मैं आचार्यजी की अवज्ञा देख आश्चर्य से भर गया। ...अभी इस दुष्कर्म को कुछ ही समय हुआ था कि मुझको व भैया को लगातार करवटें बदलते देख विन्द ने धीरे से मेरे पास आकर कहा- आप लोग भी कक्ष से ओढ़ना-बिछौना क्यों नहीं ले आते? उधर विन्द को इस तरह मेरे पास आया देख जिज्ञासावश भैया भी चले आए। उनके आते ही अनुविन्द भी चला आया। इससे अचानक हुआ हमारा यह मिलन एक अच्छीखासी बैठक में तब्दील हो चुका था। और मजा यह कि वह दोनों तो अपना ओढ़ना-बिछौना ले आए थे, पर इधर हम ठंड से कांप रहे थे। चलो यह भी जाने दो, पर इस ठंड से बचने हेतु सुझाव कितना घटिया दे रहे थे। मुझे तो आचार्यजी की आज्ञा के विरुद्ध उनकी यह हमदर्दी बिल्कुल पसंद नहीं आ रही थी। वहां आचार्यजी भी कौन-सा दूर लेटे हुए थे। इतने अंधेरे के बावजूद ध्यान से देखने पर वे अपने कक्ष के बाहर लेटे साफ नजर आ रहे थे। ऐसे में यह कृत्य वाकई खराब मानसिकता का द्योतक था। वृन्दावन होता तो क्षणभर में उन्हें ठीक कर देता पर अभी क्यों झमेला मोल लेना? सो, मैंने बड़ी ही विनम्रता से कहा- क्योंकि इससे आचार्यजी की आज्ञा का उल्लंघन होगा, वरना ओढ़ने-बिछाने की जरूरत तो हमें भी है।

...अबकी मेरी सफाई सुन अनुविन्द कूद पड़ा। वह बड़ी ही लापरवाही से बोला- अब छोड़ो भी, कौन देखता है कि उल्लंघन हुआ या नहीं?

उसके लहजे ने एकबार को तो मुझे क्रोधित कर दिया, फिर भी स्वयं पर नियंत्रण रखते हुए उत्तर मैंने बड़े शांत भाव से ही दिया। मैंने कहा- कोई देखे न देखे, हम स्वयं तो देखते ही हैं। और महत्व भी किसी और के देखने का नहीं, बल्कि स्वयं के देखने का होता है।

लगता है मेरी सीधी बात भी विन्द से बर्दाश्त नहीं हुई। उसने तत्क्षण एक कटाक्ष जड़ दिया – अरे! मैं तो भूल ही गया था। तुम लोग तो ग्वाले हो, तुम्हें इस तरह से सोने की तो आदत ही होगी। हां, यदि हमारी तरह राज-परिवार से होते तो फर्क समझते।

...इधर मेरा तो ठीक पर उधर भैया, जो पहले ही आश्रम के अनुशासन व सादे भोजन से परेशान थे; बस विन्द का कटाक्ष सुनते ही अपने आपे से बाहर हो गए। मैंने किसी तरह उन्हें शांत किया। अरे, किसी के ग्वाले कहने से क्या होता है? फिर उसने गलत भी क्या कहा? हम ग्वाले हैं ही। और मुझे अपने ग्वाले होने पर कोई शर्म नहीं। हां, यह बात अलग है कि उन्हें अपने राजकुमार होने पर गर्व है, लेकिन यह तो उनकी समस्या हुई। भला इससे हम क्यों परेशान होने लगे? अभी मैं भैया को यह सब समझा ही रहा था कि अचानक कहीं से आचार्यजी प्रकट हो गए। शायद उनके कानों तक इस विवाद की आवाज पहुंच चुकी थी। उन्होंने आते ही मुझसे पूछा- क्या बात है, नींद नहीं आ रही?

मैं क्या कहता! चुप ही रहा।

मुझे इस तरह खामोश देख वे स्वयं बोले- यह स्थान बदलने का प्रभाव है। यदि मनुष्य परिस्थिति के साथ-साथ अपना मन बदलना भी सीख ले तो उसे ऐसी समस्या का सामना कभी नहीं करना पड़े। खैर, तुम लोगों का तो आज पहला दिन है ...सो चलता है। कई लोग तो यहां वर्षों के अभ्यास के बावजूद अपना जीवन नहीं बदल पा रहे हैं।

विन्द-अनुविन्द तो आचार्यजी की बात सुनते ही सकते में आ गए। उनके चेहरे पर उभरी घबराहट स्पष्ट देखी जा सकती थी। उन्होंने झट से ओढ़ने-बिछौने भी निकाल फेंके। लेकिन शायद इतने से आचार्यजी का काम नहीं चलने वाला था। उन्होंने बड़ी तीखी दृष्टि करते हुए उनसे पूछा- क्या बात है, मृगचर्म गड़ रहा है?

दोनों ने बड़ा घबराते हुए स्वीकृति में सिर हिलाया। इस पर आचार्यजी मुस्कुराते हुए बोले-तब तुम इसे हटा क्यों रहे हो? यदि तुम्हें जमीन पर सोना कष्टदायक महसूस हो रहा है, तो इसे बिछा रहने दो। यह आश्रम है धर्म स्थान नहीं जहां मनुष्य को जबरदस्ती बदलने की कोशिश की जाए, ...या उसे अकारण कष्ट दिए जाएं। यहां तो तुम्हें मन-परिवर्तन करना सिखाया जाता है। जिस दिन तुम जमीन पर सोना स्वयं स्वीकार लोगे, उस दिन तुम्हें इस ओढ़ने-बिछाने की आवश्यकता नहीं पड़ेगी। सत्य जानो उस दिन तुम्हें ठंड भी परेशान नहीं करेगी।

इतना कहकर आचार्यजी तो चले गए, लेकिन जाने से पूर्व फिर एक अद्‌भुत शिक्षा दे गए। "स्वीकार" करने की शिक्षा। मैंने यह शिक्षा ऐसी ग्रहण की कि उसी क्षण जमीन पर सोना स्वीकार लिया। "ठंड" तत्क्षण गायब हो गई। अब न ओढ़ने की जरूरत थी, न कुछ बिछाने की। क्षण भर में ही मेरे खर्राटे बोलने लगे। ...यह तो कमाल हो गया। "स्वीकार्य-भाव" तो जादू था जादू। उसे साधारण शिक्षा कहना उसका अपमान करना होगा। वैसे तो मेरा स्वीकार्य-भाव बचपन से ही अच्छा था, प्रायः मैं चीजों को जल्द ही स्वीकार भी लिया करता था; परंतु अब तो उसका जादू मेरे सर चढ़कर बोलने लगा था। अब तो समझ चुका था कि परिस्थिति को बदल सकते हो तो बदल दो, और यदि नहीं बदल सकते तो उसे स्वीकार लो।

...चलो, इस तरह यह दूसरी रात भी कट गई। फिर तो धीरे-धीरे हम आश्रम के माहौल से अभ्यस्त भी होने लगे। उधर मेरी और सुदामा की मित्रता भी दिन-ब-दिन बढ़ती जा रही थी। निश्चित ही उसका एक प्रमुख कारण संगीत तो था ही; लेकिन दूसरा महत्त्वपूर्ण कारण यह भी था

कि वह राज-परिवार से नहीं था। इस कारण उसका अहं हमसे नहीं टकराता था। वैसे वह गुरुपुत्र था और साथ ही आचार्य-मां का बड़ा प्रिय भी, फलस्वरूप कभी-कभार उसका यह गर्व व्यवहार में झलक भी जाया करता था; फिर भी मेरे मन उसका यह अहं बर्दाश्त की सीमा के भीतर था। इसके अलावा की बात करूं तो यहां आश्रम में आकर हमारा जीवन बड़ा अनुशासित हो गया था। कपड़े धोने से लेकर बिस्तर बिछाने तक हमें अपने सारे कार्य स्वयं करने पड़ रहे थे। यही नहीं, आश्रम के लिए आवश्यक सभी साधन-सामग्री जुटाने भी हमें स्वयं ही जाना पड़ता था। साथ ही नियमित व्यायाम करना व समय से सोना-जागना भी आश्रम के अनुशासन का ही एक हिस्सा था। अब आप तो जानते ही हैं कि यह अनुशासन हमारे लिए एकदम नई बात थी, हालांकि मैं तो इसे स्वीकार चुका था परंतु भैया को रह-रहकर तकलीफ हो जाया करती थी; खासकर उठने में। फिर भी किसी तरह समझाकर या कभी-कभार पटाकर, मैं उन्हें आश्रम के रंग में ढालने की कोशिश करता ही रहता था। लेकिन समस्या यह कि भैया को एक नहीं, हजार परेशानियां थी। और ऊपर से नई-नई तकलीफें नित नए स्वरूप धारण करके भी आ ही जाया करती थी। एक दिन की ही बात लो। ...राजभवन से आश्रम के लिए पकवान भिजवाये गए। स्वाभाविक तौर पर यह देख मैं और भैया बहुत खुश हुए। मेरा तो ठीक पर भैया के चेहरे की तो रौनक ही बदल गई थी। अब आप तो जानते ही हैं कि हम दोनों खाने के कितने शौकीन थे। यह कम था तो मथुरा आने के बाद हमें अच्छे भोजन का चस्का भी लग चुका था। क्या मीठा व क्या चटपटा, अब तो दोनों तरीके के भोजन हमारी दुखती नस हो गए थे। ऊपर से मैं और भैया चार-चार आदमियों का भोजन अकेले चट करने वालों में से थे, और यहां आश्रम में एकदम सादा भोजन... वह भी व्यावहारिक मात्रा में ही परोसा जा रहा था। उससे हमारा पेट कहां भरने वाला था? ऐसे में आश्रम में आए पकवान देखकर हम पेटुओं का खुश होना लाजमी ही था। लेकिन जैसा सभी जानते हैं कि जीवन में हमेशा सब-कुछ अपना सोचा नहीं होता है; और शायद यही जीवन का मजा भी है। ठीक यही कहावत चरितार्थ करते हुए आचार्यजी ने हम लोगों को राजमहल से आए भोजन में से सिर्फ फल व दही ग्रहण करने की इजाजत दी। यह सुनते ही हमारा तो नशा ही हिरण हो गया। वे तो यह आज्ञा दे चले गए, पर इधर भैया को तो ऐसा लगा मानो किसी ने उनका मुंह तक गया निवाला छीन लिया हो।

...यानी मुसीबत ने दस्तक तो दे ही दी थी, अब इन्तजार था तो उसके भयानक स्वरूप धारण करने का। तो उसमें भी क्या देर थी? हम लोगों ने चुपचाप मुंह लटकाए भोजन करना प्रारंभ ही किया था कि विन्द-अनुविन्द ने अपना आपा खो दिया। दरअसल भोजन देखते ही उनके मुंह से ऐसी लार टपकी कि उन्होंने आचार्यजी की आज्ञा की परवाह किए बगैर व्यंजन व पकवान लपालप खाने शुरू कर दिए। ...यह तो जुल्म पर महा-जुल्म हो गया। एक तो सामने रखा भोजन यूं ही परेशान कर रहा था, ऊपर से किसी को भोजन चट करते हुए देखना... यह भी एकदम भिन्न अनुभव था। पसंदीदा वस्तु सामने रखी थी, मन खाने को मचल भी रहा था; फिर भी नहीं खा रहे थे। इस लिहाज से तो आज व्यक्तित्व के एक नए ही पहलू से मुलाकात हो रही थी। शायद यह आचार्यजी की स्वैच्छिक आज्ञा पालन की इच्छा का असर था। कहा जा सकता है कि इसमें मेरे

गुण की बजाय आचार्यजी के प्रभाव की अहम भूमिका थी। अर्थात् सामने कोई साधारण आचार्य होते तो शायद मैं स्वयं आज्ञा का उल्लंघन कर पकवान चट कर गया होता।

...लेकिन अभी तो नजारा ही कुछ दूसरा जमा हुआ था। मैं और सुदामा चुपचाप व भैया क्रोध में परोसे गए फल, फूल व दही खा रहे थे। दूसरी तरफ हमारे ठीक सामने विन्द-अनुविन्द तनके बैठे लपालप पकवान खा रहे थे। खैर, मैं और सुदामा तो खाकर उठ चुके थे, लेकिन भैया अब भी डटे हुए थे। नहीं... नहीं, वे खा नहीं रहे थे बल्कि सामने रखे पकवानों को घूरने में लगे थे। यह तो ठीक पर उनके घूरने की अदा भी ऐसी थी मानो आंखों से ही खा जाएंगे। सच कहूं तो खा क्या जाएंगे... आंखों से जितने खाये जा सकते थे वे खा ही चुके थे। ज्यादा कष्टदायक यह कि विन्द-अनुविन्द अब भी गपागप खाये जा रहे थे। यह तो ठीक, पर अब तो बाकी शिष्यों का भी जमावड़ा यहां हो गया था। हर कोई यह नजारा देख स्तब्ध था। इधर मैं खड़ा भले ही हो गया था, पर दोनों को खाते हुए देखने का लुत्फ अब भी उठा ही रहा था। उधर हमें इस तरह पकवानों को निहारते देख अनुविन्द ने हम लोगों से पूछा भी कि क्या आप लोगों को पकवान खाने की इच्छा नहीं हो रही?

अब यह क्या बात हुई? सभी यह नजारा देख रहे हैं फिर सवाल हमसे ही क्यों? होगा, अभी तो बात टालने के उद्देश्य से मैंने कहा- इच्छा तो थी। झूठ क्यों बोलूं, कुछ अंश तक अब भी है; परंतु उससे कई ज्यादा इच्छा आचार्यजी के आज्ञा पालन की है।

विन्द तो मानो ऐसे ही किसी मौके की तलाश में था। उसने तुरंत अपना पुराना व्यंग दोहराया - आखिर तुम ठहरे ग्वाले ही, और वो भी ठेठ वृन्दावन के जंगलों के; कभी पकवान खाये हों तो उसकी अहमीयत जानो ना?

यह सुनते ही भैया का चेहरा तमतमा उठा। मैं घबरा गया। कहीं पकवान न खा-पाने का पूरा क्रोध विन्द पर न उतार बैठें। आप मानेंगे नहीं कि हजार मिन्नतें कर मैं उन्हें बमुश्किल शांत कर पाया। हालांकि फिर भी भैया ने विन्द को घूरते हुए इतना तो कह ही दिया- ध्यान रहे मुझे व्यंग सुनने की आदत बिल्कुल नहीं है।

इस पर विन्द बड़े गर्व से बोला- लेकिन मुझे व्यंग कसने का अच्छा अभ्यास है।

इधर बात बिगड़ती देख बात सम्भालने की चेष्टा से मैं एकबार फिर मैदान में कूद पड़ा। मैंने बड़ी विनम्रता से कहा- ठीक है भाई! आप अवश्य व्यंग कसिए। हम धीरे-धीरे व्यंग सुनने का अभ्यास डाल लेंगे। कुछ आचार्यजी से सीख रहे हैं, कुछ आपसे भी सीख लेंगे।

उधर बाकी सब तो ठीक पर दूर खड़ा सुदामा इस विवाद का भरपूर आनंद ले रहा था। शायद उसे आचार्यजी की आज्ञा पालन के साथ-साथ इन दोनों के व्यंग सहने की भी अच्छीखासी आदत पड़ चुकी थी। आखिर वह इस आश्रम का पुराना चावल जो था। तभी अचानक अनुविन्द को क्या हुआ..., या उसे लगा होगा कि मैं क्यों बाकी रह जाऊं। बस वह मैदान में कूद पड़ा। हालांकि उसने सीधे हमसे कुछ नहीं कहा पर बड़े ही कटाक्षपूर्ण अंदाज में वह सीधे विन्द को सम्बोधित करते हुए बोला- आचार्यजी भी कहां से ये दो जंगली कबूतर पकड़कर ले आए? सचमुच पूरे आश्रम की शान ही मिट्टी में मिला दी।

...यह सुनते ही भैया तो पूरे क्रोध में खड़े हो गए। मुझे लगा कहीं विन्द-अनुविन्द को मार न बैठे। स्थिति सचमुच नियंत्रण से बाहर हो चुकी थी। मैं मामले को जितना शांत करने की कोशिश कर रहा था, उससे कई ज्यादा वह दोनों मामला गरमाये रखने की कोशिश में लगे हुए थे। दुर्भाग्य से जीत उनकी होती नजर आ रही थी। वैसे तो मैं हारने का अभ्यस्त कतई नहीं था, लेकिन यह तो आप सभी जानते हैं कि मामला शांत करने की बजाए गरमाए रखना हमेशा से ज्यादा आसान होता है। इसलिए स्वाभाविक तौर पर वे भारी पड़ रहे थे।

खैर, अभी मामला पूरी तरह बिगड़ने को ही था कि तभी कहीं से आचार्यजी प्रकट हो गए। उन्हें देखते ही मेरी जान में जान आ गई। लगता है वे लगातार हो रही इस खटर-पटर के चलते ही आए थे। उन्होंने आते ही विन्द-अनुविन्द की ओर देखकर थोड़े कड़क आवाज में कहा- आश्रम की शान का ताल्लुक यहां कौन शिक्षित होने आता है, उससे कतई नहीं है। दरअसल आश्रम की शान का सीधा ताल्लुक यहां से शिक्षित विद्यार्थी जीवन में आगे क्या करते हैं, उस पर निर्भर है। ...खैर छोड़ो, यह बात तुम जैसे अहंकारी कैसे समझेंगे। जाओ, आज से तुम दोनों भाई मेरी हर आज्ञा से आजाद हो। क्योंकि मेरा कार्य आपकी इच्छाओं का दमन करना नहीं है, वरन उसका परिष्कार करना है। क्योंकि दमन करने से तो इच्छाएं द्विगुणित वेग से उभरती हैं। होगा, मुझे तुम्हें यह सब समझाने की कोई आवश्यकता नहीं। हां, मेरी तमाम आज्ञाओं से आजाद करने के उपलक्ष्य में तुम दोनों भाइयों से भी यह अपेक्षित है कि आज के बाद तुम लोग दूसरों के मामले में दखलंदाजी नहीं करोगे। ...फिर कुछ देर की खामोशी के बाद आवाज थोड़ी और कड़क करते हुए बोले- वरना गंभीर परिणाम भुगतने हेतु तैयार रहना।

आचार्यजी के अंदाज ने विन्द-अनुविन्द के चेहरे की हवा ही उड़ा दी। मैं स्वयं आचार्यजी का रुआब देखता रह गया। खैर, आचार्यजी तो चले गए, लेकिन जाने से पूर्व फिर एक कमाल की बात सिखा गए। उनकी बात का सार स्पष्ट था। तन से वस्तु का त्याग दो-कौड़ी का है; महत्व मन से त्यागने का है। मैंने उनकी यह बात हमेशा के लिए आत्मसात कर ली। उसके बाद कभी आश्रम में रहते व्यंजन खाने की इच्छा दोबारा नहीं हुई। और जहां तक दमन का सवाल है तो मैं तो यूं भी पहले से ही हर प्रकार के दमन का विरोधी था। पूर्ण स्वच्छंदता का मैं शुरू से ही पक्षधर था। यह सब तो ठीक, पर इस पूरे घटनाक्रम में एक बात अच्छी हुई थी जो आचार्यजी समय से प्रकट हो गए थे; वरना विन्द-अनुविन्द और भैया में मार-पीट अवश्य हो जाती। और यदि ऐसा होता तो भैया विन्द-अनुविन्द का क्या हाल कर देते इसका तो भगवान ही मालिक था। अरे, उनका तो जो होता सो होता, हमारा क्या होता...? दोनों उज्जयिनी के राजकुमार थे। आश्रम उनके एहसानों तले वैसे ही दबा हुआ था। ऐसे में यदि गलती से भी हम आश्रम से निकाल दिए जाते तो जरासंध के हाथों हमारी बलि चढ़ना निश्चित हो जाता। देखा आपने, आश्रम ने जरासंध नामक बला से सुरक्षा तो अवश्य दी थी, परंतु उसके आतंक से मुक्ति यहां भी नहीं मिल पा रही थी। और इसका मात्र और एकमात्र कारण मेरे साथ भैया नामक एक चलती-फिरती मुसीबत का होना था जो जरासंध का साया हटने ही नहीं देता था।

खैर! अभी तो मामला सलटते ही वापस हमलोग अपने-अपने कक्ष में सोने चले गए। कमाल यह कि अभी-अभी विन्द-अनुविन्द से झगड़ा हुआ था और अभी फिर एक ही कक्ष में सोना

पड़ रहा था। होगा, मुझे तो वे और भैया फिर न झगड़ पड़े, इस चक्कर में जागते ही रहना था। और मन-ही-मन मैं इसका पूरा क्रोध विन्द-अनुविन्द पर निकाल भी रहा था। आपको याद होगा कि मथुरा में युवराजों को देखकर मैं कितना खुश हुआ करता था। उन्हें देख ऐसा लगता था मानो वे सीधे कोई चांद-तारों की दुनिया से पधारे हैं। लेकिन आज जब उनके कुछ निकट आने का मौका मिला तो उनका सारा नशा जाता रहा। इधर युवराजों के बाबत सोचते-सोचते मेरे चिंतन ने एक नई ही दिशा पकड़ ली। सोचने लगा, कल यही लोग राजा बनेंगे; ऐसे में आर्यावर्त का भविष्य क्या होगा? आम प्रजा सुकून से कैसे जी पाएगी? क्या राजा बनने की परंपरा में परिवर्तन आवश्यक नहीं? क्या प्रजा के भविष्य को ध्यान में रखते हुए राजा, "राजपुत्र" के स्थान पर राज्य के सबसे योग्य व्यक्ति को नहीं होना चाहिए? वैसे कई बातें ऐसी होती हैं जिन पर सोचा तो जा सकता है, लेकिन किया कुछ नहीं जा सकता। ...यह चिंतन भी कुछ वैसा ही था। और इन्हीं सब विचारों में सुबह भी हो गई।

खैर! छोड़ो इन बातों को। बेहतर है आश्रम की ही बात की जाए। और यहां अगले चन्द दिनों में ही हमारी शस्त्र-शिक्षा भी प्रारंभ हो चुकी थी। वैसे तो यहां सभी शस्त्र चलाने सिखाये जाते थे, परंतु आचार्यजी का विशेष जोर गदा व तलवार पर रहता था। कहने की जरूरत नहीं कि हम लोग पहली दफा व्यवस्थित रूप से शस्त्र चलाना सीख रहे थे। निश्चित ही यह अपनेआप में काफी महत्त्वपूर्ण अनुभव था। खैर, अब शस्त्र चलाना तो सीखेंगे तब सीखेंगे, पर एक बात यहां अभी से अच्छी हो गई थी कि शस्त्र-शिक्षा प्रारंभ होने से भैया का मन अब आश्रम में लगने लगा था। और इसके साथ ही मुझे बार-बार उन्हें सम्भालने के भयानक कर्म से मुक्ति मिल गई थी। और जहां तक मेरा सवाल है तो मैं तो आचार्यजी की हर बात से इतना प्रभावित था कि मैं पूरी तरह से "आचार्यमय" हो चुका था। अब तो न मथुरा याद आती थी न जरासंध; और ना ही वृन्दावन - न तो रुक्मिणी। बस सबका स्थान ले "आचार्यजी" पूरी तरह से मेरे जहन में बस चुके थे। दूसरी तरफ आचार्यजी की बात करूं तो वे भी मेरे आने से काफी खुश थे। और-तो-और, शायद इसी खुशी में उन्होंने संध्या सभा भी प्रारंभ कर दी थी। बड़ा ही उपयोगी प्रयोग था यह। इसमें हमारे मन में उठ रहे प्रश्नों का समाधान आचार्यजी द्वारा किया जाना था। यह सुनते ही मेरे मन में तो हजारों सवाल अभी से घूमने शुरू हो गए थे।

खैर! आज इस प्रयोग का प्रथम दिन था। मैं तो सुबह से यानी जबसे यह घोषणा हुई थी, संध्या का इन्तजार कर रहा था। बस संध्या भोजन के पश्चात् ही हम सभी आश्रम के मध्य स्थित खुले चौगान में पहुंच चुके थे। हम सबने अपना-अपना स्थान भी ग्रहण कर लिया था। उत्साहवश मैं तो सुदामा व भैया के साथ प्रथम पंक्ति में ही बैठ गया था। निश्चित ही उज्जयिनी की ठंड में खुली घास में बैठने का अपना ही एक आनंद था। उधर कुछ ही देर में आचार्यजी भी मां के साथ आ पधारे। हमने खड़े हो उन्हें प्रणाम किया व सामने पेड़ से सटी ऊंची बैठक पर उनके विराजमान होते ही हमने अपना स्थान फिर ग्रहण किया। बाकी सबका तो नहीं मालूम पर मेरा तो काम हो गया था। स्वयं के मन में उठ रहे प्रश्नों का समाधान हो जाए, उससे बढ़कर शिक्षा और क्या हो सकती है? यह सब तो ठीक, पर आश्चर्य यह कि आचार्यजी द्वारा एक-दो बार प्रश्न आमंत्रित करने पर भी कोई कुछ नहीं पूछ रहा था। मत पूछने दो, मैं तो तैयार था ही। यानी इस सभा का प्रारंभ मेरे पूछे प्रश्न से

ही हुआ। ...हालांकि प्रश्न मैंने अच्छीखासी प्रस्तावना रखते हुए अपने स्थान पर खड़े होकर पूछा- आचार्यजी मैं एकदम नया विद्यार्थी हूँ, यदि प्रश्न में कोई त्रुटि रह जाए तो क्षमा करें। दरअसल मैं समझना चाहता हूँ कि पकवानों के त्याग या जमीन पर सोने की शिक्षा से भविष्य का क्या ताल्लुक है? उसके पीछे का उद्देश्य क्या है? जो चीज हमें स्वतः उपलब्ध हो रही है उसका त्याग क्यों? जिसमें कुछ बुराई भी नहीं फिर उससे परहेज क्यों?

मेरा प्रश्न खत्म होते ही आचार्यजी ने मुझे बैठने का इशारा किया। तत्पश्चात् मेरा उत्साह बढ़ाते हुए बोले- शिष्य! तुम्हारा प्रश्न श्रेष्ठ है। दरअसल इसके पीछे दो उद्देश्य हैं। एक तो यदि चीज तुम्हारे सामने है और तुम्हें पसंद भी है..., फिर भी मेरी आज्ञा से तुम उसका त्याग सिर्फ तन से नहीं मन से भी कर पाते हो तो इसका अर्थ यह हुआ कि तुम मेरा सम्मान करते हो; और शिक्षा उसी आचार्य से ग्रहण की जा सकती है जिसका तुम सम्मान करते हो। वरना सारी सिखाई बातें चौपट हो जाती हैं। दूसरा, जीवन चाहे राजा का ही क्यों न हो, हमेशा एक-सा नहीं रहता। नित नई मुसीबतों से भरा रहता है। यह आश्रम है, और यहां तुम्हें आने वाले कल के लिए तैयार किया जाता है। ध्यान रहें, एक राजा को भी युद्ध पर जाते वक्त ना सिर्फ तमाम राजसी वैभव छोड़कर जाना पड़ता है बल्कि कई बार तो युद्ध हारने पर कैद भी भोगनी पड़ती है। बस यह समझ लो कि यह सब उसी की पूर्व तैयारियां हैं।

मेरा क्या था? मैंने तो फिर खड़े होकर दूसरा प्रश्न दागते हुए पूछा- इसका अर्थ यह हुआ कि वास्तव में आपको वैभव या पकवानों से कोई एतराज नहीं।

आचार्यजी मुस्कुराकर बोले- कतई नहीं। आश्रम से निकलकर सभी को राजसुख तो भोगना ही है। याद रखना; जिसके पास वैभव नहीं है और भोगना चाहता है, वह पागल है। दूसरी तरफ जिसके पास वैभव है फिर भी नहीं भोग रहा है, वह उससे भी ज्यादा पागल है।

...आचार्यजी ने बात वाकई बड़े पते की कही थी। मेरी शंका का समाधान हो गया था। इसके साथ ही आज की यह शानदार सभा तो समाप्त हुई, पर धीरे-धीरे कर मुझे इस प्रश्न-उत्तर सभा में इतना आनंद आने लगा था कि सुबह से ही मैं संध्या सभा का इन्तजार करता रहता था। यह तो मेरी बात हुई, पर उधर पता नहीं क्यों भैया का मन अब भी पूरी तरह से आश्रम में नहीं लग पा रहा था। वैसे भी अनुशासित रहना या शिक्षित होना उनके बस की बात ही नहीं थी। यहां तक तो ठीक, पर समय के साथ उनकी परेशानी इस कदर बढ़ गई थी कि मन बहलाने हेतु वे आचार्यजी से आंखें चुराकर घूमने जाने लगे थे। सच कहूं तो भैया के इस तरह आश्रम के बाहर जाने-आने से मैं बुरी तरह घबरा गया था। मैंने एक-दो बार भैया को समझाने की कोशिश भी की, लेकिन सब बेकार। मेरा डर एक ही था; कहीं आचार्यजी तक यह खबर पहुंच गई तो ऐसा न हो वे भैया को आश्रम से ही निष्कासित कर दें? ऐसे में मैं तो स्वतः ही निष्कासित हो गया। कोई भैया का साथ तो छोड़ा नहीं जा सकता था? और एकबार आश्रम से निकले नहीं कि जरासंध नामक भूत हमारे पीछे लगा नहीं। शिक्षा तो जाएगी ही जाएगी, जान से भी हाथ धोना पड़ेगा। लेकिन भैया यह सब कहां मानने या समझने वाले थे। यानी एकतरफ जहां मुझे आश्रम में बड़ा आनंद व सुकून मिल रहा था, तो दूसरी तरफ यह मानसिक परेशानी भी उठानी ही पड़ रही थी।

होगा! भैया तो बाज आने से रहे। अब तो उनका आश्रम से भागना रोज का हो गया था। ...एक दिन ऐसे ही घूमते-फिरते भैया जंगल से थोड़ी दूर निकल गए थे। वैसे तो जंगल आश्रम के पिछवाड़े ही पड़ता था, लेकिन उस दिन भैया कुछ ज्यादा ही दूर घने जंगल की ओर निकल पड़े थे। घूमते-घूमते अभी दोपहर ही हुई थी कि अचानक उनके सामने एक विशाल बाघ आ गया। अब भला भैया बाघ से कहां डरने वाले थे? यूं भी बहुत दिनों से आश्रम में कुछ खास किया नहीं था। ऐसे में भैया के ऐसे हसीन मौके के चुकने का सवाल ही नहीं उठता था। घना जंगल, चारों ओर एकान्त व करीब पचास गज की दूरी पर खड़ा बाघ। बस, भैया तो भागने या रास्ता बदलने के बजाय नापते कदमों से उसकी ओर बढ़ने लगे। ऐसे में बाघ के भी दिशा बदलने का सवाल ही नहीं उठता था। दोनों एकदूसरे की तरफ बढ़ते गए और अंत में भिडंत हो ही गई। ...पर बाघ भी काफी विशाल व शक्तिशाली था। भैया से दोगुना दिखने वाला यह बाघ अति फुर्तीला भी था। वृन्दावन के आसपास तो इतने विशाल बाघ नहीं हुआ करते थे, और शायद उसी गलतफहमी में भैया हल जमीन पर रख भिड़ गए थे। लेकिन उधर जब काफी देर की बाथम-बाथ के बाद भी कोई परिणाम नहीं आया तो भैया ने सब्र खो दिया। ऐसे में भैया के हल से बच पाना बाघ के बस की बात कहां थी? उन्होंने थोड़ा दूर हटते हुए अपना हल उठा लिया व दूर से ही घुमाके जो निशाना साधा कि इसके पहले कि बाघ कुछ समझे या पलटवार करे, "हल" अपना काम कर चुका था। अब घायल बाघ को मारना भैया के लिए बकरी मारने जैसा था। सो जल्द ही बाघ के प्राण-पखेरू उड़ गए। चाहे जो हो, हकीकत तो यह थी कि बाथमबाथी की जगह हथियार से बाघ की हत्या कर भैया अपनी वीरता तो दिखा ही चुके थे, ऊपर से उनके मन में ख्याल आया कि क्यों न अपनी इस वीरता का परचम पूरे आश्रम में फैला दिया जाए। निश्चित ही इसके दो कारण थे; एक तो वो सभी पर अपनी वीरता का रौब झाड़ना चाहते थे, व दूसरा वे आचार्यजी द्वारा हमेशा मेरी तारीफ करने से कभी-कभी थोड़ा विचलित भी हो जाया करते थे। यह बात मैं ऐसे ही नहीं कह रहा, एक दिन बात-बात में वे अपना यह दर्द मुझसे जाहिर भी कर चुके थे। एकबार एकान्त में उन्होंने बड़े लाचारी भरे स्वर में मुझसे पूछा था- कन्हैया! हमें आश्रम में और कितने दिन रुकना है?

मैंने पूछा था- क्यों?

और वे बोले थे- मेरा यहां मन नहीं लगता।

मैंने कहा- आचार्यजी इतनी अच्छी-अच्छी बात सिखाते हैं, ये बातें हमारा जीवन परिवर्तित कर सकती हैं; फिर आपका मन क्यों नहीं लगता?

वे बोले- लेकिन वे जो भी सबक सिखाते हैं तुम्हे तुरंत कंठस्थ हो जाता है, जबकि मुझे याद ही नहीं रहता।

मैंने कहा- यह तो बड़ा आसान है। आचार्यजी जब समझाते है तब इतना ध्यान से सुनो कि अपना अस्तित्व ही भूल जाओ। बस...तुम्हें भी कंठस्थ हो जाएगा।

भैया बोले- वो तो ठीक है, परंतु आचार्यजी बात-बात पर मुझे डांटते रहते है। वे कहते है कि एक तुम हो जिसे कुछ याद नहीं होता व दूसरी तरफ तुम्हारा भाई है जिसे सब एकबार में ही कंठस्थ हो जाता है।

मैं समझ गया था, समस्या आचार्यजी के डांटने या याद न होने की नहीं है; असली समस्या की जड़ है आचार्यजी का मुझसे तुलना करना। निश्चित ही इससे भैया के अहंकार को चोट पहुंची थी। वैसे यही एक चोट उनके अहंकार को पहुंची हो, ऐसा भी नहीं था। यहां लगातार युवराजों के मध्य रहने से भैया को अकारण हीनता भी पकड़ती ही जा रही थी। दरअसल इससे स्वयं के साधारण परिवार से होने की व्यथा उन्हें अंदर-ही-अंदर खाए जा रही थी। ...जबकि उनके विपरीत एक मैं था जो अपने को वैसे ही हजारों युवराजों से बेहतर मानता था। मुझे ऐसी उल-जलूल समस्याएं कभी नहीं आती थी। आप तो जानते ही हैं कि मैं तो बचपन से ही स्वयं के सम्मोहन में पड़ा हुआ व्यक्ति था। ...कुल मिलाकर कहने का तात्पर्य यह कि भैया अपनी शेखी बघारने का हाथ लगा यह मौका छोड़ना नहीं चाहते थे। परंतु इस हेतु मृत बाघ को आश्रम तक घसीट कर लाना आवश्यक था। अब अहंकार भी चेतना का ही एक स्वरूप है, वह भी मनुष्य से कठिन-से-कठिन कार्य आसानी से करवाने में सक्षम होता ही है। बस उसी के चलते भैया भी बड़ी मशक्कत कर अपने से दोगुना वजनी उस विशालकाय बाघ को किसी तरह घसीटते हुए आश्रम तक ले ही आए।

यह तो ठीक, पर बाघ को आश्रम के द्वार पर छोड़ वे मुझे खोजते हुए अंदर चले आए। मैं सभी के साथ उस समय चौगान में ही मौजूद था। हांफते भैया को देखकर एकबार को तो मैं बुरी तरह चौंक गया। उधर भैया बिना कुछ कहे मुझे घसीटते हुए प्रमुख द्वार की ओर ले चले। पीछे-पीछे जिज्ञासावश सभी चल पड़े। प्रमुखद्वार के निकट मृत बाघ पड़ा देख मेरी तो बुद्धि ही चकरा गई। चौंक तो बाकी सब भी गए थे। लेकिन जैसे ही भैया ने उस मृत बाघ को पूरी शान से एक ठुंसा जड़ा, मैं माजरा समझ गया। अब ऐसा विशाल बाघ मैंने तो वृन्दावन में कभी नहीं देखा था। मजा तो यह कि उस मृत बाघ ने इस ठंडे मौसम में भी भैया को पसीने से तर-ब-तर कर दिया था। ...भैया की यह हरकत देख मुझे याद आया कि जब एकबार भैया ने बचपन में एक विशालकाय बगुले को मारा था, तब भी कई दिनों तक सभी से उसी की चर्चा कर अपनी शेखी बघारते फिरे थे। यानी शेखी बघारने की उनकी आदत बड़ी पुरानी थी। फिर यह तो बाघ था। दूसरी तरफ आश्रम युवराजों से भरा पड़ा था, यानी कि मौका भी था व दस्तूर भी। अब इन्तजार था तो भैया के अपनी शान में कुछ अल्फाज कहने का। ...हालांकि यह इन्तजार सिर्फ मैं कर रहा था, बाकियों के लिए तो मामला अब भी समझ के बाहर था। क्योंकि युवराज तो यह सोच ही नहीं सकते थे कि कोई इतने विशालकाय बाघ को मार भी सकता है। चाहे जो हो, वह तो भैया के शेखी बघारते ही पता चल ही जाएगा। मैं बड़ा खुश था कि अब सब-कोई भैया की वीरता का बखान करेंगे। अर्थात् अब भैया के आश्रम छोड़कर जाने की चिंता समाप्त हुई। इतनी देर में हो-हल्ला सुन आचार्यजी भी दौड़े चले आए थे। वे तो प्रवेशद्वार के निकट मृत पड़े विशाल बाग को देखते ही रह गए। फिर उन्होंने गौर से बाघ की पीठ पर पैर रखकर खड़े भैया को देखा। तत्पश्चात् ध्यान से तमाशा निहार रहे हमलोगों पर भी एक नजर घुमायी। उधर भैया तो आचार्यजी के आगमन के साथ ही पूरी तरह ताव में आ गए। इधर मैं आचार्यजी को आया देखकर भैया के निकट जाकर खड़ा हो गया। वहीं स्वभाव से मजबूर भैया माहौल बना देख शुरू हो गए - मैं तो यूं ही जंगल में टहल रहा था कि इस बाघ ने मेरे सामने आने का दुस्साहस किया। मुझे क्रोध आ गया। दो वार में ही इसका काम तमाम कर दिया।

यह सुनते ही सभी भैया की वीरता की तारीफ करने में लग गए। उधर इससे और उत्साहित हुए भैया अबकी छाती और चौड़ी करते हुए आचार्यजी की ओर देखकर बोले- आपको भेंट स्वरूप देने ही इसे मैं यहां तक घसीट कर लाया हूँ।

...आचार्यजी अब तक पूरी तरह मौन ही थे। उनके चेहरे पर कोई हाव-भाव भी नहीं उभर रहा था। मेरे लिए यह बिल्कुल अप्रत्याशित था। वे क्या सोच रहे हैं, मेरी समझ में नहीं आ रहा था। फिर सोचा, वे क्या सोच रहे हैं, यह समझना मुश्किल है... तभी तो वे आचार्य हैं। जबकि भैया ने बाघ क्यों मारा और क्यों उसे घसीटकर आश्रम तक लाए, यह सबकुछ समझना आसान था, इसीलिए वह भैया थे।

खैर; आचार्यजी के मन की बात समझ में नहीं आती, मत आने दो। क्यों न उस तरीके से सोच लिया जाए जो अपनी सोचने की क्षमता के भीतर है। यह विचार आते ही मुझे आचार्यजी के उस व्यंग पर हंसी आ गई जिसके चलते इस निर्दोष बाघ को अपनी जान गंवानी पड़ी थी। ...अब यह सोचते तो सोच गया पर इस सोच ने चिंतन को झकझोर कर रख दिया। क्या वाकई दूसरों के शब्द व व्यवहार मनुष्य को इतना प्रभावित कर सकते हैं? क्या मनुष्य को खिलौना बनाया जा सकता है? वैसे तो आचार्यजी के व्यंग व भैया के बाघ मारने में ताल्लुक तो स्पष्ट था। यदि यह सही है तब तो यही खेल श्रेष्ठ है। इससे तो बड़ी आसानी से मनुष्यों का खिलौनों की तरह इस्तेमाल किया जा सकता है। बस क्या था, फिर तो यह खेल मुझे ऐसा रास आया कि इसके बाद जीवनभर मैंने मनुष्यों का खिलौनों की तरह इस्तेमाल किया। ...हालांकि यह बात अलग है कि उससे मैंने कभी अपनी कोई स्वार्थ सिद्धि नहीं की। वैसे यह खेल सीखने का एक दूसरा फायदा भी हुआ था, इसके पश्चात् फिर कभी मैं किसी की कैसी भी बात से न तो विचलित हुआ और ना प्रभावित ही हुआ। अरे भाई, खिलौनों से खेलना अच्छा लगता है, खुद खिलौना थोड़े ही बना जाता है? कमाल था! इतनी गहरी बात समझ गया था, पर आचार्यजी के मन में क्या चल रहा है, यह अब भी नहीं समझ पाया था। छोड़ो, तभी तो वे गुरु थे और मैं शिष्य।

यह सब तो ठीक, पर उससे भी बड़ा आश्चर्य तो यह था कि मैं इतना कुछ सोचकर वापस अपनी सामान्य मनोदशा में आ भी चुका था, पर इधर आचार्यजी की खामोशी थी जो टूटने का नाम ही नहीं ले रही थी। मैं कभी मृत बाघ पर पैर रख कर खड़े भैया को देख रहा था तो कभी शिष्यों के आगे खड़े आचार्यजी के हावभाव देख रहा था। हालांकि चाहे जो कर रहा था, पर खामोशी तोड़ने की हिम्मत मैं अब भी नहीं जुटा पा रहा था। तभी अचानक आचार्यजी के चेहरे की भावभंगिमा बदली, वे कुछ क्रोधित होते हुए चार कदम हमारी तरफ बढ़े। ...फिर अचानक भैया पर बुरी तरह भभक उठे। बड़ी ही कड़क आवाज में भैया को संबोधित करते हुए बोले- तुमने एक साथ दो गुनाह किए हैं। एक तो बगैर इजाजत आश्रम के बाहर गए व दूसरा इस बाघ को मारकर तुमने अकारण जीव-हत्या की। तुम एक साथ यह दो गुनाह इसलिए कर पाए, क्योंकि तुमने अब तक गुरु की कृपा देखी है ...उनका क्रोध नहीं जाना है।

आचार्यजी की बात सुनते ही भैया तो बुरी तरह घबरा गए। मैंने उन्हें पहली बार इतना घबराते हुए देखा था। भैया की छोड़ो, मैं स्वयं बहुत डर गया था। कितनी कड़क आवाज थी

उनकी? कितने रुआबदार हाव-भाव थे उनके? हालांकि यह अच्छा रहा कि बात बहुत आगे नहीं बढ़ी। पर हां, जाते-जाते आचार्यजी ने भैया को एक अंतिम धमकी अवश्य दी कि पहली बार है इसलिए माफ कर देता हूँ, लेकिन याद रखना इस आश्रम में मांस लाना व खाना दोनों वर्जित है। इतना कहकर आचार्यजी तो चले गए, पीछे-पीछे हम सब भी चल दिए। भैया स्वाभाविक रूप से काफी उदास हो गए थे। बात ही उदासी की थी। आचार्यजी ने सबके सामने डांटा था और वो भी खासकर उस समय जब भैया सम्मान की उम्मीद लगाये बैठे थे। इसका परिणाम यह आया कि आज संध्या सभा में खामोशी छा गई थी। भैया तो जो मुंह नीचे किए बैठे थे तो मुंह ऊपर उठाने का नाम ही नहीं ले रहे थे। बाकी सब भी डरे हुए ही थे। कहीं कोई गुस्ताखी न कर बैठे जिससे आचार्यजी की डांट सुननी पड़ जाए। सबसे अजीब हालत मेरी थी। एक तरफ जहां भैया की हालत पर तरस आ रहा था, तो वहीं दूसरी तरफ आज की बात को लेकर मन में कई विचार भी उठ रहे थे। स्वाभाविक तौर पर जीव-हिंसा जैसी कोई बात पहली दफा सुनी थी, सवाल उसको लेकर हजार उठ रहे थे; परंतु आज मुंह खोलने की हिम्मत नहीं जुटा पा रहा था। मैंने तो अब तक ढ़ेरों जानवरों को मार गिराया था। तो क्या मैंने गलत किया था? अब यह तो आचार्यजी ही बता सकते थे। लेकिन उसके लिए भी पूछना तो होगा ही। और वह हिम्मत मैं अब भी नहीं जुटा पा रहा था। ऐसे में किसी और के कुछ पूछने का तो सवाल ही नहीं उठता था। वैसे भी अन्य किसी को सवाल पूछने में रस ही कहां था? उधर सभा में इस कदर खामोशी छायी देख आखिर आचार्यजी ने मुझसे पूछ ही लिया- क्या बात है, आज तुम्हें भी कुछ नहीं पूछना कन्हैया?

मेरी तो हिम्मत ही खुल गई। अब कहां मुहुर्त देखना था। मैंने तत्क्षण सवाल दागते हुए पूछा- आचार्यजी! यदि कोई हिंसक पशु हम पर आक्रमण करे तो क्या आत्मरक्षार्थ भी हमें उसे नहीं मारना चाहिए?

आचार्यजी ने कहा- आत्मरक्षार्थ हम कुछ भी कर सकते हैं, किंतु ध्यान रहे कि यही अधिकार पशु को भी है। जैसे तुम्हें अपनी रक्षा के लिए किसी पशु को मारने का अधिकार है, वैसे ही उस पशु को भी अपनी रक्षा के लिए तुम्हें मारने का अधिकार है ही। सच तो यह है कि कोई पशु तब-तक तुम पर आक्रमण नहीं करता जब तक उसे तुमसे किसी खतरे का एहसास न हो जाए। हां, यदि पशु पागल या हिंसक प्रवृत्ति का हो तो बात अलग है। मुझे ही देखो, बाघ-सिंह तो कई बार मेरी बगल में सोये रहते हैं; लेकिन आज तक गलती से भी उनका नाखून तक मुझे नहीं लगा है।

यह बात तो समझ में आ गई। अर्थात् मैंने आज तक ठीक ही किया था। आत्मरक्षार्थ क्या, मैंने तो सर्व-हित को ध्यान में रखकर वार किए थे। चलो यह बात तो समाप्त हुई, पर आचार्यजी के जवाब ने एक और सवाल को जन्म दे दिया। अब जब हिम्मत खुल ही गई है तो व्यर्थ जिज्ञासा क्यों दबाऊं? बस यह सोचकर मैंने फिर पूछा- फिर मनुष्य में यह स्वभाव क्यों नहीं? वह तो अकारण शत्रुता पालता है।

सवाल सुन आचार्यजी ने मुस्कुराते हुए कहा- क्योंकि मनुष्य ने अपनी आत्मा की जगह अपनी बुद्धि का विकास अधिक किया है। और धीरे-धीरे उसी के भरोसे जीवन गुजारने का आदी

हो गया है। वह हर कार्य के मूल में कार्य व कारण की खोज करने लग गया, और यही कारण है कि अपनी सीमित सामर्थ्य से वह असीमित को नापने की कोशिश में जुट गया; जिसका अंतिम परिणाम यह हुआ कि वह प्रकृति की परम ऊर्जा से बिछड़ कर असहज हो गया। यही वजह है कि आज का मनुष्य इतना दुखी व असफल हो गया है। दरअसल आज का मनुष्य बौद्धिक क्षेत्र में इतना आगे होकर भी वास्तव में मानसिक तौर पर कई क्षेत्रों में वह जानवरों से भी बदतर हो गया है। इसका सबूत यह है कि जानवरों को आने वाली ऋतु या आने वाले संकट का एहसास समय रहते हो जाता है, जबकि मनुष्य मरकर भी अपने सर पर मंडरा रहे संकट नहीं भांप पाता है। वैसे इसका दुःखद परिणाम यह भी हुआ कि आज वह ना सिर्फ अपनी स्वार्थ पूर्ति के लिए भी हिंसा करता है; बल्कि यदि किसी कारण से उसके अहंकार पर चोट पहुंचे तो भी वह हिंसा पर उतारू हो जाता है।

...लो, अब इतना प्यार से समझायेंगे तो मेरी जिज्ञासा तो और भड़केगी ही। बस मन में एक अनूठे ही सवाल ने जन्म लिया। मैंने सोचा, जब समझानेवाला नहीं थक रहा तो पूछने वाला क्यों पीछे हटे? अतः मैंने फिर पूछा- तो क्या धर्म-शास्त्र व नीति-शास्त्र इस बाबत मनुष्य की सहायता नहीं करते?

यह सुनते ही आचार्यजी हंसते हुए बोले- सारे शास्त्र किताबी उलझनों से ज्यादा कुछ नहीं। शास्त्र तो ज्यादा-से-ज्यादा नासमझों को थोड़ी दूर तक का रास्ता दिखा सकते हैं; वास्तव में तो मनुष्य की चेतना और आत्मा ही उसके वास्तविक शास्त्र हैं। यानी उसे जगाये बगैर उसका उद्धार नहीं।

मुझे जवाब सुन इस विषय में और जिज्ञासा जागी। मैं अब रुकने को तैयार ही न था। जब कूंआ प्यास बुझाने को तैयार है, तो भला प्यासा क्यों शरम करे? मैंने फिर खड़े होते हुए एक सवाल और दाग दिया - आचार्यजी! मनुष्य में आत्मा होते हुए भी वह दुराचार कैसे कर पाता है? दुखी क्यों रहता है? क्या मनुष्य की आत्मा इस विषय में उसकी कुछ सहायता नहीं करता?

आचार्यजी ने कहा- क्योंकि मनुष्य ने अपने मन, बुद्धि और अहंकार को ज्यादा महत्व दिया है, इसलिए उसमें आत्मा होते हुए भी वह हमेशा ढंकी ही रह जाती है। स्वार्थ व अहंकार से ढंकी होने के कारण लाखों में किसी एक की चेतना जागती है।

मैंने फिर पूछा- तो किसी मनुष्य की चेतना जागी है, यह कैसे पता चलता है? ...निश्चित ही मैं स्वयं की स्थिति का अंदाजा लगाना चाहता था।

आचार्यजी ने हंसते हुए कहा- शास्त्रों, नीति व परंपराओं में अरुचि इसका सबूत है।

अरे! यह तो अच्छी बात है। मैंने तो कभी शास्त्र पढ़े ही नहीं। अतः रुचि-अरुचि का सवाल ही पैदा नहीं होता। नीति में तो मेरा विश्वास वैसे ही कभी नहीं रहा, और परंपराओं का तो मैं यूं ही विरोधी था। मुझे भरोसा बैठा कि मेरी चेतना अवश्य जागृत होनी चाहिए। निश्चित ही मेरे आगे के जीवन के लिए यह एक मजबूत सांत्वना थी। अब तो इस विषय में मेरी उत्सुकता बढ़ती ही जा रही थी। बस इसके चलते मैं फिर एक सवाल पूछने से स्वयं को नहीं रोक पाया - मनुष्य अपनी आत्मा कैसे पा सकता है?

आचार्यजी ने अबकी मुस्कुराते हुए कहा- यदि किसी मनुष्य का स्वभाव ध्यान का हो और वह अपने हर छोटे-मोटे कार्य लगातार ध्यानपूर्वक करता रहे, फिर धीरे-धीरे वह अपने इस

ध्यान को बढ़ाता चला जाए तो एक दिन यह ध्यान इतना बढ़ जाता है कि जहां वह अपने मन, बुद्धि, अहंकार और शरीर ही नहीं अपने अस्तित्व को भी भुला बैठता है; बस उसी क्षण वह आत्मा पा लेता है। लेकिन यह अत्यंत दुर्लभ-क्षण है। लाखों में कोई एक इसे पाता है। वह क्षण उस मनुष्य या मनुष्यता के लिए ही नहीं, अपितु सम्पूर्ण ब्रह्मांड के लिए भी अत्यंत बहुमूल्य व महत्त्वपूर्ण होता है। क्योंकि स्वयं का अस्तित्व भूलते ही वह प्रकृति का अस्तित्व पा लेता है।

आप मानेंगे नहीं कि आज तो इतना मजा आ रहा था कि मेरी बढ़ती जिज्ञासा ने एक अंतिम प्रश्न और भी पूछ ही लिया- तो क्या गुरुकुल इस विषय में सहायक नहीं।

आचार्यजी बोले- गुरुकुल इस विषय में सहायक होते हैं। परंतु यह गुरु के प्रेम एवं शिष्य की ग्राह्यता दोनों पर निर्भर करता है। ...इतना कहते-कहते अचानक उनके चेहरे के हाव-भाव बदल गए। फिर थोड़ा क्रोधित होते हुए बोले- छोड़ो! आजकल तो गुरु एवं गुरुकुल दोनों का पतन होता जा रहा है। देखो न! हस्तिनापुर में आचार्य द्रोण का गुरुकुल है जहां वे अपने शिष्यों को धनुर्विद्या सिखाते हैं। अब एक आदिवासी बिना उनकी सहायता के श्रद्धा-पूर्वक सिर्फ उनके मूर्ति स्थापन से धनुष चलाना सीख गया। यह वाकई काबिले-तारीफ बात थी, लेकिन दुष्ट द्रोण का अहंकार उल्टा इससे चोट खा गया। ...यदि कोई बगैर गुरु के उसकी प्रतिमा लगाकर ही धनुर्विद्या सीख जाए तो आचार्यों का क्या होगा? बस इस पागल ख्याल ने उसे बेचैन कर दिया। अब उस शिष्य का धनुर्विद्या सीखना उसकी ग्राह्यता का कमाल था, निश्चित ही इसमें द्रोण का कोई योगदान नहीं था। लेकिन वो भोला यह क्या जाने? उस भोले शिष्य ने शिष्टाचारवश गुरु द्रोण को गुरु-दक्षिणा देना चाही। और नीच द्रोण ने मौके का फायदा उठाते हुए उसके दाहिने हाथ का अंगूठा ही गुरुदक्षिणा में मांग लिया। बेचारा आदिवासी! अब वह धनुष कैसे चला पाएगा?

और इस बात का सबसे भयानक पहलू यह कि उस द्रोण ने इतनी भयानक गुरुदक्षिणा उस शिक्षा की ली जो उसने कभी उसे दी ही नहीं थी। यदि आचार्यों का ही पतन पशुओं के स्तर तक हो जाए तो क्या गुरु व क्या गुरुकुल? ...आचार्यजी तो यह सब कहते-कहते इस कदर दुखी हो गए कि आगे बिना कुछ कहे-सुने अपने कक्ष में चले गए। और उनके जाते ही हम भी अपने-अपने कक्षों को लौट गए।

सचमुच! मैं आश्रम में आकर और सांदीपनिजी जैसे महान आचार्य का सान्निध्य पाकर धन्य हो गया था। मेरा व्यक्तित्त्व दिन-दूनी व रात चौगुनी गति से निखर रहा था। अब तो चिंतन भी मन के गणित से ऊपर उठकर संसार के रहस्यों में उलझने लग गया था। अर्थात् मेरे अंतर्मन का विकास इतनी तेजी से हो रहा था कि मेरे चैतन्यने नित नई उड़ानें भरना शुरू कर दिया था। दूसरी ओर आश्रम में भी अब शांति-ही-शांति थी। टकराहट का माहौल समाप्त हो चुका था। यहां अब सभी मित्र थे। यहां तक कि विन्द-अनुविन्द से भी दोस्ती हो चुकी थी। सुदामा, श्वेतकेतु वगैरह तो पहले ही मित्र हो चुके थे। मुझे यूं भी मित्रों के बीच रहना शुरू से ही अच्छा लगता था। इसके चलते एक ओर जहां आश्रम में आकर मेरे व्यक्तित्व की उम्र बढ़ रही थी, वहीं दूसरी ओर मित्र-मंडली पाकर मेरा मस्तीखोर स्वभाव भी लौट आया था। अब तो कक्ष में भी मजा-ही-मजा था। वहां भी उधममस्ती हो ही जाया करती थी। उधर युवराजों की मित्रता पा भैया का ग्वालापन

भी दूर हो गया था। और नितांत मेरी बात करूं तो मैं तो इतना खुश था कि मेरा जीवन ही यह आश्रम हो चुका था।

...ऐसे में एक रात हम पांचों अपने कक्ष में सो रहे थे। उस रात नींद तो मुझे भी सबके साथ समय से ही आ गई थी, लेकिन आधी रात को आंख खुल गई थी। अब एकबार आंख खुली तो तत्क्षण नींद आने का सवाल ही नहीं उठता था। बस मन आश्रम में चल रहे उपद्रवों के चिंतन में खो गया। यूं भी उस रात सोने से पूर्व हमने आपस में काफी उपद्रव किया ही था। वाकई यहां आचार्यजी से शिक्षित होने आना मेरे जीवन की सर्वश्रेष्ठ घटना थी। बस इस विचार के साथ ही चिंतन दूसरी ही दिशा में सक्रिय हो गया। ...अब कहने को तो यह घटना क्षणभर में घट गई थी, पर वास्तव में इस पर चिंतन किया जाए तो पता चलता था कि इसे घटने में कई वर्ष लग गए थे। एक गहरी दृष्टि से देखा जाए तो यह घटना कई छोटी-छोटी घटनाओं का जोड़ थी। जैसे - यदि कंस मुझे पैदा होते ही मारना न चाहता तो मैं वृन्दावन कभी न पहुंचता। यदि वृन्दावन में जंगली जानवरों व राक्षसों की विपत्तियां न आई होती तो मैं इतना बलिष्ठ कभी न हो पाता। वहीं यदि कंस मथुरा में मेरी हत्या का षडयंत्र न रचता तो शायद मुझे मथुरा जाने का अवसर ही नसीब न हुआ होता। ऐसे ही यदि कंस का क्रोध गोपों व पिताजी पर न भभकता तो मैंने उसकी हत्या ही न की होती, शायद चुपचाप वापस वृन्दावन लौट गया होता। सबसे महत्त्वपूर्ण तो यह कि यदि मामियां न भड़की होती तो जरासंध का भय न होता; और यदि जरासंध का भय न होता तो नानाजी कभी मुझे सांदीपनिजी के आश्रम भेजने की व्यवस्था न करते; अर्थात् मैं सांदीपनिजी के आश्रम कभी न पहुंच पाता। कुल-मिलाकर मेरे चिंतन का सार यह कि हमारे साथ घटने वाली हर घटना वास्तव में हमारे साथ ही पीछे घटी कई घटनाओं का जोड़ है। ...इसका अर्थ तो यह भी हुआ कि वर्तमान के उतार-चढ़ाव का ताल्लुक भविष्य में घटने वाली किसी बड़ी घटना की कड़ी मात्र है। यह तो ठीक पर आश्चर्य तो इस बात का कि यदि मैं अपने साथ घटने वाली इन तमाम घटनाओं पर गौर करूं तो इन सब में कहीं-न-कहीं मेरे शत्रुओं का प्रमुख हाथ है। और यदि इन तमाम घटनाओं के अंतिम परिणाम पर गौर करूं तो इन्हीं के फलस्वरूप मैंने सांदीपनिजी का सान्निध्य पाया था। इसका एक सीधा अर्थ यह भी हुआ कि जीवन में जो कुछ भी मैंने श्रेष्ठ पाया है, उसमें शत्रुओं का बड़ा सहयोग रहा है। फिर इस संसार में शत्रु बचा कौन? ऐसे में इस संसार में किसे शत्रु मानना? ...शायद किसी को भी नहीं। मेरा ही उदाहरण लो; मेरे जीवन के सारे शत्रु अंत में जाकर तो मेरे परम-मित्र ही सिद्ध हुए थे। दरअसल तो वे ही सब जीवन को राह दिखाने वाले साबित हुए थे। बस, बात समझ क्या आई कि अचानक मेरा हृदय वृन्दावन में आए संकटों या कंस व मामियों को ही नहीं, बल्कि जरासंध को भी तहेदिल से धन्यवाद देने लगा। क्योंकि आज मैं जहां हूँ वह वास्तव में उन्हीं की मेहरबानियों का नतीजा है।

...चलो यह निष्कर्ष तो निकल गया पर लगता है आज मेरा चिंतन यहीं थमने को तैयार नहीं था। क्योंकि दो-चार और करवटें ले यह सब सोचते-सोचते यह भी सोच गया कि कहीं इसका एक अर्थ यह भी तो नहीं कि मनुष्य के साथ जो कुछ घट रहा है वह उसे किसी मंजिल तक पहुंचाने हेतु ही घट रहा है? वैसे मेरे पास ऐसा सोचने की एक जायज वजह भी थी। सीधे तौर पर मेरे साथ

अब तक जो कुछ भी घटा था, उन सब घटनाओं के जोड़ ने ही मुझे सांदीपनिजी के आश्रम तक पहुंचाया था। बस एक के बाद एक हो रहे सफल विश्लेषण के बाद तो आज की रात मेरा चिंतन बेलगाम ही हो गया, मौका पाकर उसने और नई उड़ानें भरना शुरू कर दी। अब इसमें चिंतन का तो कुछ नहीं जा रहा था, नींद मेरी हराम हो रही थी। छोड़ो, इस समय तो उसका साथ देने के अलावा उपाय ही क्या था मेरे पास? सो, खुला दौर मिलते ही वह अब प्रकृति के रहस्यों को कुरेद-कुरेद कर खोलने का प्रयत्न करने लगा। लेकिन वर्तमान प्रज्ञा के चलते यह सबकुछ इतना आसान नहीं था। हालांकि मुझे यकीन था कि आज नहीं तो कल मेरा चिंतन प्रकृति के सारे रहस्यों को उजागर करके ही मानेगा। निश्चित ही इस हेतु भरोसा मुझे अपनी ग्राह्यता व अपनी सीखने की जिद दोनों पर था।

...सीखने से याद आया कि मेरी सीखने की जिद का आलम तो यह था कि मथुरा से उज्जयिनी की पूरी यात्रा के दौरान मैं लंबी यात्राएं करने की तैयारियां सीखते आया था। इस बाबत हर छोटी-से-छोटी वस्तु का निरीक्षण किया था। और परिणाम यह कि लंबी यात्रा में क्या-क्या साधन सामग्री ले जाना आवश्यक है, रथ को कैसे व्यवस्थित रखना है, पहियों की मरम्मत कैसे करनी है, सबकुछ अपने-आप सीख गया था। दूसरी तरफ मुझे यह समझते भी कहां देर लगी थी कि "रात्रि-विश्राम" लंबी-यात्राओं का सबसे आवश्यक पहलू होता है। मैं तो उस एक ही यात्रा से यह भी समझ चुका था कि रात्रि-विश्राम जहां तक हो सके बस्ती के निकट स्थित किसी मंदिर, धर्मशाला या सराय में करना ही श्रेष्ठ होता है। रात्रि-विश्राम से याद आया कि जब हम चंबल के बीहड़ जंगलों को पार कर रहे थे, तब रात्रि-विश्राम के लिए कोई योग्य स्थान नहीं मिल पा रहा था। मुझे अच्छी तरह से याद है कि वह रात्रि हमें पत्थरों पर ही गुजारनी पड़ी थी। यही नहीं, उस रात बारी-बारी से चार-चार लोगों को पूरी रात्रि पहरा देना पड़ा था, ताकि कोई जंगली जानवर रात-बेरात हम पर हमला न बोल दे। यानी लंबी यात्रा के दौरान सतर्कता व बहादुरी के अलावा रात्रि-जागरण हेतु तैयार रहना भी आवश्यक होता है। वैसे तो लंबी यात्रा के दौरान घोड़ों को समय से पानी पिलाने का भी विशेष ध्यान रखना पड़ता है। उनको समय से भोजन कराना, दोपहर को उन्हें उचित विश्राम देना, यह सब छोटी-छोटी बातें भी अत्यंत महत्त्वपूर्ण है। कुल-मिलाकर यहां यह बात कहने का तात्पर्य यह कि यह सब मैंने स्वयं सीखा था, किसी ने सिखाया नहीं था। ना ही किसी ने यह सब सीखने का महत्त्व ही समझाया था। ...मैंने यह सब सीखा था अपनी सीखने की लगन के कारण।

खैर! मैं भी मैं था... तभी तो देखो, लंबी यात्रा की बात करते-करते अचानक मेरे मन में कोई लंबी यात्रा करने की इच्छा जागृत होने लगी। लेकिन पिछली यात्रा जैसी नहीं, एक स्वच्छंद यात्रा जो सिर्फ मित्रों के साथ हो। क्योंकि आपको याद होगा कि पिछली यात्रा के दौरान "आचार्यजी" साथ में होने के कारण हमें बड़े अनुशासन में रहना पड़ा था। और निश्चित ही यह अनुशासन लंबी यात्रा के आनंद में बाधक सिद्ध हुआ था। अब हमारा मन करे सरोवर में नहाने का और आचार्यजी का आदेश फल तोड़कर लाने का हो जाए। हमारा मन हो सुस्ताने का पर आचार्यजी के हिसाब से हमारे व्यायाम करने का समय हो गया हो। ...ऐसे में मन का एक स्वच्छंद यात्रा की चाह कर बैठना

स्वाभाविक ही था। सचमुच यदि सिर्फ मित्रों के साथ कोई स्वतंत्र और लंबी यात्रा करने को मिल जाए तो कितना मजा आ जाए? रास्ते में पड़ने वाले हर पहाड़, नदी, बस्ती, गांव, नगर, तरह-तरह के पशु-पक्षी, भांति-भांति के पेड़-पौधे सबकुछ कितना आनंद दे? क्या वाकई पूरे रास्ते रुकते-रुकाते, खाते-पीते, लड़ते-झगड़ते, खेलते-कूदते, नदी-तालाब में नहाते-धोते यात्रा करना रोमांच से भरपूर न होगा?

मेरा चिंतन सचमुच बेलगाम है। कहां तो प्रारंभ हुआ था प्रकृति के रहस्य समझने से और कहां एक हसीन यात्रा के सपनों में खो गया था। वैसे जीवन हो या चिंतन, उतार-चढ़ाव का अपना ही एक आनंद होता है। यह लो, उतार-चढ़ाव की बात की और आश्रम के सूखी जीवन में उतार-चढ़ाव की नौबत आ खड़ी हुई। अभी आज के जागरण के बाद अभी कुछ दिन ही और बीते थे कि मेरे कुछ और जागरण की पक्की व्यवस्था स्वतः ही प्रकट हो गई। हुआ यह कि एक दिन अचानक आश्रम में कहीं से रुक्मी आ धमका। वह विन्द-अनुविन्द से मिलने आया हुआ था। ...शायद उनका मित्र होगा। लेकिन उसको देखते ही मेरे जहन में रुक्मिणी की याद ताजा हो गई। स्वाभाविक रूप से मेरा चैन उड़ गया। हालांकि बदली हुई वेशभूषा के कारण उसका मुझे पहचान पाना आसान नहीं था, फिर भी जब तक वह रुका रहा, मैं सावधानीवश अपने कक्ष से बाहर नहीं निकला। वैसे वह ज्यादा नहीं रुका, जल्द ही आचार्यजी से इजाजत लेकर विन्द-अनुविन्द को अपने साथ ले गया। शायद राजमहल में कोई समारोह होगा। ...अब वह तो चला गया पर जाते-जाते मुझे यहां जरासंध नामक बीमारी की याद ताजा करा गया। वहीं रुक्मी के विन्द-अनुविन्द का मित्र होने से मुझे इतना और समझ आ गया कि पूरा आर्यावर्त जरासंध के मित्र राजाओं से भरा पड़ा है। अर्थात् जरासंध से लंबे समय तक बचे रह पाना नामुमकिन है। मुझे जरासंध से वही बचाए रख सकता है जो आज तक मुझे बचाए रखे हुए है..., यानी मेरी जीने की जिद। ...वरना स्वयं के भरोसे तो यह आत्मकथा कबकी समाप्त न हो चुकी होती?

खैर! सौ बातों की एक बात यह कि एक "रुक्मी-दर्शन" ने मेरे पूरे अस्तित्व को झकझोर कर रख दिया था। मैं जो अब तक आश्रम को पूरी तरह आत्मसात कर पूर्ण वर्तमान का आनंद ले रहा था, रुक्मी यानी मेरे साले ने आकर सब गुड़-गोबर कर दिया था। मेरा मन एकबार फिर भूतकाल की यादों व भविष्य की चिंताओं के बीच हिचकोले खाने लगा था। सबसे पहला गुनाह तो उसने यह किया था कि 'रुक्मिणी' की याद मेरे जहन में फिर ताजा कर दी थी व दूसरा यह कि 'जरासंध' नामक भूत फिर याद दिला दिया था। ...साथ में विन्द-अनुविन्द से रुक्मी की मित्रता ने यह भी साबित कर ही दिया था कि 'उज्जयिनी' भी जरासंध के प्रभाव से अछूता नहीं है। इसका अर्थ यह हुआ कि आज नहीं तो कल जरासंध को हमारी आश्रम में उपस्थिति का पता चल ही जाएगा। फिर तो आश्रम से बाहर निकलते ही वह हम पर टूट पड़ेगा। देखा आपने, एक रुक्मी के आने ने मेरा चिंतन इन व्यर्थ की बातों में बुरी तरह उलझा कर रख दिया था। यूं भी व्यर्थ व्यक्ति को देखकर व्यर्थ के विचार आना स्वाभाविक ही था। ...चैन से जी रहा था यहां आश्रम में, पता नहीं क्यों जरासंध नामक भूत व रुक्मिणी नामक प्रेम को याद दिलाने यह "साला" चला आया। वैसे हकीकत की दुनिया में दोनों बहुत दूर की कौड़ी थी; आज आश्रम में न तो रुक्मिणी आ सकती थी और ना

ही जरासंध नामक भूत झांकने की हिम्मत कर सकता था। अतः मेरी भलाई इसी में थी कि जल्द ही इन व्यर्थ के चिंतनों से निजात पा लूं।

...और वह मैंने पा भी ली। परंतु मेरे निजात पाने से क्या होना था? कुदरत कब मुझे चैन से जीने देना चाहती थी? मौत के साये से नहीं तो प्रेम की तलवार से ही सही, लेकिन मुझे बेचैन रखना शायद उसकी फितरत में आ चुका था। अगले ही दिन एक ऐसा वाकया घटा जिसने मुझे आश्रम में आने के बाद पहली बार पूरी तरह से वापस आश्रम के बाहर की दुनिया में खो जाने पर मजबूर कर दिया। दरअसल हुआ यूं कि आज आश्रम की ओर से भिक्षा मांगने जाने की बारी मेरी थी। मुझे जाने क्या सूझी कि मैं भिक्षा मांगने राजमहल की ओर निकल पड़ा। अब चूंकि आश्रम शहर के बाहर था, अतः आश्रम से निकलने वाला रास्ता चहल-पहल से पूरी तरह आजाद था। दोनों तरफ पेड़ की छांव से घिरा यह रास्ता चलने के लिए वाकई सुकूनदायक था। दूर तक नजर दौड़ाओ तो भी बमुश्किल ही कोई राहगीर या पशु दिखा करते थे। बस ऐसी सुनसान सड़क पर मैं शान से शहर की ओर बढ़ा चला जा रहा था। ...लो, यह तो ठीक पर एक बात तो मैंने आपको अब तक बताई ही नहीं। शायद इसलिए कि वह इतनी महत्वपूर्ण भी नहीं थी। पर आज जो बात मैं कहने जा रहा हूँ उस हेतु यह महत्वपूर्ण थी। दरअसल आश्रम आने के तीसरे दिन ही हमारे शानदार घुंघराले बालों पर जुल्म हो गया था। जी हां, हमारा मुंडन कर दिया गया था। यही नहीं, हमें भी सभी शिष्यों के साथ राजमहल से आवंटित सादे वस्त्र ही पहनने पड़ रहे थे। यह ना सिर्फ आश्रम के अनुशासन का एक अंग था बल्कि यह उज्जयिनी में सांदीपनिजी के शिष्यों की पहचान भी थी। वाकई शुरू-शुरू में तो मैं और भैया चोटी निकले हमारे नए रूप को देख एकदूसरे पर बड़ा हंसते थे। ...पर अब अभ्यस्त हो चुके थे। और फिर बालों का क्या था, उसे बढ़ने में देर ही कितनी लगनी थी? अरे, यह बात फिर कहां-से-कहां जाने लगी? सो बात फिर उसी बिंदु पर लाऊं तो अभी तो मैं अपने आश्रम की ही वेशभेष में इन सुनसान सड़कों पर "भिक्षा" हेतु अकेला बढ़ा चला जा रहा था। अभी मुझे आश्रम से निकले कुछ ही देर हुई थी कि पीछे से घनघनाता हुआ एक रथ मेरे पूरे अस्तित्व को चीरता हुआ पास से गुजर गया। हालांकि अपनी धुन में चल रहा होने के बावजूद मेरी शातिर निगाहों से रथ नहीं बच पाया था। मैंने उसके आने की आहट के साथ ही मुंड़ी घुमा के उसे निहार लिया था। यह तो ठीक, पर मैंने रथ में देखा तो देखता ही रह गया। ...उस रथ में "रुक्मिणी" बैठी हुई थी। कितनी शांत, सौम्य, व सुंदर नजर आ रही थी वह। और-तो-और, जितनी आकर्षक वह थी उतने ही आकर्षक उसके वस्त्र भी थे। अरे...रे..रे..मेरे सपनों की रानी मुझे चीरती हुई निकल गई, और मैं देखता रह गया! क्या कहूं...रथ तो चला गया पर रुक्मिणी मेरी आंखों से नहीं निकल पाई। मैं वहीं बुत-सा खड़ा रह गया। वह रुकी क्यों नहीं, यह सोच थोड़ा उदास भी हुआ। फिर सोचा, शायद उसने पहचाना ही न हो। ...पहचानती भी कैसे? सर पे केश ही कहां थे? जब केश ही नहीं थे तो मेरी पहचान "मोर-पींछ" के भी सर पे होने का सवाल नहीं उठता था। ऊपर से यह ब्रह्मचारियों के वस्त्र...! शायद यही सब बाधा रही होगी। इस विचार के साथ ही मुझे यह लिबास खलने लगा। काश कि मैं अपने स्वाभाविक स्वरूप में होता, ...तो-तो निश्चित ही उसने पहचान लिया होता। और पहचान लेती तो रुकती भी अवश्य। हालांकि मेरी यह सोच एक निरी आशा से बढ़कर कुछ नहीं

थी। क्योंकि रुक्मिणी के प्रति मेरा आकर्षण पूरी तरह से मेरा आंतरिक मामला था। न भैया, न उद्धव ना ही रुक्मिणी स्वयं इस बारे में कुछ जानती थी। एक ग्वाले के राजकुमारी से आकर्षण के बाबत किसी से कहता भी तो कैसे?...पागलों में न गिना जाता?

छोड़ो! अभी तो मैं यहां रुक्मिणी के चिंतनों में खोया ही हुआ था कि तभी कुछ दूरी पर जाकर रथ अचानक रुक गया। रुक क्या गया...वह वापस लौटने लगा। मैं तो मारे खुशी के उछल पड़ा...! अरे वाह, लगता है मेरी रुक्मिणी ने मुझे ब्रह्मचारी के रूप में भी पहचान लिया। यदि ऐसा है तो निश्चित ही वह भी मुझसे आकर्षित होनी ही चाहिए। इस विचार-मात्र से इस ग्वाले का रोम-रोम खड़ा हो गया। नजारा भी ऐसा कि भौंचक्का सा खड़े लौटते रथ को बड़ी आशाभरी निगाहों से निहार रहा था। इस एक क्षण में हजारों तो सपने देख डाले थे। ...उधर रथ भी आकर मेरे पास ही रुका। अर्थात् रथ मेरे लिए ही पलटाया गया था। यह देख तो मैं आपे से ही बाहर हो गया। रोमांच भी अपनी चरम सीमा पर जा पहुंचा। इधर रथ के मेरे निकट आकर रुकते ही रुक्मिणी ने बड़ी शान से एक-एक कदम कर उतरना प्रारंभ किया। मैं तो इस अदा से रथ से उतरती रुक्मिणी को देखता ही रह गया। उधर रथ से उतरते ही रुक्मिणी सीधी मेरी ओर बढ़ी चली आई। उसके मेरी तरफ बढ़ते हुए हर कदम से मेरी धड़कनें बेकाबू होती जा रही थी। उनकी अदा ठहरी, अपनी जान गई। लेकिन यह क्या...? उसने निकट आकर कुछ फल मेरे भिक्षा-पात्र में डाल दिए। उसने मेरी तरफ देखा तक नहीं? और इसके साथ ही मेरी सारी खुश-फहमी हवा हो गई। अजब हालत हो गई मेरी। एक क्षण को तो मैं भिक्षापात्र में डाले फलों को ही देखता रह गया। उसमें उसके दिए फलों के साथ मेरा तड़पता हृदय भी साफ दिखाई दे रहा था। हालांकि तत्क्षण मैंने नजर भिक्षापात्र से हटाई व सामने खड़ी मुस्कुराती रुक्मिणी पर गड़ाई। कमाल यह कि सामने मेरी जान खड़ी थी और मैं फिर भी प्राणहीन हुआ चला जा रहा था। दिल जिनके ख्याल-मात्र से धड़क उठता था, वे मुझे पहचानने तक को तैयार न थे। और कुछ नहीं तो राजकुमारी के इस व्यवहार ने मुझे यह एहसास तो करा ही दिया कि वह राजकुमारी है, और मैं एक साधारण ग्वाला। ...तुम खोऐ रहो सपनों में, वह तो तुम्हें घास तक डालने को तैयार नहीं।

लेकिन यह तो मेरी हार हुई। बड़ी जबरदस्त हार...! यह मेरी ही क्यों, हर उस दिलवाले ग्वाले की हार हुई जो प्रेम के हसीन पंख लगाकर उड़ना चाहता है। वैसे तो आप जानते ही हैं कि हारना मुझे कतई पसंद नहीं; और अब तो सवाल तमाम गरीब दिलवालों का भी आ खड़ा हुआ था। लेकिन क्या करूं? यह कोई युद्ध थोड़े ही है जो बल या छल से जीता जाए? तो क्या...? प्रेम के भी अपने गुर होते हैं, उन्हें ही आजमा के देख लेते हैं। आखिर जीतने के प्रयास तो करने ही होंगे; सपनों को ऐसे तो चकनाचूर होने नहीं दिया जा सकता था। बस यह सोचकर तत्क्षण मैंने स्वयं को सम्भाला, मन को मजबूत किया; हृदय को सांत्वना दी कि हो सकता है किसी कारण नाराज हो। ...चिंता क्यों करता है आखिर नाराजगी भी प्रेम की प्रथम सीढ़ी ही तो होती है? सो, मैंने आशाभरी निगाहों से उसपर अपनी चिर-परिचित मुस्कान बिखेरना प्रारंभ कर दिया। ...लेकिन इन राजकुमारियों के तेवर तो देखो! ना तो उसने मेरी मुस्कुराहट को कोई विशेष तवज्जो दी और ना ही कोई प्रत्युत्तर देना उचित समझा। ...यह तो हद हो गई। कम-से-कम गरीब आशिक का दिल तो रखो। झूठा ही

सही, कुछ प्रत्युत्तर तो दो। लेकिन नहीं, उसका तो ध्यान ही मुझपर से हट गया। मैं सामने खड़ा था पर उसकी निगाहें अपने रथ पर लग गई थी। मेरी तो जान ही निकल गई। यानी भिक्षा में फल दे दिए - काम समाप्त। अरे, मुझे फल-फूल नहीं "दिल" चाहिए। ...यह तो राजकुमारी ने दौलत के नशे में चूर होकर एक गरीब आशिक का मजाक ही बना दिया। मैं तो यहां यही सब सोचता रह गया और उधर वो मुड़कर रथ की ओर बढ़ना भी शुरू हो गई। मेरे तो प्राण ही निकल गए। ...तभी अचानक वह चलते-चलते ही मुड़ी। मैं तो उसकी तरफ ही देख रहा था। उसके मुड़ते ही एकबार फिर मेरी उम्मीदें जाग उठी। मैंने सोचा, तुरंत कहेगी-मजाक कर रही थी, कैसा लगा? पर दुर्भाग्य से ऐसा कुछ नहीं हुआ। इन राजकुमारियों के तेवर, ...तौबा-तौबा। अब भी मेरी मुस्कुराहट पर कोई विशेष ध्यान नहीं दिया गया था, उल्टा यह उसका "ग्वाले होने" के एहसास कराने का अपना ही एक अंदाज साबित हुआ। ...वह तो मुड़ के दोनों हाथ जोड़ते हुए बड़ी विनम्रता से बोली- क्षमा कीजिए, हमारा रथ जरा तेजी से जा रहा था इसलिए वह रुक नहीं पाया। हम जानते हैं कि भिक्षार्थी ब्रह्मचारी को देखकर बिना कुछ भिक्षा दिए आगे जाना शिष्टाचार नहीं।

...यह सुनते ही मेरा चैतन्य पूरी तरह लौट आया। साथ ही वे सारी उम्मीदें भी लौट आई जो मैं उससे लगाये बैठा था। दरअसल उसने मुझे पहचाना ही नहीं था। मुझे स्वयं पर क्रोध आने लगा, व्यर्थ उसे कितनी गालियां दे डाली। शायद आशिकी में ऐसा ही होता है, दोष लाख अपना हो- मढ़ा दूसरे के सर ही जाता है। ...तभी दूसरा विचार आया। चलो, वेशभूषा से धोखा खा गई, कोई बात नहीं... लेकिन मेरी मुस्कुराहट का क्या? क्या उसे भी भूल गई? यह तो बात उपेक्षा से हटकर मेरे अस्तित्व पर आ टिकी। और अस्तित्व पर प्रश्न-चिह्न मुझे कतई बर्दाश्त नहीं। सोचा, कुछ और मुस्कुराहट बिखेर दूं...शायद पहचान जाए। कुछ वाकपटुता का उपयोग करूं..., शायद ध्यान आ जाए कि उसका कोई गरीब आशिक भी है। यूं भी बात सिर्फ न पहचानने तक जान मैं उत्साह से तो भर ही गया था। जान-बुझकर अवहेलना नहीं की जा रही, यह समझ मेरा आत्मविश्वास तो लौट ही आया था; बस मैंने पूरी शान से दो कदम उसकी ओर आगे बढ़ाते हुए बड़ा मुस्कुराकर कहा- वैसे तो ब्रह्मचारी को भीख व दूसरों को चलते रास्ते सीख, सभी देते हैं। ...ऐसे में आपका क्या शुक्रिया अदा करूं?

शायद मेरे बात करने की यह छटा उसे पसंद आ गई, या हो सकता है एक ब्रह्मचारी से उसे ऐसी वाकपटुता की उम्मीद न रही हो; अब कारण चाहे जो हो, पहली बार उसने मुझे ना सिर्फ ध्यान से देखा बल्कि मेरी मुस्कुराहट पर गौर भी किया। ...फिर तो बात यहीं नहीं थमी, बड़ी शांत निगाहों से उसने मुझे ऊपर से नीचे टटोलना भी प्रारंभ किया। मानो पहचानने की कोशिश कर रही हो। मैं तो उम्मीद के अंतिम शिखर पर जा बैठा। हजारों आशाएं मन में उड़ान भरने लगी। और अच्छा यह हुआ कि मुझे टटोलते-टटोलते उसकी निगाह मेरी वंशी पर जा टिकी। वह तुरंत उछल पड़ी। हालांकि इस उछलने में प्रेम कम व निर्दोषता ज्यादा थी। चाहे-जो-हो, मेरे लिए तो उसने पहचान लिया... यही पर्याप्त था। तत्क्षण मेरे प्राण के साथ-साथ मेरा चैतन्य भी लौट आया। गरीब आशिक के तो दिन ही फिर गए। मैं तुरंत अपने स्वाभाविक रंग में आ गया। उधर पहचानते ही वह भी चहकते हुए बड़ी आत्मीयता से बोली- ...अरे कृष्ण आप! आपका तो वेश-भेष ही बदल गया है?

...अबकी मैंने भी मुस्कुराकर पूरा इतराते हुए कहा- वेश-भेष क्या, मेरा तो जीवन भी बदल गया है।

वह बोली- पर आपकी प्रकृति नहीं बदली है। यह मनुष्य की प्रकृति ही तो है जो उसके भूतकाल को भविष्य से जोड़े रखती है।

मैंने कहा- वैसे तो मेरी वंशी भी नहीं बदली है, जो मुझे हमेशा सुनहरी यादों में डुबोए रखती है। ...फिर एक ठंडी सांस लेते हुए कहा- साथ ही मित्रों को पहचानने के मौके भी प्रदान करती है।

मेरी यह बात सुन वह मुस्कुराते हुए ही वापस रथ की ओर चल पड़ी। यह क्या बात हुई? कुछ बातें तो करो - बड़ा मजा आ रहा है। पर आपके मन की सुने तो वह राजकुमारी कहां? उधर उसका सारथी भी टकटकी लगाये हम ही को देख रहा था। शायद वह भी समझने की कोशिश कर रहा था कि कुंडिनपुर की राजकुमारी की उज्जयिनी के एक भिक्षु से पहचान कैसे? समझने की कोशिश मत कर मेरे भाई; यही तो "कृष्ण-की-लीला" है। ...छोड़ो कृष्ण की लीला में क्या रखा है। अभी तो रुक्मिणी जो लीला दिखा रही उसकी बात करूं। और उसमें मैं सड़क के किनारे खड़ा रह गया और वह रथ पे सवार भी हो गई। अभी मैं कुछ उदास हुआ ही था कि उसने इशारे से पास बुलाया। मैं तो ऐसा दौड़ के रथ के पास पहुंच गया मानो उसने मुझे अपने साथ कुंडिनपुर चलने का न्यौता ही दे दिया हो। लेकिन रुक्मिणी की अदा का कहना ही क्या। मैं रथ से टेका लगाकर उसकी तरफ मुस्कुराना शुरू ही हुआ था कि वह बड़ी गंभीरता से बोली- आश्चर्य है! कंस का वध करने वाला वीर और राज्य ठुकराने वाला वैरागी, यहां आश्रम में और क्या सीखने आया है? मनुष्यजीवन में वीरता और वैराग्य दो ही बातें तो सीखने योग्य होती है। और इन दोनों पर तो आप अमल करके दिखा ही चुके हैं।

बस, इतना कहते-कहते उसका रथ चल पड़ा। इसके साथ ही उसकी ओर से हमारी यह हसीन मुलाकात यहीं समाप्त हुई; लेकिन मेरी ओर से यह हसीन मुलाकात अब भी जारी ही थी। जी हां, मैं अब भी ठीक बीच मार्ग पर खड़ा जाते हुए रथ को व उसकी उड़ती हुई धूल को देख रहा था। आखिर जब रथ ओझल हो गया व धूल भी स्थिर हो गई तो कुछ होश में आया; और होश में आते ही मैं उससे निकलकर उसकी बातों में खो गया। वाकई आज भी कितनी गहरी बात कही थी उसने। एकबार फिर उसने मुझे उसके चिंतन की गहराई के दर्शन करा ही दिए थे। सचमुच, गुरु के रूप में छिपी एक ऐसी प्रेमिका पाई थी मैंने, जो जब भी मिलती, कुछ अच्छा सिखा ही जाती।

खैर, वह तो चली गई पर मेरा पूरा अस्तित्व "रुक्मिणीमय" कर गई। मेरे शरीर के रोएं-रोएं में बस गई। मेरा दिलो-दिमाग ही नहीं, मेरे हड्डी, मांस, मज्जा व खून तक रुक्मिणी-रुक्मिणी पुकारने लगे। एकबार फिर रुक्मिणी अपनी आंखों व बातों से मेरा कत्ल करने में सफल हो गई थी, और एकबार फिर मैं हमेशा की तरह उसे ताकता रह गया था। सचमुच रुक्मिणी का नशा ऐसा तो छाया कि उतरने का नाम ही नहीं ले रहा था। ...तो मुझे कौन-सा उतारना था? यदि यह नशा उतर गया तो जीवन में रह ही क्या जाएगा? ...हाय! कितना हसीन पल था... क्या वह कुछ देर और नहीं रुक सकती थी...? लेकिन कैसे रुकती? क्यों रुकती? घायल...तो मैं था, वह थोड़े ही थी? तभी

तो हंसते हुए चली गई। यूं भी कातिलों से रहम की उम्मीद करना ही व्यर्थ है। और फिर जब वो ही हंसते हुए चली गई तो मैं क्यों बुत-सा खड़ा उदासी में डूबा रहूं? जब बीमार करने वाले ही कोई इलाज करना नहीं चाहते तो बेहतरी इसी में थी कि खुद ही अपना इलाज कर लो। सो, रुक्मिणी न सही उसके भिक्षा स्वरूप दिए फल तो हैं। बस फलों पर मेरी नीयत खराब हो गई। ...हालांकि रुक्मिणी के दिए फल मुझे भिक्षा में मिले थे और निश्चित ही जिन पर पूरे आश्रम का अधिकार था, फिर भी मैं वह फल आश्रम में नहीं दे पाया। कैसे देता? वह तो "कृष्ण" के "कृष्ण" होने के फल थे। उन पर सिर्फ "कृष्ण" का अधिकार था। बस मैं बड़े प्रेम से वहीं खड़े-खड़े सारे फल चट कर गया। भला मुझ आशिक को उन फलों से मीठा और क्या लग सकता था?

चलो फल भी खा लिए, अब आगे क्या? क्या संध्या तक यहीं डटे रहोगे? डटे तो नहीं रहेंगे, पर अब कृष्ण-महाराज भिक्षा मांगने आगे भी नहीं जा सकेंगे। सो चुपचाप धीमे कदमों से वापस आश्रम की ओर चल पड़ा। ...हालांकि जैसे-जैसे आश्रम की ओर बढ़ता गया रुक्मिणी स्वतः ही मेरे अस्तित्व से छूटती चली गई, और "आचार्य-दर्शन" के साथ तो उसका पूरा नशा ही उतर गया। तत्क्षण मैं एकबार फिर पूरी तरह "आचार्य चरणम् गच्छामि" हो गया। सचमुच यह मेरी अद्‌भुत विशेषता थी। जब रुक्मिणी सामने थी तब मेरा अस्तित्व पूरी तरह से "रुक्मिणीमय" था, उस समय यदि मेरे लाखों टुकड़े किए जाते तो भी हर टुकड़े में से सिर्फ रुक्मिणी ही निकलती; लेकिन आश्रम में लौटकर अब जबकि मैं "आचार्यमय" हो चुका हूँ तो आपको रुक्मिणी मेरे अस्तित्व में खोजे नहीं मिलेगी। सीधी बात है, रुक्मिणी उस पल का सत्य थी जबकि आचार्यजी इस क्षण का सत्य हैं। यही तो मेरी पूर्णता से जीने की वह आदत थी कि जिसके चलते मेरे चिंतन ने जब जो पकड़ा, पूरा पकड़ा और जो छूटा वह भी पूरी तरह छूट गया। सच कहूं तो यह मेरा सबसे काबिले-तारीफ गुण था जिससे ओत-प्रोत होना अपने-आप में एक बहुत बड़ी उपलब्धि थी। लेकिन दुर्गति यह कि मेरी सबसे ज्यादा बदनामी इसी गुण के कारण हुई। मेरी यह पूर्णता जो "महा-सम्मान" के काबिल थी, उल्टा मनुष्यों की नासमझी के कारण मुझे छलिया, दगाबाज, झूठा, मायावी, धोखेबाज जैसे उपनामों से नवाजने की निमित्त बनी। अरे भाई..., जब राधा थी तब राधा ही थी और जब कुब्जा का साथ था तो उसी के साथ था। जैसे अभी क्षणभर पहले रुक्मिणी के साथ था और इस समय सांदीपनिजी के सान्निध्य में हूँ; पर विशेषता यह कि जब जहां हूँ...पूरा हूँ। ...परंतु न जाने क्यों मेरी यह पूर्णता सबके लिए उलझन का एक सबब बन गई? वैसे इसका कारण समझना इतना मुश्किल भी नहीं। दरअसल मैं जब जिसके साथ रहा, "पूर्णता-से" यानी कि पूरी ईमानदारी से रहा। और निश्चित ही मनुष्य के लिए किसी के साथ पूर्णता से बिताए पल भूलना आसान नहीं होता। छल-कपट व झूठ से भरी इस दुनिया में कौन किसके साथ पूर्णता से रहता है? और कोई क्षणभर को ही सही, परंतु पूरी तरह आपका हो के रहे तो उससे हसीन पल उस व्यक्ति के लिए और क्या हो सकता है? बस यही कारण था कि हर कोई मुझे पूरा पकड़ने की तमन्ना करने लगा। अब मेरा जीवन तो एक बहती धारा है, मैं कहां किसी की पकड़ में आने वाला था? और फिर जिसे पकड़ा जा सके, वह पूर्ण कैसे हो सकता है? बस इस छोड़-पकड़ के खेल में सब मुझसे बारी-बारी बिछड़ते चले गए। और स्वाभाविक रूप से जो बिछड़ता ...वह बरस पड़ता। वह यह नहीं कबूलता कि वह

मेरे बगैर जी नहीं सकता या उसे मेरी याद सताती है, बल्कि उल्टा वह मेरे में ऐब निकालकर मुझे गालियां देने लग जाता।

खैर छोड़ो, यह सब बातें तो रोज की हो गई थी व पुरानी भी। अभी तो बस आश्रम में दिन ऐसे ही मस्ती से कट रहे थे। क्या आचार्यजी की बातें, क्या शस्त्र-विद्या, क्या मित्रों का साथ व क्या आश्रम का अनुशासन; मुझे तो यहां की हर चीज में मजा आ रहा था। तभी एक दिन एक ऐसी घटना घटी जो पूरी तरह अप्रत्याशित होने के बावजूद मेरे जीवन की सबसे बड़ी घटना बनकर रह गई। एक दिन दोपहर भोजन के बाद हम सभी शिष्य आश्रम के पीछे स्थित पेड़ों के झुंड तले बतिया रहे थे। ...तभी अचानक आचार्य मां ने सुदामा को बुलवाया। मैं भी अनायास ही सुदामा के पीछे-पीछे चल पड़ा। दरअसल आश्रम में जलाने के लिए लकड़ियां खत्म हो गई थी। अतः हमारे पहुंचते ही मां ने सुदामा से कहा- आज जलाने के लिए लकड़ियां नहीं है।

इससे पहले कि मैं कुछ सोचूं, सुदामा झट कुल्हाड़ी और रस्सी खोज लाया और लकड़ियां लाने के लिए तैयार हो गया।

यह देख चिंतित मां ने कहा- किसी और को भी साथ ले जाना

सुदामा बोला- कृष्ण तो है ही।

यह सुनते ही मैं भी झट से कुल्हाड़ी और रस्सी लेकर तैयार हो गया। अभी हम लोग चलने को ही थे कि सुदामा को माताजी ने इशारे से बुलाया। सुदामा के आते ही मां उसे चुपचाप भीतर ले गई। थोड़ी देर बाद जब वह भीतर से निकला तब मैंने दूर से ही देखा कि उसके हाथ में पोटली थी और वह उसे अपनी कमर में खोसने की कोशिश कर रहा था। मुझे माजरा समझ में नहीं आया, सो पास आते ही मैंने सुदामा से पूछा- माताजी से क्या लाए मित्र?

वह बोला- यूं ही सावधान करने बुलाया था।

मैंने आश्चर्य से पूछा- किससे सावधान करने।

उसने कहा- यही कि वन्य पशुओं से छेड़खानी मत करना।

मैं समझ गया कि सुदामा झूठ बोल रहा है। साफ दिख रहा था कि वह मुझसे कुछ छिपा रहा है। छोड़ो, मैंने भी उसका बताने का मन न जानकर खोदकर पूछने की चेष्टा नहीं की। दोनों चुपचाप निकल पड़े। रस्सी गले में लटकाए व हाथ में कुल्हाड़ी थामे दोनों बड़े अजीब लग रहे थे। निश्चित ही हमने जंगल की दिशा पकड़ी थी। जंगल भी क्या दूर था, जल्द ही हमने उसमें प्रवेश कर लिया। बस हम दोनों चले जा रहे थे, पर कहीं सूखा वृक्ष दिखाई नहीं पड़ रहा था। वर्षा-ऋतु थी और जंगल ऐसा लग रहा था मानो वर्षा का पानी पोछकर वह अपनी मस्ती में हरियाली के साथ नृत्य कर रहा हो। अब मौसम तो सुहाना था पर हमारे लिए मुसीबत यह कि वर्षा-ऋतु में सूखे पेड़ आसानी से मिलते नहीं। जब काफी देर तक कोई सूखा पेड़ दिखाई नहीं पड़ा, तो सुदामा ने झुंझलाकर कहा- हरे वृक्ष को काटकर भी लकड़ियां सुखाई जा सकती थी, फिर माताजी ने सूखे पेड़ की लकड़ियां लाने को ही क्यों कहा? ...मैं चुप ही रहा। कुछ देर बाद वह खुद ही बोला- हो सकता है शायद जलने में आसान होती हो। मैं अब भी चुप ही रहा। सच कहूं तो मैं इस हसीन मौसम में ऐसा खोया हुआ था कि अन्य कोई बात करना अच्छा ही नहीं लग रहा था। बस हम उसी मुद्रा में

चले जा रहे थे। एक पहाड़ी से दूसरी पहाड़ी, परंतु सूखा वृक्ष कहीं नजर नहीं आ रहा था। खोजते-खोजते संध्या हो गई। हम-दोनों थककर चूर हो गए। लेकिन आश्रम में अनुशासन बड़ा अद्‌भुत था। यदि हमें सूखी लकड़ी लाने भेजा था तो हम सूखी लकड़ी ही ले जा सकते थे; और बगैर लकड़ियां लिए वापस तो कतई नहीं जा सकते थे। हालांकि अब संध्या हो चुकी थी, अतः जाहिरी तौर पर आज तो कुछ किया नहीं जा सकता था। हमें कल सुबह का इंतजार करना ही पड़े, ऐसा था। मेरा तो ठीक पर सुदामा इस बात से बड़ा झुंझला गया था।

होगा, अभी तो थके-हारे हमने एक झरने के किनारे शरण ली। एक बड़ी शिला के तले से बह रहा यह झरना वाकई बड़ा खूबसूरत था। ऊंचाई पर स्थित इस झरने की खूबी यह कि यह तीन बड़े ही विशाल पेड़ों से घिरा हुआ था। और जिस स्थान पर यह झरना था उसके ऊपर दूर-दूर तक पहाड़ियां नजर आ रही थी, जबकि उसके ठीक सामने चारों ओर फैला हुआ जंगल दृश्यमान हो रहा था। सच कहूं तो मैं तो प्रथमदृष्टि में ही इस झरने की खूबसूरती का कायल हो गया था। उधर थका हुआ सुदामा तो तुरंत बैठ गया, लेकिन कुदरत की हसीन लीला का दीवाना मैं तो सर उचका-उचका के इस झरने के चारों ओर के नजारे निहारने लगा। जब कुछ जी भरा तो इस झरने के शीतल व स्वच्छ पारदर्शक पानी से मैंने अपनी प्यास बुझायी। अब क्या? बात करने का तो कोई माहौल था नहीं, ऊपर से थकान इतनी थी कि चुपचाप उसी शिलाखंड पर लेट गए। कमाल था! सुदामा तो पड़ते ही सो गया। मुझे नींद नहीं आ रही थी। हो सकता है भूख की वजह से नींद नहीं आ रही हो। वैसे भी मैंने दोपहर के बाद से कुछ नहीं खाया था। और बिल्कुल भूखे रहने का यह मेरे जीवन का प्रथम अवसर था। 'सुदामा' हो सकता है आदी हो गया हो। ...हालांकि इधर मैं भी करवटें बदल-बदलकर सोने के प्रयास में तो लगा ही हुआ था, परंतु हाथ असफलता ही लग रही थी।

...तभी अचानक बिजलियां कड़कना शुरू हुई। सुदामा भी घबरा कर उठ गया। देखते-ही-देखते तेज आंधी के साथ वर्षा प्रारंभ हो गई। फिर तो काफी तेज वर्षा होने लगी। मैंने चारों ओर नजर घुमायी, पर कहीं कोई गुफा नजर नहीं आ रही थी। अचानक मेरी निगाह एक चट्टान पर पड़ी। उसके नीचे दो-तीन व्यक्ति खड़े हो सकते थे। मैंने सुदामा को वहीं चलने के लिए कहा। कम-से-कम भीगने से तो बचेंगे। बस क्षणभर में दोनों भूखे उस चट्टान के नीचे खड़े हो गए थे। हम तो वर्षा से बच गए थे परंतु मानना होगा कि चारों ओर तूफानी वर्षा हो रही थी। उसकी आवाज ने पूरा समा गुंजा रखा था। अंधियारा तो ऐसा छाया था कि हाथ को हाथ नहीं दिख रहा था। हां, बीच-बीच में कड़कती बिजली में अवश्य कभी-कभी कुछ-कुछ दृश्यमान हो जाता था। उधर धीरे-धीरे वर्षा ने तूफान का रूप ले लिया। ऐसा लग रहा था मानो आसमान फट पड़ेगा। तेज हवाएं चलने लगी थी। बिजली कड़क रही थी। पहाड़ी पर जगह-जगह झरने फूट पड़े थे। उनकी आवाजें भी बढ़ती जा रही थी। सुदामा बुरी तरह घबरा गया। वह बोला भी- अब क्या होगा कन्हैया? हे भगवान! यह बारिश कब रुकेगी?

मैंने मुस्कुराकर कहा- व्यर्थ चिंतित मत हो सुदामा। रात जितनी तूफानी होगी, सुबह उतनी ही सुहानी होगी।

मैं कोई व्यर्थ चिंतन तो झाड़ नहीं रहा था। यह तो मेरे स्वयं के जीवन का अनुभव था। कहां तो जीवन में जरासंध रूपी अंधेरी रात छायी हुई थी, और कहां आचार्य रूपी प्रभात नसीब हुई थी। अतः मैंने आगे स्वतः ही पूरे विश्वास से अपना आश्वासन आगे बढ़ाते हुए कहा- यदि वर्षा ने अपनी पूरी शक्ति आज रात ही खर्च कर ली, तो सुबह बरसने के लिए उसके पास ऊर्जा बचने ही कहां वाली है? अतः व्यर्थ चिंता मत कर।

लेकिन आज रात क्या होगा?-घबराया हुआ सुदामा बोला।

मैंने कहा- यह रात भी कट जाएगी जैसे जीवन की बाकी रातें कटी है। तुम अकारण डर रहे हो। एक बात बताओ मित्र, डरने और मरने में फर्क क्या है? ...लेकिन मेरी सारी समझाइश को उसके भय ने व्यर्थ कर दिया था। मैंने बिजली की चमक में स्पष्ट देखा कि व्यग्रता और भय के मारे उसकी आकृति पीली पड़ चुकी थी। मैंने उसकी मुद्रा बदलने के लिए एक प्रयास और करते हुए कहा- इस तरह चुपचाप बैठने से क्या लाभ?

तो क्या चाहते हो, बैठकर रोऊं? -वह झुंझलाया।

मैंने कहा- नहीं, गाओ। कैसी मनोरम वर्षा है। क्या ही मजा आएगा कि तुम गाओ, मैं वंशी बजाता हूँ।

सुदामा बोला- तुम भी बड़े विचित्र हो। चाहते हो मृत्यु के प्रकोष्ठ में बैठकर भी मैं गाऊं। पगला गए हो क्या?

मैंने कहा- सोचो, यदि इस मौसम में हम आश्रम में होते तो क्या करते? निश्चित ही तुम गा रहे होते और मैं वंशी बजा रहा होता। ऐसी वर्षा में हम यही करते आ रहे हैं, और यही जीने की कला है।

सच ही तो है, आज की चिंता में कल व "कल" की चिंता में आज बिगाड़ना कोरी मूर्खता है। यूं भी मुझे भय, चिंता व दुःख से सख्त नफरत थी। मैं आनंद और मस्ती का खोजी था। व्यर्थ चिंता कर इस छोटे पर बहुमूल्य जीवन की इतनी मूल्यवान रात व्यर्थ क्यों बिगाड़नी। पर यह तो मेरी सोच और समझाइश थी, उधर सुदामा पर ऐसा आतंक छाया था जो कम होने का नाम ही नहीं ले रहा था। तो मैं भी कौन-सा आसानी से हथियार डालनेवालों में से था? मैंने उसे सामान्य करने के एक और प्रयासरूप कहा- आश्रम न सही जंगल ही सही, वर्षा तो है। मौसम भी सुहाना है। फिर क्यों नहीं हम गायें...बजायें? यदि परिस्थिति मनुष्य की प्रकृति ही बदल दे, तो वह मनुष्य क्या?

यह कहते तो मैं कह गया, पर हाथोंहाथ मैंने स्वयं पर भी गौर किया। जब से आचार्यजी के सान्निध्य में आया था, मैं ज्ञान-वर्धक बातें कुछ ज्यादा ही करने लगा था। हालांकि ज्ञानवर्धक बातें बेअसर देख मैं तत्क्षण जरूरत की बातों पर उतर आया। मैंने बात का रुख मोड़ते हुए कहा- बड़ी भूख लगी है, कुछ हो तो निकालो।

वह थोड़ा झेंपते हुए बोला- मेरे पास क्या है? कहां से आएगा?

मैंने आश्चर्यचकित होते हुए कहा- क्यों? तुम्हें चलते वक्त माताजी ने कुछ दिया नहीं था।

नहीं तो...! सुदामा साफ झूठ बोल गया।

परंतु उसका झूठ अधिक देर तक सुरक्षित नहीं रह सका। मुझे शीघ्र ही लगा कि वह छिपकर कुछ खा रहा है। ...मुझसे न रहा गया। मैंने पूछा- क्या खा रहे हो मित्र?

वह बोला- कुछ भी नहीं!

तब तुम्हारे दांत क्यों बोल रहे हैं? मैंने फिर पूछा।

वह बोला- शायद सर्दी से दांत किटकिटा रहे हैं। तेज हवाएं जो चल रही हैं।

मैं समझ गया। जितने सवाल उतने झूठ बोलेगा। यूं भी एक झूठ को छिपाने के लिए कई झूठ बोलना आवश्यक हो ही जाता है; और यह मुझसे बेहतर कौन जान सकता था? माखन मुंह पर चिपका रहता था और यशोदा से कहता था- "मां मैं नहिं माखन खायो।" और फिर उसके हर सवाल का अंत तक जवाब भी देता रहता था। यही इस समय सुदामा कर रहा था। कड़कती हुई बिजली में मैंने स्पष्ट देख लिया था कि वह पोटली से निकाल-निकाल कर चने खा रहा था। लेकिन मैंने सब्र बनाये रखना ही उचित जाना, यानी उसके झूठ को पूरा नग्न करना उचित नहीं समझा। चलो सुदामा को तो बख्श दिया पर सच कहूं तो आगे मुझे आचार्य मां की सोच पर ही आश्चर्य होने लगा। ...वह आचार्य मां थी, पूरे आश्रम की मां। उसका व्यवहार तो हर विद्यार्थी के साथ एक-सा होना चाहिए। यदि उसने सुदामा को चने दिए थे तो मुझे भी देने थे। कम-से-कम आचार्य-सांदीपनि की पत्नी को यह बात शोभा कतई नहीं देती। और फिर सुदामा तो मेरा प्रिय मित्र है। कितना सीधा लगता है वह। हालांकि मेरे जीवन का यह अनुभव है कि मौका पड़ने पर यह सीधे लोग ही ज्यादा विचित्र हो जाते हैं। देखा नहीं, कितना डरा हुआ था सुदामा। वैसे तो ऐसे डरे हुए व्यक्ति से अपेक्षा भी क्या की जा सकती है? श्रेष्ठ कर्म तो अकंपित मनुष्य ही कर सकता है।

होगा, मैं मन-ही-मन कुछ देर तो ऐसे ही भड़ास निकालता रहा। फिर सोचा, व्यर्थ इन चक्करों में मैं अपनी रात्रि क्यों बिगाड़ूं? अतः मैंने ध्यान आचार्य मां, सुदामा व चने से हटाना ही उचित समझा। लेकिन इस समय स्वयं पर भी ध्यान लगाने जैसा क्या था? बाहर तूफानी वर्षा थी व पेट में तेज भूख नामक आग लगी पड़ी थी। वहीं भूख की वजह से ठंड भी कुछ ज्यादा ही महसूस हो रही थी। ...अब यह सब तो था ही। तत्क्षण स्वयं को समझा लिया कि जो विषय ही बिना उपाय का हो गया हो, उसपर ज्यादा ध्यान देने से क्या फायदा? खाना मिलेगा, तब मिलेगा; और वर्षा भी जब रुकेगी तब रुकेगी। ...वहीं सुबह भी अपने समय पर ही होगी। जब इनमें से कुछ भी तुम्हारे हाथ में नहीं, तो व्यर्थ चिंता क्यों करते हो? सबकुछ स्वीकार कर इस हसीन मौसम का आनंद लेने में क्यों नहीं डूब जाते? बात तो साफ थी। समस्या से ध्यान हटाना ही समस्या का समाधान होता है। कमाल यह कि इधर मैं ज्ञानी स्वयं से संघर्ष कर रहा था और उधर डरा सुदामा खा-पीकर सो गया था। अब जिसका पेट भरा हो वह तो सो ही सकता है। नजारा भी जम ही गया था। एक तरफ शिला की आड़ लिए सुदामा सो रहा था तो दूसरी तरफ ठीक उसके सर के पास घुटनों के बल बैठा मैं ठंड में अपने ही हाथ सहला रहा था। ...तभी अचानक मेरा हाथ वंशी से टकराया। अरे; मैं वंशी कैसे भूल गया? मेरा सुख-दुःख का साथी तो मेरे पास ही है। चाहे हर कोई धोखा दे दे, मेरी वंशी कभी धोका नहीं देती। अब मुझे किसकी परवाह व क्या भूख? मैंने झट से वंशी निकाली व तान छेड़ दी।

...अब मैं ठंड वगैरह भूल आलथी-पालथी मारकर ऐसे बैठ गया मानो किसी मुलायम आसन पर बैठा हुआ हूँ। ...धीरे-धीरे मैं वंशी बजाने में तल्लीन होता चला गया। इस तल्लीनता के बढ़ते ही भूख जाती रही, वर्षा का भी भान न रहा। बस, वंशी बजती गई.. बजती गई... सच कहता हूँ, वंशी की ऐसी मधुर तान पहले कभी नहीं छिड़ी थी। मैं तेजी से वंशी में डूबता चला जा रहा था। भूख व तूफानी बारिश का एहसास तो कब का भूल चुका था। ...आप मानेंगे नहीं कि अब तो धीरे-धीरे कर मैं शरीर का भी अस्तित्व भूलता जा रहा था। आश्चर्य था! जैसे-जैसे मैं वंशी की धुन में खोता जा रहा था, वैसे-वैसे मेरी सारी यादें तिरोहित होती चली जा रही थी। देखते-ही-देखते वृन्दावन की, मां यशोदा और राधा की, गोवर्धन और यमुना की सारी यादें वंशी की धुन में बह चुकी थी। अब तो न मथुरा याद थी-न जरासंध। अरे... भैया तक को भूले जा रहा था। बस एक तरफ वंशी बजे चली जा रही थी और दूसरी तरफ मैं अपना अस्तित्व भूलता चला जा रहा था। अब तो मेरा मन, मेरी बुद्धि और मेरा परम शक्तिशाली अहंकार भी शून्य होने लगा था। पता नहीं क्या हो गया था कि आज वंशी की धुन अपने साथ सबकुछ लिए जा रही थी। धीरे-धीरे कर तो वह रुक्मिणी व सांदीपनिजी को भी भुलवा बैठी थी। अब न तो मैं था, न मेरे थे और ना ही कुछ मेरा था। सिर्फ प्रकृति रह गई थी। बस एक शुद्ध-बुद्ध चैतन्य बच गया था। ऐसी ही तल्लीनता में पूरी रात बीत गई। देखते-ही-देखते प्रभात हो गयी। यहां तक कि सूर्य की पहली किरण भी मुझपर पड़ने लगी। ...अचानक वंशी पर से हाथ हटा, और हाथ हटते ही मेरा एहसास लौटा। एहसास लौटते ही आंख उठाकर सूर्य की किरणों को देखने लगा... और देखते ही मैं तो झूम उठा। फटाक से खड़ा हुआ व दौड़ पड़ा दूर खुले मैदान में। कुछ क्षण तो दोनों हाथ ऊपर किए सूर्य को निहारता रहा। फिर लगा अपनी ही धुन में नाचने। ...यह तो कमाल हो गया। ...अरे! मैं ही तो सूर्य हूँ। यह किरणें भी तो मैं ही हूँ। परम आश्चर्य... यह सुहानी सुबह, प्यारा जंगल, बहती हुई नदी सबकुछ मैं ही तो हूँ। यह उड़ते पक्षी, यह खिले हुए पेड़, आकाश, हवा, चांद, पृथ्वी, वर्षा, अग्नि क्या-क्या नहीं हूँ मैं। यही क्यों, सुदामा और आचार्य मां भी मैं ही तो हूँ। और-तो-और, राधा और रुक्मिणी भी मेरे ही तो रूप हैं। क्या जरासंध- क्या कंस, कौन मुझसे जुदा है? आचार्यजी भी मैं ही हूँ। अहो! समय भी मैं ही हूँ। भूतकाल, भविष्य और वर्तमान सब मुझसे ही तो चलायमान है। कौन है मुझसे अलग इस पूरे ब्रह्मांड में?

...इस आश्चर्य में डूबे हुए ही मेरा ध्यान वापस मेरे हाथ में पड़ी वंशी पर गया। अचानक थोड़ा होश आया। होश आते ही मेरा मन स्वयं के साथ होने को हुआ। जरा टटोल लूं कि सब बराबर तो है न। ...बस एक पेड़ के नीचे टेका लगाकर पांव पसारे बैठ गया। ...बैठते ही ध्यान आया कि इन सबके साथ मैं शरीर में कैद एक वृन्दावन का ग्वाला "कृष्ण" भी हूँ। आ...हा! यह शरीर मेरा ही तो है। लेकिन आत्मा होते हुए भी, सबकुछ मैं होते हुए भी मेरा अलग से शरीर क्यों? यह मनुष्य-जन्म क्यों? कमाल था! सवाल भी मेरा था और उत्तर भी मुझे ही देना था। हालांकि उत्तर आत्मा में स्वतः ही मौजूद था। ...यह क्षणभंगुर मनुष्यजीवन सपना होते हुए भी सत्य है। नाटक होते हुए भी हकीकत है। यह मनुष्यजीवन अपनी ही रचना का आनंद उठाने के लिए बना है। शरीर, मन, इन्द्रियां ही क्यों, बुद्धि व अहंकार भी इसी उद्देश्य की पूर्ति के लिए तो उपलब्ध है। आ...हा! सच ही तो है। इन पांचों तत्वों का मालिक भी मैं ही तो हूँ। अरे...मैं ही तो परमात्मा हूँ।

वाह! क्या शिक्षा दी थी आचार्यजी ने... मुझे "आत्मज्ञान" हो चुका था। उन्होंने ठीक ही तो कहा था- "यदि मनुष्य क्षण भर को भी अपने सम्पूर्ण अस्तित्व को भूल जाए, तो वह उसी क्षण आत्मा पा लेता है।" वाह मेरी वंशी, तूने क्या ध्यान बिठाया था! हजारों जन्मों में जो बमुश्किल घटता है, वह सहज रूप से मेरे साथ घट गया था। न कोई प्रयत्न न कोई क्रिया, ना ही कोई आत्म-प्राप्ति की इच्छा। सबकुछ सहजता से तो घट गया था। निश्चित ही अब मैं दृढ़ता के साथ अपने शरीर में स्थित था। हालांकि भावों की आवन-जावन पूर्णतः रुकी हुई थी। बस परमात्मा होने का एक एहसास शेष रह गया था।

अचानक पता नहीं कौन-सी धुनकी में मैंने फिर वंशी बजाना शुरू कर दिया। वंशी की धुन छिड़ते ही मेरा होश बढ़ता चला गया। मेरा मन, मेरी इन्द्रियां फिर सचेत होने लगी। शरीर का पूर्णतः आभास हो चला। अब तो बुद्धि व अहंकार भी सामान्य रूप से उपस्थित हो गए थे। धीरे-धीरे मुझे सब-कुछ याद आने लगा था। गोकुल, वृन्दावन, मालिनी, भैया, ग्वाल-दोस्त, मां- यशोदा, गोपियां, मथुरा, नानाजी, रुक्मिणी, सांदीपनिजी सब अच्छी तरह याद आ चुके थे। और हां, राधा भी जहन में आ बसी थी। भाव में सर्वप्रथम मुझमें धन्यवाद का भाव प्रकट हुआ। फिर धीरे-धीरे वह भाव प्रगाढ़ होता चला गया। अचानक मैं अपने पिछले जन्म में पहुंच गया। ...धन्यवाद प्रकृति का जो पिछले जन्म में मुझे इतना भोला व मूर्ख पैदा किया था। उसी वजह से तो मरते वक्त सदैव विजयी रहने का "संकल्प" ले पाया था। ...धन्यवाद है कंस के जुल्म की पराकाष्ठा का और नारद की करुणा का जिसके कारण मुझे देवकी के यहां पैदा होने का अवसर मिला ...धन्यवाद तो नंदजी का भी कि यदि वे अपने बच्ची की कुर्बानी न देते तो आज मैं जीवित ही कहां बचने वाला था? और मां... उसका प्यार न मिलता तो मैं यहां तक पहुंचा ही न होता। साथ ही उन ग्वालों व गोपियों का धन्यवाद जो मेरे साथ खेले। राधा का धन्यवाद जिसके प्रेम ने मुझे आत्मविश्वास दिया। भैया का धन्यवाद जिन्होंने हमेशा मेरा साथ दिया। कंस के उस विचार का विशेष रूप से धन्यवाद जिससे प्रेरित होकर वह मुझे मारने के लिए विचलित हुआ। यदि कंस की यह इच्छा जागृत न हुई होती तो वह मुझे मथुरा ही न बुलवाता, और हो सकता था मेरा पूरा जीवन वृन्दावन में एक ग्वाले की हैसियत से गुजर जाता। मथुरा के यादव-प्रमुखों का भी धन्यवाद, जिन्होंने नानाजी पर मुझे मथुरा से भगाने का दबाव डाला; और जिसकी बदौलत मुझे सांदीपनिजी का सान्निध्य नसीब हुआ। वहीं आचार्य मां और सुदामा का तो जितना शुक्रिया अदा करूं, कम था। यदि आचार्य मां ने पक्षपात न किया होता और सुदामा झूठ न बोलता, तो ऐसी वंशी कभी न बजती जो मेरे अस्तित्व को भुला देने में सफल हो पाई थी। आचार्य-श्रुतिकेतु जिन्होंने वंशी बजाना सिखाया व सांदीपनिजी को क्या धन्यवाद दूं। उन्होंने जो किया, उसके लिए तो धन्यवाद का भाव बहुत ही तुच्छ था। आज मैं साक्षात् महसूस कर रहा था कि श्रेष्ठ आचार्य सचमुच प्रकृति से बढ़कर होते हैं। ...वाकई, आज मैंने जो उड़ान भरी है, उसमें कितने लोगों का सहयोग है। कितने लोगों ने निमित्त बनकर अपनी भूमिका निभाई है। लेकिन क्या सिर्फ इतने से काम बन सकता था? क्या इसमें मेरा स्वयं का कोई सहयोग नहीं था? निश्चित ही मेरी अपनी प्रज्ञा ने मुझे यहां तक पहुंचाने में सबसे अहम भूमिका निभाई थी। अतः अब तो मैं अपने ही अनुभव से यह बात साफ कह सकता हूँ कि कोई भी मनुष्य अपने गुणों का विकास करता

जाए व प्रकृति के साथ बहता चला जाए, तो वह भी ग्वाले से "आत्मज्ञानी-कृष्ण" तक का सफर आसानी से तय कर सकता है।

खैर! आत्मज्ञान का प्रभाव तो देखो कि अब मुझे अपना नटखटपन, गोपियों के साथ रास रचाना, उनकी मटकियां फोड़ना, उनके वस्त्र चुराना, उन्हें नहाते हुए निहारना, राधा का प्यार, रुक्मिणी का प्रभाव, सबकुछ पहले से दोगुना आनंद दे रहा था। यानी इस समय एक तरफ जहां मुझे अपने अस्तित्व को पहचानने का आनंद था, वहीं दूसरी ओर स्वयं का मन और अहंकार भी बड़ा मजा दे रहा था। और दोनों ही आनंद अपनी-अपनी जगह बड़े अद्‌भुत थे। ऐसे में आप तो मेरा स्वभाव जानते ही हैं, उसमें शुरू से "आनंद" परम रहा है। मैं रूखा-सूखा जी ही नहीं सकता, अतः मैंने अन्य आत्मज्ञानियों की तरह अपने मन, बुद्धि और अहंकार को क्षीण नहीं होने दिया। उन्हें शत्रु नहीं, आनंद का स्रोत माना। यही कारण था कि एकबार मन, बुद्धि व अहंकार क्या लौटे... मैं तत्क्षण पूरी तरह वैसा-का-वैसा हो गया जैसा आश्रम से लकड़ियां काटने निकलते वक्त था। फर्क था तो "आत्मबोध" का। एक बड़ा ही सूक्ष्म, लेकिन जागरुक और महत्त्वपूर्ण। एक बात और बता दूं। माना भगवद्‌गीता मेरे चैतन्य और ध्यान की परम ऊंचाई थी, यह भी माना कि वह सीधे प्रकृति की ऊर्जा से बह गई थी, लेकिन उसमें भी मेरे सहयोग को बाकात नहीं किया जा सकता था। क्योंकि उसकी नींव मेरे जीवन के अनुभवों ने ही डाली थी। मैंने जीवन से जो सीखा, जो अनुभव किया, जो चिंतन किया, जो मैं जीवन भर बोलता-करता आया, वही बातें मैंने गीता में अर्जुन से कही थी। उसमें प्रकृति के चैतन्य के साथ-साथ मेरा अनुभव भी बराबरी पर शामिल था। याद करो! जब मैंने अर्जुन से कहा था कि सूर्य मैं हूँ, पृथ्वी, जल, वायु, आकाश सब तू मुझे ही जान, तो यह मेरे आत्मज्ञान के पश्चात् का पहला अनुभव था। यदि मैं उसे आसानी से कह पाया कि मन, बुद्धि और अहंकार भी तू मुझे ही जान, तो यह मेरे जीवनभर का अनुभव था। जीवनभर उनके साथ मैं जीया था; हां इतना फर्क अवश्य था कि वे सब मेरे नियंत्रण में थे।

इसलिए सच कहूं तो अपनी सफलता में मैं जितना हाथ प्रकृति का या निमित्त बने सहयोगियों का मानता हूँ, उतना ही हाथ स्वयं के गुणों का भी मानता हूँ। और बिल्कुल सच कहूं तो भले ही आप इसे मेरा अहंकार समझें, पर हकीकत यही है कि मैं उससे भी कई ज्यादा स्वयं के गुणों का मानता हूँ। मैं उनमें से नहीं जो अन्यों के उपकार गिनाने की विनम्रता में स्वयं के स्वयं पर किए गए उपकार ही भूल जाऊं। ...हालांकि दुर्भाग्यपूर्ण बात यह कि इस वजह से मुझ "निःअहंकारी" को भी कई लोग "परम-अहंकारी" मानने लगे। मानने दो, मैंने कहा न कि मैं जितना पुजारी "आत्मा" का हूँ, "अहंकार" भी मेरे लिए उतना ही पूज्य है। यूं भी आत्मा तो अदृश्य है, दृश्यमान तो अहंकार को ही होना होता है। अतः उसके महत्व से इन्कार करना जीवन को मार डालने वाला ही सिद्ध होता है। ना... बाबा ना। कृष्ण तो रंगीनियत की वो ऊंचाई है जिसके तले सब समा जाए। अतः "आत्मज्ञान" के पश्चात् भी मैंने अहंकार छोड़ा नहीं, बल्कि उसका सारथी हो गया, ठीक वैसा ही जैसा महाभारत के युद्ध में अर्जुन-रूपी अहंकारी रथ का मैं सारथी बना था। इसलिए धर्म के विषय में समझदार लोग मुझे मनुष्य-जाति के इतिहास का एकमात्र "पूर्ण-अवतार" कहते हैं। ...और वे गलत भी नहीं कहते। होश मेरा परम है। साधारणतः आत्मज्ञान इतनी बड़ी

घटना है कि किसे कब हुआ यह पता चल ही जाता है। और कुछ नहीं तो कम-से-कम उसके आस-पास वाले तो ताड़ ही लेते हैं, लेकिन मेरा तो मन-अहंकार सबकुछ सामान्य था; कोई पहचाने भी तो कैसे? यही मेरा वो काबिले-तारीफ होश है जो हमेशा मुझे दूसरों से विशिष्ट बनाये रखेगा। आप ही देख लीजिए! मुझे आत्म-बोध कब हुआ, यह किसी को पता नहीं चला। इतना ही नहीं, मुझे आत्मज्ञान हुआ है... यह भी कभी कोई नहीं जान पाया। क्योंकि ना तो मैंने अन्य ज्ञानियों की तरह ज्ञान बांटने की चेष्टा की, ना ही आश्रम खोला, न भगवा पहने, न घर छोड़ा। उल्टा मैंने आत्मज्ञान के बाद घर बसाया। ...गौर करने लायक बात तो यह भी है कि मुझे आत्मज्ञान सहज प्राप्त हुआ था। न वेद, न यज्ञ, न ध्यान... न पूजा से। वैसे इन सबसे ज्ञान पाया भी नहीं जा सकता। पूरी गीता में बार-बार मैं अर्जुन से इसी "सहज योग" की तो चर्चा कर रहा था। मैंने अर्जुन से कहा था न कि *"मुझे न वेदों से, न तपों से, न यज्ञ से-न ध्यान से और ना ही पूजा करके पाया जा सकता है। मेरी उपलब्धि तो सहज है*[४५]*।"* बस जो घट रहा है उसे घटने दो, तुम पहुंच ही जाओगे जहां तुम्हें पहुंचना है। जैसे मैं पहुंच गया।

छोड़ो! अभी तो जो ताजा-ताजा एहसास हुआ है उसी की चर्चा करूं। एक 'आत्मा' से यह पूरा दृश्यमान जगत व्याप्त है। पूरा ब्रह्मांड, पृथ्वी, मनुष्य, जानवर सभी उसी एक 'आत्मा' से ओतप्रोत है। देखो आज सहज रूप से मुझे उसी "आत्मा" का अनुभव हो गया। सोचने वाली बात यह कि जब सबकुछ आत्मा ही है, सारे भाव भी आत्मा ही हैं तो भला किससे राग करना व किससे द्वेष करना? अर्जुन से गीता में मैंने यही तो कहा था कि *"जिसे तू अच्छा मानता है वो ही नहीं, जिसे तू बुरा मानता है वह भी मैं ही हूँ। उन सब में भी आत्मा है ही। जुआ भी मैं हूँ। अहंकार भी मैं हूँ। युद्ध भी मैं ही हूँ। और-तो-और, मैंने कहा था न कि संतानोत्पत्ति के लिए "काम" भी तू मुझे ही जान*[४६]*।"* ...अब मैं "भगवान" हो चुका था। मैं ही ईश्वर था। लेकिन मुझे तो ईश्वरों का भी ईश्वर होना था। यही क्यों, मुझे अपने जीवन का हजार गुना आनंद भी लेना था। अपनी ही रचना का सुखद अनुभव भी करना था। यानी जीवन में कर्मों के सिलसिले की नए सिरे से शुरुआत करनी थी। क्योंकि माना कि आत्मा का ज्ञान होना "परम-ज्ञान" है, यह भी माना कि वह सबकुछ जानने वाली है, यह भी समझा कि संसार की उत्पत्ति और विनाश का एक वही तो गवाह है; फिर भी जब वह शरीर से बंधा है तो जीना तो पड़ेगा ही। और जब जीना है तो कर्म-कर्तव्य निभाते हुए मस्ती से ही जीना है। सो, मैंने तो तय कर लिया कि मैं अब और ज्यादा मस्ती से जीऊंगा। मैं अपने कण-कण को अपनाऊंगा। दरअसल यही तो ज्ञान मैंने पाया है; और इसीलिए तो यह आत्मा सबकुछ जानने वाला है। अरे, तभी तो मैंने गीता में कहा था कि यह "आत्मज्ञान" सब विद्याओं का राजा है। वैसे मैंने गीता में अर्जुन से यह भी तो कहा था कि- 'परम-ज्ञान' भीतर ही छिपा हुआ है। *"जैसे जेर से गर्भ ढंका रहता है और धुंए से अग्नि ढंकी रहती है, वैसे ही यह ज्ञान अन्य व्यर्थ ज्ञान प्राप्त करने के कारण ढंका रहता है*[४७]*।"* हालांकि अर्जुन को आत्मज्ञान में रुचि कहां थी? वह तो पूरी गीता के दरम्यान उन्हीं शास्त्रों व सिद्धांतों में उलझा रहा, जिनकी मैं लगातार खिलाफत करता आया था।

होगा! अभी तो आत्मज्ञान के बाबत मेरे अनुभव की चर्चा करूं... जो अहंकार के पूर्णरूपेण उपस्थित होने के कारण अन्यों से सर्वथा भिन्न था। अब तक आत्मज्ञान मनुष्यजीवन का अंतिम

---

४५. श्रीमद्भगवद्गीता, अध्याय-११, श्लोक-५३-५४

४६. श्रीमद्भगवद्गीता, अध्याय-९, श्लोक-३२-३३; अध्याय-१०, श्लोक-२८, ३६

४७. श्रीमद्भगवद्गीता, अध्याय-३, श्लोक-३८

ध्येय माना जाता रहा है। लेकिन मेरे जैसा कर्मवीर यहां ठहरने में संतोष कहां मानने वाला था? मैं तो इससे भी आगे की उड़ान भरना चाहता था। एक नई, परम ऊंची और अद्भुत उड़ान। यानी मैं बचे हुए जीवन को ज्ञान के कोरे तराजू में तौलकर शुष्क बनाने की बजाय उसे प्रेम के रंगों से भरकर और हसीन बनाना चाहता था। हालांकि यह कार्य आसान नहीं था। इसके लिए "आत्मा" और "अहंकार" दोनों को पूरी दृढ़ता से अपने अस्तित्व में टिकाये रखना आवश्यक था। माजरा यह कि ऐसा आज के पहले ना तो किसी ने सोचा था और शायद ना ही किसी की कल्पना में भी आया था। आज तक तो यही देखा गया है कि मनुष्य की आत्मा सुप्त पड़ी है, क्योंकि उसका अहंकार मजबूत हुआ पड़ा है; और जैसे ही अहंकार शून्य होता है "आत्मा प्रकट हो जाती है।" कहने का तात्पर्य कि दोनों कभी किसी में एक साथ पूर्णता से अस्तित्व में नहीं रहे। लेकिन मैं यह अद्भुत करिश्मा कर दिखाना चाहता था। इस लिहाज से तो मैं यह भी कह सकता हूँ कि मैं कुदरत की रचना को ही ललकारना चाहता था। मेरी तो एकमात्र मान्यता थी कि जीवन ..."मृत्यु" तक के कर्मों का एक अनवरत सिलसिला है। आत्मज्ञान हो गया तो और आगे की सोचो। वैसे भी आत्मा तो एकबार प्रकट होने के बाद बिछड़ने वाली नहीं। वहीं अहंकार भी इस विचार के साथ ही अपनी पूर्णता से प्रकट हो ही गया था। कहने का तात्पर्य हाल-फिलहाल तो दोनों मजबूती से खड़े जान पड़ ही रहे थे; फिर भी यह सिद्ध हो जाए तो सच। ...तो हाथ कंगन को आरसी क्या, मैं उठकर वापस उसी शिला की तरफ चल पड़ा जहां सुदामा लेटा हुआ था। बस अब उसको चक्कर में डाल पाऊं तो बात पक्की। सो, इस व्यग्रता में मैंने पहुंचते ही सुदामा को हिलाकर उठाया। यही मेरे इम्तिहान की घड़ी थी। यदि उसे जरा भी आभास होता है कि मेरे साथ इतनी बड़ी घटना घट गई है तो मेरे नाटक में कहीं-न-कहीं कमी है; अन्यथा मान लेने का कि मेरे दोनों स्वरूप यानी एक शुद्ध-बुद्ध आत्मा और दूसरा "कृष्ण" जो एक जीता-जागता नाटक था... अपनी-अपनी जगह पूरी दृढ़ता के साथ स्थित है।

...इधर मेरे हिलाते ही सुदामा हड़बड़ाकर उठ खड़ा हुआ। सूर्य निकला देखकर उसकी खुशी का ठिकाना न रहा। इसके साथ ही मेरा नाटक प्रारंभ हो गया। तत्क्षण हमने झरने के बहते पानी से मुंह धोया व सीधे लकड़ियां ढूंढ़ने निकल पड़े। अब चारों ओर लकड़ियां ही लकड़ियां थी। वर्षा व तेज आंधी ने कई पेड़ उखाड़ फेंके थे। हम फटाफट लकड़ियां लेकर आश्रम जाने निकल पड़े। मेरी पहली जीत हो चुकी थी। "कृष्ण" स्वयं को वैसा-का-वैसा साबित कर चुका था। जैसा आश्रम से निकलते वक्त था। सुदामा को मुझमें कोई परिवर्तन नजर नहीं आया था। शायद बचपन से करते आ रही नौटंकियों का इसमें बड़ा योगदान था। होगा, वर्तमान हाल तो यह कि लाखों में एक मनुष्य के साथ घटने वाली "आत्मज्ञान" की वह घटना घट चुकी थी जिसके घटते ही खबर दूर-दूर तक फैल जाती है, और अभी तो बड़ी आसानी से मैं उसे भी छिपाने में कामयाब हो गया था। यहां निश्चित ही यह दूसरी उपलब्धि पहले से कहीं बढ़कर थी। इसीलिए तो कहता हूँ कि आत्मज्ञानी भले ही बहुत हुए हों पर मुझ जैसा कोई नहीं। एकबार को सूर्य तो छिपाया जा सकता है, परन्तु कहते हैं आत्मज्ञानी को कभी नहीं छिपाया जा सकता है; लेकिन देखो मैंने सब उल्टा कर दिया; सुदामा को मुझमें कोई परिवर्तन नजर नहीं आया। आना भी नहीं चाहिए, ...नहीं तो मेरी अभिनय-क्षमता का क्या?

खैर! अभी तो इधर हमदोनों सर पे रस्सी से बांधी लकड़ियां उठाये आश्रम की ओर चले जा रहे थे। सचमुच एक हाथ में कुल्हाड़ी व एक हाथ से सर की लकड़ियां पकड़े बड़ी अजीब हालत में चले जा रहे थे। स्वाभाविक तौर पर ऐसे में ज्यादा बातचीत तो होने से रही। सो चुपचाप जंगल की हरियाली निहारते हुए बढ़े जा रहे थे। उधर आश्रम पहुंचे तो सभी प्रवेशद्वार पर घेरा डाले हमारा ही इन्तजार कर रहे थे। स्वाभाविक रूप से रात को पड़ी तेज बारिश व हमारे न आने ने सबको चिंता में डाल रखा था। उधर हमारे आने की खबर पाते ही आचार्यजी व मां भी दौड़े आए थे। सब कुशल-मंगल जान कर सबको बड़ा संतोष हुआ था। भैया के तो मानो प्राण लौट आए थे। मित्रों ने भी चैन की सांस ली थी। आचार्यजी व मां ने भी राहत महसूस की थी। तुरंत हमारे सर से लकड़ियां उतार हमें भीतर ले जाया गया। दूसरी ओर प्रवेश के साथ ही हमारी थकान जानते हुए आचार्यजी ने सीधे पूछा- तुम लोगों को भूख अवश्य लगी होगी।

मेरी तो निकल पड़ी। मैंने बड़े ही व्यंगात्मक अंदाज में कहा- मुझे तो बड़ी जोर से भूख लगी है। सुदामा की सुदामा जाने या मां।

यह सुनते ही दोनों का चेहरा उतर गया। यह मेरी दूसरी जीत हुई। क्योंकि मैं तो आत्मा था, जबकि जवाब मेरे अहंकार ने दिया था; अर्थात् अब मैं पक्के तौर पर प्रकृति या सम्पूर्ण मनुष्यों का ही नहीं, स्वयं के अहंकार का भी "द्रष्टा" हो चुका था। यह वाकई काबिले-तारीफ उपलब्धि थी। अब मैं इस खेल को और आगे बढ़ाना चाहता था। इन्हीं विचारों में खोया मैं कब सबके साथ प्रांगण में पहुंच गया, पता ही न चला। होगा, अभी तो सबके साथ वहीं जमीन पर बैठ गया था; पर खोया हुआ अब भी विचारों में ही था। आज तो आचार्यजी भी हमारे साथ ही बैठ गए थे। बैठने दो, मेरा मन तो इस समय आत्मिक-ऊंचाई की नई-नई पायदानें छूने को मचल रहा था। एक तरीके से कहा जाए तो मैं अपने अहंकार की उपस्थिति पक्की कर लेना चाहता था। उड़ान तो ऐसी भरना चाहता था कि जिस जीवन से मैंने आत्मा पाई थी, अब उसी आत्मा से मैं जीवन पाना चाहता था। मैं चाहता तो "आत्म-प्राप्ति" के बाद जीवन के भयंकर कर्मों से बच सकता था, लेकिन मैं "कर्म" का मार्ग ही चुनना चाहता था; क्योंकि मेरी दृष्टि में जीवन जैसा है उसे वैसा ही स्वीकारना एकमात्र "अहिंसा" है। ...उल्टा मैं तो भविष्य में होने वाले आत्मज्ञानियों से भी कहता हूँ कि वे जीवन को सहज रूप से स्वीकारें। यह सत्य है कि आत्म-प्राप्ति के बाद दुनिया में ऐसी कोई वस्तु नहीं जो प्राप्त करने योग्य हो और प्राप्त न हो जाती हो। ...क्योंकि सभी में आप हैं और आप-आपको प्राप्त ही हैं। यही तो मैंने गीता में अर्जुन से कहा था कि- *"ऐसी कोई प्राप्त करने योग्य वस्तु नहीं जो मुझे प्राप्त न हो। फिर भी मेरी खूबी यह है कि मैं कर्मों में ही बरतता हूँ।" "क्योंकि यदि मैं कदाचित सावधान होकर कर्म न करूं तो पूरी मनुष्यजाति निष्क्रियता को धर्म मान ले, और मैं संकीर्णता का करनेवाला होऊं*[४८]*।" "यह हम सभी जानते हैं कि महान पुरुष जो सिद्ध करते हैं, सभी उसी का अनुसरण करते हैं। वह जो प्रमाणित कर देता है, वही प्रमाण हो जाता है*[४९]*।"* इसलिए आत्मज्ञानियों को भी कर्मों में सावधानी बरतना आवश्यक ही है। कहने का तात्पर्य साफ और गहरा था। यदि सभी सामान्य मनुष्य आत्मज्ञानियों का अनुसरण करने लगे तब तो न तो कोई राजा होगा और ना ही कोई क्षत्रिय होगा। ...फिर तो न प्यार होगा - न संतानें होंगी। इससे, पहले तो संसार नीरस हो जाएगा

---

४८. श्रीमद्भगवद्गीता, अध्याय-३, श्लोक-२२-२४,
४९. श्रीमद्भगवद्गीता, अध्याय-३, श्लोक-२१

और फिर देर-सबेर मनुष्यता ही समाप्त हो जाएगी। यानी इससे ना सिर्फ अरबों वर्षों की अथक मेहनत व्यर्थ चली जाएगी बल्कि सूक्ष्म कीटाणुओं से मनुष्य तक के लंबे सफर का भी अंत आ जाएगा। ऐसे में इस ब्रह्मांड का प्रयोजन क्या रह जाएगा? एक मनुष्य ही तो है जिसमें आत्मा अपने पूर्ण स्वरूप में प्रकट हो सकती है। आप ही बताइए, ...यदि मनुष्य ही समाप्त हो जाए तो क्या इतना विशाल ब्रह्मांड औचित्यहीन नहीं हो जाएगा? आत्मा को अपने पूर्णरूपेण प्रकट होने के लिए फिर अरबों वर्ष का और इन्तजार अकारण नहीं करना होगा? कब फिर कीटाणु बने, कब वे मनुष्य तक का सफर तय करें ...और कब मैं फिर इस विशाल ब्रह्मांड का आनंद ले सकूं। नहीं... मैं इन्तजार क्यों करूं? जो हाथोंहाथ उपलब्ध है उसे व्यर्थ क्यों गंवाऊं? ध्यान रहे, नासमझों द्वारा दी गई अहिंसा और ब्रह्मचर्य की शिक्षा अंत में जाकर सबसे बड़ी हिंसा साबित हो सकती है। इससे मनुष्य जाति ही नष्ट हो सकती है। और मैं तो मनुष्य व मनुष्यता दोनों फैलाना चाहता हूँ ताकि वे निर्मित ब्रह्मांड का आनंद ले सके। तभी तो गीता के दरम्यान मैं अर्जुन को कितनी आसानी से कह पाया था कि- *"संतानोत्पत्ति के लिए "काम" भी तू मुझे ही जान*[५०]*।"* और आप तो जानते हैं कि मैंने कभी कोरी बात नहीं कही। आप जानते ही हैं कि हिंसा और काम से मुझे वैसे भी कभी कोई एतराज नहीं रहा। ...और तभी तो मैं अर्जुन से कह पाया था कि *"न कोई मरता है - न कोई मारता है। जीवन तो अनंत है*[५१]*।"*

छोड़ो! एक राज की बात और बताऊं, गीता में कहा मेरा उपरोक्त उपदेश अुर्जन के लिए कम व आत्मज्ञानियों के लिए ज्यादा था; इसीलिए तो मैं अब तक के मनुष्य जाति के इतिहास का एकमात्र "पूर्ण-अवतार" हूँ क्योंकि मैंने उन्हें भी उपदेश दे दिया था जो आत्मा तक पा चुके थे। वाकई भगवद्‌गीता कहते वक्त मेरा ज्ञान व मेरी चेतना अपने सर्वोच्च शिखर पर विराजमान थे। तभी तो जो आत्मज्ञानी पूरे संसार में ज्ञान बांटते हैं, मैंने "गीता" में उन्हें ही ज्ञान दे डाला था। ...मैंने कहा था न कि "हे! आत्मज्ञानियों, आत्मज्ञान प्राप्त होने के बाद न संन्यास लें, न भगवा पहनें न हिंसा या काम का विरोध करें। मनुष्य को विकास के रास्ते लगाएं। वैभव के नए-नए आयाम खोजें। सामान्य मनुष्यों-सा जीवन जीयें। क्योंकि वास्तव में "आत्मबोध" मनुष्य की अपनी एक निजी उपलब्धि है[५२]।" "...व्यर्थ संन्यास लेकर या हिंसा, काम, विकास या वैभव का विरोध कर आम लोगों की बुद्धि में भ्रम पैदा न करें। मनुष्य में विकास व वैभव की वह संभावना छिपी हुई है कि वह चांद-तारों पर राज कर सके, बशर्ते यदि आप आत्मज्ञानी लोग व्यर्थ का संन्यास फैलाकर कर्मों में अरुचि पैदा न करें[५३]।" सच कहूं तो यही मेरा ज्ञान, मेरा होश और मेरी दृष्टि समस्त "अंशावतारों" की भीड़ में मुझ अकेले को "पूर्ण-अवतार" बनाती है। हालांकि यह भी सत्य है कि मेरी ऐसी बातों के कारण ही कई "ना-समझों" ने मुझे परम-अहंकारी भी माना। होगा! अभी वर्तमान विषय पर लौट आऊं तो आचार्यजी का भी न ताड़ पाना कि मेरे भीतर कुछ घटा है, निश्चित ही यह एक विशिष्ट उपलब्धि थी। अब जब आचार्यजी को ही नहीं मालूम पड़ा कि मुझे "आत्मज्ञान" हो चुका है, तब बाकी किसी के पहचानने का तो सवाल ही नहीं उठता था। मैं खुश था! क्योंकि मेरे "परम-होश" के कारण मुझे आत्मबोध के बावजूद एक सामान्य जीवन जीने का मौका मिलने वाला था। यानी कर्मों की नए सिरे से एक लीला खेलने का अवसर नसीब हुआ था। लो..., इधर मैं यह सब सोचता

---

५०. श्रीमद्भगवद्गीता, अध्याय-१०, श्लोक-२८
५१. श्रीमद्भगवद्गीता, अध्याय-२, श्लोक-२०
५२. श्रीमद्भगवद्गीता, अध्याय-३, श्लोक-२६
५३. श्रीमद्भगवद्गीता, अध्याय-३, श्लोक-२६

रह गया और उधर मां का भोजन हेतु बुलावा भी आ गया। भूख तो लगी ही थी, बस मैं सबको वहीं बैठा छोड़ भोजन करने दौड़ पड़ा।

अध्याय - ५

गुरुदक्षिणा चुकाने के लिए पंचजन से टकराना

वैसे अब तो मैं संसार के समस्त रहस्यों का ज्ञाता था, ऐसे में आश्रम में सीखना शेष रह ही क्या गया था? लेकिन कमाल यह था कि अब भी मैं आचार्यजी से सवाल उतनी ही जिज्ञासा से पूछा करता था। कहने का तात्पर्य यह कि मैं बड़ी आसानी से अपने भीतर "भगवान श्रीकृष्ण" व वृन्दावन के "कान्हा" दोनों का समानान्तर अस्तित्व टिकाये हुए था। सच कहूं तो इससे मेरा आश्रम का आनंद भी कई गुना बढ़ गया था। निश्चित ही यह कमाल मेरा कम व मेरे द्रष्टा का ज्यादा था। ...यानी आश्रम में सबकुछ पहले जैसा ही चल रहा था, पर मजा ज्यादा आ रहा था। अभी इस महान घटना को चन्द दिन ही बीते थे कि तभी अचानक एक दिन मुझपर वज्रपात हुआ। हुआ यह कि एक दिन आचार्यजी मुझे अपने साथ टहलाने ले गए। सुबह का वक्त था और हमने राह सुनसान मार्ग की पकड़ी हुई थी। मानना होगा कि इस उम्र में भी आचार्यजी मेरी स्वाभाविक चाल के साथ कदम-से-कदम मिलाकर ही चल रहे थे। हालांकि जाते वक्त तो उन्होंने मुझसे कोई खास बात नहीं की लेकिन लौटते वक्त मेरे परम आश्चर्य के बीच सिर पर हाथ फेरते हुए बोले- कृष्ण, तुम्हारी शिक्षा पूरी हुई...

मुझे तो बात ही समझ में नहीं आई। अभी आश्रम में बमुश्किल छः माह ही हुए हैं, और शिक्षा पूरी भी हो गई? मेरे पर तो मानो हजारों बिजलियां गिर पड़ी। क्योंकि कई विद्यार्थी वर्षों से शिक्षा ले रहे थे, उनकी शिक्षा अभी भी पूरी नहीं हुई थी। कहीं मुझे आश्रम से निकालने हेतु जरासंध का दबाव तो काम नहीं कर गया? नहीं...नहीं, आचार्यजी के बारे में ऐसा सोचा भी कैसे जा सकता है? वे भला कहां किसी के दबाव में आने वाले? ...तो फिर क्या बात हुई? दरअसल यह सब सोचते वक्त क्षणभर को तो मैं जहां था वहीं खड़ा रह गया था। यह देख आचार्यजी ने भी अपने कदम थाम लिए। अब उनसे मेरे मन की उलझन कहां छिपी रहने वाली थी? तत्क्षण उन्होंने मेरे निकट आकर मेरी पीठ पर हाथ फेरते हुए कहा- मैंने सारी विद्या तुम्हें दे दी। वस्तुतः मेरा दान उतने महत्व का नहीं था जितनी तुम्हारी ग्राह्यता थी। जैसे धरती जल सोख लेती है, वैसे ही तुमने मेरी विद्या सोख ली। वास्तव में तुमने मुझसे वही नहीं सीखा जो मैंने सिखाया, अपितु तुमने वह भी सीख लिया जो मैंने नहीं सिखाया। सचमुच, तुम जैसा शिष्य पाकर मैं धन्य हुआ।

लो! यह तो बात ही कुछ और निकली। मुझे अपनी योग्यता व ग्राह्यता का सबसे बड़ा प्रमाणपत्र मिल गया। बस यह सुन मैं खुश हुआ व तुरंत चलना प्रारंभ कर दिया। मेरे चलने के साथ ही मेरा चिंतन भी चल पड़ा। आचार्यजी की बात तो ठीक ही थी, मैं इस प्रमाणपत्र के योग्य था ही। वाकई मेरी सीखने की जिद व ग्राह्यता दोनों का कोई जोड़ नहीं था। मैं हमेशा हर समय ...हर घटना से सीखने को तत्पर रहता ही था। तभी दूसरा विचार आया, मेरा तो ठीक... पर भैया का क्या? तत्क्षण मैंने जिज्ञासा जाहिर करते हुए आचार्यजी से पूछा- और भैया...? आचार्यजी बोले- वह भी उतना सीख चुका जितना वो सीख सकता था, और मैं भी उसे उतना सिखा चुका जितना मैं उसे सिखा सकता था।

...अर्थात् हम दोनों एक साथ मुक्त कर दिए गए थे। यूं भी मैं भैया के बगैर आश्रम से निकलकर करता क्या? दूसरी तरफ भैया तो मेरे बगैर एक पल आश्रम में रुकने की कल्पना तक नहीं कर सकते थे। अच्छा था कि आचार्यजी की अवज्ञा किए बगैर ही मामला सुलझ गया था।

बस इतने में हम आश्रम पहुंच गए। अब तक तो ठीक पर असली उलझन अब शुरू हुई। मन एकान्त खोज हजार नए तरीके से सोचने पर मजबूर हो गया। अब आश्रम में एकान्त की क्या कमी? बस आश्रम के पिछले भाग से कुछ नीचे उतरकर सामने बह रही क्षिप्रा नदी को निहारते एक पेड़ के नीचे बैठ गया। सोचने वाली सबसे बड़ी बात तो यह थी कि बाकी सब तो अपनी जगह था पर मामला तो चार दिन चले ढाई कोस वाला ही हो गया था। यानी बात वहीं-की-वहीं आ गई थी। नहीं समझे...! अरे भाई, शिक्षा पूरी होने के बाद अब ज्यादा दिन आश्रम में तो रुका नहीं जा सकता था; और बाहर निकलते ही फिर वही पुरानी जरासंध की समस्या मुंह फाड़े सामने खड़ी हो जानी थी। वैसे भी अभी कुछ दिन पहले ही नानाजी के गुप्तचर आश्रम में थे। निश्चित ही नानाजी ने मथुरा की ताजा स्थिति से मुझे अवगत कराने हेतु ही उन्हें यहां भेजा था। उनके अनुसार जरासंध मथुरा पर हमला करने तो आया था, परंतु हमको मथुरा में न पाकर वह बिना युद्ध किए ही वापस लौट गया था। लेकिन इससे बला नहीं टली थी, गुस्से में उसने अपने सभी मित्र राजाओं को हमें देखते ही कारा में डालकर उसे तत्क्षण बुलाने के निर्देश भिजवा दिए थे। अर्थात् आश्रम की वजह से ही हम लोग अब तक सुरक्षित थे। कुल-मिलाकर सौ बातों की एक बात यह कि हमें एकबार फिर आश्रयहीन जीवन गुजारने हेतु तैयार रहना था। क्योंकि इन हालातों में मथुरा तो अब हमें स्वीकारेगी नहीं और वहीं दूसरी ओर चाहे जहां जाएं, जरासंध का भय तो बना ही रहेगा। और फिर हमारे पास तो कहीं आने-जाने के लिए धन भी नहीं है, सो सवाल तो यह भी कि जाएंगे कहां व रहेंगे कैसे? चलो छोटे मकानों में रहने की आदत तो हमें गोकुल-वृन्दावन से ही थी, और यह कम था तो बची-खुची शिक्षा आश्रम में आकर मिल ही चुकी थी। कहने का तात्पर्य यह कि आचार्यजी ने ठंड व बारिश में जमीन पर और वो भी बगैर ओढ़े-बिछाए सोने का अच्छा-खासा अभ्यास करवा ही दिया था। सो यह कोई विशेष समस्या न भी मानू तो भी जरासंध से कैसे बचा जाए व कहां जाया जाए, यह समस्या तो बनी ही हुई थी। होगा, यह सब आज तक मैंने कहां तय किया था? मैं तो यूं भी हर-हमेशा प्रकृति के इशारे का इन्तजार करने वालों में से था; क्योंकि मेरा स्पष्ट मानना था कि जिसने पैदा किया है, वह हमें चलाने की जिम्मेवारी उठाने को तैयार ही बैठा है, ...बशर्ते सौंपी जाए।

वैसे भी सोचना इस समस्या का समाधान नहीं था। सो, कुछ देर मन को शांत कर बहती नदी देखने का आनंद उठाता रहा। फिर धीमे लेकिन निर्णायक कदमों से आश्रम लौट आया। अभी तो आचार्यजी के आदेशानुसार तीन दिनों बाद हमें आश्रम से निकलना था, ऐसे में अभी से परेशान क्यों रहूं? बेहतर है पूर्णता से जीकर आश्रम के इन अंतिम तीन दिनों को यादगार बना लूं, फिर बाहर निकलकर आगे की सोच ली जाएगी। ...यह तो ठीक पर दूसरी तरफ आचार्यजी भी इन अंतिम तीन दिनों को यादगार बनाने में जुटे ही हुए थे। यहां तक कि उन्होंने मेरे सम्मान में इन तीनों दिनों के लिए सारे अनुशासन हटा लिए थे। आश्चर्य तो यह कि एक हम ही नहीं, सभी विद्यार्थी आश्रम के अनुशासन से आजाद कर दिए गए थे। और-तो-और, रोजिंदी शिक्षा पर भी पूर्णविराम लगा दिया गया था। यानी तीन रोज सिर्फ आनंद, मस्ती व जश्न। नतीजा यह कि मेरी वंशी व सुदामा के गायन का तालमेल तो सुबह-दोपहर-शाम होने लग गया था। यह कम था तो रात्रि

भोजन में व्यंजन व पकवान बनवाये जाने लगे थे। हमारी तो उड़ के लग गई थी। मैं और भैया, खासकर भैया तो पकवानों पर टूट ही पड़ते थे। हालांकि जहां एक ओर खुशी का माहौल था तो वहीं दूसरी ओर सबको रह-रहकर गंभीरता भी पकड़ रही थी। अनुशासन हटने से तो सभी मित्र खुश थे, परंतु साथ ही हमारे आश्रम छोड़कर जाने के दुःख से भी कोई आजाद नहीं था। हालांकि सबसे ज्यादा दुखी आचार्यजी ही नजर आ रहे थे। पहली बार उनकी वेदना उनके हाव-भावों से स्पष्ट झलक रही थी। सचमुच चन्द दिनों में ही उन्हें मुझसे गहरा लगाव हो गया था।

खैर! यह सब तो ठीक पर हम सबमें सब से अपवाद स्वरूप भैया थे, जो सिर्फ खुश थे। वे तो आश्रम से छूटने व मथुरा जाने के नाम से ही पागल हुए जा रहे थे। सच कहूं तो उनकी यह खुशी मुझमें रह-रहकर घबराहट पैदा कर रही थी। क्योंकि मथुरा जाने की परिस्थिति अभी कहीं से बनती हुई दिखाई नहीं दे रही थी। अतः इससे पहले कि उनकी खुशियों पर अचानक कोई वज्रपात हो, मैंने धीरे-धीरे उन्हें सम्भालना ही उचित समझा। ...मुझे मजबूरन भैया से आधा सत्य कहना ही पड़ा। न चाहते हुए भी मुझे उन्हें मथुरा की परिस्थिति व दरबार की सोच से अवगत कराना ही पड़ा। हालांकि एक जगह मैं साफ झूठ बोल गया, जी हां, मैंने वहां घटी परिस्थितियों के दोष का ठीकरा सिर्फ यादव-प्रमुखों पर ठेला। नानाजी के साथ-साथ पिताजी ने भी इस बात का पुरजोर विरोध किया था, ऐसा कहकर पिताजी की मनोदशा ढंक ली थी। कारण साफ था, ताकि भैया के मन में कभी पिताजी के लिए अन्य विचार न आए। सचमुच झूठ कितना सुंदर हथियार है, यदि उसका उपयोग स्वार्थ पूर्ति के लिए न किया जाए ...तो।

लेकिन उधर भैया भी भैया थे! वे मुझे कहां चैन से बैठने देने वाले थे? वे इतना सब सुनकर चिंतित होने की बजाय उल्टा जरासंध पर क्रोधित हो उठे। ...वह मुझे क्या खोजेगा, मैं ही उसे ढूंढ़ कर मार डालूंगा। यह एक नई मुसीबत खड़ी हो गई। माना भैया वीर थे, परंतु वीरता के साथ जिस बुद्धि की आवश्यकता होती है, वह उनमें सर्वथा नदारद थी। भला जरासंध कोई अकेले थोड़े ही आएगा और कहेगा, आओ बलराम हम युद्ध करें। उसकी सेना क्षणभर में हमें तहस-नहस नहीं कर देगी? लेकिन भैया को यह सब समझाने की कोशिश करना ही बेकार था। वे निश्चिंत थे, मेरे लिए इस समय बस इतना ही काफी था। मुझे इस बात से संतोष मानना था कि कम-से-कम हम मथुरा नहीं जा रहे इतना तो उनकी समझ में आ गया था। हालांकि समस्याएं यहीं समाप्त नहीं हो रही थी। कहां तो सोच रहा था कि आश्रम के इन अंतिम तीन दिनों सिर्फ आनंद लूंगा और कहां आगे की समस्याओं में उलझकर रह गया था। चलो यह तो तय था कि हम मथुरा नहीं जा सकते, लेकिन वहां नहीं तो जाएं कहां, यह तो सोचना ही था। समस्या जटिल इसलिए भी हो रही थी कि भैया से उनके स्वभाव के कारण कौन से प्रदेश में जाना, इस बाबत कोई चर्चा नहीं की जा सकती थी। हालांकि समय की मांग तो यही थी कि जरासंध के किसी शत्रु राजा के राज्य में ही जाना चाहिए; और जो समय के अनुसार चले वही बुद्धिमान होता है। लेकिन भैया को ऐसा सुझाव दिया तो वे कहेंगे- क्या मैं जरासंध से डरता हूँ। अरे मेरे भाई जब समय ही डरने का हो और फिर भी नहीं डर रहे हो तो यह बहादुरी नहीं कोरी मूर्खता है। ...अब उन्हें कौन समझाए कि मनुष्य की हर ऐसी मूर्खता अंत में जाकर आत्मदाह का एक प्रयास ही सिद्ध होती है।

खैर! कुल-मिलाकर निश्चित ही आज हमलोग हर दृष्टि से एकदम अकेले पड़ गए थे। बगैर साधन के, बगैर आश्रय के बिल्कुल लाचार। ऊपर से आर्यावर्त का सबसे शक्तिशाली राजा हमारे खून का प्यासा था, सो अलग। ऐसे में जाएं-तो-जाएं कहां और करें तो करें क्या? मामला इतना पेचीदा था कि कुछ सूझने का सवाल ही नहीं उठता था। पास में धन नहीं था, जाने को साधन नहीं था, रहने को जगह नहीं थी, आश्रय कोई दे सके, ऐसी स्थिति में नहीं था; उज्जयिनी व मथुरा को छोड़कर और कोई जगह देखी नहीं थी; ऐसे में पैदल जा जाकर भी कहां व कितना जा सकेंगे? ...यानी दो बेचारे अपने सर्वोच्च शिखर पर बेसहारे हो चुके थे। होगा, जब आप कुछ कर ही नहीं सकते तो कम-से-कम एक बुद्धिमान की तरह उसे कुदरत के न्याय पर तो छोड़ ही सकते हैं। मैंने भी वही किया। मैं कुदरत की लीला जानता था। यदि वह हमें जरासंध के क्रोध से बचाये रखना चाहती होगी तो किसी सुरक्षित स्थान की ओर इशारा अवश्य करेगी। ...यानी जैसे पिछली बार बचने हेतु सांदीपनिजी का आश्रम मिल गया था वैसे ही बचना होगा तो कोई और सुरक्षित स्थान मिल ही जाएगा; वरना जो होगा देख लिया जाएगा। भला सांदीपनिजी के आश्रम जाने की योजना या विचार कोई मेरा थोड़े ही था? मैं तो सांदीपनिजी को जानता तक नहीं था। अर्थात् कुदरत यदि कोई नई सुरक्षित जगह खोज निकलवाये तो समझ जाने का कि वह अभी हमें बचाना चाहती है, वरना समझ लेने का कि हमारा समय समाप्त हुआ। भला यह सत्य समझने में एक आत्मज्ञानी को क्या अड़चन? सही दृष्टि से देखा जाए तो मनुष्य के कुदरत की मर्जी के खिलाफ जाने की जिद के कारण ही उसके जीवन में इतने कष्ट हैं। मनुष्य, अपने जीवन के सारे फैसले स्वयं की बुद्धि से करना चाहता है, ...परंतु हकीकत तो यह है कि जीवन के कई अहम सवाल कुदरत के न्याय पर छोड़ने ही पड़ते हैं। और मेरा यह विश्वास कोरी मान्यताओं पर आधारित नहीं बल्कि मेरे जीवन के अनुभव भी चिल्ला-चिल्लाकर यही कह रहे हैं। जीवन-मरण के तो कई क्षण मेरे जीवन में आ चुके हैं फिर भी अब तक सही सलामत हूँ, ...क्या यह उपरोक्त बात समझने के लिए पर्याप्त नहीं? बस यह जानकर मैंने स्वयं को तत्क्षण चिंतामुक्त किया। क्योंकि मैं यह सत्य भी जानता था कि कुदरत चिंतित व्यक्तियों का दामन कभी नहीं थामती। दूसरी ओर मेरे जीवन का अब तक का अनुभव भी यही कह रहा था कि मेरे साथ जो कुछ भी घटा उसका अंतिम परिणाम हमेशा अच्छा ही आया है, तो आज कौन नई बात हो जाएगी? प्रायः कुदरत अपनी असीमित दृष्टि से हमारे भले के लिए संकट भेजती है और हम अपनी सीमित दृष्टि के कारण उसे संकट मानकर उसमें उलझ जाते हैं।

खैर! कुल-मिलाकर यदि मैं अपनी इन चिंताओं व चिंतनों के क्षणों को छोड़ दूं तो आश्रम के यह तीन दिन बड़े ही शानदार गुजरे। अब यह सुकून वाला सुरक्षित जीवन छोड़ने का समय आ गया था। आज सुबह ही हमें निकलना था। सामान वगैरह तो कुछ खास था नहीं। सामान क्या, रथ ही कहां था हमारे पास? बस सुबह तैयार होकर मैं चिंतावश व भैया उत्साह में कक्ष से बाहर निकले। बाहर प्रांगण में सभी हमारा इन्तजार ही कर रहे थे। हमलोग भी सीधे वहां पहुंच गए। माहौल वाकई गमगीन था। मां और मित्र को तो छोड़ो, आचार्यजी भी उदास थे। कुछ देर सबसे मिलकर बातें की, मां के हाथ से कटे कुछ फल खाये व प्रमुख-द्वार की ओर चल पड़े। मैं आचार्यजी के साथ आगे चल रहा था, भैया बाकियों के साथ पीछे चले आ रहे थे। नानाजी को तो इस बात का अंदाजा होने

का सवाल ही नहीं उठता था कि हमारी शिक्षा इतनी जल्दी भी समाप्त हो सकती है, वरना तो वे निश्चित ही रथ भिजवा दिए होते। अब कारण चाहे जो हो, परिणाम में तो आगे की यात्रा हमें पैदल ही करनी थी। तो क्या, मैं तो हर कर्म के लिए हमेशा तैयार ही रहता था। बस प्रवेशद्वार पार करते ही सुदामा, श्वेतकेतु, विन्द, अनुविन्द समेत सभी मित्रों से हम गले मिले, आचार्यजी व आचार्य मां के हमने चरण-स्पर्श कर आशीर्वाद लिए और इसके साथ ही हम अपने जीवन की कठिनतम यात्रा पर निकलने को हुए। तभी हमें इस कदर बे-साधन पाकर विन्द-अनुविन्द ने हमें रथ मुहैया कराने की पेशकश की, पर इसमें मुझे जोखिम नजर आ रहा था। क्योंकि वे रुक्मी के भी मित्र थे, और रुक्मी जरासंध के प्रभाव में था। अतः उनसे रथ लेने का अर्थ था ...अपने चिह्न छोड़ना। ...ना बाबा ना। जरासंध के हाथों मरने से तो हम पैदल ही अच्छे। यूं जाते-जाते आचार्यजी ने मेरे सर पर हाथ फेरते हुए दिल को बड़ी ठंडक पहुंचाने वाली बात कही। उन्होंने कहा कि कृष्ण! तुम मेरे शिष्य कम व मित्र ज्यादा हो चुके हो। जब कभी इस ओर से निकलना हो, बेहिचक यहीं हमारे पास रुकना। तुम मेरे पुत्र समान हो, और इस लिहाज से इस आश्रम को आज से तुम अपना घर मानना। ...कहने की जरूरत नहीं कि जीवन के इस नाजुक मोड़ पर आचार्यजी की यह बात मेरे दिल को छू गई थी। ऐसे भी इस समय ऐसी किसी सदभावना व ऐसे आश्वासन की आवश्यकता थी ही। मेरे लिए यह गर्व की बात थी कि आचार्यजी से जितना ज्ञान मिला, उतना ही उनसे प्रेम भी पाया।

...लेकिन उधर जाने क्या हुआ जो आचार्यजी के मुख से पुत्र की बात सुनते ही मां की आंखों से आंसू बहने लगे। क्षण-भर में ही वो आपे से बाहर हो गई। जोर-जोर से रोना चालू कर दी। घबराए आचार्यजी उन्हें सांत्वना देने लगे। मुझे बात ही समझ में नहीं आई। पूरा माजरा मेरी समझ के बाहर था। मैं क्या, आचार्यजी से गले लगकर रो रही मां को देख सभी हतप्रभ थे। निश्चित इस दृश्य ने पहले से गमगीन माहौल को और गमगीन बना दिया। आखिर मुझसे न रहा गया। भला "मां" के बहते आंसू कब तक देखता? मैंने किसी तरह हिम्मत जुटा कर मां से पूछ ही लिया- क्या बात है माताजी? क्या मैं आपके आंसू पोछने में आपकी कुछ मदद कर सकता हूँ?

मेरी बात सुनते ही मां को होश आया, व तुरंत अपने आंसू पोछते हुए बोली- कुछ खास बात नहीं। बस अपने पुत्र की याद आ गई थी।

मैं चौंक गया- ...पुत्र! कहां है वह?

इस बार आचार्यजी बोले- हमारे पुत्र "पुनर्दत्त" को आज से बारह वर्ष पूर्व पंचजन नामक राक्षस उठा कर ले गया था, तब उसकी उम्र सिर्फ पांच वर्ष थी।

लेकिन क्यों- मैंने पूछा।

वे बोले- क्योंकि वह चाहता था कि मैं उसके पुत्र को शिक्षित करूं।

मैंने कहा- और आप पंचजन के पुत्र को शिक्षित करने हेतु राजी नहीं हुए।

आचार्यजी बोले- कृष्ण! मैं कैसे राजी होता? यदि आचार्य ही भयभीत होकर किसी के दबाव में निर्णय करने लगे, तो अपने शिष्यों को सिखाने के लिए उनके पास रह ही क्या जाएगा? तुम ही सोचो कृष्ण, यदि आश्रम ही पुत्र-मोह में उलझ जाए तो उस आश्रम के विद्यार्थी कैसे मोह-माया से छूट पायेंगे।

आचार्यजी व आचार्यजी की बातें, दोनों लाजवाब थी। सचमुच मैं धन्यभागी था जो मुझे ऐसे आचार्य से शिक्षित होने का मौका मिला था। भले ही आत्मज्ञान के बाद मैं ज्ञाता था, फिर भी मेरा सीखना चालू ही था। क्योंकि ज्ञाता तो आत्मा थी, मैं तो अपने मन, बुद्धि, अहंकार को भी उस ऊंचाई पर पहुंचाना चाहता था जहां से वे भी ज्ञाता हो जाएं। मैं तो अपने रोम-रोम को "जागृत-आत्मा" से परिपूर्ण बना देना चाहता था। ...और "महाभारत" तक तो मैंने यह अद्‌भुत सिद्धि प्राप्त भी कर ली थी। तभी तो पूरी गीता के दरम्यान "मैं" अपने "मैं" का उपयोग "प्रकृति" के तौर पर कर पाया था। आज तक कौन कर पाया है ऐसा? कोई नहीं। ...कौन कर पाएगा ऐसा? शायद कोई भी नहीं। इसीलिए तो कृष्ण "इकलौता" है।

खैर! इकलौता भले ही होऊं पर अकेला नहीं, सो इस समय तो मैंने रोती हुई आचार्य मां की आंखों में झांका। उनकी आंखें कुछ न कहते हुए भी बहुत कुछ कह रही थी। ...और मेरे लिए उनकी लाचारी ही आज्ञा थी। क्या कुछ नहीं पाया था इस आश्रम में आकर मैंने? सांदीपनिजी से शिक्षा व प्यार तो पाया ही था, साथ ही उनके आशीर्वाद से आत्मज्ञान भी प्राप्त हो चुका था। ऐसे में बचा हुआ जीवन उनकी खुशियों पर निछावर करना मेरा कर्तव्य बनता था। ...यूं भी सांदीपनिजी ने शिक्षित करना नहीं स्वीकारा होता तो यह जीवन बचने वाला ही कहां था? जरासंध कबका ठिकाने न लगा चुका होता? ...और फिर आश्रम से निकलने के बाद भी जान कौन-सी सुरक्षित थी। मथुरा जा नहीं सकते थे और बाकी जहां चले जाएं, जरासंध व उसके पिछल्लू हमें खोज ही लेने थे। और जब मौत के साये में ही भटकना है तो क्यों न आचार्य मां के आंसू पोछते हुए मरा जाए। वैसे भी इससे ज्यादा खुशी की बात और क्या हो सकती थी कि मुझे अपने महान गुरु के दुःख दूर करने का मौका मिल रहा था? यूं भी ऐसे महान आचार्य के प्रति कृतज्ञता प्रकट करने के मौके कम ही मिलते हैं। दूसरा ...कहां जाना, यह असमंजस बना ही हुआ था, बस... मैंने इसे कुदरत का एक इशारा मान लिया। अत: बिना किसी अन्य विचार के तत्क्षण मैंने आचार्य मां को सांत्वना देते हुए कहा- मैं संकल्प लेता हूँ कि यदि आपका पुत्र "पुनर्दत्त" अभी तक जीवित है तो मैं उसे लाकर आपके चरणों में अवश्य सौपूंगा। यही मेरी इस महान गुरु को गुरुदक्षिणा होगी[५४]।

मेरे मुख से यह सुनते ही मां ने तो मुझे गले से ही लगा लिया। मैं तो मां के गले लगते ही पूरी तरह भावविभोर हो गया। आचार्यजी अब भी मां की बगल में ही खड़े हुए थे, और यह सारा तमाशा अब भी प्रमुखद्वार के बाहर ही चल रहा था। पूरी मित्र-मंडली भी हम सबको घेरे वहीं डटी हुई थी। मेरी बात सुनते ही कुछ खुश हुए थे तो कुछ आश्चर्यचकित थे व कुछ चिंतित भी नजर आ रहे थे। भैया को इन सारी बातों से कुछ लेना-देना नहीं था, उनपर तो पूरी तरह आश्रम से मिले छुटकारे की मस्ती छायी हुई थी। यह सब तो ठीक पर उधर आचार्यजी की ओर से प्रतिसाद अब भी नहीं आया था। चाहे जो हो, वे मेरी इस प्रस्तावना से खुश कतई नजर नहीं आ रहे थे। और उसी के अनुरूप कुछ क्षण की चुप्पी के बाद उन्होंने अपना एतराज जताते हुए कहा भी कि नहीं कृष्ण! पंचजन ना सिर्फ अत्यंत शक्तिशाली राक्षस है, बल्कि वह दस्यु सम्राट भी है। उसके पास विशाल सेना है। मैं अपने एक पुत्र जिसके बारे में मैं अब यह भी नहीं जानता कि वह किस हाल में है या कितना प्रतिभावान है, उसके लिए मैं अपने अत्यंत होनहार पुत्र की जान जोखिम में नहीं डाल सकता।

---

५४. हरिवंश पुराण, विष्णु पर्व, अध्याय-३३, श्लोक-९-११; भागवत पुराण, स्कंध-१०, अध्याय-४५, श्लोक-३६-३७; गर्ग संहिता, मथुरा खंड, अध्याय-९, श्लोक-१५-१६; विष्णु पुराण, अंश-५, अध्याय-२१, श्लोक-२३-२४

मैं तो मोह से दूर "आचार्यजी" के संतुलन का कायल हो गया। वैसे भी मोह में फंसा व्यक्ति कभी संतुलित रह ही नहीं सकता। खैर, आचार्यजी अपनी चिंता जता चुके थे, लेकिन सामने मुझे भी अपने कर्तव्यों का पूरा एहसास था। अतः मैंने उनकी चिंता पर ही प्रश्नचिह्न खड़े करते हुए कहा- आचार्यजी! आप मेरी चिंता कर मेरी ही क्षमता पर शंका कर रहे हैं। सेना तो कंस के पास भी थी। शक्तिशाली तो केशी भी था। सवाल है, आपका ध्येय उचित है या नहीं? आपका संकल्प दृढ़ है या नहीं? वैसे भी अब मेरा शेष जीवन आपके ज्ञान का आभारी है। अतः "पुनर्दत्त" को वापस लाने की इजाजत देकर मुझे आभार प्रकट करने का एक मौका दें।

कुछ मशक्कत के बाद ही सही, आखिर आचार्यजी राजी हो ही गए। इसके साथ ही हमारा निकलना निरस्त हुआ, क्योंकि आचार्यजी से "पंचजन" के बारे में पूरी जानकारी लेना आवश्यक था। साथ ही इस अनोखी यात्रा की अलग से तैयारी भी करनी थी। तो इसका क्या था, अगले दो दिनों में ही आचार्यजी ने "पंचजन" के बारे में वह सारी जानकारी दे दी जो उनके पास उपलब्ध थी। उनकी बात का सार था कि- "पंचजन" समुद्री राक्षस है। "कुशस्थली" के निकट उसका राज्य है। वैवस्वतपुर उसकी राजधानी है। यही नहीं, आस-पास के सभी समुद्री तटों पर उसका शासन है। यानी कुल-मिलाकर शत्रु इस कदर ताकतवर है कि उसके चंगुल से पुनर्दत्त को छुड़ा पाना करीब-करीब असंभव है।

...तो क्या? एकबार संकल्प ले लिया तो ले लिया। और फिर ऐसे जीवन का भी क्या औचित्य जो आचार्यजी के ही काम न आ सके? यूं भी दौड़ते-भागते जरासंध के प्रतिशोध का शिकार होने के बजाए पंचजन से पुनर्दत्त को छुड़ाने की कोशिश करते हुए मरना ज्यादा बेहतर था। कुल-मिलाकर मेरा पुनर्दत्त को छुड़वाने जाना तय था। वैसे एक बात अच्छी थी कि अब साधन की समस्या समाप्त हो चुकी थी। आचार्यजी ने स्वयं अपना रथ हमें मुहैय्या करवा दिया था। हालांकि रथ पुराना था, फिर भी हांका जा सके वैसा था। उधर आचार्यजी का सबसे पहले यहां से सीधे कुशस्थली जाने का स्पष्ट निर्देश था। वहां उनका एक शुभचिंतक रहता था "जैविक", हमें सीधे जाकर उससे मिलना था। दरअसल वह "पंचजन" के बारे में बहुत कुछ जानता था। उसे पुनर्दत्त के बारे में भी काफी कुछ जानकारी होने की संभावना थी। साथ ही उससे हर संभव सहायता भी अपेक्षित थी। यानी उधर आचार्यजी की ओर से सारी तैयारियां हो चुकी थी व इधर मेरे साथ-साथ अब तो भैया भी शारीरिक से लेकर मानसिक तौर पर इस यात्रा हेतु तैयार हो चुके थे। हालांकि उनके तैयार होने में 'स्वतंत्रता' प्रमुख थी। बाकी कुछ सोचना-विचारना उनका विषय नहीं था। और पंचजन क्या, किसी की भी ताकत से डर जाने का तो उनका सवाल ही नहीं उठता था। यह सब तो ठीक पर उधर जब से मैंने गुरु-पुत्र को छुड़वाने की बात कही थी, तभी से मेरा मन एक नए ही चिंतन में उलझ गया था। आचार्यजी ने एक-से-एक शक्तिशाली राजा के युवराजों को शिक्षित किया था, क्यों उनमें से कोई पुनर्दत्त को छुड़ाने नहीं गया? जवाब आसान था, शायद परोपकार के लिए वीरता दिखाना मनुष्य का स्वभाव नहीं।

खैर; आचार्यजी के आशीर्वाद, मां की दुआ व मित्रों की भावभीनी बिदाई के साथ हमारी यह अनूठी यात्रा प्रारंभ हो गई। मेरे उत्साह व आनंद का ठिकाना न था। भैया भी खुश थे। जरासंध न

सही, पंचजन ही सही, उन्हें तो बस अपनी वीरता दिखाने से मतलब था। और फिर रथ के आश्रम छोड़ते ही वे तमाम अनुशासनों से भी जो मुक्त हो गए थे।

होगा, अभी तो तीन ही रोज में आज यहां हमारा दूसरा बिदाई-समारोह था। दूसरी तरफ आचार्यजी का टूटा-फूटा व पुराना रथ आश्रम के बाहर तैयार ही खड़ा था। घोड़े की हालत भी रथ से कोई बहुत जुदा नहीं थी। हम भी बाजे-गाजे के साथ प्रवेशद्वार पर पहुंच ही गए थे। हमारा सामान रथ में रखा जा चुका था। बस सबसे गले मिले व मां व आचार्यजी के आशीर्वाद लिए। यही दृश्य दो रोज पूर्व भी दोहराया गया था, यदि इसमें कुछ नया था तो वह रथ ही था, जिस पर हम सबसे मिलकर सवार हो गए थे। वैसे अबकी मैं एक और परिवर्तन भी देख रहा था, जहां पिछली बार सब गमगीन थे, वहीं इसबार सब उत्साह से भरे थे। अब वे गमगीन हों या उत्साह से भरे हो, हम तो जरासंध न सही पंचजन ही सही ...जा तो मौत के मुंह में समाने को ही रहे थे। हां, यहां एक फर्क अवश्य था; वहां बेमौत मरने थे, यहां कर्तव्य निभाते हुए मरने का मौका पैदा हुआ था।

छोड़ो! आपको याद होगा कि जब आचार्यजी के साथ मथुरा से उज्जयिनी तक की यात्रा की थी तभी से मेरे मन में एक इच्छा जागृत हुई थी कि कितना मजा आ जाए यदि फिर कभी ऐसी लंबी यात्रा करने का अवसर मिले; रथ की कमान मेरे हाथ में हो - न आचार्यजी हो, न उनका अनुशासन। ...कहते हैं न कि "इच्छा दृढ हो तो अवश्य पूरी होती है; और जितनी दृढ़ हो उतनी जल्दी पूरी होती है।" अब आप तो जानते ही हैं कि मैं तो जो भी करता था पूर्णता से करता था, अतः मेरी इच्छा तो तत्काल पूरी होनी ही थी। वहीं एक बात मैं और कह दूं कि मैं अब तक के जीवन से इतना तो अच्छे से जान गया था कि सफलता के लिए सवाल अच्छे-बुरे या पाप-पुण्य का है ही नहीं; असली सवाल तो एक और अनेक का है। एक इच्छा तुम्हें मंजिल तक पहुंचा देती है, जबकि इसके विपरीत अनेक इच्छाएं मनुष्य को भटका देती हैं। अक्सर एक इच्छा, एक अहंकार, एक झूठ या एक चोरी भी पुण्य साबित हो सकती है... यानी इच्छित सफलता दिलवा सकती है; जबकि अनेक इच्छाएं, अनेक अहंकार या अनेक झूठ ही नहीं, एकबार में अनेक सत्य, अनेक परोपकार और अनेक सेवा भी कई बार अंत में जाकर पाप ही सिद्ध होते हैं। ऐसा करने पर न चाहते हुए भी असफलता का मुंह देखना ही पड़ता है। समझ लेना कि एक-चित्त "आत्मा" है, और अनेक चित्त अहंकार। फिर नाम चाहे कितने ही अच्छे दे दो, इससे कोई फर्क नहीं पड़ता। एकबार में एक कर्म "योग" है, और एकबार में अनेक कर्म 'काम' है। इसलिए ध्यान रहे कि योगी हमेशा सफल व सुखी रहेगा; जबकि कामी हमेशा असफल व दुखी रहेगा। ...और मैं तो आत्मा ही क्यों, मन से भी योगी था; तभी तो मेरा यह हसीन स्वप्न इतनी जल्दी हकीकत में तब्दील हो गया था।

खैर, जब स्वप्न हकीकत में तब्दील हो ही चुका था तो उसका भरपूर आनंद भी उठाना ही था। रथ कमजोर ही सही, पर कमान मेरे हाथों में थी व भैया बगल में बैठे हुए थे, ऐसे में हमें उज्जयिनी पार करने में क्या देर लगनी थी? और एकबार उज्जयिनी पार क्या की, हमदोनों को तो जैसे पर लग गए। बाहर के सुहावने दृश्य व बह रही ठंडी हवाओं ने हमें मदमस्त कर दिया। दोपहर होते-होते तो हमने जंगल के क्षेत्र में प्रवेश कर लिया। बस जंगल में फल-फूलों के पेड़ देखते ही हमें भूख लगी। फिर क्या था, निशानेबाजी का अभ्यास भी ताजा कर लिया व पेट भी भर लिया।

सचमुच बड़ा मजा आया। वैसे तो घोड़े की मरियल हालत देखते हुए मैंने उसे भी डटकर घास खिलायी, उसे पेट भर पानी भी पिलाया; स्वाभाविक तौर पर अब तो वह भी हमारे सुख-दुःख का साथी था। इतना ही क्यों, हमारी आगे की सारी यात्रा का दारोमदार भी उसपर ही था। ...यदि वह रूठ गया तो हम पहुंच चुके कुशस्थली। सो हमने पेड़ों के झुंड़ की छांव तले ना सिर्फ उसे पेड़ से बांध लिटाया, बल्कि उसके बहाने कुछ देर हम भी पत्थर की एक शिला पर लेट सुस्ता लिए। वाकई यह दृश्य बड़ा हसीन हो चला था। पत्थर को तकिया बना के लेटे हम, सर पे छांव देता वृक्षों का झुंड, उनमें से एक से बंधा लेटा हुआ घोड़ा व सामने पड़ा खुला रथ। मैं तो इस दृश्य में ऐसा खोया कि योग को ही उपलब्ध हो गया। इस समय यही मेरा कर्म था और यही मेरा फल भी। यूं भी योग की अवस्था में कर्म भला कभी फल से जुदा हो सकता है? दरअसल बात तो यह है कि कर्म और फल को अलग-अलग जानकर ही तो मनुष्य इतना भटक गया है। मैंने गीता में अर्जुन से यही तो कहा था *"कर्म कर पर फल की चिंता कभी मत कर।"* सच कहता हूँ, मनुष्य के उद्धार के लिए इससे श्रेष्ठ कोई दूसरा सूत्र नहीं हो सकता। ...लेकिन फिर भी देखो, अर्जुन पूरी गीता में बार-बार फल की ही चर्चा किए जा रहा था। दूसरी ओर मैं बार-बार घुमा-फिरा कर एक ही बात कह रहा था कि यह युद्ध ही तेरा "कर्म" है, और युद्ध में अपनी वीरता दिखाने का जो आनंद है वही तेरा युद्ध करने का एकमात्र "फल" है। जैसे इस समय मेरा कर्म इस सुहावने दृश्य को निहारना है व जिसका फल मैं परम आनंद के रूप में हाथों-हाथ भोग ही रहा हूँ। सोचो, मेरी जगह यदि अर्जुन होता तो शायद इस यात्रा पर ही न निकला होता। और निकला भी होता तो उसने मुझे इस समय हजारों सवालों में उलझा रखा होता। क्यों पंचजन के पास जाना? कितना शक्तिशाली होगा वह? कैसे युद्ध करेंगे? पुनर्दत्त मिलेगा या नहीं? मैं जीवित बचूंगा या नहीं? युद्ध कौन जीतेगा? याद करो, अर्जुन गीता में ऐसे उटपटांग सवाल ही तो पूछे जा रहा था। और मैं उसके हर सवाल का एक ही जवाब दे रहा था कि महाभारत का युद्ध एक यात्रा है और तू वीर है, सो बस वीरता दिखाने का आनंद ले; वीरता दिखाने में मिलने वाला आनंद ही तेरे कर्मों का फल है। ...फिर युद्ध में कौन जीतेगा, कैसे मारूं? क्यों मारूं? क्या रिश्तेदारों को मारना योग्य है? राज्य मिलेगा या स्वर्ग? शास्त्रों में क्या लिखा है? ...इन सब बातों का कोई महत्व नहीं।

खैर, छोड़ो इन व्यर्थ की बातों को। अभी तो यहां दोपहर चढ़ रही थी। हम सब आगे की यात्रा को तैयार भी थे। बस घोड़े को रथ से बांधा व यात्रा शुरू हो गई। मुझे तो रथ हांकने में बड़ा मजा आ रहा था। उधर बगल में बैठे भैया तो मुक्त आकाश में उड़ने का आनंद ले रहे थे। आश्रम की कैद से छूटने की प्रसन्नता उनके पूरे अस्तित्व पर छायी हुई थी। रास्ते में कभी पहाड़, कभी नदियां और कभी बस्ती। बस्ती देखते ही मैं और भैया खुशी से उछल पड़ते, व्यंजन व पकवानों की दुकानें जो मिल जाया करती थी। ...ऐसे में भोजन के शौकीन ग्वाले यह मौका कहां छोड़ने वाले थे? वैसे भी पिछले छः महीने से सादा भोजन कर-कर के ऊब गए थे। हमारे लिए अच्छा यह था कि निकलते वक्त आचार्यजी ने मुझे सहायता रूप कुछ मुद्राएं दे दी थी। जो भले ही वस्त्र या आभूषण खरीदने लायक नहीं थी, फिर भी भोजन-शौक पूरा करने हेतु तो अवश्य पर्याप्त थी। ...बस ऐसे में यदि कोई पकवान बहुत भा जाता तो उसे बंधवाना भी नहीं भूल रहे थे। कहने का तात्पर्य रास्ते

में पड़ने वाली हर सुंदर वस्तु का आनंद लेते हुए हमारी यह यात्रा कट रही थी। कितने ही सरोवरों पर हम रथ रोककर उतर चुके थे। यही नहीं, जब भी नए-नए फलों के पेड़ दिखते तो उन्हें तोड़कर चख अवश्य लेते, और जो फल भा जाता उसका तो ढेर लगा देते। ...हालांकि मैं दिन भर रथ चलाकर थक जाया करता था। परिणामस्वरूप रात्रि को पड़ते ही नींद आ जाती थी। ऐसे में मेरी थकान को देखते हुए रात्रि को सजग रहने की व कपड़े वगैरह धोने की जिम्मेवारी भैया ने स्वतः ही उठा रखी थी। हां, घोड़ों को पानी पिलाने की, सुबह यात्रा से पहले रथ को बांधने की, उसकी मरम्मत करने की और रात्रि-विश्राम से पहले घोड़ों को बांधने व रथ खोलने की जवाबदारी मेरी ही थी। क्योंकि भैया अब तक यह सारे कार्य करना नहीं जानते थे।

देखा आपने! आचार्यजी के साथ मथुरा से आश्रम जाते वक्त सारी बातों का ध्यान से निरीक्षण करना आज कितना काम आ रहा था। किसी ने मुझे रथ की मरम्मत करने की या उसे खोलने या बांधने की जानकारी नहीं दी थी। ...ना ही किसी ने यह सब सीखने की आवश्यकता ही बताई थी। इसका सीधा अर्थ यह कि यदि आपकी निरीक्षण-क्षमता अच्छी हो व ग्रहण करने की इच्छा हो तो आप हजारों चीजें बिन सिखाये ही सीख सकते हैं। वहीं यह भी सत्य है कि यदि उपरोक्त दोनों गुण न हो तो एक ही शिक्षा में जीवन भर उलझे रह सकते हैं। ...मेरा ही उदाहरण लो। सीखने के लिए यदि मैं भी अन्य मनुष्यों की तरह अपनी निरीक्षण क्षमता व ग्राह्यता के स्थान पर शिक्षित होने पर निर्भर रहता, तो निश्चित ही जीवन में बमुश्किल दस-बीस बातें सीख पाता। रथ हांकने, घोड़ों को पालने, रथ की मरम्मत व लंबी यात्रा के बारे में जानने और सीखने जाता तो शायद महीनों लग जाते। जबकि वही बात बगैर एक क्षण बिगाड़े एक लंबी यात्रा के दरम्यान स्वयं की निरीक्षण क्षमता के कारण सीख गया था। कहने का तात्पर्य, जीवन में हम कितना सीख पाते हैं यह इस बात पर निर्भर करता है कि कितनी जल्दी हम सीख लेते हैं। वरना आश्रम में शिक्षित होते राजकुमारों को और उनपर हो रहे शिक्षा के प्रभावों को देखकर मैं यह यकीन से कह सकता हूँ कि सीखने की लगन के बगैर सारी शिक्षाएं व्यर्थ हैं। ...और भी स्पष्टता से कहूं तो बिना लगन के यह सारी शिक्षाएं सिवाय समय की बर्बादी के और कुछ नहीं।

खैर! अभी शिक्षा के बहाने शिक्षा देने की बजाय यात्रा की ही बात करूं तो यात्रा के दरम्यान भैया अक्सर दिन में रथ के पीछे जाकर सो जाया करते थे। निश्चित ही यह रात्रि जागरण का परिणाम था। स्वाभाविक रूप से जब वे सो रहे होते तब मैं ऐसे ही किसी चिंतन में उलझ कर अपना समय पसार कर लेता, नहीं तो हम बातें करते रहते थे। इस वक्त भी मैं रथ चलाने व बाहर के सुहाने दृश्य देखने का आनंद ले रहा था व भैया पीछे आराम फरमा रहे थे। बस इस पूरी यात्रा का एक ही दुःखद पहलू था कि हमारे पास पर्याप्त धन नहीं था। आचार्यजी क्या दे सकते थे, वे तो यूं ही किसी से कुछ नहीं लेते थे; उन्होंने तो जो कुछ दिया था वही उनकी कर्तव्यनिष्ठा दर्शाने को पर्याप्त था। हालांकि सबकुछ समझते हुए भी धन की कमी इसलिए खल रही थी कि दूसरी तरफ मार्ग में पड़ने वाली हर बस्ती में बाजार लगे ही हुए थे। निश्चित ही वहां, जहां कुछ चीजें आवश्यकता की थी तो कुछ शौक की। लेकिन हमारी हालत यह कि हम गरीब ज्यादा-से-ज्यादा उन्हें देखकर दिल बहला सकते थे, बहुत हुआ तो ललचा भी सकते थे; परंतु खरीद नहीं सकते थे।

और ऐसे में क्योंकि पेट पूजा हमें सबसे प्रिय थी, अत: स्वाभाविक रूप से हमारी सारी मुद्राएं पकवान व व्यंजन खाने में ही खर्च हो रही थी। ...मैं अपने वर्तमान अनुभव से कह सकता हूँ कि धन की लाचारी से बढ़कर संसार में दूसरी कोई लाचारी नहीं होती। क्योंकि मनुष्यता का दूसरा नाम ही वैभवता है या फिर वैभवता के नाम पर जरूरत है। ...लेकिन हर कोई ना तो यह वैभव भोग सकता है और ना ही इच्छानुसार जरूरतें पूरी कर सकता है। ऐसे में सवाल यह कि क्या जो वैभव नहीं भोग सकता वह जीवनभर दुखी ही रहे? नहीं, कतई नहीं...! मनुष्यजीवन तो आनंद के लिए ही होता है। लेकिन गरीब व्यक्ति आनंद ले कैसे? अचानक मेरा चिंतन पुरजोर सक्रिय हो गया। वैसे भी भैया आराम फरमा रहे थे और मैं रथ हांक रहा था। यानी मौका भी था व दस्तूर भी। ...बस "मन" जीवन में धन व आनंद का तालमेल कैसे बिठाया जाए, इस चिंतन में उलझ गया। ...यदि वैभवता और आनंद ही मनुष्यजीवन का प्रमुख लक्ष्य है तो फिर क्यों किसी को दोनों एक साथ प्राप्त होते दिखाई नहीं देते? तो क्या दोनों एक साथ प्राप्त करना और भोगना ही "धर्म" है? यह विचार आते ही चिंतन और तेजी से उड़ानें भरने लगा। ...ध्यान रहे आत्मज्ञान तो सिर्फ स्वयं को पहचानना है, माना स्वयं को पहचानना एक बड़ी उपलब्धि है; परंतु वह मनुष्य की अंतिम उपलब्धि तो नहीं। बस इस चिंतन के साथ ही मैं "पूर्ण" में भी "पूर्णता" खोजने की यात्रा पर निकल पड़ा।

...अब धन का अभाव मनुष्य को कितना लाचार बना देता है इसका अनुभव तो मैं कर ही रहा था। अत: इस पर किसी अन्य चिंतन की आवश्यकता थी नहीं। उधर आश्रम में मेरे साथ पढ़ने वाले युवराज धन की कितनी अधिकता में जी रहे थे, यह भी मैं देख ही चुका था। ...साथ ही आनंद लेने की कला उन्हें नहीं आती, इसका अनुभव वे अपनी हरकतों से करवा ही चुके थे। मैंने उन्हें हमेशा क्रोधित और व्यग्र ही देखा था। ...और जब भीतर इतना दु:ख हो तो वैभव का क्या फायदा? मैं यह भी अनुभव कर ही चुका था कि सदैव आनंदित रहने हेतु एक तरह की कला आवश्यक है, जबकि वैभव प्राप्त करने हेतु दूसरी ही तरह की कला की आवश्यकता होती है। तो क्या मनुष्य में एकसाथ ये दोनों कलाएं विकसित नहीं की जा सकती? अभी इस पर विचार कर ही रहा था कि चिंतन ने एक दूसरी ही दिशा पकड़ ली। लेकिन इन राजकुमारों ने तो वैभव प्राप्त करने के लिए कुछ किया नहीं था, तो क्या वैभव किसको देना या किसको नहीं, यह कुदरत के हाथ में है? क्या जिसको वैभव देना हो उसे कुदरत राजा के घर में पैदा कर देती है? नहीं..., यह तो हो ही नहीं सकता। कुदरत क्यों पक्षपात करने लगी? तो क्या कुदरत उनको वैभव देकर उनसे आनंद में रहने की कला छीन लेती है ताकि वे जीवनभर दुखी रहें? होने को तो यह भी नहीं हो सकता; क्योंकि एक तरीके से तो यह भी पक्षपात ही हुआ।

खैर; हाल-फिलहाल यदि किसी गहरे चिंतन में न भी उतरूं तो भी एक बात तो स्पष्ट थी कि आचार्यजी के पास आनंद था और युवराजों के पास वैभव, और मेरी दृष्टि में दोनों अधूरे थे। तो क्या आचार्यजी उन्हें जमीन पर सोने की शिक्षा देकर जीवन में आनंद पाने की कला सिखा रहे थे? लेकिन हम तो पहले से ही ऐसा जीवन जीते आए थे, ऐसे में हमें इस शिक्षा की क्या आवश्यकता थी? यानी कुल-मिलाकर मामला उलझता चला जा रहा था, और इधर मैं अपने चैतन्य से हर हाल में इसका समाधान चाहता था। अब तक के चिंतन से इतना तो स्पष्ट था कि जहां धनवान को आनंद

प्राप्त करने की कला सीखना आवश्यक है, वहीं दूसरी ओर धन कमाने की कला सीखना गरीबों की मजबूरी है। ...मामला तत्काल सुलझे या नहीं, पर मन-ही-मन एक संकल्प दृढ़ होता जा रहा था कि मैं यह उलझन सुलझा के रहूंगा, चाहे इसके लिए मुझे कुदरत से ही क्यों न उलझना पड़े। यदि कुदरत यह सोचती है कि वैभव सिर्फ उन्हें मिलेगा जिनको वह चाहती है तो मैं कुदरत का यह भ्रम तोड़ दूंगा। मैं, हर व्यक्ति कैसे वैभवशाली हो सकता है... वह कला अवश्य खोजूंगा। यही क्यों, अपनी बात सिद्ध करने के लिए एक दिन मैं स्वयं कुदरत को वैभव की परम ऊंचाई पर बैठकर दिखाऊंगा। इधर जैसे ही मुझसे यह संकल्प हुआ, मेरे चैतन्य में सबकुछ साफ होता चला गया। आनंद पाने की या संन्यास की शिक्षाएं सिर्फ धनवानों के लिए है। गरीबों का तो आनंद व संतोष स्वभाव होना चाहिए जो मेरा था। यही मेरा तारण था, और यही गरीबों को धनवान बनाने का मेरा सूत्र भी। थोड़ा और विस्तार से कहूं तो यदि कोई भी साधारण मनुष्य वैभव को ध्यान में रखकर लगातार हर "कर्तव्य-कर्म" आनंद से करता रहे, तो निश्चित ही आज नहीं तो कल यह उसका लगातार आनंद में रहने का स्वभाव ही उसे वैभव की परम-ऊंचाई पर बिठा देगा। ध्यान रहे, न तो वैभव की इच्छा करनी है न वैभव से जलना है, सिर्फ गहरे में ध्यान रखना है। क्योंकि वैभव की इच्छा करते ही आनंद तिरोहित हो जाता है, और आनंद के तिरोहित होते ही वैभव पाने की संभावना भी क्षीण हो जाती है। अर्थात् लगातार हर कर्म में आनंद उठाते हुए जब कभी धनवान बनने का मौका मिले, तो उस मौके को पूरी तरह भुनाने वाला वैभव के परम-शिखर पर बैठा ही समझो। तो क्या तुम भी एक दिन आनंद व वैभव के शिखरों को छुओगे? क्योंकि तुम भी तो हर कर्तव्य-कर्म हंसते हुए निभाते आ रहे हो व जीवन का आनंद भी ले ही रहे हो। हां बिल्कुल, क्योंकि इसका अर्थ तो यही हुआ कि यदि मेरे इस सूत्र में सचमुच दम है तो मुझ जैसे साधारण ग्वाले को भी एक-न-एक दिन वैभव के परम शिखर पर बैठना ही चाहिए।

खैर! सूत्र की सच्चाई तो वक्त को तय करनी थी, लेकिन यहां यह समझने योग्य है कि जीवन को सार्थक बनाने के लिए आत्मज्ञानी को भी सांसारिक ज्ञान की आवश्यकता होती ही है। माना, आत्मा स्वयं-से-स्वयं को पहचानने वाली है, साथ ही संसार के तमाम रहस्यों का अनुभव करने वाली भी है, परंतु बावजूद इसके, संसार में जीतने की कला तो संसार का ज्ञान प्राप्त करके ही सीखी जा सकती है। अर्थात् बड़े-से-बड़े आत्मज्ञानी भी बगैर सांसारिक ज्ञान पाए चाहकर भी न तो वैभव के शिखर पर बैठ सकता है और ना ही वह संसार में सफलतापूर्वक विचर सकता है। यहां यह बात भी ध्यान रखने योग्य है कि वैभव ठुकराना आसान है, जबकि वैभव कमाना बहुत ही मुश्किल। अतः मेरी दृष्टि में मनुष्य के भीतर यदि संन्यासी हो व बाहर से वह राजा हो, तो ही वह "पूर्ण" है। यदि संन्यास प्राप्त करने के लिए राज्य छोड़ना पड़े तो बात वहीं-की-वहीं रह गई, इससे तो वह एकबार फिर अधूरा हो गया। वैसे ही यदि राजा होने पर भी जीवन का आनंद ही न आ रहा हो तो उसका राजा बनना ही व्यर्थ हुआ। अर्थात् भीतर आनंद व बाहर राजसी ठाठ-बाट हो तो ही मनुष्य "पूर्ण" कहा जा सकता है। अब एकबार बात समझ में आ गई तो पूर्ण तो होना ही पड़ेगा। आप तो जानते ही हैं कि मुझे तो यूं भी पूर्णता पसंद थी। यानी आनंद के परम-शिखर पर विराजमान तो था ही, अब वैभव के परम-शिखर पर विराजमान होना बाकी रह गया था।

वाह कृष्ण! यही तो तुम्हारी खूबी है। सोच रहे हो आसमान छूने की और अभी वर्तमान में जान के ही लाले पड़े हुए हैं। तो क्या...? उसे ही तो संकल्पवान कहते हैं। और जब इरादा मजबूत हो तो कुदरत से भी सहायता की उम्मीद की ही जा सकती है। और कुछ नहीं तो अच्छा है कि इस बहाने कम-से-कम सांसारिक जीवन जीने का मकसद तो मिला। मुझ जैसे कर्मवीर के लिए तो वर्तमान हालत में मौका व दस्तूर दोनों ही उपलब्ध थे। इस समय कौड़ी-कौड़ी को मोहताज तो हुआ ही पड़ा था, दूसरी ओर जरासंध की वजह से कोई आशियाना भी नहीं था; और यह सब कम था तो पंचजन नामक साक्षात् मौत से टकराने जा रहा था। यानी इससे ज्यादा अंधकार संभव ही नहीं था जहां सांसें कितनी बाकी हैं, यह तक नहीं मालूम था। और मैं तो कहता हूँ ऐसे समय ही चांद पर राज करने के सपने देखने का मजा है। ...तभी तो कहता हूँ कि उड़ान भरना कोई मुझसे सीखे।

खैर! इसी तरह बस्ती-बाजार घूमते-फिरते और मौज-मस्ती करते यह यात्रा कट रही थी। यूं भी हाथ में घोड़े की लगाम हो, बाहर सुनहरे दृश्य हों और बगल में भैया हों तो यात्रा के आनंद का कहना ही क्या...? और आनंद ऐसा कि बारह रोज कहां बीत गए, पता ही न चला। करीब बारह रोज बाद हम प्रभास पहुंचे। यात्रा तो सात दिन की ही थी, परंतु घूमने-फिरने व खाने-पीने के कारण पांच दिन ज्यादा लग गए थे। साथ ही कुछ हद तक रथ व घोड़े की हालत भी इस हेतु जवाबदार थी। उधर प्रभास कोई बहुत विशाल या विकसित गांव नजर नहीं आ रहा था, लेकिन इसकी सबसे बड़ी विशेषता यही थी कि यह समुद्र किनारे बसा हुआ था। और समुद्र देखने का मौका हमें जीवन में पहली बार मिल रहा था। समुद्र की विशालता वाकई कल्पनातीत थी। दूर-दूर तक जहां तक नजर दौड़ाओ, बस पानी ही पानी... "समुद्र" देखकर मेरी और भैया की तो बुद्धि ही चकरा गई। हमने तो अपना रथ बस्ती में जाने की बजाय किनारों की ओर मोड़ दिया। एक स्थान पर रथ रोककर हम वहीं बैठ गए। बैठ क्या गए - घंटों बैठे रहे। समुद्र की उठती लहरें व उसकी विशालता को निहारते रहे। मैं और भैया उसके किनारे न जाने कितनी तो चहल कदमी कर चुके थे। घोड़े को भी पूरी तरह खुला छोड़ दिया था, जहां मर्जी आए दौड़े। मैं तो अब तक न जाने कितनी ही मुद्राएं बना-बनाके उठ-बैठ चुका था। इतना पानी और एक जगह...? ...विश्वास ही नहीं होता था। मैं तो पानी पीकर भी देख चुका था लेकिन आश्चर्यजनक रूप से वह कुछ खारा था, कम-से-कम प्यास बुझाने लायक तो नहीं ही लग रहा था। होगा, नहा के प्यास बुझा लेते हैं। बस इस विचार के साथ ही मैंने और भैया ने डुबकी लगा दी थी। मजा तो इतना आ रहा था कि क्या कहूं...? इधर दोपहर तो कब की चढ़ चुकी थी व अब ढलने को भी थी, लेकिन क्या करें... छोटे-मोटे सरोवरों को देखकर खुश हो जाने वाले ग्वालों का समुद्र किनारे से हटने के मन करने का सवाल ही नहीं उठता था। ...हालांकि मजबूरी थी, हम "आचार्य-पुत्र" को छुड़वाने निकले थे, कोई घूमने तो आए नहीं थे। सो, अंत में किसी तरह मन मारकर हमें उठना ही पड़ा। उठते ही हम सीधे आचार्यजी के दिए पते पर "जैविक" के यहां जाने निकल पड़े।

उधर जैसे-जैसे बस्ती निकट आ रही थी लोग-बाग दिखना शुरू हो गए थे। यहां सभी का रंग पक्का नजर आ रहा था, मुझे संतोष यह कि उनके सामने मेरा सांवलापन भी पूरी तरह निखर कर आ रहा था। जीवन में पहली बार मैं गोरे होने के गुमान से भर गया था। यह भी ठीक

पर दूसरी तरफ बस्ती में घुसते ही संकरी गलियां व सटे हुए मकानों के दर्शन हुए। ऐसे एक-दूसरे से सटे मकान देखने का भी यह मेरा प्रथम अवसर था। हां, हर घर के बाहर पत्थर का एक खुला बरामदा अवश्य बना हुआ था। मकान इतने सटे हुए थे कि बस्ती तो इन बरामदों पर चढ़कर ही घूमी जा सकती थी। गलियां तो घुसते ही इतनी संकरी हो चुकी थी कि रथ चलना असंभव हो गया था। अतः रथ को एक खुले स्थान पर खड़ा कर हम पता पूछते-पूछते पैदल ही चल पड़े थे। घर भी अति साधारण ही नजर आ रहा था। उधर खुशी की बात यह कि जैसे ही हमने जैविक से "आचार्यजी" का नाम लिया उसने ससम्मान हमारा स्वागत किया। यही नहीं, तत्काल हमारे ठहरने के लिए एक कक्ष भी उपलब्ध करवा दिया। फिर क्या था, यात्रा की थकान तो महसूस हो ही रही थी, यूं भी बारह दिनों की लंबी यात्रा कोई मजाक तो थी नहीं; अतः पुनर्दत्त के बाबत जिज्ञासा त्याग, न चाहते हुए भी हमें उस दिन विश्राम करना ही पड़ा।

दूसरे दिन का भोजन हमने जैविक के साथ ही किया। दो कक्ष व एक सभाकक्ष का छोटा-सा मकान था उसका। घर में उसकी पत्नी व दो बच्चे थे। भोजन करने हम सभा-कक्ष में ही बैठे हुए थे। बैठक के नाम पर भी यहां-वहां पड़े आसन ही थे जिन पर हम विराजमान थे। होगा, आज मेरा पूरा ध्यान गुरुदक्षिणा चुकाने में लगा हुआ था। और वह भी इस कदर कि बात-ही-बात में मैंने जैविक से "पंचजन" के विषय में काफी जानकारी भी हासिल कर ली। ...उसके अनुसार पंचजन ना सिर्फ "राक्षस-राज" है, बल्कि उसके साथ ही वह एक खतरनाक जलदस्यु व लुटेरा भी है। उसके पास कई युद्धपोत भी हैं। यही नहीं, उसके पास अति आधुनिक एवं सुसज्जित सेना भी है। फलस्वरूप वह समुद्र किनारे बसे प्रभास जैसे छोटे गांवों में स्वच्छंदता से लूटपाट करता रहता है। कई बार तो उसके सिपाही यहां की बहू-बेटियों तक को भी उठाकर ले जाते हैं और हम कुछ नहीं कर पाते हैं। ...आखिर कोई उपाय न देख इस कहर से बचने के लिए एक बीच का मार्ग निकाला गया, जिसके तहत हर मास प्रभासवासी को चौथ यानी कर चुकाना तय हुआ। ...और यह कर सुरक्षा के एवज में अब भी चुकाना पड़ रहा है। ...बस उसके पास पंचजन के बाबत देने को इतनी ही जानकारी थी, और मेरे लिए इतनी ही पर्याप्त भी थी। नहीं समझे? अब आप समझें या न समझें, जैविक की बातों से मैं तो इतना अवश्य समझ गया था कि अनजाने में मैं जीवन की कठिनतम यात्रा पर निकल चुका हूँ। निश्चित ही मंजिल कठिन थी, लेकिन अब कुछ नहीं किया जा सकता था। चूंकि आधे रास्ते से भागना मेरी फितरत में नहीं था, अतः बढ़ना तो हर हाल में आगे ही था। पर सवाल यह कि आगे बढ़ने का कोई मार्ग तो दिखे। इससे तो जरासंध अच्छा था, कम-से-कम उससे भागा तो जा सकता था। यूं भी वह हमारा चुनाव तो था नहीं, उसे तो मामियों ने पीछे लगाया था। ...लेकिन "पंचजन" तो मेरा अपना चुनाव था। गुरुदक्षिणा के नाम पर बहक गया था। बहक क्या गया था...? क्या आचार्य मां के आंसू पोछने के प्रयास करना तुम्हारा कर्तव्य नहीं था? नहीं क्यों था, बिल्कुल था। अरे भई, ऐसे महान आचार्य को गुरुदक्षिणा चुकाने का हाथ लगा यह मौका कोई छोड़ा थोड़े ही जा सकता था? यह तो एक क्षण ऐसे ही अहंकार थोड़ा घबरा गया था। ठीक है, ...लेकिन आगे क्या? दुश्मन इतना ताकतवर व सजग है कि उससे आंख चुराकर हवा का भी घुसना मुश्किल है, ऐसे में तुम्हारी क्या बिसात?

चाहे जो हो, पर कार्य को अंजाम तो देना ही है। सो, बहुत सोच-विचारकर मैंने जैविक से एक सवाल किया- यदि कोई कर न चुका पाए तो?

जैविक बोला- तो उसे जमानतदार की व्यवस्था करनी होती है। वे जमानतदार को अपने साथ ले जाते हैं, तथा जैसे ही कर चुका दिया जाए उस जमानतदार को छोड़ दिया जाता है।

...बस मेरे लिए तो एक मार्ग खुल गया था। इस आधार पर जैविक का जमानतदार बन के और कुछ नहीं तो कम-से-कम बगैर युद्ध किए आसानी से पंचजन की राजधानी तक तो पहुंचा ही जा सकता था। वहां-की-वहां चलकर देखेंगे; ...यही सोचकर मैंने जैविक से कहा- इस बार आप कर मत चुकाना। बदले में हम आपके जमानतदार बनकर उनके साथ चले जाएंगे।

जैविक तो यह सुनते ही घबरा गया - नहीं... ऐसा कैसे हो सकता है? एक तो आप मेरे मेहमान हैं, अतः मैं आप को जमानतदार बनाने की गुस्ताखी वैसे ही नहीं कर सकता, दूसरा वे जमानतदार से कई तरह के कार्य करवाते हैं। यही नहीं, अक्सर उन्हें तरह-तरह की यातनाएं भी देते हैं। मैं एक मेहमान को उस नर्क में कैसे धकेल सकता हूँ?

बात तो उसकी सही थी। मुझे सुनकर अच्छा भी लगा। मनुष्य को अपने स्वार्थ से उठकर कर्तव्यों का एहसास है, भला इससे खुशी की बात मेरे लिए और क्या हो सकती थी? लेकिन अभी मेरे लिए तो बात उसकी लाख सही, फिर भी मुझे तो हर हाल में जाना ही था। और फिर जब ऊखल में सर डाला तो मूसल से क्या डरना? देने दो यातनाएं, रखने दो गुलामों की तरह; सब सह लेंगे। बस यही सब सोच मैंने उसे समझाने का प्रयास करते हुए कहा- घबराओ मत! दरअसल हमने आचार्यजी को गुरुदक्षिणा में "पुनर्दत्त" को पंचजन के शिकंजे से छुड़वाने का वचन दिया है। अतः हमें तो किसी कीमत पर पंचजन तक पहुंचना ही है। तुम तो उल्टा जमानतदार बनाकर हमारी सहायता ही कर रहे हो।

...हालांकि पुनर्दत्त को छुड़वाने वाली बात जानकर उसने ज्यादा बहस नहीं की। मैं भी ताड़ गया कि आचार्यजी का दर्द उससे छिपा नहीं है। यह भी समझ आ गया कि वह पुनर्दत्त को मुक्त देखना चाहता है। इधर मैं भी यह सोचकर खुश था कि चलो पंचजन के राज में घुसने की व्यवस्था तो हो गई। ...लेकिन सवाल यह कि अभी पंचजन के जहाज आने में सात दिन बाकी थे। अब करने को और कोई कार्य तो बचा नहीं था। हमें यह सात रोज गुजारने तो प्रभास में ही थे। सो हमने यहां भी अपना एक नित्यकर्म बना लिया। जी हां, नित्यकर्म में दोनों वक्त समुद्र किनारे टहलने जाना शामिल था। बचे में रात्रि भोजन जैविक के घर ही कर रहे थे। और इन सबसे वक्त बचे तो प्रभास का चक्कर लगा आते या बाजार घूम आते। ...लेकिन प्रमुख समय तो समुद्र किनारे ही कट रहा था। हमारा संध्या-स्नान भी प्रतिदिन वहीं हो रहा था। घंटों वहीं बैठे समुद्र को निहारते रहते थे। यूं भी यहां करने को और था क्या? जमानतदार बनके जाना तो तय हो ही चुका था। पता नहीं वहां कैसी गुजरे? कम-से-कम यहां समुद्र का तो खुलकर मजा ले लें, जिसने हमें इस कदर पागल कर रखा है। वैसे इस दरम्यान मैंने जैविक से पुनर्दत्त के विषय में जानकारी हासिल करने की भी कोशिश की, लेकिन दुर्भाग्य से वह भी उसके विषय में सिर्फ यही जानता था कि पंचजन उसे उठाकर ले गया है। वह कहां है, जिंदा है भी या नहीं, वह कुछ नहीं जानता था।

खैर! यह सब तो चल ही रहा था, लेकिन यहां प्रभास में एक खास बात और देखने को मिल रही थी कि यहां हर कोई मदिरा का बड़ा शौकीन था। वैसे तो मथुरा में भी मदिरा का अत्यधिक चलन था, परंतु प्रभास में तो हर कोई भोजन के साथ दोनों वक्त मदिरापान करने का आदी था। यहां तक तो ठीक, पर खास बात यह हुई कि चखते-चखते भैया को मदिरा रास भी आने लग गई थी। मैं तो बच गया था परंतु उनको तो मजा आ गया था। उन्हें तो लत ही पड़ गई थी। अब तो रोज संध्या भैया समुद्र किनारे बैठकर मदिरा पीया करते थे। मैं भी वंशी बजाकर उनका साथ दे दिया करता था। वैसे यहां बोल-चाल में भी कई नए शब्द सुनाई दे जाते थे। यही क्यों, यहां की वेशभूषा, भोजन, संस्कार-संस्कृति सबकुछ सर्वथा भिन्न था। मुझे इसमें भी मजा आ गया था। मैं यहां की हर छोटी-से-छोटी भिन्नता ध्यान से निहारा करता था।

वैसे हमारी व उनकी पसंद व जरूरतों में भिन्नता तो यहां के बाजार देखकर भी पता चल जाती थी। यहां के वस्त्र व आभूषणों से लेकर यहां की भोजन सामग्रियां तक सबकुछ सर्वथा भिन्न थी। यहां अनेकों रंग की धोतियां व वस्त्र पहने जाते थे। अन्यथा मथुरा-उज्जयिनी में तो मैंने ज्यादा से ज्यादा सफेद, पीले, गुलाबी या केसरी रंग के वस्त्र ही देखे थे। यहां तो लाल, हरे, नीले, जामुनी सब धड़ल्ले से पहने जा रहे थे। यहां का बाजार भी मथुरा से सर्वथा भिन्न था। यहां वस्त्र, आभूषणों या खान-पान की दुकानें बाजार में काफी कम थी। इसके उलट अन्य व्यवसायियों की बड़ी-बड़ी दुकानें ज्यादा थी। लोहे व लकड़ी का काम यहां ज्यादा अच्छे से व बड़े पैमाने पर होता जान पड़ रहा था। सड़क के दोनों तरफ लगी दुकानों से दिनभर खटर-पटर की आवाजें आया ही करती थी। सबसे बड़ी बात तो यह कि पक्के काले रंगों के स्त्री-पुरुषों पर अलग-अलग रंगों के वस्त्र बड़े अजीब लग रहे थे। हो सकता है पहली बार देखने के कारण ऐसा लग रहा हो। चाहे जो हो, हमें यहां आए आज सातवां रोज था, यानी पंचजन के जहाज आज-कल में ही अपेक्षित थे।

...उस दिन भी मैं और भैया ऐसे ही बाजार में घूम रहे थे। रोज आने व जैविक के मेहमान होने की वजह से यहां हमारी कइयों से जान-पहचान भी हो गई थी। हालांकि कुछ हद तक भाषा की अड़चन अवश्य थी, फिर भी बाचचीत तो हो ही जाया करती थी। इस समय भैया सामने एक बड़ी दुकान पर लोहे के बन रहे चक्रों की कारीगरी समझने में व्यस्त थे और मैं वस्त्रों की एक छोटी-सी दुकान पर बैठा वस्त्रों की बनावट समझने की कोशिश कर रहा था। तभी अचानक वहां भगदड़ मच गई। दनादन दुकानें बंद होने लगी। पूरे प्रभास में मानों भूकंप आ गया। सभी तेजी से अपने-अपने घरों की तरफ दौड़ पड़े। बहू-बेटियां तो सड़कों पर से ऐसे गायब होने लगी थी जैसे बाढ़ में फसल गायब हो जाती है। देखते-ही-देखते पूरे प्रभास में भय व घबराहट का माहौल हो गया था। माजरा समझ के बाहर होता जा रहा था। तभी चारों ओर, जलयान आ रहे हैं - जलयान आ रहे हैं...की आवाजें होने लगी। अब जा के माजरा मेरी समझ में आया। प्रभासवासियों को पंचजन के जलयान दिखाई दे गए थे। यह तो ठीक, पर पंचजन का इतना गहरा आतंक देखकर मेरी तो हवा ही निकल गई। मैं मन-ही-मन सोचने लगा कि यह किससे टकराने निकल पड़े हो "कृष्ण" ! जिसका दूसरे प्रदेशों में इतना आतंक है वह अपने राज्य में कितना शक्तिशाली होगा? ...होगा। यह सब

पहले सोचना चाहिए था। अब तो जो होगा देखेंगे। अरे, मरेंगे तो भी गुरुदक्षिणा चुकाने की भावदशा के चलते ही मरेंगे, कम-से-कम जीवन व्यर्थ तो नहीं जाएगा।

बस यही सब सोचते हुए हमने भी वापस जैविक के घर की ओर दौड़ लगा दी। उधर जैविक आज व्यस्त भी नजर आ रहा था व घबराया हुआ भी दिख रहा था। यही नहीं, उसका पूरा परिवार रसोई घर में घुसा हुआ था। एक-से-एक पकवान भी बनाये जा रहे थे। शायद हमें पंचजन के यहां कटने जाने से पूर्व अच्छे से खिला-पिला कर भेजना चाहता था। मैं और भैया खुश हुए कि चलो इसी बहाने आज शानदार दावत तो नसीब होगी। ...लेकिन वास्तव में माजरा कुछ और ही निकला। बात यह थी कि पंचजन के सिपाहियों को भोजन कराने की बारी आज जैविक की थी और पूरा परिवार उसी की तैयारी में लगा हुआ था।

यह तो ठीक पर हमें देखते ही चुपचाप अपने कक्ष में बैठने के लिए कह दिया गया। हम बैठ भी गए, पर बैठ कर भी करते क्या? बस बिस्तर पर बैठे-बैठे कमरे की छोटी-सी खिड़की से बाहर झांक रहे थे। हालत ऐसी थी कि हमें कक्ष से बाहर न निकलने के तो स्पष्ट निर्देश दे ही दिए गए थे, ऊपर से उनमें से कोई कक्ष में हमारी पूछपरछ को भी नहीं आ रहा था। उस पर रसोई-घर से आ रही पकवानों की महक ने हमारी हालत और बिगाड़ रखी थी। ऊपर से हम पेटुओं के भोजन का समय भी हो चुका था। ऐसे में मैं तो ठीक पर भैया मारे क्रोध के लाल-पीले होने लगे। आप तो जानते ही हैं कि भूख भैया से वैसे ही बर्दाश्त नहीं होती थी और उस पर पकवानों की महक तथा की जा रही उपेक्षा ने उन्हें आपे से बाहर कर दिया। वे मुझसे बोले भी कि देखी जैविक की दुष्टता। अब तक हमें भोजन के लिए नहीं बुला रहा है। हमारे लिए रोज सादा भोजन और इन राक्षसों के लिए पकवान। बड़ी आव-भगत हो रही है इनकी। लगता है इस दुष्ट को सीधा करना ही पडेगा।

...साफ था कि भूख के मारे भैया का अहंकार कुछ ज्यादा ही उबालें खा गया था। भैया अब स्वयं को अपमानित भी महसूस करने लगे थे। एक तो भूख दूसरा अपमान, बस यही दो चीजें तो भैया की कमजोरी थी। अब कमजोरी भले ही सही, पर उसमें जैविक को ठीक करने की बात कहां से आ गई? यह तो अच्छा था कि मुझे मौके-बेमौके उन्हें शांत करने का अच्छा अभ्यास था, वरना तो आज कोई बड़ा बवंडर हो ही गया होता। मैंने तत्क्षण भैया को शांत करने की चेष्टा करते हुए कहा भी कि आप व्यर्थ कष्ट पा रहे हैं; यह आव-भगत राक्षसों की नहीं, उनके आतंक की हो रही है। लेकिन भूखे भैया कुछ भी समझने को तैयार नहीं थे। उल्टा मुझपर गुस्सा हो गए। माजरा यह कि भूख भैया से सहन नहीं हो रही थी और भारी मुझपर पड़ रही थी। वैसे भोजन तो मेरी भी दुखती नस थी, लेकिन बावजूद इसके यदि मैं सामान्य रह पा रहा था तो इसका श्रेय मेरे स्वभाव की उस निराली विशेषता को जाता था जिसके तहत मेरे लिए तो जबसे हमने प्रभास में पहला कदम रखा था तबसे हमारी गुरुदक्षिणा चुकाने की यात्रा प्रारंभ हो चुकी थी। अत: अब हमारे साथ जो कुछ भी घटता है या हमें जो कुछ भी सहना पड़ता है, वह सब मेरे लिए गुरुदक्षिणा चुकाने की तरफ बढ़ाये एक कदम से ज्यादा कुछ नहीं था।

खैर! किसी तरह एक ही बिस्तर पर बैठे-बैठे व बाहर खिड़की से ताकते-झांकते यह समय भी कट ही गया। राक्षस जा चुके थे, और जल्द ही जैविक का बुलावा भी आ गया। उधर

बुलावा आते ही भैया कुछ शांत हुए, ...और जैसे ही उनकी थाली में पकवान परोसे गए कि तत्क्षण उनका क्रोध पूरी तरह हवा हो गया। कहने की जरूरत नहीं कि हमदोनों ने डटकर भोजन किया। जैविक तो हमारी खुराक देखता ही रह गया। इधर भैया तो खाते ही सो गए, लेकिन मुझे नींद ही नहीं आ रही थी। निश्चित ही खुली हवा में सांस लेने का आज अन्तिम दिन था। कल तो गुलामों का जीवन गुजारने जा ही रहे थे। ऐसे में मेरी तो ठीक पर फिक्र मुझे भैया की खाए जा रही थी। घूम-फिरकर भैया का त्रास आना तो मुझपर ही था। यदि एक भोजन ने उन्हें इतना परेशान कर दिया था... तो कल से तो न जाने क्या-क्या सहना पड़ेगा, तब वे क्या करेंगे। क्या... क्या करेंगे? जितना उन्हें सहना पड़ेगा उससे हजार गुना मुझपर निकाल देंगे। बस उस रात इस चिंता ने मेरी नींद हराम कर दी थी। अब वहां मैं भैया को सम्भालूं या पंचजन के चंगुल से पुनर्दत्त को छुड़ाने के उपायों पर गौर करूं। कुल-मिलाकर वह पूरी रात आगे आने वाली मुसीबतों के लिए स्वयं को तैयार करने में गुजर गई।

आज मेरे जीवन में कर्म का एक नया ही अध्याय शुरू होने वाला था। महान गुरु को गुरुदक्षिणा चुकाने की यात्रा पर निकलना था। बस दोपहर के भोजन के पश्चात् जैविक के साथ हम भी समुद्र तट पहुंच गए। यह तो नजारा ही बड़ा अद्भुत था। समुद्र किनारे ही पत्थरों से बना एक विशाल तट यानी सपाट जगह बनी हुई थी, जिससे लगे दो विशाल जहाज खड़े हुए थे। अब छोटी-छोटी यानी दो-चार व्यक्ति बैठ सके ऐसी नावें अवश्य हमने मथुरा व उज्जयिनी में भी देखी थी, पर यह जहाज तो पच्चीसों नाव समा सके, ऐसे थे। दूसरी ओर तट पर ना सिर्फ चहल-पहल थी बल्कि सामान की आवाजाही भी हो रही थी। इस समय तट पर दो-सौ के करीब व्यक्ति मौजूद नजर आ रहे थे। निश्चित ही उसमें मैं और भैया अलग ही चमक रहे थे। हमने दूर से ही देखा कि एक 'जलयान' के बाहर लंबी कतार लगी हुई थी। स्वाभाविक तौर पर वह जमानतदारों की कतार थी। जैविक ने ले जाकर हमें भी उसी कतार में खड़ा कर दिया। मैं कतार में तो खड़ा हो गया था, लेकिन आश्चर्य में डूबी मेरी नजरें अब भी जलयान को ही निहार रही थी। दूसरी तरफ जैविक ने भी हमें जमानतदारों की कतार में खड़ा करते तो कर दिया था, लेकिन अब हमें इस तरह खड़ा देखकर वह अत्यंत दुखी हो रहा था। निश्चित ही उसे हमें इस तरह जमानतदार के रूप में सौंपना अच्छा नहीं लग रहा था। तो हमें कौन-सा जमानतदार बनकर जाना अच्छा लग रहा था? यह बात अलग है कि कर्तव्य निभाने के संतोष के सामने दुःख फीका पड़ रहा था..., पर भैया का ऐसा नहीं था। वे कतार में खड़े-खड़े व्याकुल होना शुरू हो गए थे। हुआ करें... मुझे क्या...? मैंने अपना ध्यान जलयान पर चढ़-उतर रहे सैनिकों की गतिविधियों पर लगा दिया था। ...यह भी कहा जा सकता है कि मैं मानसिक तौर पर पंचजन से युद्ध में उतर चुका था।

उधर जिस-जिस का नाम पुकारा जा रहा था वे अपने साथ लाया सामान सिपाहियों को सौंप रहे थे। जो सामान लाने में विफल हुआ था वह साथ लाए जमानतदार आगे कर रहा था। दूसरी तरफ सिपाही सामान और जमानतदार दोनों को जहाज में बिठाये चले जा रहे थे। उनके बिठाने की पद्धति से ही लग रहा था कि उनके लिए सामान व जमानतदार में कोई फर्क नहीं था। यानी आगे का समय कैसा गुजरने वाला है, यह जाहिर हो गया था। इधर काफी लंबे इंतजार के बाद जैविक की

बारी भी आ गई। योजनानुसार जैसे ही उसने दोनों हाथ जोड़कर उगाही चुका पाने में अपनी असमर्थता प्रकट की, वहां खड़े सैनिक-प्रमुख ने कड़क आवाज में पूछा- तो जमानतदार साथ लाए हो?

...जैविक बोला तो कुछ नहीं पर उसने हमारा हाथ पकड़कर उसके सामने धर दिया। फिर क्या था, सैनिक ने बड़ी बेदर्दी से धक्का मारते हुए हमें जहाज पे धकेल दिया, और चुपचाप वहीं जमीन पर बिठा दिया। यह स्थान जमानतदारों से खचाखच भरा हुआ था। इतना घोर अपमान देख भैया का अहंकार उबालें खाने लगा। उनके विपरीत मैं चुपचाप आलथी-पालथी मारकर ऐसे बैठ गया मानो कुछ हुआ ही न हो। मेरे लिए तो सबकुछ गुरुदक्षिणा चुकाने की यात्रा ही थी, ऐसे में क्या मान और क्या अपमान? ...वैसे जहां हमें बिठाया गया था, शायद वह जलयान का पिछला हिस्सा था। गौर करने लायक खास बात यह थी कि हम चारों ओर से सिपाहियों से घिरे हुए थे, जो सामने बनी लकड़ी की पट्टियों पर बड़ी शान से बैठे हुए थे। यही नहीं, सभी अत्याधुनिक शस्त्रों से लैस भी नजर आ रहे थे। मैं सोचने लगा कि यदि जलयान पर इतनी सुसज्जित सेना है तो राज्य का क्या हाल होगा? कहीं यह यात्रा जीवन की अंतिम यात्रा तो नहीं हो जाएगी? ...यह क्या! मैं भी शंका के कंपन छोड़ने लगा? तुरंत मैंने स्वंय को सम्भाला। जहन में निश्चिंतता लाई। क्योंकि हमारे ही शंका के कंपन तो परिणाम बिगाड़ते हैं; हमारा ही "विश्वास" तो हमें विजयी बनाने में सहयोग करता है। ...बस यही सोचकर एकबार फिर मैंने स्वयं को पूरे आत्मविश्वास से भरा। पंचजन के पास सेना है तो क्या...? मेरे पास भी तो एक खतरनाक खुराफती भेजा है।

खैर! उधर संध्या होते ही दोनों जलयान चल पड़े। मुझे तो मजा आ गया। मैं तो बार-बार खड़े होकर बच्चों की तरह बाहर झांकने लगा। मेरा मन जहां सिपाही बैठे थे, वहां बैठने का करने लगा। निश्चित ही वहां से बाहर का नजारा साफ दिखाई दे रहा होगा। लेकिन हमारे भाग्य में यह सुख कहां? हम तो गुलाम थे। गुलामी का यह मेरा पहला अनुभव था; और मैं इस अनुभव के बाद यकीन से कह सकता हूँ कि गुलामी से बड़ा कोई दुर्भाग्य नहीं। खैर, हर जहाज में पचास के करीब जमानतदार थे। उनको देख कम-से-कम हमारा अकेले होने का एहसास कुछ कम अवश्य हो रहा था। सीधी बात है, 'संकट में साथी भले।' ...वहीं दूसरी ओर मेरे अंदाज के मुताबिक हर जहाज में बीस के करीब सिपाही अवश्य होंगे। जहाज के बनावट की बात करूं तो लकड़ी से बने इस जहाज के मध्य में कुछ घर जैसा बना हुआ था व उसके दोनों तरफ यह खुला हुआ हिस्सा था जहां हमें बिठाया गया था। हमारे चारों तरफ सिपाहियों के बैठने के लिए लकड़ी की ही एक बैठक बनी हुई थी। जहाज के दोनों भाग में करीब आठ लोग लकड़ी के बने बड़े डंडे से हड़सेले मार जहाज को हांक रहे थे। हमारे सामने वाले कोने में एक रस्सियों का बना हुआ ऊंचा जाल था, जिस पर एक विशाल पताका लटक रही थी। चाहे जो हो, जैसे-जैसे जहाज चल रहा था, बहने वाली ठंडी हवायें बड़ा सुकून दे रही थी।

यह सब तो ठीक पर इधर जहाज अभी कुछ दूर ही गया था कि सिपाहियों ने गुलामी का पक्का एहसास करवा दिया। सबके हाथ रस्सियों से बांधे जाने लगे। यह तो हद हो गई... चलो, मैंने तो चुपचाप हाथ बंधवा दिए पर उधर जब भैया के हाथ बांधने को हुए तो उन्होंने बड़ी जोर से मुझे घूरा। बात तो सही थी। गुनाहगार मैं ही था। गुरुदक्षिणा चुकाने को मैं ही उतावला हुआ था।

अब मनुष्य को अपने कर्मों की सजा तो भुगतनी ही होती है। ...लेकिन बात यहीं समाप्त नहीं हुई। सिपाहियों को इतने-मात्र से संतोष नहीं था, वे भैया के हल व गदा छीनने पर भी उतारू हो गए। निश्चित ही उनके इस कृत्य ने भैया को लगी आग में घी का काम किया। वे बुरी तरह भड़क उठे, यहां तक कि विरोध पर भी उतर आए। इधर मामला बिगड़ता देख मैं बीच-बचाव में कूद पड़ा व लगा उन्हें समझाने कि हम गुलाम हैं, और भला गुलाम हथियार कैसे ले जा सकते हैं? तब कहीं जाकर भैया हथियार देने को राजी हुए। भैया ने गदा व हल दे तो दिए, परंतु उनके हाव-भाव से स्पष्ट था कि वे मुझसे अत्यंत खफा हैं। एक तो भैया वैसे ही स्वभाव से किसी की गुलामी नहीं स्वीकार सकते थे, ऊपर से गदा छीनने पर तो महायुद्ध हुआ ही समझो। यहीं तो मेरी और अन्य व्यक्तियों की समझ में फर्क था। मेरी समझ से तो यदि भैया इस समय गुलामी स्वीकारना नहीं चाहते तो इसका सीधा अर्थ यह हुआ कि वे "पुनर्दत्त" को छुड़ाना भी नहीं चाहते। मेरी दृष्टि में वे ऐसा कर गुरुदक्षिणा चुकाने से ही कतरा रहे थे। उनके विपरीत मेरे लिए "गुरुदक्षिणा" चुकाना एक कर्तव्य था। और यदि मैंने एकबार कोई कार्य कर्तव्य मानकर स्वीकार लिया तो फिर उसी क्षण से मैं उस कर्तव्य को समर्पित हो गया। बात समझने लायक है; "पंचजन" के चंगुल से पुनर्दत्त को छुड़वाना एक बड़ा कार्य था; एक लंबी यात्रा थी। पहाड़ के शिखर पर चढ़ने जैसा था यह, और शिखर एक-एक सीढ़ी करके ही चढ़े जाते हैं। अतः मेरे लिए अपमान सहना, बेड़ियां बंधवाना या गदा देना एक-एक सीढ़ी चढ़ना है; और निश्चित ही ऐसी कई सीढ़ियां चढ़कर ही इस कार्य को अंजाम दिया जा सकता था।

खैर! यह तो अच्छा था जो मैं भैया के स्वभाव से अच्छी तरह वाकिफ था। और वैसे ही मैं इस यात्रा की कठिनता से भी अनजान नहीं था। मुझे मालूम ही था कि इस पूरी यात्रा के दरम्यान मुझे दो-दो संघर्षों से एकसाथ लगातार गुजरना होगा, एक भैया के अहंकार से व दूसरा पंचजन की शक्ति से। और मैं स्वयं को पूरी तरह तैयार कर ही इस यात्रा पर निकला था। यूं भी मुझे इन सब बातों से क्या फर्क पड़ना था। मैं तो संघर्ष करने का, संघर्षों में जीने का व उन्हीं संघर्षों को रास मानकर उनका आनंद लेने का आदी हो चुका था। क्योंकि मैं यदि अपने आनंद के लिए कुदरत या परिस्थितियों के भरोसे रहता तो शायद अब तक हंसना ही भूल गया होता। ...वैसे दो ही क्यों, मुझे एक संघर्ष स्वयं से भी करना पड़ रहा था। मुझे हर हाल में अपना आत्मविश्वास भी टिकाये रखना था, नहीं तो विजय कैसे प्राप्त होगी? ऐसे में जीतने की जो आदत पड़ गई है उसका क्या होगा? इसके अलावा यह जंग तो महान गुरु को दक्षिणा देने हेतु भी जीतनी आवश्यक थी। और यदि कोई बड़ी जंग जीतना हो तो कई मोर्चों पर एक साथ कार्य करने ही पड़ते हैं। यहां भी उपरोक्त बात पूरी तरह चरितार्थ हो रही थी। एक ओर जहां मैं लगातार पंचजन की शक्ति का आकलन कर रहा था, तो वहीं दूसरी ओर मैं जहाज पर चल रही सैन्य गतिविधियों का निरीक्षण करने से भी नहीं चूक रहा था। हालांकि मेरे लिए यह सब कोई बड़ी समस्या नहीं थी, असली समस्या तो "भैया" की थी जो मैं साथ लेकर ही चल रहा था। कहने की जरूरत नहीं कि मेरी अधिकांश ऊर्जा उन्हें सम्भाले रखने में ही व्यय हो रही थी। यह तो अच्छा था कि जीवन के कोई भी संघर्ष को मैं एक खेल से ज्यादा महत्व नहीं देता था, और गौर से देखा जाए तो जीवन के सारे संघर्ष हैं भी एक खेल ही।

...मैं गलत नहीं कह रहा, मेरा तो यहां भैया व पंचजन के सिपाहियों के साथ भी एक खेल खेलना जारी ही था। पंचजन के सिपाही भैया के हाथ बांधकर उन्हें क्रोधित करने की कोशिश करते, और मैं किसी तरह भैया को शांत कर यह खेल जीत जाता। फिर हारे हुए सिपाही भैया की गदा छीन जीतने का प्रयास करते, और मैं फिर उन्हें शांत कर जीत जाता। अब आप ही बताइए यह मेरे व पंचजन के सिपाहियों के बीच खेल नहीं तो और क्या चल रहा था? बस इस खेल का दु:खद पहलू यह था कि भैया इस खेल के खिलौने बने बैठे थे। वैसे भी अहंकार को हमेशा दूसरों के हाथ का खिलौना बनकर ही जीना पड़ता है। ...क्योंकि अहंकार का अपना कोई व्यक्तित्व तो होता नहीं, वह स्वयं को भी दूसरों की निगाह से ही नापता-तौलता है। यूं तो कहते हैं एक से दो भले; लेकिन मैं अपने वर्तमान अनुभव से कह सकता हूँ कि दोनों एक जैसे हों, ...तो। ...साथ में यदि अहंकारी फंस जाए तो व्यर्थ उसे सम्भालने में ही बहुत-सी शक्ति व्यय हो जाती है।

खैर! यह सब खेलते-खिलाते रात्रि हो गई। हाथ पांव बंधे होने के कारण जकड़ भी गए थे। होगा, पूर्णिमा की रात थी और चांद पूरी तरह से निकल आया था। चांद वैसे ही मेरी दुखती नस था। ऊपर से पूर्णिमा का चांद दिखे और मैं पागल न हो जाऊं; यह तो हो ही नहीं सकता? और यूं भी यहां के हालत देखते हुए कहीं और ध्यान लगाने में ही भलाई थी। सो, मैं तो बस सबकुछ भूलकर चलते जलयान से चांद-दर्शन के आनंद में डूब गया। और डूबा भी ऐसा कि दुधिया चांद की सुंदरता देख उस पर रहने के सपने देखने लग गया। था न पागल! धरती पर आशियाना नहीं, हाथों में बेड़ी पहने मौत के मुख में समाने जा रहा था; और चांद पर बसने के सपने देख रहा था। बताओ भला इससे ज्यादा सकारात्मक कौन-क्या सोचेगा...? वैसे इस बात का एक और पहलू भी था। ...अब गरीब व गुलाम सपने नहीं देखेगा तो और कौन देखेगा? गरीब तो मैं पहले से था, बचा-खुचा था तो इस समय "पक्का-गुलाम" भी हो ही चुका था। अत: जैसा देश-वैसा भेष। सपने देखो व मजे लो। यूं सोचने वाली बात यह भी है कि यदि गुलाम सपने न देखकर हकीकत देखने लग जाए, ...तो उसका हाल भी भैया जैसा न हो जाए। जीवन में यही तो वे क्षण होते हैं जब सपने देखना आवश्यक हो जाता है। वैसे अब भोजन का समय भी हो चुका था। पेट में चूहे दौड़ना शुरू हो गए थे। सिपाहियों का भोजन तो प्रारंभ भी हो चुका था, ...परंतु यह क्या! गुलामों को भोजन नहीं परोसा जाने वाला था। उन्हें भूखा ही सोना था। एक तो भोजन का समय ...पेट में दौड़ रहे चूहे, और ऊपर से आंखों के सामने गपागप खा रहे सिपाही। मेरा तो ठीक, लेकिन भूखे भैया का क्या हाल हो रहा होगा, शायद यह अब आप लोगों के लिए भी समझना ज्यादा मुश्किल नहीं होगा। ठीक समझे, तगड़ी मुसीबत ने कन्हैया के द्वार पर दस्तक दे दी थी। निश्चित ही अब भैया को सम्भालना आसान नहीं होगा। ...तो क्या? मेरे लिए तो यह सब भी एक खेल ही था। फर्क सिर्फ इतना था कि अबकी प्रतिद्वंदी बदल गए थे। पहले सिपाही भैया को क्रोध दिला रहे थे, अब भूख भैया को क्रोधित किए हुए थी। मुझे तो हर हाल में भैया का क्रोध शांत कर यह खेल जीतना ही था।

...वैसे भूख तो मुझे भी लग रही थी। लेकिन बिना उपाय वाले विषय में स्वयं को परेशान करना मेरा स्वभाव नहीं था। यही तो मैंने गीता में अर्जुन से कहा था- "*जीवन में बिना उपाय वाले विषय में व्यर्थ चिंताएं नहीं करनी चाहिए*[५५]*।*" खैर, अभी तो इधर धीरे-धीरे भूख भैया के सर

---

५५. श्रीमद्भगवद्गीता, अध्याय-२, श्लोक-२७

चढ़कर बोलने लगी थी। उनका क्रोध अपने उफान पर पहुंच चुका था। उन्हें तत्काल शांत करना जरूरी हो गया था, वरना बड़ा उपद्रव हो सकता था। वे मारपीट पर उतारू हो सकते थे। मैंने चुपचाप अपने प्रयास प्रारंभ कर दिए। भैया को समझाते हुए कहा- क्यों व्यर्थ क्रोध कर रहे हैं। क्रोध अपने को ही जलाता है।

भैया बोले- रहने दो। सारे फसाद की जड़ तुम ही हो। यदि उसी समय गदा देने के बजाए मैंने उनका सर फोड़ दिया होता, तो... इतना कहकर भैया चुप हो गए। अभी मैं उन्हें शांत करने के प्रयास-रूप अपना मुंह खोलने ही जा रहा था कि वे फिर उबल पड़े... रहने दो। तुम इसलिए कह पा रहे हो कि तुम्हारे वंशी व चक्र नहीं छीने गए हैं। ...लो करलो बात! पहले हाथ बांधने का दुःख, फिर गदा व हल ले लेने का क्रोध। फिर भूख। अब नई बात। मेरे चक्र व वंशी क्यों नहीं छीने गए? अब भैया को कौन समझाए कि चक्र और वंशी कोई हथियार थोड़े ही हैं। व्यर्थ मुझसे तुलना कर क्यों परेशान होना? वैसे एक तरीके से अच्छा भी था कि किसी बहाने उनका क्रोध तो निकल रहा था। क्योंकि अक्सर भरा हुआ क्रोध ज्यादा खतरनाक परिणाम लेकर आता है।

चलो यह भी छोड़ो। उधर अचानक क्या हुआ जो लहरें इतनी तेज हो गई कि जहाज हिचकोले खाने लग गया। जहाज इतनी जोर से हिचकोले खा रहा था कि हम तो हम, सैनिकों तक की घिघ्घी बंध गई थी। यही नहीं, जहाज का प्रमुख तमस भी इधर-उधर भागता हुआ नजर आ रहा था। उसके चेहरे की घबराहट निश्चित ही किसी बड़ी गड़बड़ की ओर इशारा कर रही थी। देखते-ही-देखते पूरे जहाज में हा-हाकार मच गया था। मैंने तो अपनी मुंड़ी तमस पर लगा दी थी। जिस दिशा में वह दौड़ता उसी दिशा में मैं अपना सर घुमा लेता। ...शायद कुछ समझ आ जाए। लेकिन जब जहाज ही पहली बार देखा था तो ...कुछ समझ में आने का प्रश्न ही नहीं उठता था, ना ही हमें कुछ बताया ही जा रहा था। वैसे सैनिकों की हालत भी हमसे ज्यादा भिन्न नहीं थी। स्पष्ट लग रहा था कि उन्हें भी इस पूरे मामले से अलग-थलग ही रखा गया था। ...फिर भी उनमें से एक ने हिम्मत कर इधर से उधर भाग रहे तमस से पूछ ही लिया-क्या हुआ?

बौखलाया तमस सर खुजाते हुए बोला- गलती हो गई, मुझे ध्यान नहीं रहा कि आज पूर्णिमा की रात है। ऊपर से समुद्र भी आज कुछ ज्यादा ही उफान पर है। अब हम लोगों का बचना मुश्किल है। लगता है जहाज जल-समाधि कर ही मानेगा। इतना कहते-कहते उसने सिपाहियों में से चार को और लकड़ियां थमाते हुए जहाज को हड़सोले देने के निर्देश दिए। लेकिन सच कहूं तो जहाज इतनी जोर हिचकोले खा रहा था कि इसमें मुझे इतने-मात्र से कुछ होता नजर नहीं आ रहा था। ...लो! यह तो पंचजन से पहले पंचजन का जहाज ही हमारा काम तमाम करने पर उतारू हो गया है। सचमुच, मौत और मेरा कमाल का चोली-दामन का साथ था। कहीं से भी अप्रत्याशित मुंह फाड़े आ जाती थी। हालांकि मौत से इतनी बार टकरा चुका था कि अब तो मौत को मात देने की मुझे भी एक आदत-सी पड़ गई थी। इतनी आसानी से मौत की शरण में यह खूबसूरत जीवन समर्पित तो किया नहीं जा सकता था। संकट तो आते ही हैं मनुष्य की कर्म-क्षमता की परीक्षा लेने हेतु। ऐसे में मनुष्य यदि विपत्ति के समय कर्म नहीं करेगा, तो कब करेगा? संकट ही तो वह समय होता है जब मनुष्य को अपने तन और मन की ही नहीं, अपनी आत्मा की भी पूरी ताकत लगा देनी

होती है। बस यही सोचकर मैं और गहरे से जहाज पर चल रही हर गतिविधि को समझने का प्रयास करने लगा।

लेकिन समझता क्या? मुझे तो आज मालूम पड़ा कि पूर्णिमा पर समुद्र अपने पूरे उफान पर आ जाता है। अब मालूम भी कैसे पड़ता? समुद्र ही पहली बार देख रहा था, और...जहाज भी। फिर भी मौत से जान बचाने का प्रयास तो हर-हाल में करना ही था। सीधी बात है ...जान है तो जहान है। उधर मेरे अब तक के जीवन का अनुभव भी चिल्ला-चिल्ला कर यही कह रहा था कि "कर्म" वो जादू है जिससे अटल-से-अटल मौत को भी टाला जा सकता है। आखिर कुछ देर तमाशा देखने के बाद जब कुछ समझ नहीं आया तो मैंने हिम्मत कर जहाज के कप्तान तमस से सीधा ही पूछ लिया- क्या जहाज को बचाने का कोई उपाय नहीं?

उधर तमस ने सवाल सुनते ही मेरी ओर घूर कर देखा। ...लेकिन दूसरे ही क्षण मुझे मुस्कुराता देख वह दंग रह गया। मेरी निश्चिंतता ने उसे चकित कर दिया। कह सकता हूँ कि अचानक इन घबराये लोगों के बीच मेरे विश्वास ने मुझे विशिष्ट बना दिया। यही तो बाकियों में और मेरे में फर्क था। बात-बात पर डरना व घबराना सबको आता था, पर कर्म पर विश्वास किसी को नहीं था। मेरा विश्वास कर्म में था। कुछ कर सकते हो तो कर लो, वरना परिणाम स्वीकार लो; पर प्रसन्न हर हाल में रहो। ...और इस समय मेरे इसी स्वभाव ने अपना रंग भी दिखा दिया था। आखिर मेरी निश्चिंतता ने तमस को जवाब देने पर मजबूर किया। वह बड़ी लाचारी से बोला- एक उपाय है, यदि ऊपर बंधी पताका की रस्सी किसी तरह खोल दी जाए।

मैंने फटाक से पताका की तरफ देखा, फिर रस्सी को देखा। रस्सी वाकई काफी ऊपर बंधी हुई थी। इस हिलते-डुलते जहाज पर रस्सी से चढ़कर पताका खोल-पाना निश्चित ही असंभव था। ...तो क्या, अब बचने का कोई उपाय नहीं? तभी दूसरा विचार आया, यदि मरना ही है तो जहाज डूबने का इंतजार करने की बजाए क्या रस्सी पर चढ़ने का प्रयास करते हुए मरना बेहतर नहीं? अभी इस उधेड़बुन में उलझा ही हुआ था कि तभी अचानक मेरा हाथ मेरे चक्र से जा टकराया। ...अब तो बाजी मेरे हाथ लग चुकी थी। चक्र के लिए यह क्या मुश्किल काम था। शायद चक्र न छीनने की यह गलती भी इसीलिए हुई थी कि पंचजन के सिपाहियों पर छाने का मुझे मौका मिल सके। यूं भी जीवन में हमेशा मौत ने ही तो मुझे जीने की राह दिखाई थी। स्वाभाविक रूप से चक्र का ध्यान क्या आया, मैं तरंगित हो उठा। अब तो पंचजन के जहाज का भविष्य मेरे हाथ में था। इसी तरन्नुम में मैंने बड़े इतराते हुए तमस से पूछा- यदि मैं यह रस्सी खोल दूं तो?

वह बोला- तो, जैसा आप बोलें।

मैंने कहा- हमारी बेड़ियां खोल देंगे?

अभी वह कुछ सोचे या बोले भैया बीच में ही कूद पड़े- और मेरी गदा व हल भी लौटाने होंगे।

यह सुन मैंने भी मुस्कुराते हुए कहा- यही नहीं, इन्हें भोजन भी करवाना होगा।

...उधर मरता, क्या न करता? सारी शर्तें स्वीकार ली गई। हालांकि पहले सिर्फ मेरी बेड़ियां खोली गई। कर्म मुझे करना था सो स्वाभाविक रूप से बेड़ियां भी मेरी ही खुलनी थी। वैसे मैंने भी

कहा ही था, रस्सियां कोई खोल थोड़े ही दी थी जो भैया की बेड़ियां भी खोल दी जाती। इधर मेरी बेड़ियां खुलते ही मैं केन्द्र बिंदु में आ गया। पूरे जहाज की निगाह मुझ पे जा टिकी। सब सोच रहे थे कि मैं इस तूफान में जहाज की रस्सी पर कैसे चढ़ूंगा? पर मुझे कौन-सा रस्सी पर चढ़ना था। मुझे तो यहीं खड़े-खड़े अपने चक्र का कमाल दिखाना था। ...मैंने तत्क्षण "चक्र" निकाला व बिना समय व्यतीत किए रस्सी का निशाना साधा। ...रस्सियां खुल गई। रस्सियों के खुलते ही पताका नीचे गिर गई। यह देखते ही पूरे जहाज में खुशी की लहर दौड़ गई। तमस की तो खुशी का ठिकाना न रहा। सिपाही भी झूम उठे। बस तुरंत भैया की बेड़ियां भी खोल दी गई। बेड़ियां खुलते ही भैया तन के खड़े हो गए। बात भी तनने की थी; उनके भ्राता ने जहाज बचाया था। ...बस देखते-ही-देखते पूरे जहाज में हमारा वट बढ़ गया।

यह तो ठीक, पर मैं तो कूदकर तुरंत सीधे लकड़ियों की बनी बैठक के पास पहुंच उस पर बैठ भी गया। जबसे जहाज पर चढ़ा था यही तमन्ना तो लिए बैठा था। चलते जहाज से टकराती समुद्र की लहरें व उनकी आवाज और ऊपर से रोशन हो रहा पूर्णिमा का चांद, दृश्य ही कुछ ऐसा था कि कोई भी दीवाना हो जाए। हालांकि इस छायी दीवानगी के बावजूद मैंने एक नजर बेचारे रस्सी से बंधे जमानतदारों पर भी डाली, वाकई वे बड़ा कष्ट भोग रहे थे। वैसे राहत के नाम पर इस समय सब मौत टलने की खुशी से झूम भी उठे थे। तभी मैंने देखा, न जाने क्यों अचानक तमस की खुशी हवा हो गई। यही नहीं, वह चुपचाप एक कोने में जाकर खड़ा हो गया। बात समझ के बाहर हो रही थी। जहाज बच जाए और प्रमुख फिर भी दुखी रहे, बात समझ में आने वाली थी भी नहीं। सो, मैं जिज्ञासावश सीधे उसके पास पहुंच गया। अब मुझपर रोकटोक ही कहां थी? इधर मुझे पास आया देखकर भी तमस ने कोई प्रतिक्रिया नहीं दी। लेकिन उसके हावभाव से स्पष्टत: वह किसी गहरी चिंता में डूबा नजर आ रहा था। हालांकि जरा-सा कुरेदने पर बात सामने आ ही गई। उसने बड़ी विनम्रतापूर्वक मुझसे पूछा- क्या आप पीछे आने वाले जहाज की भी रस्सियां खोल सकते हैं?

अब जा के बात मेरी समझ में आई थी। हालांकि बात साफ थी, जिस मुसीबत ने इस जहाज को घेरा था, निश्चित ही दूसरा भी उसी से जूझ रहा होगा। यानी जहाज-प्रमुख की चिंता जायज थी। मैंने मामले की नजाकतता देखते हुए भाव खाने की बजाय तत्क्षण हामी में सिर हिला दिया। मेरे सिर हिलाते ही वह उछल पड़ा। फिर दोनों हाथ जोड़ते हुए इशारा किया। जिसका अर्थ स्पष्ट था, "तो भाव क्या खा रहे हैं महाराज..., खोल दीजिए न।"

लो, नहीं खाते भाव। लेकिन जहाज दिखे तब न। हमलोग चारों ओर दूर-दूर तक नजर दौड़ाना शुरू कर दिए पर जहाज कहीं नजर नहीं आ रहा था। तमस बुरी तरह घबरा गया, ...शायद जहाज डूब गया था। हालांकि उसकी चिंता अपनी जगह थी, लेकिन मेरे प्रति वह पूरा कृतज्ञ था। मैंने उसकी जान के साथ-साथ यह जहाज भी बचाया था। अत: दूसरे जहाज की चिंता में डूबा हुआ होने के बावजूद वह मेहमाननवाजी के उसूल निभाते हुए हम दोनों को ससम्मान अपने कक्ष में ले गया, जहां हमें भोजन के साथ-साथ मदिरा भी पेश की गई। अब समझ आया कि मध्य में घर जैसा दिखने वाला यह भाग वास्तव में जहाज के प्रमुख का बैठक-कक्ष था। कक्ष अति छोटा होने के बावजूद शानदार था। इसके तीन तरफ बैठने की व्यवस्था थी। वहीं दायीं ओर तीन खिड़कियां भी

बनी हुई थी, जहां से समुद्र का नजारा साफ दिख रहा था। चाहे जो हो, अभी तो यहां मामला पूरी तरह उलट चुका था। जहां हम मौज उड़ाना शुरू कर दिए थे वहीं दूसरी ओर समय के साथ तमस की व्यग्रता बढ़ती जा रही थी। अभी कुछ देर पहले समय यह था कि हम कष्ट में थे और वह मौज में था। सचमुच समय को करवट लेने में जरा भी वक्त नहीं लगता। खैर, मैंने ऐसे ही बात-बात में मित्रता गाढ़ी करने के लिहाज से उससे पूछा- आप इतने चिंतित क्यों हो रहे हैं? कम-से-कम हमारा जहाज तो अब सुरक्षित है।

वह दुखी होता हुआ बोला- यह तो ठीक, लेकिन मेरी गलती के कारण दूसरा जहाज डूब भी तो गया है। इस नुकसान के बदले "राजा-पंचजन" मुझे कभी माफ नहीं करेगा। वह अवश्य मुझे मृत्युदंड देगा।

...यह सचमुच चिंता का विषय था। उसके लिए ही नहीं, मेरे लिए भी। अभी बमुश्किल एक प्रमुख से दोस्ती हुई थी, यदि उसे ही मृत्युदंड मिल गया तो मैं इतना बड़ा कार्य कैसे पार पाडूंगा? यह तो ठीक, दूसरे ढंग से सोचूं तो यह बात मेरे लिए घबराने वाली भी थी। पंचजन का रुआब क्या होगा कि उससे उसके मंत्री तक इस कदर घबरा रहे हैं? यानी दुश्मन कठिन-से-कठिनतर नजर आ रहा था। ...ऐसे में यह साफ दिख रहा था कि पुनर्दत्त को छुड़ाने का कोई मार्ग कहीं से खुल सकता है तो वह तमस के जरिये ही खुल सकता है। इतने खतरनाक व अनजान प्रदेश में पहचान वाले मंत्री के "साथ" व "सहयोग" दोनों की आवश्यकता थी। कुल-मिलाकर उसको बचाना जरूरी हो गया था। ...लेकिन मैं पंचजन से उसे कैसे बचा सकता हूँ? वहां के राजकीय-न्याय में कैसे दखलंदाजी कर सकता हूँ? मैं तो ऐसे सोचने लगा मानो पंचजन मेरे कहने में हो। मैं कहूंगा तमस को छोड़ दो और वह छोड़ देगा। जबकि वास्तविकता यह थी कि तमस के कथनानुसार पंचजन उसे बख्शेगा नहीं और मैं सिर्फ एक तमाशबीन बनकर देखता रह जाऊंगा। इससे ना सिर्फ मैं बमुश्किल बना एक रुआबदार मित्र खो दूंगा, बल्कि इसके साथ ही पंचजन से पुनर्दत्त को छुड़ाने की मेरी सारी उम्मीदें भी धूमिल हो जाएगी। ...यानी हर लिहाज से तमस की दोस्ती व उसके प्रभाव दोनों की मुझे सख्त आवश्यकता थी। अब आवश्यकताएं तो मनुष्य की हजार होती हैं, परंतु उनकी पूर्ति कैसे करना, यही प्रमुख सवाल होता है। यहां भी मामला कुछ ऐसा ही उलझा हुआ था। गलती तमस ने की थी, सजा पंचजन को देनी थी, अब भला इसमें मैं क्या कर सकता था? ...कर तो कुछ नहीं सकता था पर जरूरत ऐसी आन पड़ी थी कि कुछ प्रयास तो करना ही पड़े, ऐसा था।

उधर इन सब बातों से बेमतलब भैया अपने खाने-पीने में मस्त थे। यूं भी उनके जिम्मे मुझे प्यार करना व जरूरत पड़ने पर बल-प्रयोग करना, दो ही काम थे। सोचने-समझने की जिम्मेदारी उन्होंने बचपन से ही मुझे सौंप रखी थी, और मैं अपने कार्य में लगा ही हुआ था। मेरा तमस को बचाने पर लगातार चिंतन जारी था। दृश्य भी ऐसा था कि कक्ष में तीन व्यक्ति विराजमान थे व तीनों की भावदशाएं अलग-अलग थी। जहां तमस चिंतित था वहीं मैं सोचने में लगा हुआ था, और भैया अब भी खाने-पीने में मस्त थे। कोई बात नहीं, अभी तो कहते हैं न कि सही दिशा में किया गया लगातार का चिंतन अक्सर कई कमाल के उपाय खोजकर लाता है, बस यही मेरे भी साथ हुआ। मुझे विचार आया कि जब जहाज पर इतने कर्मचारी हैं तो फिर मृत्युदंड अकेले तमस को ही क्यों?

...शायद इसलिए कि वह सबसे बड़े ओहदे पर है। इसका अर्थ यह हुआ कि यदि उससे भी बड़े ओहदे पर विराजमान व्यक्ति खोजकर उसके सर पर मटका फोड़ दिया जाए तो तमस की जान और मेरी उम्मीदें, दोनों बचायी जा सकती है। बस मैंने तत्क्षण सामने बैठे तमस से सर खुजाते हुए पूछा- एक बात बताओ मित्र! क्या इस जहाज में आपसे भी बड़ा कोई अन्य मंत्री सवार है?

वह बोला- हां! हमारे सेनापति 'चंडक' इसी जहाज से यात्रा कर रहे हैं। उन्हें महाराज ने महामंत्री का भी दर्जा दिया हुआ है। वे पास ही के कक्ष में आराम फरमा रहे हैं।

...मैं तो यह सुनते ही चहक उठा, तथा पूरे आत्मविश्वास से तमस को संबोधित करते हुए कहा- अब चिंता की कोई बात नहीं। आप मेरे साथ उनके कक्ष में चलिए। उन्हें जहाज डूबने की सूचना दे दीजिए। साथ ही यह जहाज मैंने बचाया है, ऐसा कहकर मेरा उनसे परिचय भी करवाइए। बस फिर देखिए, मैं आपको कैसे पंचजन के क्रोध से बचा लेता हूँ?

उसका क्या था? एक तो पहले ही वह मेरा भक्त हो चुका था, ऊपर से उसकी जान बचाने का आश्वासन भी दे रहा था। इन्कार का सवाल ही कहां उठता था? वह तो तुरंत खड़ा हो गया। उसके साथ ही मैं भी तैयार हो गया, बस भैया को वहीं छोड़ हमने ठीक पड़ोस के कक्ष में दस्तक दी। यह कक्ष तमस के कक्ष से ना सिर्फ बड़ा था बल्कि ज्यादा सुविधाओं से परिपूर्ण भी था। उधर चंडक सामने ही बड़ी बैठक में पांव पसारे मदिरा पी रहा था। इधर मैं तमस के पीछे ही द्वार पे खड़ा हुआ था। तमस तो ठीक, साधारण कद-काठी का था; लेकिन चंडक अत्यंत लंबा-चौड़ा था। एकदम छोटी-छोटी आंखें, काला रंग व लंबा चेहरा। कमाल यह कि रूप-रंग न होते हुए भी उसका व्यक्तित्व बड़ा आकर्षक व रुआबदार लग रहा था। ऐसे में मेरा उसे सीधे छेड़ने का सवाल ही नहीं उठता था। ...उधर जैसे ही तमस ने उसे जहाज डूबने की सूचना दी, चंडक ने उसको बड़े गंदे तरीके से घूरा। फिर कुछ देर मौन रहकर गुर्राते हुए बोला- कैसे?

तमस तो उसकी कड़क आवाज सुनते ही थर-थर कांपने लगा। बेचारा कांपते हुए ही वह बोला- दरअसल मैं भूल गया था कि आज पूर्णिमा की रात है।

अबकी चंडक ने बड़े ठंडे कलेजे से कहा- ...तो फिर मृत्युदंड के लिए तैयार रहो।

मैं खामोश खड़ा यह तमाशा देख रहा था। गड़बड़ यह कि घबराहट में तमस मेरा परिचय करवाना ही भूल गया था। आखिर कोई उपाय न देख मैं बिना परिचय के ही कूद पड़ा, और आगे आकर चंडक को सीधे संबोधित करते हुए बोला- क्या मैं आपसे कुछ निवेदन कर सकता हूँ?

अब जाकर चंडक की नजर मुझपर पड़ी थी। उसने बड़ी तुच्छ निगाहों से मुझे देखते हुए तमस से पूछा- यह कौन है? और इसे यहां क्यों लाए हो?

तब कहीं जाकर तमस को होश आया कि वह मेरा परिचय तो करवाना ही भूल गया है। तत्क्षण उसने चंडक से मेरा परिचय करवाते हुए कहा- ये जैविक के जमानतदार हैं। बड़े ही वीर व होशियार हैं। हमारा जहाज जो बचा हुआ है वह इन्हीं की मेहरबानी का नतीजा है।

चंडक ने ऊपर से नीचे तक मुझे देखा, मानो टटोल रहा हो कि क्या सचमुच मैं जहाज बचा सकता हूँ? लग तो नहीं रहा था, ...पर तमस ने कहा है तो मानना तो पड़ेगा ही। अतः अबकी सीधे मुझे संबोधित करते हुए बोला- कहिए क्या कहना चाहते हैं?

मैंने सोचा, घुमा-फिराकर बात करने की बजाए सीधा प्रहार किया जाए। दूसरी बार मौका मिले ना मिले। कहीं क्रोधित हो कक्ष के बाहर ही न कर दे? अतः मैंने तुरंत चिंतित मुद्रा बनाते हुए कहा- मैं कबसे यहीं खड़ा-खड़ा आपकी बातचीत सुन रहा था। क्षमा कीजिएगा, लेकिन मेरी समझ से मृत्युदंड तो आपको भी मिलेगा...

यह सुनते ही चंडक चौंक गया- म..म..म..मुझे क्यों?

...उसके चौंकने का मतलब साफ था कि तीर निशाने पर लग चुका था। अब देर क्या करना? ढूंढ़ कर तो मैं भी दूर की कौड़ी ही लाया था। अतः मैंने थोड़ा विस्तार करते हुए कहा- साधारणतः यह माना जाता है कि यदि छोटा अधिकारी कोई गलत निर्णय लेता है, तो यह बड़े अधिकारी का कर्तव्य है कि उसके उस निर्णय को दुरुस्त करे। मुझे लगता है महाराज इनके साथ-साथ आपको भी इस प्रकरण में बराबरी का दोषी मानेंगे।

यह सुनते ही चंडक की तो हवाइयां उड़ गई। बात उसके भी समझ में आ गई। पूरे कक्ष में सन्नाटा छा गया। हां, यह सुनकर तमस जरूर कुछ सामान्य हुआ। निश्चित ही उसने सोचा होगा कि चलो एक से दो भले। वैसे यह उनका आपसी प्रेम था। मेरे लिए तो इधर चंडक की घबराहट सीढ़ी का काम कर रही थी। क्योंकि अब तमस के साथ-साथ चंडक भी कांपने लगा था। और डरे हुए को वश में करना हमेशा आसान होता है। आखिर कक्ष में छायी चुप्पी मुझे ही तोड़नी पड़ी। और कौन तोड़ता? दोनों के सिर पर तो मौत का सन्नाटा छाया हुआ था। ...जबकि मेरे लिए तो मौका भी था व दस्तूर भी। मैंने तुरंत मतलब की बात पर आते हुए बड़े आत्मविश्वास से कहा- लेकिन मैं आप दोनों को बचा सकता हूँ...

दोनों एक साथ बोल पड़े- वह कैसे...! हमें बचा लीजिये, हम बचा हुआ जीवन आपके नाम लिख देंगे।

यही आश्वासन तो मैं चाहता था। अतः अबकी थोड़ा तन के बोला- ठीक है! एक काम करना, जब आप लोगों को "पंचजन" के सामने राज-दरबार में न्याय के लिए पेश किया जाए तब आप मुझे भी बुलवा लेना, ...समझ लो आपका काम हो गया। मेरी बात सुनकर दोनों काफी हद तक सम्भल चुके थे। यूं भी ऐसे समय मिला कोई तगड़ा आश्वासन जड़ी-बूटी का काम कर ही जाता है। और वैसे भी मेरी बुद्धि व शक्ति का परचम तो वे दोनों देख ही चुके थे। उन्हें ही क्यों, मुझे भी स्वयं पर इतना यकीन तो होता ही जा रहा था कि यदि बोलने का मौका दिया जाएगा तो मैं बाजी को अवश्य पलट दूंगा। ...देखा आपने, अभी तो जहाज पर पहली रात्रि भी पूरी नहीं गुजारी थी, और "पंचजन" के दो प्रमुख मंत्री मेरे नियंत्रण में थे। सचमुच लक्ष्य दूर से जितना कठिन दिखाई देता है, उसकी तरफ दृढ़ता से बढ़ने पर वह इतना कठिन कभी सिद्ध होता नहीं। ...यहां बचाने का तगड़ा आश्वासन पाते ही तमस व चंडक दोनों हमारी सेवा में लग गए थे। दोनों द्वारा अब हमारा मुख्य अतिथि-सा स्वागत हो रहा था। यही नहीं, हमें विश्राम के लिए अलग से एक कक्ष भी आवंटित कर दिया गया था। सबसे बड़ी बात तो यह कि इससे "भैया-के-क्रोध" नामक बला भी मेरे सर से टल गई थी। हो रही आव-भगत व मिल रहे भोजन और मदिरा ने भैया को खुश-खुश कर दिया था। अब तो नजारा ही बदल गया था। जहाज के एक छोटे से कक्ष में हम दोनों भ्राता आराम फरमा

रहे थे। एक सेवक हमारे लिए द्वार पर ही तैनात कर दिया गया था। कहां तो जहाज में घुसते ही रस्सियों से बांध दिए गए थे और कहां इस समय जहाज की श्रेष्ठ सुविधाओं का आनंद उठा रहे थे। ...हालांकि शायद अब सुबह भी होने को थी। थके हारे हम जो सोये तो सीधे दोपहर को ही उठे। बस मैं तो उठते ही भोजन वगैरह कर चक्कर लगाने निकल पड़ा। अब तो जहां जाता वहां सम्मान पाता। यानी हो रही आव-भगत, मिल रहे सम्मान व चलते हुए जहाज पर से विशाल समुद्र का पूरा-पूरा लुत्फ उठाते हुए हमारी यह यात्रा कट रही थी। हमारी शान तो ऐसी हो गई थी मानो जहाज के मालिक ही हम हों। अब ऐसे में समय कटने में क्या देर लगनी थी? करीब दो दिन की यात्रा के बाद सुबह होते-होते हमने पंचजन के साम्राज्य "वैवस्वतपुर" में दस्तक दी।

मैं और भैया जहाज के खुले भाग के किनारे ही खड़े हुए थे। नजारा तो ऐसा खूबसूरत दिख रहा था कि क्या कहूं। सुबह का वक्त था और सूरज अभी चढ़ना ही शुरू हुआ था। दूसरी ओर मुकाम पर पहुंचने के कारण जहाज पर सिपाहियों की चहल-कदमी भी काफी बढ़ चुकी थी। वहीं हमारे ठीक पीछे बेचारे जमानतदार अब भी बंधे पड़े थे। था तो मैं भी उनमें से एक ही, फिर भी इस समय अपनी एक टांग लकड़ी की बैठक पर चढ़ाये बड़ी शान से दूर से दिख रहा वैवस्वतपुर का किला निहार रहा था। ...तभी तमस व चंडक मेरे पास आए और दोनों हाथ जोड़कर जमानतदार के साथ बैठने का निवेदन किया। इसमें बुरा मानने की बात ही नहीं थी, अब हम पंचजन के विस्तार में घुसने को थे; और उनके लिए तो हम एक जमानतदार ही थे। सो चुपचाप मैं हंसते हुए व भैया मुंह चढ़ाते हुए सबके बीच जा बैठे। ...उधर देखते-ही-देखते जहाज वैवस्वतपुर के तट पर जा पहुंचा। मजा यह कि राज्य ठीक समुद्र तट पर ही बसा हुआ था। तट से सिर्फ सौ गज पर चारों ओर मजबूत दीवारों से घिरा यह राज्य प्रथम दृष्टि में ही "अजेय" नजर आ रहा था। उस पर कमाल यह कि पूरे "वैवस्वतपुर" में एक ही प्रवेशद्वार था और वह भी अति मजबूत लोहे का बना हुआ। बावजूद इसके, उसके बाहर कई सैनिक पहरा दे रहे थे। अब कहां पहुंच गए थे, यह तो दृश्य देख ही अंदाजा आ गया था। होगा, अभी तो इधर जहाज रुकते ही सर्वप्रथम हम जमानतदारों को ही उतारा गया। कहने की जरूरत नहीं कि मैं और भैया भी उनमें शामिल थे। निश्चित ही जहाज की बात और थी, पर यहां अब हम तमस-चंडक के मेहमान नहीं बल्कि पंचजन के गुलाम थे। और स्वागत भी उसके अनुरूप ही हुआ, जहाज से उतारते ही हम सभी को एक कतार में खड़ा कर दिया गया। यहां तक कि जहाज पर सवार सभी सैनिक भी तमस व चंडक के नेतृत्व में एक कोने में खड़े कर दिए गए। यह देख मेरी तो हवा ही निकल गई। यदि राज्य के सैनिकों के साथ यह व्यवहार हो रहा है तो हमारे साथ आगे क्या-क्या नहीं होगा? और ऐसे में भैया मेरे साथ क्या-क्या नहीं कर देंगे? कृष्ण, जीवन संघर्ष का ही दूसरा नाम है। ठीक कहते हो, आने दो मुसीबतों को; कृष्ण अब सारे संघर्ष हेतु तैयार है। अभी मैं यह सब सोच ही रहा था कि उधर तमस व चंडक के नेतृत्व में सिपाहियों की सुरक्षा के बीच बारी-बारी हमें प्रवेश-द्वार से प्रवेश करवाया गया। सबके साथ कतार में आगे बढ़ते व हाथ बांधे भैया की तरफ तो मैं देखने की जुर्रत ही नहीं कर रहा था। मुसीबतों पर मुसीबतें कौन बढ़ाए? इधर भीतर पहुंचते ही हमें एक विशाल चौगान में खड़ा कर दिया गया। और देखते-ही-देखते चौगान के चारों तरफ काफी भीड़ जमा हो गई। ...यह तो हम अच्छेखासे तमाशे की चीज हो गए। ...अभी

यह तमाशा चल ही रहा था कि देखा दूर से दस-बारह सिपाही एक लोहे का पिंजरा उठाये चले आ रहे हैं। पिंजरा आते ही पूरे चौगान में सन्नाटा छा गया। मेरे परम आश्चर्य के बीच वह पूरा-का-पूरा पिंजरा ही सामने स्थित एक ऊंचे सिंहासन पर रख दिया गया। तुरंत करीब बीस सैनिकों ने उस पिंजरे को घेर लिया। पिंजरे में "पंचजन" था। मैं तो उसकी आंतरिक सुरक्षा देखते ही दंग रह गया। पहली प्रतिक्रिया यह आई कि यह किसके पंजे से पुनर्दत्त को छुड़वाने चले आए हो कृष्ण...? अरे, आर्यावर्त का शक्तिशाली-से-शक्तिशाली राजा पंचजन को नहीं हरा सकता। शायद... पूरे आर्यावर्त की संयुक्त सेना भी इसका कुछ नहीं बिगाड़ सकती। ...अच्छे फंसे कृष्ण! अब फंसे तो फंसे। अभी तो पंचजन की बात करूं तो कद-काठी में वह कंस से भी दोगुना था। उसकी गर्दन पतली व लंबी थी, जबकि चेहरा एकदम छोटा था। दूसरी ओर पेट का हिस्सा काफी बड़ा था और इसके विपरीत पांव लंबे व पतले थे। कुल-मिलाकर ऊपर-नीचे से संकरा व बीच में मोटा। उसका आकार सचमुच बड़ा ही विचित्र लग रहा था। सच कहूं तो दूर से वह आदमी कम व एक विशालकाय मछली-सा ज्यादा प्रतीत हो रहा था। उधर पंचजन आगमन से तमस व चंडक काफी घबरा गए थे। दोनों मारे भय के थर-थर कांप भी रहे थे। समुद्र तट पर चल रही ठंडी हवाओं के झोंकों के बावजूद उन दोनों के चेहरे पर पसीना उभर आया था। कर्म के नाम पर बस दोनों बारी-बारी आशा भरी निगाहों से मेरी ओर देख रहे थे। सच कहूं तो पंचजन का प्रभाव देख घिघ्घी तो मेरी भी बंध गई थी, ...फिर भी मजा यह कि मैं अपना कर्तव्य निभाते हुए मुस्कुराकर दोनों को आश्वासन देने से नहीं चूक रहा था।

...लेकिन कोरे आश्वासन से होना क्या था? जैसे ही पंचजन को जहाज डूबने की जानकारी दी गई, तुरंत गरजदार आवाज में चिल्लाते हुए उसने दोनों को गिरफ्तार करने के आदेश दे डाले। गजब का रुआब था उसका, पलभर में बिना ओहदों का मान रखे दोनों गिरफ्तार कर लिए गए। मेरी सारी मुस्कुराहट धरी-की-धरी रह गई, मैं चुपचाप मुंह लटकाए यह तमाशा देखता रह गया। ...वैसे मैं और कर भी क्या सकता था? करने की बात करते हो, यहां तो उसके बाद हमारी भी बारी निकल आई। हम सब को पकड़कर कैदखानों में ठूंस दिया गया। हर कक्ष में करीब पच्चीसों जमानतदार ठुंसे हुए थे। ऐसे करीब सात से आठ कक्ष एक कतार में बनाये नजर आ रहे थे। इन कक्षों में रोशनी व हवा-पानी हेतु मात्र दो रोशनदान बने हुए थे। पत्थर की दीवारों से बने यह कक्ष लोहे के मजबूत द्वारों से सुरक्षित थे। यही नहीं, हर कक्ष के बाहर दो सिपाही पहरा भी दे रहे थे। कक्ष में ऐसा कुछ भी नहीं था जिसमें एक क्षण भी ठहरा जा सके। पर दूसरा उपाय ही क्या था? चलो दिन तो किसी तरह कट गया पर रात्रि तो और भयानक हो गई। रात्रि भोजन बड़ा ही गंदा परोसा गया। भोजन गले से उतरे, ऐसा भी न था। सिर्फ कच्चा मांस परोसा गया था। अब इतने तंग वातावरण में वह भी भूखे पेट, नींद आने का तो प्रश्न ही नहीं उठता था। ओढ़ने-बिछाने को भी कुछ नहीं था। राहत के नाम पर इतना ही कि सभी जमानतदार हमारे ही जहाज के थे, सो बेचारे सम्मान भी दे रहे थे व हमारा दर्द भी बांटने की कोशिश कर रहे थे। ...हालांकि रात्रि-चढ़ते-चढ़ते सभी यहां-वहां फर्श पर फैल गए थे। देखते-ही-देखते कक्ष खर्राटों से गुंज उठा था। दूसरी ओर इस माहौल में हमें तो नींद आने का सवाल ही नहीं उठता था। बस मैं और भैया चुपचाप द्वार पकड़े खड़े हुए थे। बीच-बीच में खड़े-खड़े ही झपकी भी ले लिया करते थे। ...हालांकि मैं रात काटने के चाहे जो उपाय कर रहा

था पर भैया से आंखें चार नहीं कर रहा था। ...मरना था क्या? कुल-मिलाकर पूरी रात्रि हमने खड़े-खड़े ही बिताई। यानी कि पंचजन ने एक ही रात्रि में जीते जी नर्क का अनुभव करवा दिया था। ऐसे में कहने की जरूरत नहीं कि न चाहते हुए भी भैया ने रात-भर मेरा कितना मनोरंजन किया होगा।

खैर! इस भयानक रात्रि की भी सुबह तो होनी ही थी, सो हो गई। पर सुबह होने से कोई विशेष परिवर्तन तो आने वाला नहीं था। परिवर्तन तो राजमहल से बुलाये जाने पर ही आ सकता था, और वह भी तमस व चंडक की समझदारी पर निर्भर था कि वे पंचजन को इस बात हेतु राजी कर पाते हैं या नहीं? यदि समझाने में असफल रहे तो वे दोनों तो मरेंगे-ही-मरेंगे... हम भी यहां इस नरक में अकारण सड़-सड़ कर मर जाएंगे। सच कहूं तो यहां आने के बाद पुनर्दत्त को छुड़ाना तो दूर, मुझे तो हमारा यहां से बच के निकलना ही असंभव नजर आने लगा था। हालांकि शुक्र था कि ऐसा कुछ हुआ नहीं। दोपहर होते-होते राजमहल से बुलावा आ गया। इसके साथ ही उम्मीद की एक किरण भी उतर आई। हम तत्क्षण उनके साथ चल पड़े। निश्चित ही तमस व चंडक के साथ-साथ हमारे भी फैसले की घड़ी आ गई थी। मेरी हालत कुछ ज्यादा ही अजीब थी। चारों ओर सिपाहियों से घिरा मैं हजार विचारों व भावों में खोया चला जा रहा था। यह अंतिम मौका था, निश्चित ही आज मेरी वाकपटुता की सबसे बड़ी परीक्षा थी। यदि आज पंचजन को चक्कर में नहीं ले पाया तो सब खत्म समझो। ...लेकिन चक्कर में लूं तो लूं कैसे? दोनों की गलती के कारण जहाज डूबा था। जहाज डुबाने पर मृत्युदंड का प्रावधान था। ऐसे में उन्हें बचाने की सूरत कहां से निकल सकती थी? इन्हीं सब विचारों में राजमहल कब आ गया, पता ही न चला। मुझे सीधे ले जाकर पंचजन के सामने खड़ा कर दिया गया। पूरे दरबार में सन्नाटा छाया हुआ था। वहीं तमस व चंडक जंजीर से बंधे पड़े थे। यह तो अपेक्षित ही था, परंतु आश्चर्य यह कि पंचजन दरबार में भी लोहे के पिंजरे में ही बैठा हुआ था। चारों ओर अनगिनत सिपाही भी फैले हुए थे। निश्चित ही माजरा सोच से ज्यादा भयानक था।

होने दो। अभी तो मेरे आते ही पंचजन ने कार्रवाई शुरू की। शायद मेरा ही इन्तजार हो रहा था। यानी कार्रवाई प्रारंभ होने से पूर्व ही मुझे बुलवा लिया गया था। कम-से-कम इसे मैं एक खुशखबरी की तरह ले सकता था। ...यहां पंचजन का इशारा पाते ही उद्घोषक ने कहा-तमस व चंडक! आपको जिस जमानतदार का इंतजार था उन्हें हाजिर कर दिया गया है। अतः औपचारिक तौर पर अब कार्रवाई शुरू की जाती है। ...फिर वह सीधे महाराज को संबोधित करते हुए बोला- महाराज! तमस व चंडक पर इल्जाम है कि इन दोनों की लापरवाही के कारण हमने अपना एक जहाज खो दिया।

इस पर पंचजन गुस्से में तिलमिलाता हुआ बोला- तमस और चंडक! क्या तुम यह स्वीकार करते हो कि तुम दोनों की लापरवाही के कारण ही यह जहाज डूबा है? ...दोनों ने मारे घबराहट के चुपचाप हामी में सिर हिला दिया। अबकी पंचजन बड़ी नाटकीयता से बोला- तुम्हारी इस लापरवाही की वजह से सौ के करीब लोगों की मृत्यु हो गई। क्या तुम यह बात भी स्वीकारते हो?

दोनों ने फिर हां में सिर हिला दिया। हां, इस बार सिर हिलाते हुए दोनों ने बड़ी आशा भरी निगाहों से मेरी ओर अवश्य देखा। मैंने भी आश्वासन देते हुए अपनी चिर-परिचित मुस्कान बिखेर

दी। लेकिन सच कहूं तो जिस प्रकार की सीधी व सपाट कार्रवाई चल रही थी, मुझे इनके बचने की कोई उम्मीद नजर नहीं आ रही थी। हुआ भी यही। इससे पहले कि मैं अपनी कोई तिकड़म बिठा पाऊं, पंचजन ने बड़ी कड़क भाषा में अपना फैसला सुना दिया। वैसे भी उसके लिए मामला दो और दो चार जैसा साफ था। वह बड़ी कड़क आवाज में बोला- जहाज डुबोने व सौ मनुष्यों की हत्या के जुर्म में तुम दोनों को दोषी पाया जाता है। और प्रावधान के मुताबिक दोनों को मृत्युदंड की सजा सुनाई जाती है, वह भी पूरी प्रजा के सामने ...खुले चौगान में।

न सुनवाई न सफाई। यह तो मृत्युदंड की सजा ही सुना दी गई। अभी नहीं तो कभी नहीं... जाग कन्हैया जाग! कुछ कमाल दिखा! बमुश्किल दो मित्र बने थे, यदि उन्हें ही मृत्युदंड मिल गया तो गुरुदक्षिणा क्या खाक चुकाओगे? बस! तुरंत हड़बड़ाते हुए मैं कूद पड़ा। मैंने कहा- म...म... म...महाराज मैं आपसे कुछ निवेदन करना चाहता हूँ।

पंचजन सीधे-सीधे तिरस्कार करते हुए बोला- हमारे यहां किसी जमानतदार को बोलने की इजाजत नहीं है।

मैंने कहा- मैं जमानतदार ही सही, फिर भी आपके राज्यों की सीमा के पार 'आर्यावर्त' से आया हूँ। पूरे 'आर्यावर्त' में आपकी बुद्धिमानी, शक्ति व न्याय के चर्चे हैं। यदि आज आपने मुझे नहीं सुना तो हो सकता है आपसे अन्याय हो जाए। हो सकता है पूरे 'आर्यावर्त' में आपकी शान पर धब्बा लग जाए।

...मैंने तो कोई उपाय न देखकर उसका अहंकार फुसलाने हेतु पासा फेंका था, पर खुशी की बात यह कि वह उसमें फंसता हुआ नजर आ रहा था। कहते हैं न कि दुनिया के सारे शस्त्र नाकाम हो सकते हैं परंतु अहंकार फुसलाने वाला शस्त्र कभी नाकाम नहीं होता है। यही इस समय चरितार्थ होता दिख रहा था। अपनी शान पर धब्बा लगे, उससे तो बात सुन लेना अच्छा। ...वह इजाजत देते हुए बड़ी कड़क आवाज में बोला- क्योंकि तुम दूर प्रदेश से हो इसलिए मैं तुम्हें बोलने की इजाजत देता हूँ, लेकिन जो भी कहो, संक्षेप में।

अब क्या था। मुझे मन-चाहा मौका मिल गया था। आप तो जानते ही हैं कि मुझे एकबार बोलने की छूट मिल जाए तो-तो मैं किसी को भी चक्कर में डाल सकता हूँ। उधर चंडक व तमस ने भी इसे एक उम्मीद के रूप में ही देखा। मैंने भी बड़े शांत भाव से अपनी पूरी चेतना झोंकते हुए कहना प्रारंभ किया। मैंने कहा- महाराज! आज आपने अपने जलयान-मंत्री तमस व महामंत्री चंडक को मृत्युदंड देकर साबित कर दिया कि न्याय व बुद्धि में आपका कोई सानी नहीं है। इसमें कोई दो राय नहीं कि इन दोनों की लापरवाही की वजह से ही जहाज डूबा है। और आपने इनके ओहदों का ख्याल न करते हुए इन्हें मृत्युदंड जैसी कठोर सजा सुनाकर यह भी सिद्ध कर दिया कि आपके न्याय में छोटे-बड़े का कोई भेद नहीं।

मेरे मुंह से यह सुनते ही तमस व चंडक के चेहरे उतर गए। उन्हें लगा मैंने उन्हें धोखा दे दिया। मैं उनको भूल महाराज की चापलूसी पर उतर आया। बात उनकी गलत भी नहीं थी। बाहर से तो यही दिखाई दे रहा था, पर मेरी मैं जानता था। मेरे निशाने पर सिर्फ पंचजन था, और कह सकता हूँ कि तीर ठीक निशाने पर जा लगा था। मेरी बात ने उसके अहंकार को ऐसा तो

फुसलाया कि वह थोड़ा और तनके बैठ गया। क्यों न बैठे? उसे मालूम जो हुआ कि उसके न्याय के चर्चे पूरे आर्यावर्त में होते हैं। ...मैंने भी बात बनती देख अबकी बड़े आत्मविश्वास से अपनी बात आगे बढ़ाते हुए कहा- पर महाराज, इस बात को लेकर मेरे मन में एक जिज्ञासा जागी है, इजाजत हो तो पूछूं?

पंचजन इतना प्रभाव में तो आ ही चुका था कि इजाजत दे दे। और हुआ भी यही, अबकी उसने तत्क्षण बड़ी शांति से कहा- अवश्य पूछो।

मैंने भी पूरी विनम्रता से कहा- महाराज! जहाज डुबाने की सजा तो मृत्युदंड समझ में आती है। परंतु आपके राज्य में जहाज को डूबने से बचाने की क्या सजा होती है?

पंचजन जोर से हंस दिया- सजा! अरे कोई मेरा जहाज डूबने से बचाएगा तो उसे इनामों-इकरार से माला-माल नहीं कर दिया जाएगा? उसे तो ढेर से हीरे-जवाहरात व सात सुंदरियों से नवाजा जाएगा।

मैंने कहा- महाराज! जिस जहाज पर बैठकर हम लोग यहां आए हैं वह भी डूब जाता यदि तमस व चंडक ने अपनी समझदारी व बहादुरी से उन्हें बचाया न होता।

...पंचजन बेचारा तो मेरी बात सुनते ही चकरा गया। उसकी बुद्धि ही चलनी बंद हो गई। सोच के एक गहरे भंवर में फंस गया। उसे इस दो-तरफा बात का मतलब समझ नहीं आया। निश्चित ही उसकी यह हालत देख मैं बहुत खुश था। मैं तो जानता ही था कि मुझे बोलने का मौका दिया जाए तो किसी को भी चक्कर में डाल सकता हूँ। यहां भी पलभर में ही मामला पूरी तरह उलझाकर रख दिया था। उसे यह समझ ही नहीं आ रहा था कि यह दो-और-दो पांच जैसी बात कैसे व कहां से उत्पन्न हो गई। मैं यह सब देख लाख खुश सही, पर ऊपर से पूरी गंभीरता बनाये हुए था। लेकिन उधर तमस व चंडक ऐसा कर पाने में असमर्थ थे। आशा क्या जागी उनके चेहरे ही खिल गए थे। हालांकि बाकियों के चेहरे के हावभाव कोई महत्व नहीं रखते थे। महत्व पंचजन का था और उसका हाल यह कि वह अब भी मेरी बातों का मतलब समझने के प्रयास में लगा हुआ था। ...जब काफी चिंतन के बाद भी वह किसी निष्कर्ष पर नहीं पहुंच पाया तो मैंने सोचा, क्यों न उसकी सहायता की जाए? उसे एक अच्छी-सी राय देकर बचा क्यों न लिया जाए? अत: मैंने बड़ी विनम्रता का नाटक करते हुए कहा- महाराज! जहाज डुबोने की सजा तो आप उन दोनों को दे ही चुके हैं, अब सिर्फ जहाज बचाने का इनाम देना बाकी है।

यह सुनते ही पंचजन के चेहरे पर चमक आ गई। उसको मेरी बात जंच गई। जंचनी ही थी। आप तो जानते हैं मेरा कोई बदइरादा तो था नहीं, मैं तो बस उसकी सहायता करना चाहता था। और जो उस तक पहुंच भी गई थी। वह तुरंत बोल पड़ा- ठीक है! तो फिर मैं उन दोनों को पूर्व में सुनाई मृत्युदंड की सजा बरकरार रखते हुए, उन्हें जहाज बचाने के एवज में हीरे-जवाहरात व सात सुंदरियां प्रदान करता हूँ।

...अबकी चकराने की बारी दरबार की थी। हालांकि उसकी बात सुनकर हंसी तो मुझे भी आ रही थी, बस किसी तरह नियंत्रण कर चुपचाप खड़ा था। उधर पंचजन को भी लगा कि कुछ-न-कुछ गड़बड़ अवश्य हो गई है। तमस व चंडक को भी समझ नहीं आ रहा था कि वे

पंचजन के न्याय से खुश होएं या मातम मनाएं। सब भ्रमित हो गए थे। वास्तव में एक मैं ही था जिसे कोई असमंजस नहीं था। भला मुझे असमंजस कैसा...? मैंने ही तो यह उलझन पैदा की थी। और उलझन भी कोई ऐसी वैसी पैदा नहीं की थी, उसका असर चारों ओर छाये सन्नाटे से साफ झलक रहा था। किसी के कुछ समझ में नहीं आ रहा था। पंचजन लगातार कुछ सोचने की कोशिश तो कर रहा था पर सफल नहीं हो पा रहा था। होता कैसे? मैंने उसकी बुद्धि पर ही परदा डाल दिया था। हालात यह हो चुके थे कि वह कुछ सोच नहीं पा रहा था व दूसरी तरफ दरबार भी पूरी तरह असमंजस में पड़ा हुआ था। यह सब देख मुझे अपनी चलाई चकरी पर बड़ा गर्व हो रहा था। दरबार का माहौल देख मजा भी खूब आ रहा था।

लेकिन, आखिर चंडक से नहीं रहा गया। वह करीब-करीब खिसियाते हुए बोल पड़ा- महाराज जब हम मर ही जाएंगे तो हीरे-जवाहरातों और सुंदरियों का क्या करेंगे?

महाराज को भी लगा कि बात तो यह ठीक ही कह रहा है। बेचारे सोच में भी पड़ गए कि ऐसी गड़बड़ पहले तो कभी हुई नहीं थी। होती कैसे...? मैं भी तो पहले कभी नहीं आया था। बेचारा पंचजन, ...जो पहले ही कुछ नहीं सोच पा रहा था चंडक की बात सुनते ही सर पे हाथ रखकर बैठ गया था। जब कुछ न सूझा तो अंत में थककर उसने मुझसे ही पूछ लिया- अब क्या किया जाए?

मैं तो उसकी सहायता को तैयार ही बैठा था। और फिर यह तो मछली खुद जाल का पता ढूंढ़ते हुए आई थी। ऐसे में उसे निराश करने का तो सवाल ही नहीं उठता था। अतः मैंने बड़ी गंभीर मुख-मुद्रा बनाते हुए कहा- महाराज! मेरी राय में उनकी मृत्युदंड की सजा निरस्त कर दी जानी चाहिए, और साथ ही उन्हें इनामों से भी बेदखल कर दिया जाना चाहिए। क्योंकि उन्होंने एक जहाज डुबोया व एक बचाया है, अतः बात समाप्त हो गई।

महाराज को मेरी बात जंच गई। उन्होंने तुरंत तमस व चंडक को आजाद करने का हुक्म दे दिया। ...फिर मेरी ओर देखकर पंचजन ने कहा- आज तुमने मेरे हाथों एक अन्याय होने से बचा लिया। आज से तुम हमारे गुलाम नहीं एक अतिथि बनकर यहां रहोगे।

मन-ही-मन तो मुझे दो जहां जीतने की खुशी हो रही थी। पर ऊपर से थोड़ा लाड़ते हुए बोला- यह तो आपकी जर्रानवाजी है वरना मैं तो आपकी न्याय-प्रतिभा का कायल हो चुका हूं। अब तक तो सिर्फ सुन रखा था... आज देख भी लिया।

यह बात सुनते ही फिर उसका अहंकार फड़फड़ाने लगा। उसने गर्दन उठाकर चारों ओर नजर भी दौड़ाई, मानो दरबारियों से कह रहा हो; सुना आर्यावर्त में मेरी क्या प्रतिष्ठा है। खुश तो इतना हो गया था कि उसने मारे खुशी के अपनी कमर पर बंधा शंख निकाल लिया था। शंख इतना सुंदर था कि क्या बताऊं? और जब उसने वह शंख बजाया तो उसकी आवाज चारों ओर गूंज उठी। यह आवाज इतनी मधुर व तेज थी कि मैं तो खड़े-खड़े मंत्रमुग्ध ही हो गया। इधर तमस व चंडक की खुशी का भी ठिकाना न था। और जहां तक मेरा सवाल है, मुझे मंजिल अब काफी करीब नजर आ रही थी। दो प्रमुख मंत्रियों पर चढ़ाया इतने बड़े एहसान का अपना रंग दिखाना तय था। ऊपर से पंचजन की मेहरबानी पा चुका था, सो अलग। अब तो ठाठ-ही-ठाठ थे। दरबार की कार्रवाई

समाप्त होते ही हमें विश्रामालय स्थानांतरित कर दिया गया था। हम पर अब कोई पहरा नहीं था, यहां तक कि हम अपने हिसाब से राज्य घूमने को भी स्वतंत्र थे। यानी मनपसंद भोजन, श्रेष्ठ अतिथि भवन व मनचाही स्वतंत्रता सबकुछ उपलब्ध था। कमाल तो यह कि गुलामों से मुख्य अतिथि तक का यह सफर सिर्फ तीन रात्रि में तय किया गया था, और जो निश्चित ही भैया की समझ के बाहर था। हालांकि वे मेरी हर कलाकारी को निहार अवश्य रहे थे, पर चक्कर समझ पाना उनके बस का नहीं था।

यह सब तो ठीक पर यहां कोई ठाठ करने तो आए नहीं हुए थे। यहां आने का एकमात्र मकसद पुनर्दत्त को छुड़ाना था। और यह स्पष्ट था कि भले ही तमस व चंडक मेरे तगड़े प्रभाव में है, फिर भी पंचजन की प्रशासन पर पकड़ देखते हुए यह कार्य आसानी से पार पड़ने वाला नहीं। ...क्योंकि दुश्मन शातिर भी था व ताकतवर भी। यह भी स्पष्ट था कि यदि पंचजन को जरा भी भनक लग गई कि मैं यहां "पुनर्दत्त" को छुड़वाने आया हूँ तो वह मुझे "वैवस्वतपुर" से जीवित वापस नहीं जाने देगा। तमस व चंडक दोनों धरे-के-धरे रह जाएंगे और वह मेरा काम तमाम कर डालेगा। कुल-मिलाकर मामला जितनी जल्दी निपटाने की कोशिश की जाए, अच्छा था। अतः अब मैं कोई तिकड़म बिठाने के चक्कर में घूमने लगा था। सबसे बड़ी बात यह थी कि यहां पंचजन का एकछत्र राज था, बाकी किसी की यहां कोई आवाज ही नहीं थी। राज्य में दो ही वर्ग थे, सैनिक व सेवक। सैनिक शासन में सहायता करते थे व सेवक सेवा करते थे। सच कहूं तो यहां बाजार जैसा भी कुछ नहीं था। बस्ती भी सब मिलाकर चार-पांच हजार की ही नजर आ रही थी। कुल-मिलाकर इसे राज्य नहीं कहा जा सकता था, थे ये समुद्री लुटेरे ही जो आसपास के राज्यों में आतंक फैलाकर सामान लूट ले आते थे। और उसी सामान से उनका गुजारा होता था। अन्यथा यहां न तो कुछ उत्पादन था ना ही कोई व्यवसाय। यानी सबकुछ सिर्फ सैन्यशक्ति के जोर पर ही चल रहा था। होगा, अभी तो मुझे यहां न तो पुनर्दत्त को खोजना आसान नजर आ रहा था, ना ही यहां से बाहर निकलना। ले-देकर तमस व चंडक की सहायता से ही बेड़ा पार लगाया जा सके, ऐसा था। सो, मौका मिलते ही मैंने चंडक को पकड़ा, और बात-बात में उससे 'पुनर्दत्त' के बारे में जानना चाहा। मेरे मुख से 'पुनर्दत्त' का नाम सुनते ही वह चौंक गया। निश्चित ही यह मेरे लिए शुभ-संकेत था कि कम-से-कम वह 'पुनर्दत्त' के बारे में कुछ जानता तो है। वैसे भी चंडक अब मेरा विश्वासी हो चुका था, और फिर दोस्तों से क्या परदा करना? बस मैंने उसे निःसंकोच सांदीपनिजी के यहां शिक्षित होने व गुरुदक्षिणा देने संबंधी सारी बातें विस्तार से बता दी। क्योंकि मेरी राय में किसी से भी, ...खासकर मित्रों से यदि कार्य पूरी क्षमता से करवाना हो तो उसे निखालसता से पूरी बात बता ही देना चाहिए। उसे कार्य के पीछे का असली कारण मालूम होना ही चाहिए, वरना उसकी अधिकांश शक्ति जिज्ञासाएं करने में व्यतीत हो जाती है। सौ बातों की एक बात यह कि बात छिपाकर या घुमाकर कार्य तो शत्रुओं से निकलवाया जाता है, विश्वस्तों से नहीं।

...उधर मेरा दिल खोल के बात करना चंडक को बहुत अच्छा लगा। उसने भी मुझे सारी बातें खुलकर बताई। उससे भी अच्छा यह कि उसने पुनर्दत्त के बाबत जो कुछ बताया वह काफी उत्साहवर्धक था। सबसे महत्त्वपूर्ण बात तो यह थी कि वह ना सिर्फ जीवित था, बल्कि पंचजन ने

उसे उसी की देखरेख में सौंप रखा था। उससे भी महत्त्वपूर्ण बात यह कि चंडक "पुनर्दत्त" को छुड़वाने में मेरी पूरी मदद करने को भी तैयार था। मैं तो यह सब सुनते ही खुशी से झूम उठा था। दुष्कर दिखने वाला लक्ष्य अचानक पहुंच के करीब नजर आने लगा था। हालांकि इसमें कई अड़चनें अब भी बरकरार थी। सबसे बड़ा सवाल चारों ओर बिछे पंचजनों के सिपाहियों का पहरा तोड़ने का था। मैंने और चंडक ने इस पर काफी चर्चा भी की, परंतु हम किसी निष्कर्ष पर नहीं पहुंच पाए। पंचजन की कड़ी सुरक्षा व्यवस्था से आंख बचाकर पुनर्दत्त को ले जाना असंभव जान पड़ रहा था। यह नहीं था कि चंडक कोई रंग दिखा रहा था, वह बेचारा तो तहेदिल से मेरी सहायता करना चाहता था, ...परंतु तकलीफ यह थी कि पुनर्दत्त वाला राज किसी से कहा नहीं जा सकता था; उससे तो उल्टा मेरी जान पे बन आ सकती थी। और मुसीबत यह कि राज बताए बगैर किसी से सहायता मिल नहीं सकती थी। यानी कुल-मिलाकर चंडक के साथ होने के बावजूद इतनी कड़ी सुरक्षा के बीच अकेले हाथों पुनर्दत्त को छुड़वाना व उसे लेकर राज्य के बाहर निकलना, तौबा...तौबा। अब जिसकी निगरानी से एक परिंदा तक निकालना मुश्किल हो, उस के वहां से तीन आदमियों का जहाज समेत भाग निकलना कैसे संभव हो सकता था?

...लेकिन कहते हैं न कि समाधान व समस्या एक साथ पैदा होती है। हमारी दिक्कत यह है कि हम घबराकर समस्या में ऐसा उलझ जाते हैं और उस चक्कर में समाधान तक हमारी नजर पहुंच ही नहीं पाती। मेरा तो हमेशा से मानना था कि जैसे कठिन-से-कठिन पहाड़ों पर चढ़ने के लिए भी एक मार्ग अवश्य होता है, जैसे घने-से-घने जंगलों को पार करने के लिए भी एक रास्ता तो खोजा ही जा सकता है; ठीक वैसे ही हर समस्या से निपटने के लिए भी एक-न-एक मार्ग तो ढूंढ़ा ही जा सकता है। भले ही यह मामला जटिल था, पर इसी तर्ज पर किए लगातार चिंतन के बाद इस समस्या का भी एक उपाय सूझ ही गया। यह तो साफ लग ही रहा था कि जब तक पंचजन जीवित है कुछ होने वाला नहीं। उसका प्रभाव देखते हुए उसके खात्मे के बगैर यहां पत्ता भी हिलने वाला नहीं। सो, कुल-मिलाकर उसको मारना इस समस्या का एकमात्र समाधान बनकर उभर रहा था। अब सवाल यह कि भला मैं अकेला तो उसे मार नहीं सकता। चंडक के साथ-साथ कई सैनिकों की भी इसमें सहायता जरूरी है। परंतु वे अपने ही राजा को क्यों मारेंगे? ऐसे किसी प्रयास में अपनी जान जोखिम में क्यों डालेंगे? कम-से-कम पुनर्दत्त को छुड़वाने हेतु तो वे यह सब नहीं ही करेंगे। तो क्या...? महत्त्वाकांक्षाओं के घोड़े दौड़वाकर मेरा कार्य उनका कार्य तो बनवाया जा सकता था। यदि चंडक को राजा बनने के सपने दिखाए जाएं, तब तो वह अपने विश्वासी सैनिकों को तैयार कर सकता था।

...हालांकि यह सब भी मेरी एकतरफा योजना व मेरे ही मन की बात थी। वास्तव में तो पंचजन को मौत के घाट उतारना भी कोई आसान कार्य नहीं था। उसमें भी मामला उल्टा पड़ने के पूरे आसार थे। फिर भी कम-से-कम यह लक्ष्य संभव की सीमा के भीतर नजर आ रहा था, खासकर तब जब चंडक व तमस को इस हेतु राजी कर लिया जाए। यानी गुत्थी कुछ हद तक सुलझती नजर आ रही थी। पहले समस्या थी पुनर्दत्त को कैसे निकाला जाए? उसका समाधान नजर आया "पंचजन की मृत्यु।" ...फिर समस्या पैदा हुई कि पंचजन को कैसे मारा जाए? उसका स्पष्ट जवाब था- तमस

व चंडक को इस बात हेतु राजी कर। और उनको अपने ही राजा के वध के लिए कैसे राजी किया जाए? ...तो जैसा कि कह चुका हूँ... महत्वाकांक्षा की चादर ओढ़ा कर। और उस हेतु मैं तैयार ही था। उधर चंडक मेरा वैसे ही हितैषी हो चुका था; वह अपनी ओर से हरसंभव मदद हेतु तैयार भी खड़ा था; यहां तक कि जब हमें कोई मार्ग नहीं सूझ रहा था तो उसने हमारे हित को ध्यान में रखते हुए सुरक्षित यहां से निकल जाने की तैयारी तक कर डाली थी। लेकिन चूंकि मैं पुनर्दत्त को लिए बगैर जा ही नहीं सकता था इसीलिए यहां उसके सर पे डटा हुआ था। वैसे तो बात बनती न देख चंडक मुझे यह आश्वासन भी दे ही चुका था कि भविष्य में कभी भी मौका मिला तो वह पुनर्दत्त को छुड़वाकर सांदीपनिजी के आश्रम जरूर पहुंचा देगा। ...अभी वह जीवित है सो, इस समय वक्त की नजाकतता देखते हुए इतने - मात्र से संतोष मान लूं। लेकिन कल किसने देखा है...? और फिर कृष्ण के खाली हाथ लौट जाने का तो सवाल ही नहीं उठता था। सो बात बनती न देख मेरे साथ वह भी कोई उपाय खोजने के चक्कर में तो लगा ही हुआ था।

...लगा होगा। पर अभी तो जब क्या करना यह तय कर ही चुका था तो देर किस बात की; सो पुरानी सारी चर्चाएं भुलाकर जा पहुंचा सीधे चंडक के पास। कुछ देर यहां-वहां की बात करके मैं सीधे मुख्य बिंदु पर आ गया। मैंने कहा- मैं जानता हूँ कि पुनर्दत्त के मामले में तुम मेरी सहायता नहीं कर पा रहे इस बात का तुम्हें भी गहरा दुःख है। ...चलो वह बात अभी छोड़ो। लेकिन सच कहूं तो हमारे रिश्ते कुछ ऐसे हो चुके हैं कि मुझे पंचजन ने आप जैसे समझदार व वफादार व्यक्ति का भरी जनता के सामने जो अपमान किया वह बिल्कुल बर्दाश्त नहीं हो रहा। कहीं कोई अपने ही महामंत्री की इतनी बेइज्जती कर भला उसे मृत्युदंड की सजा सुनाता है? ...निश्चित ही मैंने सीधे उसकी दुखती नस पर हाथ रख दिया था, ...वह भी जोर से। इससे उभरे दुःख व क्रोध को उसके हाव-भावों में स्पष्ट देखा जा सकता था। बात बनती देख मैंने उसे और चक्कर में डालना प्रारंभ किया। अबकी हमदर्दी के बादल छांट एक दार्शनिक के अंदाज में कहा- कायदे से तो आप जैसे किसी समझदार वीर योद्धा को ही यहां का राजा होना चाहिए। जो राजा भरे दरबार में सबके सामने अपने सेनापति का अपमान करे, वह कतई राजा बनने योग्य नहीं कहा जा सकता। पंचजन को आपका अपमान करने से पूर्व यह सोचना चाहिए था कि सेना हमेशा सेनापति के नियंत्रण में होती है। फिर आप तो "वैवस्वतपुर" के सम्माननीय महामंत्री भी हैं, कम-से-कम आपका अपमान करने से पूर्व उसे सौ बार सोच लेना चाहिए था।

हालांकि मुझे तो एक ही मछली फंसानी थी, पर मैंने जाल ऐसा फेंका था कि पूरे समुद्र की मछलियां आ फंसे। ऐसे में बेचारे चंडक की क्या बिसात? वाकई मथुरा में सीखी कूटनीति व कंस-वंध का अनुभव दोनों इस समय बड़े काम आ रहे थे। वैसे उधर चंडक बोला तो कुछ नहीं परंतु उसके चेहरे के बदले तेवर ही बतला रहे थे कि बात उसे जंच जरूर रही थी। साफ दिख रहा था कि उसने मन-ही-मन राजा बनने के सपने देखना भी चालू कर दिया था। यानी छोड़ा तीर अपना शिकार कर चुका था। अब क्या बचा था? मैंने भी अपनी भावभंगिमा से उसे समझा ही दिया कि "कृष्ण के होते-सोते क्या संभव नहीं है?" जब वह भावों से ही बातचीत कर रहा है तो मुझे कौन-सी यह भाषा नहीं आती थी? हालांकि सारी बातें तो हाव-भावों से की नहीं जा सकती थी। यूं भी

हाव-भावों का क्या है? घुमाया जा सकता है। कहा जा सकता है कि नहीं...नहीं मेरा यह मतलब कतई नहीं था। क्या मैं अपने ही राजा के खिलाफ बोलूंगा? लेकिन शब्द बोलकर वापस नहीं लिए जा सकते। अतः अब तक जो बातें मैं भावों से कह रहा था उसे शब्दों का जामा पहनाना आवश्यक था। शब्दों में भी वह स्थिरता झलके तो बात पक्की। बस मैंने बड़ी गंभीरतापूर्वक सीधे-सीधे कहा- आप यहां के राजा क्यों नहीं बन जाते?

यह सुनते ही उसके मुंह से निकल गया- जब तक पंचजन जीवित है यह संभव नहीं।

लो, यही तो समझाने मैं यहां आया हुआ हूँ। और मजा देखो, एक ही झटके में बात उसकी जुबां पर भी आ गई। अब "कृष्ण" खड़ा हो और भीतर की बात भीतर रह जाए, यह तो होशियार-से-होशियार मनुष्य के लिए संभव नहीं। हालांकि बोलते ही उसको लगा भी कि मैं यह क्या बोल गया। लेकिन अब क्या, परदा तो उठ ही चुका था। वैसे भी राजा बनने का अहंकार होश कहां रहने देता है? और फिर कन्हैया जिसके सामने गोपियां तक होश खो देती हैं, यह चंडक क्या चीज थी? ...हालांकि अभी कार्य खत्म नहीं हुआ था। इस बेवक्त की अपनी तारीफ में उलझना उचित नहीं था। अतः लोहा गर्म जान मैंने झट से अंतिम प्रहार करना उचित समझा। कहीं वह बात से ही न पलट जाए। सो, अबकी मैंने बड़ी नाटकीयता से कहा- यदि मैं उसे मार डालूं तो?

यह सुनते ही वह उछल पड़ा- क्या यह संभव है?

मैंने कहा- अवश्य! यदि आप मेरा साथ दें तो।

वह बड़ी विनम्रता से बोला- मैं तो यूं ही आपके साथ हूँ। यह बचा हुआ जीवन वैसे ही आपका है, ऊपर से आप मुझे राजा भी बना रहे हैं। गुलाम को तो आप सिर्फ हुकुम कीजिए।

चंडक के बगावत पर राजी होते ही कहा जा सकता है कि सफलता मेरे व पंचजन की मौत के करीब हो गई। एकबार ध्येय तय हो गया तो देर किस बात की, तुरंत हम आगे के कार्यों की चर्चा में भिड़ गए। मैंने उससे पंचजन के मित्र व शत्रुओं के बारे में विस्तृत जानकारी हासिल की। लेकिन दुर्भाग्य से उससे कुछ भी सहायक नहीं निकल पाया। खास में एक ही बात थी कि 'पुण्यजन' नामक एक अन्य राक्षस 'पंचजन' का स्थायी शत्रु था। पहले वे दोनों गहरे मित्र थे। यूं भी जब मित्रों में शत्रुता होती है तो वह कुछ ज्यादा ही गहरा जाती है। ...हालांकि बावजूद इसके इस समय "पुण्यजन" हमारे किसी काम का नहीं था। क्योंकि वर्तमान में बाहरी नहीं, घर के अंदर के शत्रु काम आ सकते थे। हमें पुनर्दत्त को छुड़वाना था, कोई राज्य थोड़े ही जीतना था? कोई बात नहीं... यदि घर में पंचजन के शत्रु नहीं हैं, न सही! शत्रु मैं खड़े कर दूंगा। यह मेरे लिए कौन-सा मुश्किल काम था? चंडक को तो घेर ही चुका था, बाकियों को भी घेर लिया जाएगा। यूं भी ताकत से पंचजन को हराना असंभव था। मेरे क्या, आर्यावर्त के किसी भी राजा के लिए पंचजन को हरा पाना संभव नहीं था। उसको सिर्फ कूटनीति से ही निपटाया जा सकता था। और उसमें तो मैं दिन दूनी व रात चौगुनी गति से माहिर होता चला जा रहा था। हालांकि उसमें भी एक अड़चन यह थी कि यहां मैं सीधे कुछ कर नहीं सकता था। मुझे अपनी हर चाल चंडक के जरिए ही चलनी थी। यानी ले-देकर वही मेरा मोहरा भी था व सहारा भी। कहने का तात्पर्य कोई कार्य सीधे करना व किसी के जरिये करवाने का फर्क बना ही हुआ था।

लेकिन "कृष्ण" के मजबूत इरादों को क्या अड़चन? कार्य जटिल है तो उतनी प्रज्ञा, मेहनत व स्फूर्ति बढ़ा ली जाएगी। आवश्यक उत्साह व विश्वास भी बढ़ा ही लिया जाएगा। बढ़ा क्या लिया जाएगा, बढ़ा लिया। तुरंत तमाम अड़चनों को नजरअंदाज कर मैं अपने कार्य में भिड़ गया। कार्य की शुरुआत मैंने चंडक को तीन कार्य सौंपकर की। एक अपनी सेना के उच्च अधिकारियों को विश्वास में ले। दूसरा तमस को भी इस योजना में अपने साथ रखे। तीसरा पंचजन को कुछ समय के लिए ही सही, अपने लोहा रूपी पिंजरे से बाहर निकाले। अब जहां तक तमस का सवाल था तो वैसे तो उसका मेरी बात टालने का सवाल ही नहीं उठता था, ऊपर से उसको महामंत्री बनाने का वादा भी कर रहे थे। हुआ भी यही। चंडक ने जैसे ही उसे मेरे नाम से कहा, वह बिना किसी अन्य विचार के राजी हो गया। और उसके राजी होते ही सेना और जहाज यानी कि राज्य की दो प्रमुख शक्तियां मेरे नियंत्रण में थी। ...जहां तक 'पंचजन' को पिंजरे से बाहर निकालने का सवाल था तो वह खुशखबरी भी चंडक जल्द ही ले आया। उसने अगली अमावस को "वैवस्वतपुर" में शानदार महोत्सव का आयोजन किया। इस समारोह में "नृत्योत्सव" व "मल्लोत्सव" के कार्यक्रम रखे गए थे। उसी समारोह में 'पंचजन' का स्वागत होना था, और खुशखबरी यह कि उसी स्वागत समारोह के दरम्यान उसके पिंजरे से बाहर आने की व्यवस्था भी कर ली गई थी। यानी चंडक की योजना उत्साहवर्धक ही नहीं, परिणामकारी भी नजर आ रही थी। यही नहीं, जल्द ही उसने अपने विश्वासी सैनिकों की एक टुकड़ी भी बना ली थी। कुल-मिलाकर उधर चंडक अपना कार्य कर चुका था और इधर मेरे चैतन्य में रणनीति भी अपना अंतिम स्वरूप धारण कर चुकी थी। ...सच कहूं तो अब अचानक विजय हाथ पसारे खड़ी नजर आ रही थी; इन्तजार था तो बस अमावस का। दूसरी ओर भैया की बात करूं तो वे अपने आप में एक सुखी आत्मा थे। उन्हें इन सबसे कोई मतलब नहीं था। उनके खान-पान का पूरा ध्यान रखा जा रहा था, और उन्हें उसी से संतोष था। वे मुझे भागा-दौड़ी करता देख इतना समझ ही रहे थे कि मैं कोई चक्कर में उलझा हुआ हूँ, पर अब तक उन्होंने एकबार भी किन चक्करों में उलझा हूँ, यह तक नहीं पूछा था। ऐसे सुखी के साथ रहना व सोना भी क्या किसी महासुख से कम था?

आखिर अमावस की वह निर्णायक रात भी आ ही गई। उत्सव खुले प्रांगण में था। मानना पड़ेगा कि प्रांगण अच्छे से सजाया गया था। हमारे पहुंचते-पहुंचते तो पूरा प्रांगण मशालों की रोशनी से जगमगा रहा था। यानी चंडक ने अपनी ओर से पंचजन-वध के उत्सव की तैयारी अच्छे से कर रखी थी। और कुछ नहीं तो अपने राजा की अंतिम बिदाई धूमधाम से कर रहा था। होगा! अभी तो प्रांगण का वर्णन करूं तो लंब-चौरस आकार वाला यह प्रांगण काफी विशाल था। मेरे ठीक सामने एक बड़ा मंच बना हुआ था, शायद वहां पंचजन को बैठना था। उसके नीचे का काफी लंबा विस्तार खाली छोड़ दिया गया था, निश्चित ही नृत्य व मल्लयुद्ध वहीं होने थे। ...तथा प्रांगण के अंतिम छोर पर मंत्रिमंडल के सदस्यों, प्रमुख अधिकारियों व मुख्य अतिथियों के बैठने की व्यवस्था की गई थी। सम्मान की बात यह कि हमारे बैठने की व्यवस्था भी उनके साथ ही की गई थी। आखिर अब हम "महाराज-पंचजन" के विशेष अतिथि जो थे। हालांकि यह सब अपनी जगह था पर वर्तमान की हकीकत तो यह थी कि चारों ओर फैले सैनिकों को देख इस समय मेरी हवा पूरी ओर से निकली

हुई थी। पता नहीं चंडक ने व्यवस्था पक्की की भी है या हवा में ही बातें कर रहा है? चलो वह भी उत्सव समाप्त होते-होते पता चल ही जाएगा। अभी तो प्रांगण के दोनों तरफ खड़ी जनता पर नजर दौड़ाऊं तो वह भी काफी उत्साह में नजर आ रही थी। अभी मैं यह सब देख और समझ ही रहा था कि तमस हमें बुलाने आ गया। ...लो चल दिए। यानी मंच के निकट खड़े हम पूरा प्रांगण चीरते हुए वहां जा पहुंचे जहां हमारे बैठने की व्यवस्था थी। ...लो बैठ गए। बैठ क्या गए, पूरी तरह से बैठ गए; क्योंकि यहां मेरे हाथ में तो करने को कुछ था नहीं। मुझे तो चुपचाप एक तमाशबीन बन चंडक की कर्मठता व पंचजन की सजगता के बीच चलने वाला युद्ध निहारना था। उसमें चंडक के विजय होने पर ही मेरे कुछ करने की बारी आनी थी। ...उधर हमारी सारी योजनाओं से अनजान भैया बेचारे बस मल्ल-युद्ध प्रारंभ होने का इन्तजार कर रहे थे। ...मैंने कहा न कि सुखी आत्मा थे। यूं भी किसी को योजनापूर्वक मारना भैया की समझ के बाहर था। उनका विश्वास सीधे गदा उठाकर भिड़ जाने में था। अन्जाम के बाबत सोचकर दिमागी-जद्दोजहद करना उनके बस में नहीं था।

खैर! छोड़ो यह बात। अभी तो चंडक ने आके वो खुशखबरी दी कि विश्वास पूरी तरह लौट आया। उसने निकट आकर मेरे कानों में कहा कि वह योजनानुसार हमारे ठीक पीछे अपने अति विश्वासी तीन सौ हथियारबद्ध सिपाहियों के साथ तैयार खड़ा है। बस अब क्या था? मेरी चपलता अपनी चरम सीमा पर जा पहुंची। निश्चित ही अब तक सबकुछ योजनानुसार ही चल रहा था योजनानुसार मेरे बैठने की व्यवस्था भी ठीक पंचजन के पिंजरे के सामने ही की गई थी; हां इतनी बड़ी योजना के कार्यान्वयन के पूर्व जो बेचैनी होती है, वह अब भी अवश्य बनी हुई थी। कुल-मिलाकर इन्तजार था तो बस पंचजन का। सच कहूं तो अब उसका थोड़ा इन्तजार भी बड़ा लंबा महसूस हो रहा था, क्योंकि पासा उल्टा पड़ने पर हम सबका सामूहिक खात्मा तय था। ...यानी अगले कुछ पलों में ही जिन्दगी और मौत का फैसला होने वाला था, और निश्चित ही ऐसे में इतनी खतरनाक योजना के कार्यान्वयन हेतु बड़ा संतुलन आवश्यक था। एक ओर जहां चारों ओर की गतिविधियों पर तीखी निगाह बनाये रखनी थी, वहीं दूसरी ओर जीवन का अंतिम पल होने की संभावना के एहसास का अनुभव भी करना था। हालांकि जीवन में ऐसे क्षण मैं पहले भी कई बार गुजार चुका था। सच तो यह है कि मैं कार्य कुछ भी करूं, बाजी जान की लग ही जाया करती थी। सही मायने में तो मैं हर हमेशा जान हथेली पर लेकर ही घूमा करता था। वैसे भी मौत के साये में और वह भी कारागृह में पैदा हुए व्यक्ति को जीवन से इससे ज्यादा अपेक्षा करनी भी नहीं चाहिए। गौर से देखा जाए तो मेरी यही समझ तमाम विपरीत परिस्थितियों के बावजूद मुझमें हमेशा एक अनूठी प्रसन्नता बनाये रखती थी। अभी ही देखो, पलभर में कितना बड़ा फैसला होना था। मेरी रणनीति के साथ-साथ चंडक की कार्यदक्षता का भी फैसला हो जाना था। पंचजन को पिंजरे से बाहर निकाल पाता है कि नहीं यह पहला सवाल था। निकल आया तो उसका काम तमाम तो मुझे ही करना था। ...चलो यह पासा भी ठीक पड़ा तो जिन सिपाहियों को वह अपना वफादार कह रहा है वे वफादार हैं या नहीं, यह भी सिद्ध होना था। ऐसा न हो कि पंचजन की हत्या के जुर्म में हम गिरफ्तार ही कर लिए जाएं? और मेरे व्यक्तित्व की खूबी यह कि इतनी उलझनों के बावजूद मैं सिर्फ सतर्क था, घबराया हुआ बिल्कुल नहीं था।

होगा! ...अभी तो निर्णायक-घड़ी ने दस्तक दे डाली थी। "पांचजन्य-शंख" की आवाज से पूरा प्रांगण गूंज उठा था। निश्चित ही यह पंचजन के पधारने का संकेत था। सभी पंचजन के स्वागत हेतु अपने स्थान पर खड़े हो गए। मैं तो सबसे पहले खड़ा हो गया। उधर पंचजन के पदार्पण के साथ ही उसके वफादार सिपाहियों ने उसका पिंजरा मंच पर चढ़ा दिया। मैं पूरी तरह से सतर्क व चौकन्ना हो गया। तभी कुछ बालिकाएं हाथ में फूलों की माला लिए पंचजन का स्वागत करने मंच की ओर बढ़ी। मैं पूरी तरह से तैयार था, जानता था कि यही एक मौका है मेरे पास। यह मौका चूक गया तो खेल खत्म। फिर तो पुनर्दत्त छोड़ो, मेरा अपना यहां से बच निकलना असंभव हो जाएगा। इधर जितना व्यग्र मैं हो उठा था, स्वाभाविक तौर पर उससे कई ज्यादा व्यग्र तमस व चंडक हो रहे थे। दांव सबका बड़ा लगा हुआ था। ...उधर जैसे ही पंचजन हार पहनने पिंजरे के बाहर निकला, मैंने तुरंत उसकी गर्दन अपने चक्र के निशाने पर ली। चक्र छूटते ही पल भर में उसकी गर्दन धड़ से अलग हो गई। ऐसे नाजुक मौकों पर मेरे चक्र के निशाना चूकने का सवाल ही नहीं उठता था। मैं अपने मकसद में कामयाब हो चुका था।

...चारों ओर हा-हाकार मच गया। प्रजा में भगदड़ मच गई। पंचजन के अंगरक्षकों को तो समझ ही नहीं आया कि यह क्या हो गया। मेरे पास तो खुश होने का भी वक्त नहीं था। इस परिस्थिति को तुरंत नियंत्रण में लेना आवश्यक था। मैंने तत्क्षण चंडक को आदेश दिया कि सबसे पहले पंचजन के विश्वासी अंगरक्षकों को मार डाले। उनमें से एक भी जीवित नहीं बचना चाहिए। उसके सिपाही तैयार ही खड़े थे; देखते-ही-देखते वे अंगरक्षकों पर टूट पड़े। कुछ ही देर में उन्होंने सभी अंगरक्षकों का काम तमाम कर दिया। मैंने राहत की सांस ली। यानी चंडक हवा में बात नहीं कर रहा था। हालांकि समय राहत महसूस करने की भी इजाजत नहीं दे रहा था। मैं तुरंत चंडक को लेकर उस ओर चल पड़ा जहां 'पंचजन' का मृत-देह पड़ा हुआ था। चारों ओर फैली अराजकता व भाग-दौड़ के बीच चंडक के सिपाहियों से घिरा मैं मंच की ओर बढ़ा चला जा रहा था। इस समय मेरे कदमों में गजब की तेजी थी। पीछे-पीछे भैया, चंडक व तमस भी दौड़े चले आ रहे थे। निश्चित ही चारों ओर फैली अराजकता को नियंत्रित करने का एक ही उपाय था कि तत्क्षण नए राजा की घोषणा कर दी जाए। लेकिन मेरा भी बचपना देखिए, जैसे ही 'पंचजन' की लाश के पास मैंने उसका शंख पड़ा देखा मैं स्वयं को वह अद्‌भुत शंख उठाने से नहीं रोक पाया। अब यह समय भी कोई शंख-मोह का था? अब आप ही बताइए कि इसे मैं अपना बचपना कहूं या अनुभव की कमी। ...या फिर अपनी श्रेष्ठ वस्तुओं को पहचानने वाली आंख की दाद दूं। मैं चाहे जो कहूं पर मेरा बचपना यहीं नहीं थमा। शंख हाथ में आते ही मैंने उसे बजाया। क्या आवाज थी उसकी। आपको बता दूं कि अपनी इस शानदार आवाज के बूते पर ही यह "पंचजन-शंख" पूरे आर्यावर्त में मशहूर था। जहां तक मेरा सवाल है मुझे तो यह इतना भा गया था कि फिर जीवनभर मैंने इसे सम्भाल कर रखा। आपको याद होगा कि महाभारत का युद्ध भी मैंने इसी शंखनाद के साथ प्रारंभ किया था।

खैर! अभी तो वर्तमान पर लौट आऊं। और वर्तमान का सत्य यह कि पंचजन की हत्या कोई शंख प्राप्त करने हेतु तो की नहीं गई थी। यह तो अस्थायी तौर पर अपने मकसद से भटक गया था। असली मकसद तो सिर्फ पुर्नदत्त को छुड़ाना था, और उसके लिए तात्कालिक तौर पर

चंडक को राजा घोषित करना आवश्यक था। इधर पंचजन शंख बजते ही एक पल को हड़बड़ी थम-सी गई थी। सबको लगा कहीं पंचजन जीवित ही न हो। यह भी कोई खेल ही न हो। चाहे जो हो, मुझे तो थमी हड़बड़ी ने मौका दे दिया। मैंने तत्क्षण इसका फायदा उठाते हुए स्थिति को अपने नियंत्रण में लेने के प्रयास प्रारंभ कर दिए। और उन प्रयासों की प्रथम कड़ी के तौर पर मैंने तुरंत चंडक को संबोधन करने भेजा। वह तो मंच पर चढ़ा-ही-चढ़ा, मजा यह कि पीछे-पीछे नेतागिरी करने मैं भी चढ़ गया। वहीं उससे मैंने यह भी स्पष्ट कह दिया कि तू अपने राजा होने का ऐलान करते हुए प्रजा को राहत के बड़े-बड़े सपने भी दिखा। अब वह महामंत्री था, भला उसे बात का सार समझते क्या देर? बस उसके आगे आते ही अफरा-तफरी पूरी तरह थम गई। क्यों न थमती, वह महामंत्री भी था व सेनापति भी। स्वाभाविक तौर पर ऐसे नाजुक मौके पर उसके कहे शब्द बहुत मायने रखते थे। हालांकि इतने बड़े मौके को देखते हुए उसका आत्मविश्वास चूक रहा था, फिर भी राजा बनने की घोषणा तो उसे ही करनी थी; कोई बाहरी व्यक्ति वो भी पंचजन का हत्यारा तो यह घोषणा कर नहीं सकता था। अतः हड़बड़ाते हुए ही सही, पर आखिर चंडक ने प्रजा को संबोधित करते हुए स्वयं को "वैवस्वतपुर" का राजा घोषित कर ही दिया। साथ ही विस्तार से उन कारणों पर प्रकाश भी डाला जिसके चलते 'पंचजन' की हत्या करनी पड़ी। इधर जैसे-जैसे प्रजा उसकी बातों से सहमति जता रही थी, उसका विश्वास भी बढ़ता ही जा रहा था। ...फिर तो उसने उसके राज में प्रजा पर कोई जुल्म नहीं होंगे, आम व्यक्ति के जीवन-स्तर सुधारने पर विशेष ध्यान दिया जाएगा, सेवक व सैनिकों में कोई भेद नहीं समझा जाएगा, जैसे अनेक लुभावने वायदों को अपने संबोधन में शामिल करते हुए उसने अपने भाषण का समापन किया।

अब तो मामला पूरी तरह पक्का हो चुका था, अपने चंडक महाराज राजा बन चुके थे। ...वैसे यहां के हालात भी मथुरा से मिलते-जुलते ही थे। चंडक के संबोधन के बाद प्रजा में पंचजन की हत्या का कोई विशेष विरोध नजर नहीं आ रहा था। सच कहूं तो उल्टा सभी ने तहेदिल से चंडक के राजा बनने का स्वागत ही किया था। मुझे सबकुछ इतनी आसानी से निपट जाएगा, इसकी उम्मीद कतई नहीं थी। विश्वास तो चंडक को भी नहीं हो रहा था कि पंचजन की हत्या भी हो गई, और प्रजा ने उसका राजा बनना स्वीकार भी लिया। उसे तो अब भी सबकुछ एक सपना-सा ही भास रहा था। वह भी क्या करे ...और मैं भी क्या करूं? सबकुछ पलभर में जो घट गया था। यही तो "कृष्ण-की-लीला" है; जहां कठिन-से-कठिन व असंभव-से-असंभव दिखने वाले कार्य भी आसानी से निपट जाया करते हैं। ...अब इतना बड़ा तीर मारा है तो कम-से-कम कुछ क्षण के लिए तो हवा में उड़ लूं। यूं तो इससे लंबी उड़ान भी भर लेता पर क्या करूं, माहौल ज्यादा लंबी उड़ान की इजाजत नहीं दे रहा था। ...क्योंकि अभी न तो कार्य समाप्त हुआ था और ना ही खतरा पूरी तरह टला था। वैसे तो मुझे अब किसी नए विरोध की आशंका नहीं थी। फिर भी सावधानी बरतना व पूरी तरह चौकन्ना रहना आवश्यक था। सो, मैं तुरंत चंडक को पुनर्दत्त को लाने का इशारा करते हुए मंच से कूद पड़ा। कूद पड़ते ही भैया को पकड़ा व झट से 'तमस' के साथ जहाज की ओर चल पड़ा। ...यह सारे कार्य एक-के-बाद एक इतनी तेजी से चल रहे थे कि आप कल्पना भी नहीं कर सकते। सिपाहियों से घिरे मैं, भैया व तमस किनारे की ओर बढ़े चले जा रहे थे। भीड़ की चिल्लाचपड़

तो कम हो गई थी पर जो हो गया था उसे वह पचाने में समय जरूर लगा रही थी। अब वह सब चंडक को निपटाना था, मैं तो अपने किनारे पहुंचूं तो बात पक्की। वैसे वैवस्वतपुर का प्रवेशद्वार हमने निर्विघ्न पार कर लिया। ...वहीं सामने जहाज तैयार खड़ा देख मेरी पूरी तरह जान-में-जान आ गई। और जहाज में चढ़ते वक्त जैसे ही सिपाहियों ने सलाम ठोका कि मुझे अपने बच निकलने का पूरा यकीन हो गया। ...हालांकि सावधानीवश मैं तमस को अब भी नहीं छोड़ रहा था। वहीं दूसरी ओर दिल चंडक के आने का धड़क-धड़क कर इन्तजार कर रहा था। सच कहूं तो पंचजन की हत्या करते तो कर दी थी, पर घबराहट अब भी बनी हुई थी। इतने बड़े दस्यु-सम्राट का वध कोई मजाक नहीं था। अब मजाक हो या हकीकत, हत्या तो हो ही चुकी थी, आगे के संभावित अंजाम सोच दिल भी धड़क ही रहा था; बस चंडक आ जाए तो विश्वास लौट आए। अच्छा यह हुआ कि यह इन्तजार उम्मीद से छोटा रहा। जल्द ही पच्चीसों सिपाहिओं के साथ चंडक पुनर्दत्त को लेकर आ पहुंचा। आश्चर्य यह कि वह अपने साथ भेंट-स्वरूप काफी हीरे-जवाहरात व पचास वेश्याएं भी लाया था। हीरे-जवाहरात तो मैंने स्वीकार लिए परंतु वेश्याएं वापस लौटा दी। क्योंकि वेश्याएं राज्य में शोभा देती हैं जबकि हमारे पास अपना कोई राज्य तो था नहीं। राज्य छोड़ो, हमारे पास तो रहने के लिए जिसे अपना कह सकें, ऐसा घर भी कहां था? घर की क्या बात करें, हमारे पास तो इतनी बड़ी धरती पर एक सुरक्षित आशियाना तक नहीं था। जरासंध नामक भूत यहां से निकलते ही फिर पीछे लगने ही वाला था।

छोड़ो! अभी जरासंध की चिंता क्यों करूं? अभी तो पुनर्दत्त को बचा पाने व महान गुरु को गुरुदक्षिणा दे पाने की खुशी मनाऊं। जरासंध का रोना गुरुदक्षिणा देने के बाद रो लिया जाएगा। उधर मेरा तो ठीक, पर भैया पूरी तरह बुत हो गए थे। न तो उन्हें पहले कुछ समझ आया था और न उन्हें अब कुछ समझ आ रहा था। सच कहूं तो उन्हें पुनर्दत्त को छुड़वाने का या पंचजन-वध का अब भी विश्वास नहीं हो रहा था। वैसे इसमें भैया का कोई दोष भी नहीं था, एक तो मैंने चक्कर बड़ी तेजी से चलाये थे तथा वहीं दूसरी तरफ घटनायें भी उम्मीद से कई ज्यादा तेजी से घट गई थी। खैर, पुनर्दत्त तो जहाज पर चढ़ चुका था, फिर भी कार्यों में तेजी बनाये रखना जरूरी था। अब भी कार्य पूर्ण हुआ नहीं माना जा सकता था। जब तक पुनर्दत्त को पंचजन की सीमा के बाहर नहीं ले जाते तब तक पुनर्दत्त तो क्या, हम भी जीवित बच निकले, नहीं कहे जा सकते थे। यही सोचकर मैंने फटाफट तमस व चंडक से इजाजत ली। दोनों ने हमें बड़ी भावभीनी बिदाई दी। साथ ही अपने विश्वासु दस सैनिक भी हमारे साथ ही छोड़ दिए। यह तो ठीक पर एक अच्छे कर्तव्यनिष्ठ व्यक्ति की तरह मैंने जाते-जाते चंडक से प्रजा पर जुल्म न करने व तटीय-गांवों पर अकारण लूटपाट नहीं मचाने का तगड़ा आश्वासन भी लिया। और इसके साथ ही हमारा जहाज एक शानदार विजय प्राप्त कर 'प्रभास' जाने के लिए चल पड़ा। सबसे बड़ी बात तो यह कि हड़बड़ी में इतना था कि मैंने अब तक पुनर्दत्त की तरफ आंख उठाकर देखा भी नहीं था और जहाज तट छोड़ चल पड़ा था।

अध्याय - ६

मेरा रण छोड़कर भागना

अब कहीं जाकर मैं जमीनस्थ हो पाया था। हालांकि जमीनस्थ भले ही हो गया था पर यकीन मुझे अब भी नहीं हो पा रहा था कि पुनर्दत्त, मेरी 'गुरुदक्षिणा' मेरी आंखों के सामने है। लेकिन सत्य यही था कि वह मेरी आंखों के सामने ही जहाज के खुले भाग में खड़ा हुआ था। और आप मानेंगे नहीं कि अब कहीं जाकर मैंने उसे ध्यान से देखा था। और सच कहूं तो देखा तो देखता ही रह गया था। भावविभोर तो इतना हो चुका था कि क्या बताऊं। अब भी हम लोग जहाज के अगले हिस्से में ही खड़े हुए थे। पुनर्दत्त कभी आश्चर्य से समुद्र को तो कभी जहाज को देख रहा था। हमें तो वह पहचानता ही नहीं था। वह कैदखाने से निकलकर यहां क्यों है, यह भी उसे नहीं मालूम था। और मैं उसके चेहरे पर आ-जा रहे भावों को बड़े प्यार से देख रहा था। सांदीपनिजी इस समय पूरी तरह मेरी आंखों में उतर आए थे। मैं उसे कितना ही देखूं, मेरा मन भर ही नहीं रहा था। मैं तो बस उसे निहारे ही चले जा रहा था। उसको देख एक बात के लिए तो चंडक की तारीफ करनी ही होगी कि उसने उसका ख्याल अच्छे से रखा था। उधर भैया अब भी बड़ी अजीब-अजीब निगाहों से उसे देखे जा रहे थे। हालांकि आखिर इस खेल का भी अंत आया। अभी तो बहुत लंबी यात्रा थी। बस मैं पुनर्दत्त का हाथ पकड़कर उसे कक्ष की ओर ले चला, भैया भी पीछे-पीछे चल पड़े। मेरे हाथ पकड़ने-मात्र से पुनर्दत्त को मित्रता का आभास हो गया। अब कक्ष में वह मेरी आंखों के सामने ही बैठा हुआ था। आश्चर्य तो यह कि पुनर्दत्त अपने बाबत कुछ नहीं जानता था। शायद चंडक ने उसे उसकी पहचान बताकर दुःख पहुंचाना उचित न समझा हो। चाहे जो हो, पर मैंने बात-बात में उसे उसके पिता सांदीपनिजी और आचार्य मां के बारे में विस्तार से बताया। यह सब सुनते ही स्वाभाविक तौर पर उसकी आंखों में आंसू आ गए। यहां तक कि वह तो मेरे चरणों में ही गिर पड़ा। हालांकि कुछ देर के सहयोग-मात्र से वह सामान्य भी हो गया। यही नहीं, देखते-ही-देखते उसकी और मेरी अच्छी-खासी मित्रता भी हो गई। हां; इतने महान पिताजी की संतान होने के बावजूद राक्षस-राज में पलना व अशिक्षित रह जाना उसे बुरी तरह से अखर रहा था। दुःख तो इस बात का भी कि वह बेचारा बाहर की दुनिया के बारे में भी कुछ नहीं जानता था। उस बेचारे का तो पूरा जीवन ही चार-दीवारी में गुजरा था। वह बेचारा तो जहाज और समुद्र क्या, होश में बाहर की दुनिया भी पहली बार ही देख रहा था। होगा, अभी तो यह मेरे जीवन की बहुत बड़ी कूटनीतिक विजय थी। मुझे तो यह कूटनीति पसंद आ गई थी। न दो सेनाओं का युद्ध, न व्यर्थ की हिंसा, न फोकट की बर्बादी। सीधे कुछ चक्कर चलाया, कुछ तिकड़म बिठायी, राजा का वध किया... यानी फसाद की जड़ काटी व बात समाप्त।

खैर! अभी तो इस समय कक्ष का माहौल पूरी तरह दोस्ताना हो चुका था। ऐसे में वक्त कटने में क्या देर लगनी थी। तीसरे दिन सुबह हमने प्रभास में दस्तक दी। हम तो फटाक से खजाना व पुनर्दत्त को लेकर जहाज से उतरे व जैविक के घर की तरफ दौड़ लगा दी। जैविक को तो विश्वास ही नहीं हो रहा था कि हम पंचजन-वध को अन्जाम देकर आ रहे हैं या पुनर्दत्त को छुड़वा भी चुके हैं। खुश तो इतना था कि देखते-ही-देखते उसने यह खबर पूरे प्रभास में फैला दी। उधर जैसे-जैसे पंचजन-वध की खबर फैलती गई, पूरा प्रभास हमारे दर्शनार्थ उमड़ पड़ा। निश्चित ही यह सम्मान मेरा कम व "पंचजन के हत्यारे" का ज्यादा था। चाहे जो हो, घुमा-फिराकर सम्मान तो मेरा ही हो

रहा था; और भला सम्मान किसे पसंद नहीं आएगा? परंतु यह समय इन चक्करों में उलझने का नहीं था। एक तो पहले ही सर से खतरा अभी पूरी तरह टला नहीं था और ऊपर से जैविक के खबर फैलाने वाली नादानी ने खतरा और बढ़ा दिया था। अत: बिना विश्राम किए ही हम फटाफट अपना रथ उठाकर बाजार गए। हमारे पास चंडक का भेंट में दिया हुआ विशाल खजाना था ही, बस हम सबने अपने लिए काफी वस्त्र व गहने ही नहीं, यात्रा के लिए आवश्यक कई सामग्रियां भी खरीद डाली। ...साथ ही कहने की जरूरत नहीं कि वस्त्र व गहने खरीदते वक्त पुनर्दत्त का विशेष ध्यान रखा गया था। वही तो इस समय हमारा राजकुमार, हमारी "गुरुदक्षिणा" था। और अब तो हमारा खास मित्र भी था। अब जो बेचारा जीवनभर राक्षसी लिबास में घूमा हो वह वस्त्रों व गहनों से सुशोभित किए जाने से कितना खुश होगा, इसका अंदाजा आप लगा ही सकते हैं। वैसे सभ्य वस्त्र उस पर जंच भी खूब रहे थे। सच कहूं तो इस समय मुझे तो वह किसी राजकुमार से कम नहीं लग रहा था। हालांकि उसे देखने को तो पूरा रास्ता व उम्र पड़ी थी। अभी तो खरीदारी से निपटते ही तुरंत हम लोगों ने अपना सामान रथ पर चढ़ाया व बिना किसी अन्य लफड़े में पड़े तुरंत ही उज्जयिनी जाने के लिए रवाना हो गए। अब आपसे क्या छिपाना, दरअसल मैं जल्द-से-जल्द प्रभास से भाग जाना चाहता था। क्योंकि पंचजन की हत्या अपनेआप में बहुत बड़ी बात थी। कोई भी उसका विश्वासी समर्थक या हमदर्द कभी भी प्रतिशोध की आग में जलकर हम पर पलटवार कर सकता था। मैं कभी भयभीत नहीं रहता था, परंतु हमेशा सावधान रहना पसंद करता था। इतना महत्वपूर्ण जीवन युद्ध में गंवाना मंजूर था, परंतु व्यर्थ असावधानीवश यह जीवन गंवाना मुझे कतई मंजूर नहीं था। वैसे भी कार्य समाप्त होते ही खिसक जाना हमेशा बेहतर होता है।

खैर! सरसराते हुए हमने प्रभास पार कर लिया। पुनर्दत्त को मैंने अपने साथ आगे ही बिठाया हुआ था। स्वाभाविक रूप से खजाना पीछे बैठे भैया के मजबूत हाथों को सौंपा हुआ था। कहने की जरूरत नहीं कि पुनर्दत्त रथ की यात्रा व मित्रों का साथ पाकर पागल हुआ जा रहा था। झूठ क्या बोलूं, नए वस्त्र पहनकर वह थोड़ा इतरा भी गया था। यह शुभ-लक्षण ही था। यह हर दृष्टि से उसके सामान्य हो जाने का सबूत था। इधर पुनर्दत्त के साथ ने हमारी यात्रा का आनंद भी बढ़ा दिया था। अब तो रास्ते पर पड़ने वाले हर बाजार से हम खरीदारी कर रहे थे। तरह-तरह के व्यंजन व पकवान खाकर पुनर्दत्त धन्य हो रहा था। मेरा और भैया का तो कहना ही क्या? सचमुच पास में धन हो और साथ में यार हो तो जीने का मजा ही कुछ और होता है। और इस समय मैं पूरी दृढ़ता के साथ इस सत्य का अनुभव कर रहा था। खाते-पीते, मस्ती करते ...और खरीदारी करते-करते रास्ता कट रहा था। जीवन में पहली बार धन कमाया था और उसका पूरा-पूरा लुत्फ भी उठाया जा रहा था। वाकई इससे ज्यादा आनंददायी यात्रा की कल्पना करना ही अपने आप में मूर्खता है।

लो! नहीं करते यह मूर्खता और अभी यह बता देते हैं कि करीब बारह रोज की यात्रा के बाद हमने उज्जयिनी में दस्तक दे दी थी। मेरा उत्साह व पुनर्दत्त की जिज्ञासा दोनों अपनी चरम सीमा पर थे। यह तो ठीक पर जैसे ही हमने आश्रम में प्रवेश किया पुनर्दत्त बड़ा ही भावुक हो गया। इधर हमें आया देखकर आचार्यजी, मां व सभी मित्रगण दौड़े चले आए। प्रवेशद्वार के निकट ही यह पूरा मेला लग गया। हमने भी रथ वहीं रोका व फटाक से उतर आए। मैंने आचार्यजी व मां के आशीर्वाद

भी लिए लेकिन आश्चर्यजनक रूप से आचार्य मां को छोड़कर किसी का भी ध्यान अभी तक पुनर्दत्त पर नहीं पड़ा था। दूसरी ओर पुनर्दत्त की आंखें मां-बाप से मिलने की खुशी नहीं छिपा पा रही थी, फलस्वरूप पहले से भावुक हुए पुनर्दत्त की आंखों से आंसू बह निकले थे। इधर मौके की महत्ता समझते हुए मैंने भी तत्क्षण पुनर्दत्त को आचार्यजी के सामने धर दिया, ...और बड़ी विनम्रता से कहा- यह मेरी "गुरुदक्षिणा" स्वीकारिये...!

यह सुनते ही आचार्यजी के चेहरे पर आश्चर्य चिपक गया। और मां की आंखों से तो अश्रुधारा ही बह निकली। उधर पुनर्दत्त भी मां से गले लगकर व पिताजी के आशीर्वाद पाकर धन्य हो गया। मित्र-मंडली को तो विश्वास ही नहीं हो रहा था कि हम दोनों ने अकेले हाथों पंचजन जैसे अति-शक्तिशाली दस्यु-राक्षस से पुनर्दत्त को सिर्फ चार माह में छुड़वा लिया। वैसे विश्वास तो आचार्यजी व आचार्य मां को भी नहीं हो रहा था। उनकी क्या बात करूं मुझे स्वयं अपने को बार-बार चिकोटी भरकर इस बात का यकीन दिलाना पड़ रहा था।

खैर! लंबी यात्रा की थकान को देखते हुए पहले हम तीनों ने स्नान वगैरह किया। तब तक मां ने सेवक के साथ मिलकर भोजन के साथ-साथ खीर भी तैयार कर ली। निश्चित ही यह खीर मां ने अपने लाल के लौट आने की खुशी में बनायी थी। भोजन वगैरह कर स्वाभाविक रूप से हम सभी चौगान में एकत्रित हो गए। देखते-ही-देखते यह मिलन उत्सव में बदल गया था। मेरे और सुदामा के सुर व संगीत के तालमेल ने पूरे आश्रम को एकबार फिर मंत्रमुग्ध कर दिया था। आज तो मेरी वंशी की तान में भी गुरुदक्षिणा चुकाने का संतोष स्पष्ट झलक रहा था। वातावरण में इतना उत्साह था कि आचार्यजी स्वयं अपने को कुछ भजन सुनाने से नहीं रोक पाए थे। यही नहीं, आज तो मां ने भी कुछ ऋचाएं सुनाई थी। इसी से दोनों की खुशी का अंदाजा लगाया जा सकता था। ...और जहां तक पुनर्दत्त का सवाल है, वह उत्सव का मुख्य अतिथि भी था और प्रमुख श्रोता भी। वह अत्यंत प्रसन्नतापूर्वक हर चीज का बड़ा आनंद ले रहा था। उस बेचारे के लिए तो सबकुछ नया-नया था। दूसरी ओर मां में तो मानो नए प्राण फुंका गए थे। उसके पांव जमीन पर पड़ने को तैयार ही नहीं थे। पूरे समय वह पुनर्दत्त को अपनी बगल में ही बिठाये हुए थी, और आंसू थे कि रह-रहकर बह जाया करते थे। ...सच कहता हूँ जितनी खुशी मुझे पंचजन का वध कर के या हीरे-जवाहरात पाकर नहीं मिली थी, उससे कई ज्यादा खुशी मुझे आचार्य मां की प्रसन्नता देखकर मिल रही थी। सचमुच किसी के भी चेहरे पर आत्मीय प्रसन्नता देखने से बड़ा सुकून दुनिया में और कुछ नहीं हो सकता। खासकर यदि वह प्रसन्नता अपने किसी कर्म से आई हो तो ...तो उसका कहना ही क्या?

लो! यह सोचते-सोचते अचानक ही चिंतन ने करवट ली। मैं सोचने लगा कि क्या हरहाल में प्रसन्न रहना मनुष्य का कर्तव्य नहीं? जैसे मां "पुनर्दत्त" को पाकर खुश है, क्या उतना ही प्रसन्न वह सांस आने और जाने से नहीं रह सकती? क्योंकि सांस क्या कम महत्त्वपूर्ण है? वह आ-जा रही है तभी तक तो यह सारा खेल है। मैं तो जहां तक बने वहां तक हर हाल में प्रसन्न रहता था। हर भाव - हर परिस्थिति में डूबकर जीता था। क्योंकि जो सामने आ गया है, समझो वह प्राप्त कर ही लिया है। जो हो रहा है, समझो हो ही गया है। फिर सामने जरासंध आए या कालिया-नाग।

जब आ ही गया तो उसका रंज क्या करना? फिर क्यों न उसका भी स्वागत राधा की तरह ही किया जाए? ऐसे में क्यों न उस संघर्ष को भी एक उत्सव बना लिया जाए? मैंने जीवनभर कालिया-नाग हो या केशी, उनका ऐसा ही स्वागत तो किया है। और परिणाम देखो, पूरी तरह मौत के साये में पलने व जीने के बावजूद मैं कितनी मस्ती से जीता आया हूँ। लो, इधर मैं इन सब अपने पर अभिमान करने वाले चिंतनों में खोया रह गया और उधर आज का यह उत्सव समाप्त भी हो गया।

खैर! अब तो क्या, आश्रम में रोज उत्सव थे। चारों ओर खुशियां-ही-खुशियां थी। लेकिन इस खुशनुमा माहौल के बीच भी न जाने क्यों मुझे आचार्यजी के हाव-भाव से ऐसा लग रहा था कि वे किसी गहरी चिंता में डूबे हुए हैं। बात मेरी समझ में बिल्कुल नहीं आ रही थी। यूं भी ऐसे हसीन मौके पर उनके गंभीर होने का कोई कारण समझ आए, ऐसा था भी नहीं। फिर भी उनको गंभीर देख न चाहते हुए भी मेरा मानस रह-रहकर उनकी गंभीरता में उलझ रहा था। लेकिन अपनी लाख कोशिशों के बावजूद उनकी गंभीरता का कोई कारण समझ पाने में मैं स्वयं को असमर्थ पा रहा था। हालांकि मुझे उनकी भाव-भंगिमा पर पूर्ण भरोसा था। यदि वे गंभीर हैं, तो कुछ-न-कुछ गंभीर विषय अवश्य होना चाहिए। ...दरअसल कष्ट अपनी नादानी का था। क्योंकि इसका सीधा अर्थ यही हुआ कि मैं अपने को लाख तीसमारखां समझूं पर अभी मुझे जीवन में बहुत कुछ सीखना-समझना बाकी है। वैसे भी मनुष्य जब तक जीवित है, उसे अपना सीखना जारी ही रखना होता है। "तत्वज्ञान" तो पलभर में मिल जाता है, परंतु सांसारिक ज्ञान तो वह मृत्यु तक सीखता रहे तो भी बहुत कुछ सीखना बाकी रह जाता है। होगा! अभी तो जब बात समझ आ ही नहीं रही थी तो मैंने माहौल के साथ बहने में ही अपनी भलाई समझी। क्योंकि आचार्यजी की गहराई अभी मेरी पहुंच से काफी दूर नजर आ रही थी।

खैर! आज पुनर्दत्त का आश्रम में कायदे से देखा जाए तो पहला ही दिन था। उस खुशी में सारे अनुशासन हटा दिए गए थे। भोजन में भी दोनों वक्त पकवान परोसे गए थे। आज की रात्रि फिर हमने उत्सव मनाया। आज फिर मेरी वंशी व सुदामा के ताल ने सबका मन मोह लिया था। ...यानी यह सब तो ठीक चल रहा था पर आचार्यजी का मन इनमें से किसी चीज में नहीं लग रहा था। ऐसे में मैं चाहूं न चाहूं, मेरा ध्यान उन पर लग ही जाता था। चलो वह तो लगना ही था, पर खास बात यह कि आज के इस उत्सव का समापन मैंने "पांचजन्य-शंख" बजाकर किया। इस शंख ने सबको ऐसा सम्मोहित किया कि फिर तो वंशी की ही तरह यह भी मैं मौके-बेमौके बजाने लग गया था। यही नहीं, फिर तो चक्र व वंशी की ही तरह यह भी मेरे अस्तित्व का एक हिस्सा हो गया था।

...हालांकि यह सब तो निपटा पर मेरी मुसीबत अब शुरू हुई। उधर उत्सव की समाप्ति पर मारे थकान के सब सोने चले गए। थकान मुझे भी थी, नींद मुझे भी आ रही थी; बारह दिन लगातार रथ चलाकर यहां पहुंचा था; लेकिन क्या बताऊं... आचार्यजी की गंभीरता ने मेरे न सोने का पूरा इन्तजाम कर दिया था। मेरा चैतन्य इतनी थकान के बावजूद भी आचार्यजी की गंभीरता का राज समझने की कोशिश में लग गया था। मुसीबत यह कि पुरजोर कोशिश के बावजूद मेरी चेतना आचार्यजी की गंभीरता पर पड़ा परदा उठा पाने में स्वयं को असमर्थ पा रही थी। कोई समझे भी

कैसे? ना सिर्फ पुनर्दत्त को पंचजन के चंगुल से छुड़वा लिया गया था बल्कि मैं भी सही-सलामत वापस लौट आया था। ...यहां तक कि मुझे खरोंच तक नहीं आई थी, फिर उनके गंभीर होने की क्या बात थी? बस न चाहते हुए भी पूरी रात इसी चिंतन में करवटें बदलते बितानी पड़ी।

आखिर आचार्यजी की गंभीरता का यह रहस्य दूसरे दिन दोपहर के भोजन पश्चात् खुल ही गया। हालांकि मेरी अक्लमंदी से नहीं बल्कि आचार्यजी की मेहरबानी से। और वह भी तब जब भोजन के पश्चात् मुझे अपने कक्ष में ले जाकर उन्होंने गंभीरतापूर्वक कहा- जरासंध के दूत दो-तीन बार आश्रम आ चुके हैं। वह चारों ओर पागलों की तरह तुम्हारी खोजबीन कर रहा है। न जाने क्यों तुम्हें खत्म करने के लिए इस बार वह अति उतावला हो चुका है। यही नहीं, उसने अपने सभी मित्र राजाओं को सख्त चेतावनी दी है कि जो कोई 'कृष्ण-बलराम' को आसरा देगा वह जरासंध का जाती दुश्मन होगा। मुझे तो तुम्हारा जीवन पूरी तरह संकटों से घिरा नजर आ रहा है।

अच्छा, तो यह बात है। आचार्यजी व्यर्थ गंभीर नहीं हो रहे थे, उल्टा मैं ही व्यर्थ निश्चिंत हो रहा था। ...तो वह निश्चिंतता तो ऐसी गंभीर बात सुनकर वैसे ही हवा हो गई थी। निश्चित ही अब आगे क्या करना, उस हेतु एक गहरे चिंतन की आवश्यकता थी। वैसे तो जरासंध नामक तलवार लटक ही रही थी, हां इतने बड़े राजा को दूसरा कोई काम नहीं है, यह चिंता का विषय जरूर था। साथ ही अब कोई राजा हमें आसरा नहीं देगा यह भी चिंता का विषय था। स्वाभाविक तौर पर जरासंध से टकराने की हिम्मत आज आर्यावर्त के किसी राजा में नहीं। और जहां तक मथुरा का सवाल है वह पहले ही जरासंध के भय से हमें निष्कासित करने के चक्कर में पड़ी हुई है। यानी एकबार फिर हम पूरी तरह से "बे-आसरे" हो चुके थे। न घर-न बार, न कहीं ठौर-न-ठिकाना। देखते-ही-देखते दो बेचारे बिना सहारे हो चुके थे।

अजब दृश्य था, सामने बैठे आचार्यजी मेरे हावभाव देखने में व्यस्त थे और मैं गहरे विचारों में खो गया था। तभी आचार्यजी ने एक ऐसी बात बताई जिससे आशा की किरण फिर जागी। बात-बात में आचार्यजी ने बताया कि तुम्हारे वैवस्वतपुर जाने के बाद नानाजी के दूत तुम्हारे लिए मथुरा आगमन का निमंत्रण लेकर आए थे। ...यह वाकई अच्छी बात थी, इसका अर्थ यह हुआ कि मथुरा की परिस्थितियां फिर अनुकूल हो गई हैं। कम-से-कम इस हद तक तो सुधर ही गई है कि नानाजी हमें निमंत्रण भिजवा सकें। अभी मैंने इस तरह सोचना प्रारंभ ही किया था कि आचार्यजी ने मथुरा न जाने की राय दे डाली। उनके अनुसार हम वहां ज्यादा दिन सुरक्षित नहीं कहे जा सकते।

इधर इससे पहले कि मैं उनकी इस नई बात पर गौर करूं या परिस्थिति का ठीक-ठीक आकलन कर पाऊं, आचार्यजी ने एक निराला प्रस्ताव मेरे सामने रखते हुए कहा- मेरी दृष्टि में तुम लोगों के लिए बेहतर यही है कि तुम कुछ दिन और यहीं आश्रम में रुक जाओ। विश्वास करो इससे सुरक्षित जगह पूरे आर्यावर्त में दूसरी कोई नहीं। क्योंकि जरासंध की महत्वाकांक्षा उसे कभी आश्रम पर हमला नहीं करने देगी, वह भी खासकर मेरे आश्रम पर।

आचार्यजी का यह प्रस्ताव सुनते ही मेरे चिंतन ने एक नई ही दिशा पकड़ ली। मैंने सोचा जाने को तो मैं वापस चंडक के यहां भी जा सकता हूँ। कितने भाव से उसने फिर आने का निमंत्रण दिया था। पहुंचने को तो जरासंध वहां भी इस जन्म में नहीं पहुंच सकता। यानी थोड़ा और गहरा

चिंतन करने पर पाया कि हम लोग पूरी तरह बगैर ठौर-ठिकाने के नहीं हो गए थे। कमाल हो गया था। अभी क्षण-भर पहले एक आसरा न था और अभी आसरे-ही-आसरे नजर आ रहे थे। चुनाव यह कि किसे तवज्जो दी जाए। ...हालांकि बावजूद इसके किसी भी निष्कर्ष पर पहुंचना इतना आसान नहीं था, जितना कि दिखाई दे रहा था। हां, निर्णय अवश्य दिन-दो-दिन में लेना जरूरी हो गया था। और अभी की बात करूं तो आचार्यजी की चिंता व उनकी बात दोनों समझ ली थी मैंने। सच कहूं तो उनके आश्रम में रुकने के प्रस्ताव ने मुझे पूरी तरह भावविभोर भी कर दिया था। परंतु हाल-फिलहाल तो सोचने हेतु कुछ समय मांग मैंने आचार्यजी से इजाजत ले ली थी।

अब कक्ष से तो निकल गया था परंतु बाहर निकलते ही बुरी तरह चिंतनों में उलझ गया था। दिनभर मैं आश्रम के इस कोने से उस कोने टहलता रहा। मैंने तमाम परिस्थितियों पर काफी चिंतन भी किया। लेकिन चिंतन से मामला सुलझने की बजाए उल्टा उलझता जा रहा था। क्योंकि यदि सुरक्षा को महत्त्व दिया जाए तो निश्चित ही आश्रम से ज्यादा महफूज जगह और कोई नहीं, लेकिन सच कहूं तो मुझे यह आश्रम की गरिमा के लिए ठीक नहीं जान पड़ रहा था। दूसरा, ऐसा करने पर और कुछ नहीं तो आश्रम का हमेशा के लिए जरासंध के आंखों की किर-किरी बन जाना तो तय ही था। वहीं समझने लायक बात यह भी थी कि आश्रम चलता तो राजकीय सहायता से ही था। निश्चित ही उज्जयिनी के "राजा-जयसेन" कभी नहीं चाहेंगे कि हम उन्हीं की नगरी के आश्रम में पनाह लें। क्योंकि जरासंध का क्या भरोसा, वह आश्रम का क्रोध "जयसेन" पर निकाल बैठे। वैसे गौर करने लायक बात यह भी थी कि कोई जीवन-भर तो आश्रम में रहा नहीं जा सकता था। जीवन तो बहती धारा है, आश्रम में रुकना तो जीवन को ठहरा ही देगा। अतः काफी कुछ सोच-विचार के बाद इस नतीजे पर तो पहुंच ही गया कि जीवन को ठहराने की बजाए बहने देना ही उचित है। ...और मेरे कारण सांदीपनिजी या आश्रम पर कोई मुसीबत आए यह तो कतई योग्य नहीं। और जहां तक वैवस्वतपुर का सवाल था, निश्चित ही चंडक के यहां भी आसरा लिया ही जा सकता था। जरासंध इस जन्म में वैवस्वतपुर पर हमले की सोच नहीं सकता था। परंतु मामला यहां भी गड़बड़ था। सुरक्षा जीवन का एकमात्र उद्देश्य थोड़े ही था। "राक्षस-राज" में रहना तो जीवन को यूं ही पतन के गर्त में धकेलने के बराबर था। आजीवन राक्षस-राज में रहने से तो मौत के साये में जीना बेहतर। सो, अब ले-देकर बच गई थी प्यारी मथुरा। वर्तमान हालात में बेहतर तो यही नजर आ रहा था कि वापस मथुरा जाकर जरासंध का सामना ही कर लिया जाए। यूं भी जरासंध जिस कदर प्रतिशोध की आग में जल रहा था, उससे यह मामला या तो दोनों में से एक की मौत के साथ थम सकता था, या फिर जीवन को बढ़ाने वाले किसी व्यवस्थित ठौर-ठिकाने पे पहुंचने के बाद। फिर जब पंचजन जैसों का वध किया जा सकता है तो जरासंध का सामना क्यों नहीं किया जा सकता? कम-से-कम वहां मथुरा की सेना और ताकत तो हमारे साथ होगी। जब पंचजन को अकेले हाथों निपटा दिया तो जरासंध किस खेत की मूली है? थोड़ा-सा विश्वास क्या जागा, मथुरा दृढ़ता के साथ विकल्प के रूप में उभरकर सामने आ गई। वैसे भी यहां-वहां छिपने से या भागते-फिरने से तो अपनी स्वयं की धरती पर मरना हमेशा बेहतर होता है। इस तरह काफी सोच-विचार के बाद अंत में मथुरा जाना तय कर लिया।

उधर रात्रि भोज के बाद जब मैंने आचार्यजी को अपना निर्णय सुनाया तो स्वाभाविक तौर पर वे मेरे फैसले से ज्यादा खुश नहीं हुए। उनका अब भी यही मानना था कि हम आश्रम में ही सुरक्षित हैं। सचमुच हम गुरु-शिष्य के संबंधों की नींव कितनी स्वार्थहीनता पर रखी हुई थी। वे मेरी फिक्र में दुबले हुए जा रहे थे और मैं उनकी चिंता में उलझा हुआ था। यूं भी यदि संबंध में किंचित-मात्र स्वार्थ हो तो फिर वह संबंध बचा ही कहां? उधर हमारी यह चर्चा चल ही रही थी कि अनुविन्द आ टपका। शायद उसने चर्चा के कुछ अंश सुन भी लिए थे। उसने तुरंत हमदर्दी-वश अपनी राय प्रकट करते हुए कहा- क्यों न हम पिताजी के पास जाएं? हो सकता है उनसे सलाह मशविरा करने पर वे कोई रास्ता सुझाएं। ...बात तो उसकी सही थी। उज्जयिनी के "राजा जयसेन" विन्द-अनुविन्द के पिता थे। लेकिन मैं यह कैसे भूल जाऊं कि वे पूरी तरह से जरासंध के प्रभाव में थे। विन्द-अनुविन्द अभी राजनीति में कच्चे थे। अतः उनकी बात अपने मित्र पर उमड़े बचकाना प्यार से ज्यादा कुछ नहीं थी। ...फिर भी एकबार कोशिश करने में क्या जाता था? वैसे भी ना उम्मीदी से जाने के बाद कोई नुकसान तो हो नहीं सकता था; क्योंकि सारे नुकसानों की जड़ तो उम्मीदों पर ही टिकी होती है। ...तभी एक ऐसा विचार आया जिसने राजा जयसेन के यहां जाना आवश्यक कर दिया। मैं सोचने लगा यदि राजा जयसेन, जरासंध के प्रभाव में हैं तो यह हो ही सकता है कि वे हमारी और आचार्यजी की बढ़ती निकटता से खुश न हों। यदि ऐसा है तो इससे आश्रम व राजमहल के रिश्तों में दरार आ सकती है, जो मैं कभी नहीं चाहूंगा। ...यानी यह दरार न पनपे, उस हेतु तो कम-से-कम अब जयसेन के पास जाना जरूरी हो ही गया था।

जब तय कर लिया तो समय था ही कहां? बस विन्द-अनुविन्द के साथ हम तुरंत राजा-जयसेन से मिलने निकल पड़े। राजमहल वाकई काफी सुंदर था। लेकिन इस समय मन राजमहल देखने में कहां लगने वाला था? अभी तो हम अपने आशियाने की फिक्र में आए थे। उधर हमारी बेचैनी जान विन्द-अनुविन्द बाकी आव-भगत छोड़ हमें सीधे राजा जयसेन के कक्ष में ले गए। अच्छे आश्रम में शिक्षित होने का यही एक फायदा होता है। जितना बड़ा आश्रम उतने श्रेष्ठ युवराजों से मित्रता हो जाती है। ...वरना वृन्दावन के ग्वालों को जयसेन के राजमहल में कौन घुसने देता? खैर, उधर जैसे ही विन्द-अनुविन्द ने अपने पिताजी से हमारा परिचय करवाया, जयसेन का चेहरा उतर गया। उनके आकर्षक मुख पर चिंता की एक लकीर उभर आई। स्पष्ट था, उन्हें हमारा यहां आना अच्छा नहीं लगा था। मैं तो इस परिस्थिति के लिए पहले से तैयार था। लेकिन इन सब बातों से अनजान विन्द ने बिना सोचे अपने पिता से हमें अपने राज्य में आसरा देने की बात कह डाली। यह सुनते ही "राजा जयसेन" के चेहरे पर भावों के उतार-चढ़ाव का एक सिलसिला प्रारंभ हो गया। ...हालांकि कुछ देर बाद जब यह सिलसिला थमा तो वे बड़ी गंभीरता से बोले- आप वीर हैं। आपने कंस व फिर पंचजन जैसे शक्तिशाली राजाओं का वध किया है। आप मेरे पुत्र के मित्र भी हैं, और हमारे राज्य के श्रेष्ठ आचार्य के श्रेष्ठ विद्यार्थी भी। आप जैसे होनहार व्यक्ति को अपने राज्य में आसरा देना किसी भी राजा के लिए गौरव की बात हो सकती है। परंतु माफ करिएगा, जरासंध का भय हमें यह गौरव प्राप्त करने से वंचित कर रहा है। हां; परंतु आचार्यजी चाहें तो आप उनके आश्रम में अवश्य रह सकते हैं। आश्रम किसी भी प्रकार के राजकीय दबाव से सर्वथा मुक्त है।

इतना कहकर उन्होंने एक ठंडी सांस ली। इधर अपने पिताजी की बात सुनते ही विन्द-अनुविन्द के चेहरे उतर गए। उन्हें तो कल्पना ही न थी कि पिताजी उनकी इतनी छोटी-सी बात भी टाल सकते हैं। अब भला आश्रम में पढ़ने से कोई व्यावहारिक ज्ञान थोड़े ही पाया जा सकता है? वह तो जीवन की भट्टी में तपकर ही पाया जाता है। जहां तक मेरा सवाल है मुझे तो यह अपेक्षित ही था। दूसरा, आसरे का सुझाव उन्हीं के पुत्र का था। ऐसे में इस समय मेरा कोई प्रतिक्रिया देना योग्य नहीं था। सो मैं खामोश ही खड़ा रहा। उधर मुझे गहरे विचारों में खोया देख जयसेन ने अपनी चुप्पी तोड़ते हुए बड़ी गंभीरता से कहा- ...लेकिन आपके आश्रम में रुकने पर भी हमें मुसीबत का सामना तो करना ही पड़ सकता है। कम-से-कम जरासंध की नाराजगी तो सहनी ही पड़ेगी। आगे आप स्वयं समझदार हैं, जो निर्णय करना चाहें, कर सकते हैं।

मैं तो "राजा जयसेन" के प्रभावपूर्ण शब्दों के चयन व बोलने की छटा पर ही फिदा हो गया था। नापसंद बात भी कितने सलीके से कही गई थी। और चूंकि अबकी बात सीधे मुझसे मुखातिब होकर कही थी, सो उसका समुचित उत्तर भी देना ही था। वहीं मुझे भी अपनी ओर से बात का स्तर बनाये रखना जरूरी था, सो मैंने भी शांत भाव से कहा- आप सही फरमाते हैं। दरअसल हम भी ना तो आपके राज्य में आसरा चाहते हैं, ना ही सांदीपनिजी के आश्रम में रुककर आपकी या आश्रम की मुश्किलें बढ़ाना चाहते हैं।

...यह सुनते ही राजा जयसेन ने राहत की सांस ली। पहली बार उनके गंभीर मुख पर मुस्कान उभर आई। मैं भी इस मुस्कान का फायदा उठाना नहीं भूला। भला मुस्कान दी है तो कर तो वसूलना ही होगा। सो, तुरंत बोल पड़ा- लेकिन मैं आपसे एक निवेदन अवश्य करना चाहूंगा। हमारे पास इस समय मथुरा जाने के लिए कोई साधन नहीं है। यदि आप दो रथ व सारथी की व्यवस्था कर दें तो आपकी बड़ी मेहरबानी होगी।

यह सुनते ही वे बोले- दो नहीं मैं आपको चार रथ और वह भी भेंट स्वरूप दूंगा। सिर्फ दो-चार दिन ठहर जाइए, मेरे नए रथ बनकर आ ही रहे हैं।

...सच कहूं तो इस समय रथ मैंने पूरे अधिकार से ही मांगे थे। एक तो उनका राज्य छोड़कर हम उनपर एहसान तो वैसे ही कर रहे थे, दूसरा अब मैं कोई साधारण ग्वाला तो था नहीं। 'कंस' व 'पंचजन' के वध के बाद मैं आर्यावर्त के नक्शे पर तेजी से एक "पराक्रमी" बनकर उभर रहा था। ऐसे में मुझपर एहसान चढ़ाने का मौका देकर उल्टा मैं उनको अनुगृहीत ही कर रहा था। क्योंकि कहीं मुझे दो-चार पराक्रम और दिखाने का मौका मिल गया तब तो आर्यावर्त पर मेरा नक्शा ही कुछ और हो जाएगा। भला कोई भी दो रथ मुहैया कर मुझसे निकट आने का यह मौका क्यों छोड़े? मथुरा में रचने-पचने के बाद इतनी राजनीति तो मैं भी समझने लग गया था। ...वहीं एक राज की बात बताऊं तो मैं यहां आया भी रथ की जुगाड़ में ही था। और मौका देख प्रहार भी तगड़ा ही कर दिया था। दरअसल चंडक का दिया खजाना सुरक्षित रूप से मथुरा पहुंचाने हेतु हमें रथ की आवश्यकता थी ही। अब आचार्यजी के पास एक ही रथ था, वह भी हम ले जाते तो वे क्या करते? और सच कहूं तो चंडक से मिला खजाना घर पहुंचाने हेतु भी मैं पहले मथुरा ही जाना चाहता था। यानी मथुरा जाने का निर्णय लेने में चंडक के दिए खजाने का भी बड़ा योगदान था। वहीं देखा जाए

तो यहां आने के बाद महाराज ने मेरी शान में जो कसीदे पढ़े थे, "रथ" मांगना उसके बाद तो और भी जरूरी हो गया था। यह तो देखना ही था कि मैं वाकई एक पराक्रमी हो चुका हूँ या फिर महाराज मुझे चढ़ाकर अपना काम निकाल रहे हैं। कहीं यह मेरे बाबत मेरी कोई गलतफहमी तो नहीं? क्योंकि पंचजन-वध व खजाने मिलने के बाद पराक्रमी होने के गुमान से मैं भी भर ही गया था। लेकिन अब जयसेन के रथ देने पर राजी होते ही मुझे पक्का यकीन हो चला था कि मैं वाकई आर्यावर्त का एक रुआबदार व्यक्ति हो चुका हूँ। ...और इसका पक्का सबूत यह कि ठीक पांचवें रोज चार नए रथ आकर आश्रम के द्वार पर खड़े हो गए। रथ आते ही मैं और भैया मथुरा जाने की तैयारियों में जुट गए। सच कहूं तो चार-चार रथ देखकर हम लोग कुछ तन भी गए। होगा, अभी तो अगले दिन सुबह ही हम निकलना चाहते थे। निश्चित ही हमारे जाने के निर्णय से सभी दुखी थे। पुनर्दत्त तो बिछड़ने के नाम से ही रोए जा रहा था। इन सबके विपरीत आचार्यजी दुखी कम व चिंतित ज्यादा नजर आ रहे थे। निश्चित ही उनकी चिंता के मूल में हम थे। कहीं हमारा मथुरा जाने का निर्णय गलत तो नहीं...? चाहे जो हो, अभी तो आज की रात गमगीन माहौल में ही सही, देर रात तक हमलोग साथ में बैठे थे।

खैर! जीवन की इस नई सुबह ने भी दस्तक दे ही दी। आश्रम से बिदाई का समय आ ही गया। मां ने रास्ते के लिए कुछ फल वगैरह सुबह ही रथ में रखवा दिए थे। आज शायद उठ भी सभी जल्दी गए थे। मित्रों से तो हम न जाने कितनी बार गले मिल चुके थे। बेचारा पुनर्दत्त तो अब भी हमें रुकने के लिए निवेदन किए जा रहा था। ...अब उसका भाव अपनी जगह था, पर हमें तो निकलना ही था। आप मानेंगे नहीं कि प्रवेशद्वार पर भी काफी देर यह मिलन समारोह चलता रहा। आखिर पुनर्दत्त व मित्रों से गले मिल व मां व आचार्यजी के आशीर्वाद लेकर हम रथ पे चढ़ ही गए। सबकी आंखें भर आई। सबसे बुरा हाल मां व पुनर्दत्त का था। खैर, मैं और भैया एक ही रथ में बैठ गए थे और रथ की कमान मैंने सारथी के हवाले कर दी थी। क्या मालूम क्यों आज मेरा रथ चलाने का मन बिल्कुल नहीं कर रहा था। यह तो ठीक पर आगे क्या कहूं, मैं तो रथ पर ऐसा तन के बैठा था मानो कोई महाराजाधिराज विराजमान हों। ...अब हैं नहीं तो हो जाएंगे। शुरुआत तो हो ही चुकी थी। कम-से-कम इस समय की यात्रा तो श्रीमंतों वाली ही थी। हमारे पीछे वाले रथ में चंडक से प्राप्त हीरे-जवाहरात चले आ रहे थे, और इन दो रथों के आगे-पीछे दो रथ और चल रहे थे। ऐसे में मुझ ग्वाले का तन के बैठना स्वाभाविक ही था। रथ भी हमारे थे व उसमें रखा खजाना भी हमारा था। और जब मैं इतना तन के बैठा था तो तनने में माहिर भैया की तनावट तो आप समझ ही सकते हैं। यकीनन अब हम साधारण गरीब ग्वाले तो नहीं ही रह गए थे। और जब बड़े हो ही गए हैं तो बड़े सपने देखने में क्या बुराई? आप मानेंगे नहीं कि मैं अचानक युवराज बनने के सपनों में खो गया। अभी तो उज्जयिनी भी पार नहीं किया था, और उड़ने लग गया था।

वैसे यात्रा सिर्फ सपनों के सहारे नहीं कट रही थी। मैं बता दूं कि मुझे रह-रहकर आचार्यजी, मां, पुनर्दत्त व सभी मित्रों की दी भावभीनी बिदाई भी बड़ी याद आ रही थी। मां और पुनर्दत्त की आंखों से झलक रही कृतज्ञता तो भुलाये नहीं भुलती थी। ठीक ऐसी ही कृतज्ञता मैंने

बिदाई के वक्त तमस व चंडक की आंखों में भी देखी थी। मैं सोचने लगा, बिदाई के समय किसी की आंखों में कृतज्ञता का भाव देखना कितना अच्छा लगता है, लेकिन दुर्भाग्य से यह वही जान सकता है जिसने कभी किसी का नि:स्वार्थ-भाव से कोई कार्य किया हो। चलो यह बात भी छोड़ो, एक और गहरी बात बताऊं। ...महाराज जयसेन के भेंट दिए रथ और सारथी दोनों जरासंध के आतंक की दास्तान सुना रहे थे। न तो रथों पर राजकीय मुहर थी और ना ही सारथियों के तन पर राजकीय वस्त्र। अर्थात् जयसेन ने मदद तो की थी, परंतु जरासंध से आंख चुराकर। ठीक ही है! इसमें बुरा मानने की कोई बात भी नहीं थी। हमारा प्रभाव इस समय कोई जरासंध से ज्यादा तो था नहीं। संसार का तो सीधा नियम है, यदि आपको इज्जत चाहिए तो अपना प्रभाव बढ़ाओ।

चलो जिंदा रहेंगे तो वह भी बढ़ा लेंगे। अभी तो दिल को हल्का करने के लिए मन से मजाक करते हुए लगा मामा को कोसने - आपको भी मामियां लाने के लिए क्या जरासंध की पुत्रियां ही मिली थी? यदि किसी साधारण राजा की पुत्रियों से विवाह किया होता तो यशोदा की कसम उसको कब का ठिकाने लगा चुका होता? पता नहीं, मेरे जीवन से कंस रूपी काली छाया कब जाएगी? पहले तो पैदा होने से अपनी मृत्यु तक वह मेरे पीछे पड़े रहे और मरने के बाद यह जरासंध नामक खतरनाक भूत मेरे पीछे लगा दिया। वाह रे मामा, तेरा जवाब नहीं। अब मथुरा जाने निकले हैं तो याद तो कंस और जरासंध की ही आएगी।

खैर! इधर जैसे-जैसे हमारी यात्रा आगे बढ़ती गई, चिंतन यहां-वहां की फिजूल बातों से हटकर मथुरा पर केन्द्रित होता चला गया; क्योंकि वहां पड़ने वाली परिस्थितियों का मनन करना भी अति आवश्यक था। उस बाबत बात करूं तो चिंतन घूम-फिरकर एक ही जगह आकर रुक जाता था कि भले ही नानाजी का मथुरा आने का निमंत्रण है, परंतु क्या यादव-प्रमुख उस निमंत्रण का मान रखेंगे? चलो एकबार नानाजी के दबाव में उन्होंने पनाह दे भी दी, तो भी जरासंध नामक मुसीबत का क्या...? क्योंकि मेरे मथुरा आने की खबर मिलते ही वह मथुरा पर हमला अवश्य बोलेगा। यानी मथुरा पहुंचने पर हमारी और उसकी भिड़ंत तय थी। अब जब भिड़ंत तय है और मौत सर पर लटक ही रही है तो फिर अभी इन व्यर्थ की बातों में उलझकर यात्रा का आनंद क्यों खोया जाए? यूं भी सेवक-सेविकाओं के साथ श्रीमंतों-सी यात्रा करने का यह हमारा पहला अवसर था। कम-से-कम उसे तो पूरी तरह भुना लिया जाए। सो बस यहां-वहां की सारी बातें भुलाकर यात्रा का आनंद लेने में डूब गया। दिन में दसियों बार तो गर्दन उचका-उचका कर अपने चार रथों के शानदार काफिले को देख लिया करता था। अब यात्रा का आनंद तो अपनी जगह था पर मजबूरी यह कि रात्रि को मुझे या भैया मैं से एक को जागना पड़ रहा था। क्या करें, साथ ले जा रहे खजाने ने एक का जागरण तय कर दिया था। यदि इस एक बात को छोड़ दिया जाए तो यात्रा हर लिहाज से अद्‌भुत थी। क्या कुछ नहीं था यात्रा में? सबकुछ तो था। मैं और भैया अकेले थे। साथ में चार भव्य रथ थे। सारथी और सेवक थे। जीवन में पहली बार युवराजों-सा ठाठ था। ऐसे में यात्रा पूर्ण होने का एहसास ही कहां होना था?

बस, करीब दस दिन बाद हमारे रथों ने मथुरा में दस्तक दी। हमने करीब एक वर्ष बाद मथुरा में प्रवेश किया था। स्वाभाविक रूप से मथुरा आगमन के साथ ही मैं खुशी से झूम उठा था।

आखिर अपना घर...अपना ही होता है। ...यहां सबसे पहला काम खजाने को ठिकाने लगाने का था, अतः रथों का रुख हमने पिताजी के घर की ओर ही किया हुआ था। अन्य परिस्थिति होती तो निश्चित ही सीधे राजमहल जाते। वैसे हमारी वापसी को लेकर प्रजा में काफी उत्साह नजर आ रहा था। लेकिन इसका एक दुःखद पहलू यह कि हमारे साथ चल रहे चार रथों की जिज्ञासा हमारी वापसी के उत्साह से कहीं ज्यादा दिखाई दे रही थी। अब प्रजा में जिज्ञासा हमें लेकर हो या हमारे काफिले को लेकर, खबर तो दोनों ही सूरत में फैलनी ही थी, सो पिताजी के यहां पहुंचते-पहुंचते तो पूरी मथुरा में हमारे आने की खबर फैल गई। इधर हमें देखते ही मां और पिताजी की खुशी का ठिकाना न रहा। बच्चों के शिक्षित होने का गर्व उनकी आंखों में स्पष्ट झलक रहा था। लेकिन मेरा पूरा ध्यान खजाने पर लगा हुआ था। सबसे पहले मैंने चंडक से प्राप्त खजाना सुरक्षित अपने कक्ष में रखा। क्योंकि खजाना सुरक्षित रखने हेतु ही तो मैं राजभवन जाने के बजाए सीधे पिताजी के यहां आया था। आप तो जानते ही हैं कि कृष्ण के जीवन में पहले कर्तव्य फिर "भावना"। हां, खजाना ठिकाने लगाने के बाद दिल खोल के मां-पिताजी से बातें की। ...चलो यह सब तो ठीक पर यहां मथुरा में कदम क्या रखा, मेरा कूटनीतिक भेजा फिर पूरी तरह सक्रिय हो गया; और जिसके चलते सबसे पहले मैंने भैया को "पंचजन" के विषय में किसी से कुछ भी नहीं कहने की सूचना दे डाली। मेरी दृष्टि में "पंचजन-वध" इस समय हमारा वह हथियार था जिसका मौका पड़ने पर यादव-प्रमुखों पर अपनी धाक जमाने हेतु इस्तेमाल किया जा सकता था। और श्रेष्ठ हथियार के बारे में प्रसिद्ध है कि उसका ठीक मौके पर ही उपयोग आवश्यक है, वरना अक्सर वह इच्छित परिणाम लाने में नाकाम हो जाता है।

खैर! खजाने की चिंता खत्म होते ही मैंने भैया को वहीं छोड़ सीधे राजमहल का रुख किया। प्यारे नानाजी से मिलने की इच्छा तो कबसे हो रही थी, क्योंकि जल्द-से-जल्द उनसे मिलकर मथुरा की वर्तमान परिस्थिति के बाबत जानना चाहता था। प्रथम दृष्टि में ही राजमहल जिस हाल में छोड़कर गया था वह उससे कई ज्यादा बदहाल नजर आ रहा था। यहां तक कि बर्खास्त मागधी सेना फिर तैनात नजर आ रही थी, और इसे शुभ-संकेत कतई नहीं कहा जा सकता था। मतलब साफ था कि जरासंध ने भले ही अब तक मथुरा पर हमला नहीं किया था, परंतु राजमहल पर उसने अपना शिकंजा अच्छे से कस रखा था। यानी कि "शिकार" मौत के जाल में स्वयं चला आया था। मुझे तो बस इस बात से संतोष मानना था कि भले ही मथुरा पर जरासंध का प्रभाव बढ़ा हो पर यहां राज तो अब भी मेरे नानाजी का ही है। ले-देकर मुझे हाल-फिलहाल इसी आश्वासन से काम चलाना पड़े, ऐसा था। सो उसी आश्वस्तता के साथ मैंने नानाजी के कक्ष में प्रवेश किया। मेरे आने की सूचना तो उन तक पहुंच ही गई थी। स्वाभाविक तौर पर मुझे देखते ही वे प्रसन्नता से पागल हो गए। निश्चित ही वे मुझसे बेहद प्यार करते थे। हालांकि यह बात अलग है कि उनके चेहरे पर छायी हताशा मेरे आने की प्रसन्नता भी नहीं छिपा पा रही थी। और मेरे लिए चेतावनी की बात यह कि हताशा काफी गहरी थी। इसका सबूत यह भी कि वे भरे दिन में मदिरा की चुस्कियां-पर-चुस्कियां लगा रहे थे। कोई बात नहीं, नानाजी का हाल देख मैंने भी स्वयं को आगे की परिस्थिति के लिए तैयार कर ही लिया।

खैर! अभी तो कुछ देर हम दो दुखियारे यानी कि मैं और नानाजी चुपचाप एक-दूसरे का मुंह ताकते रहे। जहां नानाजी के पास कहने को कुछ नहीं था वहीं दूसरी तरफ मुझे भी जितना समझना था उतना राजमहल का हाल-चाल देखकर समझ ही चुका था। हालात ऐसे नाजुक थे कि एक-दूसरे को सांत्वना के दो शब्द कहना भी मुश्किल हो गया था। वैसे भी समझदार को इशारा ही काफी होता है। बात तो एक और अच्छे से समझ आ रही थी कि मथुरा आने का निमंत्रण नितांत नानाजी का अकेले का होगा, इसमें यादव-प्रमुखों की सहमति कतई शामिल नहीं होगी। अर्थात् यदि मथुरा में टिकना है तो इन यादव-प्रमुखों पर अपने प्रभाव का सिक्का जमाना होगा, वरना फिर बात वहीं-की-वहीं आ जाएगी जहां छोड़ के गए थे। वे एकबार फिर नानाजी पर हमें मथुरा से भगाने का दबाव डालेंगे व एकबार फिर हम 'धोबी के कुत्ते - न घर के न घाट के' रह जाएंगे। और जीवन के कई युद्ध ऐसे होते हैं जिसमें पहले वार करना महत्वपूर्ण होता है। हमारा व यादव-प्रमुखों का युद्ध कुछ ऐसा ही जान पड़ रहा था। अर्थात् मथुरा में टिकने का एक ही उपाय नजर आ रहा था कि इससे पहले कि यादव-प्रमुख हमें मथुरा से भगाने की बात करे, मैं ही कुछ ऐसा कर दूं कि उल्टा वे स्वागत करने पर मजबूर हो जाएं। विचार शुभ था, हाथों-हाथ अमल भी कर दिया। अपनी चुप्पी तोड़ते हुए मैंने तत्क्षण नानाजी से कहकर एक यादव-सभा बुलवाने का आग्रह किया जिसमें यादव-प्रमुखों के साथ-साथ मथुरा की आम-प्रजा को भी आमंत्रित किया जाना था। जब समय ही शेर को उसी की मांद में जाकर ललकारने का था, तो क्यों न आम-प्रजा के सामने ही ललकार दिया जाए? वैसे नानाजी भी कमाल के थे। वे मेरा साथ पाते ही इतना विश्वास से भर जाते थे मानो अब कोई संकट रह ही न गया हो। सबूत के तौर पर जैसे ही मैंने यादव-सभा बुलवाने की बात कही, वे तुरंत राजी हो गए। आप मानेंगे नहीं कि उन्होंने यादव-सभा बुलवाने का मकसद तक नहीं पूछा। उन्होंने कुछ बुरा भी नहीं किया। क्योंकि मैं अपनी ओर से आकलन पक्का कर चुका था। रणनीति भी ठीक ही बनायी थी। अब हमारे भविष्य का पूरा दारोमदार क्रियान्वयन पर टिका हुआ था। चलो वह तो मैं कर ही लूंगा, अभी तो मेरे लिए खुशी की बात यह कि नानाजी ने हाथोंहाथ तिथि तय कर महामंत्री को सारी तैयारियों के निर्देश भी दे डाले थे। सभा हफ्तेभर बाद ही रख ली गई थी और वह भी मुख्य प्रांगण में। इधर मामले की अहमीयत जान मैं भी तत्काल प्रभाव से यादव-सभा की तैयारियों में भिड़ गया था, जिसके फलस्वरूप सबसे पहले तो मैं नानाजी से इजाजत ले चल पड़ा था। निश्चित ही अब आगे के हर कदम पर विचार करने हेतु एकान्त आवश्यक था।

...उधर इन सब उठापटक से बेखबर भैया तो मथुरा आते ही मस्त हो गए थे। वैसे तो दिन में कई बार हमारा साथ हो भी जाता था, लेकिन रात्रि को तो भैया अचूक राजभवन चले जाते थे ...और मैं पिताजी के यहां चला आता था। निश्चित ही हमारे इस बिछड़ने के पीछे राजमहल में छूट से सेवन हो रही मदिरा का सबसे बड़ा योगदान था। और जहां तक सभा का सवाल है तो मेरा मकसद बिल्कुल साफ था। जितनी तादाद में आम-प्रजा एकत्रित होगी, उतना ही मैं यादव-प्रमुखों पर दबदबा कायम करने में सफल हो पाऊंगा। क्योंकि यादव-प्रमुख लाख मेरे विरोध में सही, आम-प्रजा पर मेरा रुतबा अब भी कायम था। इधर राजनीति से अलग हटकर बात करूं तो मथुरा की हालत अब भी दयनीय ही बनी हुई थी। न तो घरों की मरम्मत का कार्य आगे बढ़ पाया था और

ना ही अब तक भोजन-पानी की कोई उचित व्यवस्था हो पाई थी। कुल-मिलाकर कहूं तो हालात बद-से-बदतर ही हुए थे। वहीं यदि सभा की बात करूं तो मेरे आगमन के पश्चात् राजमहल द्वारा अचानक बुलायी गई इस यादव-सभा ने मथुरा के यादवों के मन में जिज्ञासा बढ़ा दी थी। मेरे लिए अच्छा यह था कि उनकी जिज्ञासा ने उनकी उपस्थिति निश्चित कर दी थी। वहीं कुछेक बातें मेरे पक्ष में तेजी से उभरकर सामने आना भी शुरू हो गई थी। एक तो मथुरा के आम यादवों के मानस पर जरासंध से जीते हुए युद्ध की याद आज भी ताजा थी। यानी उनकी दृष्टि में मुझे अपनी वीरता अलग से सिद्ध करने की आवश्यकता नहीं रह गई थी। उससे भी महत्त्वपूर्ण बात यह कि जरासंध के भय के कारण मुझे मथुरा से निकाला जाने वाला था, यह बात सिर्फ यादव-प्रमुख व नानाजी ही जानते थे; यानी मथुरा का आम-यादव इस बात से पूरी तरह अनजान था। कहने का तात्पर्य यह कि मेरे पक्ष की बात जगजाहिर थी जबकि मेरे खिलाफ जा रही सारी बातें चार दीवारी के भीतर ही रह गई थी।

होगा! अभी तो इन सब चिंतनों के चलते व नानाजी से चर्चा करते-कराते हफ्ताभर कहां बीत गया पता ही न चला। आज सभा का दिन था। मैं उठने के साथ ही राजमहल पहुंच चुका था। फैसले की रातें तो जीवन में बहुत देख चुका था, आज फैसले का दिन था। और चूंकि यह सभा मैंने एक योजना के तहत बुलवाई थी, अतः निश्चित ही सभा की सफलता का दारोमदार मेरी तैयारियों पर ही निर्भर था। और स्वाभाविक तौर पर मामले की महत्ता समझते हुए मैंने अपनी ओर से उस बाबत चिंतन में कोई कसर नहीं रख छोड़ी थी। हर छोटी-से-छोटी रणनीति पर मैंने पूरा ध्यान दिया था। यहां तक कि मैं व नानाजी सभा में अलग-अलग समय पर जाने वाले थे। वैसे नानाजी को तो मैंने समय से रवाना भी कर दिया था। इधर मैं अपना महत्व बनाये रखने हेतु कुछ देर से जाने वाला था। हालांकि अब उसका भी समय आ ही चुका था। मेरा काफिला तैयार ही था। मैं और भैया एक रथ पर शान से सवार हो गए व पीछे तीन खाली रथ और दौड़ा दिए। कहा जा सकता है कि यात्रा को सवारी का रूप दे दिया था। उधर रास्ते में प्रांगण जाते हुए लोग अब भी टकरा रहे थे। यानी हम समय से ही पहुंच रहे थे। होगा, अभी तो प्रांगण प्रवेश के साथ ही मैं और भैया रथ से उतरे नहीं कि हमारी शान देख यादव-प्रमुख भौंचक्के रह गए। तो उन्हें अचम्भित करने हेतु ही तो चार रथों का काफिला लेकर आया था। होगा, अभी तो उधर नानाजी सिंहासन पर विराजमान हो चुके थे। सारे यादव-प्रमुख उनको घेरकर ही बैठे हुए थे। लेकिन चिंतनीय बात यह कि प्रजा ने इतना उत्साह नहीं दिखाया था, बमुश्किल पांच सौ लोग ही नजर आ रहे थे। हालांकि वे भी क्या करें? मथुरा का व्यवसाय चौपट हो चुका था। बेचारों का जीवन-स्तर भुखमरी तक पहुंच गया था। मथुरावासी अपनी ही फिक्रों व उलझनों में ऐसे फंसे पड़े थे कि यहां फोकट की नेतागिरी करने कौन आता? मत आओ। अभी तो जैसा कि अपेक्षित था हमारे पहुंचते ही हंगामा खड़ा हो गया। कुछ लोगों ने स्वागत के स्वर उच्चारे तो कुछेक ने धिक्कारते हुए नारेबाजी की। और यही मेरे अद्‌भुत व्यक्तित्व का सबसे बड़ा सबूत था - या तो मनुष्य मुझसे प्रेम कर सकता था या मुझसे नफरत कर सकता था, लेकिन तटस्थ कतई नहीं रह सकता था। भला कोई मुझ जैसे व्यक्तित्व की उपेक्षा कैसे कर सकता था? कहने का तात्पर्य, मेरे उपस्थित होते ही सभा दो स्पष्ट खेमों में विभाजित हो गई थी। एक ओर जहां यादव-प्रमुख

व उनके पिछल्लू मुझे देखते ही लाल-पीले हो रहे थे, वहीं यह देख प्रजा मेरे समर्थन में नारेबाजी पर उतर आई थी। और इधर मैं मन-ही-मन दोनों के मध्य चल रही खींचा-तानी का आनंद ले रहा था। यह तो मेरी बात हुई पर उधर बेचारे नानाजी को उम्र के बावजूद सबको शांत कराने के लिए काफी मशक्कत करनी पड़ रही थी। अब नाती-प्रेम में नानाजी को इतना तो करना ही था। उधर काफी मशक्कत के बाद जैसे ही सभा शांत हुई कि योजनानुसार नानाजी ने सभा प्रारंभ करने की घोषणा के साथ ही यह घोषणा भी कर दी कि अब "कृष्ण" आप से कुछ आवश्यक बातें कहेगा। अतः मैं अब उसे आमंत्रित करता हूँ। यह सुनते ही मंच पर सबसे पीछे बैठा मैं तपाक् से उठकर यादव-प्रमुखों के झुंड को चीरता हुआ नानाजी के पास जाकर खड़ा हो गया। अब नीचे बैठी प्रजा मेरी आंखों के सामने थी। जैसे ही मैंने मुस्काराकर हाथ हिलाते हुए उनका स्वागत किया, उन्होंने इस अदा पर पूरा प्रांगण मेरी जयकार से गुंजा दिया। यह देख मेरे दोनों ओर विराजमान यादव प्रमुखों के चेहरे पूरी तरह उतर गए। फिर तो वे खुलेआम मेरे विरोध में उतर आए। मुझे न बोलने देने पर ही अड़ गए। यह देख प्रजा और जोश में आ गई। मैं बड़ी शान से यह तमाशा देख रहा था। देखा आपने, मेरा नाम पुकारते ही सभा में कैसा हंगामा खड़ा हो गया था। यूं भी मेरा व्यक्तित्व ही विवादास्पद था; मेरा नाम आते ही मुर्दों तक में जान आ जाती थी तो फिर यह तो यादव-सभा थी।

हालांकि मेरे लिए यह तमाशा चाहे जितना हसीन हो या मेरी ही योजना का एक भाग हो, पर उधर लगातार हो रहे इस हो-हंगामे व शोर-शराबे से नानाजी थोड़ा घबरा गए थे। फिर भी तारीफ करनी होगी उनकी कि वे अपने कर्म से पीछे नहीं हट रहे थे। वे एकबार फिर सभा शांत कराने के जी-तोड़ प्रयास में लग ही गए थे। निश्चित ही उनका सबसे ज्यादा विरोध यादव-प्रमुखों की ओर से ही हो रहा था। दरअसल वे पहले बोलना चाहते थे जो मैं कतई नहीं चाहता था। मुझे डर था कि कहीं वे जरासंध का भय दिखाकर आम प्रजा को मेरे विरुद्ध न कर दे। फिर तो हो चुका..., मेरा सब कहना-सुनना बेकार हो जाएगा। सो, मैं अपनी जगह पूरी मक्कमता से डटा हुआ था। उधर नानाजी को तो यकीनी तौर पर मेरी मंशा के अनुरूप ही सभा को राह दिखानी थी। परिणाम में बेचारे वे भी मेरे लिए अड़े ही हुए थे। ...आखिर बुजुर्ग राजा की अवहेलना कब तक की जा सकती थी, सो जल्द ही शांति हो गई। अब इससे पहले कि फिर कोई हंगामा खड़ा हो जाए या सभा की दिशा ही बदल जाए, मैं अपनी बात रखना चाहता था। अतः मैंने बिना समय व्यतीत किए तुरंत "पांचजन्य-शंख" बजाकर अपना संबोधन प्रारंभ किया। शंख और उसकी आवाज इतनी प्रभावशाली थी कि पूरी सभा में आश्चर्यमय-शांति छा गई। "पांचजन्य-शंख" तो अपना कार्य कर चुका था, अब मेरी बारी थी। और शानदार वस्त्रों व गहनों से लदा मैं तो वैसे ही आज छाने की तैयारी से आया हुआ था। क्योंकि सभा पर छाना ही आज की मेरी योजना का आधार था। सो, मैंने अपने संबोधन का प्रारंभ भी अपने दाहिने हाथ में रखा 'पांचजन्य-शंख' हिलाकर ही किया। ...मैंने बड़ा इतराते हुए कहा- यह मशहूर "पांचजन्य-शंख" है, जो हमने पंचजन को मारकर प्राप्त किया है। जब हमें पता चला कि हमारे गुरुजी आचार्य-सांदीपनिजी के इकलौते पुत्र को पंचजन बचपन में ही उठाकर ले गया था, ...तो हमने गुरुदक्षिणा में उनका पुत्र वापस लाने का संकल्प लिया। हम जानते थे कि "पंचजन", जरासंध से कई गुना शक्तिशाली है, लेकिन गुरु-दक्षिणा तो चुकानी ही थी। फिर हमें

अपनी ताकत पर पूरा भरोसा भी था। यूं भी जब संकल्प दृढ़ हो और शक्ति भी आपका साथ दे रही हो तो इच्छित परिणाम आते ही हैं। आप विश्वास नहीं करेंगे कि मैंने व भैया ने अकेले हाथों ना सिर्फ पंचजन की सेना को मात दी बल्कि पंचजन का वध भी किया। लेकिन क्योंकि हमारा लगाव मथुरा से है, हमने वहां का राजा बनना नहीं स्वीकारा।

...यह सुनते ही पूरी सभा तालियों की गूंज में डूब गई। बेचारे यादव-प्रमुखों की तो बोलती ही बंद हो गई। उन बेचारों को तो समझ ही नहीं आ रहा था कि "कृष्ण" यह क्या कर आया। नानाजी के तो मारे खुशी के आंसू बह निकले। और सभा के उत्साह का तो कहना ही क्या! सेनापति व महामंत्री तक की बांछें खिल गई। यूं भी जरासंध के हमले के मद्देनजर मथुरा की आज की आवश्यकता किसी "वीर" की ही थी, और मैं हर लिहाज से उनकी यह जरूरत पूरी कर रहा था। सो, एक ही झटके में मैं हाथोंहाथ ले लिया गया था। इधर चाल सफल हुई देख मैं भी पूरे उत्साह में आ चुका था। ...बस इसी उत्साह के सहारे मैंने अपना संबोधन आगे जारी रखते हुए कहा- और हमारे बदले हमने वहां के महामंत्री चंडक को वैवस्वतपुर के राज सिंहासन पर बिठा दिया, जो अब हमारा वफादार है। इतना ही नहीं, उसने राजा बनने की खुशी में भेंट स्वरूप हमें बेशुमार खजाना भी दिया। मुझे आप सबको यह बताते हुए खुशी हो रही है कि अब हम भी "संभ्रांत-यादव" हो चुके हैं। सच कहूं तो हमने अपनी यही खुशी आपके साथ बांटने हेतु यह सभा बुलवाई थी। वैसे यही क्यों, दरअसल मथुरा की चिंता भी हमें सता रही थी। जैसा कि आप सब जानते हैं, मथुरा इस समय भीतरी व बाहरी दोनों समस्याओं से घिरी हुई है। जहां एक ओर मथुरा की व्यावसायिक हालत दयनीय है, वहीं दूसरी ओर जरासंध के हमले का भय भी बना ही हुआ है। हालांकि जरासंध कोई बड़ी समस्या नहीं, जब हम पंचजन को ठिकाने लगा सकते हैं तो भला जरासंध किस खेत की मूली है? मुझे पूर्ण विश्वास है कि यदि हम सब यादव आपस में झगड़ने के बजाए एक हो जायें तो हम जरासंध नामक समस्या का तो स्थायी निदान जरूर ला सकते हैं। यही नहीं, यदि यादवों में एका हो जाए तो मथुरा को वर्तमान हालात से उबारना भी कोई मुश्किल काम नहीं। इसलिए मेरी राय में यह आवश्यक हो गया है कि अब हम अपना 'यादव-प्रमुख' चुन लें जो हमें ना सिर्फ जरासंध के हमले से बचाने में सक्षम हो, बल्कि मथुरा की दयनीय हालत में सुधार लाने हेतु कटिबद्ध भी हो।

बस यही मेरा प्रमुख पासा था जो मैं बड़ी सफाई से चल चुका था। क्योंकि ऐसा तो एक "मैं" ही था। अब था या नहीं था, लेकिन मेरे संबोधन का सार तो यही था। इसका प्रत्याशित परिणाम भी आया। चारों ओर से मेरे नाम की आवाजें गूंजने लगी। यादव-प्रमुखों को तो मानो सांप सूंघ गया था। उनके तो नाम का उच्चारण तक कोई नहीं कर रहा था। बड़े आए थे "कृष्ण" से उलझने, ...वह भी "चकरीबाज-कृष्ण" से। ...बस मैं यादव-प्रमुख चुन लिया गया। इसके साथ ही सभा बुलवाने का मकसद प्राप्त हो गया। वृन्दावन से कल आया ग्वाला देखते-ही-देखते आज मथुरा के यादवों का सरदार हो गया। जनता के फैसले के साथ ही संभ्रांत यादव तो सभा-स्थल से ऐसे खिसके कि पूछो ही मत। खिसकने दो, अभी तो इधर नानाजी मारे खुशी के पागल ही हो रहे थे। और आम-प्रजा...? वह तो मुझे कंधे पे बिठाकर दो-तीन बार ढोल-नगाड़ों के साथ पूरे

प्रांगण का चक्कर लगा आई थी। यह देख भावुक भैया के भी आंसू बह निकले। अपने छोटे-भ्राता का हो रहा सम्मान उनके दिल को छू गया। उन्हें बाकी कोई चकरी से कोई मतलब नहीं था, वे तो बस इस बात से फूले नहीं समा रहे थे कि मैं यादवों का सरदार हो गया था। ...वैसे यह सब भी कब तक चलता, आखिर यह तमाशा भी थमा व हमने नानाजी के साथ रुखसत ली।

...निश्चित ही यह मेरे जीवन की सबसे बड़ी जाती उपलब्धि थी। मैं खुशी से फूला नहीं समा रहा था। सबसे बड़ी बात तो यह कि अब कोई नानाजी पर हमें मथुरा से भगाने का दबाव नहीं डाल सकता था। भला अपने सरदार को थोड़े ही राज्य छोड़कर जाने का हुक्म दिया जा सकता है? दूसरा, अब हमें बार-बार यह सिद्ध नहीं करना था कि हम ग्वाले नहीं, यादव हैं। क्योंकि मैं ही ''यादव-प्रमुख'' था। हालांकि इतना सब हो जाने के बावजूद मेरे दिल की बात कहूं तो इससे मेरी चिंता में कोई फर्क नहीं पड़ा था। जरासंध नामक समस्या का अब भी कोई समाधान मेरे पास नहीं था। अब भले ही मैंने मथुरावासियों पर रोब जमाने के लिए कह दिया था कि पंचजन को हमने युद्ध में मात दी थी, परंतु वास्तविकता से मुंह तो फेरा नहीं जा सकता था। हकीकत तो यह थी कि उसको मैंने कूटनीति से मारा था। और जरासंध पर कोई कूटनीति चलने का सवाल ही नहीं था, उससे तो जब भी युद्ध होना था, आमने-सामने का ही होना था। और इतना तो अब तक आप भी समझ गए होंगे कि जरासंध को आमने-सामने के युद्ध में हराना असंभव था।

छोड़ो! अब मैं ''यादव-प्रमुख'' था, और यादव-प्रमुख ज्यादा चिंता नहीं किया करते। कुछ सकारात्मक बातें करूं। इस पूरे घटनाक्रम के बाद से नानाजी पूरी तरह निश्चिंत हो गए थे। वैसे तो मथुरावासियों का भी विश्वास काफी हद तक लौट आया था। यह सब देख मेरा मन भी बार-बार स्वयं को शाबाशी देने को कर रहा था। क्या चाल चली थी मैंने? अब कौन है जो हमें मथुरा से भागने का कह सके? नानाजी ''राजा'' और मैं उनका प्यारा नाती ''यादव-प्रमुख''। यानी मथुरा की बागडोर अब पूरी तरह हमारे कब्जे में थी। सचमुच! झूठ, राजनीति, कूटनीति, अभिनय, कपट यह सब मुझे बड़े रास आ रहे थे। रास क्या आ रहे थे, दरअसल तो मैं दिन-ब-दिन इन सब गुणों से ओत-प्रोत होता चला जा रहा था। ...तो? उसी की बदौलत तो वृन्दावन के पांच-पचास बाल-ग्वालों का सरदार आज मथुरा के हजारों यादवों का प्रमुख बन बैठा था। और मजा तो यह कि प्रमुख क्या बना था ''प्रमुख-पद'' का रुआब भी आ गया था। अब तो बाजार तक चारों रथ का काफिला लेकर ही जाया करता था। और बैठता तो ऐसा तन के था कि मेरे बैठने मात्र से यादव-प्रमुखों-सी शान झलक पड़ती थी। दूसरी तरफ बेचारे यादव-संभ्रांतों की हालत वाकई देखने लायक हो चुकी थी। निश्चित ही वृन्दावन से आए एक छोटे से ग्वाले को अपना सरदार स्वीकारने में उन्हें बड़ा कष्ट हो रहा था। कुछ दिन तो मथुरा की गलियों में वे नजर ही नहीं आए थे।

...हालांकि यह सब भी कुछ दिन की ही बात थी। अभी यह यादव-प्रमुख दो-चार बार भी कुब्जा से नहीं मिला होगा कि अचानक चिंताओं से घिर गया। और उसका कारण भैया थे। वे अचानक एक निराली ही खुशी से भर गए थे। ना...ना! मेरे यादव-प्रमुख बनने की खुशी तो पुरानी हो गई थी, अब तो जरासंध से भिड़ने को मिलेगा इसलिए वे खुश थे। थी न कमाल की बात, उनकी मस्ती ने बैठे-बिठाये मुझे जरासंध की याद दिलवा दी। वह खतरा टला कहां था? यानी

हालात यह हो गए कि जिस बात ने मेरी नींद हराम कर दी उसी बात ने उन्हें मस्ती से भर दिया। और ले-देकर बात में दम इतना-भर था कि उन्हें अपनी गदा पर बड़ा गुमान था। परंतु हकीकत यह थी कि उनका यह विश्वास वास्तविकता से परे था। कोई जरासंध से उनके अकेले में दो-दो हाथ होने वाले नहीं थे। हालांकि उनका ही क्यों, नानाजी व मथुरावासियों का भी विश्वास झूठा ही था। मैं उन्हें क्या खाक जरासंध से बचा सकने वाला था? वे बेचारे क्या समझें कि यह सब चक्कर चलाकर मैंने किसी तरह अपना आसरा पक्का किया था।

लेकिन अब सवाल यह उठ खड़ा हुआ था कि आसरा पक्का करने से भी होना क्या था? यह भी जरासंध न आ धमके तब तक की ही बात थी। उसके आते ही बेआसरे या बे-जान हो ही जाने थे। यानी यादव-प्रमुख बना घूमता अच्छाखासा व्यक्ति अब दिन-रात जरासंध की चिंता में डूबा रहने लगा था। उधर मेरे भीतर क्या चल रहा है, इससे बेखबर बाकी सबको तो मुझे शान से घूमता देख मस्ती सूझ रही थी। और फिर आगे चलकर इसका एक हास्यास्पद परिणाम भी आया। यादव-सभा में मेरे द्वारा किए गए वीरता से परिपूर्ण शानदार संबोधन के बाद नानाजी समेत पूरी मथुरा निश्चिंत हो गई, ...मानो जरासंध कोई मायना ही न रखता हो। जबकि इसके विपरीत जिसके भरोसे वे लोग निश्चिंतता से सो रहे थे, उसकी रातों की नींद हराम थी। चलो, उनकी बात न भी करूं तो मेरी मुसीबत यह थी कि ना ही जरासंध के खिलाफ कोई रणनीति ही बनती नजर आ रही थी और ना ही वह किसी भी चकरी या कलाकारी में फंसता नजर आ रहा था। मैं तीर, गदा या तलवार चलाना जानता नहीं था, और छल-कपट जैसे हथियार जो मैं चलाना जानता था... वे जरासंध के सामने फिलहाल किसी काम के नजर नहीं आ रहे थे। ऐसे में आप ही बताइए भला कि मुझ ग्वाले की नींद हराम न होगी तो क्या होगा?

...लेकिन सवाल यह कि नींद हराम करने से भी होगा क्या? और फिर कौन-सा जरासंध हमला करने निकल ही पड़ा था? अभी काफी समय है, आज नहीं तो कल कोई रणनीति अवश्य सुझाई देगी। अब क्या कहूं आपसे, बस स्वयं को यही झूठा आश्वासन देकर रोज-रोज सुला दिया करता था। उस पर मुसीबत यह कि मैं किसी तरह स्वयं को थोड़ा निश्चिंत करता कि मथुरावासियों का व्यवहार मुझे फिर बेचैन होने पर मजबूर कर देता। कमाल यह कि जितनी मेरी चिंता बढ़ती जाती उतने ही वे मेरे ही भरोसे निश्चिंत होते चले जा रहे थे। लगता है यादव-सभा में मैं कुछ ज्यादा ही बोल गया था। अब तो मुझे स्वयं पर क्रोध आ रहा था। ...आखिर झूठ बोलने की और फेंकने की भी हद होती है? इधर इन्हीं सब उलझनों में मेरा समय बीतता जा रहा था तो उधर जरासंध तक हमारे मथुरा आने की खबर भी पहुंच गई थी। बस क्या था? वह तो हमले के लिए तैयार ही बैठा था। हमारी खबर मिलने-मात्र की देरी थी। इस बार उसे कोई विशेष तैयारी तो करनी नहीं थी। तत्क्षण उसने दल-बल समेत मथुरा की ओर कूच कर दी। जब नानाजी के गुप्तचरों ने नानाजी को यह सूचना दी तो उन्होंने तुरंत मुझे बुलवाया। जुल्म यह कि यह गंभीर खबर उन्होंने मुझे इतना चहकते हुए सुनाई, मानो जरासंध कोई दावत का न्यौता लेकर आ रहा हो... उन्होंने कहा- कृष्ण! मेरे गुप्तचरों ने सूचना दी है कि जरासंध मथुरा पर हमला करने निकल चुका है। बेचारा खुद चलकर "कृष्ण" के मुख में समाने चला आ रहा है।

...मेरी तो खबर सुनकर जितनी घिग्घी बंधी, सच कहूं तो उससे कई ज्यादा नानाजी के अंदाज ने मुझे डरा दिया। इतिहास का पहला राजा होगा जो अपने से पचासों गुना भारी दुश्मन के हमले की खबर से झूम उठा था। हालांकि गलती मेरी ही थी। मैंने यादव-सभा में डींगें ही ऐसी मारी थी कि ऐसे में नानाजी से क्या कहूं? सोचा, जब गलती अपनी है तो व्यर्थ क्यों उनके रंग में भंग डालूं। यह सोच चुपचाप मुस्कुराते हुए वहां से ऐसे निकल गया मानो उन्हें आश्वस्त कर रहा होऊं कि वे ठीक ही सोच रहे हैं। इधर अपनी बात करूं तो मुझे तो समझ ही नहीं आ रहा था कि अब किससे कहूं... और क्या करूं? सोचा भैया को यह खबर दी जाए, शायद कुछ गंभीर विचारणा करने को मिले। लेकिन भैया भी कौन कम थे? उन्होंने तो खबर सुनते ही मारे खुशी के हवा में गदा इस तरह लहरा दी मानो यहीं खड़े-खड़े जरासंध का सर फोड़ देंगे। मैंने माथा ठोक लिया। अजब पागलों से पाला पड़ा था। कोई समझने को तैयार ही नहीं था। भैया तो पागल थे ही थे, ऊपर से अब तो नानाजी भी उम्र के साथ-साथ सठिया गए थे। सच कहूं तो इस समय जरासंध के आगमन से कई ज्यादा मुझे भैया का हवा में गदा लहराना व नानाजी का चहकते हुए खबर सुनाना परेशान कर रहा था। ...अब भैया तो ठीक नादान हैं, पर नानाजी, तुम तो तजुर्बेकार हो। एक अनुभवी राजा हो। जरासंध हमला करने निकल चुका है, यह खबर सुनकर भी आप गंभीर क्यों नहीं होते? मेरे प्यारे नाना, जरासंध हमला करने आ रहा है तो मंत्रिमंडल की बैठक बुलाओ। सेनापति को बुलवाओ। मुझ अकेले गरीब ग्वाले को इसकी सूचना क्यों दे रहे हो? जागो नाना प्यारे! अपनी गलतफ़हमी दूर करो। वह "कृष्ण" के मुख में समाने नहीं बल्कि आपके प्यारे नाती "कृष्ण" को अपने दांतों तले चबाने आ रहा है। लेकिन वे कैसे समझें...? यादव-सभा में "पंचजन-वध" का शानदार वर्णन करते हुए मैंने अपनी वीरता का ऐसा शानदार बखान किया था कि कोई भी चक्कर में पड़ जाए। सच कहूं तो मुझे अब अपने उस संबोधन पर बड़ा क्रोध आ रहा था। छोड़ो! मैं तो नादान हूँ पर आप तो परिपक्व हैं। अरे कह दिया तो कह दिया। अब क्या जरासंध के सामने उसकी परीक्षा लोगे? बच्चे की जान लोगे क्या? बस मारे घबराहट के दिन-दिनभर अपनेआप से बड़बड़ाता रहता था। धीरे-धीरे मेरी ही मारी बड़ास के कारण यह विषय बिना उपाय वाला होता चला जा रहा था। मेरी बकवास मुझे ही भारी पड़ गई थी।

अब पड़ गई थी तो पड़ गई थी, लेकिन अब आगे क्या? सो अंत में थककर मैंने सोचा कि जब राजा अपने राज्य पर होने वाले हमले को गम्भीरता से नहीं ले रहा, जब कोई इस हमले को लेकर संजीदा होने को तैयार ही नहीं; तो सदैव प्रसन्न रहने वाला मैं क्यों व्यर्थ चिंता कर अपना समय खराब करूं? इससे तो बेहतर है कि मैं भी मूर्खता में शामिल हो जाऊं। अब मूर्खों में शामिल तो मूर्खता कर के ही हुआ जा सकता था, सो कर दी प्रारंभ मूर्खताएं। और स्वाभाविक तौर पर उसकी शुरुआत मैंने नानाजी से ही की। एक दिन मैंने भी नानाजी से बड़े बेफिक्र अंदाज में कह दिया- जरासंध की विनाश काले विपरीत बुद्धि देखी! मेरे होते-सोते मथुरा पर हमला करने निकल पड़ा है। लेकिन आप फिक्र न करें! "मैं हूँ न...!" हालांकि यह कहते वक्त भी मेरी हालत अजीब थी। मैं कह तो रहा था कि फिक्र न करें, लेकिन चाहता था कि कुछ चिंता करें। गुस्सा तो बहुत आ रहा था कि युद्ध सर पर आन खड़ा है, और आप राजा होकर मुस्कुरा रहे हैं? पर यह सब मेरे मन

की बात थी, उनपर तो मेरी वीरता की मस्ती ऐसी छायी हुई थी कि मुझे न चाहते हुए भी उनपर अपनी बेफिक्री दिखानी पड़ रही थी। क्या कहूं! स्थिति ऐसी दयनीय हो चुकी थी कि एक तो कोई रणनीति नहीं सूझ रही थी और ऊपर से दिन-रात सबके लापरवाह व्यवहार का सामना करना पड़ रहा था। कहा जा सकता है कि इन दिनों मैं एक समझदार व्यक्ति होने का जुर्माना भर रहा था। सबसे बड़ी दुर्गति तो यह थी कि भीतर चिंता के भंवर में फंसा होने के बावजूद ऊपर से निश्चिंतता की चादर ओढ़े मुस्कुराकर घूमना पड़ रहा था। उस पर कमाल यह कि मैं जितना मुस्कुरा कर हलके से घूम रहा था, सब उतने ही और निश्चिंत होते चले जा रहे थे। बड़ी ही उटपटांग उलझन में फंस गया था। करूं तो क्या करूं? मुस्कुराऊं या मरूं? संजीदगी दिखाऊं तो कोई संजीदा होने को तैयार नहीं, और मुस्कुराऊं तो सब और निश्चिंत हो जाए। और इसका अंतिम परिणाम यह हुआ कि जैसे मैं अपने दर्द और अपनी इच्छाओं को छिपा कर जीता आ रहा था, आज समय ने चिंता छिपाकर जीना भी सिखा दिया था।

चलो यही सही। कम-से-कम मौत के मुंह में मुस्कुराते हुए जाना तो नसीब हो रहा था। उधर धीरे-धीरे जरासंध के हमले की खबर पूरी मथुरा में फैल गई थी, लेकिन मजा यह कि यहां भी बावजूद इसके, इस बार मथुरा में कोई घबराहट देखने को नहीं मिल रही थी। अरे भाई, उनका वीर यादव-प्रमुख यानी "मैं" जो उनके पास था। चारों ओर चल रहे इस बेफिक्र पागलपन ने बाकी सब तो ठीक, पर मेरी बुद्धि पूरी तरह चौपट कर दी थी। अच्छेखासे मुझ बुद्धिमान को सुझाई देना बंद हो गया था। ना तो यहां कोई युद्ध की तैयारियों के बाबत बात कर रहा था, ना ही कोई युद्ध की चिंता कर रहा था। इन मूर्खों का तो मरना तय ही था, लगता था कि इन्होंने साथ में मुझ बुद्धिमान को भी मरवाने की ठान ली थी। किसी ने ठीक ही कहा है कि पागलों की दोस्ती "जी" का जंजाल। ले-देकर मुझे इस पागलपन को रोकने का एक ही उपाय सूझ रहा था कि एकबार फिर यादव-सभा बुलवाई जाए, और उसमें अपनी वीरता के बाबत कुछ खुलासे कर दिए जाएं। कुछ पीछे-हटते हुए युद्ध की वास्तविकता से सबको अवगत करा दिया जाए। शायद इससे सब-कोई युद्ध को गंभीरता से ले? क्योंकि अब तो सबके मानस पर पागलपन इस हद तक बढ़ गया था कि जरासंध के आने की खबर एक-दूसरे को इतनी प्रसन्नतापूर्वक सुना रहे थे मानों जरासंध मथुरावासियों के लिए ढेर सारे उपहार लेकर आ रहा हो।

खैर! इस समय यादव-सरदार तो मैं ही था। सो, सभा भी मुझे बुलवानी थी और संबोधन भी मुझे ही करना था। और संबोधन में था क्या – पिछली सभा में अपने मुंह जो मियां-मिठ्ठू बने थे, बस उसे थोड़ा दुरुस्त करना था। मैं स्वयं को भी अबकी बार-बार समझा रहा था कि कन्हैया अबकी फेंकना नहीं है, जरा सम्भल के...थोड़ा जमीन पर। उधर नानाजी समेत जो भी यादव-सभा की खबर सुनता अचम्भित हो जाता। फिर सोचता, हो सकता है मैंने यह सभा सबको रणनीति समझाने व फिक्र न करने हेतु बुलवाई हो। यानी युद्ध की तैयारियां करना या कुछ गंभीर बात सोचना तो अब किसी के भेजे में घुस ही नहीं रहा था। ...कोई बात नहीं, समझा दिया जाएगा। अब यह सब समझाने हेतु ही तो सभा बुलवाई है। आखिर सभा का दिन भी आ गया। आज नया दिन था और रणनीति भी मैं नई ही धारण किए हुए था। यानी नई रणनीति के मुताबिक नया कृष्ण

पूरी तरह तैयार था। जैसे दूध का जला छाछ भी फूंक-फूंक के पीता है, वैसे ही इसबार सभा में हाजरी देने मैं भी साधारण वस्त्रों में ही निकल पड़ा था। वैसे आज भी नानाजी को मैंने पहले ही भेज दिया था। यहां तक कि उन्हें भैया को भी साथ ले जाने को कहा था। कहने की जरूरत नहीं कि मैं एक ही रथ लेकर निकला था और वह भी स्वयं ही हांक रहा था। आज की रणनीति कोई ताम-झाम की इजाजत नहीं दे रही थी। उधर खुशी की बात यह कि आज प्रांगण में उपस्थिति काफी उल्लेखनीय थी। नानाजी व भैया मंच पर यादव-संभ्रांतों व मंत्रिपरिषद के साथ पहले से विराजमान थे। मैंने गरीब की तरह धीमे कदमों से ही मंच की ओर बढ़ना शुरू किया। रथ भी आज प्रवेशद्वार पर ही छोड़ दिया था। और मुस्कुराहट पर तो ऐसा ताला लगा दिया था कि बड़े-से-बड़े परिहास पर हंसी न आए। आज तो पांचजन्य-शंख भी घर पर ही छोड़ आया था। पिछली बार उसको बजाने के जोश में ही कुछ ज्यादा बोल गया था। कुल-मिलाकर मकसद साफ था... शेखी तो जरूरत से ज्यादा पहले ही बघाड़ चुका था, अबकी तो बघाड़ी हुई शेखी को संतुलित करना था। ...मेरा यह सभा बुलवाने के पीछे का एकमात्र उद्देश्य राजभवन व मथुरावासियों पर छाये पागलपन को कम करना था। यानी उनको निश्चिंतता की गहरी नींद से जगाकर युद्ध की तैयारियों में भिड़ा देना था। लेकिन यहां तो सब उल्टा हो गया। सभा प्रारंभ होने से पूर्व ही नियंत्रण के बाहर हो गई। सामूहिक पागलपन का दौर चल पड़ा। अभी मैं मंच पर पहुंचा भी नहीं था कि चारों ओर मेरी जयकार बोला दी गई। यहां तक तो ठीक, पर फिर तो जरासंध पर एक-से-एक लतीफे सुनाये जाने लगे। और-तो-और, नानाजी समेत सभी जिम्मेदार दरबारी भी इन लतीफों का आनंद लेने में लग गए। लतीफे भी कैसे...? मानो जरासंध न हुआ कोई कबूतर हुआ जिसे कन्हैया फट से पिंजरे में बंद कर देगा। हद तो यह कि मुझे 'शेर' व जरासंध को 'बकरी' बताने वालों की होड़ लगी हुई थी। मेरा मन कह रहा था; जरा मुझसे तो पूछो ...शेर कौन है और बकरी कौन? सच कहूं तो अकेले-अकेले घूम रहे पागल इतने खतरनाक नजर नहीं आ रहे थे जितने इस सभा में सामूहिक पागलपन करते हुए नजर आ रहे थे।

खैर! चल रहे इन लतीफों व शोर-शराबे के बीच बमुश्किल मैं मंच तक पहुंचा। मेरा मुंह अब भी पूरी तरह लटका हुआ था। लतीफे तो एक-से-एक कानों में पड़ रहे थे पर "हंस" बिल्कुल नहीं रहा था। उल्टा मंच पर चढ़ते ही मैंने अपनी उतरी शक्ल चारों ओर घुमा दी, सोचा उससे सब संजीदा हो जाए, पर नहीं... अपने यादव-प्रमुख के इस हाल का भी उन पर कोई असर नहीं हो रहा था। यहां तो यह भी सबको एक जोरदार नाटक ही नजर आ रहा था। मेरे सामने कम-से-कम हजार के करीब यादव बैठे हुए थे, पर एक भी गंभीर नहीं था। उल्टा सबने अपने ठहाकों से आसमान गुंजा रखा था। मैं बोलूं भी तो क्या, कोई सुनने को तैयार ही नहीं था। मैं मुंह खोलूं और मेरी जयकार बोला दे। शायद एक-एक कर तो पागलों को ठीक किया भी जा सकता था, परंतु पागलों की इस भीड़ से निपटना मुश्किल नजर आ रहा था। मैंने दो-तीन बार अपनी बात रखने का प्रयास भी किया, लेकिन जहां सामूहिक पागलपन चल रहा हो, वहां बुद्धिमानी की बात कौन सुनता है। फिर इनको दोष भी किस मुंह से दूं, काफी हद तक इनके पागलपन का जिम्मेदार तो मैं ही था। सचमुच "पंचजन-वध" का भरी यादव-सभा में शानदार वर्णन कर मैं बड़ी बुरी

तरह फंस गया था। मूर्ख लोग बेमतलब मस्त हुए जा रहे थे। ...लगता है कुदरत को भी मेरा सत्य बोलना रास नहीं आ रहा था, तभी तो मुझे सत्य कहने का मौका तक नहीं मिल रहा था।

...चलो, जैसी कुदरत की मर्जी। अंत में थककर मैं भी पागलों की भीड़ में शामिल हो गया। सभा बुलवाने का मकसद तो पहले ही गुड़गोबर हो चुका था, बेहतर था पागलों के साथ कुछ पागलपन ही कर लिया जाए। क्योंकि यहां तो चारों ओर बस एक ही बात थी कि हमारे यादव सरदार ने जब अकेले हाथों पंचजन की सेना को परास्त कर दिया, ...तो यह जरासंध क्या चीज है? यह सब सुन मेरे मन पर क्या गुजर रही थी, क्या बताऊं? वाकई मेरा बोला हुआ असत्य आज मुझे बहुत भारी पड़ रहा था। और असत्य भी कैसा...? जरासंध के आने मात्र की देर थी कि सारी बहादुरी हवा हो ही जाने वाली थी। ...तो होने दो। अभी तो कोई उपाय न देख मुझे भी पागलों के रंग में रंगना बेहतर उपाय नजर आ रहा था। यूं भी अब सारी चिंताएं व्यर्थ थी, क्योंकि रणनीति कोई सूझ नहीं रही थी और युद्ध की तैयारी मथुरा करना नहीं चाहती थी। युद्ध की तैयारियां तो छोड़ो, यहां तो युद्ध की चर्चा तक कोई करने को तैयार नहीं था। और सामने दसेक दिन में जरासंध का आ टपकना अपेक्षित था। यह अंतिम अवसर था पर इसमें भी कोई बात बन नहीं रही थी। अभी यह सब सोच मैं हथियार डालने को ही था कि एक समझदार बुजुर्ग यादव ने जरूर मुझसे यह पूछकर उम्मीद बंधाई कि कन्हैया!, इस बार युद्ध की रणनीति क्या होगी? ...स्वाभाविक तौर पर उसका यह सवाल सुनकर मुझे बड़ी आशा बंधी। लेकिन अभी इससे पहले कि मैं कोई संजीदगी बताऊं, सब उस पर टूट पड़े। रणनीति क्या...? जरासंध आया नहीं कि मरा नहीं। अपने "यादव-सरदार" का बल नहीं जानते क्या? अब अकेले चने को कोई भांड़ तो झोंकने देता नहीं, बस यही हाल उस बुजुर्ग का कर दिया गया। उसे चुपचाप जबरन अपने स्थान पर बिठा दिया गया। यानी बमुश्किल एक ने बुद्धिमानी की बात कही थी, उसे भी चुप करा दिया गया। मुझे तो समझ ही नहीं आ रहा था कि मैं यादवों का सरदार हूँ या मूर्खों का? वैसे मैंने पिछली सभा में लंबी-चौड़ी हांकने की जो जुर्रत की थी, उसके बाद मेरी योग्यता तो मूर्खों का सरदार बनने की ही रह गई थी। और अभी मैं उसी ओहदे पर विराजमान भी था।

...तो अच्छा ही था। क्योंकि बड़ी देर से चल रहे पागलपन का यह दौर देखते-देखते सच कहूं तो अब तो मेरा अपना इससे बाकात रहना मुश्किल हो गया था। धीरे-धीरे कर कुछ अंश तक मुझे भी अपनी वीरता का ऐसा यकीन हो चला था कि मानो पूरी दुनिया पर वसुदेवजी का ही राज हो। यहां तक भी ठीक, पर आगे तो इसी यकीन के चलते मैंने भी बड़ी निश्चिंतता पूर्वक यह कहते हुए सभा का समापन किया कि- "युद्ध की रणनीति समय पर ही उजागर करना उचित होता है। मैं आज ही सेनापतिजी से मिलकर सारी चर्चाएं करने वाला हूँ। आप लोग फिक्र मत करें और मस्त रहें। आपका सरदार है न। मैं हूँ ना..." और मेरे "मैं हूँ ना!" कहते ही सभा तालियों की गड़गड़ाहट के साथ गूंज उठी। और उसके साथ ही सब नाचते-कूदते अपने-अपने घरों को चले गए। ...कुछ ही देर में पूरा प्रांगण खाली हो गया। यहां तक कि मैंने भैया और नानाजी से भी जाने को कह दिया। और फिर स्वयं धीमे कदमों से अपने रथ की ओर कूच कर दी। इस समय मेरी हालत मैं बयां नहीं कर सकता। मैं पागलपन में शामिल अवश्य हुआ था, लेकिन कोई सचमुच पागल थोड़े ही हो गया

था। सबका यह नाचना-कूदना मुझे मन-ही-मन कितना परेशान कर रहा था यह मैं क्या बताऊं? लोगों ने झटका तो ऐसा दिया था कि पूरी तरह होश में आ गया था। समय कम था और जल्द ही कुछ न किया गया तो मौत निश्चित थी। यह सब सोचते-सोचते मैं रथ तक पहुंच चुका था। वहां रथ पर बैठते ही अचानक मुझे क्या हुआ कि रथ यमुना के किनारे दूर जंगलों तक दौड़ा दिया। शायद मथुरा की हवा से कुछ बाहर निकलूं तो बुद्धि चलना चालू हो। हुआ भी कुछ ऐसा ही। कुछ देर जंगल में रथ क्या दौड़ाया कि सेनापतिजी के रूप में आशा की एक किरण नजर आने लगी। क्योंकि पागलों की पूरी सभा में एक वे ही थे जो कुछ गंभीर नजर आ रहे थे। यूं भी युद्ध उनकी ही जिम्मेदारी में आता है। मैंने सोचा क्यों न उन्हीं से युद्ध की तैयारियों के बारे में पूछा जाए। डूबते को तिनके का सहारा। बस मैंने बड़ी आशा के साथ रथ फिर राजमहल की ओर दौड़ा दिया। निश्चित ही पहुंचते-पहुंचते संध्या हो गई थी। तो क्या, अपने जीवन की संध्या से तो बचना ही था।

लेकिन यह क्या! उन्होंने तो मेरे बचे-खुचे होश भी उड़ा दिए। उनके बताए अनुसार तो सारे हथियारों पर जंग लग चुका है। ...ऊपर से राज्य में एक चौथाई मागधी सैनिक हैं जो जरासंध के खिलाफ कभी नहीं लड़ेंगे। वहीं अब राजकीय-कोष भी पूरी तरह जवाब दे चुका है। इसलिए हमारी सेना को भी कई माह से आधी तनख्वाह दी जा रही है। हो सकता है कि शायद इस कारण हमारी सेना भी बेवजह मरने को आसानी से तैयार न हो। ओ...हो! तो यह था उनकी गंभीरता का राज। यानी युद्ध की कोई रणनीति उनके पास भी नहीं थी, सिर्फ कोई रणनीति नहीं बनायी जा सकती, इस बात की चिंता लिए घूम रहे थे जनाब। ...कुल-मिलाकर यह उम्मीद भी जाती रही। कोई बात नहीं। मैंने सारी परिस्थिति समझने के बाद उन्हें भी आश्वासन दे डाला- आप चिंता क्यों करते हैं, मैं हूँ ना...! इसके साथ ही मामला पूरी तरह से साफ हो चुका था। सबके लिए मैं था और मेरे लिए जरासंध। यानी पूरी मथुरा इस समय मेरे भरोसे मस्त थी, और उधर जरासंध आकर मेरी सारी मस्ती निकाल देने वाला था। कोई यह समझने को तैयार ही नहीं था कि वे मुझसे जो उम्मीद लगाए बैठे हैं वह किसी चमत्कार से कम नहीं। ...और प्रकृति में चमत्कार संभव नहीं। यहां घटता तो सब नियम से ही है। इच्छित परिणाम प्राप्त करने का एकमात्र उपाय "कर्म" है, जो कोई करना नहीं चाह रहा था। और अब तो उसके भी सारे दरवाजे बंद हो चुके थे। यहां मेरी समस्या यह थी कि मैं बे-मौत मरना नहीं चाहता था, और उस हेतु हर द्वार टटोलने की कोशिश कर रहा था। यह बात नहीं कि मैं मौत से डर रहा था, मौत तो बहुत बार देख चुका था... पर हर बार उससे संघर्ष किया था; यहां उलझन यह थी कि संघर्ष का मार्ग ही नहीं खुल रहा था। और बिना संघर्ष किए मर जाना, बात ही अखरने वाली थी। ...पंचजन से टकराने में कोई उलझन नहीं थी। बात एकदम स्पष्ट थी; गुरुदक्षिणा चुकानी थी। मौत के मुंह में तो वहां भी जा रहा था, लेकिन सोच-समझकर। यूं भी गुरुदक्षिणा चुकाने के गौरव के सामने जीना-मरना क्या मायने रखता था? परंतु यहां तो अकारण मौत के मुंह में समाने को जबरन तैयार किया जा रहा था। पूरी मथुरा बर्बादी के कगार पर खड़ी थी, फिर भी न तो कोई कुछ समझना चाहता था और ना ही कोई कुछ करना चाहता था। एक भैया थे, लेकिन वो भी बेकार। उनसे भी कोई बात नहीं की जा सकती थी। उल्टा वे तो अपनी गदा को लहराते हुए जरासंध का ऐसे इन्तजार कर रहे थे, मानो जरासंध आकर अपनी गरदन उनके चरणों

में रख देगा... और कहेगा- भैया बलराम कुचल दो इसे। क्रोध तो ऐसा आ रहा था कि पूछो मत... खुशफहमी की भी कोई सीमा होती है। और फिर सवाल मेरे अकेले की मौत का थोड़े ही था, जीवन पूरी मथुरा का दांव पर लगा हुआ था। यह तय था कि अबकी जो तबाही मचेगी उसमें पहले से मर-मर कर जी रही मथुरा शायद जीना ही भूल जाएगी।

होगा! जब कोई उपाय ही नहीं, तो कितना सोचा जाए। कम-से-कम हाथ में जो दो-चार दिन बचे हैं, उन्हें चैन से जी लिया जाए। ऐसे में मेरा एक ही सहारा था...मेरी वंशी। शायद वह मुझे यह दो-चार दिन जीने का आनंद दे दे। शायद उसके सहारे मैं भी औरों की तरह यह दो-चार दिन चैन से निकाल सकूं। आश्चर्य था, आज तक हमेशा दूसरों को अकारण परेशान देखा था... जबकि मैंने हर हाल में चैन की बंसी बजायी थी। लेकिन आज सबकुछ उलट गया था। सब चैन की वंशी बजा रहे थे और मैं मारे चिंता के दुबला हुआ जा रहा था। वैसे इसके केन्द्र में भी "मैं" ही था। मथुरा पर संकट भी मेरे ही कारण आ रहा था, और सब पर छायी मस्ती भी मेरे कारण ही थी। सोचनीय विषय यह भी था कि इस समय मुझे छोड़कर सभी मूर्खता पर उतारू थे, और सभी प्रसन्न थे। सोचा न था कि कभी जीने के लिए मूर्खता भी इस कदर सहायक हो सकती है...? निश्चित ही यह अपनी तरह का एक नया ही अनुभव था। छोड़ो इन बातों को। अब इनका कोई अंत नहीं। अभी जो तय किया उसपर कुछ अमल करूं। बस चैन की वंशी बजाने हेतु मैं रथ लेकर अकेला यमुना किनारे चल पड़ा। संध्या होने को थी। यानी दस्तूर तो पहले से था और अब मौका भी बन गया था। बस एकान्त खोजकर बैठ गया पेड़ के नीचे व छेड़ दी वंशी की तान, ...लेकिन आज वंशी भी धोखा दे रही थी। अब जब समय ही खराब चल रहा हो तो वह क्यों साथ देने लगी? आज वंशी न तो मुझे वृन्दावन ले जाने में समर्थ सिद्ध हुई थी, ना राधा को बुला पाई थी और ना रुक्मिणी से ही मुलाकात करवा पाई थी। ऐसी हालत में वंशी समाधान क्या खाक सुझाती? जब वंशी ने ही धोखा दे दिया तो करने को कुछ खास बचा नहीं। चुपचाप घर जा कर सो गया।

वंशी ने धोखा क्या दिया अगले दिन सुबह होते-होते तो मेरी बुद्धि ठिकाने आ गई। फिर तो मैंने भी दिन-दिनभर भैया के साथ मथुरा की गलियों में घूमना शुरू कर दिया। पता नहीं फिर इन गलियों में घूमने को मिले-न-मिले। अब मथुरा में जरासंध छोड़ कोई दूसरा विषय तो था नहीं। सो, जरासंध की बात छेड़ी नहीं कि मैंने अपना रटा-रटाया जवाब दिया नहीं, मैं हूँ ना...! उधर जरासंध का नाम सुनते ही भैया भी गदा हवा में उछाल देते। अब भला मूर्खों की नगरी में बुद्धिमानी का क्या काम? सुबह से शाम तक टकराने वाले पचासों आदमियों को यह जवाब देना हमारा नित्यकर्म हो गया था। दिन-दो-दिन तो ठीक यह सब चलता रहा, पर फिर विचार आया; भला यह भी कोई तरीका है जीवन समाप्त करने का? और फिर सवाल यह कि जीवन समाप्त हो ही क्यों? बस जरासंध चाहता है इसलिए? नहीं, जाग कन्हैया। अजब मुसीबत थी, ना तो यह महत्त्वपूर्ण दिन इस तरह चिंता में काटे जा सकते थे और ना ही मौत के सामने इस तरह समर्पण किया जा सकता था। समझ नहीं आ रहा था कि मैं इतनी महत्वपूर्ण बात समझने की बजाय किन ऊल-जुलूल बातों में उलझ गया था। शायद मेरे मानस पर भी मथुरा का पागलपन सवार हो गया था। ...पर अब बहुत हुआ। अरे कृष्ण! तुम तो कर्मवीर हो। इस तरह मौत के सामने हथियार थोड़े ही डाले जाते हैं। फिर

मथुरा संकट में भी तुम्हारे ही कारण है, सो तुम्हें इन्हें तो बचाना ही चाहिए। अरे...! मथुरा धोखा दे रही है तो क्या? वंशी धोखा दे चुकी है तो क्या, सब समाप्त थोड़े ही हो गया है। ...नहीं कृष्ण नहीं, चलो! गहरे चिंतन में डूबो। कोई समाधान खोजो। बस इस सकारात्मक विचार के साथ ही मेरी आत्मा, यानी "सर्व-हिताय" ने मुझे गहरे चिंतन में धकेल दिया। कमाल था! अभी चन्द महीने पहले जिस रणनीति से 'पंचजन' का वध किया था, वही रणनीति आज किसी काम की नहीं बची थी। पता नहीं लोगों को हजारों वर्ष पुराने शास्त्र कैसे काम आ जाते हैं? शायद वे जीवन-भर किसी चमत्कार का इन्तजार करते रहते होंगे। वैसे भी कर्म से भागने वाले मनुष्य और कर भी क्या सकते हैं?

...मेरे साथ यही तकलीफ थी। एकबार यदि मैं चिंतन में खो जाता तो एक चिंतन से दूसरा चिंतन निकलता ही रहता था। कई बार तो प्रमुख बात ही इन चिंतनों में उलझकर खो जाती थी। इस समय भी मेरे साथ कुछ ऐसा ही हो रहा था। उपाय सोचने निकला था, सोचने कुछ और लग गया। सोच रहा था कि क्यों न किसी ऐसे ग्रंथ की रचना की जाए जो हर युग में हर समस्या का समाधान दे। इच्छा का क्या है, जो चाहे कर लो। लेकिन मैं तो सपने देखता था। संकल्प लेता था। फिर विचार शुभ हो तो देर क्यों करना? मैंने तत्क्षण संकल्प लिया कि मैं ऐसे किसी ग्रंथ की रचना अवश्य करूंगा जो स्वयं में सब समस्याओं का समाधान छिपाये हुए हो। लो कर लो बात! यहां छोटा-सा उपाय तो सूझ नहीं रहा, और वहां अद्‌भुत ग्रंथ के रचना की बात कर रहे हो। कृष्ण! कहीं जरासंध के हमले की खबर ने तुम्हें पागल तो नहीं कर दिया है? नहीं भाई, ऐसी कोई बात नहीं। अब जहां ऐश्वर्य के शिखर पर बैठने का और रुक्मिणी को प्राप्त करने का सपना मन में संजोये बैठा था, वहां एक और सही...तभी मैंने स्वयं को झकझोरा। यह भी कोई वक्त है ऐसे सपने देखने का? यहां जान के लाले पड़े हुए हैं, ऊपर से जरासंध आकर इज्जत की धज्जियां उड़ा देगा सो अलग। ...ऐसे में महाराज तुम एक ऐसे ग्रंथ की रचना का सपना देख रहे हो जो अपने में हर युग की समस्त समस्याओं का समाधान छिपाये हुए हो। लगता है तुम पक्का पागल हो गए हो। अरे... पहले जरासंध की समस्या का समाधान तो ढूंढ़ो। एकबार जरासंध से बच लो फिर एक नहीं हजार ग्रंथ रच लेना, लाख सपने देख लेना। बात तो सही थी, जिंदा बचूंगा तो हजार काम कर लूंगा। बेहतर है पहले जरासंध से बचने का उपाय ही खोज लिया जाए।

लेकिन एक सच बात कहूं जो मौत के साये में भी ब्रह्मांड पर राज करने के सपने देख पाए, वही असली सपने देखने वाला है। मेरी दृष्टि में तो वो ही सच्चा सकारात्मक है। जो कभी किसी हाल में अपनी उम्मीद नहीं छोड़ता, भला उससे ज्यादा सकारात्मक और कौन हो सकता है? वैसे जब इतनी बात चली है तो एक बात और कह दूं। मेरे इस हसीन सपने का अंतिम परिणाम पूरी दुनिया के सामने है। "भगवद्‌गीता" एक ऐसा ही ग्रंथ मेरे मुख से निकला, जो युग-युगान्तर तक मनुष्य पर पड़ने वाली हर समस्या का समाधान अपने में छिपाये हुए है। ...निश्चित ही यह ग्रंथ प्रकृति की मेहरबानी व मेरी इच्छा का परिणाम था। हालांकि इसमें अर्जुन का योगदान भी कम न था। वही तो इस महान ग्रंथ के निकलने का निमित्त बना था। जब इतनी बात चली है तो कुछ गीता में छिपे रहस्यों के बारे में भी कहूं। ...पूरी गीता का सार यही था कि मनुष्य की अंतरात्मा हर

परिस्थिति में, हर समय, हर समस्या का समाधान खोज ही लेती है। और "भगवद्गीता" आपकी उस अंतरात्मा को सक्रिय करने का सूत्र है। विश्वास करें, एकबार व्यक्ति की अंतरात्मा ने उसे अपनी शरण में ले लिया, फिर उसका कोई बाल बांका नहीं कर सकता। कमाल है कृष्ण महाराज, एक तरफ तो तुम्हारा चिंतन एक-से-एक ऊंची उड़ानें भर रहा है, दूसरी ओर भगवद्गीता में सारे समाधान छुपे होने का दावा कर रहे हो; और यहां जरासंध नामक बीमारी का कोई समाधान नहीं खोज पा रहे हो? तो मैं क्या करूं? उसी चिंतन में तो लगा हुआ हूँ। लेकिन कमबख्त यहां कोई युद्ध को गंभीरता से ले ही नहीं रहा। ...ऊपर से हथियार व सिपाही दोनों को जंग लगा पड़ा है। अब जरासंध को क्या वंशी सुनाऊं? या उसे वंशी-प्रतिस्पर्धा का निमंत्रण दूं? या उसे अपने बड़े-बड़े सपनों की फेहरिस्त पकड़ा के भावुक करने का प्रयास करूं? सोचो यह कि मैं कोई हथियार चलाना तो जानता नहीं था कि युद्ध के मैदान में बहादुरी दिखाने के भरोसे रहूं। ले-देकर कूटनीति जानता था और वह जरासंध के सामने चलने वाली नहीं थी। यानी कर्म करना तो चाहता हूँ पर कोई परिणामकारी कर्म सूझे तो। ...तो खो जाओ अपनी अंतरात्मा में। अभी तो गीता का सार समझा रहे थे कि वहां सारे समाधान छिपे पड़े हैं। खुद भी बचो व मथुरा को भी बचा के दिखा दो, मान लेंगे गीता का सार। देखा, क्या हालत हो गई थी? मेरा ही मन मुझे उकसाने पर तुल गया था। क्या करे, मरना तो वह भी नहीं चाहता था। उसे तो अपने सारे सपने ही चकनाचूर होते हुए दिखाई दे रहे थे। राजा बनना या रुक्मिणी को पाना तो बहुत दूर की कौड़ी हो गई थी, बेचारे को तो मृत्यु ही दिन-दो-दिन की बात नजर आ रही थी। कुल-मिलाकर मामला यह कि वर्तमान काटे नहीं कट रहा था और भविष्य जरासंध को लिखना था। ऐसे में बेहतर तो यही दिख रहा था कि मैं भूतकाल की "सुनहरी यादों" में खो जाऊं। ...वृन्दावन में लाख मुसीबतों के बावजूद स्वयं को "मां" के आंचल और "राधा" की गोद में सुरक्षित तो पाता था। अब मां और राधा तो यहां आने से रहे, और बचे भैया। वे तो उल्टा हवा में गदा लहरा-लहराकर मुझे परेशान करने में लगे हुए हैं। देखा आपने, समय खराब हो तो सुनहरी यादें भी काटने को दौड़ती है। यूं भी जब मृत्यु द्वार पर खड़ी हो तो भूतकाल व भविष्य दोनों अपनेआप व्यर्थ हो जाते हैं।

...आखिर में थक गया। कोई कितना चिंतन करे? बेहतर है, ब्रह्मास्त्र छोड़ दो। यानी जब करने को कुछ न सूझे तो सबकुछ कुदरत के न्याय पर छोड़ दो। ...लो छोड़ दिया। बचना योग्य हो तो बचने का कोई मार्ग सुझा देना, वरना जैसी तेरी मर्जी। भविष्य का तो नहीं मालूम, लेकिन वर्तमान में इसका एक फायदा तुरंत हुआ। मैं बेफिक्र हो गया। सबकुछ भुलाकर मस्त हो गया। बस एक बात का रंज अवश्य था कि परिस्थिति ने मुझ जैसे "कर्मवीर" को भी पीट-पीटकर चुपचाप मौत की शरण में जाने को मजबूर कर दिया था। दुष्टों ने बचने हेतु कोई "कर्म" करने तक की जगह नहीं छोड़ी थी। सचमुच मौत का ऐसा इन्तजार इतिहास में शायद ही किसी ने कभी किया होगा। वैसे जब मेरे जीवन के साथ-साथ मेरे सारे कर्म ही ऐतिहासिक थे, तो मेरा यह मौत का इन्तजार भी ऐतिहासिक तो होना ही था। यूं देखा जाए तो एक यही क्यों, मेरा तो हर इन्तजार अपने-आप में निराला था। चाहे वह राधा के आने का हो या वृन्दावन जाने का, या फिर चाहे वह राजा बनने का हो या रुक्मिणी को पाने का। ...वैसे यह सारी फिजूल की बातें इसलिए कि इस समय "कर्म-रिक्तता"

के दौर से गुजर रहा था। जितने उपाय कर सकता था, कर चुका था। जितना सोचा जा सकता था, सोच लिया था। कर्म जितने किए जा सकते थे, कर गुजरा था। भूतकाल की यादों व भविष्य के सपनों में जितना जीया जा सकता था, जी लिया था। अब न तो करने को कुछ रह गया था न जीने का ही कुछ बाकी रह गया था। बस मौत को स्वीकार कर कुदरत को पूरी तरह समर्पित हो गया था। ...ऐसे में सच कहूं तो यह अंतिम दो-चार दिन सिर्फ अपने साथ गुजारना चाहता था। निश्चित ही उसके लिए वंशी से बेहतर दूसरा कोई माध्यम नहीं हो सकता था। वैसे अभी चन्द रोज पहले ही वह बुरी तरह धोखा दे चुकी थी। पर एकबार और उसकी शरण जाकर देखने में कोई बुराई तो थी नहीं। यूं भी अब जरासंध दो-चार दिनों की ही बात थी। जब समय ही नहीं बचा, व सारे उपाय सोच थक चुके तो पुराने विश्वासु के पास जाने में क्या बुराई?

यह विचार जब आया तब मैं कुब्जा के यहां था। वहां से ऐसा तो रथ दौड़ाया कि सीधे दूर यमुना किनारे रोका। तत्क्षण मौका, जगह व एकान्त खोज वंशी की तान छेड़ दी। पर यह तो कमाल हो गया। सबकुछ कुदरत के न्याय पर क्या छोड़ा, वंशी ने साथ देना प्रारंभ कर दिया। एकबार वंशी साथ दे-दे तो मुझे क्या गम और क्या कर्म। बस वंशी की धुन में ऐसा खोया कि देर रात्रि तक वंशी बजाता रहा। यहां तक कि मां, राधा व रुक्मिणी को अंतिम सलाम भी कर आया। ...लेकिन राजा बनने का ख्वाब नहीं तोड़ा। महान ग्रंथ की रचना का संकल्प नहीं छोड़ा। यानी भव्य कर्मों की उम्मीदें टिकाये रखी थी, बस सांसारिक क्रिया कर्म निपटा आया था। ...भला कुदरत के समर्पित सिपाही के होठों से वंशी की ऐसी मधुर तान छिड़े व समाधान न सूझे... ऐसा कभी हुआ है? अचानक मेरे जहन में एक योजना उतर आई। अब जरासंध मेरा कुछ नहीं बिगाड़ सकता था। मेरा तो ठीक, मेरी प्यारी वंशी ने क्षणभर में बाकियों की भी सुरक्षा का मार्ग खोज निकाला था। सचमुच "कुदरत जिसे बचाना चाहे उसे कोई नहीं मार सकता", बस एकबार अपनी समस्या कुदरत के न्याय पर छोड़ कर तो देखो। हालांकि सारा श्रेय कुदरत को दे दूंगा तो मेरे लिए क्या बाकी रह जाएगा? तुरंत अहंकार पकड़ा। अरे, हजारों मानसिक हथियारों से लैस कृष्ण को मारना कोई मजाक है क्या? नहीं, ...बिल्कुल नहीं। ...इसके साथ ही मैंने कुदरत का शुक्रिया अदा करने के साथ-साथ अपनी वंशी को भी अनकों बार चूमा। मन तो दिल खोल नाचने का कर रहा था। लेकिन समय इसकी इजाजत नहीं दे रहा था। एकबार बच जाऊं फिर जीवनभर तो नाचना ही है। सो, तुरंत योजना के अमलीकरण पर लग गया। ...रथ सीधे घर की ओर दौड़ा दिया।

...घर पहुंचते ही सबसे पहले मैंने अपना रथ एक लंबी यात्रा के लिए तैयार किया। रथ के तैयार होते ही तुरंत मैंने खुद को तैयार किया। क्योंकि योजना ही कुछ ऐसी थी कि उसके लिए स्वयं को भी मानसिक रूप से तैयार करना आवश्यक था। इन सब तैयारियों में आधी रात बीत गई। समय की कमी का एहसास मुझे था, और इस समय मैं समय के अनुरूप स्फूर्ति से भरा हुआ भी था। बस तत्पश्चात् मैंने फटाफटी में भैया को उठाया। भैया भी कमाल के थे। गहरी नींद से उठने के बावजूद उन्होंने अपनी गदा हवा में लहरा दी - क्या दुष्ट जरासंध आ गया है, चलो अभी उसका सिर फोड़ देते हैं। ...मैंने सर पकड़ लिया। चुपचाप उन्हें कक्ष से खींचकर बाहर ले गया। कहीं आवाज से मां व पिताजी जाग गए तब तो हो चुका। चलो यह तो ठीक पर आगे क्या? क्योंकि अभी

तो भैया के तेवर से स्पष्ट लग रहा था कि मुसीबत अभी पूरी तरह टली नहीं है, उसने सिर्फ अपना स्वरूप बदला है। मेरे लिए तो जरासंध न सही भैया ही सही, शायद उलझना मेरा भाग्य हो चुका था। अब जब यह तय था कि जरासंध से युद्ध नहीं जीता जा सकता है, और यह भी तय था कि उसके सामने समर्पण करने पर भी वह मारे बगैर छोड़ेगा नहीं; फिर भी ऐसा जोश..., जाने दो, समय कम था व कार्य तत्क्षण निपटाना पड़े, ऐसा था। अतः मैं तुरंत मुख्य बिंदु पर आ गया। मैंने कहा- मेरे भाई! जरासंध आया नहीं है, परंतु आ अवश्य जाएगा। आप सामान बांधो व तुरंत रथ में बैठो। हां, मेहरबानी कर अपने कुछ वस्त्र वगैरह भी साथ ले लो।

भैया ने मेरी तरफ आश्चर्य से ऐसे देखा मानो कह रहे हो कि जब जरासंध आया नहीं है तो फिर हम रथ में क्यों बैठ रहे हैं? भैया का आश्चर्य व्यक्त करना जायज था। ...जा कहां और क्यों रहे हैं, अभी बताता हूँ। समय की कमी देखते हुए मैंने भावों का सहारा लेने की बजाय सीधी बात करना ही उचित समझा। मैंने तुरंत कहा- ना तो जरासंध अभी मथुरा पहुंचा है और ना ही हम युद्ध पर जा रहे हैं।

भैया ने भी अबकी शब्दों का सहारा लिया। बड़े आश्चर्यचकित होते हुए पूछा- तो फिर इतनी रात गए हम वस्त्र लेकर कहां जा रहे हैं?

मैंने कहा- हम मथुरा से दूर जा रहे हैं।

भैया ने पूछा- क्यों?

मैंने कहा- क्योंकि मुझे नहीं लगता हम जरासंध का सामना करने में सक्षम हैं[५६]।

यह सुनते ही भैया के तेवर बदल गए। उन्होंने बड़ी कड़क आवाज में कहा- तो फिर यह मत कहो "मथुरा से दूर जा रहे हैं," बल्कि ऐसा कहो कि हम घबराकर मथुरा से भाग रहे हैं। सीधे-सीधे क्यों नहीं कहते कि हम जरासंध के भय से दुम दबाकर भाग रहे हैं?

अबकी मैंने भी अपना आपा खो दिया। एक तो मौत सर पे खड़ी है और बहस कर रहे हैं। बस मैंने झल्लाते हुए कह दिया कि- ऐसा ही समझो...

भैया बोले- और जो इतने दिनों से इतराकर सबसे "मैं हूँ ना...! मैं हूँ ना...!" कह रहे थे उसका क्या?

मैंने प्यार से उनका हाथ पकड़ते हुए थोड़ा मुस्कुराते हुए कहा- गलती हुई! अब मैं आपसे कह देता हूँ कि 'मैं नहीं हूँ ना...! मैं नहीं हूँ ना...!'

भैया मेरी बेशरमी देख और क्रोधित हो उठे, और उसी क्रोध में मेरा हाथ झटकते हुए बोले- तुझे जाना हो तो जा। मैं युद्ध छोड़कर नहीं भाग सकता।

...यह तो मैं पहले से जानता था कि युद्ध छोड़कर भागने को भैया आसानी से राजी नहीं होएंगे। शुरू से उनका विश्वास मरने-मारने में है। लेकिन उनको समझाना इतनी टेढ़ी खीर साबित होगा, इस बात का मुझे अंदाजा नहीं था। चाहे जो हो, उन्हें समझाना तो हर हाल में था। अतः अबकी सब्र रखते हुए मैंने उन्हें बड़ी विनम्रता से समझाने का प्रयास करते हुए कहा- हम युद्ध का मैदान छोड़ रहे हैं, युद्ध नहीं। ध्यान रहे कि तलवार के सामने तलवार उठाना ही वीरता नहीं, बल्कि तलवार के वार से बचना भी वीरता ही कहलाती है। ...वह भी समझदारीपूर्वक दिखाई गई वीरता।

---

५६. हरिवंश पुराण, विष्णु पर्व, अध्याय-३९, श्लोक-८; विष्णु पुराण, अंश-५, अध्याय-२२, श्लोक-१७

मेरी यह दार्शनिक बात सुन भैया अबकी अपनी गर्दन टेढ़ी करते हुए थोड़ा इठलाकर बोले- ठीक है, तो तू समझदारी वाली वीरता दिखा। ...मुझे तो गदा वाली वीरता ही रास आएगी।

मैं समझ गया कि भैया को युद्ध से भागने के लिए समझाना इतना आसान नहीं, फिर भी समझाना तो था ही। ...वरना न रहेंगे भैया न बचूंगा मैं। वैसे गणित भी साफ था; यदि जरासंध से संघर्ष टालना है तो भैया से आखिर तक संघर्ष करना ही होगा। और इस समय भैया से संघर्ष एक सस्ता सौदा था। कुल-मिलाकर समय की कमी के बावजूद मुझे उनसे विस्तार से बात करनी ही पड़ी। मैंने उन्हें कई तरीके से समझाया। जरासंध की ताकत, मथुरा की तैयारी और जाने क्या-क्या। बड़ी मशक्कत के बाद भैया को कुछ शांत करने में सफल हो पाया। जब कुछ शांत हुए तो उन्होंने मेरी बात पर अच्छे से गौर किया। तत्पश्चात् कुछ सोचकर बोले- बाकी तो ठीक है, लेकिन यदि हम युद्ध छोड़कर भाग गए तो मथुरावासी क्या कहेंगे?

उनकी यह बचकानी बात सुनते ही मैं झुंझला उठा। उसी झुंझलाहट में मैंने कहा- वे क्या कहेंगे यह सुनने के लिए भी जीवित तो रहना आवश्यक है या नहीं मेरे भाई!

...चार दिन चले ढाई कोस। भैया ने मेरा सब कहा-सुना पानी कर दिया। युद्ध दिमाग से हटा तो अहंकार आड़े आ गया। यही तो मनुष्य की परेशानी है कि वह बाकी सब से तो एकबार को निपट भी सकता है, परंतु अपने अहंकार से निपटना उसे आता ही नहीं। जबकि सच तो यह है कि जो अपने अहंकार से नहीं निपट सकता वह जीवनभर यूं ही टुकड़े-टुकड़े में निपटता चला जाता है। छोड़ो! यह कोई चिंतन करने का समय थोड़े ही था? मैं तो बस जल्द-से-जल्द भैया को लेकर भागने की फिराक में था। लेकिन भैया माने तब ना। ...हालांकि भैया के लिए मेरे पास एक-से-एक ब्रह्मास्त्र थे। वैसे भी जहां प्यार है वहां ब्रह्मास्त्रों की क्या कमी? और यह तो साफ दिख ही रहा था कि अब ब्रह्मास्त्र चलाए बगैर काम बनने वाला नहीं। ...लो चला दिया ब्रह्मास्त्र। जाने का अभिनय करते हुए मैंने भैया से पूछा- आप चल रहे हैं या मैं अकेला चलूं।

यह क्या? भैया ने तो गर्दन हिलाकर जाने का इशारा ही कर दिया। तो क्या ब्रह्मास्त्र विफल? जो भैया मेरे बगैर एक दिन नहीं रह सकते उनकी इतनी अड़ाअड़ी। अभी महा-ब्रह्मास्त्र चलाकर ठीक किए देते हैं। बस जाने का अभिनय करते हुए मैंने अपना सामान रथ पर चढ़ा ही दिया। पर भैया पर इसका भी कोई असर नहीं हुआ। ठीक है, लो मैं भी रथ पर सवार हो गया। लेकिन भैया अब भी पूरी मजबूती से अड़ीखम खड़े मेरी हर गतिविधि निहार रहे थे। कोई बात नहीं; अभी पिघला के भावुक कर देते हैं। बस मैंने रथ की कमान खींचते हुए उनकी ओर पूरी नाटकीयता से मुड़ते हुए कहा- भैया आपका प्यार पाकर मेरा बचपन धन्य हुआ है। आप ही की उंगली पकड़कर मैं चलना सीखा हूँ। आपने हमेशा हर संकट में मेरी रक्षा की है। और आज जब मेरे पास कोई आसरा नहीं तो आप मुझे अकेले छोड़ रहे हैं। मेरे साथ तक चलने को तैयार नहीं।

मैंने देखा, ब्रह्मास्त्र ने अपना रंग दिखाना शुरू कर दिया था। भैया कुछ ढीले अवश्य पड़े थे। मैंने भी मौका जान स्वयं को और उदास किया। फिर अचानक रोनी सूरत बनाते हुए बोला- फिर कभी जरासंध ने मुझे घेरा तो स्वयं को मौत के हवाले कर दूंगा। कहूंगा जरासंध से कि जो चाहे कर ले, लेकिन याद रख यदि आज मेरे भैया साथ में होते तो तुझे बता दिया होता।

...इतना कहकर मैंने रथ को चार कदम आगे बढ़ाया, और फिर पलटकर भैया की आंखों में झांका। भैया स्पष्टतः पूरी तरह टूट गए थे। यानी ब्रह्मास्त्र ठीक निशाने पर लग चुका था। यही तो "ब्रह्मास्त्र" की विशेषता होती है, उसका निशाना कभी नहीं चूकता। इस समय उपयोग में लाए गए ब्रह्मास्त्र को 'भावुक-ब्रह्मास्त्र' कहा जा सकता है। वैसे मेरे पास अनगिनत ब्रह्मास्त्र थे। 'अहं-ब्रह्मास्त्र', 'नाटक-ब्रह्मास्त्र', 'भय-ब्रह्मास्त्र', 'आत्मविश्वास-ब्रह्मास्त्र'। मैं जानता था कि मेरे भैया सबकुछ सह सकते हैं पर मुझे संकट में नहीं देख सकते। अब छोटा था तो थोड़ी जिद, थोड़ा नाटक तो करूंगा ही? और फिर यह मेरा अधिकार भी था। चलो यह तो समझे पर इधर अभी अब एक अंतिम वार की बात थी। भैया चित्त होने को तैयार ही दिखाई दे रहे थे। मैं तुरंत रथ से नीचे उतरा, आंखों में आंसू लाए व सीधे भैया के चरण-स्पर्श कर आशीर्वाद लेने पहुंच गया। और फिर वापस मुंह लटकाए रथ में जा बैठा। निश्चित ही कुछ देर के लिए वातावरण में सन्नाटा छा गया। स्वाभाविक तौर पर अंतिम पहल भी मुझे ही करनी थी। मैंने नाटक आगे बढ़ाते हुए घोड़े की लगाम अपने हाथों में ऐसे ली मानो रथ अब चलने को ही है, फिर भैया की आंखों में झांकते हुए कहा- ठीक है भैया, जाता हूँ। शायद फिर कभी आपसे मुलाकात न हो। ...इतना कहते-कहते मैंने रथ चार कदम बढ़ा भी दिया। फिर रोककर पलटते हुए भैया की आंखों में झांका। मोम पूरी तरह पिघल चुका था। बेचारे भैया बेमन से ही सही, पर चुपचाप हड़बड़ी में अपना सामान बांध रथ में बैठ गए। ...बोले कुछ भी नहीं। यानी क्रोध अपनी जगह अब भी यथावत था। अर्थात् उनका आगमन मजबूरी में ही हुआ था। अब मजबूरीवश आए हों या राजीखुशी, पर मेरा काम तो हो ही गया था।

...इधर भैया के रथ में बैठते ही मैंने राहत की सांस ली। मैं मन-ही-मन प्रसन्न भी बहुत हो रहा था, हां पर प्रसन्नता जाहिर नहीं होने दे रहा था। मरना था क्या? भैया प्रसन्नता ताड़ लेते तो रथ से उतर न जाते? समझ न जाते कि मैं उनसे नाटक कर गया? ...देखी "कृष्ण-की-लीला", पूरी मथुरा सो रही थी और उनका सरदार भाग गया था। पता नहीं लोगों को क्यों मेरा यह "रणछोड़" रूप बहुत भा गया। मेरे बहुत से नामों में प्यार से एक नाम यह भी जुड़ गया "रणछोड़"। हालांकि ठीक इसके विपरीत जब महाभारत में अर्जुन 'रणछोड़' बनना चाहता था, तब आपको याद होगा कि मैंने कितनी दृढ़ता से उसका विरोध किया था। वह रण न छोड़े, उस हेतु पूरी-की-पूरी गीता उससे कही थी। ...भला इतिहास में दो रणछोड़ कैसे हो सकते हैं? खैर, यह तो मजाक की बात थी। दरअसल अर्जुन भय व मोह के कारण भागना चाहता था, जो मुझे कतई स्वीकार्य नहीं था। उसके भागने में नकारात्मकता थी। मेरे भागने में 'अहिंसा' थी। न मैं मरूं, न भैया। न व्यर्थ मथुरावासियों को ही अपनी जान गंवानी पड़े। गौर से समझा जाए तो मेरे भगोड़ेपन में सिवाय सकारात्मकता के कुछ नहीं था। ...और विस्तार से कहूं तो दो विरोधाभासों को मिलाने वाला मध्य बिंदु ही सत्य है। मैं जीवनभर सत्य का साथ निभा पाया, क्योंकि दो विरोधाभासों के बीच संतुलन बनाना मुझे अच्छे से आता था। नहीं समझे; अभी समझाये देता हूँ। मुझसे ज्यादा कपटी कोई नहीं था, इसीलिए मुझसे ज्यादा भोला भी कोई कभी नहीं हुआ। क्योंकि मैं परम-अहंकारी था, इसलिए मुझसे ज्यादा "अहंकार-शून्य" खोजना भी मुश्किल। ...और इसी "अहंकार-शून्यता" की वजह से तो यह "रणछोड़", अर्जुन के रण छोडने का पूर्ण-रूपेण विरोध कर पाया था। यदि कोई अहंकारी

रण छोड़ चुका हो तो वह कभी दूसरे के रण छोड़ने के विरोध करने का साहस नहीं जुटा पाएगा। सोचेगा ...सामने वाले ने पलट कर सवाल किया कि आपने रण क्यों छोड़ा था, तो क्या जवाब दूंगा?

सौ बातों की एक बात यह कि जीवन में हर चीज का एक समय होता है। अहंकार व क्रोध दर्शाने का अपना एक समय होता है। युद्ध करने व युद्ध से भागने का भी अपना एक समय होता है। मनुष्य को कब क्या करना, यह समय तय करता है। जैसे, चूंकि यह समय ही रण छोड़ने का था इसलिए मैं रण छोड़कर भाग रहा था, लेकिन जब अर्जुन भागना चाहता था तब वह समय युद्ध करने का था। उसे असमय का मोह पकड़ा था, इसलिए मैंने उसका विरोध किया था। ...वरना मैं कभी युद्ध से न तो भागा हूँ-न भाग सकता हूँ। मैं कभी न डरा हूँ-न डराया जा सकता हूँ। हां, लेकिन मेरी दृष्टि में जान लेना या देना यह अंतिम उपाय होना चाहिए। वहीं, अंतिम उपाय में भी हारने के लिए तो नहीं ही लड़ा जा सकता है। जीवन 'जीत' का दूसरा नाम है। हारने या मरने के लिए आसानी से तैयार हो जाना हताश व्यक्ति के लक्षण हैं। आज समय जरासंध का है, और समय से डरना बुद्धिमानी है। समय वह काल है कि जिसके सामने पड़ना मौत को न्यौता देना है। जब समय ही जरासंध का है तो भाग जाओ... जब समय हमारा होगा, तब या तो हमारे पास बड़ी सेना होगी या जरासंध से यूं ही अकेले में कहीं भिड़ंत हो जाएगी; या फिर कभी कोई कूटनीति ही काम कर जाएगी। कहने का तात्पर्य समय बदलते ही सबकुछ बदल जाएगा, लेकिन समय बदलने का इन्तजार तो करना ही होगा।

खैर! अभी तो हम भगोड़ों की यात्रा प्रारंभ हो चुकी थी। मैं रथ तेजी से दौड़ाए चला जा रहा था। किस दिशा में जा रहे थे इसका बिल्कुल भान नहीं था। बस इतना अवश्य मालूम था कि जरासंध जिधर से हमला बोलने आने वाला था उससे विपरीत दिशा में जा रहे थे। यात्रा का शुरुआती आनंद यह कि भैया मेरे साथ थे फिर भी वास्तव में था मैं अकेला ही। हम दोनों के बीच कोई बातचीत नहीं हो रही थी। चूंकि वे मजबूरीवश रथ में विराजमान थे, अतः उनकी यह मजबूरी व्यवहार में झलकनी ही थी। आप तो जानते ही हैं कि मेरे "ब्रह्मास्त्र" में उलझने के कारण इस समय भैया के दर्शन रथ में हो रहे थे, वरना वे तो वहां जरासंध का इन्तजार करने के पक्ष में ही थे। बस इसी बात को लेकर वे अब भी क्रोधित थे। जब कुछ नहीं बन पड़ा था तो भगोड़े बनने पर मजबूर किए जाने की नाराजगी बात न करके दर्शा रहे थे। होगा! अभी तो मैं रथ दौड़ाते-दौड़ाते बीच-बीच में उन पर भी नजर दौड़ा लिया करता था। स्वाभाविक तौर पर देखने के लिए कि क्रोध कम हो रहा है कि नहीं, लेकिन सवाल ही पैदा नहीं होता था। बलराम जैसा "वीर" युद्ध का मैदान छोड़कर भागा था, अहंकार कोई क्रोध को ऐसे थोड़े ही शांत होने देने वाला था? मत होने दो। वे अपना कर्म कर रहे थे तो मैं भी अपना कर्म कर ही रहा था। जरासंध से दूर की दिशा में रथ दौड़ाये ही चले जा रहा था। अब तो सुबह भी होने को थी; पर रथ रोकने का सवाल ही नहीं उठता था। यानी जरासंध का भय ऐसा छाया हुआ था कि मैं फिर भी रथ दौड़ाये चले जा रहा था। ...कहीं ऐसा न हो, मालूम पड़े दो छोकरे अकेले भागे हैं ...चलो दस-बीस रथों से ही उनका पीछा कर लिया जाए। यानी रण छोड़ने की बदनामी के बाद भी यदि जान जोखिम में पड़ जाए, तो-तो यह दोगुनी नुकसानी हुई। और आप तो जानते हैं कि घाटे का सौदा "कृष्ण" को पसंद नहीं।

खैर! अब तो सूरज भी पूरी तरह से निकल आया था, लेकिन भैया के मन से शांति का सूरज निकलने को अब भी तैयार नहीं था। और ऐसे अशांत भैया से बात करने की हिम्मत मुझमें नहीं थी, खासकर तब जब वह अशांति मैंने प्रदान की हो। फलस्वरूप मेरा अनवरत रथ दौड़ाना अब भी जारी था। तभी एक सरोवर नजर आया। यह ठीक था। बस मैंने चुपचाप सरोवर के पास अपना रथ रोक दिया। स्वयं मुंह धोया। फिर घोड़ों को खोला। उन्हें भी पानी पिलाया। तत्पश्चात् पास ही एक पत्थर के टीले पर विश्राम करने बैठ गया। उधर भैया भी रथ से तो उतरे, उन्होंने भी मुंह धोया ...पर बैठे मेरे से दूर जाकर ही। मेरे लिए तो उनका इस कदर दूरी बनाये रखना ही नाराजगी की गहराई दर्शाने को पर्याप्त था। ...फिर भी एक अच्छे भ्राता की तरह मैंने हिम्मत कर मुस्कुराते हुए भैया की तरफ देखा, पर यह क्या - उन्होंने मुंह ही फेर लिया। कोई बात नहीं, मैंने बेशरमी का आवरण ओढ़ते हुए हिम्मत कर एक-दो बार बात करने की भी कोशिश की, लेकिन भैया का अड़ियलपन अब भी जारी था। ...वे किसी बात का कोई जवाब नहीं दे रहे थे। जब भी कुछ कहता मुंह फेर लेते। यानी क्रोध आसानी से शांत होता नजर नहीं आ रहा था। एक तो अभी हम कहां हैं यह नहीं मालूम था, कहां जाएं यह समझ में नहीं आ रहा था; और उसपर भैया की यह नादानी। अरे, चलो कहां है यह महत्वपूर्ण नहीं, पर कहां जाएं यह तो सोचना ही होगा। और सोचने के लिए बातचीत भी करनी ही होगी, लेकिन महाराज तो सामने देखने को ही तैयार नहीं। कोई बात नहीं हम ही सोच लेते हैं।

...अब वैसे तो मेरी दृष्टि में जरासंध के किसी शत्रु राजा के यहां हम ज्यादा महफूज माने जा सकते थे। फिर भी भैया की राय मिल जाती तो अच्छा था। परंतु भैया का वर्तमान क्रोध देखते हुए हाल-फिलहाल तो वे कोई राय देते नजर नहीं आ रहे थे। आखिर कोई उपाय न देख मैंने स्वयं को समझाना चालू कर दिया - कन्हैया! जितने कष्ट पड़े, हंसते-हंसते उठा ले। आज नहीं तो कल अंधियारे बादल छंट ही जाएंगे। पहले जरा उन्हें गहराने तो दे। क्योंकि अंधकार पूरी तरह गहराये बगैर आशा की किरण नहीं फूटने वाली। आज नहीं तो कल भैया शांत हो ही जाएंगे। और फिर यूं भी मेरे पास रूठे भैया को मनाने के अलावा और भी कई काम थे। सो, मैं चुपचाप उन कार्यों में भिड़ गया। सबसे पहले घोड़ों को घास खिलाई। फिर आस-पास से कुछ फल वगैरह तोड़ लाया। वैसे कुछ भोजन सामग्री रथ में भी पड़ी ही हुई थी। बस एक अंतिम कोशिश के तौर पर मैंने दोनों मिलाकर बड़े प्रेम से भैया के सामने भोजन धर दिया। मेरा मकसद साफ था। एक तो भैया को भोजन कुछ शाही लगे, दूसरा शायद पेटपूजा कर उनका क्रोध कुछ शांत हो जाए। और खुशी की बात यह थी कि कुछ आना-कानी के बाद ही सही, पर अंत में भैया ने भोजन ग्रहण कर ही लिया। भैया की यही विशेषता थी, कितने ही क्रोध में क्यों न हों, पर गुस्सा कभी पेट पर नहीं उतारते थे। निश्चित ही मेरे लिए यह शुभ संकेत था। एकबार भोजन ग्रहण किया है, तो बातचीत भी हो जाएगी। आसार भी कुछ ऐसे ही बनते नजर आ रहे थे। भोजन के पश्चात् भैया के तेवर कुछ शांत अवश्य मालूम पड़ रहे थे। मैंने सोचा यही वक्त है, एकबार फिर हिम्मत कर बातचीत करने की कोशिश की जाए। और बातचीत वर्तमान समस्या पर हो तो ज्यादा वास्तविक लगेगी। कम-से-कम ऐसा नहीं लगेगा कि मैं लाड़ने आया हूँ। यही सोचकर मैंने भैया से पूछा- आपकी राय में हमें अब कहां जाना चाहिए?

सवाल सुनते ही भैया बड़ी नाटकीयता से बोले- तीर्थ–यात्रा के अलावा और कहां जा सकते हैं। क्योंकि युद्ध से भागे लोग "तीर्थ–यात्रा" पर ही तो जाते हैं।

मैं समझ गया, भैया के भीतर का क्रोध अब भी चट्टान की तरह मजबूत खड़ा हुआ है। तो क्या, बड़े–से–बड़ी चट्टान भी लगातार पानी डालते रहने से एक–न–एक दिन पिघल ही जाता है। मैंने इस बात से संतोष माना कि भले ही क्रोध में और टेढ़े ही सही, पर कम–से–कम सवालों का जवाब तो देने लगे। मैंने इसे ही शुभ संकेत मानकर बात आगे बढ़ाई - क्यों न हम चंडक के यहां वैवस्वतपुर चलें?

...यह सुनते ही भैया क्रोधित हो गए, और उसी क्रोधित अवस्था में बोले- क्या कहोगे उससे? देखो पंचजन को मारने वाले वीर जरासंध से डर कर तुम्हारे यहां आसरा लेने आए हैं। जानते हो कन्हैया, गोपियों के पीछे भागते–भागते व लड़कियों के साथ ठिठोली करते–करते तुम्हारी वीरता को जंग लग गया है। ...परंतु याद रखो, मैं अब भी वीर हूँ।

...कोई बात नहीं। भैया लाख टेढ़े जवाब दें, मुझे तो बातचीत जारी रखनी ही थी। अतः मैंने बड़ी विनम्रतापूर्वक फिर बात आगे बढ़ाई। मैंने कहा- ठीक है! नहीं जाते चंडक के यहां। अब आप ही कोई सुझाव दीजिए कहां जाएं?

भैया अबकी खिसियाते हुए बोले- रण से भागने का निर्णय तुम्हारा था, तो कहां जाना है यह भी तुम्हीं तय करो। मैं तो सिर्फ रथ में बैठ जाऊंगा, जैसे रण से भागते वक्त बैठ गया था।

यानी भैया का क्रोध इतनी आसानी से शांत होने वाला नहीं। अभी काफी मशक्कत और करनी होगी। और वह फिर कभी कर ली जाएगी, बस यही सोचकर मैंने एकबार को हथियार डाल दिए। कहीं ऐसा न हो बमुश्किल कुछ शांत हुए भैया फिर उबल पड़ें और लेने के देने पड़ जाए। अतः मैंने फटाफट रथ बांधा व अनजान दिशा की ओर दौड़ा दिया। गणित के नाम पर इतना ही दिमाग लगाया कि जानी–पहचानी दिशा में जाने से जरासंध के लिए हमें खोजना आसान हो जाएगा। करीब चार दिनों तक यही क्रम जारी रहा, बस बिना कुछ सोचे–समझे अनजान दिशा में रथ दौड़ाए चले जा रहा था। किसी नगरी में घुसने या घूमने का तो सवाल ही नहीं उठता था, क्योंकि पहचान लिए जाने पर जरासंध तक खबर पहुंचने का डर था। कुल–मिलाकर इन पूरे चार दिन में मैं एक ही नित्यकर्म से बंध गया था। सुबह रथ बांधना, फिर दिनभर रथ हांकना, संध्या रात्रि विश्राम के वक्त रथ खोलना; फिर रात्रि–भोजन के पश्चात् भैया से बातचीत करने का प्रयत्न करना... और हारकर रात्रि को थकान उतारने के लिए वंशी बजाना। हालांकि मेरी लगातार की जा रही कोशिश धीरे–धीरे रंग जरूर ला रही थी। दिन–ब–दिन भैया का क्रोध कमजोर पड़ता अवश्य जान पड़ रहा था, लेकिन फिर भी यह तो स्वीकारना ही होगा कि उसकी गति अत्यंत धीमी थी। वैसे मैंने अपनी तरफ से भैया का क्रोध शांत करने के प्रयास में कोई कमी नहीं रख छोड़ी थी, और इस वक्त इससे ज्यादा मैं कुछ कर भी नहीं सकता था। परिस्थिति ही कुछ ऐसी थी कि कर्म मेरे हाथ में था व फल भैया के हाथ में।

चलो वह सब तो ठीक पर उसी दरम्यान दो दिन हम किसी घने व सुनसान जंगल में फंस गए। दूर–दूर तक बस्ती नजर नहीं आ रही थी। हमें ये दो दिन कच्चे–पक्के फल खाकर ही गुजारने

पड़े बस इस ऊल-जलूल भोजन ने मेरा बना-बनाया काम फिर बिगाड़ के रख दिया। नहीं समझे, ...भैया के पेट पर जुल्म हो व भैया का क्रोध न बढ़े, यह कहां होने वाला था? यह तो अच्छा था कि तीसरे दिन दोपहर होते-होते बस्ती दिखाई पड़ गई थी। मैंने भी राहत की सांस लेते हुए रथ सीधा पकवान की दुकान पर जा खड़ा किया था। अब धन की तो हमारे पास कोई कमी थी नहीं, हमने ना सिर्फ एक-से-एक पकवान खाए बल्कि काफी बंधवा भी लिए। पेटपूजा होते ही बिगड़ा काम फिर बनता नजर आने लगा। भैया कुछ शांत हुए मालूम पड़े। अब भैया शांत हुए तो घोड़ों को भी शांति प्रदान करना आवश्यक था, विश्राम की मांग उनकी भी थी। बस उस बहाने कुछ देर हम भी सुस्ता लिए। वैसे इस दरम्यान मैंने भैया से आंख मिलाने के एक-दो प्रयास भी किए, पर सब बेकार। चलता है। अभी तो एकबार फिर भैया का क्रोध शांत होने की उम्मीद के साथ हमारी यात्रा प्रारंभ हो चुकी थी। हालांकि कहां रुकना व कहां आसरा लेना ...यह सारे प्रश्न अब भी अपनी जगह यथावत थे। वैसे यथावत तो भैया की नाराजगी भी काफी हद तक अपनी जगह थी ही। अब वे अपना मुंह खोलें या न खोलें; लेकिन अब कहां आसरा लेना यह तय करने का समय अवश्य आ गया था। कोई ऐसे ही अकारण जंगलों में तो घूमा नहीं जा सकता था। अभी मैं इस उधेड़बुन में उलझा रथ हांक ही रहा था कि तभी दूर से एक संन्यासी आते हुए दिखे। मैंने तुरंत रथ रोककर उन्हें प्रणाम किया। और प्रणाम करते-करते ही मैं रथ से नीचे उतर गया। ...अब तक भैया भी रथ से उतरकर मेरे बाजू में खड़े हो गए थे। हम रथ के बाजू में व संन्यासी सामने खड़े हुए थे। अब तक तो सब ठीक चल रहा था पर मेरी भी क्या बुद्धि भ्रष्ट हुई जो मैं ऐसे ही बातचीत आरंभ करने हेतु उनसे उनका परिचय पूछ बैठा।

बस परिचय क्या पूछा, लेने के देने पड़ गए। अचानक वे क्रोधित होते हुए बोले- संत, संत होते हैं। उनका कोई परिचय नहीं होता। आप अपना परिचय दीजिये।

एक क्षण को तो मैं उनकी कड़क आवाज सुन बुरी तरह हड़बड़ा गया। हालांकि जल्द ही सम्भल मैंने अपना परिचय देते हुए कहा[५७]- मैं कृष्ण हूँ, और यह मेरे भैया बलराम हैं। हम मथुरा के निवासी हैं। किसी परिस्थिति के विवश होकर हमें वहां के राजा कंस का वध करना पड़ा। अब कंस ...क्योंकि मगध-सम्राट जरासंध का जमाई था, इसलिए जरासंध प्रतिशोध के वश हमारे खून का प्यासा हो गया है। बस हम जरासंध से बचकर आसरा खोजने निकले हैं। हमें यह भी नहीं मालूम कि इस वक्त हम कहां हैं?

संन्यासी बोले- अच्छा! तो तुम्हीं कृष्ण हो। मैंने तुम्हारे बारे में सुन रखा है। तुम्हीं हो न जिसने गुरुदक्षिणा चुकाने के लिए पंचजन का वध किया था?

...मैं मन-ही-मन बहुत खुश हुआ कि चलो मेरी वीरता के चर्चे चारों ओर फैल चुके हैं। हालांकि बाहर से स्वयं पर नियंत्रण रखते हुए चुपचाप हामी में सिर हिला दिया था। मेरे लिए यही काफी था कि परिचय पाते ही उनके व्यवहार में अचानक परिवर्तन आ गया था। वे काफी नम्र हो गए थे। ...और परिणामस्वरूप अबकी बड़े ही शांत भाव से उन्होंने आगे संबोधित करते हुए कहा- चूंकि तुम आचार्य सांदीपनि जैसे महान आचार्य के यहां शिक्षित हो इसलिए वैसे तो तुम्हें ज्यादा ज्ञान की आवश्यकता है नहीं, परंतु बुरा मत मानना... सांदीपनि युद्ध कला या राजनीति के

५७. हरिवंश पुराण, विष्णु पर्व, अध्याय-३९, श्लोक-२०-७०

इतने जानकार नहीं हैं। अतः मैं तुम्हें कुछ समझाइश अवश्य दूंगा कि आश्रय खोजने वाला कमजोर होता है, और कमजोर को कोई आश्रय नहीं देता। कंस व पंचजन जैसों का वध करने वाले वीर को तो चाहिए कि वह अपना आश्रय स्वयं बने। सो अपना आश्रय स्वयं बनो। अर्थात् आश्रय खोजना छोड़ तुम अपनी शक्ति बढ़ाने पर ध्यान दो। तुम कितना ही भागोगे, लाख अपनी पहचान छुपाओगे ...तो भी आज नहीं तो कल जरासंध तुम्हें खोज ही लेगा। यह मत भूलो कि आर्यावर्त के अधिकांश राजा उसके प्रभाव में है। ...माना कंस व पंचजन का वध कर ना सिर्फ तुमने अपनी वीरता सिद्ध की है, बल्कि पाप का नाश भी किया है। इसी से तुम श्रेष्ठ भी हो, लेकिन एक बात याद रखो, श्रेष्ठ पुरुष के जीवन में स्वार्थ व परमार्थ का संगम होना चाहिए। अर्थात् जो चीज तुम्हारे हित की हो वही सर्वहित की भी होनी चाहिए। मेरी राय में धन कमाना व सत्ता प्राप्त करना ना सिर्फ तुम्हारे हित में है, बल्कि "सर्वहित" में भी है। क्योंकि आम प्रजा तभी सुखी रह पाती है जब धन और सत्ता श्रेष्ठ पुरुषों के हाथ में होती है। ध्यान रहे, धन व सत्ता एक-दूसरे को बढ़ाती है। अतः तुम भी धन कमाओ, सत्ता पाओ और अपनी शक्ति बढ़ाओ। ...और तभी तुम जरासंध से स्थायी तौर पर बच सकते हो। और हां, इन सब समझाइश के चलते मैं आपके मुख्य सवाल का ही जवाब देना भूल गया; इस समय आप लोग मथुरा से काफी दूर विदर्भ की सीमा पर खड़े हैं।

...उस संन्यासी की बातों ने मेरी तो सारी ज्ञान-शक्ति ही हिला कर रख दी। कितने महान व कितने ज्ञानी संन्यासी थे। मानना ही होगा कि उन्होंने सही समय पर सही ज्ञान देकर हमें सही राह दिखाई थी। वैसे भी सही समय पर सही ज्ञान देना ही तो महान संन्यासियों की निशानी होती है। मैं तो क्षणभर में सोच गया कि कहीं यह संन्यासी कुदरत के भेजे निमित्त तो नहीं? कहीं ऐश्वर्य की ऊंचाई पर बैठने के मेरे सपने के साथ अब कुदरत की मंशा तो नहीं जुड़ गई है? ...शायद हां, तभी तो वर्षों में प्राप्त होने वाला ज्ञान क्षणों में मिल गया था और वह भी अनायास। यदि ऐसा है तो कहीं यह वर्तमान भटकाव मेरे शक्तिशाली होने के द्वार खोलने हेतु तो नहीं आया है?

...वैसे यह सब भविष्य की बात थी। हाल-फिलहाल तो वर्तमान संकट का हल खोजना जरूरी था। और इससे पहले कि मुझे खयालों में खोया देख संन्यासी अपनी राह पकड़ ले मैंने जमीनस्थ होते हुए बड़ी विनम्रता से दोनों हाथ जोड़कर संन्यासी से कहा- सचमुच शक्ति बढ़ाने का आपका सुझाव जीवन को नई राह दिखाने वाला है। निश्चित ही आपके एक इशारे ने हमें भटकने से बचा लिया है, परंतु मैं क्षमा चाहता हूँ... जब तक हमारी शक्ति नहीं बढ़ जाती तब तक के लिए तो हमें सुरक्षित आश्रय खोजना ही होगा। और क्योंकि हम राज-परिवार से नहीं हैं इस कारण हम आर्यावर्त की राजनीति से भी बिल्कुल नावाकिफ हैं। सच कहूं तो कौन जरासंध का मित्र है और कौन शत्रु, हमें तो अभी इसका भी ठीक-ठीक ज्ञान नहीं है। फिर भी यदि मेरा अंदाजा ठीक है तो "करवीरपुर" विदर्भ के निकट ही है। और शायद वहां के राजा शृंगलव यादव भी हैं व हमारे दूर के रिश्तेदार भी। मेरा सोचना है कि हमें वहां आश्रय अवश्य मिलना चाहिए। इस बाबत मैं आपकी राय जानना चाहता हूँ।

यह सुनते ही संन्यासी जोर से हंस दिए। ...और फिर हंसते हुए ही बोले- सचमुच! तुम आर्यावर्त की राजनीति में नादान हो। शृंगलव महास्वार्थी, क्रूर व अहंकारी है। उसके सामने जात

या संबंध का कोई महत्त्व नहीं। वह सत्ता के नशे में चूर है। उसने राज्य के सैकड़ों पंडितों व आचार्यों को कैद कर रखा है। हो सकता है वह एक तरफ तुम्हें आश्रय दे, और दूसरी तरफ जरासंध से तुम्हारी जान की सौदेबाजी ही कर बैठे। ऐसा भी हो सकता है कि एक रात तुम सोते ही रह जाओ और आंख खुले तो तुम्हें पता चले तुम जरासंध के बंदी हो गए।

...मैं तो बुरी तरह घबरा गया। इसका अर्थ यह हुआ कि वर्तमान परिस्थितियों में हमें आर्यावर्त की राजनीति की व राजाओं की जानकारी होना आवश्यक थी। हमारा यह अज्ञान हमें कभी भी मौत के घाट उतार सकता है। ...यह तो धन्य हो कुदरत का कि जिसने संन्यासी को हमारी जान बचाने हेतु निमित्त बना कर भेज दिया, नहीं तो मेरी बुद्धि से तो मैं श्रृंगलव के यहां आसरा लेने जाता और हो सकता था कि आजीवन जरासंध की कैद में सड़ता रह जाता, ...या क्या मालूम वह हमें मार ही डालता? वाकई बड़ी भयानक घटना घट जाती। पर छोड़ो, जो हुआ नहीं उस पर और क्या सोचना? और जो हुआ है उससे तो यकीन हो रहा है कि कुदरत मुझे हर हाल में बचाना चाहती है, यदि ऐसा नहीं होता तो रणछोड़ बनने का विचार ही न आता। चलो इतना सकारात्मक न भी सोचूं तो कम-से-कम सही समय पर सही राह दिखाने वाले इस महान संन्यासी से मुलाकात तो कभी न होती। खैर; अब अपना राजनैतिक ज्ञान तो मैं देख ही चुका था। तथा जरासंध का प्रभाव व वर्चस्व रोज-रोज समझ आ ही रहा था। ना तो जरासंध के किसी मित्र राजा के राज्य में ही घुस सकते थे, ना अपने पहचाने किसी राजा के यहां अपनी बुद्धि से जा सकते थे। ...और अब तो जरासंध के शत्रु राजा के यहां जाने में भी डर लगने लगा था। पता नहीं वह भी कब जरासंध के प्रभाव में आके पलटी खा ले। सच कहूं तो मुझे तो अब यह धरती ही कहीं से सुरक्षित आश्रय देती नजर नहीं आ रही थी। फिर भी जिंदा तो रहना ही था। सोचा... अपनी बुद्धि तो चल नहीं रही, संन्यासी से ही पूछ लिया जाए। बस मैंने बड़ी लाचारीपूर्वक उनसे सीधा पूछा- तो फिर आप किधर जाने की सलाह देते हैं?

संन्यासी ने तुरंत कहा- गोमंत की टेकड़ी। वह तुम्हारे लिए वर्तमान परिस्थिति में हर दृष्टि से सुरक्षित है। चारों ओर फैली उसकी पहाड़ियां व उसकी घनी प्राकृतिक संपदा तुम्हें चारों ओर से ऐसे छिपा लेगी जैसे माता अपनी गोद में बच्चे को छिपा लेती है। वह पर्वत इतना ऊंचा है कि उस पर चढ़ाई असंभव है। मैंने तो यह भी सुना है कि वहां दो हजार वर्ष पूर्व एक संपन्न नगरी हुआ करती थी जो किसी प्राकृतिक आपदा के कारण ही आज पहाड़ी में तब्दील हो गई है। उस पहाड़ी के दूर-दूर तक कोई बस्ती नहीं है। उस ओर कोई जाता-आता भी नहीं। वैसे पहाड़ी से कुछ दूरी पर एक आदिवासी बस्ती अवश्य है, बस आपका रथ भी वहीं तक जा पाएगा। तत्पश्चात् काफी लंबा रास्ता तय कर तुम्हें यह पहाड़ी पैदल ही चढ़नी होगी। और निश्चित ही यह चढ़ाई आसान कतई नहीं होगी।

मैं तो संन्यासी की बात सुनकर उत्साह से भर गया। चलो जान को सुरक्षा तो मिली। यह तो उन्होंने दूसरी राह भी बड़ी सटीक सुझायी। अनायास मैं पूरी तरह आत्मविश्वास से भर गया। बस इसी आत्मविश्वास के चलते मैंने संन्यासी को आश्वस्त करते हुए कहा- आप फिक्र न करें। हम ग्वाले हैं, पहाड़ियां चढ़ने व घने जंगलों में घूमने के आदी हैं।

मेरी बात सुनकर संन्यासी बड़ी गंभीरता से बोले- यह तो ठीक पर तुम्हें एक बात की और सावधानी बरतनी होगी। यह पहाड़ी करवीरपुर की सीमा क्षेत्र में ही आती है। अतः वहां भी हर समय तुम्हें ना सिर्फ सावधान रहना होगा बल्कि अपनी पहचान भी छिपाये रखनी होगी।

मैंने संन्यासी के चरण-स्पर्श करते हुए कहा- आपने हमें जीवन की सही राह दिखाई। शृंगलव के यहां आश्रय न लेने की सलाह देकर आपने हमें नया जीवन दिया। हमें सुरक्षित स्थान भी सुझाया। आप इस समय मेरे जीवन में गुरु के रूप में परमात्मा बनकर उभरे हैं। अतः यदि आप बुरा न मानें तो आपके बाबत जानने को मैं जिज्ञासु हूँ।

संन्यासी बोले- आपके लिए इतना ही जानना पर्याप्त है कि मैं परशुराम हूँ।

संन्यासी के दिए दो टूक जवाब के बाद मेरी आगे कुछ पूछने की जिज्ञासा स्वतः ही मर गई। सही ही तो है, संन्यासियों के नाम या ठौर-ठिकानों से कहीं ज्यादा महत्त्वपूर्ण उनकी प्रज्ञा होती है। और जिसके दर्शन वे बखूबी करवा ही चुके थे। अभी मैं उनके आशीर्वाद लेकर मुड़ने को ही था कि मैंने देखा उनका कमंडल खाली है। मैंने सोचा, इतने महान संन्यासी के कुछ काम आ जाऊं तो मेरा धन्यभाग होगा। यह सोचकर मैंने बड़ी विनम्रता से पूछा- महाराज! आप अपना कमंडल मुझे दीजिए, मैं पानी भरकर ला देता हूँ।

उन्होंने कहा- नहीं! प्यास मुझे है, सो पानी लेने भी मैं ही जाऊंगा।

मेरी तो बोलती ही बंद हो गई। महान आचार्यों व संन्यासियों के सामने किसी की क्या चले। और फिर मैं तो यूं ही आत्मज्ञानी होते हुए भी सामान्य-जीवन जी रहा था। और सामान्य मनुष्य की एक सच्चे संन्यासी के सामने क्या बिसात? मैंने चुपचाप उनके चरण-स्पर्श किए व विदाई ली। मैं तो इतने महान संत से मिलकर धन्य हो गया था। सचमुच सांदीपनिजी के यहां जो सीखना शेष रह गया था वह आज इस महान संन्यासी ने एक गुरु का रूप धारण कर पलभर में सिखा दिया था। पहले आचार्य श्रुतिकेतु, फिर सांदीपनिजी और फिर महर्षि परशुराम। मैं तो स्वयं को धन्यभागी समझ रहा था जो एक ग्वाला होते हुए ऐसी महान आत्माओं से मिलने का मौका मिला था। खैर, अभी तो हमें राह दिखा के संन्यासी ने अपनी राह पकड़ ली थी। मैं तो काफी समय तक उन्हें जाते देखता रहा। सच कहूं तो जब तक वे आंखों से ओझल नहीं हो गए, मैं उन्हें निहारता ही रहा। अब कहां जाना इस बाबत कोई संदेह नहीं बचा था। बस भैया तो वापस रथ में बैठ ही चुके थे, मैंने भी तपाक् से कूदते हुए रथ की कमान अपने हाथों में सम्भाली। अब मेरे रथ हांकने में अपना ही एक उत्साह था, हम तेजी से आदिवासी बस्ती की ओर बढ़े चले जा रहे थे। मारे प्रसन्नता के मैं यह तो भूल ही गया था कि भैया नाराज हुए बैठे हैं। बस मैंने अपनी ही धुनकी में उनसे बड़े ही चहकते हुए कहा- देखा कितने महान संत थे। उन्होंने कितनी महान शिक्षा दी। यहां तक कि जब मैंने उनसे कमंडल मांगा तो उन्होंने क्या कहा, सुना था न... प्यास मुझे लगी है, पानी भरने मैं ही जाऊंगा। वाह...

भैया तुरंत इतराते हुए बोले- नहीं कन्हैया! मैंने सब सुना और देखा था। वह तो तुम्हें कमंडल न देने का एक बहाना था। क्योंकि वे तुमसे घबरा रहे थे कि जो रण छोड़कर भाग सकता है, वह कमंडल लेकर भी भाग ही सकता है। और उस बेचारे के पास सिवाय कमंडल के था क्या? वह भी तुम लेकर भाग जाते तो उनका तो उद्धार ही हो जाता।

मेरी तो एक चुप सौ चुप! भैया के कटाक्षपूर्ण जवाब ने पलभर में याद करा दिया कि वे मुझसे सख्त नाराज हुए बैठे हैं। समझ नहीं आ रहा था कि भैया का क्रोध कब और कैसे शांत होगा? ऊपर से अब तो ताने भी मारना सीख गए थे। कोई बात नहीं, मैंने भी हर परिस्थिति का साथ देना सीखा ही हुआ था। ...सो यात्रा तो कट ही रही थी।

अध्याय - ७

गोमन्त की टेकड़ी में शरण लेना

हम जंगलों से गुजर रहे थे। बस्ती का कहीं दूर-दूर तक पता नहीं था। भैया बात नहीं कर रहे थे। सो, रथ हांकते-हांकते मैं संन्यासी की कही बातों पर गौर करने लगा। उनकी शक्ति बढ़ाने व धन कमाने की बातें वाकई प्रेरणादायक थी। ...पर सवाल यह कि यह सब होगा कैसे? छोड़ो कृष्ण, यह यथार्थ को छोड़ तुम किन खयालों में खो गए? बात तो सही ही है; पता नहीं कब शक्ति बढ़ेगी, कब राजा बनूंगा व कब रुक्मिणी मिलेगी? तो फिर सपने देखना छोड़ वर्तमान पर क्यों नहीं लौट आते? वर्तमान में तुम और भैया अकेले हो, और वो भी बिना सहारे के। जरासंध से बचना इस समय तुम्हारा एकमात्र उद्देश्य है, तथा उस हेतु गोमंत की टेकड़ी एकमात्र संभावित गंतव्य। बस रथ उस दिशा में हांके रखो। यह भी ठीक, मैंने अपना पूरा ध्यान फिर जंगल पार करती इस यात्रा पर लगाया। भैया तो अब भी मुंह फुलाये ही बैठे हुए थे, सपने देखने नहीं थे, सो बस स्वयं को जंगल की सघनता देखने में व्यस्त कर दिया था।

...आखिर दूसरे दिन दोपहर होते-होते हम आदिवासी बस्ती पहुंच गए थे। सच कहूं तो बस्ती प्रवेश के साथ ही मैं स्वयं को सुरक्षित महसूस करने लगा था। बस्ती छोटी, लेकिन प्यारी थी। चारों ओर फैले बीस-पच्चीस कच्चे-पक्के झोंपड़ों में शायद दो सौ के करीब आदिवासी रहते नजर आ रहे थे। काफी थे, यहां तो जब से मथुरा से निकले थे आदमी देखने को ही तरस गए थे। खैर, अभी बस्ती प्रवेश कर रथ रोका ही था कि चार-छः आदिवासियों ने रथ घेर लिया। हम तुरंत रथ से नीचे उतर गए। उधर स्वाभाविक तौर पर अनजान व्यक्ति बस्ती में घुसा जानकर उन्होंने तत्क्षण हमें उनके सरदार के सामने उपस्थित किया। उनके सरदार का नाम आदेश्वर था। राहत की बात यह कि वह काफी सौम्य व समझदार नजर आ रहा था। उसने सबसे पहले हमारे आने का प्रयोजन पूछा व हमारी पहचान मांगी। पहचान तो छिपानी ही थी, परिचय भी झूठा ही देना था; और आप तो जानते ही हैं कि झूठ बोलने का यह शुभ कार्य भैया तो कर नहीं सकते थे। होना तो यह मेरे ही द्वारा था। यह मेरे कर्तव्य में भी आता था। यूं भी इस मामले में मैं बचपन से माहिर था, और जीवनभर रहा। ...बस मैंने तुरंत कहा- हम विदर्भ से आए हैं। संत परशुराम ने हमें तपस्या के लिए गोमंत की टेकड़ी पर जाने का सुझाव दिया है। हम उन्हीं के आदेश का पालन करने यहां पधारे हैं।

यह सुनते ही आदेश्वर बोला- तो फिर आप हमारे मेहमान हैं। क्योंकि हम संत परशुराम के अनुयायियों की बड़ी इज्जत करते हैं। कृपा कर हमारी मेहमान-नवाजी स्वीकारें।

हम भी विश्राम चाहते ही थे। और मन-मांगा मिल जाए तो कोई इन्कार थोड़े ही करता है? आश्चर्य यह कि आदेश्वर एक अच्छा मेहमाननवाज सिद्ध हुआ। उसने हमें सीधे एक झोपड़ा ही उपलब्ध करवा दिया। अच्छा ही हुआ, कुछ देर के विश्राम से ही हम पूरी तरह तरोताजा हो गए। ...हालांकि आप मानेंगे नहीं कि ओढ़ने की तो छोड़ दो, बिछाने को भी पत्तों के अलावा कुछ न था; फिर भी पड़ते ही हमदोनों के खर्राटे बोल गए थे। निश्चित ही लगातार की गई यात्रा की थकान का यह परिणाम था। शायद बिस्तरों की जरूरत ही मेहनत न करने वालों को पड़ती होगी। छोड़ो, अभी तो उठते ही मैं बस्ती-भ्रमण पर निकल पड़ा था। सबसे बड़ी विशेषता तो यह कि बस्ती कुछ इस तरह बनायी गई थी कि बाहर से जंगल का ही एक हिस्सा नजर आ रही थी। यह तो अच्छा था जो संन्यासी ने हमें बस्ती के बारे में बताया था वरना हम तो शायद यह बस्ती पार ही कर गए होते।

अब नजर आती तो रुकते न... खैर, अभी तो बस्ती के दो चक्कर लगाकर मैं वापस अपने झोपड़े की ओर चल पड़ा। भैया बाहर फर्श पर ही बैठे हुए थे। मैं भी उनके पास जाकर चुपचाप बैठ गया। अभी कुछ देर ही हुई होगी कि आदेश्वर हमारे लिए रात्रि-उत्सव में सम्मिलित होने का निमंत्रण लेकर आया। उत्सव का नाम सुनते ही मेरे व भैया के चेहरे की चमक ही बदल गई थी। स्वाभाविक तौर पर जंगलों में मारे-मारे फिर रहे दो बेचारों को उत्सव में शामिल होने का अवसर मिल जाए तो और क्या चाहिए? मेरा तो ठीक पर भैया का खुश होना मेरे आगे के भविष्य के लिए बड़ा ही शुभलक्षण था।

होगा, अभी तो संध्या ढलते ही ढोल-नगाड़े बजने शुरू हो गए। उत्साहित मैं और भैया भी उत्सव में सम्मिलित होने दौड़ पड़े। सभी बस्ती के अंत में स्थित एक खुले चौगान में बैठे हुए थे। पेड़ पर लटकी मशालों ने पूरा चौगान अच्छे से रोशन कर रखा था। प्रमुख बात तो यह कि हमारे बैठने की व्यवस्था आदेश्वर के बराबरी पर ही की गई थी। दूसरी ओर हमारे ठीक सामने चार महिलाएं सबका भोजन पका रही थी। इधर सभी पुरुषों के लिए मदिरा के प्याले आने भी शुरू हो गए थे। यह देखते ही भैया के तो चेहरे की रंगत ही बदल गई। मैंने तो मात्र शिष्टाचार ही निभाया पर भैया तो शुरू ही हो गए। मुझे तो समझ ही नहीं आ रहा था कि इतने दिनों बाद खुश हुए भैया को देखूं या चारों ओर नजर आ रहे शानदार नजारे को देखूं। बस आदेश्वर की बगल में ही जमीन पर शान से बैठा मैं दोनों नजारे बराबरी पर निहारने लगा। हम जहां बैठे थे वहां करीब बीस अन्य लोग हमारे साथ बैठे हुए थे। सामने दूर बच्चे अपनी दौड़ा-भागी कर रहे थे। दूर कुछ महिलाएं भोजन पकाती यहां से ही नजर आ रही थीं। वहीं कुछ महिला व पुरुष अलग-अलग स्थानों पर फैल कर बैठे हुए थे। मैं तो यह खूबसूरत नजारा आंखों में ही बसा चुका था।

उधर कुछ ही देर में संगीत व नृत्य के कार्यक्रम भी शुरू हो गए। कई महिलाएं नाच-गा रही थीं। पुरुष नगाड़े बजाकर उनका साथ दे रहे थे। माहौल जमते ही मदिरापान में भी तेजी आ गई थी। भैया भी जो शुरू हुए थे तो रुकने का नाम ही नहीं ले रहे थे। हालांकि एक बात अच्छी थी, मदिरा भीतर जाते ही उनका क्रोध छू हो चुका था। अच्छा था, कम-से-कम इतने दिनों बाद वे किसी बहाने प्रसन्न तो नजर आ रहे थे। ...ऐसे में मेरे द्वारा उन्हें टोकने का सवाल ही पैदा नहीं होता था। वे तो एक घुटना ऊपर कर ऐसे बैठ गए थे मानो उठने वाले ही न हों। यह सब तो ठीक, पर उधर सब को नाचते-बजाते देख मेरी हालत अजीब हो गई थी। मेरा मन भी बार-बार नाचने का कर रहा था। दिल वंशी बजाने को भी मचल उठा था, लेकिन बावजूद इसके, स्वयं का मन मारकर चुपचाप बैठा था, क्योंकि अपनी पहचान छिपाये रखना इससे भी ज्यादा जरूरी था। सच कहूं तो इस तरह स्वयं का मन मारना भी मेरे जीवन के नए अनुभवों में से एक था। देखा आपने, देखते-ही-देखते क्या दिन आ गए थे कि वंशी पर भी ताले लगाने पड़ रहे थे। हालांकि इस समय मन को समझाना बड़ा आसान था, क्योंकि वर्तमान हालत में तो यह भी क्या कम था जो नाच-गान देखने को मिल रहा था। हालांकि अब यह भी कुछ ज्यादा ही खींचा गया था, समाप्त होने का नाम ही नहीं ले रहा था। मुझे बड़ी जोर भूख लग रही थी, परंतु भोजन उत्सव समाप्ति के बाद ही परोसा जाना था। ...आखिर उत्सव भी समाप्त हुआ। भोजन भी परोसा गया। पर इसमें तो पूरी तरह से दाव

हो गया। भोजन में कच्चा मांस प्रमुख था जो हमें बिल्कुल रुचिकर नहीं था। अंत में भूखे पेट ही सोना पड़ा। सच ही है, जब समय खराब हो तो कुछ साथ नहीं देता। यह भी अपने तरीके का एक नया ही अनुभव था।

होगा! दूसरे दिन प्रातःकाल जल्दी उठकर मैं टहलने निकल पड़ा। सच कहूं तो टहलना तो एक बहाना था, वास्तव में बहुत जोरों की भूख लग रही थी। सोचा जंगल जाकर फल खाता आऊं व कुछ तोड़ता भी आऊं। मारे भूख के मन-ही-मन झल्ला भी रहा था। कमाल मेहमानगति नसीब हुई थी जो अपने भोजन की व्यवस्था तक स्वयं करनी पड़ रही थी। हालांकि यह अच्छा था कि जंगल फलों और फूलों से लदा पड़ा था। मैंने खूब फल खाए भी व काफी तोड़कर साथ भी ले आया। उधर सुखी भैया ठीक भोजन के समय जागे थे। अनायास भोजन में ताजे फल पाकर वे तो उछल ही पड़े। गपागप सब खतम कर दिए। उसी समय आदेश्वर दोपहर भोज का निमंत्रण लेकर आया। अच्छा यह हुआ कि हमें इस तरह डटकर भोजन करते देखकर वह समझ गया कि हमें भोजन में क्या पसंद है। बस उसने तत्क्षण कुछ आदिवासियों को जंगल से ताजे फल तोड़ लाने हेतु भेजा। मुझे अचानक आदेश्वर की समझदारी व मेहमाननवाजी दोनों काबिले-तारीफ नजर आने लगी। सचमुच स्वार्थ मनुष्य का दृष्टिकोण कितनी जल्दी बदल देता है? चलो यह भी छोड़ो। इधर भैया को तो आदिवासियों का साथ इतना भा गया था कि वे एक तरीके से तो यहां डट ही गए थे। मजा तो मुझे भी खूब आ रहा था, फिर भी सावधानीवश मैं जल्द-से-जल्द गोमंत की टेकड़ी पर आसरा लेना चाहता था। ...लेकिन भैया के रंग में भंग डालने की हिम्मत नहीं जुटा पा रहा था, खासकर यह देखते हुए कि वे तेजी से सामान्य होते जा रहे थे। और मेरे लिए उनका सामान्य होना अति महत्त्वपूर्ण था, क्योंकि पता नहीं कितने दिन-महीने या साल मुझे उनके साथ अकेले टेकड़ी पर गुजारने पड़े। ...और फिर मुझे भी इतनी लंबी तनावपूर्ण यात्रा के बाद यहां आदिवासियों के साथ आवश्यक विश्राम तो मिल ही रहा था, दूसरी तरफ जरासंध हमें खोजता हुआ इतनी जल्दी यहां पहुंच जाए, उसकी संभावना भी नहिंवत् ही थी। ...ऐसे में भैया कुछ और दिन आनंद ले लें तो क्या बुराई थी।

...अब बुराई भैया के लिए न सही, पर मेरे सामने तो सीना ताने आ खड़ी हुई थी। ना... ना, जरासंध नहीं टपक पड़ा था, ना ही टपक सकता था। एक तो हम रातोंरात मथुरा से भागे थे, और ऊपर से इतनी दूर भी निकल आए थे कि हमारी टोह पाना या यहां तक पहुंचना अभी दूर की बात थी। मुसीबत ने दस्तक ऐसे दी कि यहां रोज मन रहे उत्सवों ने मुझे वृन्दावन की याद दिला दी। और उस पर जुल्म यह कि बावजूद इसके मैं वंशी नहीं बजा सकता था। वैसे बस्ती की बनावट या उत्सव ही नहीं, इनका आपसी प्रेम भी वृन्दावन को याद करने पर मजबूर कर दे, ऐसा था। सच तो यह है कि यही लोग जीवन जीने की कला जानते थे। भले ही ये लोग कम विकसित थे, परंतु इनका जीवन ठीक वृन्दावन की ही तरह तनाव-मुक्त था। होगा, अभी तो भैया की इच्छा व आदेश्वर के आग्रह को देखते हुए पूरे आठ रोज हमने इस आदिवासी बस्ती में और गुजारे। इन आठ दिनों में आदेश्वर ही नहीं, पूरी बस्ती हमसे घुलमिल गई थी। रोज रात को उत्सव में भाग लेना व भैया का मदिरा पीकर मस्त हो जाना, बस यही हमारा नित्यकर्म था। आखिर नवें रोज मैंने भैया को मना ही

लिया। और इसके साथ ही हमने आदेश्वर व पूरी बस्ती से जाने की इजाजत चाही। ...हालांकि कोई भी हमें जाने देना नहीं चाहता था। हमारे जाने का निर्णय सुन सभी की आंखें नम हो गई थी। संक्षिप्त साथ के बावजूद हम सब में इतना प्यार हो गया था मानो वर्षों से साथ रह रहे हों। आप मानेंगे नहीं कि जो प्रेम मैंने वृन्दावनवासियों से पाया था, उसी प्यार का अनुभव मुझे यहां इस बस्ती में भी हो रहा था। आदेश्वर तो उम्र में चालीस का होने के बावजूद मेरा मित्र हो चुका था। ...ऐसे में किसका मन जाने को करेगा? लेकिन जीवन की हकीकत यही थी कि जाना जरूरी था। सबसे बड़े आश्वासन की बात तो यह कि कभी भी व किसी भी परिस्थिति में कोई भी कार्य हेतु याद करने का आदेश्वर ने निवेदन किया। कुल-मिलाकर ऐसी भावभीनी बिदाई व भावुक बातों के कारण हमें निकलते-निकलते दोपहर हो गई थी। पचास के करीब स्त्री-पुरुष तो हमें बस्ती के बाहर तक छोड़ने आए थे। इधर लगे हाथों मैंने अपना रथ वहीं आदेश्वर की निगरानी में सौंप दिया था। परिस्थिति ठीक होने पर लौटना इसी रथ से था। और अभी निश्चित ही यहां से आगे की यात्रा हमें पैदल ही करनी थी।

...और इसके साथ ही जीवन की एक और कष्टदायक यात्रा प्रारंभ हो चुकी थी। आगे की यात्रा सचमुच बड़ी दुष्कर जान पड़ रही थी। बस्ती क्या छोड़ी, ऐसा लगा मानो आसमान में उड़ रहे पंछी धरती पर आ गिरे। इतने घने जंगलों में पैदल निकल पड़ना कोई हसीन अनुभव तो करवाने से रहा। उस पर सितम यह कि जैसे-जैसे हम आगे बढ़ रहे थे, जंगल और घना होता जा रहा था। सच कहूं तो ऐसा घना जंगल मैंने पहले कभी नहीं देखा था। आप मानेंगे नहीं कि जंगल इतना घना था कि धीरे-धीरे पैदल चलना ही मुश्किल होता जा रहा था। अब तो हमें मार्ग बनाने हेतु भी झाड़ियों को चीरना पड़ रहा था, इस चक्कर में हाथ में तो अब तक न जाने कितने कांटे चुभ चुके थे। जंगली जानवरों की आवाजें व आवाजाही तो लगातार जारी थी। किसी भी जानवर के अप्रत्याशित हमले से निपटने के लिए हमने गदा व चक्र तैयार ही रख रखे थे। वाकई यात्रा इतनी दुष्कर होगी, इसका अंदाजा मुझे नहीं था। यह तो अच्छा था कि हमारे पास सिर्फ एक खजाने की पोटली व दो जोड़ी कपड़े थे, वरना तो शायद पहाड़ी चढ़ना ही दुष्कर हो जाता। ...तो इसके बावजूद कौन-सा आसान पड़ता नजर आ रहा था। सबसे बड़ी दिक्कत तो यह कि गुजारा भी हमें जंगल में मिलने वाले कच्चे-पक्के जंगली फल खाकर ही करना पड़ रहा था। ...अच्छा सिर्फ यह था कि गंतव्य यानी गोमंत टेकड़ी सामने ही नजर आ रही थी। और स्वाभाविक रूप से जैसे-जैसे हम टेकड़ी के निकट जा रहे थे, टेकड़ी और विराट होती चली जा रही थी। मुझे तो आस-पास कई छोटी-बड़ी पहाड़ियों से घिरी यह गोमंत टेकड़ी ऐसी लग रही थी मानो वह इन सब पहाड़ियों का राजा हो। सच कहूं तो ऐसी विशाल टेकड़ी मैंने पहले कभी नहीं देखी थी। कुल-मिलाकर वृन्दावन में गायें चराना और गोवर्धन चढ़ना आज बड़ा काम आ रहा था; अन्यथा तो इतने घने जंगलों से गुजरकर टेकड़ी पर चढ़ने की सोचना ही व्यर्थ था।

वैसे एक रसप्रद बात आपको बताऊं तो समस्या कठिन मार्ग या घने जंगल-मात्र की नहीं थी, समस्या एक और थी जो मैं अपने साथ लेकर ही चल रहा था। हां, आप ठीक समझे... "भैया"। एक तो कठिन रास्ते उन्हें वैसे ही परेशान कर रहे थे, ऊपर से संध्या होते ही उनको मदिरा की याद

आ जाती थी। आप समझ सकते हैं कि ऐसे में भैया को सम्भालना मुझे कितना भारी पड़ रहा होगा। हालांकि इतने वर्षों साथ रहते-रहते इन सबका मैं अच्छे से अभ्यस्त हो चुका था, ...फिर भी मुसीबत तो थी ही।

इधर जंगल कितना घना था इसका अंदाजा आप इसी से लगा सकते हैं कि हम लोग भरे दिन में धूप को तरस जा रहे थे। कर्मठता यह कि फिर भी मार्ग बनाते-बनाते आगे बढ़े जा रहे थे। और संध्या होते ही थके-हारे हम किसी विशालकाय पेड़ पर चढ़ जाते। ...कुछ कच्चे-पक्के फल खाते व उसकी डाली पर ही सोते-जागते किसी तरह रात्रि गुजार देते। इन जंगलों की रात्रि सचमुच बड़ी भयानक थी। आम मनुष्य के लिए ऐसी एक रात्रि भी गुजार पाना असंभव था। रात्रि को सांय-सांय चलती हवा और एक-से-एक भयानक जंगली जानवरों की आवाजों के बीच एक क्षण सोना आसान नहीं था। सोना तो छोड़ो, यहां तो नींद आए तो भी सावधानी वश जगना ही पड़ रहा था। क्योंकि कभी भी कोई भी खतरनाक जानवर हमला बोल ही सकता था। जरा सी लापरवाही और मालूम पड़े रात्रि को सोते-सोते ही हम किसी विशालकाय जानवर का भोजन बन गए। वैसे तो दिन की यात्रा के दरम्यान भी न जाने कितने जानवरों से भिड़ना ही पड़ता था। आप मानेंगे नहीं कि अब तक की संक्षिप्त यात्रा के दरम्यान ही न जाने कितने जानवर भैया की गदा का शिकार हो चुके थे। कहने का तात्पर्य यात्रा हर लिहाज से अत्यंत कठिन एवम् कष्टदायक थी।

आखिर करीब पांच दिनों की लगातार यात्रा के बाद हम गोमंत पर्वत के निकट पहुंच ही गए थे। पर्वत की विशालता सचमुच कल्पना के परे थी। हालांकि आज-का-आज पहाड़ चढ़ने की हमारी कोई ताकत नहीं थी। अतः एक सुरक्षित पेड़ की शाखा पर चढ़कर हम लोग संध्या को वहीं सो गए। थकान असह्य थी ही और फिर यहां जंगली जानवरों का खतरा भी कम था; बस थोड़ी निश्चिंतता क्या हुई, सोये तो ऐसा सोये कि सीधे दूसरे दिन दोपहर को ही उठे। सोचो, पेड़ की शाखा पर बैठे-बैठे इतनी लंबी नींद खींच ली। खैर, इधर नींद पूरी क्या हुई, हम अपने में काफी स्फूर्ति महसूस करने लगे। बस फिर क्या था? कुछ फल वगैरह खाकर तुरंत पहाड़ी पर चढ़ाई प्रारंभ कर दी। छोटे-बड़े व विशालकाय पेड़ों से घिरी हुई यह पहाड़ी भी काफी घनी नजर आ रही थी। इतनी घनी कि ऊपर चढ़ने का मार्ग खोजना ही मुश्किल हो रहा था। काफी परिश्रम के बावजूद संध्या तक हमारा हाल यह था कि दिनभर चले ढाई कोस। वैसे मुसीबत यही एक नहीं थी। भले ही पहाड़ी पर जंगली जानवरों का खतरा कम था परंतु बदकिस्मती से पूरी पहाड़ी तरह-तरह के जंगली सांपों से पटी हुई थी। हालांकि यह अच्छा था कि सांपों से निपटने में मुझे व भैया दोनों को महारत हासिल थी। और फिर मुझे तो 'कालिया-नाग' जैसे खूंखार सांप के वध करने का अनुभव भी था। ...यूं भी सारे पुराने अनुभवों के सहारे ही तो यह यात्रा कट रही थी।

खैर! इधर सपाट जमीन से पहाड़ी पर आने के बावजूद हमारे नित्यकर्म में कोई बदलाव नहीं आया था। दिनभर चढ़ाई करना, संध्या होते ही किसी बड़े पेड़ की शाखा पर सो जाना और अगले दिन फिर यात्रा प्रारंभ करना; बस यही हमारा नित्यकर्म यहां भी था। यही नहीं, जैसे-जैसे हम आगे बढ़ते जा रहे थे मुसीबत घटने की बजाय बढ़ती चली जा रही थी। क्या बताऊं, धीरे-धीरे चढ़ाई इतनी सपाट हो गई थी कि चढ़ना ही मुश्किल हो गया था। यहां तक कि कई बार तो

एक-दूसरे का हाथ पकड़कर चढ़ना पड़ रहा था। अक्सर पांव फिसलने पर एक-दूसरे को संभालना भी पड़ता था। करीब आठ दिन के अथक प्रयास के बाद हम इस पहाड़ी की पहली सपाट सतह पर पहुंच पाए। कहने की जरूरत नहीं कि सपाट जमीन देखते ही हम उछल पड़े थे। इतनी ऊंचाई पर इतनी विशाल सपाट जमीन भी हो सकती है, इसकी तो हमने कभी कल्पना ही नहीं की थी। दूसरी एक और बात अच्छी थी कि यहां पर सांप या अन्य जंगली जानवर बिल्कुल दिखाई नहीं पड़ रहे थे। उल्टा इसके विपरीत यहां तो बीच-बीच में काफी अच्छे व घने पेड़ दिखाई पड़ रहे थे। खुशी की बात यह कि उनमें से अधिकांश पेड़ तरह-तरह के फलों व फूलों से लदे पड़े थे। यानी भोजन की भी कोई समस्या नजर नहीं आ रही थी। ...चलो कम-से-कम अब भूखे भैया के कोप का भाजन तो नहीं बनना पड़ेगा।

कुल-मिलाकर पहाड़ी हर दृष्टि से रहने योग्य जान पड़ रही थी। ऊपर से सोने पर सुहागा यह कि थोड़ी दूर जाने पर जमीन के दूसरे किनारे एक छोटी तलैया भी नजर आ गई। मुझे तो मानो तीनों जहां मिल गए। घने जंगलों से गुजरने के बाद पहले सपाट जमीन, फिर फलों से भरे ये पेड़ और अब उस पर पानी की यह तलैया। सचमुच! इस समय यह पहाड़ी किसी स्वर्ग से कम खूबसूरत नजर नहीं आ रही थी, ...और शायद थी भी नहीं। बस हमने यहीं अपना पड़ाव डालना तय किया। सुरक्षा की दृष्टि से तो इसका कोई मुकाबला वैसे भी नहीं था। कारण भी साफ था कि जिस घने जंगल व पहाड़ी के इस शिखर पर पहुंचने में हमें आठ रोज लगे, यह तय था कि अन्य कोई यहां तीस-चालीस दिनों के पहले नहीं पहुंच सकता। हमारे साथ तो वृन्दावन के जंगलों में घूमने व गोवर्धन चढ़ने का अनुभव था; जो निश्चित ही राजाओं या उनकी सेना को होने का प्रश्न ही नहीं उठता था। इसलिए ही तो कहते हैं कि जीवन जो सीखने का मौका दे सीख लेना चाहिए, पता नहीं कब क्या सीखा हुआ कब कहां काम आ जाए? वैसे मेरा अनुभव तो चिल्ला-चिल्लाकर यही कह रहा था कि जीवन से सीखी चीज जीवन के उपयोग में आती ही है। व्यर्थ शिक्षाएं तो गलत संन्यासी व घटिया गुरुकुलों में मिलती है जिनका जीवन से कोई ताल्लुक नहीं होता। जबकि जीवन तो सिर्फ वही सीखने का मौका देता है जो आगे चलकर काम आने वाला हो।

खैर! यह सब छोड़ो। अभी तो महत्वपूर्ण यह कि मथुरा से हम लोग किसी सुरक्षित स्थान की खोज में ही भागे थे, और मैं दावे से कह सकता हूं कि इस पहाड़ी से सुरक्षित हमारे लिए और कुछ नहीं हो सकता था। जरासंध हमें खोज निकाले तो भी उसे यह कठिन पहाड़ी चढ़कर हम तक पहुंचने में महीनों लग जाना तय था। अर्थात् कम-से-कम अगले तीन-चार महीने तो हम सुरक्षित थे ही। वैसे इस पहाड़ी पर आश्रय लेकर ना सिर्फ जरासंध नामक बला टली थी, बल्कि अनजाने में हम वाकई बड़ी हसीन जगह पर पहुंच गए थे। यहां पर न तो खाने-पीने की कोई कमी थी और ना ही सुंदरता का कोई अभाव था। मुझे तो मजा आ गया था। माहौल ही कुछ ऐसा बन गया था कि मैं तो प्रथम दिन से ही अलमस्त हो गया था। ...पहाड़ी के इस सपाट तल की बात करूं तो यहां चारों ओर जहां नजर दौड़ाओ बिखरे-बिखरे पेड़ नजर आते थे। पहाड़ी के दायें कोने की ओर एक प्यारी-सी तलैया बनी हुई थी जो स्वाभाविक रूप से हमारे पीने-नहाने की व्यवस्था किए हुए थी। वहीं यहां से दूर-दूर तक जहां देखो, नीचे की तरफ नजर दौड़ाओ तो वही घना जंगल नजर

आता था। हवा तो इतनी बह रही थी कि पूछो ही मत। मेरा तो दो दिन में ही नित्यकर्म भी जम गया था। दोनों वक्त पहाड़ी के चक्कर लगाकर टहलना, दिन-भर तरह-तरह के फल तोड़ना व खाना। मजा तो यह कि चैन की वंशी तो बजा ही रहा था, अब यहां वास्तविक वंशी बजाने में भी कोई खतरा न था। बस संध्या हुई नहीं कि वंशी की धुन में खोया नहीं। वंशी मुझे कभी वृन्दावन की गलियों में घुमाने ले जाती तो कभी राधा व अन्य गोपियों के साथ रास रचवा लाती। यहां तक तो ठीक पर जुल्म तब हो जाता जब मेरी प्यारी वंशी मुझे रुक्मिणी की यादों में खो जाने पर मजबूर कर देती। तो उसमें इतना परेशान होने की क्या बात है? कोई रुक्मिणी का सपना देखना बंद थोड़े ही कर दिए हो? उदास क्यों होते हो, आज जान बची है तो कल जहां भी जरूर बस जाएगा।

...वैसे दिल बहलाने को यह "ख्याले-कृष्ण" अच्छा था, पर जमीनी-हकीकत यह थी कि मात्र जान बचने से क्या होना था? वास्तव में परिस्थितियां और भी विकट हो गई थी। कहां तो मैं रुक्मिणी को प्राप्त करने हेतु धन कमाना चाहता था, अपना राज्य बनाना चाहता था; और कहां इस विशाल पहाड़ी पर भगोड़ा बन आ बसा था। न सर पर छप्पर, न बर्तन, न बिस्तर। यहां तो बिस्तर के नाम पर जमीन व ओढ़ने के लिए आसमान था। निश्चित ही यहां से रुक्मिणी के लायक बनना या उसे पाने के सपने देखना एक धृष्टता से ज्यादा कुछ नहीं था। साथ में एक हकीकत यह भी थी कि उसे भुला पाना भी उतना ही असंभव था। कुल-मिलाकर संध्या सपनों व हकीकतों के दरम्यान बने इस फासले की कशमकश में बीता करती थी। और अपने दिल की बात कहूं तो मुझे यह कशमकश झेलना तो मंजूर था पर रुक्मिणी का ख्वाब छोड़ना मंजूर नहीं था। ...भले ही आप सोचें कि मौत के सायों से घिरा एक गरीब ग्वाला जिसके पास न घर है न बार, और जिसका जीना-मरना तक जरासंध के रहमो-करम पर निर्भर है; यदि वह रुक्मिणी जैसी राजकुमारी को पाने या राजा बनने की बात कहे तो आप कहेंगे या तो वो पागल होगा या दीवाना। लेकिन जहां तक मेरा सवाल है, मेरे बाबत मैं यह दावे से कह सकता हूँ कि मैं पागल नहीं "दीवाना" था; और इस उम्मीद पर जिंदा था कि आज नहीं तो कल दीवानों को मुक्कमिल जहां मिल ही जाया करता है।

...अब 'जहां' मिले न मिले, इस समय तो मैं अपनी वंशी के सहारे रोज संध्या दो-जहां पाने का सुख पा रहा था। यूं तो वंशी मुझे बचपन से प्यारी थी, लेकिन फिर भी वह मेरी इतनी अजीज कभी नहीं हो पाई थी जितनी आज थी। क्योंकि आज वही मेरी राधा थी और वही मेरी रुक्मिणी भी। मेरा धन भी वही थी और मेरा राज्य भी। ...तभी तो कहता हूँ कि जीवन में यदि कला का शौक हो तो बड़े-से-बड़े संकट में भी आनंद से जीया जा सकता है। चलो यह तो मेरी बात थी, लेकिन मेरे विपरीत भैया की परिस्थिति बड़ी दयनीय हो गई थी। एक तो संध्या होते ही उन्हें मदिरा की याद आ जाती थी, दूसरा उनका और कला का यूं भी छत्तीस का आंकड़ा था। कला छोड़ो, उन्हें तो जीवन संबंधी आवश्यक-से-आवश्यक शौक भी नहीं थे। वे न तो व्यायाम करते थे न टहलने में ही कोई रुचि दिखाते थे। परिणामस्वरूप संध्या होते ही मदिरा की याद उन्हें कुछ ज्यादा ही उग्र बना देती थी, यहां तक कि इस चक्कर में बेचारे का समय काटना ही मुश्किल हो गया था। दिन-भर एक पेड़ से दूसरे पेड़ के चक्कर लगाते रहते, ...और जब थक जाते तो घंटों एक ही पेड़ के नीचे बुत-से बैठे रहते। ...मुसीबत यह कि धीरे-धीरे उनकी यह व्यग्रता पागलपन का रूप अख्तियार

करने लगी थी। यही नहीं, अब तो उनका यह बढ़ता पागलपन मेरे जीने में भी बाधक सिद्ध होने लगा था। यहां तक कि उन्होंने एकबार फिर मुझसे बात तक करना बंद कर दिया था। वे इस संकट भरे जीवन की जड़ मेरे रण छोड़ने की नीति को ही मान रहे थे, और इस दृष्टि से देखा जाए तो उनके पास नाराज होने की जायज वजह भी थी। और जहां तक मेरा सवाल है मेरे पास हाल-फिलहाल इस समस्या का कोई समाधान नहीं था। और मेरी राय में जिस समस्या का कोई समाधान न हो, उसे स्वीकार लेना ही बेहतर होता है। अतः भैया के पागलपन की अवहेलना करते हुए मेरा मस्ती से जीना चालू था। हां, सुबह-शाम तिरछी आंखों से भैया की नाराजगी व दुःखों के दर्शन अवश्य कर लिया करता था। उससे यह स्पष्ट समझ आ रहा था कि ज्यादा दिन यह सब नहीं चलने वाला, आज नहीं तो कल भैया के सब्र का बांध टूट ही पड़ेगा। साफ दिख रहा था कि वे कभी भी विद्रोह पर उतरेंगे। यह वाकई बड़ी भारी मुसीबत खड़ी हो गई थी। पहाड़ी पर भैया नहीं जीने दे रहे थे और पहाड़ी छोड़ी तो जरासंध जिंदा नहीं छोड़ने वाला था। ...ऐसे में निश्चित ही जान है तो जहान है, यानी "भैया" नामक संकट झेलना ही ज्यादा उचित था।

अब मेरे उचित जानने या समझने से क्या होना था? यहां तो समस्या दिन-ब-दिन विकराल स्वरूप धारण करती जा रही थी। यूं तो पहाड़ी पर आसरा लिए अभी दस दिन ही हुए थे, परंतु भैया का हाल देखकर ऐसा लग रहा था मानों हम वर्षों से यह कष्ट उठा रहे हैं। सच कहूं तो उनकी बढ़ती बेचैनी ने मुझे भी सोचने पर मजबूर कर दिया था कि आखिर यह कैसा जीवन है? ऐसा जीवन कब तक जीया जा सकता है? ...कम-से-कम आजीवन तो नहीं ही। दूसरी तरफ यह अंदाजा लगाना भी आसान नहीं था कि जरासंध नामक बला कब व कैसे टलेगी? अभी तो वह मथुरा पहुंचा होगा। ...पता नहीं हमारे वहां न होने की खबर पर उसने क्या प्रतिक्रिया दी होगी? वहीं यहां बैठे-बैठे यह समझना भी आसान नहीं कि उसकी आगे की रणनीति क्या होगी? सबसे बड़ी बात तो यह कि यहां हम तक कोई भी खबर पहुंचेगी भी तो कैसे? कुल-मिलाकर जान तो बच गई थी पर जीवन के साथ-साथ बाकी सब बातों पर भी बुरी तरह अंधकार का साया पड़ गया था। जीते-जी इससे कष्टदायक जीवन की कल्पना नहीं की जा सकती थी। ऐसे में यदि सब्र खो भैया विफर पड़े और मुझे दबाव में कोई गलत निर्णय लेना पड़ गया तब तो हो चुका।

...यानी ऐसा कुछ हो, उससे पहले ही भैया का यहां मन लगाना अति आवश्यक था। उस दिन दोपहर का वक्त था और मैं एक पेड़ के नीचे बैठा यही सब सोच रहा था, दूसरी ओर भैया यहीं थोड़ी दूर एक पेड़ के नीचे लेटे हुए थे। सच कहता हूँ जिस अंदाज में वे लेटे थे, उनका यह अंदाज ही मेरी धड़कन बढ़ाने को पर्याप्त था। तभी मुझे कुछ सोचकर हंसी आ गई। मैंने मन-ही-मन भैया को मन लगाने हेतु वंशी व नृत्य सिखाने का प्रस्ताव रखा। और यह सुनते ही भैया ऐसे तो भड़के कि मुझे मारते-मारते मानो मगध ले गए और वहां जाकर मुझे जरासंध के सामने नृत्य सिखाने को छोड़ दिए हों। दृश्य ही ऐसा आंखों में बसा था कि किसी की भी हंसी छूट जाए। हालांकि तत्क्षण भैया पर नजर घूमाते ही सारी हंसी हवा हो गई। मन तत्क्षण वर्तमान समस्या में उलझ गया। वाकई जीवन में कुछ रस, कुछ मस्ती व कुछ ध्येय तो होने ही चाहिए; वरना मनुष्य व जानवर के जीवन में फर्क क्या रह जाएगा? बात तो ठीक है पर लाख मुद्राओं का सवाल यह था कि जीवन में रस

भरा कैसे जाए? मस्ती लाई कहां से जाए? आखिर इस पहाड़ी पर क्या किया जाए कि जिससे जीवन लौट आए। हजार बार सोचने के बाद भी कुछ समझ नहीं आ रहा था। ...धीरे-धीरे कर तो इस चिंता ने ऐसा उलझा दिया कि आज न तो व्यायाम में मन लग रहा था और ना ही टहलने में कोई रुचि रह गई थी। ...वंशी की शरण भी जाने की कोशिश की, लेकिन व्यग्रता क्या पकड़ी, उसने भी ऐसा साथ छोड़ा मानो मुझे पहचानती ही नहीं। शायद वह भी इस नीरस जीवन से ऊब चुकी थी। उसका साथ देने न तो राधा आ रही थी, न रुक्मिणी। यहां तक कि गोपियां भी आंखें चुराने लगी थी। सच ही तो है, कौन कब तक ऐसी जगह मरने को आता? और जब कोई साथ नहीं दे रहा तो नींद क्यों साथ देने लगी? करवटें तो काफी बदल चुका था, परंतु आज नींद थी कि वह भी आने का नाम नहीं ले रही थी। यानी दिन तो पहले ही बिगड़ चुका था और अब रात्रि ने भी परेशान करने में कोई कसर नहीं छोड़ रखी थी।

...कोई बात नहीं, सोचा जब नींद आ ही नहीं रही तो चिंतन ही कर लिया जाए। बस लेटे-लेटे इस उबासी भरे जीवन में रंग भरने का मार्ग सोचने लगा। कहीं से जीवन लाने की, कहीं से मुस्कुराहट ला पाने की दिशा खोजने लगा। भैया तो भैया, सच कहूं तो अब मैं स्वयं भी ज्यादा दिन यह रंगहीन जीवन नहीं जी सकता था। मैं प्रेम, उत्सव और आनंद का खोजी ऐसा नीरस जीवन कब तक और कैसे जी सकता था? सो, आज तो चिंतन की सारी परतों को कुरेदने लगा। ...हर बारीक-से-बारीक संभावना तलाशने लगा। ...आखिर चिंतन ने अपना रंग दिखाया, कहते हैं न कि कोशिश पूरी शिद्दत से की गई हो तो परिणाम आता ही है। मुझे भी इस गहन अंधकार में प्रकाश की एक किरण नजर आने लगी। मैं उछल पड़ा, मुझे पहाड़ी पर जीवन व उत्सव आता हुआ दिखाई देने लगा। अब तो वैसे भी नींद आने का प्रश्न ही नहीं उठता था। अब तो बस सुबह होने का व भैया के उठने का इन्तजार था। मैं जल्द-से-जल्द उन्हें अपनी योजना सुनाकर खुश कर देना चाहता था। समय काटे नहीं कट रहा था। ऊपर से पत्थर पर पत्ते बिछाकर लगातार करवटें लेना भी आसान नहीं था। बस मैं खड़े हो टहलने लग गया। भैया पास ही एक बड़ी शिला पर पत्ते बिछाए शान से लेटे हुए थे। उन्हें मेरी चहल-कदमी से कोई फर्क नहीं पड़ रहा था। सूरज उग आया था पर उनके खर्राटे यथावत जारी थे। आखिर थक कर मैंने तेज आवाजें करना शुरू कर दी। मेहनत रंग लाई; भैया हड़बड़ाकर उठ खड़े हुए। बस मैंने खुशी-खुशी उनको निवेदन कर अपनी योजना सुनने को कहा। उन्हें तो क्या कानों को ही तो कष्ट देना था, बस गरदन टेढ़ी कर इजाजत दे दी। इजाजत मिलते ही मैंने कहा- भैया, यदि गौर से देखें तो यह पहाड़ी अति सुंदर है। यहां न तो जानवरों का खतरा है न जरासंध का। न खाने की समस्या है, न पीने की। यदि इस पहाड़ी पर कुछ कमी है तो वह है जीवन की, और निश्चित ही बगैर जीवन के सब व्यर्थ है। दूसरा, यह तो ठीक है कि अभी गर्मी की ऋतु है, परंतु वर्षा व ठंड के मौसम में यहां बगैर मकान के रहना असंभव हो जाएगा। इस लिहाज से भी हमें कुछ व्यवस्था तो करनी ही होगी। निश्चित ही भैया मेरी बात कोई ध्यान से नहीं सुन रहे थे, पर मेरे लिए यही काफी था कि पूरी तरह अनसुना भी नहीं कर रहे थे। यूं भी बात कुछ-कुछ उनके विचारों से मेल खा ही रही थी, ऐसे में पूरी तरह अनसुना करते भी कैसे? सो उसी उत्साह के साथ मैंने अपनी बात आगे बढ़ाते हुए कहा- भैया, आपको याद है... उस संन्यासी ने कहा था कि

यह पहाड़ी एक पुरानी संपन्न नगरी है। इस दृष्टि से तो हो सकता है कि इसमें काफी खजाना भी छिपा पड़ा हो? हमारे पास चंडक का भेंट दिया हुआ अपार धन पड़ा ही हुआ है, क्यों न हम उसे लगाकर इस पहाड़ी पर जीवन भी ले आएं व धन खोजने का प्रयास भी करें। हम यह मानेंगे कि हमने अपना धन और धन कमाने के लिए व्यवसाय में लगा दिया। ...उधर 'आदेश्वर' हमारा अच्छा मित्र हो ही चुका है। उनकी बस्ती पर जंगली जानवरों का खतरा हमेशा बना ही रहता है, उन्हें भी एक सुरक्षित स्थान की तलाश है ही; ऐसे में निश्चित ही उनके लिए इस पहाड़ी से ज्यादा सुरक्षित स्थान दूसरा क्या होगा और वह भी उनकी स्वयं की बस्ती के इतने निकट। अत: मैं सोच रहा हूँ कि क्यों न हम उन आदिवासियों को अपने साथ रहने इस पहाड़ी पर बुलवा लें, इससे पहाड़ी पर जीवन भी आ जाएगा और उत्सव भी।

भैया तो यह सुनते ही उछल पड़े। यानी अब तो इसी पहाड़ी पर नित्य नृत्य-गान व मदिरा। अभी सपने देखना शुरू ही हुए थे कि ...अचानक भैया फिर उदास हो गए, मानो उनके उत्साह को किसी चिंतन ने रोक दिया हो। इधर बात मेरी समझ में नहीं आई तो उधर भैया से ज्यादा देर छिप भी नहीं पाई। ...वे धीरे से पूछ बैठे- क्या आदेश्वर व आदिवासी यहां इस पहाड़ी पर आने हेतु राजी हो जाएंगे? मैंने कहा- अवश्य! क्यों नहीं? क्योंकि इसमें उनका भी फायदा समाया ही हुआ है। ...बस तगड़ा आश्वासन पाते ही भैया फिर प्रसन्न हो उठे। दस दिनों बाद पहली दफा वे खुश नजर आ रहे थे। निश्चित ही उनकी यह खुशी मेरे अंदर एक नई ऊर्जा का संचार कर गई। देखा, कैसा समाधान खोजा। मैं भी खुश, भैया भी खुश व आदिवासी भी...निश्चित ही प्रसन्न। कठिनतम समस्या-सटीकतम उपाय। यानी "दोनों को जीवन - दोनों का फायदा।" वाह कृष्ण! समस्या कैसी भी हो, निदान खोज ही लेते हो। क्या करूं अब तो स्वयं पर गर्व करना रोज का हो गया था। यह मत कहना कि मैं अपने मुंह मियां मिट्ठू बनते रहता हूँ। आप ही न्याय कीजिए कि क्या मैं अपने मुंह मिया मिट्ठू बनता हूँ या कुछ काम ही काबिले-तारीफ कर देता हूँ।

खैर छोड़ो! अभी तो हम तुरंत ही कूदते-फांदते बस्ती की ओर दौड़ पड़े। एक तो अबकी पहाड़ी चढ़नी नहीं, उतरनी थी और ऊपर से मार्ग भी जाना-पहचाना था, साथ ही उत्साह से तो भरे ही हुए थे; बस दूसरे दिन दोपहर होते-होते हम बस्ती पहुंच गए। आदेश्वर ही नहीं, समस्त आदिवासी भी हमें वापस अपने बीच पाकर खुशी से पागल हो उठे। दूसरी ओर मेरे भोले भैया की प्रसन्नता का तो कहना ही क्या? वे तो बस बेसब्री से संध्या का इंतजार करने लग गए थे। उन्हें नृत्य व मदिरा की मस्ती अभी से चढ़ गई थी। मैं स्पष्ट देख सकता था कि धीरे-धीरे ये दो शौक उनकी कमजोरी बनते जा रहे थे। वैसे इन्तजार तो मुझसे भी नहीं हो रहा था, बेचैनी मुझे भी बनी हुई थी; पर उसका आयाम सर्वथा भिन्न था। ...मेरी बेचैनी का सबब आदेश्वर को ठीक से योजना समझना था। और अपनी इस बेचैनी को दूर करने हेतु मौका मिलते ही मैं आदेश्वर को एकान्त में ले गया। मैंने उससे अपने मन में उठ रही योजना पर विस्तार से चर्चा की। निश्चित ही वह काफी समझदार व्यक्ति था। इसलिए नहीं कि वह प्रथम बार में ही बिना किसी विरोध के मेरी योजना से पूर्णतया राजी हो गया, बल्कि वह वास्तव में सीधा व समझदार था। माना अक्सर तारीफ मैं काम निकलवाने हेतु ही करता हूँ, लेकिन आप यह क्यों भूलते हैं कि भोले और सच्चे लोगों के साथ मैं ऐसा नहीं करता? ...उल्टा

उनके तो हमेशा काम ही आता हूँ। यूं भी होशियारी दिखाने का मजा होशियार लोगों के साथ ही आता है।

...खैर देखो, रात्रि उत्सव में आदेश्वर ने अपनी योग्यताओं का परिचय देकर मुझे सही साबित भी कर दिया। बड़ी आसानी से उसने रात्रि-उत्सव के समय समस्त आदिवासियों को मेरी योजना में शामिल होने के लिए राजी कर लिया। भैया को तो अब दो-गुना नशा चढ़ रहा था। एक मदिरा का व दूसरा आदिवासियों के राजी होने का। मेरी प्रसन्नता का भी ठिकाना न था। क्योंकि मैं भी ज्यादा समय तक नीरस जीवन जीकर बमुश्किल मिले इस मनुष्यजीवन को व्यर्थ गंवाना नहीं चाहता था। जब एकबार बात पक्की हो गई तो देर किस बात की? रथ तो हमारा पड़ा ही हुआ था, बस प्रातः काल ही मैं आदेश्वर व कुछ आदिवासियों को लेकर करवीरपुर से पहले स्थित एक छोटे-से बाजार में गया। वहां से मैंने घर बनाने व बसाने की सम्पूर्ण सामग्री खरीदी। खुदाई हेतु कई उपकरण भी खरीदे। यही नहीं, मैंने अपने व भैया के लिए कुछ वस्त्र भी खरीदे ताकि फिर से मनुष्य-सा जीवन बसर कर सकें। वैसे उपहारवश मैं आदेश्वर को भी कुछ आधुनिक पोशाकें दिलवाना नहीं भूला था। अब वही तो हमारे जीवन का असली राजकुमार था। और फिर यूं भी अब धन की तो कोई समस्या थी नहीं, ऐसे में मैं स्वयं को दो गायें व दो भैंसें खरीदने से भी नहीं रोक पाया। आखिर एक ग्वाला अकारण बगैर दही-माखन के क्यों रहे? इधर हमारी खरीदारी ने उत्साह की आग में घी का काम किया। सभी इतने उत्साह से अपने-अपने कार्यों में भिड़ गए कि सबने मिलकर चार दिनों में ही पूरी बस्ती समेट ली। अब कहां मुहूर्त देखना था? अच्छा काम जल्द-से-जल्द प्रारंभ कर देना चाहिए, क्योंकि वही उसका "शुभ मुहूर्त" होता है। वहीं इसके विपरीत बुरे कार्य हेतु ना तो कोई अच्छा दिन होता है, ना ही उसके लिए कोई अच्छा समय ही कुदरत ने मुकर्रर कर रखा है।

सो, बस अगले दिन सुबह ही हम सब सामान कंधों पर लादकर पहाड़ी की ओर चल पड़े। क्या बच्चे-बूढ़े, क्या स्त्री-पुरुष, सभी उत्साहित थे। सभी अपनी क्षमता के अनुसार सामान कंधों पर उठाये चले जा रहे थे। इधर आदेश्वर के लाख मना करने के बावजूद मैंने व भैया ने भी अपने कंधों पर सामान लादा ही हुआ था। यानी एक हाथ से घोड़े की लगाम पकड़कर रथ को दिशा दे रहा था व दूसरे हाथ में सामान था। और स्वाभाविक रूप से, चूंकि मैंने व भैया ने रास्ता देखा हुआ था, सो हम सबसे आगे चल रहे थे। हमारे साथ कुछ युवा व आदेश्वर भी चला आ रहा था। कुल-मिलाकर मथुरा का नेतृत्व करते-करते इस समय दो सौ आदिवासियों का नेतृत्व कर रहा था। जब कभी पीछे मुड़ के देखता तो एक के पीछे एक चले आ रहे दो सौ लोगों का कारवां देखते ही बनता था। ...हालांकि सामान की अधिकता व बुजुर्ग व महिलाओं के साथ होने की वजह से अबकी पहाड़ी चढ़ने में पूरे बारह रोज लगे। कहने की जरूरत नहीं कि थकान के मारे सभी का बुरा हाल हो गया था। वैसे भी यह नियम है कि बड़े सुख पाने के लिए छोटे-मोटे कष्ट उठाने ही पड़ते हैं, सो सबने मिलकर हंसते-हंसते यह कष्ट उठा लिए थे। लेकिन जैसे ही पहाड़ी का सपाट हिस्सा व तलैया सबने देखा, माजरा ही बदल गया। मारे खुशी के सबकी थकान छू हो गई थी। दूसरी ओर पहाड़ी की रमणीयता ने भी सबको मोह लिया था। परिणाम यह कि विश्राम छोड़ सभी इधर-उधर

टहलने में लग गए। हर कोई एक ही नजर में पूरी पहाड़ी दिल में बसा लेना चाहता था। और भैया के आलम का तो कहना ही क्या? वे तो कूद-कूदकर सबको पहाड़ी का एक-एक हिस्सा घुमा रहे थे। यही नहीं, युवा टोली को लेकर भैया काफी फल भी तोड़ चुके थे। निश्चित ही आज रात्रि उत्सव के नाम पर सबने यह फल खाकर ही गुजारा किया था। वहीं यह कहने की जरूरत ही नहीं कि अपनी-अपनी जगह खोज सो भी सब जल्दी ही गए थे। यहां-वहां पत्थरों व घास पर दो सौ लोगों को लेटे देखना भी एक अद्‌भुत नजारा था।

होगा, अभी तो अधिकांश लोग दूसरे दिन दोपहर होते-होते ही उठे थे। आज का दिन भी कोई कल से बहुत ज्यादा भिन्न नहीं गया। अब सबकी थकान उतर चुकी थी। अब मैं जल्द-से-जल्द बस्ती बसाना चाहता था। बस अगले दिन से ही मैंने सबको इस कार्य पर लगा दिया। निश्चित ही कार्य की पूरी बागडोर मैंने अपने हाथों में ले रखी थी। मैं बस्तियां बसाने का अनुभवी भी था व जल्दी-से-जल्दी इस पहाड़ी पर जीवन की ऊंचाइयां छूने को सबसे ज्यादा बेकरार भी था। और कहते हैं न कि "स्वार्थः परमो धर्मः", सो सबसे पहले मैंने दो आदिवासी महिलाओं को गाय दोहना, उसका दूध निकालना व फिर उससे दही व माखन बनाना सिखा दिया था। क्योंकि इस गोपाला से ज्यादा दिन भूखे पेट भजन होना असंभव था। ...दूसरी तरफ आगे के अन्य कार्य करने हेतु मैंने पुरुष व महिलाओं की भिन्न-भिन्न टुकड़ियां बनाई। उसमें से पहली टुकड़ी में मैंने करीब दस पुरुष व बीस महिलाओं को सम्मिलित किया था जिनका कार्य पत्थर व मिट्टी की खुदाई करना था। दूसरी टुकड़ी इससे थोड़ी बड़ी थी। जिसमें तीस पुरुष व तीस के करीब ही महिलायें भी थीं। इनका कार्य मिट्टी व पत्थरों से घर बनाना था। बस्ती का पूरा नक्शा भी मैंने ही अपने मन में बनाया था। नक्शा बनाते वक्त मैंने वृन्दावन, वैवस्वतपुर तथा सांदीपनिजी के आश्रम को खास ध्यान में रखा था। यूं भी बस्ती व नगरी के हिसाब से मुझे मथुरा कतई पसंद नहीं थी। वहीं बस्ती के करीब व तलैया के निकट ही एक बड़े प्रांगण के लिए जगह भी छोड़ दी थी जहां कोई निर्माण-कार्य नहीं होना था। जी हां, वह जगह मैंने उत्सव मनाने हेतु सुरक्षित रख छोड़ी थी। यूं तो सबके आ जाने के बाद अब उत्सव मनाने हेतु प्रांगण बनने का इन्तजार करने की कहां आवश्यकता थी? क्योंकि बिना उत्सव व उमंग के कार्य करना बोझ जान पड़ता है, इसलिए जैसे ही कार्य के साथ उत्सव जोड़ दिया जाता है, वह "कर्तव्य" सा भासना शुरू हो जाता है।

खैर! कुल जमा पन्द्रह मकान आदिवासियों के लिए बनवाये जा रहे थे। वे सारे पहाड़ी के दोनों किनारे पर बनने थे। हमारा घर तलैया के ठीक सामने बनवाया जा रहा था, जो सामान्य घरों से कुछ बड़ा बनना था। यह घर ठीक वृन्दावन के नंदजी के घर की तर्ज पर ही बन रहा था। आप तो जानते हैं कि नंदजी का घर मुझे कितना पसंद था, आप यह भी जानते हैं कि वो घर, वे गलियां मुझे कितनी याद आती हैं। हालांकि अपने सपनों को पूरा करते वक्त मैं अपने कर्तव्य को नहीं भूला था। सबसे बड़ा भवन मैं आदेश्वर का ही बनवा रहा था। चलो यह सब तो हो गया था, पर सबसे बड़ी खुशी की बात यह कि सभी अपने-अपने कार्य में पूरी तल्लीनता से जुटे हुए थे। सभी का उत्साह देखते ही बनता था। मैं भी बड़े उत्साह से भवन व प्रांगण-निर्माण के दिशा-निर्देश देने में लगा ही हुआ था। अब यहां मेरे पास कोई कागज-कलम तो थे नहीं। ...होते तो भी मेरे किस

काम के थे? क्योंकि भवन-निर्माण का मुझे कोई व्यावसायिक ज्ञान तो था नहीं। मैं तो बस दो-चार लकीरें जमीन पर बनाकर ही आदिवासियों पर अपना रुआब झाड़ रहा था। मजा यह कि मैं दिन-भर एक पत्थर की बड़ी शिला पर तीन-चार लंबी लकड़ियां लिए बैठा रहता था। बेचारे आदिवासी मुझे परमज्ञानी मानकर आगे के निर्माण की चाल समझने अपनी-अपनी टुकडियों के साथ मौके-बेमौके आते रहते थे। मैं भी थोड़ा तनते हुए उन्हें जमीन पर लकड़ी से लकीरें खींच आगे का मार्गदर्शन दे दिया करता था। मुझे तो इस कार्य में मजा आ गया था। सच कहूं तो यह कार्य मुझे "नेतागिरी" का पूरा-पूरा सुकून भी पहुंचा रहा था।

...वैसे काम की तल्लीनता का अंदाजा आप इसी से लगा सकते हैं कि पहली खुशखबरी ने तो हफ्ते भर में ही दस्तक दे दी थी। तलैया के निकट बनाया जा रहा रसोई-कक्ष बनकर तैयार भी हो गया था। वैसे भी यहां पत्थर-मिट्टी की कोई समस्या तो थी नहीं, जहां देखो वहीं सब पड़ा हुआ था। यहां रसोई-कक्ष क्या बना, सबका उत्साह और बढ़ गया। यूं भी आदिवासियों के घरों में अलग से भोजन पकाने की कोई परंपरा तो थी नहीं। और सच कहूं तो मुझे भी उनकी इस संयुक्त भोजन पकाने की परंपरा ने बहुत प्रभावित किया था। और अब तो उनके भोजन के साथ-साथ मैं अपने भोजन की भी पक्की व्यवस्था कर चुका था। जहां चार पुरुषों की एक टुकड़ी दिन भर फल व लकड़ियां तोड़ने में व्यस्त रहती थी, तो वहीं दूसरी तरफ दो स्त्रियां दही-माखन बनाने हेतु भी लगा ही रखी थी। वैसे भी मैं भोजन के शौक को मनुष्यजीवन के चन्द बेहतरीन शौकों में से एक मानता हूँ।

खैर! अभी तो यहां चल रहे कार्यों की प्रगति की ही चर्चा करूं। यहां देखते-ही-देखते आदिवासियों ने काफी मशालें तैयार कर ली थी। अब रात्रि को पूरा भोजन कक्ष व प्रांगण मशालों से जगमगा उठता था। सचमुच इतनी ऊंची पहाड़ी पर यह दृश्य देखते ही बनता था। मुझे तो पहाड़ियों पर जलती इन मशालों ने दीवाना बना दिया था। हालांकि ऐसी दीवानगियां धीरे-धीरे कर मेरे जीवन का हिस्सा होती जा रही थी। ऐसा ही दीवाना मैं तब भी हुआ था जब पहली बार मैंने छप्पन-भोग खाया था। वैसे तो जब प्रथम बार मथुरा का बाजार देखा था तब भी मेरे मानस पर कुछ ऐसी ही दीवानगी छाई थी। और हां, जब पहली बार मैंने रथ की कमान अपने हाथों में सम्भाली थी, तब भी तो माजरा कुछ ऐसा ही था। और पहली बार रुक्मिणी को देखा था तब... छोड़ो वह कोई इस समय करने की बात है? अभी तो एक दूसरी रसप्रद बात कहूं। ...कहते हैं न कि मनुष्य अपनी रुचि की वस्तु खोज ही लेता है, उसी तर्ज पर जैसे मैंने आते ही अपने दही-माखन की व्यवस्था कर ली थी वैसे ही आने के चन्द दिनों में ही आदिवासियों ने भी अपने मदिरापान की जुगाड़ जमा ली थी। हुआ यह कि पहाड़ी पर 'वरुण' के काफी पेड़ थे। आदिवासियों ने चन्द दिनों में ही उन वृक्षों के रस वारुणी से "मदिरा" बनाना प्रारंभ कर दिया था। इससे उत्साहित आदेश्वर ने स्वयं चार आदिवासियों को इस कार्य में लगा दिया था। अब इससे बाकी सब के साथ-साथ भैया का भी काम हो गया था। ...यानी अब इस पहाड़ी पर कोई गोपाला भूखा न था। सब तृप्त थे। वैसे कार्य करने का मजा भी तृप्त आदमियों के साथ ही आता है। वहीं यह भी सच है कि कार्य निकलवाया भी तृप्त आत्मा से ही जा सकता है।

छोड़ो। कुल-मिलाकर अभी तो पहाड़ी पर जीवन-ही-जीवन था। दिनभर कठिन परिश्रम और रात्रि को उत्सव। ...उत्सव से याद आया, जलती मशालों ने तो 'रात्रि-उत्सव' में चार चांद लगा दिए थे और मैं बगैर गए वृन्दावन पहुंच गया था। वैसे मुझपर छाए इस आनंद का सारा श्रेय आदिवासियों के प्रेम को ही जाता है जिनका प्रेम किसी भी दृष्टि से वृन्दावनवासियों से कम न था। जब वृन्दावन से पहाड़ी की तुलना कर ही रहा हूँ तो पूरी क्यों न करूं। यहां न फल तोड़ने कहीं दूर जाना पड़ रहा था, न जंगली जानवरों का ही भय था; और इस लिहाज से तो यहां का जीवन-स्तर वृन्दावन से कई गुना बेहतर था। ...अब आप ही बताइए कि मैं इस शानदार कार्य के लिए अपने को शाबाशी दूं या न दूं? अब न दूं तो मेरे साथ अन्याय होगा और दूं तो आप कहेंगे कि यह बार-बार का क्या लगा रखा है? अब शाबाशी दूं या न दूं, पर यह तो मानना ही पड़ेगा कि अभी चन्द रोज पहले इस पहाड़ी पर मौत का सन्नाटा छाया हुआ था और आज देखते-ही-देखते इस पर वह जीवन उतर आया था कि जिसे देख बड़े-बड़े राजे-महाराजे जल उठें। क्या करूं? मैं चाहूं-न-चाहूं, पर कार्य ही कुछ ऐसे कर देता था कि मुझे अपने पर गर्व करना ही पड़ता था। मुझे ही क्यों, गर्व तो आपको भी मुझपर हो ही रहा होगा कि "वाह! क्या कर्मवीर थे कृष्ण तुम।"

खैर! वर्तमान में लौट आऊं तो पूरी पहाड़ी पर सबसे ज्यादा प्रसन्न भैया थे। और उनकी प्रसन्नता मेरे लिए क्या मायने रखती थी, यह आप सभी जानते हैं। पर समय के साथ उसका एक दुःखद पहलू भी उभरकर सामने आ रहा था। दरअसल नृत्य, उत्सव व मदिरा धीरे-धीरे भैया की दुखती नस बनते जा रहे थे[५८]। यही नहीं, समय के साथ उनके ये शौक तेजी से विकृत स्वरूप भी धारण करते जा रहे थे। अब तो वे दिन में भी मदिरा-पान करने लगे थे। साथ ही जाने क्या दौरा पड़ा था कि आदिवासी स्त्रियों से घुलना-मिलना भी शुरू कर दिए थे। वैसे तो जीवनभर भैया का स्त्रियों से छत्तीस का आंकड़ा रहा था, लेकिन एक तो उम्र का तकाजा था और शायद ऊपर से बचा-खुचा काम मदिरा व माहौल ने कर दिया था। ...यूं तो भैया स्त्रियों के निकट आए, यह खुशी की बात थी, परंतु जिस जगह व जिस समय उनमें प्रेम के ये गुब्बारे फूट रहे थे, उसे कतई शुभ-संकेत नहीं माना जा सकता था। मेरा स्पष्ट मानना है कि कार्य अच्छा या बुरा कभी नहीं होता, किया गया कार्य सही है या गलत, इसका फैसला वह कार्य किस समय व किन परिस्थितियों में किया गया है; उस पर निर्भर करता है। इस लिहाज से भैया के मन में उठ रहे ये प्रेम के गुब्बारे असमय के ही थे।

छोड़ो! उधर महीने भर की कड़ी मेहनत के बाद निर्माण-कार्य समाप्त हो चुका था। बस्ती पूरी तरह बस चुकी थी। निश्चित ही इसका पूरा श्रेय आदिवासियों की कार्यक्षमता को जाता था। वे हफ्तों का काम दिनों में निपटा रहे थे। यूं भी यहां कोई महल तो बनाने नहीं थे। ले-देके मिट्टी-पत्थर की दीवारें ही बनानी थी जो हवा और पानी से हमारी रक्षा कर सके। खैर, इधर बस्ती क्या बनी, आदेश्वर व आदिवासियों की खुशी का ठिकाना न रहा। मैं भी मारे खुशी के झूम उठा था। उत्साह व उमंग तो ऐसे कि सम्भाले नहीं सम्भल रहे थे। ...और दृश्य भी ऐसा कि पहाड़ी के इस चोटी पर बनी पन्द्रह-सत्रह घरों की एक छोटी-सी बस्ती व यहां से खड़े-खड़े जहां तक नजर दौड़ाओ बस हरियाली-ही-हरियाली। ...सचमुच भाग्य क्या होता है? ...कुछ नहीं। सबकुछ मनुष्य का

---

५८. हरिवंश पुराण, विष्णु पर्व, अध्याय-४१, श्लोक-८-३०

"कर्म" ही होता है। इसीलिए तो मैंने अपने पर आए किसी संकट को कभी भाग्य मानकर स्वीकारा नहीं, बल्कि उसे कर्म से मार भगाया। तभी तो कहता हूँ कि मैं "कर्मवीर था...हूँ, और रहूंगा।" मैं ही क्यों, हर मनुष्य को कर्मवीर होना ही पड़ेगा वरना उसका कोई अस्तित्व नहीं। यदि उसे इस संसार में सुख से विचरना है तो उसे स्वयं के द्वारा स्वयं का उद्धार करना ही होगा। इस कुदरत में मनुष्य के पास उसकी प्रज्ञा व कर्म के अलावा कोई आसरा नहीं।

खैर! अभी यह सब ज्ञान झाड़ना छोडूं तो यहां बस्ती क्या बसी, आदेश्वर समेत सभी आदिवासियों में एक नया ही परिवर्तन आया। उनका प्रेम पूजा में परिवर्तित हो गया। यह पूज्यता का भाव मेरे लिए एकदम नई बात थी। सच कहूं तो उनका यह भाव मेरा अहंकार बढ़ा रहा था। प्रेम व सम्मान तो मैं बचपन से पाता आ रहा था, लेकिन यह "पूज्यता" कुछ खतरनाक जान पड़ रही थी। मुझे इस वजह से अकारण अपना पूरा चैतन्य अपने अहंकार को नियंत्रित करने में लगाना पड़ रहा था। आज तक मैंने किसी को नहीं पूजा, ना ही मैं चाहता हूँ कि कोई मुझे पूजे। मैंने योग्य व्यक्तियों का सम्मान किया और उनसे सीखा। मैं चाहता हूँ कि मेरा भी सम्मान किया जाए, और मुझसे सीखने योग्य सीखा जाए, बस।

चलो छोड़ो इस बात को। अभी इधर बस्ती की बात करूं तो पत्थरों व मिट्टी के स्वाभाविक रंगों से रंगी यह बस्ती सचमुच बड़ी खूबसूरत लग रही थी। इतनी ऊंचाई पर फैली हुई बस्ती और उसके ठीक सामने एक खुला प्रांगण वृन्दावन की याद दिलाने को पर्याप्त था। फिर भी बस्ती के पास ही स्थित तलैया व उसको चारों ओर से घेरे "पहाड़ व जंगल", खूबसूरती में इसे वृन्दावन से कई कदम आगे रखे हुए थे। मुझे तो ऐसा लग रहा था, मानों ऐश्वर्य के सर्वोच्च शिखर पर विराजमान हो गए हों। ऊपर से यहां हो रहे रात्रि-उत्सव ने तो इस जंगल को पूरी तरह से मंगलमय बना दिया था। कुल-मिलाकर बस्ती की जितनी तारीफ करूं, कम थी। सचमुच उसने पहाड़ी में वह प्राण फूंक दिए थे कि पूरी-की-पूरी पहाड़ी झूम उठी थी। दूसरी तरफ क्या भैया, क्या आदेश्वर और क्या आदिवासी, सब के सब मदराये हाथी हो चुके थे। क्यों न हो; जीने के लिए न तो इससे खूबसूरत माहौल हो सकता था और ना ही इससे सुंदर व सुरक्षित कोई जगह हो सकती थी। महीने भर पहले यही पहाड़ी मौत का मायाजाल नजर आ रही थी और आज उसी पहाड़ी पर स्वर्ग-सा जीवन उतर आया था। जरा सोचिए, मनुष्य अपनी बुद्धि, इच्छा-शक्ति व कर्मठता से क्या कुछ नहीं पा सकता?

...वैसे इन सबसे अलग एक बात कहूं आपसे तो प्रसन्न तो मैं भी बहुत था... पर मदराया बिल्कुल नहीं था; क्योंकि मेरे लिए तो कार्य अभी प्रारंभ ही हुआ था। जीवन तो बस चुका था, परंतु इस जीवन को बचाना व बढ़ाना भी आवश्यक था। और यह तभी संभव था जब इस पहाड़ी को जरासंध से युद्ध के लिए तैयार किया जाए। निश्चित ही यह अपनेआप में एक दुष्कर कार्य था। कहां जरासंध की आधुनिक हथियारों से लैस सुसज्जित सेना और कहां चन्द आदिवासियों के भरोसे पड़ा मैं? अब आप समझ ही गए होंगे कि मैं क्यों नहीं मदराया था। साधारणतः आम मनुष्य मस्ती में सावधानी भूल जाता है, जबकि सावधानी मेरे व्यक्तित्व का एक प्रमुख हिस्सा थी। माना पहाड़ी लाख सुरक्षित सही, भले ही हाल-फिलहाल जरासंध का कोई खतरा नहीं; परंतु खतरा समाप्त थोड़े ही हो गया था। मैं इस हकीकत से कैसे मुंह फेर सकता था कि आज नहीं तो कल जरासंध काल

बनकर इस पहाड़ी पर टूटेगा ही। ...तारीफ करनी होगी मेरी जो मैंने कबसे अपने चैतन्य को इस कार्य में लगा रखा था। आप मानेंगे नहीं कि जब बस्ती-निर्माण का कार्य चल रहा था तब भी मेरा चैतन्य तो दिन-रात जरासंध से कैसे निपटा जाए, इसमें भी डूबा ही रहता था। अब मौत व जरासंध कोई पूछ कर तो आने वाले नहीं थे कि कृष्ण तैयारियां हो गई हो तो हम आ जाएं? सामने यह भी तय था कि जरासंध से अबकी युद्ध और कहीं नहीं, इसी पहाड़ी पर होना था; क्योंकि उसे आज नहीं तो कल हमें खोजते हुए यहां पहुंचना ही था। वहीं यह बात भी साफ थी कि हम यह पहाड़ी छोड़ और कहीं भाग भी नहीं सकते थे। अरे, भाग-भाग कर तो यहां पहुंचे थे... अब और कहां भागते? यानी जैसे जरासंध से युद्ध बिना उपाय का विषय था, जिसे चाहो-न-चाहो करना ही पड़े, ऐसा था; ठीक वैसे ही इस अटल युद्ध की रणनीति पर सोचते रहना भी बिना उपाय का विषय था जिसे मैं चाहूं-न-चाहूं, दिन-रात विचार उसी के इर्द-गिर्द घूमते रहते थे। कुल-मिलाकर इस पहाड़ी पर भविष्य की दो ही संभावनाएं नजर आ रही थी, या तो हमारी मौत होगी या फिर हमें जरासंध को यहां से मार खदेड़ना होगा। स्वाभाविक रूप से मेरी नजर दूसरी संभावना पर टिकी हुई थी।

...आखिर एक दिन मेरा चिंतन रंग लाया। एक ऐसी रणनीति सूझ ही गई जिससे भले ही जरासंध को हराया नहीं जा सकता था पर हैरान कर भागने पर मजबूर अवश्य किया जा सकता था। ...तो मुझे इससे ज्यादा और क्या चाहिए था? भाग जाए-जान छूटे। दो-तीन बार हैरान होने के बाद वह भी मुझे भूल दूसरे कार्य में लगेगा ही। मैं तो इस विचार-मात्र से तरंगित हो उठा, और वह भी इस कदर कि तुरंत उस पर अमल करना प्रारंभ कर दिया। सर्वप्रथम मैंने दस हट्टे-कट्टे व्यक्तियों को पहाड़ी से छोटे-बड़े व विशालकाय पत्थर लाकर पहाड़ी के चारों ओर किनारे पर रखने को कहा। यह कार्य दस दिन में पूरा हो गया। तत्पश्चात् उन्हें क्रम से जमाना प्रारंभ किया। किनारे पर छोटे पत्थर, उसके पीछे कुछ बड़े व अंत में विशालकाय पत्थर जमवा दिए गए। ...अब आप कहेंगे कृष्ण पागल हो गया है। इन पत्थरों का क्या करेगा? कहीं इन पत्थरों के भरोसे जरासंध को मात देने के ख्वाब तो नहीं देख रहा? तो मेरी एक बात और सुन लो, बुद्धिमान मनुष्य वह है जो उपलब्ध सामग्री को पूर्ण व श्रेष्ठ समझे और विजय की आशा के साथ उसका श्रेष्ठतम उपयोग करे; ना कि वह जो साधन-सामग्री की कमी को हारने का बहाना बनाए। यह सिर्फ युद्ध के लिए नहीं बल्कि जीवन के सारे संघर्षों का भी यही एक सार-सूत्र है। जब इतनी बात चली है तो आपको एक राज की बात और बता दूं कि एक इसी सूत्र की बदौलत तो कृष्ण "जय श्रीकृष्ण" बना है। ...वैसे एक और मजे की बात बताऊं तो आप ही की तरह इन पत्थरों को जमाने का उद्देश्य न आदेश्वर को समझ आ रहा था न आदिवासियों को, लेकिन एक बात अच्छी थी कि उनके लिए उद्देश्य नहीं मेरा निर्देश ही पर्याप्त था। होगा, अभी तो इसके साथ ही मेरा एक बहुत बड़ा कार्य निपट गया था। क्योंकि यूं भी हाल-फिलहाल तो सुरक्षा की दृष्टि से इससे ज्यादा और कुछ किया भी नहीं जा सकता था। और फिर जरासंध कौन-सा आज-के-आज हमला कर रहा था? कहने का तात्पर्य उसे प्रारंभिक बाधा पहुंचाने की व्यवस्था पूर्ण हो चुकी थी। अब इस बाबत न कुछ करने को शेष था न सोचने को। कोई पहाड़ी पर रातोंरात हथियार या सेना तो पैदा होने से रही, हौसला तो जो था, उसी से बनाये रखना था। अतः एकबार को इस तैयारी के साथ ही मैंने जरासंध पर से अपना ध्यान हटा दिया।

...इधर जैसे ही जरासंध से ध्यान हटाया कि मुझे महर्षि-परशुराम की बात याद आ गई। उन्होंने कहा था न कि "इस पहाड़ी में एक संपन्न नगरी दबी पड़ी है[५९]।" लो, जरासंध के चक्कर में इतनी महत्वपूर्ण बात भूल गया था। लेकिन अब याद आ गई तो देर किस बात की? क्यों न उसकी खोज अभी से प्रारंभ कर दी जाए? यूं भी मुझे महर्षि-परशुराम की बात समझ में आ ही गई थी कि अपने आसरे स्वयं बनो और उस हेतु धन व शक्ति दोनों बढ़ाओ। अतः मैं हाथ लगा यह मौका छोड़ना नहीं चाहता था। अब आपसे क्या छिपाना, मैं किसी कीमत पर एक साधारण ग्वाला रहकर मरना नहीं चाहता था। ऐश्वर्य के कई शिखर छूना चाहता था, चलो यह मान लो कि अपनी प्यारी रुक्मिणी को पाने हेतु मैं यह चाहता था। ...तो भी और अन्य दृष्टि से भी अभी तो कर्मवीर कृष्ण के लिए इस खजाने को खोजना जरूरी हो गया था। अब सवाल था आदेश्वर से स्पष्टीकरण का। वैसे तो वह मेरा परम-भक्त हो चुका था, फिर भी बात पक्की तो करनी ही थी। बस संध्या उत्सव के समय जब पूरा प्रांगण मशाल से जगमगा रहा था व सब नाच-गा रहे थे, मैं उसे पकड़कर तलैया के दूसरी तरफ ले गया। यानी मैं उसे सिर्फ आवाज से दूर ले गया था, बाकी सच कहूं तो यहां से दूर फैली बस्ती व उसके सामने सब प्रांगण में नाचते-गाते और भी ज्यादा हसीन जान पड़ रहे थे। खैर, मैंने उससे संपन्न-नगरी दबी होने वाली बात सीधे-सीधे कह दी। वह तो यह सुनते ही खुश हो गया। उसने तत्क्षण इस कार्य हेतु समस्त आदिवासियों के उपलब्ध होने का वादा किया। हालांकि प्राप्त खजाने में आदेश्वर की हिस्सेदारी का मैंने प्रस्ताव दे ही दिया था, लेकिन सच कहूं तो वह खजाने का लोभी कम व मेरे प्यार का भूखा ज्यादा नजर आ रहा था। यही उसकी वो सरलता थी जिस पर मैं फिदा हो गया था। बस लौटते वक्त तो हम पलक झपकते ही प्रांगण में पहुंच गए थे। वहां अब भी नाच-गान जोरों पर था। मदिरा के भी दौर-पर-दौर चालू ही थे। भैया तलैया के निकट के कुछ युवा आदिवासियों के साथ अपने मदिरापान में मस्त थे। उधर आदेश्वर ने तो जाते ही रसोई-कक्ष के सामने बनी एक बड़ी पत्थर की शिला पर मुझे बिठा दिया व खुद मेरे निकट खड़े होकर एक जोरदार ताली बजाई। ताली बजाते ही नाच-गान बंद हो गया। ...बस उसने खजाने वाली बात सबसे विस्तार से कह दी। यह सुनते ही सभी में उत्साह की एक नई लहर दौड़ गई। फिर तो नाच-गान व मदिरा का वह दौर चालू हुआ जो देर रात को ही थमा। आज तो मुझे व आदेश्वर को भी घेरकर नचाया गया। इस बहाने ना सिर्फ मेरा नाचने का शौक पूरा हुआ, बल्कि सबके उत्साह ने मुझ सपने देखने वाले को तो धनवान हो जाने का यकीन भी दिलवा दिया।

खैर! दूसरे दिन दोपहर होते-होते तो हमने प्रांगण में ही सभी की एक सभा भी रख ली। स्वाभाविक तौर पर मैं बिना समय व्यतीत किए खजाने की खोजबीन प्रारंभ करना चाहता था। कहने की जरूरत नहीं कि एकबार फिर कार्य की बागडोर मैंने अपने ही हाथों में ले रखी थी। सबसे पहले तो मैंने समस्त आदिवासियों को दो टुकड़ी में विभाजित किया। प्रथम टुकड़ी का नेतृत्व मैं स्वयं कर रहा था जबकि दूसरी टुकड़ी का नेतृत्व आदेश्वर को सौंप दिया था। यही नहीं, अगले दिन से ही दोनों टुकड़ियों का काम पे लगना तय भी हो गया था। हमने सारा सामान भी संध्या तक प्रांगण में एकत्रित कर लिया था। सबका उत्साह देख मैं तो उत्साह के सातवें आसमान पर बैठ गया था। ...शायद सभी एक बात अच्छे से समझ रहे थे कि यदि सचमुच यह पहाड़ी पुरानी सपन्न-नगरी हुई

५९. हरिवंश पुराण, विष्णु पर्व, अध्याय-३९, श्लोक-८०

तो बहुत-सा खजाना मिलने की उम्मीद को नकारा नहीं जा सकता है। यह सब तो ठीक था परंतु इतने महत्वपूर्ण कार्य में भी भैया की अनुपस्थिति मेरे लिए चिंतनीय थी। युवाओं में एक वे ही थे जो किसी बात में रस नहीं ले रहे थे। वे तो बस अपनी आदिवासी सहेलियों के साथ बस्ती में ही मस्त थे। और सच कहूं तो भैया की यह बेवक्त की आशिकी आज मेरे लिए विशेष रूप से चिंता का कारण बन गई थी। ...भैया की इन हरकतों के चलते यदि कल आपस में कुछ गलतफहमी हुई तो सब धरा-का-धरा रह जाना तय था। ...इस सुनसान पहाड़ी पर हम इन आदिवासियों के सहारे ही तो हैं, ऐसे में यदि आदेश्वर या अन्य किसी के मन में जरा भी उलझन पैदा हुई या हमारे बीच कोई मनमुटाव हो गया तो इससे तो हम पर एकबार फिर मुसीबतों के पहाड़ टूट सकते थे। मेरी चिंता यही कि भैया को गलत समय पर गलत जगह उभरा यह प्रेम का गुब्बारा कहीं हमारा जीवन ही तबाह न कर दे।

...सच कहूं तो मैं तो आगे के कार्यों की हजार तैयारियां छोड़ भैया के चिंतन में ही उलझकर रह गया था। पता नहीं क्यों मनुष्य को सबकुछ असमय ही सूझता है? वृन्दावन-मथुरा में प्रेम का समय भी था व स्थान भी उचित था। न जाने क्यों तब भैया की गोपियों से कभी नहीं पटी? ...ध्यान रहे, समय से किए कार्य में हमेशा होश बना रहता है, लेकिन असमय किया गया कार्य बेहोशी का सबूत है। दूसरे शब्दों में कहूं तो मनुष्य बेहोश है, तभी तो गलत समय पर गलत कार्य करता है। अर्जुन से गीता में मैंने यही तो कहा था कि तुझे *"असमय में यह मोह किस हेतु से प्राप्त हुआ है*[६०] *?"* जिस संन्यास के लिए जीवन का हर समय उचित था, वह संन्यास अर्जुन को जीवन में कभी नहीं सूझा, और वह सूझा भी तो युद्ध के मैदान में। अब आप ही बताइए कि युद्ध के मैदान में उभरा संन्यास सिवाय भय के और क्या है? वैसे ही मेरी दृष्टि में असमय किया गया प्रेम भी सिवाय हवस के और कुछ नहीं। अतः सीधा-सीधा कहूं तो भैया इस समय हवस के शिकार हो गए थे। हालांकि भैया से गुस्ताखी का मेरा कोई इरादा नहीं था, मेरा जीवन उनकी खुशी पर निछावर था; लेकिन उनको सूझी इस बेवक्त की मस्ती से हमारी ही नहीं, सबकी जान पर बन आ सकती थी। अर्थात् सौ बातों की एक बात यह कि इस समय उन्हें टोकना आवश्यक हो गया था। बस किसी तरह हिम्मत जुटाकर मैंने उनसे इस बाबत बात करना तय किया। इसके चलते सभा निपटते ही मैंने सीधा जा के उन्हें धर-दबोचा। मैंने उन्हें समझाया कि ये आदिवासी ही इस समय हमारा सहारा हैं। इनसे किसी भी किस्म की गलतफहमी हमें एकबार फिर से नर्क-सा जीवन जीने को मजबूर कर सकती है। बेहतर है आप आदिवासी स्त्रियों से दूर ही रहें।

अब मेरी बात तो एकदम सीधी थी, पर पता नहीं क्यों भैया को पसंद नहीं आई। वे बुरी तरह भड़क गए। शायद एक तो होश में नहीं थे, दूसरा रंग में भंग डाल रहा था। परिणामस्वरूप वह उल्टा मुझपर उबल पड़े। यही नहीं, करीब-करीब डांटते हुए बोले- तू मुझे शिक्षा दे रहा है? वह जो वृन्दावन में दिन-रात गोपियों के साथ घूमा करता हो, और जो मथुरा में दिन-रात कुब्जा के यहां पड़ा रहता हो, वह मुझे क्या शिक्षा देगा? अतः बेहतर होगा यदि तू अपनी शिक्षा अपने पास ही रखें।

...यह सुनते ही मुझे भी क्रोध आ गया। क्रोध आना स्वाभाविक था। बस इसी क्रोध के चलते मैं पहली बार भैया से ऊंची आवाज में बात करने की गुस्ताखी कर बैठा। मैंने कहा- मेरी

६०. श्रीमद्भगवद्गीता, अध्याय-२, श्लोक-२

बात क्या करते हो। मैं भोग को भी योग की तरह करता हूँ। मेरी बात ध्यान रखना भैया यदि काम व मदिरा मनुष्य के मालिक हो जाएं तो वह अंधेरों में भटक जाता है।

लेकिन भैया भी भैया थे। वे मेरी ऊंची आवाज से कहां दबने वाले थे। उल्टा दो-गुना भड़क गए। तुरंत क्रोध में लाल-पीले होते हुए बोले- यह रोग, भोग, योग सब शब्द अपने पास ही रख। मुझे शब्दों के मायाजाल में उलझाने की कोशिश मत कर। मेरे आगे तेरी कोई मक्कारी नहीं चलने वाली।

...बात समाप्त हो गई। मैं समझ गया कि इस समय भैया को समझाने का कोई फायदा नहीं। मैं चुपचाप पांव पटकता हुआ चला आया। क्या करता, जैसी भैया की मर्जी। जो होगा देखा जाएगा। अब जो कार्य हम न सुलझा सकें, उसे प्रकृति के न्याय पर ही छोड़ना उचित होता है। मुझे तो यूं भी अभी आगे हजार कार्य मुंह फाड़े खड़े थे। बस मैं चुपचाप वहां से निकल लिया। आश्चर्य तो यह कि इसके बाद तो भैया आज के रात्रि-उत्सव में भी मुझसे दूर-दूर रहे। रहने दो, अभी तो चूंकि कल सुबह से सबको कार्य में भिड़ना था, अत: आज का उत्सव जरा जल्द ही समाप्त हो गया था।

उधर दूसरे दिन सुबह सभी समय से ही प्रांगण में एकत्रित हो चुके थे। फावड़े, कुल्हाड़ी समेत लोहे की बड़ी सलाखें प्रांगण में पहले से तैयार ही थी। बस हम पचास के करीब लोग अपना-अपना सामान ले निकल पड़े थे। मैंने कंधे पर कुल्हाड़ी उठा रखी थी तो आदेश्वर हाथों में फावड़ा उठाए मेरे साथ-साथ चल रहा था। पीछे पचास के करीब आदिवासी स्त्री व पुरुष चले आ रहे थे। चलते-चलते हम पहाड़ी की टोच के करीब पहुंच गए। बस एक ओर से मेरी टुकड़ी व दूसरी तरफ से आदेश्वर की टुकड़ी भिड़ गई। हम लोग दनादन पहाड़ी खोदे चले जा रहे थे। सबका उत्साह देखते ही बनता था। संध्या तक यह खुदाई चलती रही, फिर लौट आए। उसके बाद तो यह हमारा नित्यकर्म हो गया। सुबह कुछ थोड़ा बहुत खाकर हमलोग जो निकलते तो दिनभर कड़ी मेहनत कर सीधे संध्या ही लौटते। उधर संध्या आदिवासी स्त्रियां भोजन तैयार कर हमारा इन्तजार ही कर रही होती थी। भोजन करते, कुछ नाच-गान होता यानी मनोरंजन करते व सो जाते। फिर दूसरे दिन सुबह कुछ खा-पीकर निकल पड़ते, लेकिन अफसोस दस दिनों की लगातार खुदाई के बाद भी कहीं कुछ नहीं मिला। नगरी तो छोड़ो, नगरी के अवशेष तक नहीं दिखे। स्वाभाविक तौर पर यह देख सबका उत्साह धीरे-धीरे ठंडा पड़ने लगा। अब तो हर कोई संपन्न नगरी की बात को एक कहानी मानने लगा था। वैसे तो अक्सर ऐसी प्रचलित बातें कहानियां साबित होती ही हैं, लेकिन मैं फिर भी अंतिम-से-अंतिम कोशिश कर लेना चाहता था। यूं भी उत्साह मेरा स्वभाव था, निराश होना मेरे व्यक्तित्व में नहीं था; और फिर पहाड़ी पर करने को अन्य कोई महत्वपूर्ण कार्य भी तो नहीं था कि जिसके चलते हताश होकर खजाने की खोज पर ही पूर्णविराम लगा दिया जाए। मेरा देखो! मुझे तो मालूम है कि कभी भी जरासंध मौत बनकर पहाड़ी पर टूट पड़ेगा, तो क्या उस डर से मैं जीने की उम्मीद ही छोड़ दूं? कोई उस संभावना का विचार कर अच्छे जीवन की उम्मीद या उस ओर के कर्म थोड़े ही त्यागे जा सकते हैं? मेरे दृष्टिकोण में तो अंधेरा कितना ही घना क्यों न हो, ना सिर्फ उजाले की उम्मीद जीवंत रखनी चाहिए बल्कि उजाला खोजने के प्रयास भी करते ही रहना चाहिए।

बस मैंने इसी तर्ज पर फिर सबका उत्साह बढ़ाते हुए दोगुने जोश से खजाने की खोज प्रारंभ करवाई। साथ ही इस बार रणनीति में भी कुछ परिवर्तन किया। अबकी मैंने पांच-पांच व्यक्तियों की दस टुकड़ियां बनाई और उन्हें पूरी पहाड़ी पर फैला दिया। साथ ही सबको निर्देश भी दिया कि यदि किसी को कुछ भी मिले तो वह तुरंत मुझे इत्तला कर दे। कृष्ण के होते-सोते कर्म से परदा संभव ही नहीं।

खैर! आप मानेंगे नहीं कि तीसरे दिन ही इन खुदाइयों का सकारात्मक परिणाम आ गया। वैसे भी सकारात्मक विचार के सकारात्मक परिणाम आते ही हैं। बस बस्ती के पिछले भाग में नगरी होने के अवशेष प्राप्त हुए। मैं अपनी टुकड़ी के साथ टोंच पर खुदाई कार्य में व्यस्त था कि उत्साहित आदिवासियों की एक टुकड़ी यह खबर देने आई। मैं तो खबर सुनते ही उछल पड़ा व उनके साथ चल दिया। वाकई नगरी के अवशेष मिले थे। अभी हम सब यह सोच प्रसन्न हुए ही थे कि एक दूसरी टुकड़ी दौड़ी आई। उत्साह उनका भी अपनी चरम सीमा पर दिख रहा था। क्यों न होता, उन्हें भी पहाड़ी के दूसरी तरफ के टोंच पर नगरी होने के सबूत मिले थे। उत्साह से भरा मैं कुछ आदिवासियों के साथ उस ओर भागा। वहां भी वाकई नगरी के अवशेष मिले थे। बस क्या था, आज की रात्रि उत्सव छोड़ मैंने सबके साथ सभा की। सभा में दो निर्णय लिए गए, एक तो सुबह जल्दी निकलना और अब सिर्फ उन्हीं दो स्थानों पर खुदाई करना। बस अगले दिन से हमने अपनी पूरी ताकत उन दो जगहों पर झोंक दी। उत्साह का मारा मैं स्वयं पहाड़ी के पिछले भाग की खुदाई कार्य में डट गया। उधर आदेश्वर के नेतृत्व में टोंच पर भी खुदाई कार्य पुरजोर चालू हो गया था। इधर नगरी के अवशेष क्या मिले, एकबार फिर सभी उत्साह से भर गए थे। मैं अपने इस ताजा अनुभव से कह सकता हूँ कि इस संसार में सफलता से ज्यादा उत्साहित करने वाला और कुछ नहीं होता है। ...लेकिन ध्यान रहे सफलता सिर्फ उन्हें मिलती है जो निराशा के क्षणों में भी अपना उत्साह बनाये रखने में सफल होते हैं। मेरी दृष्टि में तो असफलता के तूफानी भंवर में भी जो उत्साह का दामन न छोड़े, वही सफलता का असली हकदार होता है। वैसे भी यह बात मुझसे बेहतर और कौन समझ सकता था। मुझे तो यूं भी जीवनभर अंधेरों ने ही पाला था। आप तो जानते ही हैं कि मेरा तो जन्म ही काल-कोठरी के गहन अंधकार में हुआ था। कहने का तात्पर्य कुदरत ने अपनी ओर से मेरे जीवन में अंधेरे की कोई कमी नहीं रख छोड़ी थी। यह तो मैं अपने पुरुषार्थ तथा अपने व्यक्तिगत गुणों से उन अंधकारों को हमेशा रोशनी में तब्दील करता आ रहा था। आज आप से भी यही बात पूरी दृढ़तापूर्वक कहता हूँ कि जीवन पुरजोर कर्म करने और जब मौका मिले, दिल खोलकर आनंद लेने का दूसरा नाम है। जीवन का तीसरा कोई मकसद है ही नहीं।

खैर! चिंतन झाड़ना छोड़ वर्तमान कर्मठता पर लौट आऊं तो तीन दिनों की लगातार खुदाई के बाद कुछ जंग लगे हुए व बेकार हथियार प्राप्त हुए। निश्चित ही हथियारों का मिलना बस्ती दबी होने का पुख्ता सबूत था। मंजिल निकट ही नजर आ रही थी। मैं तो मैं, सभी उत्साह से पागल हो गए थे। ...अब तो दो-चार रोज की खुदाई व खजाना मिलना प्रारंभ! यह नशा आज के रात्रि-उत्सव में भी पूरी तरह छाया रहा। सपने सबकी आंखों में तैरते साफ नजर आ रहे थे। लेकिन ये लोग मेरा मुकाबला क्या करेंगे? मैं तो सपने देखने का पुराना खिलाड़ी था। मेरे मन तो

मैं श्रीमंत भी हो चुका था व रुक्मिणी पर मेरा रोब भी पड़ चुका था। लेकिन कुदरत के होते-सोते मेरे जीवन में कभी कोई कार्य सीधा पार पड़ने वाला ही कहां था? कश्ती के किनारे लगते-लगते डूबने के आसार खड़े हो गए। कुदरत ने तो यूं भी मेरे जीवन में लगातार बाधा पहुंचाते रहने की कसम खा रखी थी, और इस बार भी उससे कोई चूक नहीं हुई। ...हालांकि यह बात अलग है कि इस बात को लेकर मैं कुदरत से कभी खफा नहीं हुआ, उल्टा मैंने तो इसे भी हमेशा मेरे और कुदरत के दरम्यान चल रहे एक खेल के रूप में ही लिया। कुदरत अपनी ओर से लगातार मेरे "कर्मवीर" होने की परीक्षा लेती रहे और मैं हर बार उसमें उत्तीर्ण होकर आगे बढ़ता जाऊं। ...होगा, अभी तो कुदरत के इस बार के करिश्मे की चर्चा करूं तो अचानक रात्रि को तेज आंधी के साथ आई वर्षा ने पहाड़ी पर वर्षा ऋतु के आगमन की दस्तक दे दी। उस समय मैं अपने कक्ष में लेटा रुक्मिणी के साथ झूला झूलने के सपने देखने में व्यस्त था। कड़कती बिजली की आवाज ने सपना तो तोड़ा ही तोड़ा, नींद भी पूरी तरह उड़ा दी। मैं सीधा बाहर दौड़ा। इतनी तेज वर्षा देख मेरे तो होश ही उड़ गए। अब वर्षाऋतु में खुदाई कितनी कठिन हो जाती है यह तो आप सभी जानते हैं। बस सारे सपने भूल हकीकत की दुनिया में लौट मैं रातभर बरामदे में बैठा वर्षा का यह तांडव देखता रहा।

खैर! इस रात की सुबह भी हो गई पर वर्षा के तांडव में कोई फर्क नहीं आया। कोई बात नहीं, मैं तो नित्यकर्म निपटाकर समय से ही प्रांगण में पहुंच गया। आज अभी तक वहां कोई नहीं आया था। होगा, एक पेड़ के नीचे बैठ मैं भीगने का आनंद लेने लगा। काफी देर बाद आदेश्वर तीन-चार आदिवासियों के साथ आया। फिर तो धीरे-धीरे बीस-एक लोग और आए, लेकिन सब आने को ही आए थे। खुदाई करने जाने का उत्साह किसी में नजर नहीं आ रहा था। अब उत्साह हो या नहीं, मैं अपने सपने चकनाचूर नहीं होने दे सकता था। और यूं भी "कृष्ण" का कर्म से पीछे हटने का सवाल ही नहीं उठता था। बस जितने आए थे उनको ही ताव पे चढ़ाकर खुदाई हेतु ले गया, लेकिन आप मानेंगे नहीं कि वर्षा के एक झोंके-मात्र ने सब किए-कराये पर पानी फेर दिया था। एक तो वैसे ही आज हम देर से निकले थे, ऊपर से मिट्टी में आई चिकनाहट ने हमारी गति धीमी कर रखी थी। हमें पहुंचते-पहुंचते आधी दोपहर भी निकल चुकी थी। वाकई बड़ा सम्भल-सम्भल कर चलना पड़ रहा था। यह तो ठीक पर आगे तो मिट्टी इस कदर गीली हो गई थी कि ऊंचाई से फिसलने का डर पैदा हो गया था। कहने का तात्पर्य एक तो सामान्य हालातों में भी इस पहाड़ी पर खुदाई कार्य मुश्किल था, ऊपर से मिट्टी चिकनी हो जाने से जान-माल का खतरा पैदा हो गया था। सो, आज तो हम सब बिना खुदाई किए मुंह लटकाए ही वापस चले आए।

...अब आज तो ठीक लेकिन रोज-रोज यह नहीं चल सकता। अब जब वर्षाऋतु प्रारंभ हो चुकी है तो वर्षा तो होती ही रहेगी। यानी कार्य कठिन-से-कठिनतम होता ही चला जाएगा। ...ऐसे में अब कोई अगले चार माह वर्षा ऋतु के जाने का इन्तजार तो किया नहीं जा सकता था? और फिर इतना समय तो हमारे पास था भी कहां? भूल गए क्या...? वर्षा ऋतु खत्म होते-होते जरासंध नामक भूत के भी तो टपकने की संभावना थी। यानी कुल-मिलाकर इन कठिनतम परिस्थितियों में भी खुदाई किए बगैर कोई चारा न था। और पहल भी मुझे ही करनी थी। सो मैंने

एकबार फिर सबको रात्रि में एकत्रित किया व पूरा सुरातन चढ़ा दिया। उन्हें आगे के हसीन जीवन के बड़े-बड़े सपने दिखाए। परिणाम में अगले दिन सुबह सभी पूरे उत्साह से समय रहते प्रांगण में उपस्थित हो चुके थे। बस फिर उत्साह की एक पुड़िया देते हुए किसी तरह खुदाई कार्य प्रारंभ करवा दिया। निश्चित ही वर्षा के कारण अब कार्य में पहले जैसी गति नहीं थी फिर भी कार्य प्रारंभ तो हो ही चुका था। ...कहा जाता है कि दिल लगाकर किए गए कर्म इच्छित परिणाम लेकर आते ही हैं। यही यहां भी हुआ। अगले सात दिनों में वर्षा की बाधा के बावजूद बड़े उत्साहवर्धक परिणाम आए। खुदाई में सोना-चांदी और हीरे जवाहरातों से जड़े कुछ गहने मिले। एकबार हीरे-जवाहरात क्या मिले, सबका उत्साह अपनेआप सातवें आसमान पर पहुंच गया। अब मुझे अलग से उत्साह बढ़ाने की कोई आवश्यकता नहीं रह गई। अब वर्षा, चिकनी मिट्टी या जानमाल का खतरा किसी के लिए कोई बाधा नहीं थी।

छोड़ो। वे तो कर्म पे लग गए पर इधर खजाना मिलना शुरू होते ही मैं कर्म से भटक गया। सच-सच कहूं तो खजाना मिलने के आसार नजर आते ही मैं पूरी तरह बावला हो गया। मुझे तो हर हीरे-मोती में रुक्मिणी की तस्वीर दिखाई देने लगी। मुझपर आशिकी छाने लगी। छाये क्यों न...? आखिर हीरे-जवाहरातों की इतनी खोज और किस लिए कर रहा था? उसके लायक बनने की ही तो सारी माथा-फोड़ी थी। और देखो, धीरे-धीरे जवाहरातों से भरे बक्से-के-बक्से मिलने प्रारंभ हो गए थे। यानी देखते-ही-देखते पहाड़ी से धन की वर्षा होने लगी थी। और कहने की जरूरत नहीं कि खजाने के मिल रहे हर बक्से के साथ मुझ बावले को तो अपना सपना साकार होता दिखाई दे रहा था। हालांकि एक बात बता दूं कि मैं बावला अवश्य हुआ था, लेकिन अपने कर्तव्य या रणनीति से नहीं भटका था। मैं प्राप्त सारे हीरे-जवाहरातों को बक्से में रखकर आदेश्वर के भवन में ही रखवा रहा था, ताकि आदिवासी इसे अपना ही धन समझे और उनका उत्साह यथावत् बना रहे। ...वैसे भी प्राप्त धन में उनकी हिस्सेदारी तो थी ही। खैर, यहां पिछले बीस दिनों से चल रही लगातार खुदाई के बाद अपार खजाना एकत्रित हो चुका था। और वैसे भी अब आगे खुदाई संभव नहीं थी। आंधी के साथ हो रही तेज वर्षा ने खुदाई को करीब-करीब असंभव कर दिया था। मैंने भी लोभ छोड़ तत्क्षण कार्य रोकने का निश्चय किया। निश्चित ही जो खजाना प्राप्त हुआ था वह भी कम न था। और कम-से-कम एक ग्वाले के लिए तो बहुत ज्यादा था। अतः बुद्धिमानी इसी में थी कि इससे पहले कि कोई जान-माल की हानि हो जाए प्राप्त खजाने से ही संतोष मान लिया जाए।

उधर कहने की जरूरत नहीं कि इतना बेशुमार खजाना पाकर सबकी खुशी का ठिकाना न था। फिर भी मेरी खुशी का आलम सबसे निराला था। मन में हजारों लड्डू फूटने लगे थे। रातोंरात एक गरीब ग्वाला श्रीमंत बन बैठा था, बस सपने उसकी आंखों में झूमने शुरू हो गए थे। लेकिन जरासंध नामक बला रह-रहकर सारा नशा हिरण कर देती थी। उसका भय ठीक से सपने तक नहीं देखने दे रहा था। सचमुच यह बला टले तो जीवन संवर जाए। पर टले कैसे...? यह कोई छोटी-मोटी बला तो थी नहीं, हजारों बलाओं पर भारी थी। कम-से-कम आसानी से टले, ऐसी तो कतई नहीं थी। वैसे मेरे हाथ में था क्या सिवाय कर्म करने के, और वह मैं पूरी ईमानदारी से कर ही रहा था। यूं भी जैसे-जैसे समय बीतता जा रहा था उसके हमले का वक्त भी निकट आता ही जा रहा था।

मैं यह जानता ही था कि जरासंध व उसके मित्र राजाओं की गुप्तचर व्यवस्था से ज्यादा दिनों तक छिपे रह पाना असंभव है। घुमा-फिराकर बात तो आज नहीं कल की ही थी।

वहीं यदि एक क्षण को जरासंध को भूलकर देखा जाए तो इस समय पहाड़ी पर क्या नहीं था? सुंदर जगह, सुहावना मौसम, श्रेष्ठ भोजन व रोज उत्सव... तथा ऊपर से वर्षा ऋतु। आप तो जानते ही हैं कि वर्षा ऋतु मेरी सबसे पसंदीदा ऋतु थी। सो, किसी तरह स्वयं को समझाकर व जरासंध नामक बला को भुलाकर कृष्ण महाराज वर्षा का आनंद लेने में डूब गए। अब पहचाने जाने के डर से वंशी तो बजा नहीं सकता था, सो बस चारों ओर घूमते हुए भीगने का आनंद ले रहा था। बहुत होता तो घंटों किसी बड़े पत्थर पर बैठ दूर-दूर नजर दौड़ाया करता था। बादल तो पहाड़ी के टोंच पर होने के कारण यूं ही हमें दिन-रात घेरे रहते थे, उस पर गिरती वर्षा में चारों ओर फैले जंगल को निहारने का मजा यूं ही अवर्णनीय था। अब इतने हसीन मौसम में कौन जरासंध का रोना लेकर बैठा रहता? सो, मैं तो अब प्रसन्नतापूर्वक विचरण करने में लगा हुआ था। अब यह तो मेरी बात हुई। दूसरी तरफ भैया की बात करूं तो उन्होंने वर्षाऋतु का अपना ही आनंद खोज लिया था। वे अपने कुछ साथियों के साथ सुबह से ही मदिरापान करने लग गए थे। अब एक तो वे बचपन से ही मुझसे ज्यादा तंदुरुस्त थे। ऊपर से बिना व्यायाम के अत्यधिक किए गए मदिरापान से इस समय वे मुझसे दोगुने नजर आने लगे थे। स्पष्ट कहूं तो मेरे सुंदर भैया भद्दे नजर आने लगे थे, लेकिन इस समय उन्हें टोककर मैं अपनी शामत बुलाना नहीं चाहता था। वैसे तंदुरुस्त तो बचपन से मैं भी था। परंतु नियमित व्यायाम व संतुलित आहार के कारण मैं उम्र के साथ-साथ एकदम सुडौल व आकर्षक होता जा रहा था।

चलो! अपनी तुलनात्मक तारीफ बंद करूं व यहां क्या चल रहा है, यह बताऊं तो चारों ओर गिर रही वर्षा ने मुझे जरासंध के बाबत हाल-फिलहाल तो पूरी तरह निश्चिंत कर दिया था। वह इतना पागल नहीं था कि इतनी वर्षा में मुझे खोजने निकल पड़े। ...फिर भी वह जरासंध था। उसके पागलपन का क्या भरोसा? कहीं हमला कर ही दे। अत: सावधानीवश ही सही, पर आदेश्वर को संभावित युद्ध के लिए तैयार करना मुझे आवश्यक लग रहा था। अब उससे यह तो नहीं कहा जा सकता था कि जरासंध मेरा जाती शत्रु है और उसका हमला कभी भी संभावित है। क्योंकि यदि मैं उससे सीधा-सीधा कह दूं कि जरासंध मेरा शत्रु है और मुझे खोजते हुए कभी भी उसका आक्रमण संभावित है, तो वह तो ठीक, पर हो सकता था कि इसे मेरा जाती मसला समझकर आदेश्वर या अन्य आदिवासी दिल खोलकर युद्ध न करे। सो कुल-मिलाकर मुझे उससे बात तो घुमा-फिराकर ही करनी थी, यानी कोई कहानी ही गढ़नी थी। तो यह मेरे लिए कौन-सा मुश्किल काम था? कहानी गढ़ भी ली व सुना भी दी। मैंने आदेश्वर को सावधान करते हुए कहा कि यह जगजाहिर है कि जहां खजाना होता है, वहां लुटेरे आते ही हैं। अत: हमें लुटेरों का सामना करने हेतु हर हमेशा तैयार रहना चाहिए। अब "कृष्ण" डब्बे में उतारे व पंछी न फंसे, कहां संभव था? भला बमुश्किल हाथ लगा खजाना कौन गंवाना चाहेगा? बात आदेश्वर के समझ में आनी ही थी। आदेश्वर ने तत्क्षण सभा बुलवाकर समस्त आदिवासियों को खजाने के संभावित लुटेरों से सावधान कर दिया। यही तो मैं चाहता था। अब मेरा कार्य आसान हो चुका था। आदेश्वर के नेतृत्व में समस्त आदिवासियों की

फौज मरने-मारने को तैयार थी। क्यों न होती, अब यह उनका अपना युद्ध था। उनके अर्जित खजाने पर लुटेरों का साया पड़ गया था। वैसे यह सब तो ठीक, जरूरी था... पर एक बात के लिए आदेश्वर की तारीफ करनी होगी कि बावजूद इसके कि मैंने उसे कई बार स्पष्ट कर दिया था कि इस खजाने पर तुम्हारा भी उतना ही अधिकार है जितना हमारा, फिर भी वह अपनी ओर से खजाने पर कोई अधिकार नहीं जमा रहा था। और उसकी यही सरलता सचमुच दिल को छूने वाली थी। वहीं एक जमीनी हकीकत यह भी थी कि मौका मिला तो भी पूरा खजाना हम अपने साथ कभी नहीं ले जा सकते थे। वैसे इस बात को ध्यान में रखते हुए ही मैंने पहले से दो बड़े बक्सों में बेशकीमती हीरे-मोती व कुछ बेशकीमती जवाहरात अलग से भरवा दिए थे। यूं भी कोई पूरा जीवन हम यहां गुजारें, उसकी तो कोई संभावना थी नहीं। या तो जरासंध हमें यहां मार डालेगा या तो थककर लौट जाएगा। लौट गया तो खजाने का आनंद लेंगे व मार डाला तो खजाना वह ले जाएगा।

लो, मैं भी कमाल था। एक तो सोचते-सोचते बात खजाने को ले जाने तक की सोच गया था, उसपर मानो मौका मिलने ही वाला हो ऐसे, उसे दो बड़े बक्सों में भरवाकर अपने कक्ष में भी रखवा लिया था। चलो इतना सकारात्मक तो जीवन में होना भी चाहिए। लेकिन अब तो उससे भी आगे खजाना ले जाने की व्यवस्था पर भी चिंतन प्रारंभ कर दिया था। और उसके तहत प्रथम बात यह कि खजाना और हम दोनों जाएंगे तो रथ से ही, जबकि हमारे पास सिर्फ एक रथ था। और मुझे एक रथ में दोनों समाते नजर नहीं आ रहे थे। और चूंकि सवाल खजाने का था अतः उसे सकारात्मकता कहो या बहराना, परंतु एकबार को तो उसपर तुरंत अमल आवश्यक था। बस तत्क्षण आदेश्वर को लेकर मैं 'करवीरपुर' से एक और रथ खरीद लाया। हालांकि वर्षा-ऋतु व घने जंगलों से गुजर कर रथ को टेकड़ी तक लाने में ना सिर्फ अत्यंत कठिनाई का सामना करना पड़ा था, बल्कि इस प्रक्रिया में पूरे पन्द्रह रोज भी लग गए थे। तो क्या, इतना बेशकीमती खजाना बगैर मेहनत के मिलता भी कहां है? ...सच कहूं तो अब कहीं जाकर मैं कह सकता था कि मेरे सारे कार्य समाप्त हो चुके थे। खजाना खोज भी लिया था और उसे बक्सों में भरवा भी दिया था। वहीं दूसरी ओर आदेश्वर के नेतृत्व में आदिवासियों को संभावित युद्ध के लिए तैयार भी कर चुका था। और अब तो मौका पड़ने पर चंपत होने के लिए रथ भी तैयार ही खड़े थे।

...अब कार्य समाप्ति पर आनंद लेने की क्षमता यूं ही कई गुना बढ़ जाती है। ऊपर से मैं तो वैसे ही आनंद-पसंद व्यक्ति था। इतनी सुंदर पहाड़ी, दूर-दूर तक जहां नजर दौड़ाओ, बस हरियाली-ही-हरियाली और ऊपर से वर्षा ऋतु। यह कम था तो रोज मनाये जाने वाले उत्सव और उसपर चारों ओर उत्साह और उमंग का वातावरण। न प्रेम की कमी न भोजन की। न संकट, न संघर्ष। बस मुझपर तो दीवानगी छा गई थी। ऐसे में मेरे आलम का कहना ही क्या...? आनंद कहो या मस्ती, जीवन कहो या शांति, सब अपना सर्वोच्च शिखर छू रहे थे। सचमुच मानसिक रूप से मुक्त हो जाने पर आनंद कितना बढ़ जाता है, इसका इस समय मैं पक्का अनुभव कर रहा था। सच ही है, कर्म करके कर्म से निवृत्त होने का आनंद ही कुछ और होता है। यह आनंद कर्म से भागने वाले ना तो कभी ले सकते हैं और ना ही कभी समझ सकते हैं। आप मानेंगे नहीं कि मुझे तो ऐसी मस्ती सूझ रही थी कि मैं आदिवासियों के साथ बराबरी पर नृत्य भी करने लगा था।

रमणीक पहाड़ी और रोज-रोज के उत्सवों ने मुझे एकबार फिर वृन्दावन की यादों में खो जाने पर मजबूर कर दिया था। मन की उड़ान कहती थी कि क्या ही अच्छा हो यदि इस समय मां, राधा व गोप-गोपियां सभी यहां आ जाएं। यदि सचमुच ऐसा हो जाए और जरासंध का खतरा टल जाए, तो ...तो मैं यह पहाड़ी छोड़कर कभी जाऊं ही न। बस यहीं बस जाऊं।

लेकिन मेरे जीवन में इतना आनंद और इतना आराम? और वह भी कुदरत के होते-सोते...? असंभव! कभी-कभी तो मुझे शंका होने लगती थी कि मुझे संकट व संघर्ष भेजने के अलावा कुदरत के पास और कोई कार्य है भी या नहीं...? देखो न, आनंदपूर्वक विचरते व उत्सव मनाते-मनाते वर्षा ऋतु तो बीत गई, लेकिन वर्षा ऋतु जाते ही बात फिर वहीं-की-वहीं आ गई। बारिश अपने साथ बिछाए गए सारे सुरक्षा पत्थर भी बहा ले गई; और उसने एकबार फिर जरासंध की याद ताजा करा दी। मन फिर बुरी तरह उलझ गया। ...और वह भी कैसा कि एक तरफ जहां खजाना मिलने की खुशी में दिल धड़क-धड़ककर रुक्मिणी को पाने हेतु मचल रहा था, तो वहीं दूसरी तरफ यह सब आनंद लेने हेतु बचूंगा भी या नहीं, इस सवाल पर जरासंध नामक लटक रही तलवार रह-रहकर परेशान कर रही थी। यानी कि जीवन ऐसे दो-राहे पर आकर खड़ा हो गया था जहां से जीवन की दोनों "अति" संभावित नजर आ रही थी। जहां एक तरफ जरासंध के हाथों मारे जाने पर जीवन खत्म होने के आसार थे, वहीं दूसरी तरफ बच जाने पर जीवन की सम्पूर्ण ऊंचाइयां छूने का अवसर भी था। और इन दो उलझनों के बीच वर्तमान को किस हाल में गुजारा जाए, यह कोई सामान्य उलझन नहीं थी। ...वहीं एक हकीकत यह भी थी कि भविष्य निकलना तो वर्तमान से ही था। अर्थात् यदि वर्तमान में जरासंध नामक बीमारी का इलाज खोज लिया जाए, तो सब ठीक। ...पर इस बीमारी से बचा कैसे जाए? उससे उलझने हेतु हमारे पास साधन ही कहां थे? चाहे जो हो, उसके आने के इन्तजार करने की बजाय उससे संघर्ष की तैयारियां करना ही बेहतर था। सो बस, वर्षा-ऋतु जाते ही मैं सक्रिय हो गया। जहां एक ओर सब आनंद व उत्सव में डूबे हुए थे, मैं एकान्त खोजकर तरह-तरह से अपने चिन्तनों में डूबा रहने लगा। अब हजार चिन्तनों में डूबो तो भी यहां पर पहाड़ी पे हथियार के नाम पर हमारे पास थे तो ले-देकर पत्थर ही, और वह भी अब वर्षा अपने साथ बहाकर ले जा चुकी थी। ऐसे में निश्चित ही अब नए सिरे से पत्थर जमाना पहले से कई ज्यादा कठिन हो गया था। क्योंकि वर्षा अपने साथ-साथ हमारे जमाये पत्थर ही नहीं, अधिकांश अन्य सारे पत्थर भी बहा के ले गई थी, यानी पहले पत्थरों को खोजना था व फिर उन्हें जमाना था। वैसे तकलीफ एक यही अकेली नहीं थी, सामने घास भी काफी बड़ी व घनी हो गई थी; और जिसके चलते पत्थरों को खोजना भी आसान नजर नहीं आ रहा था। हालांकि इसका एक सीधा-सीधा फायदा भी नजर आ रहा था, और वह यह कि इस घनी घास का जरासंध की सेना को पहाड़ी चढ़ने में अच्छीखासी मशक्कत करवाना तय था। ...और रही बात हमारी तो हमारा क्या था? हम ग्वाले और साथी आदिवासी। दोनों स्वभाव से ही मेहनती। बस तत्क्षण मेहनत में लग गए। आठ-दस रोज पत्थर खोजने में लगे व तीन-चार दिन उन्हें जमाने में लगे। लो, मामला फिर वहीं का वहीं आ गया। इसके अलावा जहां तक आगे की रणनीति का सवाल है तो वह तो वही पुरानी रणनीति थी जरासंध को थकाना व

भगाना। बस कुछ भी कर बदमाश को इतना थका देना कि वह खाली हाथ लौट जाए। अब उसी रणनीति के तहत व्यवधान पहुंचाने हेतु पत्थर तो जमा ही दिए गए थे, दूसरी बाधा घास घनी कर वर्षा ऋतु ने खुद उत्पन्न कर दी थी। अब इतनी घनी घास के होते-सोते जरासंध की सेना को पहाड़ी चढ़ने में महीना भर लगना तय था। और बगैर पहाड़ी चढ़े वह हम तक नहीं पहुंच सकता था, यह भी तय था। उससे भी ज्यादा तय तो यह था कि हम युद्ध करने उस तक जाने वाले नहीं। हजार मशक्कत कर भी आना तो उसे ही ऊपर था।

खैर! कुल-मिलाकर कुछ मेरी ओर से व कुछ कुदरत की सहायता से उसे थकाने की रणनीति तो बनती चली जा रही थी, लेकिन इतने-मात्र से काम होने वाला नहीं था। पुराने अनुभवों के आधार पर वह आएगा पूरी तैयारी से ही। साथ ही और कुछ नहीं तो तीन-एक माह तक डटे रहने की क्षमता के साथ ही उसका पदार्पण होगा। वहीं यह भी तय था कि दो बार मार खाने के बाद खुन्नस भी उसकी अपने सर्वोच्च शिखर पर ही होगी। यानी कुछ और भी सोचना ही पड़ेगा। ...लो, सोचना शुरू ही किया कि एक उल्टी संभावना उभरकर सामने आई। मैं सोचने लगा कि जिस घास को हम बाधक मान रहे हैं, हो सकता है वह आग लगाकर उसी का इस्तेमाल मार्ग सरल बनाने हेतु कर बैठे। यदि ऐसा हुआ तो बाकी सब तो ठीक, पर यहां टोच पर हमारे लिए एक नई ही समस्या पैदा हो जाएगी। यानी जैसा मैं सोच रहा था, बिल्कुल वैसा भी नहीं था, इस बढ़ी घास के चलते दोनों तरफ बराबरी पर संभावना बनी हुई थी। यह उग आई घास वरदान सिद्ध हो सकती थी यदि जरासंध को आग लगाने का विचार न आए तो, वहीं दूसरी तरफ आग लगाये जाने पर यही घास काल बनकर हमें ही झुलसा सकती थी। अब ऐसी हालत में इस उग आई घास का क्या करना यह एक सोचनीय विषय बनकर उभरा था। मामला वाकई जटिल था, लेकिन जल्द ही किसी एक निष्कर्ष पर पहुंचना जरूरी था। कुछ देर के सोच-विचार के बाद ही मैंने इसका भी एक सटीक उपाय खोज लिया। मैंने पहाड़ी के ऊपर से कुछ नीचे तक की घास कटवाना तय किया। इसके दो कारण थे। एक तो इससे पहाड़ी चढ़ने हेतु जरासंध को घास का व्यवधान यथावत बना रहेगा व दूसरा उसके द्वारा आग लगाने की सुरत में भी ऊपर की घास कटवा देने के कारण उस आग के हम तक पहुंचने की संभावना खत्म हो जाएगी। इसके साथ ही वर्तमान परिस्थिति और साधनों को देखते हुए युद्ध करने व जीवन बचाने के जितने भी संभावित उपाय हो सकते थे, कर चुका था। यानी "कर्म" जितने मेरे हाथ में थे उतने पूर्णता से कर चुका था। वहीं जरासंध को आगे अन्य कोई व्यवधान पहुंचाने के उपायों पर भी विचार तो चालू ही था। पता नहीं मेरा तिकड़मी दिमाग कब-कैसा तुक्का खोज लाए।

चलो! वह तुक्का तो सूझेगा तब सूझेगा। अभी तो आपको यह बता दूं कि हमें गोमंत टेकड़ी पर आसरा लिए करीब छः माह हो चुके थे। और ये छः माह हमने कड़े संघर्ष, बड़े आनंदोत्सव व कुछ जाती उपलब्धियों के मिले-जुले अनुभवों के साथ गुजारे थे, लेकिन अब समय के करवट लेने की संभावना थी। जरासंध महाराज का आगमन कभी भी संभावित था। क्योंकि उसके गुप्तचरों की काबीलियत तथा इतने राजाओं की गुप्तचर व्यवस्था का सहयोग होने के बाद... उसे अब तक हमारे गोमंत की टेकड़ी में आश्रय लेने का पता न चला हो, यह शक्य नहीं जान पड़ रहा था। उधर मेरा अनुमान सही निकला। जैसे हर इन्तजार कभी-न-कभी खत्म होता ही है, जरासंध का इन्तजार

भी खत्म हुआ। जल्द ही जरासंध की सेना हमें ढूंढ़ते हुए यहां आ पहुंची। सबसे पहले जरासंध की सेना के दर्शन मुझे ही हुए। वैसे भी हमला अपेक्षित मुझे ही था व पहाड़ी से ताकता भी मैं ही रहता था, और फिर सेना आ भी मेरे ही लिए रही थी; ऐसे में सेना के प्रथम दर्शन का अधिकार भी मेरा ही बनता था।

यह तो ठीक, पर अगले दो-दिनों में तो यह "नयन सुख" सबको उपलब्ध था[६१]। दूर से आ रही सेना अब पहाड़ी से स्पष्ट दिखाई दे रही थी। उधर स्वाभाविक तौर पर आदेश्वर समेत समस्त आदिवासी इतनी विशाल सेना को पहाड़ी की ओर आता देख घबरा गए थे। अब सबका प्रारंभिक भय तो अपनी जगह था पर जैसे-जैसे सेना निकट आती जा रही थी, आदिवासियों की घबराहट बढ़ती जा रही थी। यह ठीक लक्षण नहीं थे। अब ले-देके वही मेरी सेना थी। यदि उनका ही हौसला पस्त हो गया तब तो हो चुका। सो, मुझे तुरंत उन्हें आश्वासन देने कूदना पड़ा। मैंने सबको एकत्रित कर समझाते हुए बड़े ही दार्शनिक अंदाज में कहा कि- इतना खजाना कमाना आसान नहीं होता, अतः लुटेरे तो आने ही थे। लेकिन आप क्यों चिंता करते हैं? हम सब मिलकर निश्चित ही उन्हें मार भगाएंगे। साथ ही कुछ कमी न रह जाए, यह सोचकर अपनी ताकत का बखान करने वाले दो-चार किस्से भी बढ़ा-चढ़ाकर सुना दिए। यूं भी अब तक सबका मुझपर इतना भरोसा तो बैठ ही गया था कि हाल-फिलहाल के लिए काम चल गया था।

...अब दूसरों को लाख समझा दूं पर मैं स्वयं तो ना-समझ नहीं हो सकता। मौत चारों ओर से घेरने चली आई थी, इतना मैं तो समझ ही रहा था। और अब तो रथों की पताका ही नहीं, रथ व सेना भी स्पष्ट नजर आने लगी थी। अब क्या था...? दो-चार दिनों की बात थी। देखते-ही-देखते सेना पहाड़ी के बिल्कुल निकट आ गई। यानी जिनका मुझे इन्तजार था, उनका धूमधड़ाके से आगमन हो चुका था। हालांकि इस बार सेना काफी छोटी नजर आ रही थी। शायद यह पिछले अनुभवों का असर था। अब पूर्व युद्धों के अनुभव के बाद उसे इतना तो सीखना ही था कि विशाल सेना लम्बा युद्ध नहीं कर सकती, और फिर ले-देकर उसे निपटना तो दो छोकरों से ही था। चाहे जो हो, पर यहां टोंच से देखने पर दूर से आती सेना का दृश्य बड़ा अच्छा लग रहा था। जितनी वह निकट आ रही थी, बड़ी व स्पष्ट होती जा रही थी। अब तो इतने निकट आ गई थी कि रथ व गाड़े ही नहीं, घोड़े व हाथी भी स्पष्ट तौर पर अलग-अलग दिखाई दे रहे थे। उसकी सेना का वर्णन करूं तो उसमें करीब दो सौ रथ, इतने ही घोड़े व करीब पचास हाथी थे। साथ ही तीन-चार सौ पैदल सिपाही थे। अनुभव का कमाल देखिए कि इतनी छोटी-सी सेना के लिए भी साधन-सामग्रियों से भरी करीब पच्चीस बैलगाड़ियां साथ चली आ रही थी। यानी अबकी वह पक्के इरादे से आया था। किसी कीमत पर खाली हाथ वापस जाना नहीं चाहता था। ...तभी तो हमारी मौत का यथायोग्य साजो-सामान साथ लेकर आया था। सचमुच जरासंध के प्रतिशोध का आलम ही निराला था। मैं तो सोचने लगा कि इतने बड़े राजा को मुझे ठिकाने लगाने के अलावा दूसरा कोई कार्य है भी कि नहीं? या कहीं ऐसा तो नहीं कि कुदरत ने मुझे परेशान करने हेतु उसे अपना प्रतिनिधि नियुक्त किया हुआ है?

...कन्हैया! अब क्या करोगे? अब मौत से कैसे बचोगे? एकबार जरासंध की सेना पहाड़ी पर चढ़ गई तो फिर तो बचना एक ख्वाब बनकर रह जाएगा। ...उस पर खुशफहमी तो यह कि

---

६१. हरिवंश पुराण, विष्णु पर्व, अध्याय-४१, श्लोक-५१-५३

खजाना ले जाने के लिए रथ तैयार खड़े रखे हैं। अब तो तुम्हारी जान के साथ-साथ खजाना भी जरासंध का ही समझो। म...म...म...मेरा तो ठीक, पर फिर रुक्मिणी का क्या होगा? ...अब उसके भाग्य में ही सुख नहीं तो तुम क्या करोगे? अरे बड़बोले! रुक्मिणी को तो एक-से-एक राजकुमार मिल जाएंगे, तुम अपने भाग्य रुकी चिंता करो! लो कर लो बात, अब मेरी चिंता करने को रह ही क्या गया है? मेरी चिंता करने जरासंध यहां आ तो पहुंचा है। अचानक मैं मन-ही-मन ऐसे बड़बड़ाने लगा था मानो पागल हो गया होऊं। ...शायद हो ही गया था। इतनी गजब की तैयारी देखकर कोई भी पगला जाए। मुझ जीने के इतने शौकीन व आनंद के खोजी का कुदरत ने अच्छा इन्तजाम कर रखा था। चैन से जीना तो छोड़ो, चैन से मरने तक देना नहीं चाहती थी। अरे...! इतनी जल्दी हताश हो गए? तुम तो पक्के कर्मवीर हो? ...हार कहां मानने लगे? डटकर खड़े हो जाओ। चैतन्य जगाओ। तुम तो वो हो जिसने कालिया के फन पर नृत्य किया था। हारने से पहले हारना व मरने से पहले मरना तुम्हारी फितरत में नहीं। तुम्हारे लिए तो हर संघर्ष एक खेल है, तैयार हो जाओ इस खेल के लिए भी।

बिल्कुल ठीक। अब कन्हैया इस खेल के लिए पूरी तरह तैयार था। अरे नहीं समझे! देखो, जरासंध की सेना पहाड़ी पर चढ़ने का प्रयास करेगी और मैं उसे रोकने की कोशिश करूंगा। वह मुझे मारने की सोचेगा व मैं उसे भगाने की चालें चलूंगा। हुआ न मजे का खेल। बड़ा मजा आएगा। देखें कौन जीतता है? देखा आपने! मेरी ऐसी ही सोच तो मुझे कभी ज्यादा देर तक उदास नहीं रहने देती थी। हताशा और निराशा तो मेरे आसपास फटक ही नहीं पाती थी। जब पूरा जीवन ही एक खेल है तो जीवन का हर संघर्ष भी एक खेल ही तो हुआ। तो फिर क्यों न हर हाल में इस खेल का आनंद लेते हुए जीया जाए? यह सब सोच अभी किसी तरह स्वयं को सम्भाल कर उत्साह से भरा ही था कि दूसरी मुसीबत ने दस्तक दे डाली। नहीं समझे...? मेरे साथ मेरे प्यारे भैया भी तो थे। और उनका उत्साह तो आप जानते ही हैं। यहां मेरे होश उड़े हुए थे, और वहां वे जरासंध को देखते ही जोश में आ गए थे। अब आप ही बताइए उनका यह जोश मेरे लिए एक समस्या नहीं तो और क्या था? मैं चैन से किनारे पर पड़े एक बड़े पत्थर पर बैठे-बैठे अच्छाखासा जरासंध की सेना का निरीक्षण करने में लगा हुआ था कि भैया हवा में गदा लहराते हुए आ टपके। और जरासंध की सेना को देख उछल तो ऐसे पड़े मानो जरासंध उनके लिए कोई सौगात लेकर आया हो। यहां तक भी ठीक पर बार-बार हवा में गदा तो ऐसे लहरा रहे थे मानो इस बार उसका सर फोड़कर ही दम लेंगे। उनके जोश का तो यह आलम था कि यदि मैं उन्हें नहीं रोकता तो वे कबके नीचे चले गए होते, मानो जरासंध उनसे अकेले युद्ध करने वाला हो। जैसे उसके साथ इतनी बड़ी सेना सिर्फ गोमंत की टेकड़ी घूमने आई हो। अब उन्हें कौन समझाए कि जोश तभी काम का होता है, जब उसके साथ होश भी जुड़ा हुआ हो। यह बेवक्त "रणछोड़" से "रणवीर" बनने की जल्दी सिवाय पागलपन के और कुछ नहीं। "रणवीर" तो मैं भी बनना चाहता था, लेकिन जरा सोच-समझकर। क्योंकि युद्ध कोई भी हो, बगैर रणनीति के नहीं जीता जा सकता है। जब यह स्पष्ट ही था कि मैं और भैया इतनी बड़ी सेना को नहीं हरा सकते, तो रणनीति ज्यादा-से-ज्यादा उन्हें थकाकर भगाने की बनायी जा सकती थी। और युद्ध को लंबा खींचकर ही उन्हें थकाया जा सकता था। बस यही रणनीति मैं जमाये

बैठा था पर भैया बगैर समझे बार-बार उसमें टांग अड़ा रहे थे। मैं आगे की रणनीति सोचूं या उन्हें समझाऊं? कुल-मिलाकर मुझे जरासंध से पहले बार-बार भैया से उलझना पड़ रहा था। कितनी ही बार समझाओ, फिर गदा हवा में लहराते चले आते।

खैर! छोड़ो भैया को। अभी तो जरासंध की सेना की ही बात करूं। इतनी छोटी सेना के बावजूद जरासंध के साथ युद्ध में अनेक राजे शामिल थे, जिनमें शाल्व, दमघोष आदि प्रमुख थे। इसका अर्थ स्पष्ट था कि सेना छोटी थी परंतु श्रेष्ठ योद्धाओं से भरी पड़ी थी। उस पर जरासंध के उत्साह का तो कहना ही क्या? पहाड़ी के तट पर पहुंचते ही उसने साथ आए सभी राजाओं व सेना को गरजदार आह्वान करते हुए कहा कि सभी मिलकर कल सुबह होते ही पहाड़ी को सामने की ओर से पूरी तरह घेर लें व तत्क्षण पहाड़ी चढ़ना प्रारंभ कर दें। ऊपर पहुंचते ही चारों ओर उन दोनों छोकरों को ढूंढ़ें व मिलते ही उनका सर धड़ से अलग कर दें। और जब तक वे दोनों मर नहीं जाते, पहाड़ी पर ही डटे रहें। यानी जरासंध ने अपनी ओर से सबको विश्राम हेतु एक रात्रि ही आवंटित की थी। कोई बात नहीं, आज की रात तो चैन से सो जाओ।

और आप मानेंगे नहीं कि आज की रात तो मैं वाकई चैन से सो गया। और सुबह-तो-सुबह थी, उठकर नित्यकर्म निपटाते ही सीधे पहाड़ी के किनारे जा एक पत्थर पर बैठ गया। सच कहूं तो आज तो नहाने-धोने की जहमत भी नहीं उठायी थी। तो क्या, अच्छे से नहलाने-धुलाने महाराज जरासंध पधार तो चुके थे। बस उन्होंने तो अपना कल वाला जोशपूर्ण आह्वान फिर दोहराया और उसके साथ ही सभी ने बड़ी शीघ्रता से पहाड़ी को चारों ओर से घेर लिया। सबकी स्फूर्ति व जोश देखकर मैं तो बुरी तरह चकरा गया। जरासंध तो जरासंध, साथ आए राजे भी कम जोश में दिखाई नहीं पड़ रहे थे। ...लेकिन उत्साह-मात्र से क्या होना था? जल्द ही जरासंध को यह समझ में आ गया कि इस पहाड़ी पर रथ नहीं चढ़ाये जा सकते। अब जब रथ ही नहीं चढ़ सकते तो हाथिओं को इतनी दूर से लाना वैसे ही व्यर्थ हो गया। इधर सुबह जहां इस तमाशे को निहारने वाला मैं अकेला था, दोपहर होते-होते आदेश्वर समेत करीब बीस लोग एकत्रित हो गए थे। बस सभी अपने-अपने हिसाब से यहां-वहां पत्थरों पर बैठ गए थे। अभी तो सबको लुटेरों के सरदार यानी जरासंध की झल्लाहट बड़ी मजा दे रही थी। वह अपनी ओर से अभी भी रथचालकों को रथ चढ़ाने के प्रयास करने हेतु उकसा रहा था, लेकिन इतनी सपाट सतह पर रथ चढ़े भी तो कैसे? प्रयास करते ही उलट रहे थे। मैं तो मैं, अब तो सबको यह तमाशा देखने में मजा आ गया था।

खैर! कुल-मिलाकर उनका आज का दिन तो इस ऊल-जुलूल प्रयास में बीत गया। मैं बड़ा खुश हुआ। यूं भी मेरा यह स्पष्ट मानना है कि जीवन के सारे युद्ध शारीरिक कम व मानसिक ज्यादा होते हैं। चूंकि पहली मानसिक परेशानी जरासंध ने झेली थी, अतः कहा जा सकता है कि युद्ध का प्रथम दौर हमारे नाम रहा। हालांकि भले ही नीचे चल रहे युद्ध में तो मुझे कुछ नहीं करना था, परंतु ऊपर एक मानसिक युद्ध मुझे भी लड़ना ही पड़ रहा था। भैया यह सब देख रात्रि तक पूरे आवेश में आ गए थे। वे बार-बार मुझे नीचे जाकर युद्ध करने को उकसा रहे थे और मैं दस काम छोड़कर लगातार उनको रोकने के कठिनतम कार्य में लगा हुआ था। उन्होंने तो एक ही रट लगा रखी थी कि "आज जरासंध का सिर फोड़ दूंगा।" मैं बार-बार समझा रहा था कि जरा शांत रहिए,

अभी युद्ध का वक्त नहीं आया है। भला आपको जरासंध से अकेले में दो-दो हाथ करने थोड़े ही मिलने वाले हैं। वह ना सिर्फ पूरी सुसज्जित-सेना के साथ है, बल्कि उसमें एक से बढ़कर एक वीर योद्धा भी शामिल है। पल-भर में ही हमारा खात्मा बोल जाएगा। दुश्मन को जरा थकने दीजिए, उनकी कुछ शक्ति क्षीण होने दीजिए, उनके कुछ सिपाही मरने दीजिए... हम पहाड़ी पर बैठे हैं; पहले उन्हें पहाड़ी चढ़ने तो दीजिए। एकबार पहाड़ी चढ़ गए तो चाहो-न-चाहो युद्ध तो हो ही जाएगा। आप मानेंगे नहीं कि ऐसे कठिन वक्त में भी मेरी आधी से ज्यादा ऊर्जा भैया को सम्भाले रखने में खर्च हो रही थी। ...समझ नहीं आता था कि भैया किसकी तरफ हैं।

खैर! दूसरे दिन तो सुबह एक मैं ही नहीं, कई लोग किनारे आ धमके थे। सबको बैठे-बिठाये देखने को मिल रहे इस तमाशे ने मजा ला दिया था। और-तो-और, जैसे-जैसे दिन चढ़ता जा रहा था, तमाशा देखने वालों की तादाद भी बढ़ती जा रही थी। कोई यह मौका छोड़े भी क्यों, नीचे तमाशे ही बड़े अजीब-अजीब चल रहे थे। और मजा तो यह कि रथ नहीं चढ़ सकते, यह तय करने में ही जरासंध ने दो दिन निकाल दिए थे। तत्पश्चात् उसने घोड़ों की बारी निकाल दी थी। सारे रथ खोलकर घोड़ों को स्वतंत्र कर दिया गया। ...बेचारे रथ बेसहारे हो गए। बस, कुल-मिलाकर नीचे एक-एक दिन कर वक्त ऐसे ही बिगड़ रहा था। हमारे लिए तो शुभ-समाचार यह कि सात दिन बीत जाने पर भी सतह सपाट होने के कारण जरासंध की सेना का एक भी घोड़ा पहाड़ी पर नहीं चढ़ पाया था। सबसे अच्छी बात यह कि यह सब देख साथ आए राजे बेचैन हो उठे थे। एक तो इतनी लंबी यात्रा के बाद वे यहां पहुंचे थे। निश्चित ही हाथियों ने यात्रा काफी लंबी कर ही दी होगी। उस पर ये सपाट पहाड़ी एक नए ही तरीके की मुसीबत बनकर उभरी थी। और फिर सोचने वाली बात यह कि उन राजाओं की मुझसे कोई जाती दुश्मनी तो थी नहीं? प्रतिशोध की आग में तो जरासंध जल रहा था। ...यह एक निर्विवाद सत्य है कि जिस कार्य में मनुष्य का स्वयं का रस नहीं होता है, उसमें वह जल्दी ही थक जाता है। कुल-मिलाकर अभी से यह हाल जरासंध के साथ आए राजाओं का हो चुका था। वहां दिन-दो-दिन के और प्रयास के बाद यह भी स्पष्ट हो गया कि घोड़े भी सिपाहियों को लेकर यह पहाड़ी नहीं चढ़ सकते। यानी अब उनको यदि हम तक पहुंचना हो तो सबको स्वयं सिपाहियों के साथ पैदल ही ऊपर चढ़ना होगा। अब राजे, जो अभी तक जमीन पर भी ठीक से चलने के आदी नहीं थे, वे इतनी कठिन चढ़ाई कैसे चढ़ते? परंतु जरासंध का हुक्म था, सो पालन तो करना ही था। यह तो नजारा और भी हसीन हो गया। बेचारे राजे बमुश्किल कुछ चढ़ते कि फिसलकर फिर नीचे पहुंच जाते। कमाल दृश्य था। हमारी तो निकल पड़ी थी। हमें तो बैठे-बिठाए यहां अच्छाखासा तमाशा मुफ्त में देखने को मिल रहा था। एक तो पहाड़ी पर घना जंगल, ऊपर से सपाट चढ़ाई और उस पर व्यवस्थित मार्ग का अभाव। आप समझ ही सकते हैं कि नीचे कैसे-कैसे खेल चल रहे होंगे? माजरा यह कि चार-पांच दिनों के अथक प्रयास के बाद भी वे कुछ ऊपर तक ही चढ़ पाए थे। हालांकि जितना चढ़े थे, उतना तो हमारे निकट आ ही चुके थे।

खैर! उधर यदि उनके नित्यकर्म की बात करूं तो संध्या होते-होते पूरी सेना थककर निढ़ाल हो जाती थी, और रात्रि होते-होते तो सभी सो जाते थे। फिर भी यह मानना पड़ेगा कि धीरे-धीरे सभी चढ़ाई के आदी होते जा रहे थे। और यह कतई अच्छे समाचार नहीं थे। यानी जल्द ही कुछ

न किया गया तो उनके काफी ऊपर तक पहुंच जाने के आसार बन गए थे। सबसे ज्यादा काबिले-तारीफ जरासंध का जोश ही था जो इस उम्र में भी छप-छप पांव करते हुए सबसे आगे चला आ रहा था। उसकी उम्र का अंदाजा इसी बात से लगाया जा सकता है कि वह मेरे मामा का भी श्वसुर था। चाहे जो हो, पर अब तो तमाशे देखने का वक्त समाप्त हो ही चुका था। सेना धीमी, लेकिन निश्चित गति से आगे बढ़ी चली आ रही थी। जल्द ही कुछ न किया गया तो तमाशा देखते-ही-देखते हमारा भी तमाशा बनते देर नहीं लगेगी। लेकिन सोचूं तो सोचूं कैसे? भैया का जोश तो बार-बार विघ्न पहुंचाकर समय खा ही रहा था, ऊपर से एक और मुसीबत भी आन खड़ी हुई थी। लगातार टोंच की ओर बढ़ती आ रही सेना को देख अब आदेश्वर समेत अन्य आदिवासियों में भी घबराहट फैलना शुरू हो चुकी थी। यानी अब भैया के साथ-साथ उन लोगों को सम्भालने का भी एक नया काम हाथ लग गया था। अब घुमा-फिराकर समस्या तो एक ही थी कि बढ़ती सेना को ऊपर आने से कैसे रोका जाए? कैसे उनके बढ़ते कदमों को पीछे हटने पर मजबूर कर दिया जाए? यानी कुल-मिलाकर तो उनकी 'पीछे-हट' ही सुनिश्चित करनी थी। मगर कैसे? बस इस पर लगातार चिंतन जारी था। तभी एक खतरनाक ख्याल आया। ख्याल आते ही मैं चहक उठा। अरे हां, कल तक जो जरासंध का हथियार था, वह आज हमारा हथियार हो सकता था। ...क्यों न पहाड़ी के नीचे की ओर आग लगाकर जरासंध की सेना को अचम्भित कर दिया जाए। उस पर यदि आग रात्रि को लगा दी जाए तो..., तो-तो माजरा ही जम जाए। इससे ना सिर्फ उनकी पीछे हट सुनिश्चित हो जाएगी बल्कि दुश्मन सेना में घबराहट भी फैल जाएगी। ...वैसे तो रात्रि को हमला करना या किसी तरह का व्यवधान पहुंचाना युद्ध के तत्कालीन नियमों के खिलाफ था। परंतु वक्त की जरूरत पर मैं कहां किसी नियम में बंधने वाला था? मैं तो युद्ध का एक ही नियम जानता था – "युद्ध में जीतना।"

बस मैंने रातोंरात आदिवासियों से कहकर पहाड़ी पर ऊपर से आग लगवा दी। आग ज्यादा भयानक तो नहीं लगवायी थी फिर भी तत्क्षण वह जरासंध व उसके सिपाहियों तक पहुंच ही गई। अब आग तो वैसे ही आग होती है, उसपर देर रात को लगी आग का तो आंतक ही कुछ और होता है। सो, जैसी कि उम्मीद थी, आग जरासंध के खेमे में क्या पहुंची, घबराहट फैल गई। चारों ओर भगदड़ मच गई। मारे डर के सभी वापस सतह पर भाग गए। मैं तो ऊपर से यह तमाशा देख बड़ा खुश हो रहा था। करीब पन्द्रह दिनों के अथक प्रयास के बाद बमुश्किल कुछ चढ़ाई की थी, वह भी व्यर्थ गई। यह देख आदेश्वर व आदिवासियों का तो कहना ही क्या? उन्होंने तो रात में ही ढोल-नगाड़े बजाना शुरू कर दिए। यह तो हमारा हाल हुआ, पर उधर इससे निश्चित ही सभी राजाओं के चेहरे पर निराशा के घने बादल छा गए। परेशान तो जरासंध भी कम न था। ...लेकिन मानना होगा कि कटिबद्धता उसे बिखरने नहीं दे रही थी। किसी कीमत पर वह अबकी खाली हाथ लौटना नहीं चाहता था। बस वहां अगले दो दिन विचार-विमर्श का दौर चलता रहा। इस चर्चा-विचारणा के दरम्यान शाल्व ने पूरी पहाड़ी पर आग लगाने का सुझाव दिया। उसका मानना था कि इससे या तो वे दोनों छोकरे इस आग में जल कर भस्म हो जाएंगे, और यदि वे बच भी गए तो कम-से-कम पहाड़ी की बची-खुची घास पूरी तरह भस्म हो जाएगी। इससे हम आसानी से पहाड़ी पर चढ़ाई कर पाएंगे। जरासंध को भी शाल्व का यह सुझाव पसंद आया। बस अगले दो दिन आग लगाने की तैयारियां

चलती रही। ...मेरा तो माथा ही ठनक गया। हमने तो साधारण आग लगाई थी, यह तो पूरी पहाड़ी को भस्म करने पर उतारू हो गए हैं। लेकिन इसमें अब मैं क्या कर सकता था? अबकी तमाशबीन बनने की बारी मेरी थी।

...उधर आखिर योजना के मुताबिक तीसरे दिन आग लगा दी गई। देखते-ही-देखते पूरी पहाड़ी को भयानक आग की लपटों ने घेर लिया, पर खुशखबरी यह कि हम पूरी तरह सुरक्षित रहे। आज मुझे रह-रहकर अपनी दूर-दृष्टि पर गर्व हो रहा था। चूंकि पहाड़ी के ऊपर की घास मैं पहले ही पूरी तरह साफ करवा चुका था; परिणामस्वरूप आग की गरमी तो हम तक पहुंच रही थी, लेकिन आग हमसे काफी दूर थी। ...अब यह सब तो ठीक पर वहां एक ऐसा कमाल हो गया जो मैंने कभी सोचा ही न था। संध्या होते-होते वे अपने ही जाल में बुरी तरह फंस गए। हुआ यह कि आग से पहाड़ी पर स्थित विशालकाय विषैले सांपों में भगदड़ मच गई। वे पहाड़ी छोड़ नीचे जंगल की तरफ भागने लगे। यहां तक तो ठीक पर जाते-जाते उन्होंने ऐसा उत्पात मचाया कि जरासंध के कई हाथी-घोड़े व सैनिकों को काट खाया। यानी सांपों ने अपना पूरा क्रोध जरासंध की सेना पर निकाला। और यह कम था तो रात्रि होते-होते आग ने भी नीचे का ही रुख किया। फिर क्या था, लौटती हुई आग व भगदड़ मचा रहे सांप रूपी दो-तरफा हमलों से जरासंध खेमे में हा-हाकार मच गया। सबने उल्टे पांव दौड़ लगाई, और जाकर दूर जंगल में आसरा लिया। ...यह तो बड़ी दुर्गति हुई। कहां तो वे पहाड़ी पर चढ़ाई करना चाहते थे और कहां पहाड़ी से कोसों दूर भागना पड़ गया था। ऊपर से कई सैनिक आग में झुलस गए थे व कइयों को सर्पों ने घायल कर दिया था, सो अलग। अब तो सभी को यह पहाड़ी मायावी नजर आने लगी थी। मारे घबराहट के सबकी जान निकली जा रही थी। कोई आगे युद्ध करने को तैयार ही नहीं था। क्योंकि बीस दिन बीत जाने के बावजूद सफलता दूर-दूर तक नजर नहीं आ रही थी... ऊपर से बेवजह जान-माल का नुकसान उठाना पड़ रहा था।

मेरी खुशी का ठिकाना न था। ऐसा तो मैंने कभी सोचा ही न था। यह तो कर्मों के अलावा कुदरत का साथ भी नसीब हो गया था। सच कहूं तो नीचे के हालात देख मुझे तो अपने सपने सच होते दिखाई देने लगे थे। अब जरासंध पहाड़ी पर दोबारा चढ़ाई कर पाए, ऐसा नहीं लग रहा था। उधर आदेश्वर व आदिवासियों का हाल भी मुझसे भिन्न न था। खजानों के लुटेरों ने मुंह की खायी थी, यह देख उनकी भी आंखों में सपने तैरने लगे थे। लेकिन क्या बताऊं, हमारी यह खुशफहमी ज्यादा देर टिक नहीं पाई। पहाड़ी की आग तो शांत हो चुकी थी, परंतु असफलता की आग ने जरासंध के भीतर छिपी प्रतिशोध की आग को और बुरी तरह भड़का दिया था। वह किसी कीमत पर पीछे हटने को तैयार नहीं था। वह आर-पार की एक और लड़ाई लड़ने को कटिबद्ध नजर आ रहा था। ...यहां तक कि एक जोशीला भाषण देकर उसने सबको एक अंतिम युद्ध के लिए फिर से तैयार कर लिया। इस उम्र में भी जरासंध का उत्साह सचमुच काबिले-तारीफ था। वैसे मनुष्यजीवन है तो उत्साह तो अंतिम सांस तक बना ही रहना चाहिए। हालांकि उधर बेचारे राजाओं की भी मजबूरी थी; वे बेचारे बिना कारण जरासंध की अनदेखी भी नहीं कर सकते थे। फलस्वरूप बेमन से ही सही, पर सभी को एकबार फिर युद्ध के लिए तैयार होना ही पड़ा। और यह कतई शुभलक्षण

नहीं था। जैसा कि आप जानते हैं, पहाड़ी की घास अब पूरी तरह जल चुकी थी, यानी अब उन्हें चढ़ाई में बाधा पहुंचाने वाला कोई नहीं था। मेरा तो सपने देखना शुरू होना ही मुझको भारी पड़ गया था।

कोई बात नहीं, आगे जो होगा देखा जाएगा। उधर निश्चित ही जली घास के सहारे जरासंध ने फिर सबका उत्साह बढ़ाते हुए पहाड़ी पर चढ़कर हम दोनों को खत्म करने का एकबार फिर आह्वान किया। आह्वान सुनते ही किसी तरह रोते-मरते सबने बेमन से चढ़ाई प्रारंभ की। वैसे अब न तो किसी में जान बची थी और ना ही कोई यह युद्ध करना चाहता था, पर बस जरासंध की जिद्द के आगे सब बेबस थे। और आप तो जानते ही हैं कि बेमन से कार्य करने पर गति यूं ही धीमी पड़ जाती है। परंतु दूसरी ओर चूंकि घास रूपी व्यवधान अब करीब-करीब समाप्त हो चुका था अतः चढ़ाई अब इतनी कठिन नहीं रह गई थी। परिणामस्वरूप पांच-सात रोज की चढ़ाई में ही वे हमारे काफी निकट आ चुके थे। यह देख इधर स्वाभाविक रूप से आदिवासियों में फिर घबराहट फैल गई थी। लेकिन चूंकि मेरे पास एक अंतिम हथियार और बचा था, इसलिए मैं कुछ हद तक निश्चिंत था। वैसे अब उसके इस्तेमाल का समय भी आ ही चुका था। हां, यदि यह असर न दिखाए तो फिर दूर-दूर तक मेरे पास उनको रोकने का दूसरा कोई उपाय न था। खैर, अभी तो वह सब सोचने की बजाय अंतिम उपाय पर ध्यान देना जरूरी था। वे अपना कर्म प्रारंभ कर चुके थे, और प्रत्युत्तर में अब कर्म करने की बारी मेरी थी। आप शायद भूल गए होंगे कि ऐसे ही किसी वक्त के लिए मैंने पहाड़ी पर पत्थर जमवाकर रखे हुए थे। लेकिन इतने-मात्र से मुझे संतोष नहीं था। सो, मैंने आदेश्वर से कहकर हमारे चंपत होने की तैयारी भी करवा दी। भागने के लिए रथ पहाड़ी के पिछले भाग पर खड़े करवा दिए। यही नहीं, हमारे हिस्से का खजाना भी दो बक्सों में भरवाकर उन रथों पर चढ़वा दिया। और यह महत्त्वपूर्ण काम ऐसे-वैसों के भरोसे नहीं छोड़ रहा था, बल्कि स्वयं आदेश्वर को रथ व खजाने की सुरक्षा की जिम्मेवारी सौंप दी थी। कहने का तात्पर्य एक तरफ यदि जरासंध आधी पहाड़ी चढ़ चुका था, तो दूसरी तरफ मैं भी चौ-तरफा तैयारियों में पीछे न था। ...वैसे भी अब लड़ाई आर-पार के दौर में पहुंच चुकी थी। कोई उसे पूरी पहाड़ी चढ़कर हम तक पहुंचने का इन्तजार तो करना नहीं था। बस खजाने के साथ हमारे भी चंपत होने की व्यवस्था से संतुष्ट होते ही सर्वप्रथम मैंने सबको एकत्रित कर उन्हें मजबूत किया। स्वाभाविक तौर पर आगे का सारा खेल इस अंतिम वार के असर पर ही निर्भर था।

...इधर जैसे ही मैंने सबको योजना सुनाई, सब उछल पड़े। बस आज रात ही हमने इसका कार्यान्वयन करना तय किया। दूसरी तरफ जरासंध महाराज रोज की तरह अपनी सेना के साथ संध्या तक पहाड़ी चढ़ते रहे। संध्या ढलते ही उन्होंने एक स्थान पर आसरा लिया। तमाम राजाओं समेत करीब दौ-सौ लोग हमें मारने हेतु यह कठिन पर्वतारोहण कर रहे थे। मुझे तो मुलायम बिस्तरों पर सोने वाले राजाओं को यहां-वहां जमीन पर पड़ा देख आश्चर्य हो रहा था। बेचारे वाकई जरासंध के चक्कर में बड़ा कष्ट उठा रहे थे। मुझे सबसे बड़ा आश्चर्य तो जरासंध पर हो रहा था कि इतना कष्ट उठाकर मुझे मार भी डालेगा तो उसे हाथ क्या लगेगा? सिर्फ प्रतिशोध ले लेने का संतोष? ...उस हेतु क्या इतने कष्ट उठाये जाते हैं?

होगा! अभी तो संध्या ढल चुकी थी। कुछ ही देर में भोजन कर उनकी अधिकांश सेना सोने भी चली गई थी। लेकिन मुझे जल्दी नहीं थी। अभी नींद गहराने दो, फिर कृष्ण का कमाल दिखाते हैं। बस मैं पचास के करीब आदिवासियों के साथ कमाल दिखाने किनारे पर डटा हुआ था। सभी पूरी तरह तैयार ही थे, बस मेरे इशारे की देर थी। ...पर मुझ चतुर ने इशारा भी मध्य-रात्रि के करीब ही किया। उसके साथ ही पहाड़ी पर से पत्थर टपकाने शुरू कर दिए। फिर तो देखते-ही-देखते पहाड़ी से पत्थर-वर्षा ही प्रारंभ हो गई। पहले आगे पड़े छोटे पत्थर फेंके जाने लगे। उन्हें नींद से उठाने को यह पर्याप्त थे। निश्चित ही इस अप्रत्याशित पत्थर-वर्षा ने सबको अचम्भित कर दिया। सभी ऐसे उठ खड़े हुए कि पूछो ही मत। अब पहाड़ी से अनायास पत्थर वर्षा कैसे हो सकती है, यह किसी के समझ में नहीं आ रहा था। वे भूल गए थे कि कृष्ण के होते-सोते कुछ भी हो सकता है। हालांकि जरासंध के दबाव तले अब भी सभी अपने-अपने स्थान पर डटे तो हुए थे पर घबराहट बुरी तरह फैली हुई थी। साथ ही विचार-विमर्श का एक लंबा दौर भी चल पड़ा था। मुझे तो उनकी यह हालत देख इतनी हंसी आ रही थी कि क्या बताऊं! मैं तो यह सोच-सोचकर हंस रहा था कि आखिर कब तक ये लोग अपने स्थान पर डटे रहेंगे। जब छोटे पत्थरों ने उनका यह हाल कर दिया है तो बड़े पत्थरों का कहर ये लोग क्या खाक सह पाएंगे? वैसे हाथ कंगन को आरसी क्या, अब "विशालकाय-पत्थर" रूपी ब्रह्मास्त्र भी लुढ़का ही दिए। तीन-तीन चार-चार आदिवासियों को धक्का मार यह पत्थर लुढ़काने पड़ रहे थे। यही इनकी विशालता समझने को पर्याप्त था। बस गर्जना-सी आवाजों के साथ ये पत्थर तेजी से नीचे की ओर जाने लगे। इन महाकाय चट्टानों-से पत्थरों ने काफी तबाही मचाई। चारों ओर हड़कम्प मच गया। इन पत्थरों ने घोड़े ही नहीं, कई सिपाहियों को भी कुचल दिया। कइयों की तो जान ही ले ली। अब आधी रात को गहरी नींद में यह कहर क्या सहन होता? पूरे खेमे में पुनः हा-हाकार मच गया। दौड़ तो ऐसी लगाई कि पलक झपकते ही सभी फिर सतह पर पहुंच गए। यही नहीं, घबराहट इस कदर फैली हुई थी कि सतह पर पहुंचने के बाद भी सब दौड़े चले जा रहे थे। जिसे रथ मिला रथ से भाग रहा था, जिसे घोड़ा मिला उसने घोड़ा दौड़ा दिया था। जिसे कुछ नहीं मिला वह पैदल ही भागे जा रहा था। ...मजे की बात तो यह कि सभी भागते जा रहे थे व चिल्लाते जा रहे थे, भागो... यह शैतान पहाड़ी है। भागो...शैतान पहाड़ी है...! जान बचाओ...यह बड़ी ही मायावी जान पड़ रही है। बेचारा जरासंध चिल्लाता रह गया कि ऐसा कुछ नहीं है, यह उन दो छोकरों की चाल है; लेकिन अब वहां सुनने वाला कोई नहीं था। बेचारा गला फाड़-फाड़ चिल्लाता रह गया कि ...अरे-युद्ध छोड़कर कहां भागे जा रहे हो, हमें उन दो छोकरों को खत्म किए बगैर नहीं जाना है... पर अब यहां कोई एक पल रुकने को तैयार नहीं था। जरासंध का हुक्म इस समय कोई मायने नहीं रखता था। साफ बात है, भय के शिखर पर मनुष्य भला किसी के हुक्म का गुलाम थोड़े ही होता है? ...और इसके साथ ही कृष्ण के जीवन की सबसे बड़ी समस्या अलविदा कहकर भाग खड़ी हुई थी।

आखिर सफलता ने एकबार फिर मेरे कदम चूम ही लिए थे। जरासंध की ताकत मेरी बुद्धिमानी के सामने एकबार फिर नतमस्तक हो गई थी। लेकिन यह समय अहंकार करने का बिल्कुल नहीं था। जब तक यहां से सलामत निकल न जाएं, बात समाप्त हुई नहीं कही जा सकती थी। और

फिर जब सभी भाग रहे हैं तो मैं भी क्यों न भागूं? मैं तो पुराना भगोड़ा हूँ। वैसे अब हमारे भागने का समय भी आ ही चुका था; क्योंकि समय बीतने पर हो सकता था कि जरासंध वापस सबको एकत्रित करने में सफल हो जाए। नहीं...भाई नहीं... भागो ...कृष्ण भागो... शुभ कार्य में देरी क्या? तुरंत नाचते-गाते आदिवासियों को अलविदा कहते हुए मैं भैया को लेकर पिछले मार्ग से वहां जा पहुंचा जहां खजाने से भरे हमारे रथ खड़े हुए थे। आदेश्वर वहां रथों के साथ खजाना लिए तैयार खड़ा ही था। अब पहुंचने के साथ हम भी पूरी तरह तैयार थे। ...यूं भी किसी भी चीज में समय व्यर्थ करो चल जाता है, परंतु भागने में समय बर्बाद बिल्कुल नहीं करना चाहिए। क्योंकि भागने में देरी हमेशा गंभीर दुष्परिणाम लेकर आती है। बस यही सोचकर हड़बड़ी में ही आदेश्वर को धन्यवाद दिया व जल्द ही फिर मिलने का आश्वासन देते हुए मैं और भैया अपने-अपने रथ हांकते हुए चल पड़े।

...अभी हम सपाट मैदान तक पहुंचे ही थे कि अचानक मुझे ख्याल आया कि जब सब ठीक हो ही गया है तो क्यों न भैया को भी संतुष्ट होने का मौका दे दिया जाए? यूं भी भैया की संतुष्टि मेरी मानसिक सेहत के लिए अति आवश्यक थी। भले ही जरासंध भाग खड़ा हुआ था, पर इस सत्य से भी मुंह नहीं फेरा जा सकता था कि हम भी भाग ही रहे थे। कहीं भैया एकबार फिर यह न समझ लें कि मैंने दोबारा उन्हें रण छोड़ने पर मजबूर किया है। मुझे डर यह था कि कहीं उन्होंने इस तरीके से सोचा तब तो अबकी मेरा जीना ही मुश्किल कर देंगे। बस यही सोचते हुए मैंने भैया से भागती हुई सेना पर हमला बोल देने को कहा। यह सुनते ही भैया की खुशी का ठिकाना न रहा। उनका रथ तो हवा से बातें करने लगा। पल भर में वे भागती हुई सेना के निकट पहुंच गए। खुश इस कदर हुए कि उन्होंने अपना क्रोध निकालने व गदा को तृप्त करने का एक भी मौका नहीं छोड़ा। देखते-ही-देखते उन्होंने कई भागते सिपाहियों के सर फोड़ डाले। उनके उत्साह का अंदाजा इसी से लगाया जा सकता है कि बेहतर रथ चालक होने के बावजूद इस समय मेरा रथ उनसे काफी पीछे रह गया था। यानी मैं बस दूर से यह खूबसूरत नजारा देखने का आनंद लेता रह गया था। लेकिन मैं भी कब तक सिर्फ तमाशबीन बना रहता? आखिर मुझे भी तो आत्मतृप्ति करनी थी; अतः दो चार भागते सिपाहियों को मैंने भी मार गिराया। लगना चाहिए न कि जरासंध को मार खदेड़ा है... यूं इस युद्ध का इससे ज्यादा कोई औचित्य भी नहीं था। भाग तो वे वैसे ही रहे थे, ज्यादा-से-ज्यादा सवाल एक खुशफहमी पालते हुए अपना सिक्का स्थापित करने का था कि हमने जरासंध को मार भगाया। सो अब इससे ज्यादा औचित्यहीन हिंसा करने का मुझे कोई तुक समझ नहीं आ रहा था। जो स्थापित करना चाहता था, वह स्थापित हो ही चुका था। बात तो अब पूरे आर्यावर्त में यही फैलनी थी कि जरासंध की संयुक्त-सेना दो छोकरों के डर से भाग खड़ी हुई। दोनों छोकरे बड़े ताकतवर निकले। अब यह कोई थोड़े ही जानता था कि हमने क्या-क्या कूटनीतिक चालें चल उन्हें मार भगाया है? ना ही कोई यह जान पाएगा कि पहाड़ी पर हम दो अकेले नहीं थे। यानी ले-देकर वीरता तो हम दो भाइयों की ही स्थापित होनी थी। और निश्चित ही इस वीरता का सिक्का जीवन-भर काम आना था। अतः वर्तमान हिंसा को किसी दृष्टिकोण से व्यर्थ कतई नहीं कहा जा सकता। ...थी तो यह बड़ी उपयोगी।

खैर! फिर भी बहुत हो चुका था। इससे ज्यादा व्यर्थ हिंसा मुझे योग्य नहीं जान पड़ रही थी। मैं बार-बार भैया को पुकार भी रहा था, लेकिन भैया को तो इतना मजा आ रहा था कि लौटने को तैयार ही नहीं थे। मुझे समझ नहीं आ रहा था कि अब क्या भैया जरासंध को मगध तक छोड़कर आएंगे? पता नहीं, उन्हें भागते सिपाहियों को मार खदेड़ने में इतना तो क्या आनंद आ रहा था कि उनका पीछा किए ही चले जा रहे थे। और आप जानते ही हैं कि खुशखुशाल भैया को देख मैं सब भूल जाता था, ऐसे में जबरदस्ती कर उनके आनंद में विघ्न पहुंचाने का तो सवाल ही पैदा नहीं होता था। अतः मैंने चुपचाप अपना रथ वहीं एक पेड़ के नीचे खड़ा कर दिया और भागते सिपाहियों को मार गिराने का लुत्फ उठा रहे भैया को बड़े चाव से देखने लगा।

...तभी एक राजा मेरे पास आए। मैं तत्क्षण सावधान हो गया, पर उनके हाव-भाव से ऐसा कोई खतरा महसूस नहीं हुआ। वैसे खतरे का सवाल इसलिए भी नहीं था कि वे अकेले चले आ रहे थे, उनके रथ व सिपाही दूर ही खड़े थे। फिर भी मैं-मैं था, मैं ना सिर्फ रथ से नीचे कूद गया था बल्कि सावधानीवश मैंने चक्र भी हाथ में फंसा लिया था। इतने में वे निकट आ ही गए। अभी मैं कुछ समझ पाऊं, उससे पहले उन्होंने मुझे प्रणाम किया। ...बस उनके प्रणाम करते ही यह पूरी तरह तय हो गया कि अब खतरे की कोई बात नहीं। मैं भी प्रत्युत्तर में प्रणाम करते हुए तत्क्षण सामान्य हो गया। उन्होंने भी बिना इन्तजार के अपना परिचय देते हुए कहा- मैं तुम्हारे पिता की बहन का पति... यानी तुम्हारा फूफाजी "चेदिराज दमघोष" हूँ[६२]। मैंने परिचय पाते ही तत्क्षण उनके चरण स्पर्श किए। मैंने उनके बारे में मां से काफी कुछ सुन रखा था परंतु मुलाकात का यह पहला अवसर था। मैं व्यर्थ गर्व कर रहा था कि एक ग्वाला इतना बड़ा हो गया कि अब बड़े-बड़े राजे तक उसे प्रणाम करने लगे हैं, लेकिन यहां तो मामला रिश्तेदारी का निकला। ...कभी-कभी ऐसा हो जाता है। खासकर उस व्यक्ति के साथ जिसे बात-बात पर गर्व करना अच्छा लगता हो।

खैर! चेदिराज ने बात प्रारंभ करते हुए बड़ी गंभीरतापूर्वक कहा- मैं तुमसे ही मिलने हेतु रुका हुआ था। वैसे तो तुम दोनों भाइयों ने जो तबाही मचायी थी उसे देखकर मैं भी भाग ही जाना चाहता था, परंतु क्या करूं तुम तक एक खबर पहुंचाना आवश्यक था; सो रुकना पड़ा। ...वैसे यह स्पष्ट कर दूं कि दिल से मैं जरासंध का कट्टर विरोधी हूँ, लेकिन क्या कहूं, मेरा पुत्र व तुम्हारा भाई "शिशुपाल" पूरी तरह से जरासंध के नियंत्रण में है। बस उसके चक्कर में मुझे यहां आना पड़ा। वैसे तो शिशुपाल ही जरासंध के साथ आने वाला था, लेकिन एक भाई दूसरे भाई से युद्ध करे, यह मैं नहीं चाहता था; अतः मजबूरीवश मैं ही जरासंध के साथ चला आया। इसके दो कारण थे, एक तो विकट परिस्थिति में जरूरत पड़ने पर मैं तुम्हारी सहायता कर सकूं व दूसरा, इस बहाने तुम दो भाइयों का युद्ध भी टाल सकूं। निश्चित ही तुमने जरासंध को भगाकर बड़ा पराक्रम किया है।

...बात तो सही थी। जिससे पूरा आर्यावर्त थर-थर कांपता था, उसे अकेले हाथों हमने युद्ध में हराया था। बात तो निश्चित ही अहंकार के परम-शिखर पर बैठने की ही थी, और आपसे झूठ क्यों बोलूं, वह तो जरासंध के भागते ही मैं बैठ भी गया था। यूं भी ऐसा मौका चूकने वालों में से मैं था भी नहीं, और चूकना चाहिए भी नहीं। जब पराक्रम किया है तो गर्वित होने का पूरा अधिकार भी है। फिर यह कोई साधारण पराक्रम तो था नहीं, मेरा "परम-शत्रु" जिसके कारण मुझे रण छोड़कर

---

६२. हरिवंश पुराण, विष्णु पर्व, अध्याय-४३, श्लोक-७९-८०

भागना पड़ा था, आज वही मुझसे घबराकर दल-बल समेत "रण" छोड़कर भाग गया था। तभी सोचा...छोड़ो, अहंकार करने को तो उम्र पड़ी है। पहले वह आवश्यक सूचना सुन ली जाए जिसके लिए फूफाजी इतनी जहमत उठा कर रुके हुए हैं। वैसे जितना बेताब मैं सूचना सुनने को था उससे कई बेताब सूचना सुनाने को फूफाजी नजर आ रहे थे। साथ ही उनकी गंभीरता सूचना के महत्त्व को भी दर्शा ही रही थी। शायद सूचना की गंभीरता के मद्देनजर ही वे कुछ देर को खामोश हो गए थे। लेकिन फूफाजी को ऐसी क्या आवश्यक सूचना पहुंचानी हो सकती है, यह मेरी समझ के बाहर था। क्योंकि मेरे संबंधित जरासंध को छोड़ कोई अन्य सूचना हो ही नहीं सकती थी, और उसे उनके सामने ही मैं खदेड़ चुका था।

खैर, इधर जैसे ही उन्होंने मुझे सुनने हेतु तैयार पाया वे बड़ी गंभीरतापूर्वक बोले- दरअसल तुम्हारे लिए एक बुरी खबर है। तुम्हारे नानाजी यानी राजा उग्रसेन ने तुम्हें ढूंढ़ने अपने कुछ गुप्तचर भेजे थे। उनके साथ में उन्होंने उद्धव को भी भेजा था, क्योंकि उनका मानना था कि एक उद्धव ही है जो तुम्हें किसी भी रूप में पहचान सकता है, लेकिन दुर्भाग्यवश जरासंध के गुप्तचर अत्यंत सजग थे। उन्होंने उद्धव का पीछा किया और उसी का पीछा करते-करते उन्हें तुम्हारे यहां होने का पता चला।

...यह सब तो ठीक है, लेकिन उद्धव का क्या हुआ? क्योंकि वह तो यहां पहुंचा ही नहीं है। स्वाभाविक रूप से मुझे चिंता पकड़ ली। आखिर मामला उद्धव का था। और इससे पहले कि मैं उद्धव के बाबत कोई सवाल पूछूं, मुझे इस कदर गंभीर देख उन्होंने खुद ही एक लंबी सांस लेते हुए फिर कहना प्रारंभ किया- ...लेकिन दुर्भाग्य से उद्धव तुम्हें खोजते-खोजते करवीरपुर जा पहुंचा। उद्धव ने करवीरपुर में तुम्हारी काफी खोजबीन की, लेकिन इस दरम्यान उसके साथ एक हादसा हो गया। वहां किसी कारण करवीरपुर के राजा श्रृंगलव ने उसे अपना कैदी बना लिया। परिणामस्वरूप उद्धव वहीं फंस गया व जरासंध यहां आ टपका। तुम तक यह खबर भी इसलिए पहुंच पा रही है क्योंकि उद्धव को भेजते वक्त नानाजी ने अपने अनुभव का पूरा इस्तेमाल किया था। दरअसल उन्होंने उद्धव को यथायोग्य सहायता देने व तुम्हें खोजने हेतु मुझ जैसे कई मित्र राजाओं से गुप्तचरी सहायता भी मांगी थी। और चूंकि मेरा राज्य करवीरपुर के निकट ही पड़ता है, सो उद्धव की खबर हमारे गुप्तचरों को तुरंत मिल गई।

...मेरे तो यह सुनते ही होश उड़ गए। मेरा प्यारा उद्धव मेरे कारण इतने बड़े संकट में फंस गया? स्वाभाविक तौर पर यह सुनते ही जरासंध को मार भगाने का व खजाना प्राप्त करने का सारा नशा पलभर में उतर गया। इधर मेरे इस कदर तोते उड़े देख फूफाजी ने मुझे सांत्वना देते हुए कहा कि उद्धव की गिरफ्तारी का मुझे कोई पक्का कारण तो नहीं मालूम, पर अब आगे श्रृंगलव के चुंगल से उद्धव को छुड़ाना तुम्हारा कर्तव्य है। ...अब इसमें तो कोई दो राय थी ही नहीं। अब तो कहां जाना, यह सवाल भी नहीं बचा था। निश्चित ही यहां से सीधे उद्धव को छुड़ाने करवीरपुर ही जाना था। अभी पलभर को चैन की सांस ली नहीं थी कि एक और भयानक कर्म मुंह फाड़े खड़ा हो गया था। मेरा जीवन भी कमाल था। ...सच कहूं तो ले-देकर भयानक कर्मों का एक अंतहीन सिलसिला बनकर रह गया था। वह भी ऐसा जहां चैन और खुशी ज्यादा देर टिक ही नहीं पाते थे। खैर; अभी फूफाजी ने बात समाप्त ही की थी और मैंने इन चिंतनों में उलझना प्रारंभ ही किया था

कि भैया लौट आए। मैंने तत्क्षण उनका परिचय फूफाजी से करवाया, लेकिन वे अपनी ही धुन में थे। बार-बार मेरी व फूफाजी की तरफ हवा में गदा लहराते हुए चिल्ला रहे थे - मार भगाया दुष्ट जरासंध को। मुझसे टकराने चला था। देखा, कैसा दुम दबाकर भाग खड़ा हुआ।

...मैं तो भैया का यह स्वरूप देख एक क्षण को उद्धव को भूल ही गया। खुश भी हुआ कि चलो कम-से-कम इस बहाने भैया पूरी तरह सामान्य तो हो गए। वैसे भी यही तो कारण था जो मैंने भैया को जरासंध की भागती सेना पर वार करने भेजा था। मैं भैया को अच्छे से जानता था, यदि बगैर किसी युद्ध के हम यहां से चले जाते तो भैया फिर इसे रण छोड़ना ही समझते। और आपको याद होगा कि पिछली बार रण छोड़ा था तो सात महीने नाराज रहे थे। अबकी ऐसा होता तो शायद सात वर्ष नाराज रहते। कुल-मिलाकर मेरा यह निर्णय दोनों के लिए अच्छा रहा था। हालांकि यह तो पलभर की खुशी थी। मन फिर उद्धव को कैद कर लिए जाने की चिंता में खो गया। वाकई यह हिलाकर रख देने वाली खबर थी। लेकिन इससे बेखबर भैया अब भी बड़बड़ाये जा रहे थे। मदराये हुए तो इस कदर थे कि उनका ध्यान हमारी गंभीर मुखमुद्रा पर भी नहीं पड़ रहा था, लेकिन अब बहुत हो गया था। ...आखिर कब तक? यह सोच जब मैंने उन्हें गंभीर करने हेतु उद्धव की खबर सुनाई तो भी उन्होंने अपनी ही धुन में जवाब दे डाला - जब जरासंध को मार भगाया तो श्रृंगलव क्या चीज है? अब मैं उन्हें कैसे समझाता कि जरासंध को एक रणनीति के तहत मार भगाया था। हो सकता है श्रृंगलव से युद्ध ही करना पड़ जाए। हालांकि मदराये भैया को यह सब समझाना बेकार था। अजब दृश्य हो गया था। हमारे ही दो रथों के आगे मैं, भैया व फूफाजी खड़े हुए थे लेकिन तीनों की मनोदशा भिन्न-भिन्न थी। जहां भैया मदराये हुए थे, मैं चिंतित था। और फूफाजी बेचारे कभी भैया को तो कभी मुझे निहार रहे थे। मुझे तो भैया का स्वरूप देख समझ आना ही बंद हो गया था कि आगे क्या और कैसे किया जाए?

...हालांकि ऐसे में फूफाजी बड़ा सहारा बनकर उभरे। वे सरल व स्नेहशील ही नहीं, समझदार भी नजर आ रहे थे। तत्क्षण उन्होंने हमारी वर्तमान आवश्यकता समझते हुए पांच रथ व कुछ सिपाही हमें भेंट स्वरूप दिए। सोने पे सुहागा यह कि सिपाही ना सिर्फ करवीरपुर के चप्पे-चप्पे से वाकिफ थे, बल्कि वहां के वातावरण से भी परिचित थे। सहायता तो कई करते हैं, परंतु ठीक जगह व ठीक समय पर बगैर मांगे सहायता कोई प्रज्ञाशाली पुरुष ही कर सकता है।

...चलो यह तो ठीक, पर इधर फूफाजी का सहारा क्या मिला, मेरी बुद्धि फिर चलनी शुरू हो गई। सर्वप्रथम तो मैंने उद्धव की खबर पहुंचाने हेतु और उनकी शानदार भेंट के लिए फूफाजी का लाख-लाख शुक्रिया अदा किया। ...वैसे रिश्ते में वे उद्धव के भी फूफाजी ही लगते थे। लो इससे याद आया, मैंने एक बात तो आपको कभी बताई ही नहीं कि उद्धव मेरा दूर के रिश्ते का भाई ही था। हालांकि शायद संबंध मित्रता के ज्यादा मजबूत थे, इसलिए बताना भूल गया होऊंगा। होगा, अभी तो हम फूफाजी के आशीर्वाद लेकर तुरंत करवीरपुर जाने के लिए रवाना हो गए। अब मैं और भैया एक ही रथ पर बैठ गए थे। स्वाभाविक तौर पर मैंने खजाना भी उसी रथ में रखवा दिया था ताकि खजाने की चिंता से मुक्त होकर उद्धव की चिंता में डूब सकूं। ...पता नहीं किस हाल में होगा, क्या बीत रही होगी उस पर। बस यही सोच-सोचकर मैं दुबला हुआ जा रहा था। कुल जमा सात

रथों का हमारा काफिला धीमी, लेकिन मजबूत गति से करवीरपुर की तरफ बढ़ता चला जा रहा था। ...उधर भैया अब भी संजीदा नहीं थे। उनपर तो जरासंध को मार भगाने का नशा ऐसा चढ़ा था कि उतरने का नाम ही नहीं ले रहा था। कोई बात नहीं, पर यह नशा करवीरपुर पहुंचते-पहुंचते उतर जाए तो अच्छा था।

अध्याय - ८

शृंगलव का उद्धव को कैद करना

करवीरपुर की यात्रा एक ही दिन की थी, लेकिन क्योंकि हमारे पहुंचते-पहुंचते रात्रि हो चुकी थी, अतः हमारे पास विश्राम के अलावा दूसरा कोई चारा नहीं था। हमने शहर के बाहर ही एक आश्रम में अपना डेरा डाला। डेरा डालते ही सबसे पहले मैंने खजाने के बक्सों को हमारे कक्ष में रखवाया। साथ ही सावधानीवश रथ भी आश्रम के पिछले भाग में खड़े करवा दिए। ...उन पर किसी की नजर पड़ना कतई हमारे हित में नहीं था। वैसे अब भैया का नशा भी उतर चुका था। अब उद्धव की चिंता उनको भी सता रही थी। दूसरी तरफ निश्चित ही हमारा आज का यह विश्राम हमारी मजबूरी थी, बाकी नींद आने का तो प्रश्न ही नहीं उठता था। सुबह के इंतजार व उद्धव की चिंता में करवटें बदलते-बदलते ही रात बीती।

...उधर सुबह होते ही मैं भैया को लेकर शहर घूमने निकल पड़ा। वस्त्र हम साधारण व्यक्तियों के ही धारण किए हुए थे। दरअसल पहले शहर घूमकर मैं करवीरपुर का माहौल समझना चाहता था। सीधी बात है कि दुश्मन पर वार करने से पहले एक अच्छे योद्धा के लिए दुश्मन को अच्छे से समझना आवश्यक होता है। मैं भले ही एक अच्छा योद्धा न सही, पर एक अच्छा रणनीतिकार तो अवश्य ही था। इधर दो दिनों के शहर-भ्रमण में मैंने यहां जो कुछ भी देखा वह सचमुच बड़ा खतरनाक था। जो सुना था, परिस्थिति उससे भी कई ज्यादा गंभीर नजर आ रही थी। ...हो यह रहा था कि राजा श्रृंगलव स्वयं को "भगवान विष्णु" समझने लगा था। शायद वह मानसिक पागलपन के दौर से गुजर रहा था। चलो यहां तक तो ठीक पर असली बात तो यह कि जो कोई उसे भगवान मानने से इन्कार करता, उसे यहां कड़ी यातनाओं से गुजरना पड़ रहा था। हद तो यह कि ऐसे लोगों के लिए उसने एक "नरक" बना रखा था जहां मनुष्यता की सारी सीमाएं तोड़कर उन्हें यातनाएं दी जाती थी। खूबी यह कि राज्य के अधिकांश आचार्यों को उसने इसी नरक में डाल रखा था क्योंकि सबसे ज्यादा विरोध के स्वर वहीं से उठ रहे थे। निश्चित ही इससे आम प्रजा में जबरदस्त भय का माहौल पैदा हो गया था, और ऐसे में इन डरे हुए लोगों के पास श्रृंगलव को "भगवान विष्णु" मानने के अलावा दूसरा कोई चारा नहीं बचा था। इस पूरी बात का सबसे दुर्भाग्यपूर्ण पहलू यह कि वह अपना रथ भी आचार्यों व ब्राह्मणों से हंकवा रहा था। निश्चित ही यह अत्यंत दुःख की बात थी कि वह अपनी धाक बरकरार रखने हेतु घोडों व बैलों का कार्य भी पूजनीय आचार्यों से ले रहा था। इस पर जुल्म यह कि यदि उसके रथ की गति धीमी पड़ जाए या बेचारे आचार्य रास्ते में थक जाएं, तो उन पर कोड़े बरसाने से भी वह नहीं हिचकिचाता था। ...इतना दुष्ट तो कंस भी नहीं था। क्या अपनी ही मासूम प्रजा पर कोई इस कदर जुल्म ढाता है? यह मनुष्य का अहंकार ही तो है जो उसे जानवर से भी निम्न स्तर तक गिरा देता है।

खैर! वर्तमान समस्या पर लौट आऊं तो मुझे यकीन हो चला था कि उद्धव को भी जरूर नरक में डाल दिया गया होगा। मैं उसके स्वभाव से अच्छी तरह वाकिफ था; मैं जानता था कि वह कभी भी ऐसे दुष्ट राजा को भगवान नहीं मान सकता था। ...और शायद वह इस समय उसी की सजा भोग रहा होगा। निश्चित ही यहां की परिस्थितियां व श्रृंगलव के प्रभाव को देखते हुए उद्धव को नरक से छुड़वाना अति दुष्कर जान पड़ रहा था। हालांकि अभी इस पर विचार करना व्यर्थ था, क्योंकि उससे पहले यह तय कर लेना जरूरी था कि वास्तव में उद्धव नरक में है भी या नहीं।

एकबार यह पक्का हो जाए फिर इस बाबत सबकुछ सोच लिया जाएगा। चलो यह भी ठीक, पर सवाल यह कि वह नरक में है भी या नहीं इस बात का पता भी नरक में गए बगैर तो लगाया नहीं जा सकता था। अब नरक तक पहुंचना भी कोई आसान तो था नहीं। ...हालांकि यूं देखा जाए तो बड़ा ही आसान था, बस श्रृंगलव को भगवान मानने से इन्कार-मात्र ही तो करना था। लेकिन समस्या यह थी कि इससे उद्धव को निकालना तो दूर स्वयं नरक की आग में सड़ना पड़ सकता था। कुल-मिलाकर जितना जरूरी नरक में जाना था, लौटकर आना उससे भी ज्यादा जरूरी था। यानी मामला अत्यंत ही जटिल था। वैसे सच कहूं तो अब आसान खेल खेलने में मुझे मजा भी नहीं आता था। छोटी-मोटी चालें चलने में मेरे कूटनीतिक भेजे को संतोष ही नहीं होता था। ...तभी तो देखो, जल्द ही इसका भी एक उपाय मैंने खोज निकाला। लेकिन उसमें भैया के मदद की आवश्यकता थी। और आप तो जानते ही हैं कि भैया भी भैया ही थे। खासकर तब जब मामला अहंकार त्यागने का हो। आप तो जानते हैं कि लड़ना तो भैया के बस में था पर झुकना उन्हें बिल्कुल नहीं आता था। निश्चित ही झुकने के लिए उन्हें राजी करना अपनेआप में टेढ़ी खीर थी। लेकिन क्योंकि मामला उद्धव की जान का था और उद्धव भैया को भी बहुत अजीज था, अत: कुछ मिन्नतों में ही वे राजी हो गए। और इसके साथ ही कहा जा सकता है कि मैंने बहुत बड़ा युद्ध जीत लिया था।

बस योजनानुसार दूसरे दिन सुबह ही पूजा के वक्त मैं भैया को लेकर राजमहल पहुंच गया। मैं तो राजमहल के प्रांगण से ही भगवान विष्णु की जय, भगवान विष्णु की जय चिल्लाते हुए जा रहा था। चौंकिए मत, क्योंकि भगवान के श्रद्धालुओं को दरबार में आने-जाने पर कोई रोक-टोक नहीं थी, और ऐसे में मुझे भक्त बनने में क्या देर लगनी थी? दूसरी ओर भक्त बनने का फायदा भी तत्क्षण ही मिला। कड़ी सुरक्षा व्यवस्था के बावजूद हमलोग महल में निर्विघ्न प्रवेश पा चुके थे। दरबार क्या था, अच्छा खासा मंदिर ही था। हमारे ठीक सामने एक ऊंचे आसन पर "भगवान विष्णु" के रूप में श्रृंगलव विराजमान था। काले रंग का नाटा श्रृंगलव थोड़ा थुल-थुल होने के कारण बड़ा अजीब लग रहा था। अजीब तो उसका यह दरबार भी लग रहा था। दरबारियों के पीछे की तरफ कड़ी सुरक्षा व्यवस्था के बीच भक्तों के बैठने व खड़े रहने की व्यवस्था थी। मजा तो यह कि दरबार ना सिर्फ भक्तों से खचाखच भरा हुआ था, बल्कि भगवान विष्णु की जप के नारों से इस समय उन्होंने दरबार गुंजा भी रखा था। यदि मेरा अंदाजा ठीक है तो इस समय उसके दरबार, नहीं-नहीं गलत कह गया, "भगवान विष्णु" के मंदिर में पांच सौ के करीब भक्त मौजूद थे। मैं तो यह नजारा देख एक क्षण को प्रवेशद्वार के निकट ही ठहर गया था। भैया भी ठिठक के मेरी बगल में ही खड़े हो गए थे। माजरा ऐसा था कि आश्चर्य मेरे अस्तित्व पर चिपक गया था। सचमुच अहंकार मनुष्य से कैसे-कैसे खेल करवा लेता है। उसमें भी पूज्यता का अहंकार पकड़ ले तब तो सत्यानाश ही समझो।

खैर! मैं इधर बुत-सा खड़ा रह गया और उधर कुछ ही देर में "भगवान" की आरती का समय भी हो गया। सभी लोग आरती उतारने हेतु अपने-अपने स्थान पर खड़े हो गए। आरती भी जोर-जोर से उच्चारी गई। हमने भी भक्तों में शामिल हो आरती का भरपूर आनंद लिया। और आरती समाप्त होते ही मैंने जोर-जोर से फिर "भगवान विष्णु की जय...भगवान विष्णु की जय" चिल्लाना

शुरू कर दिया। और चिल्लाते-चिल्लाते ही योजना के मुताबिक मैं श्रृंगलव के काफी निकट पहुंच गया। आप मानेंगे नहीं कि मैं इतनी जोर से चिल्ला रहा था कि सबका ध्यान मुझपर लग गया। यहां तक कि श्रृंगलव भी मुझसे आकर्षित हुए बगैर नहीं रह सका। ...अब उसकी रहमों-नजर पाने हेतु ही तो मैं इतनी जफा कर रहा था। उधर भैया को यह सब अच्छा तो नहीं लग रहा था पर चूंकि सवाल उद्धव के जीवन का था, सो मुंह फुलाए चुपचाप मेरे पीछे-पीछे चले आए थे। वहां अच्छा यह भी हुआ था कि कुछेक दूसरे भक्त भी मेरे साथ हो लिए थे। यह तो ठीक पर अब मैं सबको चीरता हुआ ठीक श्रृंगलव के सामने खड़ा हुआ था। आश्चर्य तो यह कि अब कहीं जाकर मेरी नजर उसके बगल में बैठी सुंदर स्त्री पर पड़ी थी। पूछने पर पता चला, वह उसकी बहन "शेव्या" है। यह भी खूब रही, बहन भी इस दुष्ट कृत्य में बराबरी पर उसका साथ दे रही थी। ...होगा। मैंने तो एक अच्छे भक्त की तरह चुपचाप श्रृंगलव के चरण छुए व दोनों हाथ जोड़कर वहीं खड़ा हो गया। निश्चित ही भैया का अहंकार मेरी यह अति बर्दाश्त नहीं कर पाया था। वे एक क्षण को तिलमिला भी उठे थे। सचमुच हर ऐसे समय जहां बल की जगह कल से काम लेना हो, भैया एक चलती-फिरती मुसीबत की दुकान साबित होते थे। फलस्वरूप ऐसे समय हर-हमेशा मुझे दो मोर्चों पर एक साथ लड़ना पड़ता था। इसके विपरीत मैं अपनी बात करूं तो निश्चित ही मैं भैया जितना बलवान नहीं था, ऊपर से जुल्म यह कि हमेशा मुझे अपने से कई गुना शक्तिशालियों से ही भिड़ना पड़ता था; और इस लिहाज से मैं चाहूं-न-चाहूं - "कल" से काम निकलवाना मेरी मजबूरी थी। ...और मजबूरी इन्सान को माहिर बना ही देती है। यूं भी बल से कोई अकेले हाथों पूरी सेना को तो भगाया नहीं जा सकता है, यह कार्य तो कूटनीति से ही संभव है। होगा, अभी तो इधर मौका मिलते ही मैंने एक अच्छे भक्त की तरह दोनों हाथ जोड़ते हुए श्रृंगलव से कहा- प्रभु! मैं आपसे एक निवेदन करना चाहता हूँ।

वह मेरी भक्ति से प्रभावित था ही, बस बड़े गर्व से बोला- अवश्य कहो वत्स!

मैंने कहा- महाराज यह मेरा मित्र है व दूर देश से आया है। इस वजह से यह आपकी भव्य लीलाओं से अनजान है। नादान आपको ईश्वर मानने से इन्कार करता है। मैं चाहता हूँ कि इसे एकबार नर्क के दर्शन करा दिए जाएं, मुझे यकीन है कि नर्क देखते ही इसकी बुद्धि ठिकाने आ जाएगी।

खैर! इधर मैंने अपना पासा फेंक दिया था, और उधर श्रृंगलव विचार में पड़ गया था। निश्चित ही आज तक किसी ने नर्क देखने का प्रस्ताव दिया हो, ऐसा नहीं हुआ होगा। वह सोचे, उससे मुझे कोई एतराज नहीं था, पर इधर मेरा प्रस्ताव सुन भैया जो आपे से बाहर हो गए थे, उससे मुझे अवश्य एतराज था। वे पागल तो धीरे से मेरे कान में बड़बड़ाये भी कि- यह क्या लगा रखा है? दुष्ट का वध ही कर देते हैं। उसके ही दरबार में उसका भगवान उसी को याद दिला देते है। ...आप मानेंगे नहीं; मुझे इस नाजुक मौके पर भी उन्हें धैर्यपूर्वक समझाना पड़ा था। दरबार में चारों ओर उसके सिपाही फैले हुए हैं। इस समय कुछ कहना या हमला करना अपनी मौत को निमंत्रण देने के अलावा कुछ नहीं। प्रथम आवश्यकता उद्धव का पता लगाने की है, फिर उसका सर-वर सब फोड़ दिया जाएगा। ...हालांकि मैं यह हकीकत भी जानता था कि कुछ भी फुसलाकर भैया को ज्यादा देर तक शांत नहीं रखा जा सकता था। अर्थात् मामला जल्द-से-जल्द निपटाना अति आवश्यक था। अहंकार

की यही तो दिक्कत है कि वह मरना या मारना तो जानता है, लेकिन परिस्थिति की नाजुकता को समझते हुए झुककर बच निकलना नहीं जानता। ...अपना कार्य सिद्ध करना उसे आता ही नहीं। मुझे देखो; मेरी बात ही निराली है। मैं अपना उद्देश्य सिद्ध करने हेतु किसी भी स्तर तक झुक सकता हूँ। झुक क्या सकता हूँ, अभी-अभी तो श्रृंगलव के चरण-स्पर्श कर उठा हूँ। भला कार्य पार पाड़ने में कसर क्या छोड़नी? इसी को कहते हैं "अहंकार-शून्यता।"

होगा, अभी तो मेरी भक्ति रंग लाई। मेरी योजना सफल हुई। श्रृंगलव ने मेरे निवेदन का मान रखकर कुछ सिपाहियों के साथ मुझे व भैया को 'नरक दर्शन' पर भेज दिया। ...अरे बाप-रे-बाप, यह नरक तो शास्त्रों में वर्णित नर्क से भी बदतर था। बंदियों को न जाने कैसी-कैसी असहनीय यातनाएं दी जा रही थी। मेरा तो माथा ही ठनक गया। एक तो, एक-एक कक्ष में तीस-तीस चालीस-चालीस आदमी ठुंसे हुए थे। कुल जमा मुझे तो ऐसे बीसियों कक्ष नजर आ रहे थे। वहीं सामने एक खुले स्थान पर कहीं कुछ कैदियों पर अकारण कोड़े बरसाये जा रहे थे तो कुछेक को पथरीली जमीन पर लेटाकर लातें मारी जा रही थी। दृश्य वाकई भयावह था। मनुष्य के साथ ऐसा सलूक? मेरा रोम-रोम कांप उठा। साफ लग रहा था कि यातनाएं देने के एक-से-एक उपाय उसने व्यर्थ के शास्त्रों से ही खोज निकाले होंगे। अब ऐसे शास्त्र लिखने वाले भी कोई कम दुष्ट तो रहे नहीं होंगे। होगा, अभी तो इधर सिपाही बड़ी शान से हमें 'नरक दर्शन' करवा रहे थे। मैं भी अपनी भावनाओं को नियंत्रित कर अपना पूरा ध्यान उद्धव को खोजने पर ही लगाये हुए था। तभी चलते-चलते अचानक मेरी नजर यातना झेल रहे उद्धव पर पड़ी। उसकी दाढ़ी बढ़ी हुई थी। चेहरा फीका पड़ चुका था। मेरे लिए तो उसे इस हाल में देखना अपनेआप में किसी यातना से कम न था। उधर नादान उद्धव हमें देखते ही खुशी से चिल्लाने को हुआ कि मैंने तत्क्षण आंख के इशारे से उसे चुप रहने को कहा। वह तो चुप रहा परंतु उसका यह हाल देख भैया से न रहा गया। वे चिल्ला उठे। निश्चित ही उद्धव का यह हाल देख पाना उनके बस में नहीं था। यही भैया की दिक्कत थी, वे दिखने और बोलने में तो कठोर थे पर वास्तव में थे बडे ही मुलायम व भोले। जबकि उनके विपरीत इन सब मामलों में मैं बड़ा पक्का था। मेरे गलत समय व गलत जगह पर या गलत इन्सान के लिए भावनाओं में बहने का सवाल ही नहीं उठता था। तभी तो सिपाहियों के पूछने पर मैं बात बड़ी आसानी से घुमा गया। मैंने कह दिया कि नरक की यातनाएं देखकर वे घबरा गए हैं।

यूं भी हमारे लिए इस समय यह मालूम होना ही पर्याप्त था कि उद्धव नरक में हैं। उसे छुड़वाने की योजना तो यहां से बाहर निकलने के बाद की बात थी। और अभी तो यह मामला भी उलझा हुआ ही था। क्योंकि यहां से बाहर निकलने हेतु भी भैया के पूर्ण सहयोग की आवश्यकता थी, जो वे देते कहीं से नजर नहीं आ रहे थे। वैसे एकबार को तो भैया का सहयोग मिल भी जाता, परंतु उद्धव को इस हाल में देखने के पश्चात् उनका सहयोग पाना थोड़ा और जटिल हो गया था। अब जटिल हो या आसान बाहर तो निकलना ही था; और उसके लिए भैया को पटाना ही था। बस मैंने भैया से दोनों हाथ जोड़कर विनती की कि कृपया मेहरबानी कर लौटते वक्त आप भी भगवान विष्णु की जय-जयकार करते हुए चलना। श्रृंगलव को यह यकीन आ जाना चाहिए कि नर्क देखते ही आपकी बुद्धि ठिकाने आ गई है। हमारे दरबार से सुरक्षित वापस जाने का यही एक उपाय है।

आप समझ सकते हैं कि मेरा यह निवेदन सुन भैया ने मेरे क्या हाल किए होंगे। पर मैं भी मैं था, उद्धव का वास्ता देकर किसी तरह मैंने उन्हें राजी कर ही लिया। और इस तरह एकबार फिर मैंने फतह का झंडा गाड़ दिया - "भगवान विष्णु की जय, भगवान विष्णु की जय" चिल्लाते हुए मैं और भैया सही-सलामत दरबार से बाहर निकल आए।

खैर! आश्रम तो सही-सलामत लौट आए थे, पर चैन पूरी तरह लुट गया था। लाख विचार करने पर भी उद्धव को छुड़ाने का कोई मार्ग सुझाई नहीं दे रहा था। उलझन गहरी थी और हल शीघ्र खोजना आवश्यक था। उधर भैया ने तो जब से उद्धव को देखा था, दुःख के गहरे भंवर में उतर गए थे। रह-रहकर उनका यह दुःख क्रोध के रूप में भभक उठता था। हालांकि दुखी तो मैं भी कम न था और क्रोध तो मुझे भैया से भी कहीं ज्यादा आ रहा था, लेकिन इसका मतलब यह नहीं कि भरे दरबार में श्रृंगलव के सर फोड़ने जैसे उपायों पर विचार किया जाए। समस्या एक गहरा विश्लेषण मांग रही थी, लेकिन भैया को किसी विचार-विमर्श में रस नहीं था, उन्हें तो बस श्रृंगलव का सर फोड़ना था। मानो उनके जाते ही श्रृंगलव सर झुका के कहेगा..., लो बलराम भाई फोड़ दो इसे। खैर, इधर लगातार के चिंतन से मेरा क्रोध करुणा की सारी सीमाएं लांघ चुका था। वह उद्धव ही नहीं, अन्य सभी को भी श्रृंगलव के रचे नरक से आजाद कराने को मचल उठा था। उन्हें ही क्यों, मैं तो पूरे करवीरपुर की जनता को उनकी आजादी व खुशी लौटाना चाहता था। ...लेकिन कैसे? कोई चार सिपाहियों के भरोसे उससे युद्ध तो किया नहीं जा सकता था। दूसरी ओर समझाइश से मामला पटे, ऐसा था नहीं। तो फिर आखिर इसका उपाय क्या? हर दृष्टिकोण पर विचार करने के बाद इसका सीधा और साफ एक ही हल नजर आ रहा था "श्रृंगलव का वध"। क्योंकि फसाद की जड़ को नेस्तनाबूद किए बगैर कुछ होता दिखाई नहीं दे रहा था। क्योंकि मेरा मानना था कि जब तक वह जीवित है तभी तक प्रजा व सिपाही उसके दबाव में है। उसे ही मार दिया जाए तो फिर कौन पूछने वाला है? प्रजा या सेना का ऐसे दुष्ट राजा के साथ होने का सवाल ही नहीं उठता था। कुल-मिलाकर मैंने श्रृंगलव का वध करना तय कर लिया। लेकिन तय कर लेने मात्र से क्या होना था? कोई भैया के कहे अनुसार राजदरबार में जाकर उसका सर तो फोड़ा नहीं जा सकता था। दरबार में ऐसा कोई दुस्साहस जान की जोखिम खड़ी कर सकता था। अतः कार्य तो बुद्धिमत्तापूर्वक ही निपटाना था। अर्थात् वध किसी कम सुरक्षित स्थान पर ही किया जा सकता था। यह भी तय था कि ऐसा स्थान राजभवन के बाहर ही संभव था। वहीं चारों ओर फैली हुई कड़ी सुरक्षा व्यवस्था देखते हुए ऐसा स्थान खोजना भी आसान नहीं था।

...हालांकि एकबार दिशा तय हो गई, तो उस दिशा में कार्य भी प्रारंभ कर दिया। काफी छान-बीन के बाद एक मौका नजर आया। हर पूर्णिमा को उसकी रथ-यात्रा निकलती थी। उस वक्त सड़क के दोनों ओर काफी भीड़ जमा हो जाती थी। और इतनी भीड़ के मध्य सुरक्षा व्यवस्था में दरार खोजना कोई मुश्किल कार्य नहीं था। एक बात और अच्छी थी कि पूर्णिमा तीन रोज बाद ही थी। यानी कार्य को अंजाम देने हेतु ज्यादा इन्तजार भी नहीं करना था। वैसे यहां रहते-रहते एक और बात साफ दिखाई दे रही थी कि प्रजा पूरी तरह श्रृंगलव से तंग आ चुकी है। बात सिर्फ इतनी थी कि उनके असंतोष पर श्रृंगलव का भय भारी पड़ रहा था। सच कहूं तो मुझे तो राज्य के अधिकांश

सिपाही भी उसके विरोध में ही नजर आ रहे थे। यूं भी ऐसे पापी राजा के साथ उसके पाप के अलावा कोई नहीं होता। वैसे भी मुझे इस बात के कई जाती अनुभव थे। आपको याद होगा जब कंस का वध किया था तब भी कुछ ऐसी ही परिस्थितियां थी। "पंचजन-वध" के समय भी परिस्थिति भिन्न कहां थी? आपको याद होगा... न प्रजा - न सेना, किसी ने भी विरोध कहां किया था? तो फिर यहां "श्रृंगलव-वध" का विरोध कौन करने वाला था? बात आइने की तरह साफ थी। जिस राजा की प्रजा में इज्जत हो, जिस राज्य में प्रजा खुश हो और जिसके सिपाही तहेदिल से राजा की आज्ञा का पालन करते हों; ऐसे राजा का वध करके बच निकलना असंभव है। लेकिन सौ बातों की एक बात यह कि ऐसे राजा का वध करने की मुझे आवश्यकता भी क्यों पड़े? छोड़ो, यह चर्चा फिर कभी। अभी तो कुल-मिलाकर मेरी योजना पक्की थी, अब इंतजार था तो बस पूर्णिमा का।

...तो वह भी कौन-सी दूर थी। आ ही गई। मैं सुबह जल्दी ही उठ गया। हालांकि उठने से क्या होना था, रथ-यात्रा तो संध्या को ही निकलनी थी। और संध्या थी कि होने का नाम नहीं ले रही थी। ...तैयार तो मैं सुबह से ही खड़ा था। वैसे भी तैयारी में करना क्या था, एक चक्र ही तो साथ लेना था। बस, बेचैनी के शिखर पर बैठे-बैठे व कमरे के एक कोने से दूसरे कोने चक्कर काटते-काटते ही इस लंबे इंतजार का अंत हुआ। रथयात्रा निकलने के नियत समय से कुछ पूर्व ही मैं और भैया करवीरपुर के प्रमुख चौराहे पर पहुंच गए। सवाल चन्द घड़ियों का था, फिर भी न जाने क्यों इंतजार काफी लंबा मालूम पड़ रहा था। ...शायद इसलिए कि मामला उद्धव का था।

खैर, अभी तो मैं और भैया एक वृक्ष के निकट खड़े हुए थे। यह वृक्ष कुछ ऊंचाई पर होने के कारण चौराहा हमें यहां से साफ नजर आ रहा था। दूसरी ओर सभी सड़कों पर अभी से काफी भीड़ जमा थी। सब अपने भगवान के दर्शन का इन्तजार कर रहे थे। वैसे भीड़ तो हम जहां खड़े थे, वहां भी कम न थी। होगी, अभी तो मुझसे यह इन्तजार कटे नहीं कट रहा था। ...तभी कुछ ही देर में राजमहल के मार्ग से चार रथ घनघनाते हुए आए। उसमें बैठे सिपाही कोड़े मार-मारकर भीड़ हटा रहे थे। बोलो, इस तरह वे भगवान की यात्रा के लिए जगह बना रहे थे। यानी अब 'भगवान' का रथ किसी भी क्षण अपेक्षित था। अंत में यह इंतजार भी समाप्त हुआ। बारह आचार्यों से हंकाया जा रहा भगवान विष्णु, यानी श्रृंगलव महाराज के विशाल रथ ने चौराहे पर दस्तक दी। रथ के पीछे भी दो सौ के करीब भक्त नाचते-गाते चले आ रहे थे। वहीं शायद सड़कों पर भी हजार एक से कम की भीड़ नजर नहीं आ रही थी। दृश्य वाकई एक-के-बाद-एक सभी भयावह थे, लेकिन मेरा ध्यान इस समय पूरी तरह श्रृंगलव पर लगा हुआ था। आश्चर्यजनक रूप से इस समय भी उसकी बहन शेव्या उसके साथ ही बैठी हुई थी। इधर भगवान की आरती उतारने वालों व हार पहनाने वालों की कतारें लगी हुई थी। मैं चुपचाप दूर खड़ा भयभीत जनता का यह सामूहिक अभिनय देख रहा था। हालांकि इन तमाम ताका-झांकी के बावजूद मेरी नजर पूरी तरह श्रृंगलव की गरदन पर ही बनी हुई थी। मैं पूरी तरह चौकन्ना व तैयार था। रथ-यात्रा हमारी तरफ बढ़ी चली आ रही थी। अब तो मैंने धीरे से चक्र भी उंगली पर फंसा लिया था। और जैसे ही रथ पास से गुजरने को हुआ, तत्क्षण मैंने चक्र से उसकी गर्दन का निशाना साधा। ऐसे नाजुक मौके पर मेरे चक्र के निशाना चूकने का सवाल ही नहीं उठता था। बस पलभर में उसका सिर धड़ से अलग हो गया।

...इधर अचानक अपने भगवान का सर धड़ से अलग हुआ देखकर पूरी भीड़ स्तब्ध रह गई। एक क्षण को अफरा-तफरी भी मच गई। चारों ओर हा-हाकार मच गया। नजाकतता समझते हुए यहां मैंने भी लोगों का ध्यान मोड़ने हेतु तत्क्षण जोर-जोर से चिल्लाना प्रारंभ किया- पापियों का अंत ऐसा ही होता है। ...यही पापी की सजा है। उधर भैया भी कहां पीछे रहने वाले थे। मैंने तो कल का ही प्रयोग किया था पर उन्होंने तो बल-प्रयोग भी कर डाला। तत्क्षण अपनी गदा लहराते हुए चार-पांच सिपाहियों को वहीं ढेर कर दिया। और इसके पहले कि कोई कुछ समझ पाए या श्रृंगलव के पक्ष में खड़ा हो जाए, हमने उसके खिलाफ माहौल बनाना प्रारंभ कर दिया। निश्चित ही भैया की 'गदा लहराई' इसमें बड़ी सहायक सिद्ध हो रही थी। उन्होंने चार-छः सिपाहियों को क्या मारा, सभी पीछे हट गए। अब कोई हिम्मत कर श्रृंगलव के पक्ष में आगे नहीं आ रहा था। वैसे भी सभी श्रृंगलव के जुल्म से परेशान तो थे ही, मन-ही-मन उससे छुटकारे की प्रार्थना भी करते ही रहे होंगे; ऐसे में प्रजा को सम्भलने में ज्यादा वक्त कहां लगना था? ...हकीकत तो यह थी कि जैसे ही श्रृंगलव की मौत का प्रजा को पक्का यकीन हो गया, वातावरण पूरी तरह मेरे पक्ष में हो गया। सिपाही भी नतमस्तक हो गए। देखते-ही-देखते चारों ओर मेरी जयकार होने लगी। अपवाद स्वरूप सिर्फ उसकी बहन शेव्या नजर आ रही थी। वह रथ में बैठी-बैठी ही क्रोध से लाल-पीली हुई जा रही थी। स्पष्ट लग रहा था कि वह अपने भाई की मृत्यु नहीं पचा पाई है। यही नहीं, वह रथ में ही बैठी लगातार गुस्सैल आंखों से मुझे घूरे भी जा रही थी। उसका क्रोध इतना गहरा था कि मेरी आंखें भी उसके क्रोध का सामना नहीं कर पा रही थी। वह भी क्या करे, भाई का कटा सर व धड़ अब भी रथ में ही पड़ा हुआ था।

होगा! अभी तो इससे पहले कि श्रृंगलव की बहन का क्रोध कुछ रंग दिखाए, मैंने फटाफट आगे के कार्य निपटाना ही उचित समझा। प्रजा का क्या है, अभी मारे जोश के मेरे साथ है; अभी होश खोकर भावनाओं में बह जाए और मेरे विरुद्ध खड़ी हो जाए। ना बाबा ना, फिर तो सब किए-कराये पर पानी फिर जाए; और ऊपर से जान गंवानी पड़े...सो अलग। अतः मैं तत्क्षण सक्रिय हो भीड़ को चीरता हुआ आगे बढ़ा, वैसे भी अब तक आधी भीड़ तो अनहोनी के डर से अपने-अपने घरों को जा चुकी थी; ऐसे में फासला काटना कुछ मुश्किल नहीं था। बस बढ़ते हुए मैं श्रृंगलव के रथ पर ही चढ़ गया। भैया भी पीछे-पीछे गदा लहराते हुए रथ पर चढ़ गए। शेव्या को तो समझ ही नहीं आया कि हम उसके रथ पर क्यों चढ़ गए। अभी पता चल जाता है। तत्क्षण मैंने प्रजा की दुःखती नस पर हाथ रखते हुए सबको नरक से कैदियों को छुड़वाने हेतु अपने साथ चलने का आह्वान किया। यह सुनते ही प्रजा में खुशी की लहर दौड़ गई। सिपाही भी कम खुश नहीं हुए। देखते-ही-देखते मेरी जयकार बोला दी गई। यह तो होना ही था, आखिर कैदी भी थे तो सिपाही व प्रजा के रिश्तेदार ही।

खैर, अभी तो प्रजा का साथ पाकर मैं पूरे जोश से भर गया था। उसी जोश के सहारे तुरंत रथ से उतरकर हम लोग नरक की ओर चल पड़े। हमारे पीछे-पीछे करीब तीन-चार सौ लोगों की भीड़ व करीब पच्चीस सिपाही भी चले आ रहे थे। ...यानी कृष्ण-महाराज आते ही करवीरपुर के नेता हो चुके थे। आश्चर्य तो यह कि हम निर्विघ्न रूप से बढ़े चले जा रहे थे, हमारा

कहीं कोई विरोध नहीं हो रहा था। और पलक झपकते ही हमारा जुलूस नरक के प्रमुखद्वार के सामने खड़ा था। शृंगलव की मृत्यु के समाचार यहां भी पहुंच ही चुके थे। बचा-खुचा कार्य साथ आए सिपाहियों ने वहां तैनात सैनिकों को समझाकर आसान कर दिया था। तत्क्षण ना सिर्फ नरक का प्रमुखद्वार बल्कि अंदर के सारे कक्षों के भी ताले खोल दिए गए। और देखते-ही-देखते उद्धव समेत सभी को इस अमानवीय नर्क से छुटकारा मिल गया। उद्धव को आजाद हमारे सामने खड़ा पाकर मैं और भैया मारे खुशी के रो पड़े। उद्धव भी हमसे गले लगकर खूब रोया। कमाल था, इतनी यातनाएं सहने के बाद भी उसकी आंखों में आंसू बाकी थे। वह भी क्या करे, उस बेचारे को तो हमारे यहां पहुंचने की उम्मीद ही नहीं रही होगी। शायद वह तो जीवनभर इस नर्क में सड़ने की मानसिकता बनाए बैठा होगा। ऐसे में अप्रत्याशित छुटकारा मिल जाने पर आंसू बह निकलना स्वाभाविक ही था।

खैर! उधर नरक से छूटे कैदियों ने चारों तरफ हमारी जयकार बुला दी। वहीं दूसरी तरफ कैदी क्या छूटे, प्रजा का जोश भी कई गुना बढ़ गया। भीड़ के उत्साह का आलम तो यह था कि पांच सौ के करीब व्यक्तियों की भीड़ हमारी जयकार करते हुए हमें नरक के प्रवेशद्वार से आश्रम तक छोड़ने आई। यही नहीं, काफी देर तक आश्रम के बाहर खड़े-खड़े हमारी जयकार करती रही। प्रजा की इतनी खुशियां व मुझे दिए जा रहे मान-सम्मान के बाद इतना अवश्य समझ में आ रहा था कि अब खतरे-की कोई बात नहीं। खासकर सिपाहियों के सहयोग के बाद तो मैं इस बाबत पूरी तरह निश्चिंत था। वैसे सच कहूं तो इसी बेफिक्री के चलते मैं चुपचाप यहां आश्रम में पड़ा हुआ था, वरना तो कबका भाग खड़ा हुआ होता। आप तो जानते हैं कि जरा-सा खतरा महसूस हुआ नहीं कि मैं भागा नहीं।

खैर, यह तो हमारी बात हुई पर उधर रात्रि चढ़ते-चढ़ते तो पूरा करवीरपुर जश्न में डूब गया था। ऐसा लग रहा था मानो शृंगलव की मौत का उत्सव मनाया जा रहा हो। वैसे उनकी खुशी जायज भी थी। क्योंकि कैदी ही क्यों, एक दृष्टि से पूरे करवीपुर ने वर्षों बाद खुली हवा में सांस ली थी। ऐसे में आजादी का जश्न तो धूमधाम से मनना ही था। रात-भर लोग सड़कों पर यहां से वहां घूमते रहे, एक-दूसरे को बधाइयां देते रहे, अपनी खुशियां जाहिर करते रहे और हमारी जयकार करते रहे। मैं लोगों को अपने राजा की मृत्यु पर खुशियां मनाते देखकर सोचने लगा कि वह राजा कितना दुर्भाग्यशाली होता होगा, जिसकी मृत्यु पर उसकी जनता इस कदर जश्न मनाए। ...फिर चाहे वह कंस हो या शृंगलव, सोचने वाली बात यह है कि अहंकार पोसकर उन्हें मिल क्या गया? उधर सत्य की अंतिम ऊंचाई से इस बात को समझूं तो यह सब संभव उद्धव के कारण ही हो पाया था। करवीरपुर की प्रजा को शृंगलव के जुल्म से छुड़वाने का एक वही तो निमित्त बना था। ...लो, उद्धव से याद आया, उस बेचारे की हालत अब भी गंभीर बनी हुई थी। वास्तव में उसकी मानसिक हालत ज्यादा खराब नजर आ रही थी। उसे तगड़े विश्वास की आवश्यकता थी। हमने भी तत्क्षण अपना ध्यान करवीरपुर व वहां की प्रजा से हटाकर उद्धव की सेवा में लगाया। रात भर की सेवा के बाद भी वह सुबह तक बमुश्किल कुछ सामान्य हो पाया था। साफ दिख रहा था कि नरक की यातनाओं ने उसके मानस पर गहरी चोट पहुंचाई थी।

चलो, वह तो समय के साथ निपट लिया जाएगा; पर अभी तो सुबह उठकर आगे क्या करना यह सोचते उसके पहले ही राजदरबार के प्रहरी संदेश लाए कि महारानी पद्मावती आपसे मिलने पधारी हैं। मेरे लिए यह बिल्कुल अप्रत्याशित था। उनके अचानक यहां आने की कोई स्पष्ट वजह मुझे समझ में नहीं आ रही थी। अब वजह समझ में आए या नहीं, सामना तो करना ही था। अतः मैं वजह की संभावनाओं में खेलते हुए ही तुरंत उनसे मिलने चल पड़ा। वह आश्रम के द्वार पर ही खड़ी हुई थी। मैं तो उन्हें देखते ही दंग रह गया। श्रृंगलव की पत्नी यानी कि महारानी पद्मावती पैंसठ वर्ष की उम्र के बावजूद अत्यंत आकर्षक व प्रभावशाली लग रही थी। यही नहीं, वे एकदम निश्चिंत, सामान्य व आत्मविश्वास से भरी भी जान पड़ रही थी। वे अकेली नहीं आई थी, उनके साथ में शेव्या तो थी ही, साथ में एक छोटा बालक भी था। वह करीब छः रथों की सवारी लेकर आई थी। साथ में पच्चीसों सिपाही भी मौजूद थे। वहीं दूसरी ओर उनके पीछे हमारे दर्शनार्थ आए करीब सौ लोग भी मौजूद थे। छोड़ो, अभी उनपर कौन ध्यान दे? मैंने तो सीधे महारानी के चरण स्पर्श किए। लेकिन यह क्या? उन्होंने ना तो आशीर्वाद दिया और ना ही प्रत्युत्तर में कुछ कहा। हां, ऊपर से नीचे तक मुझे गौर से देखा अवश्य। मानो वह कुछ समझने की या कहूं कुछ टटोलने की चेष्टा कर रही हो। मैं उनका व्यवहार देख चौकन्ना हो गया। एक तो उनके आने के मकसद से मैं वैसे ही पूरी तरह अनजान था, ऊपर से वह श्रृंगलव की पत्नी थी, उसने अपना पति खोया था, अतः उनकी प्रतिक्रिया जानने हेतु ना सिर्फ मैं जिज्ञासु था बल्कि उनकी प्रतिक्रिया जानना मेरे लिए आवश्यक भी हो गया था। अजब दृश्य था। मैं उनके सामने ही खड़ा हुआ था। ...वे मुझे टटोलने का प्रयास कर रही थी, और मेरी जिज्ञासा उनके आने के पीछे का मकसद समझने में लगी हुई थी। और इन दोनों बातों से अनजान भीड़ हमें चारों ओर से घेरे नारेबाजी में व्यस्त थी। कभी मेरी जयकार बोलाती तो कभी महारानी की।

...हालांकि मुझे ज्यादा देर जिज्ञासा के भंवर में नहीं घूमना पड़ा। कुछ देर अच्छे से टटोलने के पश्चात् महारानी पद्मावती ने चुप्पी तोड़ी। वे सीधे मुझे संबोधित करती हुई बोली- यह उनकी बहन 'शेव्या' है। फिर एक बालक को आगे धरते हुए बोली- और यह हमारा पुत्र 'शक्रदेव'। तत्पश्चात् एक ठंडी सांस लेने के बाद उसने अपनी बात आगे बढ़ाई - निश्चित ही करवीरपुर की प्रजा तुमसे काफी खुश है। चारों ओर तुम्हारी जय-जयकार हो रही है। मैं यहां तुमसे यह पूछने आई हूँ कि क्या तुमने मेरे पति का वध "राजा" बनने हेतु किया है?

...मेरे लिए तो महारानी का आना वैसे ही अप्रत्याशित था, ऊपर से उनके इस एक सीधे सवाल ने मेरी संभावनाओं के सारे किले ध्वस्त कर दिए। मैंने चुप्पी साधे हुए ही ध्यान से उनकी आंखों में झांका। वे एकदम शांत नजर आ रही थी। अपने राजा के मरने का कोई गम इन आंखों में नजर नहीं आ रहा था। स्वभाव में इतनी स्थिरता व इतनी परिपक्वता। ...मैं तो दंग रह गया। शायद यही श्रेष्ठ महारानी व महाराजाओं के गुण होते हैं। यूं भी किसी भी घटना से उबरकर तत्क्षण सामान्य हो जाना, यही तो मनुष्य का सर्वश्रेष्ठ गुण माना जाता है। और एक राजा में तो यह गुण होना ही चाहिए। क्योंकि मेरी दृष्टि में संवेदनशील राजा उतना ही खतरनाक हो सकता है जितना एक दुष्ट और अहंकारी राजा।

छोड़ो इस बात को। ...मैं अपनी बात करूं तो महारानी की शांत आंखें मुझे बड़ा सुकून दे रही थी। कम-से-कम इन आंखों में कोई खतरनाक इरादे नजर नहीं आ रहे थे। और हाल-फिलहाल तो यही मेरे लिए परम संतोष की बात थी। जब संतोष की बात कही है तो लगे हाथों असंतोष का कारण भी बता दूं। सफेद वस्त्रों में लिपटी शेव्या आज कल से भी ज्यादा क्रोधित नजर आ रही थी। मुझे तो उसका बढ़ा हुआ क्रोध देख भीतर कुछ-कुछ हो रहा था। सीधी बात कहूं तो मैं कुछ डर-सा गया था। हालांकि क्षणभर में ही मैं सम्भल भी गया था। लेकिन अब क्या? सौ बातों की एक बात मैं कांपा क्यों? जीवन में पहली बार मैंने अपने भीतर किसी कंपन का अनुभव किया था। और इस अनुभव के आधार पर मैं यह कह सकता हूँ कि कंपने और मरने में कोई फर्क नहीं। जिस क्षण को मैं कांपा था, उस क्षण को मैं मर ही तो गया था। ...हो सकता है कंपन की भयानकता का अनुभव करने को ही मैं कांपा होऊं। वरना मैं और कापूं? जो कृष्ण कालिया-नाग या केशी का सामना करते वक्त नहीं कांपा, जिसे कंस या जरासंध नहीं कंपा पाए; कमाल है उसे शेव्या के एक क्रोध ने कंपा दिया। ...शायद मामियों के क्रोध का कड़वा अनुभव इस समय भी मेरे जहन में ताजा था। क्यों न हो? उसी क्रोध के कारण तो मैं आज तक दर-दर की ठोकरें खा रहा हूँ। उस क्रोध ने ही तो जरासंध नामक भूत मेरे पीछे लगाया है। ...चाहे जो हो, आज मैं अपने अनुभव से कहता हूँ कि कंपने से बढ़कर मनुष्यजीवन में दूसरा कोई पाप नहीं। आपको याद होगा मेरा यही अनुभव मैंने गीता में अर्जुन को सुनाया था। *"हे! अर्जुन तू कौरवों की विशाल सेना को देखकर कांप क्यों रहा है? यह कंपन ही तो पाप है। सुख हो या दुःख, मनुष्य को सम-भाव से ही जीना चाहिए। कांपना चाहे सुख में हो या दुःख में, दोनों जीते-जी नरक है[६३]।"*

खैर! शेव्या के बाबत काफी चर्चा हो गई। शृंगलव के पुत्र के बारे में भी कुछ कहूं। शृंगलव का पुत्र "शक्रदेव" दस वर्ष का था। वह अति सुंदर व प्रतिभाशाली नजर आ रहा था। उस पर भी अपने पिता की मृत्यु का कोई खास असर हुआ हो, ऐसा नहीं जान पड़ रहा था। और असली सवाल पर लौट आऊं तो इस दरम्यान मैं महारानी के अप्रत्याशित सवाल का जवाब देने हेतु अपने को पूरी तरह तैयार भी कर चुका था। इधर महारानी ही नहीं, जमा भीड़ भी मेरे जवाब का बेसब्री से इंतजार कर रही थी। वैसे कुछ लोग नारे लगाकर मुझे राजपाट स्वीकारने हेतु उकसा भी रहे थे। पर मैं कहां किसी चक्कर में पड़ने वाला था? मुझे तो अपने ही निष्कर्ष के सहारे आगे बढ़ना था। अतः मैंने बड़े शांत व विनम्र भाव से हाथ जोड़ते हुए महारानी पद्मावतीजी से कहा[६४]- नहीं माताजी। मैंने शृंगलव का वध राजा बनने के किसी भी प्रयोजन से नहीं किया है। महाराज शृंगलव का वध करते वक्त उनके जुल्म व प्रजा का हित ही मैंने ध्यान में रखा था। सच तो यह है कि महाराज का वध अपने ही कर्मों से हुआ है। मैं तो निमित्त-मात्र हूँ। फिर भी आपको जाने-अनजाने दुःख पहुंचाने के लिए मैं आपसे क्षमा चाहता हूँ।

महारानी पद्मावती मेरे द्वारा कहा गया एक-एक शब्द ध्यान से सुन रही थी, सामने उतने ही ध्यान से मैं अपनी कही बातों का उन पर हो रहा असर देख रहा था। कहा जा सकता है कि दोनों ओर से एक-दूसरे के इरादे समझने का प्रयास जारी था। वैसे मेरी अब तक की बातों का उनपर सानुकूल प्रभाव ही पड़ा था। पड़ना ही चाहिए था; क्योंकि मेरी बात व मेरे इरादे दोनों साफ थे।

---

६३. श्रीमद्भगवद्गीता, अध्याय-२, श्लोक-१२-१५
६४. हरिवंश पुराण, विष्णु पर्व, अध्याय-४४, श्लोक-५५-५८

...ऐसे तो समान परिस्थिति का सामना मैंने कंस वध के समय भी किया ही था। कहने का तात्पर्य, वह अनुभव मेरे साथ था ही। अतः अपनी परिपक्वता का सबूत देते हुए मैंने आगे की बात स्वयं ही बढ़ाते हुए बड़े आत्मविश्वास से कही। मैंने कहा- मैं चाहता हूँ कि महाराज श्रृंगलव का अंतिम संस्कार पूरे राजकीय-सम्मान के साथ किया जाए। मैं स्वयं उन्हें सम्मान देने उसमें शामिल होऊंगा। साथ ही मैं यह भी चाहता हूँ कि उसके पश्चात् राजकुमार शक्रदेव का अभिषेक भी कर दिया जाए। मैं तो परदेशी हूँ। राजकुमार शक्रदेव के राज्याभिषेक के बाद वापस अपने वतन लौट जाऊंगा।

यह सुनते ही भीड़ ने पहले मेरी, फिर महारानी पद्मावती व "राजकुमार शक्रदेव" की जय-जयकार बोला दी। उधर स्वाभाविक तौर पर मेरी पूरी बात सुन व मेरे इरादे जान महारानी ना सिर्फ सामान्य हुई, बल्कि खुश भी हुई। यह उनके हाव-भाव व मुझे देख रही उनकी आंखों से साफ जाहिर हो रहा था। वैसे भी मैं अपनी बात कह चुका था, अब बारी महारानी की थी।

उनकी अदा की क्या बात करूं? सर्वप्रथम तो उन्होंने हाथ हिलाते हुए भीड़ का अभिवादन किया। तत्पश्चात् भीड़ को शांत करते हुए मुझसे मुखातिब होकर कहा- आपकी बात व आपके इरादे दोनों से मैं पूर्णतः संतुष्ट हूँ। परंतु इससे पहले कि मैं आगे कुछ कहूं, मैं आपका परिचय चाहती हूँ।

मैंने तत्क्षण पूरी विनम्रता से कहा- मैं मथुरा निवासी वसुदेवजी का पुत्र कृष्ण हूँ।

परिचय पाते ही जाने क्या सोचकर वे पूरी तरह सामान्य हो गई। यही नहीं, उन्होंने मुझे आशीर्वाद भी दिए। सच कहूं तो उनके आशीर्वाद पाकर मैं स्वयं धन्य हो गया। क्योंकि खतरा अब पूरी तरह टल चुका था। उधर यह आत्मीयता यहीं नहीं थमी। शक्रदेव का युवराज बनना तय होते ही महारानी पद्मावती के कहने पर उसने मेरे चरण-स्पर्श कर आशीर्वाद लिए। मैं फूला नहीं समाया। ...चलो, "कृष्ण" इतना बड़ा तो हो गया कि अब युवराज तक उसके आशीर्वाद लेने लगे। खैर; जब परिस्थिति इतनी तेजी से सामान्य हो रही थी तो मैंने बड़ी आशा भरी निगाहों से शेव्या की तरफ देखा। शायद वह भी सामान्य हो गई हो। लेकिन नहीं... उसका क्रोध अब भी बरकरार था। ...कमाल था, मैं श्रृंगलव के पुत्र शक्रदेव का राज्याभिषेक करवा रहा था, करवीरपुर पर अपना कोई अधिकार भी नहीं जमा रहा था; फिर किस बात पर वह इस तरह दांत पीस रही थी? और क्रोध भी ऐसा कि नमस्कार के प्रत्युत्तर में नमस्कार तक नहीं कर रही थी। मैं तो दस काम छोड़ उसे सामान्य करने में लग गया। क्योंकि ऐसा ही क्रोध मैं कंस वध के बाद मामियों की आंखों में देख चुका था। और उस समय उनके क्रोध को तवज्जो न देने के कारण ही आज तक 'जरासंध' नामक भयानक बीमारी झेल रहा था। सच कहूं तो मैं अब वह गलती दोहराना नहीं चाहता था। स्त्रियों का प्रेम भला, ...पर उनका क्रोध, तौबा-तौबा...कहीं ऐसा न हो उसका क्रोध शांत न कर पाऊं और वो मेरे लिए कोई नई मुसीबत खड़ी कर दे। सौ बातों की एक बात, मामियों के कटु अनुभव के बाद और दर-दर की ठोकरें खाने के पश्चात् मैं "स्त्री-प्रतिशोध" की आग से हर कीमत पर बचना चाहता था। यूं भी सावधानी मेरा स्वभाव था ही, और वैसे भी मुसीबत आने से पहले ही भांप कर उसे टालना 'बुद्धिमत्ता' कहलाती है। एक तो शेव्या राजकुमारी थी और ऊपर से अति सुंदर। कोई भी उसका प्रेम पाने हेतु मुझसे प्रतिशोध ले ही सकता था। अतः अब तो उसे सामान्य किए बगैर मैं यहां से जाना ही नहीं चाहता था।

खैर! इधर मैं यह सब सोचता रह गया और उधर महारानी का काफिला सारी बातें तय कर लौट भी गया। मैं भी भीड़ का अभिवादन कर चुपचाप अपने कक्ष को लौट गया। अब तो मेरे हाथ में एकमात्र कार्य शेव्या का क्रोध शांत करना था। और इसी लिहाज से मैं शृंगलव के अंतिम संस्कार में भी शामिल हुआ व शक्रदेव के राज्याभिषेक में भी। शायद मुझे इस कदर रस लेते देख उसका क्रोध शांत हो जाए। यही नहीं, वह जब और जहां टकराती मैं उसे नमस्कार करना भी नहीं भूलता। उसकी तरफ देख मुस्कुराता भी। यानी मेरी ओर से प्रयास लगातार जारी थे। अच्छी बात यह थी कि इन लगातार के प्रयासों ने अपना रंग दिखाना शुरू भी कर दिया था। शक्रदेव के राज्याभिषेक के बाद उसका क्रोध कुछ नरम पड़ा अवश्य जान पड़ रहा था। मेरे लिए यही शुभ-संकेत था। मैंने उसे सामान्य करने के प्रयास और तेज कर दिए। सच कहूं तो महारानी पद्मावती का भी मुझे इस कार्य में बड़ा सहयोग मिला। परिणामस्वरूप जल्द ही मैं उसे बहन बनाने में कामयाब हो गया। उधर शेव्या ने भी भाई खोकर भाई पाने का संतोष माना। इसके साथ ही मेरे यहां के कार्य समाप्त भी हो गए थे व मेरे सर से एक बला भी टल गई थी।

अब यहां से प्रस्थान का वक्त आ चुका था। कहां जाना इस बाबत अब कोई असमंजस न था। जिस मथुरा से जरासंध के डर के कारण रण छोड़ कर भागा था, उस जरासंध को भगाकर अब मैं "रणवीर" हो चुका था। ...यानी जाना तो मथुरा ही था। ऐसे में सच कहूं तो मैं मथुरा जाकर अपना रणवीर स्वरूप दिखाने को मचल उठा था। मन तो करता था कि उड़कर मथुरा पहुंच जाऊं। ...लेकिन महारानी मुझे इतनी जल्दी जाने देना नहीं चाहती थी। यही नहीं, शेव्या भी चाहती थी कि मैं कुछ दिन और रुक जाऊं। अन्य परिस्थिति होती तो शेव्या का आग्रह कभी नहीं टालता, लेकिन क्या करूं...! मैंने कहा न...! मन मथुरा जाने को बुरी तरह मचल उठा था। शायद अहंकार मथुरावासियों पर अपने रणवीर होने का सिक्का जमाने को उतावला हो रहा था। सो जाना तय कर लिया व सबको समझाकर मना भी लिया।

उधर महारानी पद्मावती तो मुझसे इतना खुश थी कि उन्होंने जाते वक्त मुझे भेंट स्वरूप ढेरों हीरे-जवाहरात, बीस रथ व तीस के करीब सेवक सिपाही दिए। मैं तो उनका यह प्रेम-पूर्ण नजराना पाकर धन्य हो गया था। इधर राजमहल ही क्यों, पूरे करवीरपुर ने हमें भावभीनी बिदाई दी। कई लोग तो हमारी जयकार करते हुए करवीरपुर की सीमा तक हमें छोड़ने आए। इतना बड़ा सम्मान और वह भी अनजान प्रदेश में पाना, निश्चित ही किसी के लिए भी सम्मान की बात थी। और जहां तक मेरा सवाल है, तो मैं तो स्वयं को इस सम्मान का अधिकारी मान ही रहा था। यह सम्मान मेरे विराट-कर्म के कारण मुझे मिल रहा था। और बस इसी स्वतःस्फूर्त अहंकार के साथ हमारी यात्रा प्रारंभ भी हो चुकी थी। पच्चीस के करीब रथों व पचासों सेवक सिपाही के साथ हमने करवीरपुर की सीमा छोड़ी। स्वाभाविक रूप से मैं, भैया व उद्धव सभी अलग-अलग रथों पर विराजमान हो गए थे। सबने अपने-अपने रथ की कमान भी सारथियों को थमा रखी थी। मौका मिला था तो यात्रा भी ठाठ से ही करनी थी।

...चलो यह तो ठीक पर मेरी फितरत का भी क्या कहना? अभी करवीरपुर में मिले सम्मान का नशा उतरा भी नहीं था कि मुझपर मथुरा में मिलने वाले संभावित सम्मान का नशा सर चढ़कर

बोलने लगा। यूं भी अपनी नगरी में मिलने वाले सम्मान की बात ही कुछ और होती है। और फिर कृष्ण अब कोई साधारण ग्वाला तो रहा नहीं था। पहले कंस-वध, फिर पंचजन-वध, तत्पश्चात् जरासंध को युद्ध के मैदान से खदेड़ना और अभी श्रृंगलव-वध का निमित्त बनना। निश्चित ही वृन्दावन का यह साधारण कान्हा अब आर्यावर्त का "परमवीर-श्रीकृष्ण" हो चुका था। यही क्यों...? अब हम लोग वृन्दावन के गरीब ग्वाले नहीं बल्कि मथुरा के धनिक श्रीमंत भी हो चुके थे। वैसे धन के बाबत मुझे ज्यादा ज्ञान तो नहीं..., फिर भी यदि मेरा अंदाजा गलत नहीं है तो शायद ही मथुरा में इतना धन किसी के पास होगा। आपको याद होगा कि चंडक का भेंट में दिया अपार धन पहले से हमारे पास था। उस पर गोमंत की टेकड़ी से बेशुमार हीरे-जवाहरात मिले ही थे, और अब महारानी पद्मावती का भेंट स्वरूप दिया खजाना भी हमारे पास था। यानी अब हम पक्के में बड़े श्रीमंत तो हो ही चुके थे। और यात्रा भी श्रीमंतों वाली ही जारी थी। पच्चीसों रथों का काफिला हमारे साथ चल रहा था। निश्चित ही ऐसे वीर और श्रीमंत को मथुरा आज भगाएगी नहीं बल्कि आश्रय देकर गौरवान्वित होगी। उनका शानदार स्वागत करने को मजबूर होगी। ऐसे में अहंकार को वश में रखूं भी तो कैसे...? और रखूं भी क्यों? जब काम ही ऐसे किए हैं तो फिर उसका गर्व अनुभव करने में क्या बुराई? कुल-मिलाकर आज जीवन में पहली बार मेरा अहंकार भूतकाल व भविष्य में विभाजित हुआ पड़ा था। एक तरफ जहां करवीरपुर में मिला सम्मान आंखों के सामने घूम रहा था, वहीं दूसरी तरफ मेरा अहंकार मथुरा में होने वाले स्वागत के सपनों में भी खोया हुआ था। सच कहता हूँ कि सम्मान मनुष्य के अहंकार को कितना बढ़ा देता है ...आज मैं उसका पक्का अनुभव कर रहा था। आखिर यह अहंकार है क्या? एक लफ्ज में बयां किया जाए तो "वर्तमान-से-हटना", ...और क्या! और देखो, इस समय भी मेरा मन भूतकाल में मिले सम्मान व भविष्य में अपेक्षित स्वागत के बीच ही तो झूल रहा था। वर्तमान में यात्रा थी, पर उसपर उसका ध्यान ही कहां था?

खैर! तभी विचार आया कि जब वर्तमान से हटना ही है तो सुनहरी यादों में क्यों न खोया जाए? बस वृन्दावनमय हो गया। प्यार व सम्मान तो मैंने वहां भी कम नहीं पाया था। अब वहां की तो बात ही क्या करना? वहां के प्यार की तो बात ही निराली थी। जितने मेरे जीवन के रंग थे, उससे कम उन्होंने मेरे जीवन के नाम नहीं रखे थे। उन्हीं की बदौलत तो मेरे नामों की फेहरिस्त इतनी लंबी है - 'कान्हा', 'कन्हैया' और 'कृष्ण' के नाम से तो मैं बचपन से ही पुकारा जाता था। रंग सांवला था तो कुछ लोग प्रेम से मुझे 'श्याम' के नाम से भी पुकारने लगे थे। नंद का पुत्र होने से "नंदकिशोर" कहलाया। मटकियां फोड़ी तो "मटकीफोड़" व माखन चुराने के कारण "माखनचोर" भी कहलाया। यानी जितने रंग मेरे जीवन के थे, उससे कम मेरे नाम नहीं थे। कहने का तात्पर्य प्यार व सम्मान की कमी तो मेरे जीवन में बचपन से कभी नहीं रही। आश्चर्य तो यह कि इन सबके बावजूद मेरा अहंकार इतना कभी नहीं फनफनाया था जितना इस समय फनफना रहा था। शायद इसलिए कि वह अनायास मिली एक-के-बाद-एक सफलता नहीं पचा पा रहा था। पहले पंचजन का वध, फिर जरासंध को मार भगाना व बेइंतिहां धन कमाना; तत्पश्चात् श्रृंगलव-वध। भला एक साधारण ग्वाले का अहंकार इतनी बड़ी बात पचाए तो... पचाए कैसे?

...लेकिन आखिर कब तक? जो स्वयं कर्म कर हासिल किया उसका अहंकार क्या करना? तुरंत मैंने अपना चैतन्य जगाया। अरे..., तुम तो इन सबके निमित्त-मात्र हो, और यह बात तुमसे बेहतर कौन जानता है? और भला निमित्त को गर्व कैसा? निमित्त का क्या तो भूतकाल व क्या तो भविष्य? सो, इन खतरनाक दो पाटन से बचो और तुरंत वर्तमान में स्थित हो जाओ। ...लो हो गए। पर यहां भी दाव हो गया। वर्तमान में आते ही सबसे पहले मैंने अपने काफिले पर नजर दौड़ायी। ...पच्चीसों रथ व पचास के करीब सेवक-सिपाही के साथ बढ़ रहे हमारे काफिले ने मुझे वर्तमान में भी अहंकार पकड़ा दिया। कहां तो अभी बेसहारा होकर मथुरा से भागे थे और कहां युवराजों को शरमा दे, ऐसे शानदार काफिले के साथ मथुरा बढ़े चले जा रहे थे। हालांकि वर्तमान का अहंकार ज्यादा मजबूत नहीं होता। सो जल्द ही ध्यान यात्रा पर लग गया। और ध्यान यात्रा पर लगते ही सबसे पहले तो मैंने रथ की कमान अपने हाथों में ली व भैया व उद्धव को भी अपने साथ ही बिठा लिया। अब ठाठ-बाठ अपनी जगह है पर यात्रा का आनंद तो मित्रों के साथ एक रथ पर सवार होने में तथा रथ की कमान अपने हाथों में रहने से ही है। अब तो यात्रा का कहना ही क्या? देखते-ही-देखते रास्ते में पड़ने वाले नदी, पहाड़, जंगल, सरोवर सब पहले से कई ज्यादा रमणीय नजर आने लगे। बातचीत व हंसी-ठिठोली का तो वह दौर चालू हुआ कि थमता ही नहीं था। वाकई वर्तमान में जीने का आनंद ही कुछ और है। सच तो यह है कि वर्तमान का दूसरा नाम ही आनंद है। व्यर्थ ही इस अहंकार के चक्कर में पड़ कर भूतकाल व भविष्य में हिचकोले खा रहा था। बेमतलब इस खूबसूरत यात्रा का मजा किरकिरा कर रहा था।

...इतनी लंबी व खूबसूरत यात्रा। साथ में बीसियों रथ। अनगिनत सेवक व सिपाही। मित्रों का साथ। न तो रात्रि को जागना ही पड़ रहा था और ना ही घोड़ों को पानी स्वयं पिलाना पड़ रहा था। और-तो-और, भोजन की व्यवस्था भी नहीं करनी पड़ रही थी। कुल-मिलाकर जीवन की यह पहली यात्रा थी जो हम लोग युवराजों की तरह कर रहे थे। आज पहली दफा यह एहसास हो रहा था कि ठाठ-बाट क्या मजे की चीज है। हमारी तो ठीक, पर उद्धव तो समझ ही नहीं पा रहा था कि हमारे इतने राजसी ठाठ-बाट हो कैसे गए? कहां तो वह बेचारा हमें खोजने यह सोचकर निकला था कि हमें भोजन-पानी भी नसीब हो रहा होगा या नहीं, और कहां ये ठाठ-बाट। अरे... यही तो कृष्ण की "कर्म-लीला" है, जो पलभर में सबकुछ बदल देती है। अभी ही देखो, कभी हम तीनों एक ही रथ पर बैठ जाते और कभी सुस्ताने का मन करे तो तीनों अलग-अलग रथों पर जाकर लेट जाते। हां, रात्रि विश्राम के लिए जहां भी रुकते, मारे खुशी के वंशी की धुन अवश्य छिड़ जाती। अब एकबार वंशी की धुन छिड़ती तो वृन्दावन की याद भी अवश्य आती। अब ऐसी सुकून और मस्ती से भरी यात्रा हो और वृन्दावन की याद न आए, यह कहां संभव था? खूबी तो यह कि वंशी की धुन के साथ वृन्दावन की याद इतनी पूर्णता से आती थी कि वह मेरा वर्तमान ही हो जाता था। क्या मस्त व अल्हड़ जीवन था वहां। मन तो करता था ...अभी उड़कर वृन्दावन पहुंच जाऊं।

...लेकिन सवाल यह कि मैं मन की सुनूं या कुदरत की। कुदरत की ही... मैंने कब अपनी इच्छाओं को कुदरत पर लादा था जो आज लादने वाला था। यूं भी कुदरत की सत्ता कहां रहना यह निश्चित कर सकती है, लेकिन दिल में किसको समाए रखना यह सत्ता तो हमारे पास ही

होती है। और आप तो जानते ही हैं कि इसका भरपूर फायदा उठाते हुए मैंने वृन्दावन की यादों को कभी अपने से जुदा नहीं होने दिया था। अपने जहन में कभी उसको भूतकाल नहीं होने दिया था। ...और फिर मुझ जैसे "कर्मवीर-मन" के लिए वृन्दावन, मथुरा या गोमंत की टेकड़ी में क्या फर्क? राधा हो या मालिनी, मैंने तो जब जो सामने आया उसे स्वीकारा ही। मैं कभी पसंद-नापसंद के चक्कर में पड़ा ही नहीं। मेरे तो जो सामने आया, उसका डूबकर मैंने आनंद लिया। मैंने कुदरत से कभी शिकायत नहीं की कि मस्त व रंगीन मिजाज वाले संगीत व नृत्य के शौकीन एक कलाकार को तू क्यों बार-बार हाथ में हथियार थमा कर युद्ध में धकेल देती है? क्यों इस कलाकार हृदय को लगातार संकट और संघर्ष में जीने पर मजबूर करती है? नहीं...! मैंने जीवन को पूरी तरह अंगीकार किया था। मैंने कभी वंशी व चक्र में कोई फर्क नहीं किया। मैंने कभी कोई चुनाव ही नहीं किया। कुदरत ने वंशी बजाने का मौका दिया तो खुश होकर वंशी बजायी व कुदरत का धन्यवाद माना। कुदरत ने चक्र चलाने पर मजबूर किया तो अपना कर्तव्य जानकर उतने ही प्रेम से चक्र भी चलाया। स्वभाव से सरल होते हुए भी कुदरत ने बार-बार वे परिस्थितियां उत्पन्न की जहां से मुझे कपटी बनना पड़ा तो कुदरत की मर्जी जान मैं पूरी सहजता से कपट भी कर गया। ...क्योंकि इतने विशाल ब्रह्मांड को चलाने वाली कुदरत पर मेरा अटूट विश्वास था। हमारा जीवन व हमारा हित निश्चित ही वह हमसे बेहतर जानती है। उसकी दिव्य दृष्टि में तो वृन्दावन भी कुदरत की और मथुरा भी उसी की। राधा भी उसी का निर्माण है और कुब्जा भी। वैसे ही सरलता और कपट दोनों उसी के द्वारा उत्पन्न किए गए भाव हैं। फिर मैं चुनाव करने वाला कौन होता हूँ? पक्षपात करने वाला मैं कौन हूँ? मर्जी उसकी-कार्य मेरे। न अच्छा न बुरा। यही बात तो मैं गीता में बार-बार अर्जुन से कह रहा था कि – "*पाप और पुण्य में सम हो जा। दोनों को जीते जी काट डाल और उसकी मर्जी स्वीकार ले*[६५]।"

खैर! छोड़ो अर्जुन की। अभी तो हमारी यह यात्रा बड़े मजे से कट रही थी। जब हम एक रथ पर सवार होते तो गप्पें मारने में व्यस्त रहते। और जब अलग-अलग रथों पर होते तो मौका मिलते ही मैं चिंतनों व विचारों में खो जाता। ठाठ तो ऐसे हो गए थे कि मात्र फल की ओर इशारा करना होता था कि सेवक ढेर लगा देते। कभी सराय वगैरह न मिले व जंगल में ही रात गुजारनी पड़े तो हमारा बिस्तर भी अच्छे से पत्ते वगैरह बिछाकर सेवक ही तैयार किया करते थे। हां, रास्ते में पड़ने वाले हर नए बाजार से खरीदारी हम स्वयं करते थे। भला वस्त्र व गहने मैं उनकी पसंद के पहनने से रहा। सच कहूं तो वस्त्रों व गहनों का शौकीन मैं तो हर बाजार से दो-चार रंग-बिरंगे पीताम्बर खरीद रहा था। अब शौकों में क्या कचास रखना? और जब मैं कचास शौकों में नहीं रख रहा तो मेरे सपने क्यों कंजूसी करने लगे? एक दिन ऐसे ही किन्हीं चिंतनों में उलझा हुआ मैं दोपहर के भोजन के पश्चात् रथ में ही सो गया। अभी ठीक से आंख लगी भी न थी कि आंखों के सामने रुक्मिणी आ गई। रुक्मिणी आ क्या गई ...आते ही मेरे पूरे अस्तित्व पर छा गई। अब आपसे क्या छिपाऊं, रुक्मिणी की याद-मात्र से मेरा रोआं-रोआं खड़ा हो गया। देखते-ही-देखते दिलो-दिमाग से मैं "रुक्मिणी-मय" हो गया। तो इसमें बुराई क्या...? आज की तारीख में मैं रुक्मिणी के सपने देखने का अधिकारी भी हो गया था। अब मैं ना सिर्फ जरासंध को मार खदेड़ने वाला वीर योद्धा था, बल्कि संभ्रांत भी हो चुका था। और-तो-और, वृन्दावन - मथुरा ही नहीं, अब तो मैं करवीरपुर

६५. श्रीमद्भगवद्गीता, अध्याय-२, श्लोक-५०

समेत कई अन्य राज्यों की जनता की आंखों का तारा भी हो चुका था। सच कहूं तो पहली दफा रुक्मिणी का सपना हकीकत के काफी निकट जान पड़ रहा था।

...चलो, यह खुशफहमी भी हो, तो भी अच्छी ही थी। क्योंकि इस विचार के साथ ही मैं कुछ ज्यादा ही उत्साह से भर गया था। और इससे अब तो युवराजों-से ठाठ भोगते कर रही इस यात्रा में और भी मजा आ रहा था। तभी एक दिन जहां हम रात्रि-विश्राम करने रुके थे, एक अजीब, लेकिन अति महत्त्वपूर्ण घटना घटी। मैं और भैया वैसे ही कुछ बातें कर रहे थे। बातें क्या, गप्पें मार रहे थे। उद्धव सो चुका था। अचानक हमारे कानों में सिपाहियों की खुसुर-फुसुर सुनाई दी। महारानी पद्मावती व फूफाजी के दिए सैनिक आपस में बातें कर रहे थे। ...उनमें से एक सैनिक बड़ा दुखी होता हुआ बोला- हम सैनिक तो हैं पर हमारा कोई समूह नहीं है।

...दूसरा बोला- ठीक कहते हो भाई! हमारा भाग्य ही कुछ ऐसा है।

...तीसरा बोला- बड़ी शर्मनाक परिस्थिति है हमारी। कोई हमसे पूछे कि आप किस राज्य के सैनिक हो या आपके राजा का नाम क्या है, तो हम क्या जवाब दें?

...उनकी बातें सुनकर मैं और भैया तो स्तब्ध रह गए। मैं तो पूरी तरह सकते में आ गया। सिपाहियों की बात तो सही थी। अभी हमने जो पाया था, उससे कई ज्यादा पाना बाकी था। सफलता का नशा तो पलक झपकते ही फीका पड़ गया था। ...हालांकि मैं हर घटना को कुदरत का इशारा ही मानता था। क्योंकि हमारे जगने व सिपाहियों की बातें करने का संयोग ऐसे ही थोड़े हुआ होगा? काफी चिंतन-मनन के बाद मैं इस नतीजे पर पहुंचा कि हो-न-हो कुदरत का इशारा हमें अपना स्वयं का कोई राज्य बसाने की ओर है। तत्क्षण मैंने अपना यह निष्कर्ष भैया से बांटा। मैंने कहा- शायद कुदरत का यह संदेश है कि हमें अब अपना स्वयं का कोई राज्य बनाना चाहिए।

भैया यह सुनते ही हंस पड़े। जब हंसी थमी तो बड़ी गंभीरता से बोले- कन्हैया! नया राज्य बनाना कोई मजाक नहीं। राज्य के तीन प्रमुख अंग होते हैं। पहला जमीन, दूसरी प्रजा व सैनिक और तीसरा धन। और फिर राजा बनने का इतना ही शौक था तो मथुरा की गद्दी क्यों ठुकराई? चलो मथुरा की छोड़ो पर करवीरपुर का सिंहासन भी तो हमें मिल ही रहा था, वह क्यों नहीं स्वीकारा?

मैंने कहा- नहीं भैया। दूसरे के राज्य पर कब्जा कर या किसी का अधिकार छीनकर राजा बनना हमारी फितरत में नहीं है। और जहां तक मेहनत का सवाल है तो मेरे अब तक के जीवन का अनुभव यह कहता है कि मनुष्य को कुछ पाने के लिए मेहनत की इतनी आवश्यकता नहीं है जितनी उसके कुदरत के साथ बह जाने की। क्योंकि घटनायें अपने आप घट ही रही हैं, सवाल है आप उन घटनाओं के साथ बह पाते हैं या नहीं? ...सोचो भैया! कहां हम वृन्दावन में अनपढ़ और जाहिलों-सा जीवन गुजार रहे थे और आज हम कहां पहुंच गए हैं! बताओ उसके लिए हमने क्या प्रयत्न किया? क्या इरादे किए, और क्या मेहनत की? कंस ने निमंत्रण भेजा, हम मथुरा चले आए। कुदरत ने परिस्थितियां रची, हमें कंस का वध करना पड़ा। गुरुदक्षिणा देने के चक्कर में पंचजन का वध किया। कंस व पंचजन का वध क्या किया, हमारा कद ही बढ़ गया। हमने ना सिर्फ चंडक को राजा बनाया, बल्कि करवीरपुर में शक्रदेव का राज्याभिषेक भी हमारे ही हाथों हुआ। इन्हीं सब घटनाओं के चलते हमने बेइंतिहां धन भी कमाया। वहीं आर्यावर्त के सबसे शक्तिशाली राजा जरासंध को

मार खदेड़ते ही रातोंरात हम आर्यावर्त के सबसे बड़े वीर बन बैठे। ...गौर से समझा जाए तो हमारी यह सारी प्रगति एक-के-बाद-एक घटी घटनाओं का परिणाम है। इसके लिए हमने क्या किया? हमने तो बस उन घटनाओं का साथ दिया। कहने का तात्पर्य यदि आगे कभी हमारा राज्य बनना होगा तो घटनाएं भी उसी हिसाब से घटेंगी, हमें तो बस उन घटनाओं का "निमित्त" बनते रहना होगा। फिर भैया आप यह क्यों भूलते हैं कि अब तो मथुरा, वैवस्वतपुर तथा करवीरपुर तीन-तीन राज्यों की जनता हमें पूजती है। हमने ही उन्हें कंस, पंचजन व शृंगलव जैसे दुष्ट राजाओं के जुल्म से आजाद करवाया है। दिन-रात मिलने वाली यह लाखों दुआएं भी तो हमारा साथ देगी। साथ क्या देगी, देखना एक दिन यही दुआएं हमें अपना राज्य स्थापित करने के लिए पर्याप्त सिद्ध होगी।

...अब भैया मेरी बात क्या और कितनी समझे यह पता नहीं, लेकिन यदि आप प्रगति करना चाहते हैं तो उपरोक्त बात को अच्छे से समझ लेना। समझ न आए तो यह बात बार-बार पढ़ लेना, कोई गलतफहमी न पालना; और फिर आगे से जीवन में जो हो रहा है होने देना। ...जो घट रहा है उसका साथ देना, और विश्वास रखना कि एक दिन आप पहुंच ही जाएंगे, जहां पहुंचना है।

खैर! अब हम मथुरा से ज्यादा दूर नहीं थे। चाहते तो यात्रा कर आज देर रात्रि तक मथुरा में प्रवेश कर सकते थे, लेकिन इतने बड़े काफिले के साथ कोई रात्रि को प्रवेश थोड़े ही किया जाता है? भरे दिन में प्रवेश कर पूरी मथुरा पर अपना रुआब झाड़ने का यह मौका कहीं चूका जाता है? अतः दूसरे दिन सुबह भी नहीं दोपहर होते-होते ही हमने मथुरा में प्रवेश किया। रथ मैं ही हांक रहा था व भैया बगल में ही बैठे हुए थे, जबकि उद्धव पीछे विराजमान था। और हमारे पीछे पच्चीसों रथों का काफिला चला आ रहा था। मैं और भैया थोड़ा तन के बैठे हुए थे। आखिर विजयी योद्धा अपनी ही नगरी में युवराजों-सी शान से प्रवेश जो कर रहे थे। उधर मथुरा प्रवेश के साथ ही हमारे आने की खबर आग की तरह पूरी मथुरा में फैल गई। शुरू-शुरू में तो जो देखता दंग रह जाता, लेकिन धीरे-धीरे आश्चर्य स्वागत में परिवर्तित हो गया। जैसे-जैसे हमारे आगमन की सूचना फैलती गई, स्वागत के लिए भीड़ उमड़ती गई। दरअसल जरासंध को मार-खदेड़ने वाली खबर यहां पहुंच चुकी थी, और जिसके फलस्वरूप यहां बच्चे-बच्चे की जबान पर हमारी वीरता के ही चर्चे थे। ...ऐसे में भीड़ तो उमड़नी ही थी। ऊपर से साथ में आ रहा विशाल कारवां भीड़ को एकत्रित होने के लिए कुछ ज्यादा ही उकसा रहा था। इस विशाल कारवां को लेकर पूरी मथुरा में उत्सुकता की एक लहर दौड़ गई थी। करीब दो सौ लोग अभी से हमारे कारवां के साथ जुड़ गए थे। और जैसे-जैसे कारवां आगे बढ़ता जा रहा था, भीड़ भी बढ़ती जा रही थी। धीरे-धीरे तो यह परिस्थिति आ गई कि कारवां का बढ़ना ही दुष्कर हो गया। तो मुझे कौन जल्दी थी। मैं तो स्वागत का यह सिलसिला थमें, यह चाहता ही नहीं था। बड़े बेआबरू होके यहां से भागे थे, ऐसे में सम्मान जितना मिले, कम ही जान पड़ना स्वाभाविक था। और बढ़ती भीड़ हर तरीके से हमारी यह जरूरत पूरी करने पर आमादा थी। अब तो चारों ओर हमारी जय-जयकार हो रही थी। हार और फूल चढ़ाये जा रहे थे। महिलायें टीका लगाकर हमारा स्वागत कर रही थी। क्या बताऊं, मुझे अपनी ही नगरी में मिलने वाला यह सम्मान बहुत अच्छा लग रहा था। सच कहूं तो मेरे अहंकार को इसी पल का इन्तजार था। यही सम्मान पाने को तो वह कितने दिनों से बेताब था। वैसे यह सम्मान पाना उसका अधिकार भी बनता

था। आज मैंने अपने अहंकार को पूरी छूट दे रखी थी। वह जितना फूलना चाहे फूलने को स्वतंत्र था। यूं भी मेरे राज में बेचारे को कभी-कभार ही तो मौका मिलता था।

होगा! अभी तो इधर भैया की प्रसन्नता देखते ही बनती थी। वह तो और भी निराली थी। वे तो फूल के कुप्पा ही हो गए थे। स्वाभाविक तौर पर वे रण छोड़ने का विरोध ही इसलिए कर रहे थे कि इससे लोगों में हमारी क्या रह जाएगी? लेकिन आज इतना भव्य स्वागत देखकर वे धन्य हो गए थे। उनका अहंकार आसमान पर जा बैठा था। मेरे दिल की बात तो आप जानते ही हैं कि उसे हमेशा भैया के अहंकार तृप्ति से सबसे ज्यादा खुशी होती थी। यानी मुझे बैठे-बिठाये दोहरी खुशी का अनुभव हो रहा था। चलो यह तो हमारी बात हुई पर उधर हम दोनों के विपरीत उद्धव की हालत कुछ अजीब हो गई थी। वह बेचारा तो जब से मिला था तबसे वैसे ही हमारे ठाठ-बाट, सेवक-सिपाही व रथों का काफिला देखकर आश्चर्य की गहरी खाई में खोया हुआ था; और अब ऊपर से हो रहे इस शानदार स्वागत ने उसे "आश्चर्य" की चलती-फिरती चकरघिन्नी बना दिया था। उससे भी ज्यादा तो यह कि हमारा ऐसा स्वागत देख हमारे साथ आए सैनिकों का दर्द भी छू हो गया था। उल्टा यह सब देख वे गौरवान्वित हो उठे थे। उन्हें यकीन हो चला था कि भले ही उनके मालिक राजा नहीं हैं, लेकिन मान-सम्मान में वे किसी राजा से कम भी नहीं हैं। बात उनकी गलत भी नहीं थी। भले ही मेरे पास राज करने के लिए राज्य नहीं था, परंतु मैं कई राज्यों की प्रजा के दिलों पर तो राज कर ही रहा था।

खैर! इधर धीरे-धीरे हमारा मथुरा आगमन एक "विजय-यात्रा" का स्वरूप धारण करता जा रहा था। हमारे रथों के साथ-साथ और रथों के आगे-पीछे अब तो करीब पांच सौ से ऊपर लोगों की भीड़ पैदल चली आ रही थी। और जैसे ही हमारी यात्रा मेरे चहेते मुख्य बाजार से गुजरी, फूलों व हारों की वर्षा होने लगी। प्रजा अपने वीरों के दर्शन हेतु दुकानों के बरामदों पर चढ़ गई थी। भीड़ इतनी बढ़ चुकी थी कि अब तो पांव तक रखने की जगह नहीं थी। कारवां तो थम-सा गया था। सबसे खुशी की बात तो यह कि सज-धज के कुब्जा भी स्वागत के लिए आ पहुंची थी। मैं तो उसे देखते ही चहक उठा था। उसने अपने ही हाथों से टीका लगाकर हार पहनाया। मैं भी रथ से उतरकर स्वयं उसके बरामदे तक गया था। यह देख वह अत्यंत प्रसन्न हो गई थी और स्वयं को गौरवान्वित भी महसूस कर रही थी। क्यों न करती, उसका मित्र वीरता के झंडे गाड़ कर आया था। ऊपर से उसने मथुरा आगमन के बाद सबसे ज्यादा सम्मान भी उसे ही दिया था। और फिर उसका मित्र यानी मैं स्वयं गौरव के सर्वोच्च शिखर पर विराजमान था। सचमुच मथुरा का यह स्वागत अमिट होकर मेरे जहन में बस गया था। हालांकि ऐसा ही स्वागत करवीरपुर में भी हुआ था, लेकिन तब अहंकार इतना नहीं फनफनाया था। ...शायद अहंकार भी अपनों के बीच ही ज्यादा जोर पकड़ता है।

खैर! अंत में इस स्वागत-सत्कार से भी निपटा, परंतु इस चक्कर में राजमहल पहुंचते-पहुंचते संध्या हो गई थी। स्वाभाविक तौर पर नानाजी बड़ी बेसब्री से हमारे काफिले के राजमहल पहुंचने का इन्तजार कर रहे थे। उन्होंने भी हमारे राजमहल प्रवेश पर शानदार स्वागत की तैयारियां कर ही रखी थी। इस अंतिम स्वागत के बाद ही हमने राजमहल में प्रवेश किया। प्रवेश के

साथ ही सबसे पहले तो नानाजी ने हमें अपनी वीरता के लिए बधाई दी। ...लेकिन दूसरे ही क्षण क्या हुआ कि बधाई देते-देते उनकी आंखों से अश्रुधारा बह निकली। यूं भी वे मुझसे बेहद प्यार करते थे और ऐसे में जिन हालातों में मैं मथुरा छोड़कर गया था, निश्चित ही यह वर्ष भर का पूरा समय उनपर बहुत भारी गुजरा होगा। अतः मेरी प्रगति व वीरता देख उनकी आंखें मारे खुशी के नम होनी ही थी। वैसे पूरे एक वर्ष बाद उनसे मिलकर आंखें तो मेरी भी नम हो गई थी। यूं भी मैं यह कैसे भूल जाऊं कि मेरी इस वीरता व प्रगति का पूरा श्रेय उनके द्वारा मौके-बेमौके की गई हौसला-अफ्जाई को ही जाता था। कहने की जरूरत नहीं कि हम दोनों नाना-नाती ने साथ में भोजन किया। काफी बातचीत भी की। मन तो कर रहा था कि रातभर नानाजी से बतियाते रहूं... पर रथों में पड़ा खजाना इसकी इजाजत नहीं दे रहा था। दूसरी ओर मारे थकान के आंखें भी गहराने लगी थी। अतः कुछ देर यहां-वहां की बातें कर मुझे उनसे आज्ञा लेनी ही पड़ी। हां, भैया अवश्य नानाजी के आग्रह पर वहीं राजमहल रुक गए थे। कोई बात नहीं, मैं और उद्धव घर पहुंच गए।

लेकिन स्वागत का सिलसिला यहां भी जारी रहा। घर पहुंचते ही मां व पिताजी ने भी अपने वीर पुत्र का शानदार स्वागत किया। मां तो गर्व से फूली नहीं समा रही थी। निश्चित ही मुझ जैसा "पराक्रमी-पुत्र" पाकर वह अपनी सातों संतान खोने का दुःख भुला चुकी थी। हालांकि इस समय मेरी प्राथमिकता साथ लाए खजाने के बक्सों को ठिकाने लगाने की थी। अतः सबसे पहले मैंने और उद्धव ने मिलकर उन बक्सों को अपने ही कक्ष में सुरक्षित रख दिए। साथ ही लगे हाथों साथ आए सैनिकों में से चार सबसे कर्मठ छांट उन्हें तुरंत प्रभाव से घर की पहरेदारी के काम पर भी लगा दिया। बचे रथ व सिपाही राजमहल भेज दिए। अभी मैं यह सब कार्य निपटाकर निवृत हुआ भी नहीं था कि मां ने भोजन परोस दिया। यह भी खूब रही। अब मैं नानाजी के साथ भोजन कर के ही आया था, फिर भी ना-नुकुर कर मां का दिल दुखाना ठीक नहीं समझा। एक तो मेरे इन्तजार में उसने भी अब तक भोजन नहीं किया था, दूसरा मुझ पेटू का दो-बार भोजन करने में जाता भी क्या था? हां, एक बात कह दूं कि इतनी देर रात्रि भोजन करने का यह मेरा पहला अनुभव था। वैसे भी चाहे जितने छप्पनभोग खा लो पर मां के हाथों बनाये व परोसे गए भोजन की बात ही कुछ और होती है। सोचिए यह कि दो बार भोजन किए व थके हुए कन्हैया का क्या होगा? होता क्या, पड़ते ही चैन की नींद सो गया।

उधर स्वाभाविक रूप से दूसरे दिन उठते-उठते दोपहर हो गई। नींद पूरी होने से ना सिर्फ मन प्रफुल्लित हो उठा था बल्कि शरीर भी हवा में उड़ने लगा था। बस झट से तैयार होकर मैं नानाजी से मिलने राजमहल जा पहुंचा। नानाजी से मेरी यूं भी बहुत पटती थी, और फिर आज मैं जिस मुकाम पे था, वहां उन्हीं की बदौलत पहुंचा था। अतः उनसे शांति से दो बातें करने का बहुत मन हो रहा था, लेकिन वहां पहुंचा तो दंग रह गया। नानाजी यानी "महाराज उग्रसेन" के चेहरे पर आज कल वाली प्रसन्नता दिखाई नहीं दे रही थी। चिंता की कई परतें उनके चेहरे पर स्पष्ट देखी जा सकती थी। ...शायद और भी गम थे जमाने में "जरासंध" के सिवा। चलो वे गम क्या हैं, वह भी समझ लेते हैं। सो, मेरे पूछने पर उन्होंने चिंता के सारे कारण बड़े विस्तार से बताए। उनके कहे अनुसार मथुरा का व्यवसाय पूरी तरह चौपट हो गया था। परिणामस्वरूप मथुरा का राजकोष पूरी तरह खाली

था। अब तो हालात यहां तक बिगड़ चुके थे कि पिछले दो-तीन माह से राज-कर्मचारियों की तनख्वाह तक नहीं हो पाई थी। ऊपर से अधिकांश संभ्रांत यादवगण आपस में झगड़ते रहते थे। यह कम था तो सत्राजित ने भी अपना स्थायी डेरा यहीं जमा लिया था। और न जाने क्यूं वह रोज-रोज यादवों को राजमहल के खिलाफ भड़काता रहता था। शुरू-शुरू में तो ठीक पर अब तो वह अपने इन बदइरादों में कामयाब भी होता जा रहा था। सात्यकि समेत कई प्रभावशाली यादवों को भड़काकर उसने राजमहल के खिलाफ खड़ा कर दिया था। और चूंकि वह मेरा शुरू से कट्टर विरोधी था, अतः नानाजी को डर था कि कहीं मेरे लौट आने के बाद वह राजमहल के लिए कोई गंभीर समस्या पैदा न कर दे।

...हालांकि सच कहूं तो समस्या नानाजी कह रहे थे उतनी जटिल मुझे दिखाई नहीं दे रही थी। ...या हो सकता था कि यह मेरे राजकीय-ज्ञान की कमी के कारण हो। फिर भी मैंने कुछ सोच-विचार कर नानाजी से पूछा- इस हालत में आप इन यादवों, खासकर सत्राजित पर पलटवार क्यों नहीं करते? उनसे राजकीय-कोष के लिए सहायता क्यों नहीं मांगते? नानाजी बड़े दुखी होते हुए बोले- क्या कहूं कन्हैया! सत्राजित यादवों का सबसे प्रभावशाली नेता है। उसके पास एक 'स्यमंतक-मणि' है जो रोज कई तोला सोना देती है। उसी सोने ने उसे इतना धनवान बना दिया है कि उसने सौराष्ट्र के निकट अपना स्वयं का एक छोटा-सा राज्य भी बसा रखा है। उसके पास सिर्फ अपार धन ही नहीं, बल्कि कई सौ सैनिक भी हैं। बस इसी के चलते यादवों पर उसका तगड़ा प्रभाव है। पता नहीं अपना राज्य होते हुए भी वह मथुरा में इतनी दिलचस्पी क्यों लेता है? और फिर मथुरा ही क्यों, कई राज्यों के यादव उसे अपना नेता मानते हैं। निश्चित ही इसका प्रमुख कारण शायद उसका आर्यावर्त का सबसे "संभ्रांत-यादव" होना है। कुल-मिलाकर उसकी मथुरा में नकारात्मक दखलंदाजी कभी भी गंभीर परिणाम ला सकती है। तुम राजकीय-कोष हेतु उससे सहायता मांगने की बात कर रहे हो और वह उल्टा सभी को कर न भरने के लिए उकसा रहा है। वह सबसे कहता फिर रहा है कि राजमहल न तो हमारी सुरक्षा कर पा रहा है और ना ही हमारे व्यवसाय का ठीक से विकास हो पा रहा है। और-तो-और, मथुरा में कोई नया निर्माण कार्य भी नहीं चल रहा है तथा यहां के सारे उद्यान भी वीरान पड़े हैं, ऐसी हालत में राजमहल को कर क्यों चुकाना?

खैर! अभी नानाजी से तो हां-हूं कर व दो शब्द सांत्वना के कहकर निकल गया, लेकिन अगले कई दिनों तक मेरा चिंतन इन्हीं सब बातों में उलझकर रह गया। चैन से रहना तो दूर, मैं तो बेचैनी के भंवर में हिचकोले खाने लग गया। ...क्योंकि नानाजी द्वारा विस्तार से बताए जाने पर बात अच्छे से मेरी समझ में आ गई थी। सत्राजित ना सिर्फ सबसे शक्तिशाली यादव है बल्कि उसके पास धन की भी कोई कमी नहीं है। लेकिन शायद वह अपने छोटे से राज्य से संतुष्ट नहीं है, अतः मथुरा पर प्रभाव बढ़ा कर वह अपनी महत्वाकांक्षाओं की तृप्ति हेतु यहां फसाद खड़े कर रहा है। साथ ही इसमें भी कोई दो राय नहीं कि मथुरा पर वह अपना समानांतर शासन स्थापित करने में कामयाब भी हो गया है। हो सकता है ऐसा कर वह अपने किसी पसंदीदा उत्तराधिकारी को राजमहल का सत्ता-सूत्र सौंपना चाहता हो? ऐसे में निश्चित ही मैं उसके ऐसे किसी बदइरादे में बाधक सिद्ध हो सकता हूँ। क्योंकि मैं ना सिर्फ नानाजी का वफादार हूँ बल्कि शक्तिशाली भी हूँ। इसका अर्थ यह

हुआ कि उसका विरोध जाती न होकर एक लंबी रणनीति का हिस्सा है। सच कहूं तो अब कहीं जाकर उसका लगातार मेरे विरोध में रहना मेरी समझ में आया था। ...और इस लिहाज से देखा जाए तो सत्राजित के इरादे सचमुच खतरनाक थे। इससे ना सिर्फ मथुरा पतन के गर्त में जा सकती थी बल्कि मैं एकबार फिर दर-ब-दर की ठोकरें खाने को मजबूर किया जा सकता था। भले ही समस्या की गति धीमी थी परंतु उसके भावी परिणाम अत्यंत गंभीर नजर आ रहे थे। क्योंकि यदि सचमुच मथुरा के सत्ता-सूत्र नानाजी के हाथ से फिसल गए तो फिर जरासंध के कहर से बचना मुश्किल हो जाएगा। काफी सोच-विचार के बाद इस समस्या का एक ही उपाय नजर आ रहा था, और वह था स्वयं को सत्राजित के मुकाबले खड़ा कर यादवों पर अपना प्रभाव बढ़ाना।

...चलो, एकबार को यह तो वक्त के साथ कर लिया जाएगा, लेकिन राजमहल की आज की समस्या का क्या? राजकोष की दयनीय हालत का क्या? वैसे तो खजाना मेरे पास भी था। राजमहल की सहायता मैं भी कर सकता था, लेकिन ऐसा करने पर तो मैं स्वयं कमजोर हो जाऊंगा। इससे तो मेरा दूरगामी ध्येय यानी सत्राजित से ज्यादा शक्तिशाली बनना अधर में लटक जाएगा। जबकि मेरा प्रथम ध्येय स्वयं का यादवों पर प्रभाव बढ़ाकर सत्राजित के गंदे मनसुबों पर लगाम लगाना है। अब आप ही देख लीजिए कि मैं चाहूं या न चाहूं पर कुदरत मुझे एक संघर्ष से निपटते ही दूसरे संघर्ष में धकेलने की तैयारी कर देती है या नहीं? अभी मथुरा आए एक दिन ही हुआ था, सोचा था अबकी न तो जरासंध नामक बला का कोई खतरा है और ना ही मान-सम्मान या धन की कोई कमी है; ऐसे में मथुरा में दिन बड़े मजे में कटेंगे। शांति से वृन्दावन भी हो आऊंगा, हो क्या आऊंगा अबकी तो सबको अपने साथ मथुरा घुमाने भी लेता आऊंगा। ...लेकिन मैं भूल ही गया था कि कुदरत मुझे चैन से जीने देना चाहती ही नहीं है। छोड़ो, कुदरत की कुदरत जाने। मेरे लिए तो आज की बातचीत में भी एक शुभ-समाचार था ही। आज एक नई बात का पता चल ही गया था कि पास में धन हो तो सत्राजित की तरह राजा बना जा सकता है। अर्थात् राजा बनने के लिए राज परिवार में पैदा होना आवश्यक नहीं। यदि ऐसा है तो मेरी प्यारी रुक्मिणी जीवन में आई ही समझो। अब आप ही बताइए कि मेरे लिए इससे ज्यादा शुभ-समाचार और क्या हो सकता था?

बस मेरा चिंतन राज्य के खयालों में खो गया। ...और खोते ही चिंता पकड़ ली। भले ही अब हम अच्छे-खासे धनवान हो चुके थे, परंतु शायद एक राज्य की स्थापना करने हेतु पर्याप्त धन अब भी हमारे पास नहीं था। ...तो फिर यह धन आएगा कैसे? हमारे पास ना तो कोई स्थायी व्यवसाय है और ना ही स्यमंतक-मणि जैसी कोई चीज जिसकी बदौलत दिन-रात धन प्राप्त किया जा सके। हमारे पास जो कुछ भी था वह तो बस मेरे पराक्रमों की भेंट थी। यानी कुल-मिलाकर अब भी सपने देखना एक बात थी, और सपनों को हकीकत में बदलना दूर की कौड़ी थी। सो मैंने भी समझदारी बरतते हुए हाथोंहाथ इन विचारों से निजात पा ली। राज्य की स्थापना व धन कमाना भविष्य की बात थी; ...और भविष्य कब किसके हाथ में रहा है? वर्तमान में सामने सत्राजित द्वारा खड़ा किया जा रहा संघर्ष है, सो पहले उस पर ध्यान दे दिया जाए। यूं भी "भविष्य" सोचने, समझने या सपने देखने से नहीं बल्कि निकलना तो वर्तमान से ही है। और वर्तमान स्पष्ट था, यदि सत्राजित अपने मनसुबों में कामयाब हो गया तो अपना राज्य तो छोड़ो, किसी अन्य राज्य में भी आश्रय लेने

लायक नहीं बचेंगे। बस कन्हैया महाराज सपने देखना छोड़ पूरी ताकत से कर्म में भिड़ गए। बेचारे करे भी क्या, उसके सपने ही नहीं अब तो जीवन का दारोमदार भी इसी संघर्ष के परिणाम पर निर्भर हो गया था।

वैसे इस बार का संघर्ष पहले के तमाम संघर्षों से सर्वथा भिन्न था। अबकी मुझे सत्राजित से ना तो युद्ध करना था, ना ही उसे मारना था। मुझे तो बस उसके मुकाबले यादवों पर अपना प्रभाव जमाना था। अब जहां तक प्रभाव का सवाल है यह तो साफ था कि जिन हालातों में हम लोग मथुरा छोड़कर गए थे और जो पराक्रम कर हम लौटे हैं, निश्चित ही उससे हमारे प्रभाव में कई गुना बढ़ोतरी तो वैसे ही हो चुकी है। जरासंध को खदेड़ने के बाद हमारी वीरता का सिक्का भी जम ही चुका है; और बची हुई कसर धनवान होने की घोषणा कर पूरी की जा सकती है। यादव ही क्यों, पूरी दुनिया धन व शक्ति के सामने झुकती ही है। वैसे भी शक्ति में तो सत्राजित हमारा कोई मुकाबला कर नहीं सकता था, रहा सवाल धन का तो अच्छेखासे धनवान भी हम हो ही चुके थे। लो, बात फिर घूम-फिरकर वहीं-की-वहीं आ गई। यानी जो मथुरा के हित में था वही हमारे भी हित में था। जैसे मथुरा के सत्तासूत्र नानाजी के हाथों में बने रहना मेरे व मथुरा दोनों के हित में था, वैसे ही मेरा धनवान व शक्तिशाली बनना भी दोनों के ही हित में था। ...कहते हैं न कि सर्वहित में अपना हित समाया ही होता है। वैसे भी दोनों अलग-अलग कैसे हो सकते हैं, आखिर "सर्व" में "हम" भी तो समाये ही हुए हैं। मेरा ही उदाहरण लो। मैंने हमेशा "स्वार्थ" से ऊपर उठकर "सर्वहित" का ही सोचा है। फिर चाहे वह कालिया-वध हो या केशी-वध। इन्द्रपूजा रुकवाना हो या गोवर्धन-पूजा करवाना। यह सब पूरे वृन्दावन के हित में था। मेरा इसमें जाती स्वार्थ किंचित-मात्र नहीं था। और देखो..., इससे वृन्दावन का हित तो हुआ ही हुआ, साथ ही इन्हीं सबने ना सिर्फ मेरे पराक्रमी होने की नींव रखी, बल्कि पूरे आर्यावर्त में मेरी वीरता के डंके भी बजवा दिए। वैसे ही पंचजन-वध हो या श्रृंगलव-वध, भला उसमें मेरा क्या स्वार्थ था? उल्टा मैंने तो अपनी जान की बाजी ही लगाई थी, पर इसका अंतिम परिणाम यह हुआ कि इन दो वधों ने हमारे धनवान होने की नींव रख दी। कहने का तात्पर्य यदि मैं भी दूसरों की तरह स्वार्थ की सोचता रहता तो शायद आज भी वृन्दावन में ग्वालों के साथ छिपा-छुई या दौड़-पकड़ खेल रहा होता। ...तो फिर आप भी स्वार्थ से ऊपर उठकर सोचना प्रारंभ क्यों नहीं कर देते?

खैर! आप की आप जानो, अभी तो मैं अपनी कहानी आगे बढ़ाऊं। यूं तो संभ्रांत बनने की इच्छा मैं वर्षों से पालते आ रहा था। ऊपर से यह मेरे प्रेम यानी रुक्मिणी को पाने की परम आवश्यकता भी थी। और अच्छी बात यह कि अब तो इसमें कुदरत की मर्जी होने के स्पष्ट संकेत भी दिखाई दे रहे थे। क्योंकि कल तक जो मेरे या मेरे प्रेम के हित में था, वही आज मथुरा के हित में भी है। और... "जहां स्वार्थ व परमार्थ एक ही बिंदु पर आ जाए, वही तो कुदरत की मर्जी होती है।" अब भला जब स्वार्थ और परमार्थ एक बिंदु पर मिल ही गए हैं तो देर किस बात की...? तत्क्षण मेरे चिंतन ने सत्राजित से एक अघोषित संघर्ष चालू कर दिया। और उसके साथ ही पहला विचार यह आया कि यदि मैं सत्राजित की आंखों की किरकिरी बना हुआ हूँ तो निश्चित ही वह जरासंध को मार भगाने या श्रृंगलव-वध के मेरे पराक्रम से खुश तो नहीं ही होगा। तो फिर क्यों न मैं इस विषय

में उसकी प्रतिक्रिया जानने के बहाने उसे छेड़कर जंग की औपचारिक शुरुआत ही कर दूं? यूं भी शत्रु को परास्त करने के लिए उसे जानना व उसके निकट जाना आवश्यक होता है, खासकर मेरे जैसों के लिए जो युद्ध कूटनीति से लड़ता हो।

...बस इन्हीं विचारों के चलते अचानक एक दिन मुझे जाने क्या सूझी कि मैं अकेला स्वयं रथ लेकर सत्राजित के भवन जा पहुंचा। यूं भी सामान्य परिस्थिति में धरती के दो छोर आसानी से तो मिलते नहीं, किसी एक को तो पहल करनी ही पड़ती है; अतः सोचा खुद ही चलकर सीधा प्रयास कर लिया जाए। उसका भवन क्या था, अच्छा-खासा राजमहल ही था। मैं तो देखते ही दंग रह गया। ...पर सिलसिला यहीं नहीं थमा। प्रवेश के साथ ही एक मीठे आश्चर्य में डूब गया। भवन का प्रवेश-द्वार बारह-तेरह वर्ष की एक खूबसूरत बालिका ने खोला। शत्रु के घर ऐसे खूबसूरत स्वागत की उम्मीद कतई न थी। दरअसल वह सत्राजित की पुत्री 'सत्यभामा' थी। इतनी सुंदर, सौम्य व शांत, फिर भी चंचल। ...अब आपसे क्या झूठ बोलूं, मैं अपने स्वभाव-वश उससे प्रभावित हुए बिना नहीं रह सका। और फिर बात यहीं नहीं रुकी, उस पर प्रभाव जमाने के उद्देश्य से मैंने अपना परिचय भी उस पर अपनी जादूई मुस्कुराहट बिखेरते हुए ही दिया। आश्चर्य यह कि मैं अब भी द्वार के बाहर खड़ा था व वह भीतर। उससे भी बड़ा आश्चर्य यह कि मेरा परिचय पाते ही उसके चेहरे पर आश्चर्य के कई भाव आए व गए। मैं स्वयं आश्चर्यचकित रह गया। इसका मतलब तो यह हुआ कि वह मेरे नाम से परिचित है। फिर तो उसकी ओर से भी बात यहीं नहीं थमी, तत्क्षण वह अति उत्साहित मुद्रा में मुझे अपने साथ ही सीधे भवन के सभा-कक्ष में ले गई। वह आगे-आगे व मैं पीछे-पीछे बढ़ा चला जा रहा था। भवन बाहर से ही नहीं, भीतर से भी किसी राजमहल से कम नजर नहीं आ रहा था। भीतर की हर वस्तु अपने वैभव की कहानी स्वयं बयां कर रही थी। इस शानदार भवन ने प्रथम दृष्टि में ही मुझे यह अनुभव करवा दिया कि मैं अपने मन कुछ भी मियां-मिट्ठू बनूं पर अब भी मेरे और सत्राजित के बीच फासला बहुत बड़ा है। मजे की बात तो यह कि जितना दंग मैं भवन देखकर हो गया था, उतना ही आश्चर्यचकित सत्यभामा मुझे देखकर हो रही थी। ...हालांकि फिर भी उसने अपनी स्थिरता का सबूत देते हुए मुझे विराजने के लिए कहा, व तुरंत स्वयं मेरे लिए गुलाब के शरबत का एक गिलास लेकर आई। मैंने बड़े चाव से शरबत ग्रहण किया। शरबत देते ही वह भी मेरी ठीक सामने वाली बैठक पर पांव पे पांव चढ़ाकर बैठ गई। इधर आदत से मजबूर मैं शरबत पीते-पीते भी तिरछी निगाहों से उसे ही निहार रहा था। कम वह भी न थी; टक टकी लगाए मुझे ही देख रही थी। काफी देर तक यह कार्यक्रम चलता रहा। ...आखिर खामोशी सत्यभामा ने ही तोड़ी। वह बड़े सौम्य तरीके से बोली- मैंने आपके पराक्रमों के बारे में बहुत सुन रखा है। मैं सोचती थी आप कोई अधेड़ उम्र के व्यक्ति होंगे। लेकिन मैं आश्चर्यचकित हूँ कि आपने इतनी छोटी उम्र में इतने पराक्रम कैसे कर दिखाए? सच कहूं तो मैं आपसे अत्यन्त प्रभावित हुई जा रही हूँ।

...अब उससे क्या कहूं! प्रभावित तो मैं भी उससे कम नहीं हुआ जा रहा था। उसके बोलने में सौम्यता के साथ-साथ गजब का आत्मविश्वास भी था। उस पर कमाल यह कि वह उम्र में मुझसे करीब दस वर्ष छोटी थी। सच कहूं तो जब पहली बार मैंने राधा को देखा था और मेरी जो हालत

हुई थी... करीब-करीब वैसी ही हालत इस समय सत्यभामा की हो गई थी। फर्क सिर्फ इतना था कि राधा मुझसे काफी बड़ी थी व मैं सत्यभामा से काफी बड़ा था। तो क्या ...पात्र बदल गए थे, बात तो वही थी; आज के इस खेल में सत्यभामा कृष्ण थी, और मैं उसकी राधा बन बैठा था। खैर; कुछ देर यहां-वहां की बात कर उसने स्वयं ही मेरे पधारने का कारण पूछा। यह लो, मैं तो सत्यभामा के रूपजाल में फंसकर अपने आने तक का कारण भूल गया था। सत्राजित छोड़ सत्यभामा में उलझ गया था। ...अरे मेरे कृष्ण! कभी तो सुधरो। कभी तो गंभीर रहो। पर क्यों...? आप ही सोचिए, क्या मनुष्यजीवन में गंभीरता से बड़ा कोई अभिशाप हो सकता है? मनुष्य के लिए क्या आनंद से बड़ा कोई वरदान हो सकता है? ...दरअसल हमारा हृदय तो वह शानदार बागीचा है, जिसे जब भी मौका मिले, तरह-तरह के आनंद के फूलों से सजाते ही रहना चाहिए। सच तो यह है कि शुष्क जीवन जीना मनुष्य अवतार की सबसे बड़ी तौहीन है। मुझे ही देखो! मैं जीवन में मिलने वाले छोटे-से-छोटे आनंद के क्षणों को किस कदर भुनाया करता था। वैसे भी जीवन में मिलने वाले आनंद व उत्सव के अवसरों को भुनाने में मुझसे ज्यादा माहिर कोई हो भी नहीं सकता। यूं तो जीवन कोई भी हो, आनंद के अवसर मिलते ही उसे भुनाना आवश्यक ही होता है। खासकर मेरे जैसे जीवन के लिए, जो संघर्षों की एक ऐसी अनवरत शृंखला हो जिसमें आनंद व शांति के क्षण यूं ही मुश्किल से आते हों। अब ऐसे में उन्हें भी गंवा दूं तो इस जीवन में ...जीवन जैसा बचेगा ही क्या?

खैर! बात सत्यभामा द्वारा आने का मकसद पूछने पर अटकी हुई थी। सो, विचारों का सिलसिला रुकते ही मैंने सत्यभामा से अपने आने का मकसद बताते हुए कहा- मैं आपके पिताजी सत्राजित से मिलने आया हूँ।

वे तो इस समय घर पर नहीं हैं- वह बोली।

मैंने कहा- कोई बात नहीं, फिर कभी आ जाऊंगा। वैसे भी कोई खास काम नहीं। बस यूं ही शिष्टाचारवश उनसे मिलने चला आया था।

...बातचीत का सिलसिला तो कुछ क्षण के लिए यहीं थम गया, पर सत्यभामा के हावभाव से स्पष्ट था कि जैसे मैं राधा को देखते ही चकरा गया था उसी तरह वह मुझे देखकर चकरा गई थी। फिर भी दोनों बातों में एक फर्क था। राधा को देखते ही मैं स्वयं पर से नियंत्रण खो बैठा था, जबकि सत्यभामा अच्छीखासी सम्भली हुई नजर आ रही थी। शायद यह एक ग्वाले व एक सभ्य रईसजादी का फर्क था। तभी तो जैसे ही मैं उठने को हुआ, वह बड़े शांत भाव से कह पाई - ठीक है! फिर आइएगा।

उसके कहने के लहजे ने एक क्षण को तो मेरे कदम रोक ही दिए, मैं स्वयं को पीछे मुड़ उसे दोबारा देखने से नहीं रोक पाया; लेकिन फिर मुस्कुराकर चल ही दिया। अब पता नहीं मेरी इस अदा ने उसपर ऐसा तो कैसा जादू किया कि फिर वह ना सिर्फ मुझे दरवाजे तक छोड़ने आई, बल्कि जब तक मेरा रथ आंखों से ओझल नहीं हो गया, वह मुझे निहारती भी रही। मेरी उससे यह प्रथम व अति संक्षिप्त मुलाकात थी, लेकिन सच कहूं तो बावजूद इसके यह एक यादगार मुलाकात का स्वरूप धारण कर चुकी थी। कर चुकी होगी, अभी तो वापस सत्राजित पर लौट आऊं और उसी संदर्भ में इस मुलाकात की बात करूं तो उसने तो मेरे खिलाफ मोर्चा खोला ही हुआ था, और इधर

अब मैंने इस यादगार मुलाकात के जरिये अपनी ओर से भी तैयारी दर्शा ही दी थी। अब मुझे उसकी प्रतिक्रिया का इन्तजार था।

लेकिन सत्राजित बड़ा ही परिपक्व निकला। हफ्ताभर निकल गया पर उसने एकबार भी बढ़कर यह पता लगाने की चेष्टा नहीं की कि मैं उसके यहां क्यों गया था। पर हां, उसके बाद उसने मुझपर व राजमहल पर हमले अवश्य तेज कर दिए थे। यह देख इधर से मैं भी राजमहल के जरिये मौका मिलते ही उसके खिलाफ कुछ ऊलजुलूल हरकत करने लग गया था। और सच कहूं तो कुल-मिलाकर सत्राजित और मेरे बीच प्रारंभ हुए इस अघोषित संघर्ष ने देखते-ही-देखते एक माह के भीतर पूरी मथुरा का वातावरण तंग कर दिया था। भले ही अधिकांश संभ्रांत-यादव व यादव-प्रमुख सत्राजित के साथ थे, परंतु प्रजा की आंखों का तारा तो मैं ही था। फलस्वरूप इस खींचतान में मजा आने की भी पूरी उम्मीद थी।

और-तो-और, इस सबके चलते मेरा नित्यकर्म भी बड़ा अटपटा हो गया था। हां, सुबह टहलने अवश्य नियमित रूप से जा रहा था। बाकी मैं दिन में एकबार नानाजी से दुःख बांटने भी पहुंच ही जाया करता था। अन्यथा अकेले भटकता रहता था। उधर उद्धव बेचारा कभी भैया के साथ घूमता तो कभी मेरे साथ। दूसरी तरफ भैया को तो मथुरा में क्या चल रहा हैं, उससे कोई मतलब ही नहीं था। हालांकि उनके विपरीत उद्धव अवश्य कभी-कभी मेरे और नानाजी की चर्चाएं सुन बात समझने की कोशिश करता रहता था। उसकी इस विषय में ग्राह्यता देख अब तो मैं भी कभी-कभार उससे इस विषय पर चर्चा कर लिया करता था। और हां, जब भी मौका मिले, कुब्जा के यहां चैन के दो-पल अवश्य बिता आता था। ...हालांकि इन तमाम गतिविधियों के दरम्यान भी मेरा चिंतन तो सत्राजित में ही उलझा रहता था। और सत्राजित के बाबत काफी सोच-विचार के बाद जो एक सीधी बात समझ में आ रही थी वह यह कि उसका जो कुछ भी वर्चस्व है वह मात्र और मात्र स्यमंतक-मणि के कारण है। ...जबकि कायदे की बात यह है कि इसमें उसका अपना कुछ नहीं। वह कोई उसकी अर्जित की हुई चीज थोड़े ही थी। वह तो उसे अनायास प्राप्त हुई थी। वह कोई उसके अपने कर्मों का फल तो था नहीं कि जिसकी बदौलत उसे इतना सर पर चढ़ाया जाए। बस यह विचार आते ही स्यमंतक-मणि के अधिकार को लेकर मेरे मन में हजारों सवाल उठने लगे थे। सौ बातों की एक बात यह कि इस विचार के बाद स्यमंतक-मणि पर उसका अकेले का एकाधिकार मैं पचा नहीं पा रहा था। क्योंकि जैसे सूर्य, चन्द्रमा, हवा, नदी या पर्वत पर किसी का एकाधिकार नहीं हो सकता, वैसे ही एक तरीके से देखा जाए तो स्यमंतक-मणि भी कुदरत की देन है, उस पर अकेले सत्राजित का एकाधिकार कतई नहीं हो सकता। मेरे जहन में तो बात बिल्कुल साफ थी। जैसे यमुना पर सम्पूर्ण मथुरावासियों का समान अधिकार है, वैसे ही "स्यमंतक-मणि" पर भी सम्पूर्ण प्रजा का समान अधिकार होना चाहिए। और उस पर सबका समान अधिकार तभी हो सकता है जब उसे राजकीय-संपत्ति घोषित कर दी जाए।

कुल-मिलाकर इन दिनों चिंतन ने अनायास ही एकदम ठीक दिशा पकड़ रखी थी। क्योंकि सचमुच यदि ऐसा हो जाए तो सबका काम हो जाए। सर्वप्रथम तो इससे राजकीय-कोष की समस्या का तात्कालिक हल निकल आएगा। दूसरा खुद बड़ा बनने में वक्त लगना तय था, परंतु इस एक

दांव से सत्राजित को छोटा बनाना चुटकी में संभव हो सकता था। स्यमंतक-मणि उससे अलग कर दो, वह छोटा हो गया। वैसे भी उसका यादवों पर जो कुछ प्रभाव था, वह कोई उसकी शक्ति या उसके स्वभाव के कारण तो था नहीं, यह सबकुछ किया कराया तो "स्यमंतक-मणि" का ही था। अतः एकबार यदि स्यमंतक-मणि उसके हाथ से निकल गई तो फिर उसे कौन पूछने वाला है? फिर तो यादवों पर मेरा ही प्रभाव बचा रह जाएगा। यानी इस एक तीर से कई शिकार एक साथ किए जा सकते थे। अर्थात् यह तीर तो चलाना ही था। ...लेकिन कैसे? क्योंकि सत्राजित से मणि जुदा करना उसके शरीर से उसकी जान निकालने जैसा है। तो क्या...? जब कार्य उत्तम है तो उपाय भी निकालना ही होगा। बस मन-ही-मन सत्राजित से मणि अलग करने हेतु मैं कटिबद्ध होता जा रहा था।

यह कटिबद्धता तो अच्छी थी पर इसका उपाय खोजना आसान नहीं था। सो, इस चक्कर में मेरा यमुना किनारे जाना व वंशी बजाना कुछ ज्यादा ही हो गया था। तो इसमें कुछ बुराई भी नहीं थी। लेकिन हुआ यह कि लगातार यमुना किनारे जाते-जाते अचानक यमुना किनारे रहने की इच्छा जागृत हो उठी। यह तो बड़ी ही शुभ इच्छा जागी। अब हमारे पास धन की तो कोई कमी थी नहीं, फिर अपनी इच्छानुसार मस्ती से क्यों न जीया जाए? कोई जीवन सिर्फ संघर्ष का नाम तो है नहीं; स्वाभाविक तौर पर आनंद, मस्ती व आराम उसकी प्रथम आवश्यकता है। बस यही सोचकर यमुना किनारे एक मकान बनवाना तय भी कर लिया। अब यह निर्णय तो अच्छा हो गया पर उधर एक नई मुसीबत ने आहट दे डाली। उद्धव का मन अब मथुरा में बिल्कुल नहीं लग रहा था। वह बार-बार मुझसे व भैया से वृन्दावन चलने की जिद करने लगा। अब मन तो मेरा भी वृन्दावन जाने का कर रहा था, परंतु मैं आधा-अधूरा वृन्दावन जाना नहीं चाहता था। तो मत जाओ पर इधर उद्धव जो जिद पकड़े बैठा है उसका क्या? सो मैंने उसे सत्राजित के खतरनाक मनसुबों व राजमहल की भयानक परिस्थिति के बारे में विस्तार से बताया। मैंने उसे समझाया कि यदि ऐसी हालत में मैंने मथुरा छोड़ी तो सत्राजित के नुमाइंदों की राजमहल पर पकड़ और मजबूत हो जाएगी। मैंने उसे यह भी समझाया कि राजमहल पर सत्राजित का बढ़ता प्रभाव मथुरा के हित में कतई नहीं है। फिर ऐसी हालत में नानाजी को अकेला छोड़ना भी उचित नहीं है। ...वहीं यह मेरे भविष्य के लिए भी शुभ-संकेत नहीं। सो उद्धव को भी ठीक लगे व वृन्दावनवासियों को भी भरोसा मिले, इस हेतु मैंने भैया को उद्धव के साथ भेजना तय किया। हालांकि इससे गोपियों का और क्रोधित होना तय ही था। स्वाभाविक तौर पर जब बलराम आ सकता है तो कृष्ण क्यों नहीं? शायद इससे छलिया व मतलबी की और पक्की मोहर मुझपर लग जाए; पर आप तो जानते ही हैं कि इन सब बातों की चिंता मैंने कब की है? सो बस तत्काल मैंने अपने इस निर्णय से भैया व उद्धव को अवगत करा दिया। कहने की जरूरत नहीं कि दोनों मारे खुशी के उछल पड़े व लगे हाथों जाने की तैयारियों में व्यस्त हो गए। इधर मेरे लिए तो यही संतोषकारक था कि दोनों वृन्दावन जाकर सबकी खोज-खबर भी लेते आएंगे व मेरे पराक्रमों के बारे में भी सबको बताते आएंगे। ...हां-हां! खासकर राधा को, बस!

...यह सब तो ठीक पर इधर उनके जाने की तैयारियों में व्यस्त होते ही मैं वृन्दावन के ही ख्यालों में खो गया। खो क्या गया, अपने पराक्रमों पर सबकी प्रतिक्रिया भी जान आया। राधा..., राधा तो अपने कन्हैया के पराक्रमों से फूली नहीं समा रही थी। माता-पिता व गोप-गोपियां तो यह

सब जानकर मारे खुशी के झूम ही उठे थे। पर हां...! मेरे न आ पाने का दुःख सबको अवश्य पकड़ लिया था। ...हालांकि उद्धव अपनी ओर से सबको मेरी मजबूरी समझाने का प्रयास कर ही रहा था। बाकी सब तो ठीक है, पर राधा व गोपियां कुछ समझने को तैयार ही न थी। ...बेचारा उद्धव! बस उद्धव का यह हाल देखते ही हंसी आ गई, और इसके साथ ही यह हसीन सपना टूट गया। और उसके साथ ही वापस मथुरा में आ खड़ा हुआ, जहां उद्धव व भैया मेरे सामने वृन्दावन जाने को तैयार खड़े थे। होगा, अभी तो वे रवाना भी हो गए। उनके जाते ही मेरा मन उद्धव में खो गया। यूं भी आज की तारीख में एक वही, सचमुच एक वही तो था जिसकी वजह से आज भी मेरे तार वृन्दावन से जुड़े हुए थे। देखा आपने, वृन्दावन का नाम आते ही मेरे रोम-रोम में मस्ती छा जाती थी। मन तो करता था कि फिर नंगे पांव पूरे वृन्दावन में यहां से वहां घूमता फिरूं, लेकिन मन की हर मुराद पूरी हो, यह जरूरी तो नहीं, आखिर समय, संजोग और परिस्थिति भी कोई चीज होती है। इस अंदाज में स्वयं को सांत्वना तो दे डाली, पर इस वृन्दावन का भूत जो मुझपर छाया हुआ था ...उसपर कोई असर नहीं हुआ। वाकई उद्धव बड़ा भाग्यशाली था जो जब चाहे, वृन्दावन जा सकता था और जब चाहे मथुरा आ सकता था। यह सब विचार ही इसलिए कि इस बार मेरा मन वृन्दावन जाने को बुरी तरह मचल उठा था। सच कहता हूँ कि मन में वृन्दावन जाने की ऐसी तीव्र ललक पहले कभी नहीं उठी थी। मन तो करता था बीसियों रथ लेकर और सबके लिए ढेर सारे वस्त्र लेकर वृन्दावन पहुंच जाऊं। उनको उनके कन्हैया का वट दिखा ही आऊं। ...हो सकता है अपना रुआब दिखाने हेतु ही मन वृन्दावन जाने को इस बुरी तरह मचल उठा हो। अब कारण चाहे जो हो, पर वृन्दावन नहीं जा सका, यह हकीकत थी।

अब यह हकीकत थी तो उसके पीछे की एक और हकीकत यह भी थी कि दोनों के जाने के बाद वृन्दावन की याद में मैं ऐसा तो खोया था कि पूरी तरह एकान्त प्रिय हो गया था। यमुना किनारे जाता, निर्माणाधीन घर को घंटों निहारा करता व एकान्त पाते ही वंशी की धुन छेड़ देता। लेकिन यह सब भी कब तक? जल्द ही इस गम से भी बाहर आ गया। पर वृन्दावन से बाहर अब भी नहीं आ पाया था। मन में गम की जगह जिज्ञासा ने ले ली थी। वह अब राधा व यशोदा की खबर पाने को और मेरे पराक्रमों के बारे में मां व राधा की वास्तविक प्रतिक्रिया जानने को मचल उठा था। यूं भी आप तो जानते ही हैं कि राधा की प्रतिक्रिया मेरे लिए विशेष मायने रखती थी। आखिर मुझे "पराक्रमी" राधा के प्यार ने ही तो बनाया था। मैं जो कुछ भी था, सबकुछ उसी का तो लिया-दिया था। ऐसे में उसकी प्रतिक्रिया जानने की बेताबी होना लाजमी ही था। बस यह प्रतिक्रिया जानने की बेताबी के चलते जीवन में एक नए ही इन्तजार का आगमन हुआ। मन भैया व उद्धव के लौटने के इन्तजार में उलझ कर रह गया। ...वहीं दूसरी तरफ एक अन्य इन्तजार का अंत भी आया। हमारा यमुना किनारे बनाया जा रहा घर बनकर तैयार हो गया था। ठीक यमुना नदी से लगा हुआ उसका बगीचा था। नदी की कल-कल आवाज कानों को तृप्त करने वाली थी। रमणीय वातावरण व नदी किनारा, सचमुच यह मकान पूरी तरह मेरी पसंद का था।

उस पर खुशखबरी यह कि भैया भी वृन्दावन से लौट आए थे। पर अबकी उद्धव नहीं आया था, कोई बात नहीं वृन्दावन व खासकर गोपियों की प्रतिक्रिया के लिए इंतजार कर लेंगे। अब

भैया से तो गोपियों के बाबत पूछने से रहा। हां, मां-पिताजी के सकुशल होने के समाचार जान अवश्य संतोष हुआ। सो, एकबार को वृन्दावन भुला यमुना किनारे बने घर में खो गया। बस संध्या होते-होते मैं और भैया वहां पहुंच जाते थे। कई बार रात्रि को भी रुक जाया करते थे। मैं वंशी की धुन में खो जाता व भैया मदिरा में डूब जाते। यह मकान क्या बना, मथुरा के शुष्क जीवन में बहार आ गई। सचमुच मुझे अपने मकान बनाने के निर्णय पर बड़ा गर्व हो रहा था। कई बार तो मां व पिताजी भी हमारे साथ रहने वहां आ चुके थे। वैसे एक-दो बार नानाजी का आशीर्वाद भी मिल चुका था। अब यह सब मौजमस्ती तो अपनी जगह चल ही रही थी, लेकिन इसका अर्थ यह नहीं है कि सत्राजित नामक बला टल गई थी। वह अब भी अपनी हरकतों से बिल्कुल बाज नहीं आ रहा था। उसका राजमहल के लिए रोज नई समस्या पैदा करना जारी ही था। तो क्या, इन सारी मौजमस्तियों के बीच मेरा चिंतन भी उसके खिलाफ योजना तैयार कर ही चुका था। ...इन्तजार था तो बस ठीक समय का।

अध्याय - ९

मेरा पांडवों से परिचय

...बस सत्राजित पर पलटवार हेतु ठीक समय के इन्तजार में वक्त कट रहा था। लेकिन अपना सोचा कब होता है? इससे पहले कि मैं सत्राजित पर दबाव बढ़ा सकूं, एक नए ही कार्य में लग गया। नहीं...नहीं! किसी भयानक कर्म में नहीं, बल्कि जीवन में एक अप्रत्याशित आनंद का पदार्पण हुआ। हुआ यूं कि अभी उद्धव को गए कुछ दिन ही हुए थे कि हस्तिनापुर से कुंती बूआ अपने पांच पुत्रों के साथ पिताजी के यहां पधारी। सभी की उम्र हमारे आस-पास ही थी। ...घर में मेहमान आना वह भी हमउम्र, मेरा खुश होना स्वाभाविक ही था। आप जानते ही हैं कि मुझे यूं भी हमउम्र मित्र बहुत पसंद थे। परंतु वृन्दावन से क्या निकला, मित्रों के लिए तो तरस ही गया था। यहां मथुरा में किसी से कोई खास मित्रता हो ही नहीं पाई थी। ले-देके मेरे मित्र, मार्गदर्शक व पूज्य सबकुछ नानाजी ही थे। हां, आश्रम में गुजारे चन्द महीनों में मित्रों का आनंद अवश्य नसीब हुआ था। सच कहूं तो मेरे जीवन में जितनी अहमियत प्रेम की थी, उससे कम अहमियत मित्रों की नहीं थी। शायद वृन्दावन की बार-बार याद आने का यह भी एक अहम् कारण था। अतः ये पांचों भाई क्या पधारे, जीवन में बहार आ गई। पांचों-के-पांचों दिखने से ही बड़े सौम्य, शिक्षित व प्रतिभावान जान पड़ते थे। अब आप ही बताइए, भला ऐसे में सत्राजित को कौन याद करे?

खैर! आपको मेरे पांच नए मित्रों का परिचय दूं। सबसे बड़े थे युधिष्ठिर जो काफी धीर-गंभीर जान पड़ रहे थे। वे उम्र में भी मुझसे चार-पांच वर्ष बड़े थे। दूसरा था भीम, अत्यंत बलिष्ठ व फौलादी स्नायुओं वाला। तीसरा अर्जुन, वह लगभग मेरी ही उम्र का था। उसने अपने कंधे पर धनुष लटकाया हुआ था। और फिर सहदेव व नकुल। दोनों मुझसे छोटे थे। वे काफी शांत व बुद्धिमान नजर आ रहे थे। इधर दिन-दो-दिन की बातचीत में ही हम सब एक-दूसरे के काफी निकट आ गए थे। वैसे ज्यादातर बातचीत मेरे, भीम व अर्जुन के बीच ही हो रही थी। बाकी सब तो "हां" या "ना" की टकारें ही पुराया करते थे। आप मानेंगे नहीं कि चन्द दिनों में ही हमारी मित्रता ने अपनी ऊंचाइयां छूना प्रारंभ कर दी थी। वैसे तो रिश्ते से सभी हमारे भाई लगते थे, लेकिन हमउम्र होने की वजह से स्वाभाविक तौर पर मित्रता रिश्तेदारी पर भारी पड़ रही थी। ...हालांकि यह सब तो ठीक पर उधर एक अड़चन लगातार हमारे आनंद में बाधक सिद्ध हो रही थी। घर में बुजुर्गों की उपस्थिति की वजह से हम अपनी नई-नई मित्रता का पूरा आनंद नहीं ले पा रहे थे, खासकर भैया। मैं तो पांडवों से घुल-मिल गया था, परंतु भैया इतना नहीं घुलमिल पा रहे थे। भैया को पांडवों का साथ तो पसंद आ रहा था, लेकिन मदिरा से दुराव वे बर्दाश्त नहीं कर पा रहे थे। बस यही उनकी खामोशी का रहस्य था। यह तो पांडवों के आने से भैया को मजबूरी में घर पर रुकना पड़ रहा था, वरना तो वे अपना डेरा राजमहल में ही डाले हुए थे। और भैया राजमहल में डेरा डाले हुए ही इसलिए थे कि वहां स्वतंत्रता से मदिरापान कर पाते थे। अतः भैया का दर्द दूर करने व नए मित्रों के साथ खुलकर आनंद लेने हेतु मैं सभी को लेकर यमुना किनारे वाले मकान में रहने चला गया। अब इस समय हमारे पास ना तो सेवा करने के लिए सेवक-सैनिकों की कोई कमी थी, ना ही रथों की कमी थी। सही मायने में देखा जाए तो महारानी पद्मावती के भेंट में दिए रथ व सेवक अब कहीं जाकर हमारे काम आ रहे थे।

सो, कुल जमा पांच रथों में सामान लाद हम वहां जाने निकल पड़े थे। चलो यह तो ठीक कि सेवक-सिपाहियों व रथ के काफिलों के साथ हमने नए भवन में डेरा डाल दिया, पर वहां पहुंचते

ही हमें एक नई कमी का एहसास हुआ। दरअसल यमुना किनारे वाला यह मकान छोटा भी था व सुविधाओं की दृष्टि से काफी कमजोर भी। यहां मित्रों के साथ हमें कभी रात्रि-विश्राम भी करना पड़ेगा, ऐसा सोचा ही नहीं था। यहां कुल जमा दो कक्ष, एक छोटा कक्ष व एक बगीचे के साथ बना बरामदा उपलब्ध था। लेकिन इससे क्या फर्क पड़ना था? जल्द ही स्वतंत्रता सुविधाओं पर हावी हो गई। भैया तो यहां आने के निर्णय-मात्र से ही चहक उठे थे। संध्या होते-होते तो उन्होंने मदिरा की व्यवस्था भी कर ली थी। अब इन्तजार कौन करता है? संध्या होते ही हमने बाहर बगीचे में डेरा डाल दिया था। हम सभी ने शरण बगीचे की मुलायम घास पर ही ली थी। अब मित्रों के साथ क्या जमीन व क्या आसन। बगीचे का वर्णन करूं तो उसके ठीक सामने यमुना बह रही थी। कल-कल कर उसके बहते पानी की आवाज कानों में साफ सुनाई दे रही थी। वहीं पीछे बरामदे के पास दो झूले भी लगाये हुए थे। कुल-मिलाकर मित्रों के साथ समय बिताने हेतु इससे बेहतर जगह नहीं हो सकती थी। यह सब तो ठीक, पर माहौल में और रंगीनियत तब आ गई जब भैया का इशारा पाते ही सेवकों ने मदिरा पहुंचाना शुरू कर दिया। उधर मदिरा देखते ही भीम व अर्जुन के चेहरे पर भी चमक आ गई थी। वे दोनों भी मदिरा के शौकीन जान पड़ते थे..., और थे भी। इसके विपरीत युधिष्ठिर, नकुल, सहदेव सभी मात्र चुस्कियां भरने में आते थे। यह सब तो ठीक पर वहां जल्द ही एक अजब दृश्य देखने को मिला। भोजन परोसे जाने पर भीम ने तो मदिरा त्याग दी, परंतु अर्जुन व भैया तो भोजन के साथ भी ...और भोजन के बाद भी टिके हुए थे। चलो यह छोड़ भी दूं तो सबसे खुशी की बात यह कि मदिरा पेट में जाते ही भैया की आवाज भी निकल आई थी। अब तक सबसे ज्यादा मैं ही बोला करता था, लेकिन अब तो भैया, भीम और अर्जुन ने भी बराबरी पर बातचीत की कमान संभाल रखी थी। निश्चित ही यह कमाल उनका कम व मदिरा का ज्यादा था। हां, युधिष्ठिर, नकुल व सहदेव पहले भी चुप रहते थे और वे अब भी चुप ही थे। ...भले ही कुछ चुप थे कुछ मस्त, लेकिन कुल-मिलाकर सभी का आनंद अपनी चरम सीमा पर था।

सचमुच महल हो या कुटिया... इतना महत्त्वपूर्ण नहीं जितनी महत्त्वपूर्ण स्वतंत्रता है। आखिर आनंद है क्या? वह भी मन की स्वतंत्र उड़ानों का दूसरा नाम ही तो है? स्वाभाविक तौर पर नियम व अनुशासन मन की स्वतंत्र उड़ानों में परम बाधक है। तभी तो देखो, यहां जरा स्वतंत्रता क्या मिली कि मजाक-मस्ती का ऐसा दौर चल पड़ा जो भोजन के पश्चात् भी थमने का नाम नहीं ले रहा था। इधर इस हंसी-मजाक के चलते दौर में अचानक अर्जुन को क्या सूझी कि बात को गंभीर स्वरूप देते हुए वह सीधा मुझे संबोधित कर बोला- आप तो बड़े पराक्रमी हैं; आपने पंचजन, कंस व श्रृंगलव जैसे शक्तिशाली राजाओं का वध किया है।

मैंने कहा- आप लोग भी कम पराक्रमी नजर नहीं आ रहे हैं।

अब मैंने तो साधारण बात कही थी पर भीम यह सुनते ही उबल पड़ा। ...वह बड़ा क्रुद्ध होकर बोला- कैसे पराक्रमी? संसार जानता है कि हम कौरवों के भाई हैं। हम भी राजकुमार हैं। वास्तव में तो हस्तिनापुर के राज्य पर प्रथम अधिकार हमारा ही है, फिर भी हम वहां आश्रितों-सा जीवन व्यतीत कर रहे हैं।

यह सुनते ही परम आश्चर्य के बीच मैंने पूछा- ऐसा क्यों?

...और उससे भी ज्यादा आश्चर्य में तब पड़ गया जब इससे पहले कि भीम कुछ कहे, युधिष्ठिर ने उसे चुप करा दिया। सच कहूं तो मुझे युधिष्ठिर का भीम को यूं चुप कराना अच्छा नहीं लगा। इसका तो यही अर्थ हुआ कि युधिष्ठिर हमें अब भी पराया ही समझ रहा है। वैसे युधिष्ठिर के स्वभाव के बाबत अर्जुन बहुत कुछ बता ही चुका था। खासकर उसकी कट्टरता के किस्से सुनकर मैं यूं ही उससे घबरा गया था। यूं भी नीतिवादी व सिद्धांतवादी हमेशा शंकाशील होते ही हैं। यह एक ऐतिहासिक तथ्य है कि वे कभी किसी के नहीं होते। मुझे तो यूं ही नीति व सिद्धातों से नफरत थी। अतः युधिष्ठिर से मेरी कोई बहुत ज्यादा पटे, ऐसा लग भी नहीं रहा था। सो मैंने भी इसके बाद इस विषय पर कोई बात नहीं की। और उसके साथ ही बातचीत पर यहीं पूर्णविराम लग गया। वैसे भी सोने का वक्त हो ही चुका था। नींद ने भी अच्छे से दस्तक दे ही दी थी। सो, आज का यह हसीन दौर यहीं समाप्त हुआ। मैं और अर्जुन बाहर बरामदे में ही सो गए। मुझे तो यूं भी खुले में सोना पसंद था। भैया व भीम एक कमरे में सो गए। युधिष्ठिर, नकुल व सहदेव ने दूसरे कक्ष में डेरा डाल लिया। ...यानी घर छोटा भले ही सही, पर उसने सबको अच्छे से समा लिया।

खैर! दूसरे दिन से तो उपद्रव का एक नया सिलसिला चल पड़ा जो कि हमारा नया नित्यकर्म भी हो गया। ...अब तो सुबह उठना, यमुना में स्नान करना; फिर व्यायाम करना व टहलना। दिनभर मथुरा के बाजारों में घूमना व वहां तरह-तरह के पकवान खाना। पकवान से याद आया, बाकी कुछ हो न हो...भीम की खुराक ने मुझे बड़ा प्रभावित किया था। हम सब के बराबर वह अकेला खा जाता था। खुराक तो मेरी, भैया की व अर्जुन की भी अच्छी ही थी, परंतु भीम के सामने सब फीके पड़ रहे थे। यही क्यों, मुझे तो इन सब में सबसे ज्यादा सरल भी भीम ही जान पड़ रहा था। हालांकि उसके विपरीत बातचीत में अर्जुन ज्यादा माहिर दिखाई पड़ रहा था। और युधिष्ठिर के बाबत क्या कहूं, उससे तो मेरा स्वभाव रत्तीभर मेल नहीं खा रहा था। वह तो भोजन भी ऐसे ग्रहण करता था मानो हम पर एहसान कर रहा हो। पता नहीं यह नीतिवादी और सिद्धांतवादी अहंकारी हो जाते हैं या अहंकारी ही नीतिवादी होते हैं?

होगा। अभी तो हमारे मस्ती से कट रहे दिनों की ही चर्चा करूं। एक दिन बात-बात में भीम अपने पराक्रमों की चर्चा कर रहा था। हम सभी बाहर बगीचे में ही बैठे हुए थे। हां, आज भीम, भैया व नकुल-सहदेव तो नीचे बैठक पर ही बैठ गए थे, परंतु मैं और अर्जुन झूले पर विराजमान हो गए थे। हमारी देखा-देखी उधर युधिष्ठिर महाराज ने भी दूसरे झूले पर कब्जा कर लिया था। सच कहूं तो बातचीत का माहौल आज कल से भी ज्यादा सुहावना दृश्यमान हो रहा था। उससे भी बड़ी बात यह कि भीम आज कुछ ज्यादा ही चहका हुआ था। वह बात न बिगत, खुद ही अपनी गदाबाजी की तारीफों के पुल बांधे जा रहा था। हमें तो इससे कोई एतराज न था पर भैया से यह ज्यादा देर बर्दाश्त नहीं हुआ। एक तो भीम की तरह वे भी एक गदाबाज थे, और ऊपर से भैया के अहंकार से तो आप लोग वाकिफ हैं ही। ...ऐसे में आप ही बताइए, वे भीम का बड़बोलापन कब तक बर्दाश्त करते? बस तुरंत अपनी भड़ास निकालने हेतु मैदान में कूद पड़े। ...चर्चा ना सिर्फ जोर पकड़ रही थी, बल्कि उसमें मदिरा का असर भी स्पष्ट झलक रहा था। तो इसमें हमारा क्या जा रहा था? उल्टा हमें तो गरमी पकड़ रही इस चर्चा से दोगुना आनंद मिल रहा था। हालांकि भैया और भीम के बोलने

में एक बुनियादी फर्क स्पष्ट था। भीम अब भी सहज था, जबकि भैया की हर बात में अहंकार स्पष्ट झलक रहा था। सच कहूं तो भीम की इसी सहजता ने मुझे उसका दीवाना बना दिया था। छोड़ो, अभी चर्चा की बात करूं तो वह इतना रसप्रद मोड़ ले चुकी थी कि दोनों अपनी-अपनी वीरता के एक-एक किस्से याद कर-कर के सुना रहे थे। तभी अचानक भैया इस कदर ताव खा गए कि उन्होंने भीम को दो-दो हाथ आजमाने का निमंत्रण ही दे डाला। अब ऐसे में भीम कहां पीछे हटने वाला था? और जब शक्ति-प्रदर्शन करना तय ही हो गया तो देर किस बात की? दोनों तत्क्षण दो-दो हाथ आजमाने को उठ खड़े हुए। हम तो तमाशबीन थे। और आपको तो अनुभव होगा कि ऐसे में सबसे ज्यादा मजा तमाशबीन को ही आता है। परंतु इस समय इसका एक दुःखद पहलू भी उभरकर सामने आया था। दरअसल रात सर पर चढ़ गई थी, यानी हमारे भोजन का समय हो चुका था। पेट में चूहे दौड़ भी रहे थे। शायद यह अड़ा-अड़ी न होती तो भोजन परोसा भी जा चुका होता। कोई बात नहीं; यदि पेट पर कुछ जुल्म हो भी रहा था, तो सामने शानदार तमाशा देखने को भी तो मिल ही रहा था।

...सो, यह दर्द तो क्षणभर की बात थी; पर एक क्षण को मैं भोजन के खयालों में क्या खोया, दोनों लंगोट पहन अपने-अपने हाथों में गदा लेकर आ भी गए थे। स्वाभाविक तौर पर गदायुद्ध बगीचे में ही होना था। बस माहौल बना देख हम भी झूला छोड़ बगीचे से सटे बरामदे में आलथी-पालथी मारकर बैठ गए। ताज्जुब तो यह कि अभी हम बैठे भी नहीं थे कि यहां युद्ध प्रारंभ भी हो गया। दृश्य तो ऐसा जम पड़ा था कि क्या बताऊं? एक तरफ ठंड ने मौसम सुहाना कर रखा था, तो दूसरी तरफ बहती यमुना खूबसूरती को बढ़ा रही थी; और उस पर अब हमारे व यमुना के मध्य में यह शानदार गदायुद्ध प्रारंभ हो गया था। हम सबको तो बड़ा मजा आ रहा था। दोनों बराबरी के ही योद्धा नजर आ रहे थे। युद्ध जम भी अच्छे से गया था। वातावरण भी ऐसा जम गया था कि दोनों को हर अच्छे दाव पर प्रोत्साहन भी मिल रहा था। दोनों का गदा-युद्ध काफी लंबा चला, न कोई हारा – न कोई जीता। दूसरी ओर, इस गदा युद्ध का एक लाभ यह भी हुआ कि इसके बाद दोनों बहुत अच्छे मित्र हो गए। ऐसा शानदार गदा-युद्ध मैं जीवन में दूसरी बार देख रहा था। आपको याद ही होगा कि इससे पहले भैया व जरासंध का गदा-युद्ध देखने का सौभाग्य भी मुझे मिल चुका था। वैसे भैया की गदा पर पकड़ व चलाने की फुर्ती भीम से बेहतर जान पड़ रही थी। यूं भी भैया के युद्ध कौशल्य व वीरता पर मुझे शुरू से ही नाज था। होगा, अभी तो मतलब की बात यह कि अब जब दोनों में मित्रता गाढ़ी हो ही गई थी तो आगे आनंद भी बढ़ना ही था, और उसका सबसे बड़ा सबूत यह कि युद्ध की समाप्ति पर सबने खूब डटकर खाया।

...फिर तो कहने की जरूरत नहीं कि दूसरे दिन उधममस्ती और बढ़ गई। दिनभर पूरी मथुरा में यहां-से-वहां रथ दौड़ाते रहे। न जाने कितनी दुकानों के पकवान चट कर गए। हालत यह हो गई कि संध्या होते-होते तो भोजन पचाने के रास्ते खोजने पड़े। परिणामस्वरूप संध्या को सभी ने एक साथ यमुना में स्नान किया। काफी जल-क्रीडाएं की। खूब एक-दूसरे पर पानी उछाला, तैराकी प्रतिस्पर्धाएं भी की। आप मानेंगे नहीं कि तब कहीं जाकर रात्रि को फिर इन्सान हो पाए थे। और इन्सान होते ही फिर अर्जुन व भैया का मदिरा-दौर प्रारंभ हो गया। वही बैठक, वही बगीचा और बात भी फिर घूम-फिरकर वहीं कल के गदायुद्ध पर जा अटकी। सभी भैया व भीम के गदा-युद्ध

की बढ़-चढ़कर प्रशंसा करने लगे। कुछ देर तो सब ठीक-ठीक चलता रहा, लेकिन भीम व भैया की लगातार चल रही तारीफों से अर्जुन का अहंकार फनफना उठा। परिणामस्वरूप आज उसकी बारी निकल आई और वह अपनी वीरता के किस्से सुनाने पर आ गया। उसने बताया कि वह ना सिर्फ एक श्रेष्ठ धनुर्धारी है बल्कि वह अंधेरे में भी बगैर देखे निशाना साध सकता है। मैं और भैया तो यह सुनते ही स्तब्ध रह गए। यूं भी हम धनुर्विद्या में शून्य थे। हमारा प्रभावित होना लाजमी ही था। इधर हमारे प्रभावित होने के साथ ही बात समाप्त भी हो गई, क्योंकि यह देख अर्जुन भी अपनी वीरता के बखान कर तृप्त हो गया था।

यूं भी अब मदिरापान का दौर समाप्ति पर ही था, और भोजन परोसा जाना भी शुरू हो गया था। वहीं माहौल तो कुछ ऐसा जम गया था कि आज भोजन करने सभी बरामदे में ही बैठ गए थे। और भूख तो सबको ऐसी लगी थी कि भोजन परोसते ही सभी खाने में मस्त हो गए। तभी अचानक क्या हुआ कि तेज हवा से मशालें बुझ गई। सबका भोजन करना अपनेआप बंद हो गया। मैंने सेवक को जल्द-से-जल्द मशालें फिर जलाने का आदेश दिया। यह तो ठीक, पर इस व्यवधान से हम पेटुओं का हाल बुरा हो गया। भोजन सामने पड़ा था, उसकी महक भी चारों ओर फैली हुई थी, और फिर भी हम भोजन नहीं कर पा रहे थे। यह भी अपनेआप में एक अनूठा ही अनुभव था। ...तभी मैंने अनुभव किया कि सामने ना सिर्फ खटर-पटर की आवाज हो रही है, बल्कि चबाने की आवाज भी आ रही है। आश्चर्य, घोर अंधकार के बावजूद भीम का गपागप भोजन करना अब भी जारी था। हम अपने को बड़ा पेटू समझते थे, पर यहां तो भीम ने हमारी सारी गलतफहमी दूर कर दी थी। ...साथ ही इसके चलते एक शानदार परिहास भी हो गया। भीम को इस कदर भोजन करते देख अर्जुन ने उसे टोका - क्या तुम्हें इतने अंधेरे में भोजन दिखाई पड़ भी रहा है या यूं ही खाये जा रहे हो?

भीम हंसता हुआ बोला- बिल्कुल! अंधेरे में भी मेरा निशाना भोजन पर कभी नहीं चूकता। अरे मेरे भाई, अंधेरे में तीर चलाते सीखने का क्या फायदा? इसके बजाए अंधेरे में भोजन पर निशाना साधना सीख गए होते तो यूं भूखों न मरना पड़ता।

...भीम की यह बात सुनते ही हंसी के फव्वारे छूट पड़े। कुल-मिलाकर पांडवों के आने से दिनों को पर लग गए थे। वैसे इतने दिन पांचों भाइयों के साथ रहने के बाद मैंने एक बात अवश्य गौर की कि सभी युधिष्ठिर की बात बड़े सम्मान से सुनते थे। युधिष्ठिर का इशारा भी उनके लिए किसी आज्ञा से कम नहीं होता था। सच कहूं तो यही बात मुझे रह-रहकर चिंता में डाल देती थी। जिस कदर ये लोग युधिष्ठिर की आज्ञाओं का पालन करते थे, मुझे इनका भविष्य अंधकारमय नजर आ रहा था। चलो छोड़ो, यह तो बेमतलब की कुछ ज्यादा ही लंबी सोच गया। अभी तो यहां चल रही मौजमस्ती की ही चर्चा करूं। एक दिन संध्या ऐसे ही बात-बात में शिक्षा की बात चली। उन्होंने आचार्य द्रोण के आश्रम में संपन्न हुई उनकी शिक्षा के दरम्यान घटे कई रोचक किस्से सुनाये। आप तो जानते ही हैं कि वृन्दावन की यादों की तरह ही आश्रम में गुजारे दिन भी हमेशा के लिए मेरे जहन में बस गए थे। अतः स्वाभाविक तौर पर आश्रम के किस्से मुझे कुछ ज्यादा ही रसप्रद मालूम पड़ रहे थे। मैं बड़े चाव से उन किस्सों को सुन रहा था। उधर मुझे इस तरह रसपूर्वक सुनता देख

अर्जुन ने हमारी शिक्षा के बारे में जानना चाहा। वैसे तो उनके रसप्रद अनुभव सुनने के बाद हमारी शिक्षा के बाबत बताने लायक क्या था? फिर भी अर्जुन ने जिज्ञासा की थी तो जवाब तो देना ही था। सो मैंने ऐसे ही कह दिया कि वैसे तो हमें शिक्षित होने का कोई विशेष मौका कुदरत ने नहीं दिया है। हमें तो जो भी शिक्षा मिली, वह जीवन से ही मिली है। हां, शिक्षा की उम्र बीत जाने के बाद हमें छः माह के लिए महान आचार्य सांदीपनिजी से उनके उज्जयिनी स्थित आश्रम में शिक्षा प्राप्त करने का मौका अवश्य मिला था। और यह हमारा सद्भाग्य था कि आचार्य सांदीपनि, ...आचार्य द्रोण की तरह नहीं थे, जिन्होंने बगैर शिक्षा दिए एकलव्य से उसका अंगूठा गुरु-दक्षिणा में मांग लिया था।

...इधर मेरी बात तो यहीं समाप्त हो गई पर पता नहीं क्यों आचार्य द्रोण पर किया मेरा यह व्यंग अर्जुन को अच्छा नहीं लगा। आश्चर्य था, आचार्यजी की गलत बात का विरोध भी वह सहन नहीं कर पा रहा था। अचानक वातावरण गंभीर हो गया। अतः मैंने तुरंत बात टालने के उद्देश्य से कहा- हां, याद आया! वैसे बचपन में मुझे आचार्य श्रुतिकेतुजी से संगीत शिक्षा भी नसीब हुई थी। वंशी बजाना उन्होंने ही मुझे सिखाया था।

यह सुनते ही भीम तपाक् से बोल उठा- तो सुनाओ वंशी। हम कैसे जानें कि तुम्हें वंशी बजाना आता भी है या नहीं।

यह सुनते ही सभी हंस दिए। स्वाभाविक तौर पर उसकी इस बात ने वातावरण एकबार फिर हल्का बना दिया। लेकिन जाने क्या सोचकर अबकी यह युधिष्ठिर को रास नहीं आया। वह तत्क्षण भीम को टोकते हुए बोला- इस तरह नहीं कहते, बोलने से पूर्व कुछ तो सोच लिया करो।

यहां मुझे युधिष्ठिर का भीम को उसके इतने सहज मजाक पर भी टोकना अच्छा नहीं लगा। छोड़ो..., युधिष्ठिर की तो हर बात मेरी समझ के बाहर थी। अतः मैंने युधिष्ठिर पर से ध्यान हटाकर भीम का निवेदन स्वीकारते हुए सबको अपनी वंशी की धुन से मोहित किया। भीम वंशी सुनकर बड़ा खुश हुआ। इतना खुश कि वह तत्क्षण बोल पड़ा- अरे कन्हैया! तुम तो बड़े कलाकार मालूम होते हो।

इधर भीम ने कलाकार शब्द का प्रयोग क्या किया, भैया की निकल पड़ी। वे ऐसा मौका कहां चूकने वाले थे? तुरंत बड़े व्यंगात्मक अंदाज में बोले- इसमें तो और भी कई कलाएं हैं। इस कलाकार का पूरा अनुभव करना हो तो इसे अपने साथ हस्तिनापुर ले जाओ।

भैया के व्यंग से हंसी के फव्वारे छूट पड़े। लेकिन यहां भी एक आश्चर्य घट गया। सभी हंस रहे थे एक भीम के सिवाय। बात मेरी समझ के बाहर हो गई। ...हालांकि जल्द ही साफ भी हो गई। जैसे ही सबकी हंसी रुकी तो भीम ने बड़ी निर्दोषता से पूछा कि और क्या-क्या कलाएं जानते हो कन्हैया...! तब कहीं जाकर बात समझ में आई कि भोले भीम ने व्यंग को भी बड़ी संजीदगी से लिया था। चलो, यह सब चलता ही रहता है। परंतु वहां भीम की सहजता से भैया की फिर निकल पड़ी। उनको तो मानो मुंह मांगा मिल गया हो, वैसे तुरंत बोल पड़े- "चकरी" करने की कला में बड़ा माहिर है अपना कन्हैया।

...शुक्र था जो भैया का यह व्यंग किसी के खास समझ में नहीं आया। फलस्वरूप यह बात भी यहीं समाप्त हो गई। फिर कुछ देर यहां-वहां की बातें होती रही। ...तभी अर्जुन जाने किस

दुनिया से एक अनूठा सवाल ले आया। उसने मुझसे बड़ी गंभीरतापूर्वक पूछा- आपकी रुचि और किस-किस विषय में है?

मेरे मुंह से निकल गया- मेरी एकमात्र रुचि पापियों का नाश करने में और स्वयं का विकास करने में है।

...मैं यह क्या कह गया यह तो मेरी भी समझ में नहीं आया, लेकिन जवाब भीम को बड़ा रास आ गया। वह तपाक् से बोला- तब तो तुम बड़े काम के आदमी हो कन्हैया। क्योंकि हस्तिनापुर में भी दो बड़े पापी हैं, दुर्योधन और दु:शासन। क्यों नहीं हमारे साथ चलकर उनका भी नाश कर देते। हमारे सिर से बला टलेगी और तुम्हारा शौक पूरा हो जाएगा?

युधिष्ठिर को भीम की यह बात बिल्कुल पसंद नहीं आई। उसने तत्क्षण भीम को टोकते हुए कहा- क्या बिना सोचे समझे बोलने की तुमने कसम खा रखी है?

...अबकी मुझसे नहीं रहा गया। मेरे धैर्य ने जवाब दे दिया। आखिर कब तक युधिष्ठिर की गलत टोका-टाकी बर्दाश्त करता? मैंने युधिष्ठिर से थोड़ी टेढ़ी जबान में ही कहा- भीम ने कोई गलत बात तो नहीं की है।

उधर युधिष्ठिर को स्वाभाविक रूप से ना तो मेरी बात और ना ही मेरा अंदाज पसंद आया। वह भी ताव खा गया। इधर मामला बिगड़ता देख अर्जुन बात सम्भालने हेतु कूद पड़ा। बेचारा मामला सम्भालते हुए बोला- दरअसल भैया नाराज इसलिए हो रहे हैं कि वे दोनों भी हमारे भाई ही हैं।

परंतु यहां अर्जुन की ऐसी वाहियात सफाई मुझे रास नहीं आई। मैं और ज्यादा क्रोधित हो उठा। मैंने तत्क्षण स्वर ऊंचा करते हुए कहा- पापी...पापी होते हैं। वे हरहाल में धरती पर बोझ होते हैं। पापी भला किसी के रिश्तेदार कैसे हो सकते हैं? कंस भी तो मेरे सगे मामा ही थे। तुम्हें तो अच्छे से मालूम होगा कि जीवन में पहला वध मैंने उन्हीं का किया था।

मेरी यह दलील भीम को कुछ ज्यादा ही रास आ गई। वह बड़ा खुश होता हुआ बोला- यही ज्ञान तो मैं इन्हें बचपन से देता आ रहा हूँ।

यह सुनते ही युधिष्ठिर का चेहरा उतर गया। वह बोला तो कुछ नहीं परंतु उसके हाव-भाव सब बयां कर ही रहे थे। बात-बात पर भीम का मेरे हर विचार का खुलकर समर्थन करना उसका अहंकार बिल्कुल बर्दाश्त नहीं कर पा रहा था। होगा, मुझे जो कहना था, कह चुका था। अब इससे पहले कि मामला और तूल पकड़ ले, मैंने बात को हंसी में उड़ाना ही उचित समझा। कोई झगड़ा थोड़े ही करना था। सो, आगे दो-चार मीठे परिहास कर दिए व इस तरह आज का दौर यहीं समाप्त हुआ।

...सचमुच पांचों भाइयों के आने से मजा आ गया था। दिनों को तो ऐसे पर लग गए थे कि शायद पूरा जीवन भी बीत जाए तो भी पता न चले। सच कहूं तो मैं तो अपनी पूरी सुध-बुध ही खो चुका था। मजे की बात तो यह कि इतने दिनों में ऐसे कौन से खेल थे जो हमने नहीं खेले थे। यमुना में गेंद फेंकना फिर उसे पकड़ने कूद पड़ना, यह मेरा सबसे पसंदीदा खेल था। मैंने आपको बताया तो था कि मैं एक श्रेष्ठ तैराक हूँ। अत: निश्चित ही गेंद पर सबसे पहला झपट्टा मैं ही मारता था। और आप तो जानते ही हैं कि जीतना मुझे बचपन से कितना पसंद है। अत: यह खेल तो मुझे

पसंद आना ही था। वैसे तो और भी कई खेल थे जिसमें मेरा कोई सानी नहीं था। रथ-स्पर्धा भी मैं ही जीता करता था। हाथ से पत्थर का निशाना भी मुझसे बेहतर कोई नहीं साध पाता था। चक्र का निशाना साधने की आदत जो थी। हां, कुछ ऐसे खेल भी थे जिसमें मैं बिल्कुल नहीं टिक पाता था; ...जैसे पत्थर दूर तक फेंकना व मल्ल-युद्ध। वैसे भी यह मुकाबला हमेशा भैया व भीम के बीच ही होता था। इन सब खेलों में हम तो बस दर्शक बन तमाशा देखते रह जाते थे। और-तो-और, आप विश्वास नहीं करेंगे कि एक दिन तो हम दौड़-पकड़ व छिपा-छूई जैसे बच्चों वाले खेल भी खेले थे। यानी उम्र इक्कीस की और खेल...? छोड़ो, अभी तो एक खास बात कहूं आपसे, इतने दिनों में अर्जुन और मैं काफी निकट आ चुके थे। वहीं यदि आपसे अर्जुन की चन्द विशेषताएं कहूं तो उसे डींगें मारने व मदिरा पीने के अलावा सवाल पूछने और बहस करने का भी बड़ा शौक था। इसके अलावा उसकी कई आदतें ऐसी भी थी जो मुझसे पूरी तरह मेल खाती थी। उसकी सबसे बड़ी खासियत तो यह थी कि वह उठने में बिल्कुल नियमित था। अक्सर हम दोनों सुबह-सुबह यमुना किनारे टहलने निकल पड़ते थे। ...दूसरी ओर भीम और भैया को तो हमेशा उठाना ही पड़ता था।

खैर! कुल-मिलाकर स्वभाव भले ही सबके अलग-अलग सही, पर मजा खूब आ रहा था। वाकई जीवन ने बड़ी विपरीत करवट ली थी। कहां अभी कुछ दिन पहले हम गोमंत की टेकड़ी पर एकांत का मनहूसियत-भरा जीवन काट रहे थे, और कहां पलक झपकते ही यह आनंद व उत्सव से भरपूर दिन लौट आए थे। अब पता नहीं कि अच्छे दिन बुरे दिनों का पीछा करते हैं या बुरे दिन अच्छे दिनों का पीछा करते हुए चले आते हैं। चाहे जो हो, सत्य यही है कि अच्छे व बुरे दिन और अच्छा व बुरा समय बस इन्हीं दोनों रंगों से मनुष्यजीवन भरा पड़ा है। जीवन कैसा भी हो व मनुष्य कोई भी हो, इन दोनों की आवन-जावन लगी ही रहती है। अत: जीवन भर आनंद में वही रह सकता है, जो बुरे दिन व बुरे समय को भी ठीक से झेलना जानता हो। और यह वही सीख सकता है जो यह समझने को तैयार हो कि मनुष्यजीवन मिला है तो बुरे समय भी आते ही रहेंगे। यानी उस बुरे वक्त को स्वीकार कर जो उसमें भी आनंद व उत्सव खोजने की कला सीख ले, वही अपना मनुष्य-जीवन सार्थक कर सकता है। ...वरना "रोना" तो मनुष्य का भाग्य है ही।

...छोड़ो, ये सारे चिंतन तो चलते ही रहेंगे। अभी तो एक दिलचस्प बात बताऊं तो एक दिन ऐसे ही मैं और अर्जुन यमुना किनारे टहलने निकल पड़े थे। बात-बात में उसने मुझे हस्तिनापुर की पूरी परिस्थिति विस्तार से समझाई। जिसका सार यह था कि वहां की राजगद्दी पर उनका अधिकार होते हुए भी, दुर्योधन की जिद्द के कारण ना तो उन्हें राजगद्दी मिल रही है, और ना ही राजमहल में उन्हें उचित महत्व मिल रहा है। हालांकि दुर्योधन के पिता यानी महाराज धृतराष्ट्र व पितामह भीष्म उनका हित चाहते हैं, परंतु बेचारे दुर्योधन के सामने लाचार हैं। दरअसल अर्जुन ने ये सारी बातें इसलिए बताई थी क्योंकि इन हालातों में क्या करना उचित है, वह यह समझना चाहता था। अब अर्जुन की तो अर्जुन जाने पर यह सब सुनते ही मेरी तो निकल पड़ी। क्योंकि आप तो जानते ही हैं कि ऐसी बातें समझाने को मैं हमेशा तत्पर ही रहता था। सो, मैंने तुरंत कहा- सबसे पहले आप लोगों को अपने विचार बदलने की आवश्यकता है। आपका मानना है कि, भीष्म पितामह व धृतराष्ट्र वैसे तो आपके समर्थन में हैं, परंतु दुर्योधन के दबाव के कारण वे कोई भी उचित निर्णय नहीं ले

पा रहे हैं। यदि ऐसा मान भी लिया जाए तो भी मेरी दृष्टि में जो भावना परिणाम न ला सके, वह दो-कौड़ी की है। सही बात तो यह है कि जुल्म करने वाला, जुल्म सहने वाला और जुल्म को चुपचाप देखने वाला तीनों बराबरी के गुनाहगार हैं। ...दुर्योधन व दुःशासन जुल्म कर रहे हैं, आप लोग यह जुल्म सह रहे हैं व भीष्म पितामह तथा धृतराष्ट्र जुल्म होते देख रहे हैं। अतः ठीक से समझा जाए तो आप तीनों बराबरी पर पापी हैं। कुल-मिलाकर जब तक आप लोग स्वयं न सुधर जाएं आपको किसी से शिकायत करने का कोई अधिकार नहीं। ...उधर मेरी दो-टूक बात सुनकर अर्जुन काफी देर तक सोच की एक गहरी खाई में डूबा रहा, मानो मेरी बात समझने की कोशिश कर रहा हो। करने दो, मैं तो अपना भाषण झाड़ तृप्त हो ही चुका था। अतः मेरा अब अन्य कोई व्यवधान पहुंचाने का सवाल नहीं उठता था। बस यमुना निहारते हुए हमारा कदम-से-कदम मिलाके चलना जारी था। अब पता नहीं उसने क्या सोचा व कितना समझा, लेकिन अचानक एक बेतुका सवाल पूछ बैठा। उसने पूछा- क्या आप जानते हैं कि धर्म क्या है और अधर्म क्या है?

...मैं तो सवाल सुनते ही चौंक गया। उस समय मुझे कहां मालूम था कि यही सवाल अर्जुन महाभारत के युद्ध के दौरान फिर से पूछेगा। खैर, अभी तो मुझे अपना चिंतन झाड़ने का इतना बड़ा अवसर पहली बार मिल रहा था। मैं यह मौका कहां चूकने वाला था? हालांकि इसे संयोग कहूं या कुछ और, लेकिन जीवन में प्रथम चिंतन दर्शाने का मौका भी अर्जुन ने ही दिया था, और चिंतन की सर्वश्रेष्ठ उड़ान यानी "भगवद्गीता" कहने का भी निमित्त अर्जुन ही बना था। होगा, अभी तो मैंने बड़ी ही व्यावहारिक भाषा में कहा- अर्जुन! दरअसल धर्म और अधर्म का निर्णय हर व्यक्ति की अंतरात्मा स्वंय करती है। यह अंतरात्मा सब जानती ही है। अतः जो उसकी आवाज पर कार्य करता है वह धार्मिक और जो अपनी अंतरात्मा की अनसुनी करता है ...वह अधार्मिक। परंतु दुःखद परिस्थिति यह है कि मनुष्य उसकी शरण न जाकर हजार दूसरी बातों पर विचार करता है, इसी से ना सिर्फ वह आसानी से अधर्म में जी पाता है, बल्कि अधर्म कर भी पाता है।

...मुझे नहीं मालूम था कि "धर्म-अधर्म" की जो परिभाषा मैंने अर्जुन को अभी चार वाक्यों में कही थी, वही परिभाषा मुझे उसे भगवद्गीता में सात सौ श्लोकों में कहनी पड़ेगी। होगा, अभी तो अर्जुन खास कुछ समझा हो, ऐसा नहीं लगा। यूं भी अर्जुन समझने से ज्यादा समझाने में विश्वास रखता था। पूरी गीता के दरम्यान वह यही तो कर रहा था। सो छोड़ो उसकी बात को। अभी तो एक नई बात बताऊं। एक दिन ऐसे ही मैं, भीम और अर्जुन बरामदे में बैठे हुए थे। बात-बात में भीम ने बताया कि युधिष्ठिर ने सत्य बोलने की प्रतिज्ञा ली है। मैं तो बुरी तरह चौंक गया। मेरे लिए तो यह बिल्कुल अप्रत्याशित था। ...हालांकि इससे अब मेरे लिए युधिष्ठिर का अहंकार समझ पाना आसान हो गया था। भला कोई कैसे वर्तमान में स्थित इस प्रकृति में हमेशा सत्य बोलने की मूर्खतापूर्ण व अधार्मिक प्रतिज्ञा ले सकता है? निश्चित ही ऐसी प्रतिज्ञा कोई परम अहंकारी ही ले सकता है। ...इधर मैं इन्हीं सब सोच में डूबा हुआ था कि मुझे गहरी सोच में डूबा देखकर अर्जुन ने पूछा- किस सोच में पड़ गए मित्र?

मैंने कहा- यह युधिष्ठिर के सत्य बोलने वाली प्रतिज्ञा समझ में नहीं आई। इसके लिए कम-से-कम सत्य-असत्य का ज्ञान होना तो आवश्यक है।

अब मेरी ऐसी स्पष्ट बात सुनकर एक क्षण को तो अर्जुन थोड़ा चौंका, हालांकि वह बोला कुछ नहीं; सिर्फ पता नहीं के भावार्थ में सिर हिला के बात आई-गई कर दी। लेकिन उसके हाव-भाव से यह स्पष्ट था कि उसे अपने बड़े भ्राता के बाबत ऐसी बात करना अच्छा नहीं लगा। कोई बात नहीं; बात अर्जुन को पसंद आए या न आए, मुझे तो आज इस बात का फैसला करके ही रहना है। अभी मैं यह सब सोच ही रहा था कि भैया भी चले आए। हम तीनों तो यमुना की तरफ मुंह कर जमीन पर ही बैठे हुए थे, हमें बातों में इतना मशगूल देख वे भी हमारे साथ ही बैठ गए। उनको बातचीत में शामिल होता देख मैं उत्साह में आ गया। मेरे मन तो अब अपनी बात दृढ़ता से रखने का माहौल भी बन गया था। बस अर्जुन के न चाहते हुए भी मैंने बात आगे बढ़ाने के उद्देश्य से अर्जुन से पूछा- शायद तुम्हें मेरी सत्य-असत्य के ज्ञान वाली बात समझ में नहीं आई। अर्जुन ने मुंह नीचे किए ही हामी में सिर हिला दिया। यही तो मैं चाहता था। अब मुझे बात आगे बढ़ाने का सीधा-सीधा अवसर मिल गया था। सो, तुरंत मौका भुनाते हुए मैंने कहा- अर्जुन! एक इन्द्रियों के सत्य के सहारे कभी बड़े धार्मिक कार्य नहीं किए जा सकते। अब मेरा ही उदाहरण लो। मैंने अब तक जितने भी बड़े कार्य किए हैं, या कहूं जितने भी महान धार्मिक कार्य किए हैं, वे या तो झूठ बोलकर किए हैं ...या किसी झूठ का सहारा लेकर किए हैं।

मेरी इस बात ने भीम व अर्जुन दोनों को बुरी तरह चौंका दिया। एकमात्र भैया सामान्य थे। सामान्य क्या थे, उन्होंने तो मुझपर एक अच्छा-खासा व्यंग कस दिया। वे तपाक् से बोले- वैसे तो कन्हैया ने भी दिन में एकबार सत्य बोलने की प्रतिज्ञा ली है। ...और इसके साथ ही भैया के इस असमय किंतु शानदार व्यंग ने बात फिर हवा में उड़ा दी। और जब गंभीर बात हवा में उड़ ही गई तो हंसी-मजाक का दौर चल पड़ा। और उसी हंसी-मजाक के माहौल में आज की यह बैठक खत्म भी हुई। यानी भैया के पहुंचाए एक व्यवधान के कारण मेरे हाथ से सत्य-असत्य के बाबत एक बड़ा चिंतन झाड़ने का मौका हाथ से निकल गया। होगा, कुल-मिलाकर इन्हीं सब बातों व खेलकूद में एक माह कहां बीत गया, पता ही नहीं चला। ...फिर जैसे हर मुसाफिर के जाने का समय आता ही है, पांडवों के भी जाने का समय आ गया। मैं उन लोगों की मित्रता में ऐसा खो गया था कि यह भूल ही गया था कि वे हमेशा के लिए नहीं हैं। स्वाभाविक रूप से उनके जाने के नाम से मैं काफी उदास हो गया था, लेकिन जाने वालों को कौन रोक पाया है? बस यही सब सोचकर मैंने अपना मन बना लिया व जाते-जाते उन्हें शिष्टाचारवश नानाजी से मिलवाने भी ले गया। आप मानेंगे नहीं, आज पूरे एक माह बाद नानाजी से मिल रहा था। वे काफी चिंतित नजर आ रहे थे। मैंने भी तो पूरे एक महीने से उनकी कोई सुध नहीं ली थी। हालांकि नानाजी का उतरा चेहरा देख अचानक मुझे मथुरा पर सत्राजित नामक लटकती तलवार की याद आ गई थी, लेकिन यह मुलाकात शिष्टाचारवश थी। और यूं भी पांडवों की उपस्थिति में और कोई चर्चा तो की नहीं जा सकती थी, अत: मेरे और नानाजी के बीच इस विषय को लेकर ना तो कोई बातचीत हुई और ना ही हमेशा की तरह सांत्वनाओं का आदान-प्रदान ही हो पाया। बस हमारी यह औपचारिक मुलाकात यहीं समाप्त हुई। वहां से हम सीधे घर पहुंचे जहां कुंती बूआ तैयार ही खड़ी थी। मैंने व भैया ने उनके आशीर्वाद लिए व उसके साथ ही कुल जमा पांच रथों के काफिले में चार सेवक-सिपाहियों को लेकर आया पांडवों का

काफिला दोपहर होते-होते हस्तिनापुर जाने निकल पड़ा। उनके जाने से हम मां-बेटे बड़े दुःखी हुए। भावुक तो भीम व अर्जुन भी बड़े थे। लेकिन बिछड़ना तो था ही, सो बिछड़ गए।

खैर! पांडव तो चले गए, पर जाते-जाते हमेशा के लिए मेरे जहन में अपनी मित्रता की सुनहरी यादें छोड़ गए। सचमुच, वृन्दावन छोड़ने के बाद पांडवों के साथ ही सबसे हसीन दिन गुजारे थे। इतने दिनों में मैंने न तो राजमहल की कोई सुध ली थी और ना ही नानाजी के हाल-चाल जानने का प्रयत्न ही किया था। यहां तक कि सत्राजित नामक बीमारी को भी याद नहीं किया था। और-तो-और ...ना ही राधा, वृन्दावन या रुक्मिणी की याद आई थी। बात भी सही है? जब जीवन वैसे ही अपनी ऊंचाइयां छू रहा हो तो इन व्यर्थ बातों पर कौन ध्यान देता है? हालांकि कुछ मूर्ख अवश्य होते हैं जो व्यर्थ की चिंताओं में उलझकर हाथ आए जीने के हसीन अवसर यूं ही गंवा बैठते हैं। चलो एक जीने के शौकीन के नाते मैंने वह अवसर तो नहीं गंवाया पर एक नई मुसीबत में अवश्य फंस गया। पांडवों के जाने के बाद भी भीम व अर्जुन की यादें जहन से नहीं जा पा रही थी। साथ ही रह-रहकर मेरे मन में युधिष्ठिर के सत्य बोलने की प्रतिज्ञा वाली बात भी घूमती ही रहती थी। दरअसल चन्द दिनों में ही मुझे पांडवों से लगाव हो गया था। और ऐसे में युधिष्ठिर की सच बोलने वाली प्रतिज्ञा याद आते ही मन गहरी शंकाओं व चिंताओं में डूब जाया करता था। और उसके साथ ही मैं पांडवों के भविष्य को लेकर शंकित हो उठता था। मुझे समझ नहीं आ रहा था कि जब प्रकृति पूर्ण वर्तमान है, वह पल-पल जी रही है, ...नित नया समय व नई परिस्थितियां लाती है; तो ऐसे में हर समय व हर परिस्थिति में सिर्फ सत्य बोलने की प्रतिज्ञा कोई कैसे ले सकता है? मानो यदि युधिष्ठिर को कभी झूठ, असत्य या कपट का निमित्त बनने का मौका आया तो भी क्या वह सत्य का ही आसरा लेगा? क्या वह सत्य बोलने को धर्म मानकर इतना बड़ा अधर्म कर बैठेगा? ...यदि ऐसा हुआ तो वह अपने साथ-साथ सभी बंधुओं को भी ले डूबेगा। क्योंकि वे सभी मूर्ख युधिष्ठिर की तमाम आज्ञाओं का पालन बड़ी विनम्रता से करते हैं। एक तो पाप और ऊपर से महापाप... यानी एक तो असत्य के निमित्त बनते वक्त युधिष्ठिर द्वारा सत्य बोले जाने का पाप, और उसपर सभी भाइयों द्वारा उसकी आज्ञा का ठीक से मूल्यांकन किए बगैर उसे मानने का महापाप। कहीं ये आज्ञाकारी भाई युधिष्ठिर की इस एक प्रतिज्ञा के कारण कभी किसी बड़ी मुसीबत में तो नहीं फंस जाएंगे? ...वैसे यह सब भविष्य की बात थी और उसे भविष्य पर छोड़ना ही बुद्धिमानी थी। यही सोचकर मैंने एकबार फिर अपना चिंतन उन बातों से हटाकर वापस मथुरा की ताजा परिस्थिति समझने में लगाना ही उचित समझा। और इस विचार के साथ ही मैं वापस पूरी तरह मथुरामय हो गया।

अध्याय - १०

मेरी प्राण-प्यारी का स्वयंवर

"कर्म" समय की मांग पर किए जाने वाले कार्यों का नाम है। याद रखना, मात्र कर्मों से वक्त कभी नहीं बदला जा सकता; हां, समयानुसार कर्म करते रहने से आज नहीं तो कल बुरा वक्त टल अवश्य सकता है। और इधर वर्तमान में समय की मांग मथुरा की परिस्थितियों का ठीक से आकलन करना था। सत्राजित के तमाम दुष्ट मनसुबों पर पानी फेरते हुए यादव-प्रमुखों की राजमहल के खिलाफ बढ़ती एकता को तोड़ना था। अतः रात्रि होते-होते मैंने स्वयं को समय की मांग के अनुसार ढाल दिया। अर्थात् पांडवों को जहन से निकालकर अपना ध्यान मथुरा की वर्तमान परिस्थिति पर लगाने की कोशिश करने लगा। अब क्योंकि इतने दिनों बाद माथाफोड़ी में उलझा था, अतः चिंतन तो दगा दे ही रहा था, साथ-ही-साथ नींद भी दगा दे रही थी। शायद पांडवों की कमी खल रही थी। अब महीने भर से दिन-रात उनके साथ रहने का आदी जो हो चुका था। ...अर्थात् हालात ऐसे हो गए थे कि पांडवों से जान छुड़ाकर सोने की कोशिश करता भी तो सत्राजित का षडयंत्र नींद उड़ा देता। और उस पर कुछ सोचने की कोशिश करता तो पांडव याद आ जाते। कुल-मिलाकर रात करवटें बदल-बदल कर ही बितानी पड़ी थी।

खैर! एक रात बिगड़ी, कोई बात नहीं। लेकिन कोई रोज-रोज तो नींद खराब नहीं की जा सकती। उपाय सामने था, मथुरा की परिस्थितियों में डूबूंगा तो पांडवों से अपनेआप छुटकारा मिल जाएगा। यूं भी बिना उपाय वाले विषय को बिसराने का एक ही तरीका है - "उपाय वाले विषय में डूब जाना।" बस क्या था, उठते ही नींद पूरी न होने के बावजूद तैयार होकर सीधा राजमहल जा धमका। नानाजी अपने शयनकक्ष में ही लेटे हुए थे। मुझे देखते ही उठ खड़े हुए। मैं भी उनके चरण-स्पर्श कर उनके पास ही बिस्तर पर बैठ गया। पूछने का तो कुछ सवाल ही नहीं था, उनकी मुख-मुद्रा ही सबकुछ बयान कर रही थी। ...फिर भी मैं परिस्थिति की वास्तविकता विस्तार से समझना चाहता था। मेरे पूछने पर नानाजी ने तमाम बातें बड़े खुल के बताई। शायद वे महीने भर से इसी दिन का इन्तजार कर रहे थे। सचमुच मेरे बगैर वे बड़े अकेले पड़ गए थे। कोई बात नहीं, अब तरोताजा होकर आया हूँ ...सब ठीक कर दूंगा।

चलो, यह तो विश्वास की बात हुई। अभी तो नानाजी की कही बातों का सार बताऊं तो उनके कहे अनुसार मथुरा का राजकोष पूरी तरह खाली हो चुका था। अब तो हालात यहां तक बिगड़ चुके थे कि राजमहल के खर्चे उठाना भी मुश्किल हो गया था। ऊपर से सत्राजित के प्रभाव में आकर अब कोई कर भी नहीं चुका रहा था। यही नहीं, अब सत्राजित ने एक नया ही राग अलापना शुरू कर दिया था। ...वह बृहद्दल को युवराज बनाने की मांग करने लगा था। ऊपर से यह कम था तो धीरे-धीरे कर सभी यादव प्रमुख ही नहीं, प्रजा भी सत्राजित की इस मांग का समर्थन करने लगी थी। यह सब तो ठीक पर इस बात का सबसे खतरनाक पहलू यह कि नानाजी का यह स्पष्ट मानना था कि इतने कम समय में सत्राजित सबकुछ इतनी आसानी से इसलिए कर पाया था क्योंकि वह सबको यह समझाने में कामयाब हो गया था कि कृष्ण की नजर मथुरा की राजगद्दी पर है; वह नानाजी को फुसलाकर मथुरा का युवराज बनने के चक्कर में है। ...और यदि कृष्ण युवराज बना तो जरासंध जो कि एक घायल सांप की तरह तड़प रहा है, निश्चित ही मथुरा पर भीषण आक्रमण कर बैठेगा। और कभी ऐसा हुआ, तब तो अबकी मथुरा का नाम ही आर्यावर्त के नक्शे पर से मिट

जाएगा। लेकिन यदि बृहद्दल युवराज बना तो जरासंध ने वचन दिया है कि वह मथुरा पर कभी हमला नहीं करेगा।

यह सुनते ही मेरी बुद्धि चकरा गई। मैं पांडवों के साथ मौज-मस्ती करता रह गया और यहां सत्राजित ने मेरी व्यवस्था ही कर डाली। दुष्ट ने बात ही कुछ इस तरीके से समझाई थी कि उसके साथ पूरी मथुरा को आना ही था। सवाल यह था कि बृहद्दल के युवराज बनने से मुझे क्या फर्क पड़ रहा था? मुझे तो मथुरा का युवराज बनना नहीं था। ...क्या कह रहे हो कन्हैया, असली बात समझो ! यदि एकबार सत्ता-सूत्र सत्राजित के हाथ में आ गए तो फिर तुम्हें यहां रहने कौन देगा? ...यानी कि मामला ले-देकर तुम्हारे जमे-जमाए पांव उखाड़ने का है। ...समझे कि नहीं? ...हां हां समझे। मैं तो समझ गया पर आप समझे कि नहीं। मामला इतना गंभीर था कि मैं मन-ही-मन बड़बड़ाने लग गया था। सवाल यह कि सत्राजित तो समझे, पर यह आम प्रजा को क्या हो गया? वह मुझसे विमुख कैसे हो गई? जरासंध को दो-दो बार खदेड़ने वाले वीर को वह कैसे भूल गई? भूल ही सकती है, यहां की आम प्रजा में रखा ही क्या था? उनकी हालत तो राजकीय परिस्थिति से भी बदतर थी। ना तो उनके पास कोई व्यवसाय था और ना ही उन लोगों को काम करने की कोई प्रेरणा ही दे रहा था। उस पर कमाल यह कि दिन-रात वेश्यालयों में धूम मची रहती थी। यूं भी यादव मांस-मदिरा के गुलाम पहले से ही थे। ऊपर से दिनभर चौपर व जुआ खेलने की आदतों ने उनकी कार्यदक्षता पूरी तरह से खत्म कर दी थी। ऐसे में बढ़ते नृत्य और गानों के शौक ने उन्हें बर्बादी के कगार पर ला खड़ा किया था। अब ऐसा कार्यहीन व खाली दिमाग शैतान का घर होता ही है। सच कहूं तो मैंने आज तक अपने देखे किसी भी राज्य में मांस-मदिरा का इतना सेवन या जुए और वेश्याओं की ऐसी लत नहीं देखी थी। वैसे तो मथुरा ही क्यों, अन्य कई यादव राज्यों का भी यही हाल था। वास्तविकता तो यह थी कि यादव अपनी इन्हीं बुराइयों के लिए पूरे आर्यावर्त में बदनाम थे। ...फिर भी अन्य राज्यों के हाल मथुरा जैसे कतई नहीं थे। अब ऐसी निकम्मी प्रजा से वफादारी की या फिर सत्य और न्याय की उम्मीद करना ही व्यर्थ था। कहा जा सकता है कि जब कुछ समझ नहीं आ रहा था तो सत्राजित की भड़ास प्रजा पर निकाल रहा था। लेकिन वह भी कब तक। बस हम नाना-नाती ने कुछ फल वगैरह खाये, मैंने उन्हें कुछ-न-कुछ चक्कर चलाकर सत्राजित पर लगाम कसने का आश्वासन दिया व वहां से खिसक लिया।

पर खिसक कर भी जाता कहां? परिस्थिति की गंभीरता देखते हुए चैन तो आने का सवाल ही नहीं उठता था। फिर भी एक मौका लेते हुए बस मैं चुपचाप यमुना किनारे वाले घर में एकान्त बिताने चला गया। दरअसल मैं पहले परिस्थिति के हर पहलू पर ठीक से विचार कर लेना चाहता था। एकबार समस्या की वास्तविक गहराई समझ आ जाए तो उपाय खोजना बड़ा आसान हो जाता है। बस कभी झूले पे बैठ कर सोचता तो कभी बगीचे में चक्कर लगाते-लगाते चिंतनों में खो जाता। सेवक-सिपाही भी साथ में एक नहीं ले गया था कि सोचने में कोई बाधा पहुंचे। सोच-सोच के थकता तो आस-पास के पेड़ों से फल तोड़ लाता। और फिर दिनभर उन्हीं फलों से गुजारा करता। और मेरे इस कदर डूबकर चिंतन किए जाने के परिणाम भी आए। मैं जल्द ही कई महत्वपूर्ण निष्कर्षों पर पहुंच गया था। सबसे खतरनाक बात जो मेरी समझ में आ रही थी वह यह कि जरासंध अब

पहले से भी ज्यादा मेरी जान का दुश्मन हो गया है। इसके विपरीत मैं यह समझ रहा था कि गोमंत से खदेड़ने के बाद जरासंध नामक बला हाल-फिलहाल के लिए मेरे सर से टल गई है। लेकिन शायद लगता है कि गोमंत की टेकड़ी से भागने की बदनामी ने उसके अहंकार को ऐसी चोट पहुंचाई है कि अब ले-देकर उसके पास मुझे ठिकाने लगाने के अलावा और कोई काम नहीं रह गया है। ...लेकिन क्योंकि वह हाल-फिलहाल हमला करने की स्थिति में नहीं है, साथ ही पिछले अनुभवों के बाद वह जल्दबाजी में ऐसी कोई गलती दोहराना भी नहीं चाहता होगा; बस इसीलिए वह पहले मथुरा में मेरे लिए विकट परिस्थितियां पैदा कर रहा था। और इसका सबसे खतरनाक पहलू यह कि वह अपने इस कार्य के लिए सत्राजित का अच्छे से इस्तेमाल कर रहा था। अब आप ही सोचिए, जरासंध और सत्राजित जैसे मेरे स्थायी शत्रुओं के मिलन से ज्यादा बुरी खबर मेरे लिए और क्या हो सकती थी? ...कन्हैया, अबकी तुम गए काम से। सत्राजित ही समस्या होती तो निपट लिया जाता। जरासंध को दो-बार पहले भी निपटा चुके हो, लेकिन दोनों के मिलन से कैसे निपटोगे...? क्योंकि मनुष्य या तो घर के शत्रु से उलझ सकता है या बाहर के। लेकिन जब दोनों तरफ से शत्रुओं से घिर जाए तो मामला काफी गंभीर हो जाता है।

...सच तो यह है कि स्थिति इस बार ज्यादा विकट इसलिए भी हो गई थी कि अपने स्वभाव के विरुद्ध जरासंध अपने क्रोध पर काबू रखे हुए था। मैं जो कह रहा हूँ शायद उसका अनुभव जरासंध के साथ-साथ आप भी कर ही चुके होंगे। पहले दो हमले उसने क्रोधवश किए थे, फलस्वरूप बुद्धि भ्रष्ट हो गई थी ...और परिणामस्वरूप दोनों बार उसे मुंह की खानी पड़ी थी। परंतु इस बार क्योंकि वह अपने क्रोध पर काबू किए हुए था, इसलिए एक अच्छी कूटनीतिक चाल चलने में सफल हो गया था। पहले वह सत्राजित के जरिये बृहद्दल को युवराज बनाना चाहता था। फिर विकट परिस्थितियां निर्मित कर मुझे मथुरा से निष्कासित करवाना चाहता था। ...अर्थात् या तो मथुरा को मेरे खिलाफ इतना भड़का दो कि मथुरावासी मुझे मथुरा से निकाल दे, या मेरे लिए हालात इतने बदतर कर दो कि मजबूर होकर मैं स्वयं मथुरा छोड़ दूं। देखा आपने, जब तक जरासंध प्रतिशोध की आग में जल रहा था वह इतना खतरनाक साबित नहीं हो रहा था; लेकिन कहते हैं न कि ठंडा क्रोध ज्यादा खतरनाक व असरकारक सिद्ध होता है। ...मेरी तो बुद्धि ही चलनी बंद हो गई थी। एकबार तो गोमंत की टेकड़ी पर निराश्रित जीवन गुजार चुका था। अब तो ऐसे जीवन के नाम से भी हृदय कांप उठता था। मेरी छोड़ो, मथुरा की सोचूं तो भी 'बृहद्दल' किसी कोण से युवराज बनने लायक नहीं था। वह बुराइयों में वाकई "यादवों का सरदार" था। हालांकि रिश्ते में वह मेरा भाई ही था, मेरी ही मौसी का लड़का था; लेकिन भला मदिरा व वेश्याओं में दिनभर डूबे रहने वाले को मथुरा का युवराज कैसे बनाया जा सकता था? पहले ही मुसीबतों के अंधकार में भटक रही मथुरा की कमान ऐसे व्यक्ति के हाथों में कैसे सौंपी जा सकती थी जो दिनभर नशे में चूर रहता हो?

...हालात सचमुच अत्यंत गंभीर थे। मेरा ही नहीं, मथुरा का भी भविष्य पूरी तरह अंधकारमय नजर आ रहा था। मेरे बचने का तो कोई उपाय दिख ही नहीं रहा था, लेकिन मथुरा भी कहीं से बचती नजर नहीं आ रही थी। एक तो मथुरा वैसे ही भुखमरी के कगार पर खड़ी थी,

उस पर कामचोरी उसके खून में बस गई थी। ...ऐसे में उसे किसी मार्गदर्शक की जरूरत थी और निश्चित ही मथुरा की यह आवश्यकता मैं पूरी कर सकता था। मैं अपनी कर्मठता से मथुरा को बचा भी सकता था और उनको सही राह दिखा भी सकता था, लेकिन कुदरत की करनी यह कि मेरे खुद के मथुरा में टिकने के लाले पड़ गए थे। चाहे जो हो, पर इतने लोगों को एक साथ बर्बाद होते भी नहीं देखा जा सकता था। उन्हें बचाने की कोशिश तो करनी ही होगी। उन्हें बचाना भी होगा। ...पर कैसे? यहां तो "कर्मवीर-कृष्ण" के कर्मों पर ही चारों ओर से ताले लगा दिए गए हैं। परिस्थिति यह कि सत्राजित व जरासंध में दुराव पैदा किया नहीं जा सकता था, और दोनों एक रहे तो बचा नहीं जा सकता था। वहीं दूसरी ओर की बात करूं तो भी न तो मथुरा में मेरे खिलाफ खड़े किए जा रहे वातावरण को रोका जा सकता था, और ना ही उस वातावरण के चलते ज्यादा दिन मथुरा में टिका ही जा सकता था। कुल-मिलाकर समस्या वाकई बड़ी गहरी व जटिल थी। न तो स्वयं के बचने के और ना ही मथुरा को बचा पाने के आसार दूर-दूर तक नजर आ रहे थे।

तो क्या, कर्मवीर कृष्ण हाथ-पर-हाथ धरे बैठा रहे? बिल्कुल नहीं... यह तो हो ही नहीं सकता। मैंने तत्क्षण उपायों पर सोच-विचार प्रारंभ कर दिया। कुछ ही दिनों के चिंतन के बाद मैं एक निष्कर्ष पर तो पहुंच ही गया कि मथुरा व मेरी समस्या भी एक है व शत्रु भी एक ही है। और जब सर्वहित में ही अपना हित समाया हुआ है तो फिर क्यों न मथुरा को बचाने के प्रयत्नों से ही इस कठिनतम कर्म की शुरुआत की जाए। हो सकता है मथुरा को बचाते-बचाते खुद के बच निकलने का भी कोई मार्ग निकल आए। वैसे देखा जाए तो मेरे सिर्फ दो ही शत्रु थे - जरासंध व सत्राजित। लेकिन मथुरा का तो इन दो के अलावा तीसरा शत्रु भी था... अरे भाई मथुरा स्वयं।

होगा, अभी तो निष्कर्ष पर पहुंचते ही मैं वापस पिताजी के घर लौट आया था। और अपने साथ पूरी मथुरा की चिंता भी ले ही आया था। ...वाकई इन दुष्टों ने स्वयं को उस कगार पर ला खड़ा किया था कि उनको बचाया भी कैसे जाए? और जब तक मथुरा के हालात नहीं सुधरते उनकी सोच नहीं बदली जा सकती। और उनकी राजमहल व मेरे प्रति सोच बदले बगैर सत्राजित पर कोई नियंत्रण नहीं पाया जा सकता। मामला दो और दो चार जैसा था। मुझे बचना हो तो उसका एक ही उपाय था कि सत्राजित की हरकतों पर लगाम कस दी जाए। जो वर्तमान परिस्थितियों में मेरे या नानाजी के अकेले के बूते की बात नहीं बची थी। हां, यदि उस हेतु आम मथुरावासियों का साथ मिल जाए तो यह शक्य हो सकता था। और आम मथुरावासियों की बुद्धि बगैर उनकी हालत सुधरे ठिकाने आने वाली नहीं थी। काम-धंधे से लगा व्यक्ति राजमहल की चिंता करता है, बेकार-व्यक्ति को फसादों में ही मजा आता है। और यहां के हालात व व्यक्ति दोनों ऐसे बदतर थे कि सोचते ही माथा फट जाता था। यहां के सारे व्यवसाय पहले ही चौपट हो चुके थे। किसी के पास बचत भी नहीं थी कि व्यवसाय फिर से जमाया जा सके। ना ही ऐसा कोई विशिष्ट पैदावर था कि जिससे धन अर्जित किया जा सके। राजकोष पहले से खाली था। अतः राजमहल भी आम मथुरावासियों की कोई सहायता करने में असमर्थ था। कुल-मिलाकर सत्राजित द्वारा कसे जा रहे शिकंजे व मथुरावासियों की बुरी लत मिलकर आज नहीं तो कल मथुरा में गृह-युद्ध की स्थिति पैदा करती हुई साफ नजर आ रही थी। अब आपसे क्या कहूं, यादवों की इन बुरी लतों के कारण

ही मैंने चंडक व महारानी पद्मावती के भेंट स्वरूप दी गई पचासों वेश्याओं को अस्वीकार किया था। निश्चित ही अच्छी वेश्याएं हर राज्य की आवश्यकता होती है, बशर्ते दिनभर काम कर थका-हारा व्यक्ति हफ्ते में एकाध बार उनका गान सुनने जाए। लेकिन यहां मथुरा में तो ये वेश्याएं एक बीमारी का रूप धारण कर चुकी थी। यहां वेश्याएं काम-काज की थकान दूर करने का साधन न होकर ऐय्याशी की मूरत बन चुकी थी।

होगा! अभी तो मेरे पास स्वयं को बचाने का कोई उपाय नजर नहीं आ रहा था - ऐसे में इन सब बातों का क्या फायदा? इस समय तो मुझे परिस्थितियों पर नजर बनाये रखते हुए मौके का इन्तजार ही करना था। और जहां तक मथुरा को बचाने का सवाल है तो इस समय मथुरा की परम आवश्यकता धन की थी। धन हो तो कुछ व्यवसाय पैदा किया जा सके। व्यवसाय पैदा होगा तो रोजगार बढ़ेगा और रोजगार बढ़ेगा तो लोग ऐय्याशी से हटकर कामकाज में ध्यान लगाएंगे। ऐसा होने पर हो सकता है राजमहल को फिर कर मिलना प्रारंभ हो जाए। हालांकि इन सबके लिए आवश्यकता लोगों को मेहनत की प्रेरणा देने की भी थी। यदि हर घर का एक व्यक्ति ग्वाले का भी काम करे तो भी कम-से-कम मथुरा को वर्तमान भुखमरी से तो छुटकारा मिल ही सकता था। लेकिन यह सारे कार्य दिखने में जितने आसान नजर आ रहे हैं, थे उससे कई कठिन। बदहाल मथुरा में व्यवसाय जमाना और इन निखट्टुओं को काम पर लगाना कोई मजाक थोड़े ही था, वह भी खासकर तब जब सत्राजित सबको उल्टा ज्ञान दे रहा हो। यानी बात कहीं से भी पकड़ो, घूम-फिरकर वहीं-की-वहीं आ रही थी। सत्राजित के मजबूत होते-सोते ना तो मथुरा को ठीक राह पर ला पाना संभव था, ना ही मथुरा को ठीक राह पर लाए बगैर मेरा मथुरा में ज्यादा समय टिक पाना शक्य था।

...चलो मेरी तो ठीक, ज्यादा-से-ज्यादा दो व्यक्तियों के जीवन का सवाल है। सत्राजित, मेरा व जरासंध का झगड़ा तो चलता ही रहेगा, पर यह कहां का न्याय है कि पूरी मथुरा को उसकी चक्की में पीसा जाए? सर्वहित का ऐसा शुभ-विचार आते ही मैंने सोचा क्यों न अपने पास पड़े खजाने का कुछ हिस्सा राजकोष में जमा करवा दूं। मेरा तो ठीक पर इससे कम-से-कम मथुरा के हालात तो कुछ सुधरेंगे। तत्क्षण दूसरा विचार आया, लेकिन इससे तो उल्टा तुम पूरी तरह कमजोर हो जाओगे, और तुम्हारा कमजोर होना भी मथुरा के हित में कतई नहीं। सो उपाय ऐसा सोचो जिससे तुम्हारे व सत्राजित के प्रभाव में अंतर न आए। तो फिर क्यों न मैं यह प्रस्ताव रखूं कि यदि सभी यादव-प्रमुख राजकोष की सहायता करने को तैयार हो तो मैं भी राजमहल की सहायता करने को तत्पर हूँ। हां, यह ठीक है। सचमुच यदि एकबार राजमहल की आर्थिक हालत सुधरे तो जन-कल्याण के कई कार्य कर कम-से-कम मथुरा को तो बचाया ही जा सकता है। और इससे राजमहल के हालात भी सुधर ही जाएंगे। और जब राजमहल को समृद्ध बनाना ही है तो उसमें कचास क्या रखना? यानी धीरे-धीरे ही सही, मैं स्वयं की चिंता छोड़ मथुरा की चिंता में डूबता जा रहा था। ...और जैसा कहते हैं कि औरों के हित का सोचने से ही आपके हित का मार्ग निकलता है, ठीक वैसे ही लगातार मथुरा के उद्धार बाबत सोचते-सोचते एक विचित्र ख्याल दिमाग में आया। वह भी ऐसा सटीक कि एक तीर और अनेक शिकार। सारी समस्याएं ही चुटकी में खतम हो सकती थी। मेरे सर से बला भी टल सकती थी व मथुरा का उद्धार भी हो सकता था।

...आप कहेंगे कि ऐसी क्या जड़ी-बूटी हाथ लग गई कृष्ण? कुछ हमसे भी कहो। अभी कहता हूँ... मैं सोच रहा था कि स्यमंतक-मणि कुदरत की देन है। कायदे से उस पर अधिकार मथुरा का बनता है। क्यों न सत्राजित से स्यमंतक-मणि ही मांग ली जाए। यदि स्यमंतक-मणि राजकीय कोष में जमा हो जाए तो सारी समस्याओं का एक ही झटके में निदान हो जाए। मथुरा की समस्या तो सलटे-ही-सलटे, सत्राजित भी ठिकाने पर आ जाए। क्योंकि उसका जो कुछ वर्चस्व है वह इस मणि के कारण ही तो है। मणि उसके हाथ से निकली नहीं कि यादव-प्रमुखों ने भी उससे मुंह फेरा नहीं। फिर तो सभी अपनेआप राजमहल के वफादार हो जाएंगे। ...उपाय तो एकदम सटीक खोज के लाए हो कृष्ण, पर तुम तो ऐसे कह रहे हो जैसे सत्राजित तुम्हारे कहने में हो। वह मणि देने को राजी होए तब न! हां, तब तक तो सारी बातें हवाई ही समझो। निश्चित ही सत्राजित से मणि निकलवाना शेर के मुंह से निवाला छीनने जैसा है। तो यह तो मैं भी जानता हूँ, पर उपाय यही एक है। और ठीक भी सिर्फ यही है। और वह नहीं ही माना तो? तो उसे "साम, दाम, दंड, भेद" से मनाया जाएगा। ...फिर भी नहीं माना तो? तो मैं समझूंगा कि मथुरा के उद्धार में कुदरत की मर्जी शामिल नहीं। फिर मैं स्वयं भी राजमहल की कोई विशेष मदद नहीं करूंगा। लो, यह तो बात से ही पलट गए। फिर भी तुम क्यों नहीं अपना पूरा धन राजकोष में जमा करवा देते हो? लो... यह क्या बात हुई? सत्राजित से चलते-चलते बात मुझपर क्यों ले आए? सच कहता हूँ, मुझे मथुरा की चिंता तहेदिल से है... पर मैं कोई पागल या भावुक थोड़े ही हूँ जो बात समझ में आने के बाद भी अपनी पुरानी बात पर अड़ा रहूं।

नहीं समझे, अभी समझाता हूँ। कुल-मिलाकर कहने का तात्पर्य यह है कि मथुरा को मैं कबका अपना चुका था, लेकिन इन यादव प्रमुखों ने मिलकर हमेशा ऐसी परिस्थितियां पैदा किए रखी थी कि मथुरा मुझे अब भी पूरी तरह नहीं अपना पाई थी। अब भला ऐसे में मैं अपना पूरा धन मथुरा पर कैसे लुटा सकता हूँ? ...और खासकर यह देखते हुए कि मेरे कंगाल होते ही सत्राजित के मंसूबे और मजबूत हो जाएंगे। और जहां तक मथुरावासियों को प्रेरणा देने का सवाल है तो उस बाबत तो मुझे अपनी क्षमता पर शक करने का सवाल ही नहीं उठता था। मैं अपने अथक प्रयासों व समझाइश से इन यादवों को बुरी लतों से छुड़वा भी सकता था और उन्हें मेहनत के रास्ते पर ला भी सकता था। ...यानी उन्हें कामकाजी बनाना मेरे बस में था व उसमें मेरा कुछ जाता भी नहीं था। और फिर ऐसे नेक काम के लिए तो मैं हमेशा तत्पर भी रहता हूँ। बाकी धन वगैरह की बात छेड़कर मुझे मत परेशान करो। क्योंकि अब मेरी समझ में आ गया है कि मथुरा को यदि वाकई बचाना है तो मेरा बचना अति आवश्यक है। और फिर मैं कर्मवादी क्यों सारी संभावनाओं को साथ लेकर न चलूं। बस मैं भी बचूंगा व मथुरा को भी बचाऊंगा। पर बगैर धन के मथुरा का उद्धार करोगे कैसे? और फिर तुम्हें यहां का उद्धार करने कौन देगा? बात तो सही है, सत्राजित व अन्य यादव-प्रमुखों का मेरे इस कार्य में यथा-संभव विघ्न पहुंचाना तय था। क्योंकि उनका तो लक्ष्य ही मथुरा में मुसीबतें बढ़ाकर नानाजी पर दबाव बढ़ाना है ताकि वो कुछ भी कर बृहद्दल को युवराज बनाने पर राजी हो जाएं। वहीं दूसरी ओर तय यह भी था कि नानाजी किसी कीमत पर बृहद्दल को युवराज बनाकर मथुरा को विनाश के मार्ग पर लाकर खड़ा नहीं करेंगे। ...वे हजार दबाव सहकर भी इस बात हेतु कभी राजी नहीं होंगे। अर्थात् इससे तो मथुरा में गृहयुद्ध छिड़ जाएगा।

नहीं, मैं ऐसा कुछ नहीं होने दूंगा। मैं इस बाबत और चिंतन करूंगा पर उपाय तो हरहाल में मुझे व मथुरा दोनों को बचाने का ही खोजूंगा। सो, अभी तो इस बात को छोड़ो। अभी तो मैं आपको इस बात के एक अन्य पहलू से अवगत कराता हूँ। दरअसल नानाजी तहेदिल से मुझे युवराज बनाना चाहते थे। और जहां तक मेरा सवाल है, मैं ना तो युवराज बनना चाहता था और ना तो उसके लिए परिस्थितियां ही अनुकूल थी। जो यादव-प्रमुख मथुरा में मेरा रहना तक बर्दाश्त नहीं कर पा रहे हैं, वे मुझे युवराज क्या खाक बनने देने वाले थे? वहीं दूसरी तरफ उम्र के इस पड़ाव पर नानाजी चाहकर भी इतना दबाव कितने दिन तक सह पाएंगे, यह सवाल भी बना ही हुआ था। और नानाजी कमजोर तो मैं मथुरा से बाहर। कहने का तात्पर्य समस्या एक नहीं हजार जगह से उलझी पड़ी थी। सो, कुल-मिलाकर समय की मांग को देखते हुए लंबी उड़ानें भरने की बजाय क्रम-क्रम से ही कार्य निपटाना उचित था। ...ऐसे में इस समय यादवों को सुधारना या मथुरा के पुन:निर्माण की सोचना बहुत दूर की बात थी। प्रथम आवश्यकता यादवों पर स्वयं का प्रभाव बढ़ाने की थी ताकि नानाजी पर दबाव कम किया जा सके; और इसके चलते मुझे किसी भी कीमत पर फिर से मथुरा छोड़ने की नौबत न आए। बात सीधी और साफ थी। यहां रह पाऊंगा तो मथुरा के लिए कुछ कर पाऊंगा? यानी घूम-फिर कर बात एकबार फिर मेरे स्वयं के अस्तित्व से जुड़ गई थी। अब कर्म करने के लिए भी जिंदा रहना तो आवश्यक होता ही है। और उसका मार्ग सिर्फ सत्राजित व उसके पिछल्लुओं को ठीक कर ही खुल सकता था। बस मैं रात-रात भर इसी उधेड़बुन में खोया रहने लगा कि सत्राजित व अन्य यादव-प्रमुखों पर अपनी धाक का सिक्का कैसे जमाया जाए? जब काफी सोच-विचार के बाद भी इसका कोई हल नजर नहीं आया, तो मैंने सत्राजित से सीधे मुलाकात करना ही उचित समझा। क्योंकि समय तेजी से कटता जा रहा था, और कटते समय के साथ सत्राजित का शिकंजा राजमहल पर बुरी तरह कसता जा रहा था। और इससे पहले कि सत्राजित मुझे व मथुरा दोनों को ठिकाने लगा दे, सोचा और कुछ नहीं तो इस बहाने उसका मन ही टटोल लिया जाए।

बस! मैं दूसरे दिन दोपहर को सीधे उसके घर जा धमका। लो, गया था सत्राजित के मनसुबों को समझने और खुद ही भटक जाने की नौबत आ गई। द्वार फिर सत्यभामा ने ही खोला। उस भोली सूरत को देखते ही उससे हुई पहली मुलाकात की याद ताजा हो गई। ...उधर सत्यभामा भी एक क्षण को तो मुझे देखते ही चहक उठी, लेकिन दूसरे ही पल जाने क्या हुआ कि अचानक बुत-सी खड़ी रह गई। मेरे लिए उसका यह बदला रंग समझना क्या मुश्किल था? मैं स्पष्ट देख पा रहा था कि वह सामान्य नहीं थी। यूं भी मुझे देखकर युवतियों का सामान्य रह पाना मुश्किल ही होता था। अब आपसे क्या छुपाऊं? सत्यभामा के इस हाल ने मुझे फिर राधा की याद दिला दी। आपको याद होगा कि मैं भी जब-जब राधा को देखता, मेरा भी ऐसा ही हाल हो जाया करता था। खैर, इस समय इन बातों पर सोचने का या उन्हें ज्यादा तवज्जो देने का वक्त नहीं था। अत: मैंने द्वार पर खड़े-खड़े ही सीधे सत्राजित के बारे में पूछा। मेरा सीधा सवाल सुनकर सत्यभामा ने भी सीधा जवाब दिया कि वह मणि वाले कक्ष में गए हैं, और उन्हें आने में कुछ वक्त लग सकता है। वाकई उसने जवाब बड़ी रुखाई से दिया था। ...क्यों न देती, मेरे सवाल में ही रूखापन था। क्या करता? इतना उलझा हुआ था कि चाहकर भी प्रेमपूर्ण तरीके से नहीं पूछ पाया था। होगा, मेरा काम तो हो गया था। मैं समझ गया था

कि मणि यहीं है और सत्राजित इस समय मणि से सोना निकाल रहा है। यानी शिकारी ही नहीं, शिकार भी मथुरा में ही मौजूद है। अब इतनी बड़ी बात ज्ञात होने के बाद सत्राजित का इंतजार करने का कोई तुक नहीं था। सोचा, मेरा काम हो गया है, अब चुपचाप चलता बनूं। ...तभी दूसरा ख्याल आया। जब मेरा काम हो ही गया है तो मासूम सत्यभामा को क्यों दुखी करूं? यदि राधा ने मेरे साथ ऐसा किया होता तो? बस मैंने तत्क्षण अपना रूप बदला। और अंदर घुसते हुए बड़े ही प्रेमपूर्ण तरीके से उससे शरबत मंगवाया। मेरे रंग बदलते ही उसका रंग भी बदल गया। वह दौड़ के झूमते हुए शरबत ले आई। उसे प्रसन्न देख मैं भी खुश हुआ। चलो, मेरा यह काम भी पूरा हुआ। अब यहां रुकने का क्या औचित्य? अतः मैंने मुस्कुराते हुए उससे इजाजत मांगी। यह सुनते ही उसने आश्चर्य से पूछा- पिताजी का इन्तजार नहीं कीजिएगा?

बात तो सही है, पर जब इतना बड़ा राज पता चल गया है तो मुलाकात करना ही क्यों? सो मैंने बात घुमाते हुए कहा- कोई खास बात तो थी नहीं। बस ऐसे ही शिष्टाचार-वश उनसे मिलने चला आया था। कृपया मेरे आने की सूचना उन्हें दे देना।

...इतना कहकर मैं तो उठ खड़ा हुआ, लेकिन सत्यभामा मुझे इस तरह जाने देना नहीं चाहती थी। तो, मैं राधा को कब जाने देता था? बस उस मासूम ने रोकने के मकसद से बड़े ही भावपूर्ण अंदाज में कहा- जब मिलने आए ही हैं तो कुछ देर प्रतिक्षा और क्यों नहीं कर लेते?

मुझे सत्यभामा के पास बैठने में कोई एतराज नहीं था। लेकिन मेरी कूटनीति इस समय सत्राजित से मिलने की इजाजत बिल्कुल नहीं दे रही थी, क्योंकि मैं हाथ लगे इस मौके को आगे बढ़ाते हुए उसके मन को उलझाए रखना चाहता था। मेरा सोचना था कि कुछ नहीं तो कम-से-कम थोड़े समय के लिए भी तो वह मेरे आने की मंशा जानने में उलझे। इसका सीधा फायदा यह कि जब शत्रु आपके बाबत कुछ जानने में उलझा हुआ हो तो वार कभी नहीं करता। यानी कुछ समय के लिए आप उसके वार से बच जाते हैं। फिर यह बात तो मेरे और आपके बीच की है जबकि मैं खुद नहीं जानता था कि मैं सत्राजित के यहां क्यों गया था? और जब मैं खुद नहीं जानता था तो सत्राजित क्या खाक समझने वाला था? हो सकता है मेरे आने का कारण न जान पाने की व्यग्रता में वह कोई गलती कर बैठे और बैठे-बिठाये मुझे कोई मार्ग सुझाई दे जाए। बस इसी आशा के साथ व हाथ लगे मणि के मथुरा में ही होने के राज के साथ, सत्यभामा के न चाहते हुए भी मैं उससे जबरन इजाजत ले निकल गया।

...पर क्या कहूं? सत्राजित तो कूटनीति का पुराना खिलाड़ी निकला। मैं तो इन्तजार करता रह गया, लेकिन उसने न तो पलटकर मुझसे संपर्क करने की कोई चेष्टा की, ना ही मेरी कोई सुध ही ली। गया तो था उसे चौंकाने, परंतु कहा जा सकता है कि उसने मुझे ही चौंका दिया था। कोई बात नहीं। किसी और मौके का इन्तजार कर लिया जाएगा। कोई नई चाल सोच ली जाएगी। बस, एकबार फिर इसी उधेड़बुन में लग गया। इस दरम्यान कोई नई चाल तो नहीं सूझी पर एक दिन मैं ऐसे ही घर पर ही बैठा हुआ था कि आनन-फानन में नानाजी का बुलावा आ गया। मैं तत्क्षण चल दिया। वे भरी दोपहरी में भी अपने शयनकक्ष में ही विराजमान थे। आज वे चिंतित भी कुछ ज्यादा ही नजर आ रहे थे। मैं समझ ही नहीं पा रहा था कि यह नई मुसीबत क्या आ गई? मुसीबतों का पहले ही

अंबार लगा हुआ था, ...उस पर एक और! मैं सोचने लगा यह मथुरा है या "मुसीबतों की नगरी"। यहां तक कि मैंने तो क्या हो सकता है उस पर विचार तक करने की जरूरत नहीं समझी, चुपचाप मुंह लटकाए नानाजी की बगल में बैठ गया। ...उधर कुछ देर की खामोशी के बाद एक लंबी सांस लेते हुए उन्होंने ही रहस्य पर से परदा उठाया। वे बड़े दुखी होते हुए बोले- तुम तो जानते हो कन्हैया कि यहां के यादव-प्रमुखों ने पहले ही मेरी ऐसी हालत कर रखी है कि यहां का राजा होते हुए भी वास्तव में अब मथुरा पर मेरा कोई शासन नहीं रह गया है। मैं तो बस नाम का राजा रह गया हूँ।

...बात तो उनकी सही थी। मुझसे भी उनकी यह दयनीय स्थिति नहीं देखी जा रही थी। लेकिन इस समय मेरी स्वयं की परिस्थिति क्या कम विकट थी? ऐसे में मैं उनकी क्या सहायता करता और क्या सांत्वना देता? सच कहूं तो इस समय दो तिनके एक-दूसरे के सहारे किनारे लगने की कोशिश में लगे हुए थे। परिणामस्वरूप किनारे तो नहीं लग पा रहे थे, बस डूबने से बचने हेतु छटपटा रहे थे। ऐसे में कहना-सुनना तो कुछ खास था नहीं, बस हमेशा की तरह बात जानने की चेष्टा किए बगैर मैंने नानाजी को दो शब्द सांत्वना के कहे और जाने को हुआ। वैसे सच कहूं तो यह भी अब हमारा साप्ताहिक कार्यक्रम हो चुका था। नानाजी मुझे अपना दुखड़ा सुनाने बुलाते और मैं सांत्वना के दो शब्द कहता और लौट आता। ...लेकिन यह क्या! आज नानाजी ने मुझे फिर बिठा लिया। अचानक कुछ ज्यादा ही गंभीर हो गए। और इससे पहले कि मैं कुछ सोच-समझ पाऊं खुद ही खामोशी तोड़ते हुए उदासी के स्वर में बोल पड़े- कृष्ण! और-तो-और, अब तो आर्यावर्त में भी मथुरा की संप्रभुता पर हमले होने लगे हैं। एक ओर मथुरा में मुझे राजा नहीं माना जा रहा और दूसरी ओर आर्यावर्त में मथुरा को राज्य नहीं माना जा रहा। मैं ऐसी तौहीनें अब और बर्दाश्त नहीं कर सकता। सोच रहा हूँ सबकुछ छोड़ शरणागति ही स्वीकार लूं।

...लो! यह तो मेरा प्रमुख मोहरा ही पिटा जा रहा है। यदि नानाजी ने दुखी होकर या घबराकर राजगद्दी छोड़ दी तो कन्हैया तुम्हारा काम तो तमाम ही समझो। फिर शरण लेने हेतु कोई नई गोमंत की टेकड़ी खोजते रहना। हालांकि मैं नानाजी के कहने का अभिप्राय बिल्कुल नहीं समझ पाया था, पर इतना अवश्य समझ पा रहा था कि आज की हताशा कुछ ज्यादा ही गहरी है। और यह तो और भी अच्छे से समझ रहा था कि जल्द ही उन्हें नहीं सम्भाला गया तो सब चौपट हुआ ही समझो। यह भी स्पष्ट ही था कि जिन परिस्थितियों में व उम्र के जिस पड़ाव पर वे राजगद्दी सम्भाले हुए थे, निश्चित ही वहां उनके लिए एक-एक पल गुजारना मृत्यु की भयानकता से कम न था। मैं यह भी समझ रहा था कि आज तगड़े आश्वासन व पक्की योजना के बगैर काम चलनेवाला नहीं। और तगड़े आश्वासन के लिए पूरी बात जानना आवश्यक थी। मथुरा की परिस्थितियों से तो मैं वाकिफ था, पर यह आर्यावर्त से नई मुसीबत क्या आ टपकी, यह अब भी मेरे लिए पहेली बनी हुई थी। अतः मैंने नानाजी को बात पूरे विस्तार से समझाने को कहा। बात जानूं व समझूं तो रास्ता निकालने की सोचूं। वे बेचारे तो अपना दुःखड़ा सुनाने को तैयार ही बैठे थे। उन्होंने पूरी बात विस्तार से बताना प्रारंभ किया। नानाजी ने बताया कि उनके गुप्तचरों ने खबर दी है कि अगले माह कुंडिनपुर की राजकुमारी रुक्मिणी का स्वयंवर रखा गया है। पता चला है कि यह पूरा स्वयंवर जरासंध की देखरेख में रचा जा रहा है[६६]।

---

६६. हरिवंश पुराण, विष्णु पर्व, अध्याय-४७, श्लोक-१-११

नानाजी के मुख से इतना सुनते ही मेरे तो ज्ञान-चक्षुओं ने काम करना ही बंद कर दिया। अचानक मेरा दिल जोर-जोर से धड़कने लगा। हालांकि जल्द ही मैंने स्वयं को सम्भाल भी लिया। क्योंकि नानाजी की बात अभी तक पूरी नहीं हुई थी। उनका बोलना अब भी जारी था। और क्योंकि मामला रुक्मिणी का था, अतः पहले उनका एक-एक शब्द ध्यान से सुनना आवश्यक था। ...उधर नानाजी ने आगे जो कुछ कहा उसका सार यह था कि रुक्मिणी का भाई रुक्मी जरासंध को खुश करने के लिए उसका विवाह जबरदस्ती शिशुपाल से करवाने वाला है। वैसे, यह उन लोगों का आंतरिक मामला है, लेकिन चिंता में डालने वाली बात यह है कि जरासंध के निर्देश पर मथुरा को स्वयंवर का निमंत्रण नहीं भेजा गया है। यह ना सिर्फ मथुरा का घोर अपमान है बल्कि व्यक्तिगत तौर पर एक राजा के नाते यह मेरा बहुत बड़ा तिरस्कार है। ...इतना कहकर एक क्षण को तो वे चुप हो गए, पर फिर अचानक भावुक होते हुए बोले- तुम ही बताओ कन्हैया! घर में अपमान - बाहर अपमान! आखिर मैं कितने अपमान सहूं? अपमानों के कितने घूंट पीऊं? और इतने अपमानों के बावजूद इस उम्र में राजा क्यों बना रहूं?

बात तो सही थी, ...पर सही नहीं भी थी। यह तो साफ दिखाई दे रहा था कि नानाजी इतने थक चुके हैं कि अब यदि उन पर इससे ज्यादा दबाव पड़ा तो वे राजगद्दी छोड़ देंगे। और फिर वे इस उम्र में इतना दबाव सहे ही क्यों? लेकिन दूसरी तरफ उनका राजगद्दी छोड़ने का अर्थ था मेरा मथुरा से तुरंत निष्कासन। यानी इस लिहाज से मेरे लिए उनका टूटना सर्वथा गलत था। समस्या गंभीर थी और उपाय तत्काल खोजना आवश्यक था। ...लेकिन क्या करूं, रुक्मिणी का नाम आते ही मेरा चिंतन सौ काम छोड़कर रुक्मिणी में उलझकर रह गया था। बेचारा चिंतन भी क्या करे, वह भी तो दिल के हाथों मजबूर था। लो, मैं यहां अपनी उलझनों में ही उलझा रह गया और वहां महारानी का स्वयंवर रचा जा रहा है। ...वह भी जबरदस्ती और शिशुपाल जैसे दुष्ट से। यानी मैं यहां सपने देखता रह जाऊं और वहां मेरी सपनों की रानी शिशुपाल की हो जाए। अब आपसे क्या कहूं, क्षणभर में मेरे मन में ऐसे हजारों विचार आए और गए। अब जरासंध व सत्राजित की समस्या तो जो चल रही थी वह चल ही रही थी, ऊपर से नानाजी की थकान ने उस समस्या को और जटिल बना दिया था। ऐसे में जहां दिल को किसी आसरे की जरूरत थी, वहां रुक्मिणी के स्वयंवर की खबर ने उसे उल्टा हजारों घाव दे दिए थे। अब आप ही बताइए, दिल का मारा ये बेचारा चौतरफा लड़े तो लड़े कैसे? कुछ और सोचे तो सोचे कैसे?

चलो, मेरी जान व मेरे अस्तित्व पर तो जब से पैदा हुआ था, हमले होते ही आए थे। लेकिन इस बार तो मेरे सपनों की रानी रुक्मिणी पर ही संकट आ खड़ा हुआ था। ऐसे में मेरी हालत की कल्पना तक कर पाना असंभव था। मुझे अपनी जान व सपने दोनों को जीवित रखना था। रुक्मिणी को हर हाल में संकट से उबारना था। मेरे लिए न सही, लेकिन इन्सानियत के नाते सोचा जाए तो भी किसी लड़की के जबर्दस्ती विवाह का अर्थ जीते-जी मौत के सिवाय और क्या है? रुक्मिणी को पा नहीं सकता कोई बात नहीं, परंतु उसे नर्क-सा जीवन जीते कैसे देख सकता था? अब देख सकूं या नहीं पर हकीकत यह थी कि इसके अलावा मैं और कर भी क्या सकता था? बात भी सही है, जिसके खुद के अस्तित्व पर प्रश्नचिह्न लगा हो वह भला कर ही क्या सकता है?

अरे यह कैसी हताशा कृष्ण? कोई इस तरह हथियार थोड़े ही डाले जा सकते हैं? बस मैंने अपने पूरे अस्तित्व को झकझोरा। क्योंकि संकट के इस सर्वोच्च शिखर पर अंतरतम-चैतन्य का ही सहारा था। आखिर उसके लिए भी 'अभी नहीं तो कभी नहीं' का ही सवाल था। आप मानेंगे नहीं कि तत्क्षण मेरे चैतन्य में एक योजना ने जन्म भी ले लिया। अरे भाई, जब मामला रुक्मिणी का हो तो चैतन्य को भी अपनी पूरी ताकत झोंकनी ही थी। कमाल तो यह कि रुक्मिणी-स्वयंवर की जिस सूचना ने मेरे पूरे अस्तित्व को झकझोर के रख दिया था, चिंतन की एक ही उड़ान ने उसे मेरे लिए वरदान-स्वरूप बना दिया था। अगर पासा पूरी तरह से ठीक पड़ जाए, तब तो वर्तमान समस्या ही सुलझ जाए। अब योजना तो जहन में स्पष्ट थी पर अभी सबसे पहली आवश्यकता नानाजी को सम्भालने की थी। क्योंकि योजना पर अमलीकरण तो उन्हीं से करवाना था। ...वैसे योजना जहन में आते ही आत्मविश्वास भी पूरी तरह लौट ही आया था। और वही आत्मविश्वास दर्शाते हुए मैंने नानाजी को कहा- हमारी दो समस्या है। उसमें पहली व महत्त्वपूर्ण मथुरा की आंतरिक परिस्थिति है। मेरा मानना है कि राजा को चाहिए कि वह प्रजा की इच्छा का सम्मान करे। जब समस्त यादव-प्रमुख यह चाहते हैं कि बृहद्दल को युवराज बना दिया जाए तो आप उसे युवराज क्यों नहीं बना देते? आप व्यर्थ की जिद कर रहे हैं।

नानाजी बोले- यह तुम कह रहे हो कन्हैया! तुम तो उसकी सारी बुरी आदतों से अच्छी तरह वाकिफ हो। वह तुम्हारा भाई है। तुम से बेहतर उसे और कौन जान सकता है?

मैंने कहा- नानाजी...! आप इस तरह क्यों नहीं सोचते कि एकबार जवाबदारी सर पर पड़ी तो फिर वह अपनेआप सम्भल जाएगा। मैं तो कहता हूँ आप जल्द ही यादव-सभा बुलवाएं व उसका सीधा व एकमात्र उद्देश्य युवराज का चयन रखें, लेकिन इस बात की गुप्तता बनाये रखें कि हमने बृहद्दल को युवराज बनाना तय कर लिया है। बाकी सब मुझपर छोड़ दें, मैं सब ठीक कर दूंगा। ...डूबता क्या चाहे, एक तगड़ा आश्वासन। फिर नानाजी तो यूं भी ज्यादातर मेरे ही दिमाग से चला करते थे। दूसरी ओर उन्हें मुझपर पूरा भरोसा भी था, अतः राजी तो उन्हें होना ही था। सारा मामला जम चुका था। अपनी योजना का पहला पासा फेंक भी चुका था। मैं प्रसन्न था। चैतन्य के एक ही धड़ाके ने संभावना के सारे द्वार खोल दिए थे। तभी तो कहता हूँ, ...कोई कृष्ण के चैतन्य व बुद्धि के होते-सोते उसे कैसे मात दे सकता है?

खैर! कार्य बहुत थे व समय कम। अभी तो योजना ही सूझी थी, कोई कामयाब नहीं हो गई थी। अतः तत्क्षण बढ़ते अहंकार पर लगाम कसी व नानाजी से जाने की इजाजत मांगी। हां, जाते-जाते दूसरी समस्या, यानी रुक्मिणी स्वयंवर का हल सुझाते हुए योजना का दूसरा पासा भी फेंकना नहीं भूला। उठते-उठते उन्हें हिदायत देकर ही निकला कि आप रुक्मिणी-स्वयंवर व उसके निमंत्रण न आने वाली बात किसी से भी मत कहिएगा। व्यर्थ उससे हमारी ही बदनामी होगी। भले ही जरासंध व रुक्मी मिलकर उसका विवाह शिशुपाल से जबरदस्ती कर रहे हों, हमें इससे क्या? यह बात मथुरा में न फैले, इसी में हमारी इज्जत है।

...सचमुच इस समय मेरी चाल में फुर्ती व दिमाग की तेजी दोनों कमाल की थी, लेकिन उससे ज्यादा कमाल मैं था। जैसे ही राजमहल के बाहर निकला तत्क्षण पूरी तरह रुक्मिणीमय हो

गया। मेरी रुक्मिणी, मेरी सपनों की रानी का विवाह और मेरे साथ नहीं? चलो नहीं तो न सही, पर शिशुपाल जैसे दुष्ट के साथ और वो भी जबरदस्ती ...एक योजना के तहत! नहीं...यह कभी नहीं हो सकता। यह जरासंध का बच्चा मेरी जान का दुश्मन तो था ही, अब जाने-अनजाने मेरी जान की जान का भी दुश्मन बन बैठा है। लेकिन मैं उसके ये इरादे कामयाब नहीं होने दूंगा। मन तो करता था कि चारों ओर जरासंध की हाय बुला दूं, लेकिन जरासंध की हाय बुलाने-मात्र से मेरी जान से प्यारी रुक्मिणी को इस जुल्म से बचाया तो नहीं जा सकता था। बात भी सही है, मन की भड़ास निकालने को उम्र पड़ी है। अभी काम पर ध्यान दूं। कार्यों की वैसे ही लंबी फेहरिस्त पड़ी है, और सामने स्वयंवर में भी एक माह से कुछ ही ज्यादा समय बाकी है। अभी तो सत्राजित द्वारा खड़ी की गई समस्या ही मुंह पसारे खड़ी है। सबसे पहले इस सत्राजित और बृहद्दल के बच्चे से निपट लूं। उनसे निपटूंगा तब न रुक्मिणी तक पहुंचूंगा।

बस इस विचार के साथ ही ध्यान वापस कर्म पर लगा दिया। और कर्म के नाम पर इस समय मेरे हाथ में बुलवाई गई यादव-सभा को योजनानुसार पार पाड़ना ही था। और उसी उद्देश्य को ध्यान में रखते हुए मैंने नानाजी से कहकर यादवों की यह सभा मथुरा के सबसे बड़े प्रांगण में बुलवाई थी। नानाजी की भी तारीफ करनी होगी। इतनी पतली हालत से गुजर रहे होने के बावजूद उन्होंने सात रोज में ही सभा का आयोजन करवा दिया था। मेरे यह सात दिन तो पानी की तरह बह गए और आज सभा का दिन भी आ गया। मैं नानाजी व भैया के साथ समय से ही सभास्थल जाने निकल पड़ा था। सभा में आमंत्रित अधिकांश यादव वहां समय से ही एकत्रित हो चुके थे। मथुरा के युवराज के चयन को लेकर वाकई सभी में बड़ा उत्साह था। मंत्रिपरिषद भी पूरी-की-पूरी मौजूद नजर आ रही थी। चलो, यह उत्साह तो समझा जा सके, ऐसा था। ...पर अभी तो एक राज की बात बताऊं तो नानाजी के साथ जाना भी मेरी रणनीति का ही एक हिस्सा था। मेरा मकसद साफ था, मैं सबको इस भ्रम में डालना चाहता था कि नानाजी युवराज के लिए मेरे नाम की घोषणा करने वाले हैं। ...ताकि जब हम बृहद्दल को युवराज बनाने का प्रस्ताव रखें तब सत्राजित समेत सभी इसे अपनी जीत समझे, ...न कि मेरी किसी योजना का भाग। उधर मेरे नानाजी के साथ पहुंचते ही सभा में हंगामा खड़ा हो गया। जैसा कि मैंने कहा, सत्राजित समेत सभी प्रमुख यादव व पूरी मंत्रिपरिषद पहले से ही मंच पर मौजूद थी। और जो मुझे नानाजी के साथ आया देखकर पूरी तरह बेचैन हो उठी थी। होने दो, अभी तो नानाजी के साथ मैं भी मंच पर चढ़ चुका था। वहीं यदि आम यादवों की बात करूं तो वहां हजार के करीब तो युवा यादव बैठे साफ नजर आ रहे थे। उनमें से अधिकांश तो अच्छे से पट्टी पढ़ाकर ही लाए गए समझ आ रहे थे। और शायद वर्तमान हंगामे का यह भी एक कारण था। होगा, अभी तो मैंने व नानाजी ने अपना-अपना स्थान भी ग्रहण कर लिया था। स्वाभाविक तौर पर मैं नानाजी की बगल में प्रथम-पंक्ति में ही बैठा हुआ था। यह तो ठीक, पर हमारे विराजते ही चारों ओर से बृहद्दल के समर्थन में नारे लगने शुरू हो गए। खासकर सत्राजित खेमे में माहौल काफी गरमा गया था। और अपनी बात करूं तो मैं अपनी आंखों के सामने मथुरा में अपनी हैसियत का नजारा देखने को बाध्य था। वैसे देखा जाए तो यह मेरी ही रणनीति का परिणाम था। यह सारा हंगामा उस भ्रम का सबूत था जो मैंने नानाजी के साथ आकर निर्मित किया था। सभी इस भुलावे

में थे कि यह सभा नानाजी ने मुझे युवराज बनाने हेतु ही बुलवाई है। हालांकि बीच-बीच में इक्का-दुक्का मेरी जय के नारे भी सुनाई दे जाते थे। और मुझे उसी से संतोष था, अन्यथा तो सभा का माहौल ही मथुरा पर सत्राजित की पकड़ व मेरी बदहाली बयान कर रहा था।

खैर, इधर कुछ देर मेरी बदहाली का यह तमाशा चलता रहा। आखिर योजना के मुताबिक नानाजी द्वारा मुझे बोलने हेतु आमंत्रित किया गया। मैं तुरंत अपने स्थान पर बोलने हेतु खड़ा हो गया, लेकिन कोई बोलने दे तब न। यहां जैसी कि उम्मीद थी, मेरा नाम आते ही सभा में मचा हंगामा और तीव्र हो गया। बमुश्किल नानाजी यह आश्वासन देकर सभा को शांत करा पाए कि सारे फैसले मिल-जुल कर किए जाएंगे, पहले आप कन्हैया को सुन तो लें। देखी मेरी हालत, जब नानाजी से इतना तगड़ा आश्वासन पाया तब कहीं जाकर सब मुझे सुनने को राजी हुए। अब इससे पहले कि फिर कोई हंगामा खड़ा हो जाए, मैंने तुरंत बोलना प्रारंभ किया। मैंने कहा- सबसे पहले मैं यह स्पष्ट करना चाहता हूँ कि मुझे युवराज बनने में कोई रुचि नहीं है।

...यह सुनते ही सत्राजित खेमे में खुशी की लहर दौड़ गई। यह स्वाभाविक भी था, लेकिन उसके बाद जो कुछ हुआ उसने मथुरा के मानस पर मेरे व्यक्तित्व की छाप उजागर कर दी। भीड़ में से किसी ने मुझपर बड़ा तीखा कटाक्ष मारा - ...अरे रणछोड़ राय! तुम्हें युवराज बना भी कौन रहा है?

...यह सुनते ही पूरे प्रांगण में हंसी के फव्वारे छूट पड़े। मैं तो बुरी तरह झेंप गया। उधर भैया भी क्रोध में तिलमिला उठे। निश्चित ही व्यंग काफी करारा था। अभी मैं सम्भलूं या भैया को शांत कराऊं, किसी ने दूसरा व्यंग कसा - अरे भाई! यदि कृष्ण को युवराज बनाया तो जरासंध के हमले की खबर सुनते ही वह फिर भाग खड़ा होगा। हम ढूंढ़ते ही रह जाएंगे ...हमारे युवराज कहां गए।

...इधर एक-से-एक व्यंग-बाणों की वर्षा सुन पलभर में मेरे मन में भावों के हजारों तूफान आए और गए। अन्य परिस्थिति होती तो पता नहीं क्या होता, पर अभी मामला रुक्मिणी का था; अतः सबको सुना-अनसुना कर इससे पहले कि मेरी और फजीहत हो जाए, मैंने सभा को ठीक दिशा देने के अपने प्रयास फिर प्रारंभ कर दिए। तुरंत अपना संबोधन दोबारा प्रारंभ करते हुए अबकी मैंने बड़ी गंभीरतापूर्वक कहा- जैसा कि आप सभी जानते हैं कि महाराजा उग्रसेन ने यह यादव-सभा मथुरा के युवराज का चयन करने के उद्देश्य से बुलवाई है। अतः आप सभी मिलकर संभावित युवराज का नाम प्रस्तावित करें। सबकी राय ही राजमहल की इच्छा होगी। जैसा कि अपेक्षित था चारों ओर से एक ही नाम की बौछार होने लगी। बृहद्दल - बृहद्दल... और अंत में सबकी इच्छाओं का सम्मान करते हुए बृहद्दल को सर्वानुमति से युवराज घोषित कर दिया गया। मेरी रणनीति सफल रही, सत्राजित इसे अपने प्रभाव की विजय मान रहा था। मैं भी यही चाहता था कि वह इस खुशफहमी में ही रहे। बस अपनी रणनीति की प्रथम सफलता के उत्साह से भरे मैंने तत्क्षण बृहद्दल को पुकारते हुए उसे मंच पर बुलाया और लगे हाथों उसे मुबारकबाद देते हुए गले भी लगाया। यह देख चारों ओर बृहद्दल जिंदाबाद के नारे और तेजी से गूंज उठे। कहीं-कहीं मेरी भी जयकार हो रही थी। चारों ओर हंगामा मचा हुआ था। अब तो बैठे हुए लोग भी खड़े हो गए थे। कुछ लोगों ने तो नाच-गान

भी शुरू कर दिया था। कुल-मिलाकर चारों ओर जश्न-सा माहौल हो गया था। उधर सत्राजित व बृहद्दल को भी बधाई देने वालों का तांता लगा ही हुआ था। दूसरी तरफ अवहेलना का मारा मैं चुपचाप कोने में खड़ा-खड़ा यह तमाशा देख रहा था। उसका भी कारण था, अभी मेरी योजना का प्रथम चरण ही निपटा था। प्रमुख पासा तो अभी फेंकना बाकी ही था। बस उसी के लिए हंगामे के थमने का इंतजार कर रहा था। सो, जैसे ही जोश कुछ ठंडा हुआ मैंने फिर अपना संबोधन चालू किया - मैं आप सबकी ओर से बृहद्दल को मथुरा का युवराज बनने पर बधाई देता हूँ। जैसा कि आप सभी जानते हैं कि हमारे युवराज-बृहद्दल एक वीर पुरुष हैं। मुझे पक्का यकीन है कि मथुरा की आन पर जरा भी आंच आई तो बृहद्दल मथुरा की आन बचाने के लिए कुछ भी कर गुजरेगा। क्यों बृहद्दल...?

...अब ऐसा कभी हुआ है कि मैंने कांटा डाला हो और मछली न फंसी हो? बृहद्दल भी मेरे जाल में बुरी तरह फंस गया था। मेरे संबोधन ने उसमें इतना तो जोश भर दिया कि वह बड़े ताव से बोला- मैं प्रतिज्ञा करता हूँ कि मथुरा की आन पर किसी ने भी उंगली उठाने की कोशिश की तो मैं उसका सर कलम कर दूंगा।

...बस बृहद्दल के इस प्रभावपूर्ण भाषण के साथ ही सभा का समापन हो गया। मैं खुश था! सबकुछ मेरी योजनानुसार निपट गया था। वैसे तो आप जानते ही हैं कि जहां मैं होता हूँ वहां सबकुछ मेरे हिसाब से ही होता है। फिर भी निपट जाए तब बात पक्की। और अब निपट चुकी थी। अतः स्वाभाविक रूप से अहंकार फनफनाने लगा था। ...लेकिन अभी योजना के कई और चरणों पर अमल करना बाकी था। आप कहेंगे कि यह योजना है या योजनाओं की लट। वह तो पता चल ही जाएगा, पहले मुझे अपने फनफना रहे अहंकार से तो निपटने दो। सीधी बात है, योजना पूर्ण होने से पूर्व अहंकार को ज्यादा ऊंची उड़ान भरने देने का तो सवाल ही नहीं उठता। सो, उसे नियंत्रित कर मैंने अपना पूरा ध्यान रुक्मिणी स्वयंवर पर लगाते हुए घर की ओर प्रस्थान किया। ...भला मैं कैसे अपने सपनों की रानी का विवाह जबरदस्ती शिशुपाल जैसे दुष्ट से होते हुए देख सकता था? हालांकि शिशुपाल रिश्ते में मेरा भाई था। आप जानते ही होंगे कि वह मेरे फूफाजी का पुत्र था। तो क्या, भाई तो मेरा बृहद्दल भी था। वह मेरी मौसी का पुत्र था। पता नहीं क्यों अचानक मौसम ही भाइयों से कूटनीतिक युद्ध करने का आ गया था। होगा, तो जो सर पे आ गया था, मैं कहां उससे पीछे हटने वाला था?

खैर! अगले दो-चार दिन तो मैंने किसी तरह निकाल लिए पर अब योजना के दूसरे चरण की ओर कदम बढ़ाने का समय हो चुका था। इस हेतु मुझे बृहद्दल के सहयोग की आवश्यकता थी। तो इसमें मुझे कोई तकलीफ नजर भी नहीं आ रही थी, क्योंकि मेरी प्रतिभाओं से अनजान वह नादान इस समय मुझसे बहुत खुश था। मैंने तुरंत बृहद्दल से मिलकर दस दिनों बाद मथुरा में एक शानदार रथ-स्पर्धा का आयोजन रखवाया। मैं उसे आसानी से समझाने में सफल हो गया था कि ऐसे उत्सव आयोजित करने से ना सिर्फ प्रजा का मनोरंजन होगा, बल्कि लोगों की नजरों में तुम्हारा कद भी बढ़ेगा। ...वह बेचारा इसे मेरा भातृ-प्रेम समझ रहा था। सो, यह बात बड़ी आसानी से पक्की हो गई। अब मेरी खतरनाक योजना के अगले चरण के तहत मैं चाहता था कि ज्यादा-से-ज्यादा लोग

इस स्पर्धा में भाग लें। इस उद्देश्य की पूर्ति के लिए मैंने स्वयं अपने दस रथों के नाम स्पर्धा में लिखवा दिए थे। इतना ही नहीं, मैं स्वयं भी इस प्रतिस्पर्धा में भाग लेने वाला था। क्योंकि आगे का सारा दारोमदार इस रथ-स्पर्धा की सफलता पर ही टिका हुआ था। भैया समेत किसी को भी इस प्रतिस्पर्धा के पीछे छिपे मेरे कूटनीतिक इरादों का कुछ पता नहीं था। सभी लोग इसे बृहद्दल के युवराज बनने की खुशी में कृष्ण द्वारा रखा गया एक उत्सव ही मान रहे थे। पूरी मथुरा में उत्साह का माहौल था। शायद मथुरा के इतिहास में रथ-स्पर्धा पहली दफा आयोजित की जा रही थी। अब जहां कृष्ण होगा, वहां बहुत कुछ पहली दफा होता ही है।

...इधर स्पर्धा में भाग लेने वालों का उत्साह भी देखते ही बनता था। पूरी मथुरा में जहां देखो वहां रथ-स्पर्धा की ही चर्चा थी। बृहद्दल से कहकर मैंने सत्राजित समेत सभी यादव प्रमुखों को विशेष रूप से यह स्पर्धा देखने हेतु आमंत्रित करवाया था। सभी रथ-स्पर्धा के भुलावे में थे। जाहिरी तौर पर इसके वास्तविक प्रयोजन से सभी अनजान थे। ...यह सब सोच कई बार मैं रात को अकेले में घंटों हंसते रहता था। कैसी-कैसी दूरगामी योजनाएं बनाने लग गया था। सचमुच समय के साथ-साथ मैं दिन-ब-दिन बहुत खतरनाक होता चला जा रहा था। कितने चक्कर चलाता था मैं। ...शायद इसीलिए मेरा प्रिय हथियार भी "चक्र" ही था। अक्सर सोचा करता था कि कहीं चक्कर चलाते-चलाते सीधा काम करना ही न भूल जाऊं?

होगा, अभी तो रथ-स्पर्धा का दिन निकट आता जा रहा था। मेरी तैयारियां भी जोरों पर थी। कुल-मिलाकर अब तक सबकुछ योजनानुसार ही चल रहा था। एक तरफ जहां मैंने अपने बीसों सैनिकों को हथियार समेत रथ-स्पर्धा में उपस्थित होने का निर्देश दे रखा था, वहीं दूसरी ओर राजमहल के सौ श्रेष्ठ सिपाहियों को स्पर्धा-स्थल पर उपस्थित होने का निर्देश भी दे ही चुका था। साथ ही एक ऐसी बात भी घट रही थी जो मेरी योजना का हिस्सा न थी। दरअसल इन दिनों मुझे अपनी मुस्कुराहट का खुलकर उपयोग करना पड़ रहा था। मेरी मुस्कुराहट भी मेरा गजब का हथियार थी। जब भी कोई रथ-स्पर्धा का प्रयोजन पूछता, मैं मुस्कुरा भर देता। सीधी बात है, जब किसी बात का सीधा जवाब न देना हो तो मामला मुस्कुराकर रफा-दफा करना ही पड़ता है। ...वैसे मेरी ही तरह मेरी मुस्कुराहट के भी हजारों रूप थे। बड़ी बहुमुखी प्रतिभा की मालकिन थी मेरी मुस्कुराहट। मौके-बे-मौके बड़ा काम आती थी यह। कभी कोई बात छिपानी हो या झूठ बोलना हो तो इसी का आसरा होता था। किसी को चक्कर में लेने हेतु तो इससे बढ़िया कोई हथियार ही नहीं था मेरे पास। यही क्यों, किसी को संदेह में डालना हो या उकसाना हो, मेरी मुस्कुराहट कभी नहीं चूकती थी। कमाल तो यह कि ना तो कभी कोई इसका रहस्य समझ सका और ना ही कभी कोई उसमें उलझने से स्वयं को बचा पाया।

बस इसी तरह मुस्कुराहट बिखेरते-बिखेरते आखिर रथ-स्पर्धा का दिन भी आ ही गया। मैं काफी पहले ही स्पर्धा-स्थल पर पहुंच गया था। स्पर्धा स्वाभाविक रूप से मथुरा शहर से दूर मुख्य मार्ग के निकट स्थित एक विशाल मैदान में रखी गई थी। जैसी कि उम्मीद थी, स्पर्धा देखने पूरी मथुरा उमड़ पड़ी थी। लोगों में बड़ा उत्साह था। पूरा मैदान खचाखच भरा पड़ा था। यही नहीं, स्पर्धा वाले मार्ग के दोनों ओर भी सुबह से ही भीड़ जुट गई थी। करीब सौ रथ, स्पर्धा में भाग लेने वाले थे। बृहद्दल अपने गुरु सत्राजित के साथ ही आया था। सभी यादव-प्रमुख भी समय से पहुंच

गए थे। यहां तक कि नानाजी भी भैया के साथ आ पहुंचे थे। कुल-मिलाकर सभी का जोश देखते ही बनता था। क्यों न हो, उनके लाड़ले बृहद्दल के युवराज बनने के बाद मथुरा पहली बार इतना बड़ा जश्न मना रही थी।

खैर! जब माहौल पूरी तरह जम गया तथा वहां उपस्थित करीब दो-हजार व्यक्तियों के समूह को स्पर्धा देखने हेतु मैंने पूरी तरह तैयार पाया तो मैं भी पूरी तरह सतर्क हो गया। मैं इस समय नानाजी, भैया, बृहद्दल व सत्राजित समेत कई यादवों के साथ मार्ग से ठीक लगे एक बड़े मंच पर बैठा हुआ था। सामने ही सौ के करीब रथ कतार में तैयार खड़े थे और उनको चारों ओर से घेरे हजारों की भीड़ यहीं से दृश्यमान थी। ...यानी माहौल तैयार था। अतः और इन्तजार व्यर्थ था। रथ-स्पर्धा के आयोजन की बागडोर तो मेरे ही हाथों में थी। अतः मैंने अपने ही संबोधन से रथ-स्पर्धा का विधि-पूर्वक प्रारंभ किया। मेरा संबोधन क्या था, मेरी योजना का ही अंतिम हिस्सा था। मैंने मंच पर ही अपने स्थान से खड़े होते हुए कहा- मुझे खुशी है कि हमारे युवराज बृहद्दल के नेतृत्व में इतनी बड़ी रथ-स्पर्धा का आयोजन किया जा रहा है। इस हेतु मैं सर्वप्रथम हमारे युवराज को बधाई देना चाहता हूँ। साथ ही वह लम्हा याद कर-कर के मैं फूला नहीं समा रहा हूँ जब हमारे युवराज ने अपना पदभार सम्भालते हुए हमें अपने भीतर छिपी दृढ़ता व बहादुरी से हमारा परिचय करवाया था। ...आप लोगों को भी अच्छे से याद होगा कि उस मौके पर युवराज ने हम सभी के सामने मथुरा की आन-बान व शान की सुरक्षा का वचन दिया था। यही नहीं, उन्होंने तगड़ा आश्वासन देते हुए मथुरा की आन को ललकारने वाले का सिर कलम करने की घोषणा तक की थी। ...कुदरत की करनी देखिए कि आज हमारे युवराज को अपनी वीरता दिखाने व अपने वचन निभाने का मौका नसीब भी हो गया।

...मेरी बात सुनते ही चारों ओर आश्चर्य छा गया। सभी असमंजस में पड़ गए कि इस समय मथुरा की शान का ऐसा तो कौन-सा सवाल आ गया कि युवराज को अपनी बहादुरी दिखाने की जरूरत आन पड़ी? स्वाभाविक रूप से सत्राजित व बृहद्दल के खेमे में भय की एक लहर ही दौड़ गई। भला ऐसी कौन-सी बहादुरी दिखानी है जिसकी हमें खबर नहीं और कृष्ण को मालूम है? अचम्भित तो नानाजी भी थे। बात किसी के पल्ले नहीं पड़ रही थी। अब "कृष्ण" की बात "कृष्ण" के समझाए बगैर थोड़े ही पल्ले पड़ने वाली थी? ऐसे भी यह मेरी योजना का अंतिम पासा था, जिसे सबको चारों खाने चित करते हुए ही फेंकना था। हालांकि ज्यादा देर लोगों को असमंजस में डालने की बजाय मैंने जल्द-से-जल्द रहस्य पर से परदा उठाना ही बेहतर समझा। अतः मैंने पूरी नाटकीयता से आगे कहना प्रारंभ किया- मुझे आज प्रातः ही नानाजी से सूचना मिली है कि कुंडिनपुर की राजकुमारी रुक्मिणी का स्वयंवर रखा गया है। लेकिन हद यह कि इसमें मथुरा को निमंत्रण नहीं भेजा गया है। यह मथुरा की ...और खासकर हमारे युवराज बृहद्दल की तौहीन है। निश्चित ही हमारे वीर युवराज यह तौहीन कतई बर्दाश्त नहीं करेंगे।

इधर इतना कहते-कहते ही मैंने "बृहद्दल जिंदाबाद" व "मथुरा की आन में ही युवराज की शान" जैसे नारे लगवाने प्रारंभ कर दिए। भीड़ पूरे जोश में आ गई। ...फिर तो चारों ओर युवराज व मथुरा के समर्थन में नारेबाजी होने लगी। बृहद्दल, सत्राजित या अन्य यादव प्रमुखों की समझ में

ही नहीं आ रहा था कि यह क्या हो रहा है? अचानक यह रुक्मिणी-स्वयंवर की बात कहां से आ गई, और इसका बृहद्दल की मथुरा के आन बचाने की प्रतिज्ञा से क्या ताल्लुक? ...अजब नजारा हो गया था। एक तरफ सत्राजित खेमा सकते में था तो दूसरी ओर प्रजा जोश में थी। मजे की बात यह कि जैसे-जैसे प्रजा का उत्साह बढ़ता जा रहा था, वैसे-वैसे सत्राजित खेमे की चिंता में भी इजाफा होता चला जा रहा था। कुछ देर तो मैं भी बड़ा मजा ले यह तमाशा देखता रहा। सच कहूं तो बृहद्दल व सत्राजित को इस कदर असमजंस में पड़ा देख मुझे हंसी भी खूब आ रही थी। मन-ही-मन खुशी भी थी कि अब तक सबकुछ मेरी योजनानुसार ही चल रहा है। ...लेकिन अभी योजना की कई परतें खोलना बाकी थी। निश्चित ही यह समय न तमाशा देखते रहने का था और ना ही भावों के उतार-चढ़ाव सहन करने का था। अभी तो शत्रुओं को असमंजस से निकालकर घबराहट की गहरी खाई में धकेलना बाकी था।

अतः तुरंत अंतिम पासा फेंकने हेतु मैंने पास ही बैठे बृहद्दल को भी खड़ा किया व उसका हाथ उठाते हुए कहा- आप लोग शांत हो जाइए। हमारे युवराज आपकी भावनाओं को समझ रहे हैं। वे मथुरा की शान बचाने हेतु कुछ भी कर गुजरने को दृढ़ संकल्पित हैं। हालांकि इस स्वयंवर का आयोजन जरासंध की देखरेख में हो रहा है। ...तो क्या, हमारे युवराज इसकी परवाह नहीं करते। मैं तो कहता हूँ बृहद्दल भाग्यवान हैं कि उन्हें अपनी प्रतिज्ञा पूरी करने का अवसर इतनी जल्दी मिल रहा है। ...हम चाहते हैं कि हमारे वीर युवराज यहीं से अपने साथ सभी रथ व सैनिक लेकर "कुंडिनपुर" जाएं, और मथुरा के आन की रक्षा हेतु या तो यह स्वयंवर रुकवाएं या फिर रुक्मिणी का हरण कर उसे मथुरा ले आएं। हम सभी जानते हैं कि सदियों से स्वयंवर का निमंत्रण न मिलने की सूरत में आन बचाने के लिए यही किया जाता रहा है। मुझे पूरा यकीन है कि हमारे युवराज भी पीछे नहीं हटेंगे।

...मेरी यह बात सुनते ही नादान भीड़ अबकी और जोर लगाकर बृहद्दल की जयकार के साथ नारेबाजी पर उतर आई। उधर सत्राजित ने बड़ी वक्र दृष्टि से मेरी ओर देखा। स्पष्टतः मेरी चाल इस समय सबसे बेहतर वही समझ रहा था। समझने दो, अभी तो मेरी ओर से अंतिम वार करने का समय आ चुका था। बस मैंने बड़े ठंडे कलेजे से बात आगे बढ़ाते हुए कहा- हां! क्योंकि यह स्वयंवर जरासंध की छत्र-छाया में हो रहा है, इसलिए हो सकता है हमारे वीर युवराज को जरासंध के विरोध का सामना भी करना पड़े। लेकिन मुझे यकीन है कि हमारे बहादुर युवराज वक्त आया तो मथुरा की आन के लिए जरासंध का सर तक कलम करने से नहीं चूकेंगे।

...इसके साथ ही मैंने एकबार फिर जोर से "बृहद्दल-की-जय" के नारे लगाना शुरू कर दिया। इससे भीड़ का जोश और बढ़ गया। सभी ने पूरे जोश में मेरे साथ बृहद्दल की जयकार बुला दी, आखिर सवाल मथुरा की आन का था। देखते-ही-देखते पूरा पंडाल मेरे प्यारे भाई व मथुरा के युवराज की जय-जयकार से गूंज उठा। अपने भाई का यह सम्मान देख सच कहूं तो मेरी आंखें ही नम हो गई। अब अपने भाई की ऐसी जयकार सुन मेरी आंखें तो नम होनी ही थी। लेकिन यह क्या, बृहद्दल तो बुरी तरह से घबरा रहा था। सत्राजित को तो मानो सांप सुंघ गया था। किसी यादव-प्रमुख की समझ में ही नहीं आ रहा था कि वे अब क्या करें?

माजरा कुछ ऐसा जमा था कि एक तरफ प्रजा युवराज से मथुरा की शान बचाने का आह्वान कर रही थी, तो दूसरी तरफ खुद युवराज की घिघ्घी बंधी हुई थी। कृष्ण के फेंके एक ही पासे ने जरासंध के पिछल्लुओं को जरासंध के सामने ही ला खड़ा कर दिया था। बुरे फंसे थे बेचारे। अब पीछे हटे तो मथुरा से गए व ताव पर चढ़ वीरता दिखाने जाए तो जरासंध के हाथों मरे। सचमुच कृष्ण के मारे ये बेचारे इधर कुआं उधर खाई में नहीं, दोनों ओर गहरी खाई के बीच फंस गए थे। हड्डी गले में ऐसी फंसायी थी कि न निगलना आसान था न उगलना। ...इधर योजना को सफल होते देख मेरी नाटकीयता भी अपने पूरे उफान पर आ गई थी। इसी नाटकीयता के तहत मैंने बृहद्दल के गले में हाथ डालते हुए कहा- चलो वीर युवराज। जरासंध का घमंड चकनाचूर कर दो। पूरी मथुरा ना सिर्फ तुम्हारे साथ है, बल्कि तुम्हें बिदाई देने को लालायित भी है।

यह सुनते ही वह बुरी तरह रो पड़ा, और रोते-रोते ही बोला- मैं मथुरा का युवराज बनना नहीं चाहता...

...तो सीधे-सीधे समझा रहे थे तब समझ में नहीं आ रहा था? और अब समझ में आया तो इस कदर कि इतना कहते-कहते वह प्रांगण से ही भाग खड़ा हुआ। उधर उसके इस तरह प्रांगण छोड़कर भागने पर चारों ओर उसकी थू-थू होने लगी। सत्राजित व अन्य यादव तो सिर पर हाथ रख-कर बैठ गए। उनकी योजना व उनका मोहरा दोनों बुरी तरह पिट गए थे। इसके साथ ही उनकी मथुरा पर नियंत्रण बढ़ाने की सारी उम्मीदें भी भस्मीभूत हो चुकी थी। यहां बृहद्दल के प्रांगण से भागते ही पूरा प्रांगण उदास हो उठा था। उनके युवराज के फिसड्डी होने का मातम चारों ओर देखा जा सकता था। सत्राजित की तो प्रतिष्ठा ही धूल में मिल चुकी थी। उसकी आंखें जो झुकी तो उठने का नाम ही नहीं ले रही थी। हालांकि मैं सत्राजित का जाल तोड़ चुका था, लेकिन इससे कोई रुक्मिणी की उलझन थोड़े ही दूर होने वाली थी। हां...हां, तो उसके लिए भी मेरी इस योजना में एक पासा तैयार ही था। अरे भाई, सबकुछ किया पर अपनी जान को ही नहीं बचाया तो क्या किया...? और क्योंकि मामला अब मेरी "जान" का था, अतः अंतिम पासा मैंने बड़ी सावधानीपूर्वक फेंका। मैंने भीड़ को शांत करते हुए कहा- आप उदास मत होइए, यदि बृहद्दल मथुरा के आन की रक्षा नहीं कर सकता, तो मुझे यह जिम्मेवारी अपने कंधों पर उठानी होगी। क्योंकि मथुरा की आन को कोई ललकारे, वह भी जरासंध जैसा, ना...ना, यह मैं कतई बर्दाश्त नहीं कर सकता। और फिर जैसा कि आप सभी जानते ही हैं कि जरासंध को तो पहले भी दो बार मैं मात दे चुका हूँ, ...तो एकबार और सही।

यह सुनते ही प्रांगण में छाई उदासी उत्साह में बदल गई। चारों ओर मेरी जय-जयकार होने लगी। मथुरा का असली वीर सिर्फ "कृष्ण" है; की आवाजें गूंजने लगी। ...है ही, इसमें क्या शक है! हालांकि इस समय मुझे अपनी जयकार या बृहद्दल की थू...थू के बजाय अपनी जान को बचाने में ज्यादा रस था। सो, तुरंत सौ रथों का काफिला व सैनिक-सिपाही लेकर अपनी सपनों की रानी को बचाने हेतु कुंडिनपुर जाने निकल पड़ा।

कहने की जरूरत नहीं कि प्रजा के जोश ने मुझे एक नायक-सी बिदाई दी। भोली प्रजा यह नहीं समझ रही थी कि मैं जो कभी अपनी आन के लिए नहीं लड़ा, मथुरा की आन के लिए क्या खाक लड़ूंगा? वे पागल क्या जानें कि "कृष्ण" उन्हें मूर्ख बनाकर अपनी सपनों की रानी को बचाने

हेतु निकल पड़ा है। ...वाकई क्या योजना बनाई थी। न तीर न तलवार...सारे दुश्मन चारों खाने चित। वाह...कृष्ण, क्या-क्या चक्कर चलाते हो? सच कहूं तो मुझे आज अपनेआप पर बड़ा गर्व हो रहा था।

खैर! हमारे रथ मथुरा की आन बचाने "कुंडिनपुर" की ओर दौड़े चले जा रहे थे। सभी सारथी व सैनिक अति उत्साह से भरे हुए थे। क्यों न होते, उन्हें मथुरा की आन बचाने का शानदार मौका जो मिल रहा था। वे बेचारे क्या जानें कि मैं 'उनका' अपनी सपनों की रानी रुक्मिणी को बचाने के लिए इस्तेमाल कर रहा था। देखा मेरा जादू। "नाम मथुरा का - काम कृष्ण का।" वैसे एक राज की बात बताऊं। सत्राजित, यादव-प्रमुख या मथुरावासियों को ही चक्कर में नहीं लिया था, ...भैया को भी घुमाकर ही इस यात्रा पर निकला था[६७]। दरअसल मैं भैया को साथ ले जाना नहीं चाहता था। क्योंकि ऐसे नाजुक मौकों पर उन्हें साथ ले जाना जान का जंजाल साबित हो सकता था। अतः उनको भी चक्कर में लेना ही पड़ा था। बेचारे को यह समझा दिया था कि वर्तमान परिस्थिति में एक साथ दोनों का मथुरा छोड़ना उचित नहीं। क्या करता, भैया पर चकरी चलाना ही पड़े, ऐसा था। क्योंकि यदि उन्हें साथ ले आता और बात रुक्मिणी हरण तक पहुंच जाती, तो निश्चित ही वे मेरे कार्य में बाधक सिद्ध होते। और रुक्मिणी के मामले में मैं कोई मौका लेना नहीं चाहता था। आज की तारीख में वह ना सिर्फ मेरा सपना थी, अपितु मेरा जीवन भी थी। भला कृष्ण और अपने जीवन से खिलवाड़ करे..., कभी नहीं। यूं तो इस बात का एक दूसरा पहलू भी था। भैया बेचारे सहायक सिद्ध तब हो सकते थे जब वे मेरे दिल की बात जानते होते। लेकिन मेरे दिल में उठ रहे तूफान से भैया व उद्धव दोनों अनजान थे। उनकी क्या कहूं, रुक्मिणी स्वयं इस बाबत कहां कुछ जानती थी? आपका "कन्हैया" तो बस एकतरफा प्रेम में पड़ा हुआ था।

खैर! उधर एक बात के लिए मैं आश्वस्त था कि बृहद्‌ल व सत्राजित को अपने जाल में फंसाकर उनकी पूरी मथुरा में जो थू-थू करवाई थी, उससे शायद यादव-प्रमुखों की समस्या कम-से-कम हाल-फिलहाल के लिए तो टल ही गई थी। वैसे भी उन बेचारों को तुरत-फुरत में सिर उठा सके, उस हालत में छोड़ा ही कहां था? निश्चित ही मथुरा में मिली इस राहत से मैं बहुत खुश था। स्वयं पर गर्व भी बहुत हो रहा था। हालांकि यह तो मथुरा की बात हुई, पर उधर कुंडिनपुर के बाबत तो मन अब भी अनेक संदेहों से घिरा ही पड़ा था। क्योंकि इस पूरी योजना की सफलता रुक्मिणी को बचा पाने पर निर्भर थी। आखिर इस पूरे चक्कर की जड़ में तो "जान की जान" बचाना ही था। और वह इतना आसान नहीं था। ...अब आपसे क्या कहूं? सर पर कफन बांध निकल तो पड़ा था, परंतु इन सौ-पचास सिपाहियों के साथ जरासंध के गढ़ में जाना व उसके शिकंजे से रुक्मिणी को छुड़ा लेना सिवाय दुस्साहस के कुछ नजर नहीं आ रहा था। कहीं ऐसा तो नहीं कि पिछले कई वर्षों से जिस मौके की तलाश में जरासंध घूम रहा है, रुक्मिणी के प्यार में वही मौका मैं उसे आगे चलकर खुद देने निकल पड़ा हूँ? कहीं ऐसा तो नहीं कि जान को भी न बचा पाऊं व अपनी प्यारी जान भी गंवा बैठूं?

...कृष्ण! यह तो तुम्हें निराशा घेरने लगी। अब नकारात्मक सोचेंगे तो हताशा तो घेरेगी ही। तत्क्षण मैंने स्वयं को सकारात्मक विचारों से भरा। अरे मेरे वीर, जब कुछ न होते हुए पंचजन

---

६७. हरिवंश पुराण, विष्णु पर्व, अध्याय-४७, श्लोक-१५-१८

व श्रृंगलव को उन्हीं के गढ़ में जाकर मार गिराया था, तो फिर यह जरासंध क्या चीज है? विश्वास जानो, तुम जैसे चकरीबाज के लिए अपनी जान को..., अपनी जान बचाते हुए बचाना कोई मुश्किल काम नहीं। बस ऐसे सकारात्मक विचार आते ही धीरे-धीरे मैं विश्वास से भरता चला गया। और उसके साथ मन-ही-मन यह तय भी करता चला गया कि रुक्मिणी का विवाह किसी कीमत पर उसकी मर्जी के खिलाफ "शिशुपाल" से नहीं होने दूंगा। रुक्मिणी पर तो पहले ही मर-मिटा था, अब उसे बचाने हेतु भी मर-मिटने के लिए कटिबद्ध हो गया था। ...लो, यह तो बात फिर घूम-फिरकर वहीं-की-वहीं आ गई। मारना तो ठीक है, परंतु यह मरने की बात कहां से आई? रुक्मिणी पर मरना एक बात है, परंतु अपने स्थायी शत्रु जरासंध के हाथों थोड़े ही मरा जा सकता है? वैसे तो बात मरने-मारने पर ही गलत चली गई थी। इतनी छोटी फौज कोई मरने-मारने के काम थोड़े ही आने वाली थी? मैं तो ज्यादा-से-ज्यादा किसी तरह विघ्न पैदा कर यह स्वयंवर निरस्त करवा सकता था। वहीं रुक्मिणी के हरण करने का भी सवाल ही पैदा नहीं होता था। क्योंकि आज की तारीख में न तो मैं स्वयं को उसके योग्य समझता था, ना ही उसे लाकर रखने हेतु मेरे पास कोई महल या राज्य ही था। अत: वर्तमान हालत में तो किसी तरह स्वयंवर रुकवा पाना ही मेरी सबसे बड़ी सफलता थी। बस रुक्मिणी का विवाह न होने दूं व स्वयं सही-सलामात वापस मथुरा लौट आऊं तो योजना सफल हुई समझो। चलो अच्छा था, रणनीति पर सोचते-सोचते योजना पूरी तरह स्पष्ट हो गई थी।

खैर! पांचवें दिन संध्या ही हमारे काफिले ने "कुंडिनपुर" की सीमा में दस्तक दी। हालांकि मैं तो चिंतनों में ऐसा खोया था कि पांच दिन की यह यात्रा कहां कट गई कुछ पता नहीं चला था। हमने कुंडिनपुर की सीमा के बाहर ही एक आश्रम में अपना डेरा डाला। एक तो लगातार की यात्रा के कारण थकान पहले ही काफी हो चुकी थी, दूसरा सुरक्षा की दृष्टि से भी परायी नगरी में रात्रि-प्रवेश कतई उचित नहीं था। लेकिन सामने अकारण इन्तजार का भी सवाल ही नहीं उठता था। बस दूसरे दिन प्रात: काल सूरज चढ़ते-चढ़ते ही हमने "कुंडिनपुर" की सीमा में प्रवेश किया। सौ रथों का शानदार काफिला, जो देखता वही आश्चर्यचकित रह जाता। इसका परिणाम यह हुआ कि मेरे आगमन की सूचना "कुंडिनपुर" में आग की तरह फैल गई। मैं यही चाहता था। इसीलिए तो मैंने इतनी सुबह-सुबह शानदार काफिले के साथ "कुंडिनपुर" में प्रवेश किया था। और मैं अपनी इसी चाहत के तहत "शोभा-यात्रा" घंटों तक कुंडिनपुर के विभिन्न मार्गों पर घुमाता रहा। जिधर से हमारा काफिला गुजरता; भीड़ हमें देखने विशेष रूप से एकत्रित हो जाती। मेरा मकसद साफ था। मैं अपने आने की खबर जरासंध व रुक्मिणी ही नहीं, आम-प्रजा तक भी जल्द-से-जल्द फैला देना चाहता था। और दोपहर होते-होते तो मैं अपने इस मकसद में पूरी तरह कामयाब भी हो चुका था। खबर चारों ओर तेजी से फैल गई थी। आखिर संध्या होते-होते हमने शहर के मध्य स्थित एक शानदार आश्रम में आश्रय लिया।

वैसे तो रुक्मिणी के स्वयंवर में अभी पूरे आठ दिन बाकी थे, लेकिन मेरी समस्या यह थी कि मैं सीधे "महाराज-भीष्मक" के दरबार में नहीं जा सकता था। मैं कोई स्वयंवर में आमंत्रित थोड़े ही था, जो सीधे दरबार में पहुंच जाता। कहने का तात्पर्य महाराज की मेहमाननवाजी से मैं पूरी तरह वंचित था। मैं तो यह सारी नौटंकी कर किसी तरह उन तक मेरे आने की सूचना पहुंचाना

चाहता था, ताकि अपने लिए निमंत्रण के द्वार खोल सकूं। वहीं दूसरी ओर मैं इस बात से भी अनभिज्ञ नहीं था कि चूंकि स्वयंवर की बागडोर जरासंध के हाथों में है, अतः यह निमंत्रण आसानी से तो नहीं ही मिलने वाला। हां, वहीं एक बात आश्वासन देने वाली यह थी कि स्वयंवर की बागडोर भले ही जरासंध के हाथों में है, परंतु सारे राजकीय शिष्टाचार तो भीष्मक को ही निभाने हैं। और चूंकि स्वयंवर उनकी सुपुत्री का है, तो प्रतिष्ठा भी उनकी ही दांव पर लगी है। अब भीष्मक कोई इतने साधारण राजा भी नहीं थे कि उन्हें जरासंध की हां-में-हां मिलानी ही पड़े। और सच कहूं तो इसी एक यकीन के सहारे मैं यहां आने का दुस्साहस कर बैठा था। अब भीष्मक मुझे दरबार में निमंत्रित कर पाएं या नहीं; परंतु जरासंध को मेरे बाबत अन्य कोई नादानी का मौका कतई नहीं देंगे, यह तय था। ...यानी राजकीय शिष्टाचार की डोर में बांध जरासंध को अपना प्रतिशोध नहीं लेने देंगे। कहने का तात्पर्य शेर की मांद में आने के बावजूद मैं सुरक्षित पूरी तरह से था। तो, ...वरना कोई पागल था जो मरने को इतनी दूर चला आता?

खैर! वैसे सुरक्षित होने की राहत अपनी जगह थी व रुक्मिणी की चिंता अपनी जगह। और इस समय मैं रुक्मिणी की चिंता में दुबला हुआ जा रहा था। ...उस लिहाज से अच्छी खबर यह कि मेरी चाल कामयाब रही थी। शानदार काफिले के साथ मेरे आगमन ने राजमहल को मुझे आमंत्रित करने पर मजबूर कर दिया था। अब जरासंध को दो बार मार खदेड़ने वाले व पंचजन व श्रृंगलव जैसों की हत्या करने वाले वीर की इससे ज्यादा अवहेलना की भी नहीं जा सकती थी। बस अगले दिन सुबह ही कुंडिनपुर के सह-सेनापति, महाराज-भीष्मक की ओर से सम्मान स्वरूप कुछ भेंट लेकर मेरी खोज-खबर लेने आ पहुंचे। चलो कम-से-कम इतना सम्मान तो मिला।

...अरे, यह क्या! कुंडिनपुर का सह-सेनापति "श्वेतकेतु" तो मेरा सांदीपनिजी के आश्रम का मित्र निकला। मैं तो उसे देखते ही मारे खुशी के उछल पड़ा। सचमुच, जबसे पैदा हुआ था ...कुदरत के चौपर की यह पहली बिसात थी जो मेरे पक्ष में बिछायी जान पड़ रही थी। निश्चित ही यह तो घोर अंधकार में उजाले की किरण फूट आयी थी। वहीं दूसरी दृष्टि से सोचूं तो स्वयंवर की बागडोर जरासंध के हाथों में होते-सोते भी महाराज की ओर से भेंट आना अपने-आप में एक बड़ी सफलता थी। यानी आने के दूसरे दिन ही जान की नगरी से दो खुशखबरी थी। एक, महाराज-भीष्मक का शिष्टाचार निभाना मेरे लिए सुरक्षित होने का सबूत था, तो वहीं दूसरी तरफ शत्रु राज्य के सह-सेनापति का अपना मित्र निकलना आगे के लिए बड़ी आशा बंधाने वाला था।

हालांकि समय की कमी थी व कई मंजिलें तय करनी बाकी थी। अतः दो-चार क्षण खुशी मारकर व कुछ प्यार-मुहब्बत की बातें कर मैं तुरंत मतलब की बात पर आ गया। मेरे पूछने पर श्वेतकेतु ने बताया कि वह पिछले डेढ़ वर्षों से महाराजा-भीष्मक की सेवा में "सह-सेनापति" नियुक्त किया गया है। मेरे लिए तो इससे बड़ी खुशखबरी हो ही नहीं सकती थी। उसके यहां सह-सेनापति होने से मेरा स्वतः ही राजमहल के भीतर गुप्त प्रवेश हो गया था। अब मेरे लिए राजमहल की वास्तविक सोच का अंदाजा लगाना कोई मुश्किल काम नहीं था। कहा जाता है न कि दुश्मन की सोच पता चल जाए तो आधा युद्ध तो आप यूं ही जीता मान सकते हो। इस समय उपरोक्त कहावत मेरे साथ यथार्थ सिद्ध हो रही थी। इसका सबूत यह कि राजमहल के कई भीतरी राज

श्वेतकेतु से आसानी से उगलवा चुका था। एक तरीके से तो श्वेतकेतु ने मेरे लिए विजय-द्वार ही खोल दिया था। ...उसके अनुसार "रुक्मिणी-का-स्वयंवर" जरासंध व रुक्मी की जिद का नतीजा है। हालांकि महाराजा-भीष्मक इस स्वयंवर से कतई खुश नहीं हैं, लेकिन वे रुक्मी के आगे लाचार हैं। ...ऐसे में उसके बताये अनुसार यदि कोई मोहरा इस समय रुक्मिणी के काम आ सकता है तो वह है "पितामह कैशिक"। क्योंकि वे जरासंध व रुक्मी की जबरदस्ती से इतना नाराज हैं कि उन्होंने राजमहल ही छोड़ दिया है, तथा वे आजकल पास ही एक आश्रम में रह रहे हैं। यही नहीं, रुक्मिणी भी आज की तारीख में सिर्फ उन्हीं के निकट है। यहां तक कि वह अपना दुखड़ा भी पितामह कैशिक को ही सुनाती है।

पूरी बात सुनकर मेरे भीतर ना सिर्फ एक साथ कई भाव उभरे, बल्कि कुछ समय तक विचारों की एक लंबी आवाजाही भी चलती रही। हालांकि कुल-मिलाकर खबर प्रसन्नता की ही थी। पहली बात तो यह कि रुक्मिणी इस स्वयंवर से राजी नहीं। दूसरी खुशी कूटनीतिक थी कि चलो पितामह स्वयं इस विवाह के विरोध में खड़े हैं। वहीं दूसरी ओर इस खबर को अगर सम्पूर्ण परिप्रेक्ष्य में देखूं तो आर्यावर्त में उपद्रवी बेटों के बढ़ते प्रभाव के मद्देनजर यह खबर अत्यंत चिंता में डालने वाली भी थी। वहां हस्तिनापुर में दुर्योधन के आगे उसके पिता धृतराष्ट्र की एक नहीं चल रही, तो यहां महाराज भीष्मक रुक्मी के सामने बेबस नजर आ रहे हैं। एक तरफ महाराज दमघोष शिशुपाल के सामने पूरी तरह से नत-मस्तक हैं, तो वहां कंस अपने ही पिता राजा उग्रसेन को कैद कर राजसिंहासन पर बैठा था। चिंता का विषय यह कि कहीं पिता-पुत्रों का सत्ता व वर्चस्व के लिए चल रहा यह संघर्ष एक दिन पूरे आर्यावर्त को तो नहीं ले डूबेगा?

लो, ...रुक्मिणी की चिंता करते-करते अचानक मैं सर्वहित में खो गया। हालांकि तत्क्षण मैंने स्वयं को सम्भाल भी लिया। यह भी कोई समय है सर्वहित की चिंता करने का। अरे मेरे प्यारे कन्हैया, पहले अपनी व अपनी जान की चिंता करो। भविष्य की चिंता आज करने से क्या फायदा? यह ख्याल आते ही तुरंत रुक्मिणी की चिंता पर लौट आया। वैसे भी श्वेतकेतु ने अब तक उसके बारे में कुछ खास नहीं बताया था। फलस्वरूप मैं अपनी जिज्ञासा ज्यादा देर तक नहीं दबा पाया। मैंने तत्क्षण उससे रुक्मिणी का हाल-चाल पूछा। ...उस बाबत उसने जो कुछ बताया वह सचमुच बड़ा चिंतनीय था। उसके बताये अनुसार रुक्मिणी इस जबरदस्ती रचे गए स्वयंवर से अत्यंत दुखी है। वह हजार बार अपना विरोध व क्रोध व्यक्त कर-कर के अब तो थक भी चुकी है। दिन-दिन भर वह रोया करती है, लेकिन इसपर भी रुक्मी का दिल नहीं पसीज रहा है। और यदि किसी कारण कभी रुक्मी का अपनी बहन के आंसू देखकर मन पसीजता भी है..., तो भी वह अंत में जाकर स्वयं को जरासंध व शिशुपाल के सामने बेबस ही पाता है। इन सबसे थकी दुखियारी रुक्मिणी ने दबाव बनाने हेतु अपने अंतिम प्रयासरूप कल से खाना-पीना ही त्याग दिया है। सोच रही है, शायद इससे कुछ बात बन जाए। ...यह सब सुनते ही मैं तो बुरी तरह हिल गया। अब जान पर मुसीबत हो व "जानू" न हिले?

खैर! हमारी व्यक्तिगत बातचीत का दौर यहीं समाप्त हुआ। और अब कहीं जाकर उसे होश आया व उसने मेरे कुंडिनपुर आने का प्रयोजन पूछा। महाराज ने उसे यही जानने हेतु तो यहां

भेजा था। यह भी खूब रही। मैंने दसियों सवाल कर सारी जानकारी ले ली, उसने सारे जवाब देकर मेरी जिज्ञासा भी शांत कर दी; लेकिन उसे अब तक यह नहीं मालूम कि मैं यह सब पूछ क्यों रहा हूँ। ...अब मैं बताऊं तो मालूम पड़े न? हालांकि उलझन मेरे सामने भी थी। कहूं-तो-कहूं क्या? वैसे तो मित्र है। दिल की बात बता ही देनी चाहिए। यूं भी आज की तारीख में वह मेरे लिए "भगवान-स्वरूप" है, और भगवान से कुछ छिपाना ठीक भी नहीं। लेकिन फिर सोचा, दिल की बात कहने को काफी समय पड़ा है। सबसे पहले तो महाराज तक दो-टूक राजनीतिक जवाब भिजवाना अति आवश्यक है। यानी ले-देकर जवाब मैंने कूटनीतिक अंदाज में ही दिया। मैंने कहा- दरअसल मथुरा को स्वयंवर का निमंत्रण नहीं भेजा गया है। शायद जरासंध के निर्देश पर यह हुआ हो, पर मथुरा इसे अपना अपमान समझती है। अतः मैं दल-बल समेत मथुरा की ओर से इस अवहेलना का विरोध दर्ज कराने व स्वयंवर निरस्त कराने आया हुआ हूँ।

...श्वेतकेतु तो मुझे देखता ही रह गया। वह समझ गया कि उसका मित्र यहां बड़े ही खतरनाक इरादे से आया हुआ है। इरादा चाहे जैसा हो, पर वह यहां मेरे आने का मकसद जानने आया हुआ था, सो जान चुका था। हालांकि जाते-जाते उसने एक निराली खुशखबरी दी कि उसका विवाह हो चुका है। यह तो वाकई खुशी की बात थी। मैंने हाथों-हाथ उसे बधाई दी। ...इसके साथ ही श्वेतकेतु तो चला गया, पर मुझे काफी हद तक निश्चिंत कर गया। दुश्मन के यहां कुछ दोस्त मिल जाएं तो निश्चिंतता महसूस होती ही है।

आगे इसका असर नींद पर भी पड़ा। आज की रात कोई बेचैनी नहीं पकड़ी, बड़ी आराम की नींद सोया। नींद पूरी हुई तो इसका असर फुर्ती पर भी पड़ा। दूसरे दिन सुबह होते ही कुंडिनपुर का चक्कर लगाने निकल पड़ा। सोचा, मेरे संदेश पर महाराज की प्रतिक्रिया तो आएगी तब आएगी; तब तक क्यों न स्वयंवर को लेकर प्रजा की ही प्रतिक्रिया जान ली जाए। इधर एक दिन के भ्रमण से ही यह बात साफ हो गई कि प्रजा में स्वयंवर को लेकर कोई विशेष उत्साह नहीं है। उल्टा अधिकांश लोग राजकुमार रुक्मी से नाराज हैं। वे अपनी चहेती राजकुमारी के जबरदस्ती रचे जाने वाले स्वयंवर से खुश नहीं हैं। मैं भी यही सोच रहा था कि भला राजकुमारी का स्वयंवर हो व पूरा राज्य उत्सव में न डूबा हो, ऐसा कभी हो सकता है? होगा, अभी तो प्रजा की यह उदासी भी मेरे लिए लाभप्रद ही थी। ...महाराज और पितामह के साथ-साथ प्रजा के भी स्वयंवर के विरोध में होने से मेरा उत्साह कई गुना बढ़ गया था। ...जब मथुरा से निकला था तो अंधकार-ही-अंधकार था। आशा की कोई किरण नजर नहीं आ रही थी। और अब...कुंडिनपुर आने के दो दिनों में ही आशा की अनेक किरणें फूट निकली थीं। निश्चित ही मेरी खुशी का ठिकाना न था। अब मुझे इन्तजार था तो श्वेतकेतु के महाराज तक खबर पहुंचाकर लौट आने का। स्वाभाविक तौर पर मेरे इरादे जानने के बाद महाराज की प्रतिक्रिया क्या होती है, उस पर ही अब तो आगे की रणनीति निर्भर करती थी।

...वैसे मुझे ज्यादा इन्तजार नहीं करना पड़ा। श्वेतकेतु समय से ही सपत्नीक आ पहुंचा। अभी मैंने उसके स्वागत हेतु द्वार खोला ही था कि बुरी तरह चौंक गया। उसकी पत्नी और कोई नहीं, मेरी मुंह बोली बहन शेव्या थी। मैं तो उसे देखते ही अचंभित रह गया। वह भी मुझे देख

आश्चर्यचकित रह गई। भाई-बहन के इस मिलन से वातावरण खुशनुमा हो गया। मुझे भी यकीन हो चला कि कुदरत इस मामले में पूरी तरह मेरे साथ है, तभी तो इस अनजान नगरी में भी एक के बाद एक मित्र प्रकट हो रहे हैं। उधर आश्चर्यमिश्रित खुशी के इस सिलसिले को बातचीत में शेव्या ने ही बदला। वह बोली- अरे भैया, आप!

लो, उसकी आवाज सुनी तो मुझे होश आया, वरना मैं तो विचारों में ही खो गया था। खैर, अभी तो तत्काल मैंने उन्हें भीतर आकर विराजने के लिए इशारा किया। और प्रवेशते-प्रवेशते ही बड़े निराले लहजे में जवाब दिया- हां, बहन मैं!

उधर हमें इस अंदाज में बात करते देख श्वेतकेतु के भी आश्चर्य का ठिकाना न रहा। स्वाभाविक तौर पर मेरी और शेव्या की निकटता उसके लिए किसी आश्चर्य से कम नहीं थी। होगा, अभी तो मजा यह कि मामला राजकीय होते हुए भी इस समय पूरी तरह पारिवारिक हो गया था। हम तीनों ने एक साथ बिस्तर पर ही बैठक जमा ली थी... इधर बात-बात में शेव्या ने बताया कि उसी ने श्वेतकेतु को करवीरपुर में सह-सेनापति नियुक्त करवाया था। इसके चलते जल्द ही दोनों में प्रेम हो गया, और दोनों ने शादी भी कर ली। लेकिन शादी के पश्चात् श्वेतकेतु करवीरपुर में सह-सेनापति बने रहना नहीं चाहता था। उसकी खुद्दारी आड़े आ रही थी। परिणामस्वरूप वे लोग कुंडिनपुर चले आए। ...शेव्या ने आगे बताया कि यहां आकर वह आजकल रुक्मिणी की खास सहेली बन चुकी है। यह बात सीधे तौर पर मेरे मतलब की थी। मेरे लिए इससे बड़ी खुशखबरी हो ही नहीं सकती थी। सचमुच, आपकी मर्जी में कुदरत की मर्जी भी शामिल हो जाए तो सबकुछ कितना आसान हो जाता है। तभी तो कहते हैं कि उसके पास लाखों हाथ हैं।

...अब क्या था। मैंने भी उन दोनों के सामने अपना दिल खोलकर रख दिया। पहली बार किसी को रुक्मिणी के प्रति अपने आकर्षण के बारे में बताया था। उसका भाई रुक्मिणी के प्रेम में पड़ गया है... यह सुन शेव्या की खुशी का ठिकाना न रहा। लेकिन पल-भर में ही उसकी खुशी चिंता में बदल गई। क्योंकि रुक्मिणी का तो स्वयंवर होने जा रहा था और वह भी जबरदस्ती, उसकी मर्जी के खिलाफ। और यह कम था तो ऊपर से उसकी सेहत भी दिन-ब-दिन बिगड़ती जा रही थी। बस यही सब चिंता जाहिर करते हुए उसने बड़ी ही लाचारी के अंदाज में मेरी ओर देखा। उसके इस देखने-मात्र ने मुझे भी चिंता की गहरी खाई में धकेल दिया। मुझे समझ नहीं आ रहा था कि कैसे कोई बाप या भाई, वो भी साधारण व्यक्ति नहीं "राजा" किसी के दबाव में अपनी चांद-सी बेटी को शिशुपाल जैसे दुष्ट के हवाले कर सकता है? मेरा तो ठीक, पर सच कहूं तो मुझे रुक्मिणी की वर्तमान हालत बड़ी पीड़ा पहुंचा रही थी। मन तो करता था उससे मिलूं, उसे सांत्वना दूं। लेकिन यह संभव कहां था? सच कहता हूँ, मैंने स्वयं को जीवन में इतना मजबूर पहले कभी नहीं पाया था। उस पर श्वेतकेतु भी मेरे आने का मकसद महाराज को बताने के बाद उनकी प्रतिक्रिया नहीं जान पाया था। वैसे भी महाराज की अपनी राय क्या मायने रखती थी। वे काफी हद तक जरासंध पर निर्भर थे, और मेरे बाबत जरासंध के इरादे पूरी तरह साफ थे।

खैर! अभी तो स्वयं श्वेतकेतु के पास मुझे देने हेतु कोई सूचना नहीं थी। निश्चित ही उसका यह आगमन पूरी तरह पारिवारिक था। और फिर छः रोज बाद ही स्वयंवर था व उन्हें काम भी ढेरों

पड़े थे। सो, कल फिर ताजी सूचना के साथ आने का वचन देकर वे लोग चले गए। और इधर मैं, क्या कहूं? बस जिज्ञासा की गहरी खाई में हिचकोले खाता रह गया। सबसे बड़ी बात तो यह कि मेरे आने के बाबत राजमहल की प्रतिक्रिया जाने बगैर आगे की रणनीति पर किसी भी प्रकार का चिंतन करना भी पूरी तरह से व्यर्थ था। यानी हजार उलझनों के बावजूद इन्तजार तो श्वेतकेतु की ओर से आने वाली ताजी सूचना का ही करना था। दूसरी तरफ यह भी शक्य था कि जरासंध, शिशुपाल व रुक्मी तीनों मेरे महा-शत्रुओं को जब मेरे आने की सूचना मिली होगी, तब उन्होंने निश्चित ही क्रोध में आकर एकबार को तो मेरे खात्मे तक पर विचार कर लिया होगा। ...वैसे तो मैं उनके किसी भी अप्रत्याशित हमले से सावधान ही था, लेकिन यहां कुंडिनपुर में मुझपर कोई आक्रमण हो, इसकी संभावना नहिंवत् थी। यह बात मैं इतनी दृढ़ता से इसलिए कह सकता हूँ कि मैं यहां युद्ध करने नहीं, मथुरा का विरोध जताने आया था। ...और विरोध करना मथुरा का "राजनैतिक-अधिकार" था। इस लिहाज से मैं इस समय महाराजा भीष्मक का मेहमान था, ...भले बिन-बुलाया ही सही। अतः यदि यहां मुझपर आंच भी आयी तो भीष्मक की पूरे आर्यावर्त में थू-थू हो जाएगी। और जरासंध का तो इतना विरोध बढ़ जाएगा कि उसका "चक्रवर्ती-सम्राट" बनने का सपना धरा-का-धरा रह जाएगा।

...यानी भीष्मक जो राजनीति के मंजे हुए खिलाड़ी हैं, वे शिशुपाल या रुक्मी के किसी भी बचकाने सुझाव में कभी नहीं आएंगे; इस बात का मुझे पूर्ण विश्वास था। बस यही गणित इस बाबत मेरी निश्चिंतता का कारण था। और सच कहूं तो इसी एक गणित के भरोसे ही तो यहां मौत की मांद में चला आया था। ...हालात ये थे कि ना तो वे मुझपर हमला कर सकते थे और ना ही वे मेरे आने का विरोध कर सकते थे। यहां तक कि वे मुझे राज्य छोड़ कर वापस जाने का निर्देश भी नहीं दे सकते थे। तथा दूसरी ओर मेरी उपस्थिति बर्दाश्त कर पाना भी उन लोगों के लिए आसान नहीं था। अर्थात् मैं प्रकट तो गले की हड्डी बनकर ही हुआ था, वह भी ऐसी जो न तो कुछ भीतर जाने दे रही थी न कुछ बाहर ही निकलने दे रही थी। ...हालांकि ये सब बातें मेरे लिए इस समय लाख रसप्रद सही, परंतु महत्वपूर्ण कतई नहीं थी। मेरे लिए महत्व सिर्फ रुक्मिणी-स्वयंवर रुकवाने का था, और जो अब भी अपनी पूरी जटिलता के साथ यथावत खड़ा था। इतना सबकुछ सकारात्मक हो जाने के बावजूद उसका कोई उपाय अब भी सुझाई नहीं दिया था। दूसरी तरफ यह बात भी तय थी कि मेरे आने का मकसद जानने के बाद स्वयंवर में सुरक्षा व्यवस्था इतनी कड़ी हो जाएगी कि रुक्मिणी के हरण की तो अब सोचना भी पागलपन होगा। अर्थात् आने के बाद मिल रही सारी खुशखबरी वास्तव में जरा-सा गहराई से सोचने पर पानी के बुलबुले ही साबित हुई थी। उससे सीधे तौर पर रुक्मिणी के उद्धार का कोई मार्ग खुलता नजर नहीं आ रहा था।

मेरी हालत क्या कहूं आपसे, बस इन्हीं सब विचारों के चलते मैं पूरे दिन अपने ही कक्ष में बेचैनीपूर्वक चक्कर लगाता रह गया था। और इस बेचैनी के वातावरण में आशा की कोई किरण थी तो वह थी श्वेतकेतु के महाराज की प्रतिक्रिया के बाबत कोई सकारात्मक खबर लेकर आना। और जो वह ला नहीं पा रहा था। ...इस इन्तजार में आज का दिन तो व्यर्थ चला ही गया, ऊपर से रातभर करवटें बदलता रह गया सो अलग ...लेकिन अब बहुत हो चुका था। ऐसे हाथ-पर-हाथ

धरे सिर्फ महाराज की प्रतिक्रिया के इन्तजार में ये कीमती दिन बर्बाद नहीं किए जा सकते थे। चाहे जो हो, स्वयंवर तो हर हाल में रुकवाना ही था। मैंने सोचा, भले ही मैं राजवभवन के इरादे नहीं बदल सकता, लेकिन प्रजा को भड़काकर राजमहल पर दबाव तो बढ़ा ही सकता हूँ। यूं भी जब करने को कुछ नहीं तो यही कर लिया जाए। बस अगले दिन सुबह तत्काल प्रभाव से इस कार्य में भिड़ गया। अगले दो रोज मैंने आम-प्रजा को स्वयंवर के खिलाफ खूब भड़काया। ...अब जो प्रजा जबर्दस्ती किए जा रहे इस स्वयंवर के पहले से ही खिलाफ थी, उनको मैं यह समझाकर आसानी से भड़काने में कामयाब हो गया कि राज्य की राजकुमारी राजा की ही नहीं, बल्कि पूरे राज्य की इज्जत होती है। उसे ना सिर्फ अपनी ही बेटी समझा जाना चाहिए, बल्कि उसको जबरदस्ती किसी दुष्ट के गले बांधने का पुरजोर विरोध भी होना चाहिए। आखिर मेरा प्रयास रंग लाया। कुंडिनपुर में जगह-जगह स्वयंवर के विरोध में आवाजें उठने लगी। ये आवाजें इतनी तेज थी कि इसने देखते-ही-देखते राजमहल की दीवारों को हिला कर रख दिया। प्रजा का क्या था; जब गलत बात के लिए भी उन्हें बड़ी आसानी से भड़काया जा सकता है तो फिर ठीक बात के लिए उन्हें भड़काना क्या मुश्किल काम था? दो भावनात्मक शब्द, दुखी चेहरा और प्रजा भड़क गई। ऊपर से मैंने रुक्मिणी की मनोदशा का क्या कम भावनात्मक वर्णन किया था? भला कुंडिनपुर की भावुक प्रजा अपनी प्रिय राजकुमारी को इतने कष्ट में कैसे देख सकती थी? उसे तो भड़कना ही था।

...बस मेरी इस चाल ने सफलता के शिखर छू लिए। जो राजमहल अब तक मेरी अवहेलना करता आ रहा था, वहां से मुझे विधिवत बुलावा आ गया। श्वेतकेतु स्वयं महाराजा भीष्मक का निमंत्रण लेकर आया। स्वाभाविक तौर पर प्रजा में भड़के विद्रोह ने पहले से कमजोर भीष्मक को दबाव में ला दिया था। वैसे भी वे इस स्वयंवर से खुश तो थे नहीं, शायद उल्टा इस बहाने उन्हें अपने मन की बात सुनने का मौका मिल गया था। वरना साधारण परिस्थिति में तो प्रजा के छोटे-मोटे विरोध की अवहेलना करना राजमहल के लिए कोई बड़ी बात नहीं होती। चाहे जो हो, मेरा तो काम हो गया था। मेरी प्रसन्नता का तो ठिकाना ही न था। मैंने मारे खुशी के दसियों बार श्वेतकेतु को चूम लिया था। ...वाकई राजमहल पर दबाव डालने की योजना ने अपना रंग दिखा दिया था। अब एकबार बातचीत का मार्ग खुला है तो बाकी मार्ग अपनेआप खुल जाएंगे। निश्चित ही यह बड़ी सफलता थी। मुझे स्वयं पर गर्व भी हो रहा था। वाकई मेरी योजनाएं कभी विफल नहीं होती थी। शायद मेरे इरादे इतने पक्के होते थे कि परिस्थितियों को मेरे सामने झुकना ही पड़ता था।

वैसे एक बात बताऊं तो मेरी हरहमेशा होने वाली विजय के पीछे एक कारण यह भी था कि विकट-से-विकट परिस्थितियों में भी जब तक कोई एक उपाय भी शेष रह गया हो, मैंने कभी हार नहीं मानी थी। मुझे कभी हताशा पकड़ती ही नहीं थी। वस्तु-स्थिति को ठीक-ठीक समझना, उसका ठीक आकलन करना और फिर करने योग्य हर प्रयास पूरी ताकत से करना और वह भी नि:स्वार्थ भाव से; ...फिर आप ही बताइए भला मनचाहा परिणाम क्यों नहीं आएगा?

मैं जानता था कि रुक्मी और जरासंध जैसों पर प्रजा का कोई दबाव नहीं पड़ने वाला। लेकिन महाराजा भीष्मक पर तो राज्य-संचालन की जिम्मेदारी है। वे एक हद से ज्यादा प्रजा की

अवहेलना नहीं कर सकते। उन्हें हर हाल में प्रजा की इच्छाओं का सम्मान करना ही था। सचमुच प्रजा की नाराजगी ने वह कर दिखाया था जिसका मुझे यहां आने के साथ इन्तजार था। महाराजा भीष्मक के विधि-पूर्वक निमंत्रण-मात्र ने एक तरीके से मेरे प्रेम के जीत की नींव रख दी थी। मैं यहां आने के बाद चाहता ही क्या था? यही न कि मुझे बुलाया जाए, मुझसे बातचीत की जाए। ...क्योंकि मैं जानता था कि यदि मुझे बातचीत का मौका दिया जाए या मुझसे कोई चर्चा की जाए तो मैं तूफानों का मुंह भी मोड़ सकता हूँ। मैं तो जिस दिन से आया था उसी दिन से राजमहल जाने के लिए तड़प रहा था। अब जिस शुभ घड़ी का मैं आने के साथ इंतजार कर रहा था, उसमें समय क्या बिगाड़ना? मैं झट से तैयार होकर श्वेतकेतु के साथ चल पड़ा। मैंने पूरी शान व आत्मविश्वास के साथ कूच किया था। उधर श्वेतकेतु चार रथों का काफिला लेकर मुझे लेने आया था, तो इधर शान बघारने में मैं भी कम न था, मैं भी अपने बीसियों रथ का काफिला लेकर उसके साथ चल पड़ा था। ...आखिर ससुराल जा रहा था, शान से तो जाना ही था। होगा, यह तो मजाक की बात थी। संजीदा बात यह कि आज फैसले की घड़ी थी। मेरी वाकपटुता का असली इम्तिहान था। और मैं इस इम्तिहान के लिए पूरी तरह तैयार था।

उधर मेरी उम्मीद के विपरीत दरबार राजाओं व युवराजों से खचाखच भरा पड़ा था। मैं सोच कर आया था कि मुझे सीधे भीष्मक से बातचीत करने जाना है, पर यहां तो पूरा मजमा लगा हुआ था। शायद भीष्मक सारे फैसले सबके सामने करना चाहते थे, ताकि पीछे से कोई उंगली न उठा पाए। होगा, अभी तो उनके इस प्रयास के कारण मेरी वाकपटुता का पूरा-पूरा इम्तिहान लिया जाने वाला था। एक अकेले भीष्मक को शीशे में उतारना आसान था, परंतु इतने राजाओं व युवराजों को एक साथ शीशे में उतारना...कोई बात नहीं, उत्साह बढ़ाने हेतु दरबार में मेरा खास चहेता जरासंध भी तो मौजूद था ही। वह ना सिर्फ मौजूद था, बल्कि पूरी अकड़ से बैठा हुआ भी था। उसके सिंहासन की ऊंचाई ही उसके विशिष्ट होने का सबूत दे रही थी। वहीं उसके चेले शिशुपाल व रुक्मी उसके अगल-बगल में ही चिपके बैठे थे। ...अब शत्रुओं को नापाक इरादे के साथ इतनी दृढ़ता से बैठा देख कन्हैया का उत्साह तो बढ़ना ही था। मेरा तो सीधा नियम है "जितनी तूफानी नदी उतनी श्रेष्ठ तैराकी।" यानी परिस्थिति जितनी गंभीर उतना तेज-तर्रार कृष्ण हाजिर। और इसका सबूत यह कि इस कठिन परिस्थिति में भी मजाकिया स्वभाव ने मेरा पीछा नहीं छोड़ा था। मैं जरासंध की तरफ देख ऐसे मुस्कुराया था मानो कोई तुच्छ व्यक्ति बैठा हो। वैसे स्वभाव तो अपना जरासंध ने भी नहीं छोड़ा था, वह मुझे देख ऐसा गुर्राया था मानो कच्चा चबा जाएगा। अब मुझे इससे क्या फर्क पड़ना था? जरासंध आर्यावर्त के लिए चाहे जो हो, या भीष्मक के दरबार में उसकी कुछ भी हैसियत हो, पर मेरे लिए तो वह दो-बार युद्ध का मैदान छोड़कर भागने वाला एक साधारण राजा ही था। अब आप ही बताइए भला जरासंध को मैं अपनी नजर से देखूं या जमाने की?

खैर! मैं यह सारा नजारा प्रवेशद्वार पर खड़े-खड़े ही देख रहा था। वहां पूरा दरबार भी मुझे ही देखने में व्यस्त था। खासकर बाहर से आए राजे व युवराज मुझे निहारने में कुछ ज्यादा ही दिलचस्पी ले रहे थे। एक साधारण-सा ग्वाला, जिसकी उम्र अभी बमुश्किल चौबीस वर्ष थी; वह इतने बड़े-बड़े राजाओं के सामने सबसे विशिष्ट बना खड़ा हुआ था। सच कहूं तो मेरा अहंकार तो

यह सोच कर ही उबाल खा गया था। दूसरी ओर बाहर से आए राजाओं व युवराजों की हालत भी कम अजीब नहीं थी। वे लगातार बारी-बारी मुझे व जरासंध को ऐसे देख रहे थे मानों हम दोनों का शक्ति-परिक्षण कर रहें हों। उन्हें मुझे देखकर यकीन ही नहीं हो रहा था कि यह छोकरा जरासंध को तीन बार मात भी दे सकता है। वहीं मजा यह कि जरासंध भी राजाओं की इस तुलनात्मक दृष्टि से अनजान नहीं था, वह यह सब देख मन-ही-मन खिसिया भी खूब रहा था; परंतु परिपक्व था सो खामोशी बनाये हुए था।

खैर, उसकी छोड़ो। अभी तो जिनके दरबार में आया हूँ उनकी बात करूं तो महाराजा भीष्मक ने अपनी ओर से शिष्टाचार निभाने में कोई चूक नहीं की। उन्होंने आते ही मुझे विराजने के लिए कहा। एक साथ इतने राजाओं के साथ बैठने का अवसर मुझे पहली दफा नसीब हुआ था। स्वाभाविक तौर पर ऐसी इज्जत-अफ्जाई पाकर मैं फूला नहीं समा रहा था। निश्चित ही एक साधारण ग्वाले के लिए यह बड़े गर्व की बात थी। और मैं भी इस समय इसे एक मौके की तरह ही देख रहा था। यदि आज दरबार में छा गया तो पूरे आर्यावर्त का इस ग्वाले को एक राजा के रूप में स्वीकारा जाना तय था। अत: मैंने भी एक मंजे हुए राजा की तरह शिष्टाचार निभाया। अपना स्थान ग्रहण करने से पूर्व मैंने महाराजा भीष्मक को प्रणाम किया। फिर जरासंध व अन्य राजाओं का अभिवादन किया। उसके बाद ही इस ग्वाले ने बड़ी शान से राजाओं की बराबरी पर अपना स्थान ग्रहण किया। सच कहूं तो इस एक अदा से मैं तत्क्षण स्वयं को रुक्मिणी के लायक समझने लगा। इस गलतफहमी ने बाकी कुछ नहीं तो मेरे उत्साह में हाथोंहाथ कई गुना बढ़ोत्तरी कर दी। यूं भी इस कठिन परिस्थिति में एक उत्साह का ही तो सहारा था।

होगा, वह तो आगे पता चल ही जाएगा। अभी तो इधर मेरे बैठते ही कुछ देर के लिए पूरे दरबार में शांति छा गई। स्पष्ट था मेरे आने से पूर्व काफी चर्चा-विचारणा हो चुकी थी। सभी की मौजूदगी इस बात का सबूत भी थी। निश्चित ही मामला अकेले भीष्मक या जरासंध से नहीं निपट रहा होगा तभी तो सबके सामने मैं आमंत्रित किया गया था। वहीं यह कहने की तो जरूरत ही नहीं कि जरासंध, रुक्मी व शिशुपाल मुझे इस तरह बुलाये जाने से खुश नहीं थे। मत होने दो, इधर आदत से लाचार मैं कई बार जरासंध से दोबारा आंख मिलाने की विफल कोशिश कर चुका था। लेकिन वह आंख मिलाने से बुरी तरह कतरा रहा था। पर बावजूद इसके अपने भीतर छिपा क्रोध वह नहीं छिपा पा रहा था। उधर दरबार में छायी खामोशी अब भी बरकरार थी। वैसे यह महाराजा भीष्मक का दरबार था और बातचीत का दौर उन्हें ही प्रारंभ करना था। लेकिन लग रहा था कि उन्हें अपनी बात प्रारंभ करने के लिए शब्द नहीं मिल रहे थे। कहीं ऐसा न हो कि खामोशी-खामोशी में ही स्वयंवर का समय आ जाए। अत: जल्द ही मैंने अपना धैर्य खो दिया। यूं भी बेहतर था कि भीष्मक ..."जरासंध" का रटा-रटाया कुछ बोले उससे पहले मैं अपनी बात अपने तरीके से रखूं। यही सोचकर मैंने अपने स्थान पर खड़े होकर सीधे महाराजा भीष्मक को संबोधित करते हुए पूरे आत्मविश्वास से अपनी बात प्रारंभ की। मैंने कहा- मैं इस आमंत्रण के लिए आपका धन्यवाद मानता हूँ, लेकिन मेरा मानना है कि यह निमंत्रण तो मुझे उसी दिन मिल जाना चाहिए था जिस रोज मैंने कुंडिनपुर की सीमा में प्रवेश किया था।

मेरी बात इतनी सटीक थी कि उसने भीष्मक समेत सभी के मुंह सिल दिए। साथ ही इतने बड़े राजाओं के मध्य मेरे प्रभाव का पहला सिक्का भी जमा दिया। और मजा यह कि मेरे एक ही वार से बेचारे भीष्मक पूरी तरह से अपना संतुलन खो बैठे, तुरंत झेंपते हुए बोले- मैं तो निमंत्रण भिजवाने ही वाला था, लेकिन...

अब मैं बात पूरी होने दूं तब न। जब जबान फिसल ही गई तो पूरा फायदा नहीं उठाऊंगा? बस मैंने सीधे बात काटते हुए हंसकर कहा- लेकिन जरासंध ने इसकी इजाजत नहीं दी होगी। ...तो क्या? आप तो जानते ही हैं कि उनकी व हमारी बहुत पुरानी मित्रता है। और जहां तक मेरा ख्याल है कुंडिनपुर के महाराज तो अब भी आप ही हैं।

...मेरे इस तेज-तर्रार व्यंग पर जरासंध तो अपनी परिपक्वता दिखाते हुए खामोश रहने में कामयाब रहा, परंतु रुक्मी बुरी तरह तिलमिला उठा। तिलमिलाने दो। अब उस "साले" की परवाह कौन करता है? जब बराबरी पर बैठ ही गया हूँ तो बराबरी पर बोलने का अधिकार भी स्वतः मिल ही गया है। और फिर बराबरी पर बोलने से ही तो मुझे यकीन आएगा कि मैं इन राजाओं की बराबरी का हो गया हूँ। हालांकि महाराजा-भीष्मक अब पूरी तरह होश में आ गए थे। मेरे इस व्यंग पर इस बार उन्होंने कोई प्रतिक्रिया नहीं दी। यही परिपक्वता होती है। उल्टा अबकी बातचीत का नया दौर भीष्मक ने ही प्रारंभ किया। मेरे मारे व्यंग को पूरी तरह नजरअंदाज करते हुए वे बड़े शांत भाव से बोले- वैसे तो कुंडिनपुर आपका अपना राज्य है, आप जब चाहें आ सकते हैं। लेकिन इस समय रुक्मिणी के स्वयंवर में आने वाली बात समझ में नहीं आई।

मैंने तुरंत हंसते हुए कहा- महाराज आप जान कर भी अनजान बनने का प्रयत्न कर रहे हैं। सभी जानते हैं कि आपने इस स्वयंवर में मथुरा को आमंत्रित नहीं किया है। अतः बिन बुलाए टपक पड़ने के अलावा आपने मेरे पास उपाय ही क्या छोड़ा था? देखा, राजाओं के साथ बैठने का मौका क्या मिला मैं अपने पूरे रंग में रंग गया। अब मैं अपने रंग में होऊं और सामने जरासंध बैठा हो तो उसे छेड़ने का मन करना तो स्वाभाविक ही था। सच कहूं तो मेरा मन उसे क्रोधित कर उसकी परिपक्वता को ललकारने का हो रहा था। इसी उद्देश्य से मैंने तुरंत महाराज से हमदर्दी जताते हुए पूरी नाटकीयता से कहा- लगता है कुछ "नासमझों" जिन्हें मथुरा पहले भी कई बार ठिकाने लगा चुकी है, के प्रभाव में आकर आप मथुरा को निमंत्रण नहीं भिजवाने का दुस्साहस कर बैठे हैं।

बोलते तो बोल गया था पर तुरंत एहसास हुआ कि मैं कुछ ज्यादा ही बोल गया था। तो क्या, मैं जो चाहता था वह तो हो ही गया। मेरे इस व्यंग पर जरासंध इतनी बुरी तरह तिलमिलाया कि अपना नियंत्रण ही खो बैठा। वह मारे क्रोध के अपनी कुर्सी पर से उठ खड़ा हुआ, इतना ही नहीं, उसने अपनी तलवार भी म्यान से निकाल ली। बस यही तो मैं चाहता था। वैसे भी दुश्मन को जब तक क्रोधित न किया जाए वह गलती नहीं करता। हालांकि यह तो मेरी और जरासंध की बात हुई, परंतु उधर वातावरण को तंग होता देखकर महाराजा भीष्मक के चेहरे पर चिंता की हजार लकीरें उभर आई। किसी तरह हजारों मिन्नतें कर वे बेचारे बमुश्किल जरासंध को शांत करने में सफल हुए। इधर जरासंध की वर्तमान हालत देख मुझे रह-रहकर हंसी आ रही थी। जिसका आर्यावर्त पर एक छत्र राज है, उसे आज एक साधारण ग्वाले से अपमानित होने के बावजूद चुपचाप बैठना पड़ रहा

था। ...अब ऐसे में हंसी तो आनी ही थी। उधर महाराजा भीष्मक जब जरासंध को शांत करा चुके, तो थोड़ा खिसियाते हुए लगे मुझसे निवेदन करने - आप बात-बात पर व्यंग कसने के बजाय अपनी बात रखें तो बेहतर होगा।

...ठीक है, मैं अपनी बात रखता हूँ। महाराज का निवेदन सर-आंखों पर। अबकी मैंने बड़ी गंभीरतापूर्वक अपनी बात कही। मैंने कहा- आप सभी जानते हैं कि मैं यहां सिर्फ अपना विरोध जताने आया हूँ। यदि मथुरा को निमंत्रण भेजा गया होता, तो शायद मुझे यहां आना ही न पड़ता। क्योंकि ना तो मुझे, ना ही मथुरा को रुक्मिणी में कोई दिलचस्पी है। अतः मेरी यह यात्रा नितांत राजकीय कारणों से समझी जानी चाहिए और वह भी मजबूरीवश।

इस पर महाराजा भीष्मक तुरंत बोले- आपके आने का प्रयोजन तो हमारी समझ में आ गया, लेकिन प्रजा को भड़काने वाली बात समझ में नहीं आई।

आखिर दिल की बात जुबां पर आ ही गई। लेकिन मैं क्या कम था? मैंने तुरंत मासूमियत चेहरे पर ओढ़ ली, और बड़े भोलेपन से बोला- दरअसल यहां आने के बाद आम-प्रजा मुझसे यह स्वयंवर रुकवाने का निवेदन करने लगी। उनका सोचना था कि यह स्वयंवर एक नाटक है। रुक्मिणी को जबरदस्ती शिशुपाल से विवाह करने पर मजबूर किया जा रहा है। मैंने तो उल्टा अपनी ओर से प्रजा को समझाने का प्रयास किया कि नहीं ऐसा नहीं है। अरे, आर्यावर्त के एक-से-एक गुणवान व वीर युवराज आमंत्रित हैं। यदि ऐसा कोई प्रयास किया गया तो वे अपनी तलवारें खींचकर इस स्वयंवर को रुकवा नहीं देंगे? मुझसे मांगी गई थी सफाई, और देखो सफाई देते-देते भी तीर चला ही दिया था। मेरी भड़काऊ बात सुन जरासंध व भीष्मक के चेहरे तो ऐसे उतरे कि देखते ही बनते थे, लेकिन मैं इतने से कहां मानने वाला था? मैंने आगे सीधे युवराजों को संबोधित करते हुए कहा- क्यों मेरे वीर भाइयों, मैंने कुछ गलत कहा?

...यह सुनते ही एक साथ कई युवराजों ने हामी भरते हुए अपनी तलवारें खींच लीं। यही नहीं ...उसमें से एक बोला भी कि यदि ऐसी कोई कोशिश की गई तो यहीं खून-खराबा नहीं हो जाएगा? बस मेरा काम हो गया था। दरबार अच्छा-खासा अखाड़ा बन चुका था। उधर यह सब तमाशा देखकर भीष्मक थर-थर कांपने लगे थे। उनको परिस्थिति बेकाबू होती नजर आ रही थी। वे इतना घबरा गए थे कि कुछ बोल ही नहीं पा रहे थे। ...उधर भीष्मक की यह हालत देख जरासंध मैदान में कूद पड़ा। उसने नए सिरे से स्थिति सम्भालने का प्रयास किया। वह सीधे मुझे संबोधित करते हुए बोला- आप यहां आमंत्रित नहीं हैं फिर भी न जाने क्यों स्वयंवर में विघ्न डालने मथुरा से यहां चले आए हैं? और इससे भी जब आपका जी नहीं भरा तो यहां की प्रजा को भड़काया, ऊपर से अब भोले बन रहे हैं? ...यह क्या कम था जो यहां बैठे-बैठे हमारी आंखों के सामने इन युवराजों को भी भड़का रहे हैं?

...लाचारी उसकी बातों में ही नहीं, उसके हाव-भाव से भी स्पष्ट झलक रही थी। ...अरे जरासंध! युद्ध का मैदान हो या कूटनीति का अखाड़ा, तुम हमेशा स्वयं को मेरे सामने लाचार ही पाओगे। और लाचारी भी कैसी...! मैं तुम्हारी फजीहत करता रहूं और तुम तमाशबीन बन देखते रहो। अब जरासंध भी इतना परिपक्व तो था ही कि परिस्थिति भांप ले। वह यह समझ ही रहा था

कि मैं बार-बार उसकी फजीहत कर उसे उकसा रहा हूँ ताकि मामला बिचक जाए। उसकी परिपक्व मजबूरी यह कि वह एकबार को फजीहत तो बर्दाश्त कर सकता था पर मामले का तूल पकड़ना उसके हित में नहीं था। क्योंकि स्वयंवर पर आंच आई तो पूरे आर्यावर्त में उसकी धाक ही क्या रह जाएगी? ...फिर तो सब कहेंगे कि जब एक स्वयंवर भी पार नहीं पाड़ सकता तो हम उससे डरे ही क्यों? अतः अंत में कोई उपाय न देख अबकी बेचारा करीब-करीब मुझसे निवेदन करते हुए बोला- आखिर आप चाहते क्या हैं? क्यों किसी शुभ कार्य में अड़ंगा लगा रहे हैं?

अब आया न सही राह पर! मैं उसकी लाचारी अच्छे से समझ रहा था। और सच कहूं तो उसी का तो फायदा उठा रहा था। चक्रवर्ती-सम्राट बनना उसकी दुखती नस थी। और ऐसे में यह स्वयंवर उसे बिना विघ्न के निपटाना ही था। हालांकि इधर मैं भी अपनी सीमा व वर्तमान औकात दोनों अच्छे से पहचानता था। आखिर वह भी जरासंध था, आर्यावर्त का बेताज बादशाह। उसे इससे ज्यादा भड़काना कभी भी भारी पड़ सकता था। बस यह विचार आते ही मैंने भी तत्क्षण अपना रंग बदल दिया। हालांकि बात तो अब भी मुझे भड़काऊ ही करनी थी, पर थोड़ी विनम्रतापूर्वक। अतः मैंने अबकी बड़े शांत भाव से जरासंध से कहा- दरअसल मैं तो महाराजा भीष्मक को बदनामी के कलंक से बचाना चाहता हूँ। देखिए पितामह कैशिक तो पहले ही नाराज होकर राजमहल छोड़कर चले गए हैं। अब आप ही सोचिए कि ऐसे में यदि कुंडिनपुर की प्रजा व ये युवराज भी नाराज हो गए तो महाराज तो किसी को मुंह दिखाने लायक नहीं बचेंगे। और फिर अपनी ही पुत्री के विवाह में खून-खराबा हुआ तो इसका असर ना सिर्फ रुक्मिणी के भविष्य पर बल्कि सम्पूर्ण राज्य पर भी पड़ सकता है। आगे जैसी महाराज की मर्जी। परंतु मैं फिर भी जोर देकर कहूंगा कि मेरी राय में महाराजा भीष्मक को यह स्वयंवर निरस्त कर देना चाहिए।

यह सुनते ही पूरे दरबार में शांति छा गई। सिर्फ शिशुपाल व रुक्मी क्रोधित निगाहों से मुझे ऐसे घूर रहे थे मानो वे दोनों अभी और यहीं मेरा तीया-पांचा कर देंगे। उधर जरासंध बेचारे को तो समझ में आना ही बंद हो गया था कि यह मैं कह क्या गया था...? और इसका मतलब क्या निकाला जाए? अजब माहौल हो गया था। एक तरफ जरासंध हैरान था तो दूसरी तरफ उसके पिछल्लू क्रोध में लाल-पीले हुए जा रहे थे। यह कम था तो मेरे भड़काये युवराज भी तलवार खींचे मरने-मारने को तैयार खड़े थे। कुछ राजे जरासंध की इज्जत बचाने की कवायद में भिड़े हुए थे, तो कुछ भीष्मक व रुक्मिणी के भविष्य के बाबत चर्चा में लीन हो गए थे। आश्चर्य यह कि इन सबको काम पे लगाने वाला यानी "मैं" एकमात्र शांति से अपने स्थान पर पांव पर पांव चढ़ाए यह तमाशा देख रहा था। और मजा तो इतना आ रहा था कि क्या बताऊं? उधर यह नजारा देख महाराजा भीष्मक पूरी तरह टूट चुके थे। दूसरी ओर पूरा दरबार भी मेरी बातों के जाल में उलझ गया था। जरासंध की बोलती तो ऐसी बंद हुई थी कि कहीं आजीवन का मौन-व्रत न ले-ले। मैं पहले ही कहता था कि यदि मुझे एकबार बोलने का मौका दे दिया जाए तो सबकुछ चौपट हुआ ही समझो। बस आखिर मैं जो चाहता था वह हो ही गया। भीष्मक करीब-करीब मायूसी में रोते हुए बोले- मेरी पुत्री रुक्मिणी कल से बेहोश है। राज-वैद्य उसके स्वास्थ्य से संतुष्ट नहीं हैं। मेरा भी स्वास्थ्य ठीक नहीं है। कृपया आप लोग शांति बनाए रखें।

बाकियों ने तो उनकी हालत पर तरस खाकर शांति ग्रहण कर ली, लेकिन शिशुपाल से नहीं रहा गया। वह बुरी तरह तिलमिला उठा। वैसे उसका क्रोध जायज भी था। स्वयंवर में विघ्न पड़ने पर सबसे ज्यादा चिंतित तो "दूल्हे राजा" को ही होना चाहिए। लेकिन उसकी भी एक सीमा होती है, परंतु यह पागल तो आपे से ही बाहर हो गया। और आपे से बाहर होते ही सीधा मुझपर बरस पड़ा, बोला- मथुरा को निमंत्रण नहीं भेजा तो नहीं भेजा, हमारी मर्जी। आप बेशरमों की तरह यहां स्वयंवर में रुकावट खड़ी करने क्यों चले आए हैं? वैसे भी स्वयंवर में राजा व युवराज निमंत्रित किए जाते हैं, ग्वाले नहीं।

हो गया। ...बेचारे ने जितना क्रोध था एक ही बार में निकाल दिया, लेकिन मैंने अपनी परिपक्वता दिखाते हुए शांति बनाए रखी। उसके ग्वाले कहने के बावजूद मैं नहीं भड़का। मुझे तो जरासंध व भीष्मक की राह पर चलना था। कोई बचकाना हरकत नहीं दिखानी थी। अतः मैंने बड़े शांत भाव से शिशुपाल को मुखातिब होते हुए कहा- मैं ग्वाला हूँ या राजकुमार इसका फैसला आपको नहीं महाराजा भीष्मक को करना है, और वे मुझे इज्जत बख्शकर यह फैसला कर चुके हैं। जहां तक मेरे आने का सवाल है, तो मैं यह स्पष्ट कर दूं कि मथुरा के अपमान का हर्जाना तो इस स्वयंवर को भुगतना ही होगा।

...यह सुनते ही अबकी रुक्मी की बारी निकल आई। वह करीब-करीब चिल्लाते हुए खड़ा हो गया - तो क्या आप रुक्मिणी का हरण कर लेंगे?

...उसके यह कहते ही वातावरण और तंग हो गया। यही मैं चाहता था। माहौल जितना गर्म होगा उतना ही भीष्मक पर दबाव बढ़ेगा। मैं तो चाहता था कि इतनी चिल्लाचपड़ मच जाए कि भीष्मक घबरा जाए। अंत में हुआ भी यही। चर्चा रुक्मिणी-हरण तक पहुंची देखकर भीष्मक पूरी तरह से टूट गए। कौन बाप अपनी बेटी के हरण की चर्चा सुनकर नहीं टूटेगा? ...पर भीष्मक कुछ ज्यादा ही भावुक हो गए थे। वे इस कदर टूट गए थे कि अपने ही दरबार में सबके सामने बिलख-बिलख कर रो पड़े। उनको इस कदर बिलखते देख पूरा दरबार हतप्रभ रह गया। अच्छा मुझे भी नहीं लगा। निश्चित ही यह एक बाप का बिलखना था। स्वाभाविक तौर पर हमदर्दी स्वरूप पूरे दरबार में शांति छा गई। अब कोई कुछ बोलने की हिम्मत नहीं जुटा पा रहा था। मैं तो पूरी तरह खामोश हो गया। क्या करता, सबकुछ मेरा ही तो किया-कराया था। ...आखिर दरबार में छाया सन्नाटा भीष्मक ने ही तोड़ा। वे बड़े दुखी होते हुए बोले- जैसा कि मैं पहले ही बता चुका हूँ कि मेरी पुत्री रुक्मिणी कल से बेहोश है। राजवैद्य का कहना है कि रुक्मिणी की वर्तमान हालत में उसका स्वयंवर करना उचित नहीं। अतः मैं यह स्वयंवर निरस्त करने की घोषणा करता हूँ। तथा साथ ही सभी आमंत्रित राजाओं से क्षमा मांगता हूँ। ...फिर सीधा मुझे संबोधित करते हुए बोले- मथुरा को निमंत्रण न भिजवाने की गलती के लिए मैं आपसे भी क्षमा का प्रार्थी हूँ।

यह सुनते ही मैं तो खुशी से उछल पड़ा। मेरी चाहत पूरी हुई। मेरा प्यार सलामत रहा। रुक्मिणी के सर से कम-से-कम हाल-फिलहाल के लिए तो बला टल ही गई। बस, मेरा रोम-रोम उत्साह से भर गया। उसी उत्साह के चलते हाथोंहाथ मैंने महाराज को एक राय भी दे डाली - कृपया अगली बार जब भी स्वयंवर रखें, मथुरा को निमंत्रित करना मत भूलिएगा।

...सोचा, कम-से-कम इस बहाने अगली बार के लिए तो मैं अपनी उम्मीदवारी पक्की कर लूं। उधर महाराजा भीष्मक के इस निर्णय से पूरे दरबार में सन्नाटा छा गया था। दूसरी तरफ जरासंध, शिशुपाल व रुक्मी की शक्लें तो देखते ही बनती थी। ऐसा लग रहा था मानो कोई बड़ा महायुद्ध हार गए हों। हालांकि सबसे बुरा हाल "दुल्हेराजा" यानी शिशुपाल का ही था। उस बेचारे के तो सारे सपने ही चकनाचूर हो गए थे। और बेचारा जरासंध, उसको तो स्वयंवर निरस्त होते ही एकबार फिर एक ग्वाले के सामने हार का मुंह देखना पड़ा था। ...अब कृष्ण से टकराओगे तो यह तो होगा ही।

चलो, यह सब अहं करने को तो जीवन पड़ा है। अभी तो अच्छी बात यह हुई कि स्वयंवर निरस्त करने की घोषणा के साथ ही महाराजा भीष्मक अच्छे-खासे सम्भल चुके थे। स्पष्ट था, इसी बहाने उनकी भी दिली तमन्ना पूरी हुई थी। शायद इसलिए जाते-जाते महाराज ने स्वयंवर के निमित्त रखे गए भोज पर सभी को आमंत्रित किया। यानी इतना तो सम्भल ही गए थे कि शिष्टाचार निभा पाएं। और सबसे खास बात यह कि अबकी मुझे भी निमंत्रण देना नहीं भूले थे। मेरी कहूं तो मैं तो निमंत्रण पाकर फूला नहीं समा रहा था। पहले राजाओं की बराबरी पर बैठने का अवसर मिला, और अब उनके साथ ससम्मान भोज पर आमंत्रित किया गया था। ग्वाले की तो निकल पड़ी थी, वह सचमुच बड़ा हो गया था; पर उसका बचपना नहीं गया था। सबकुछ शांतिपूर्वक मेरे मन मुताबिक सलट चुका था फिर भी मैं था जो अपनी हरकतों से बाज नहीं आ रहा था, और जिसके चलते जाते-जाते भी मैंने एक चुटकी ले ही ली। मैंने महाराजा-भीष्मक को धन्यवाद देते हुए कहा- ...स्वयंवर में न सही पर कम-से-कम भोज पर आमंत्रित करने की सत्ता आपके पास है यह जानकर बड़ी खुशी हुई।

मेरा व्यंग इतना तीखा था कि जरासंध, शिशुपाल व रुक्मी की तिकड़ी बुरी तरह तिलमिला उठी। उधर भीष्मक की नजरें तो शर्म से जो झुकी तो झुकी ही रह गई। इसके साथ ही सब दुखी मन से अपने-अपने खेमे को लौट गए। मैं भी दिखाने को मुंह लटकाए ही बाहर निकला था, पर मन-ही-मन बड़ा झूम रहा था। ...क्या कहूं...? स्वयंवर निरस्त करवा पाने का नशा सर तक चढ़ गया था। अपने सपनों की दुनिया पर पूर्णविराम लगने से बचा पाने की प्रसन्नता पूरे अस्तित्व पर छा गई थी। ऊपर से भोज पर रुक्मिणी के दर्शन भी संभावित थे। यही क्यों, जरासंध को एकबार फिर उसी की मांद में जाकर मात देने का गुमान भी था। यानी कान्हा की खुशियां आसमान छू रही थी। पर नौटंकीबाज इतना कि राजमहल के बाहर यह कान्हा निकला मुंह लटकाए ही था।

लेकिन हां, अपने कक्ष में पहुंचते ही वह पूरी तरह झूम उठा था। कितनी ही बार तो अपने को ही गले लगाने की कोशिश कर चुका था। और नटखट इतना कि जरासंध का उतरा चेहरा तो उसकी आंखों के सामने से जा ही नहीं रहा था। ...वाकई जरासंध और मेरी शत्रुता भी अजीब थी। वह मेरे जीवन का दुश्मन बना हुआ था और मैं उसकी इज्जत का। वह बार-बार मेरे जीवन पर हमला करता था, और मैं रह-रहकर उसके इज्जत की धज्जियां उड़ाता रहता था। ...हालांकि यूं देखा जाए तो मेरा और उसका क्या जोड़? कहां जरासंध, जिसके सामने आर्यावर्त के बड़े-बड़े राजा नतमस्तक हैं, और कहां मैं जिसके पास न राज्य है न सेना। यह बात गौर करने लायक भी है व

समझने लायक भी कि फिर भी बार-बार मुंह की उसे ही खानी पड़ती है। इसका सीधा जवाब दूं तो भले ही मेरे पास सेना, शक्ति या वट न सही, पर मेरे पास अपना आत्मविश्वास है। मेरे पास संकल्प क्षमता व अपना श्रेष्ठ चिंतन है। साथ ही मेरे पास अपनी एक खतरनाक बुद्धि भी है। ...और इन सबसे ऊपर निःस्वार्थ भावना व सर्वहित की दृढ़ इच्छा-शक्ति भी है, जिसके चलते मेरे कठिन-से-कठिन कार्य भी आसानी से निपट जाते हैं। और यह हवा में उड़नेवाली बात नहीं, अभी-अभी ही भीष्मक जैसे राजा के यहां जरासंध जैसे संरक्षक के होते-सोते स्वयंवर निरस्त करवाकर एकबार फिर मैं अपनी क्षमताओं का सबूत दे ही चुका था। कहने का तात्पर्य आज मैं सिर्फ अपने गुणों के कारण पूरे आर्यावर्त पर भारी पड़ रहा था।

...अब ऐसे में बाकी सब तो ठीक पर आज की रात नींद आने का तो प्रश्न ही नहीं उठता था। एक तरफ रुक्मिणी के सपनों में खोया हुआ था तो दूसरी तरफ मारे गर्व के फूला नहीं समा रहा था। और अहंकार भी रह-रहकर फनफना ही रहा था। अब अहंकार भी एक हो तो बताऊं? उसने भी अपने अनगिनत रूप बनाकर मुझे चारों ओर से घेर रखा था। एक तरफ शानदार योजना बनाने का अहंकार था तो दूसरी तरफ रुक्मिणी को बचा पाने की खुशी का अहंकार। इधर राजाओं के साथ बराबरी पर बैठने से फूला नहीं समा रहा था तो उधर भोज पर बुलाए जाने की खुशी में अभी से झूम उठा था। और इन सबसे छूटूं तो रुक्मिणी के सपने परेशान करने चले आते थे। क्या कहूं, पूरी रात करवट बदलते-बदलते ही बीती।

खैर! रात तो जैसी बीती वैसी बीती, पर सुबह होते ही एक शुभविचार से भर गया। दरअसल मथुरा लौटने से पूर्व मैं पितामह कैशिक के दर्शन करना चाहता था। क्योंकि एक वे ही तो थे जो शुरू से इस स्वयंवर के विरोध में थे। सोचा, उन्हें खुशखबरी भी दे आऊं और इस बहाने उनका मनोबल भी बढ़ा आऊं। हालांकि उनसे मिलने के कई चुंबकीय कारण और भी मौजूद थे। जैसे रुक्मिणी पर उनका गहरा प्रभाव और रुक्मी का उन्हें फूटी आंख न सुहाना। अर्थात् आज नहीं तो कल यदि मुझे रुक्मिणी को पाना है तो वे बड़े काम के सिद्ध हो सकते थे। अब इतने कारणों के बाद यह शुभविचार टालने का सवाल ही नहीं उठता था। बस प्रातःकाल ही मैं उनके दर्शन करने जा पहुंचा। शहर से दूर एक विशाल आश्रम में उन्होंने अपना डेरा डाला हुआ था। सुख, सुविधा व सुरक्षा की दृष्टि से यह किसी राजमहल से कम न था। मेरे आने की सूचना मिलते ही उन्होंने तत्क्षण मुझे मिलने बुलवा लिया। शायद मेरे द्वारा स्वयंवर रुकवाए जाने की खबर उन तक पहुंच चुकी थी। होगा, अभी तो मैं उनका व्यक्तित्व देखता ही रह गया। उम्र ने उन्हें और निखारा ही था। दूसरी तरफ जितना खुश मैं उनसे मिलकर हुआ था उससे कई ज्यादा खुश वे मुझसे मिलकर नजर आ रहे थे। यानी मेरा अंदाजा सही था, स्वयंवर रुकवाने की खबर उन तक पहुंच चुकी थी। चलो यह भी अच्छा ही हुआ था कि मेरी प्रतिभा से वे अनजान नहीं बचे थे। यूं भी एक राज की बात बताऊं तो कहने को तो यह मुलाकात मैं शिष्टाचार-वश ही करने आया था, लेकिन सच कहूं तो बहुत गहरे में मैं उन्हें अपने होने वाले दामाद के दर्शन कराना भी चाहता था। अर्थात् कहा जा सकता है कि मैं उनसे मिलने कम व स्वयं को उनसे मिलवाने ज्यादा गया था। और मैं कह सकता हूं कि इस लिहाज से भी यह मुलाकात बड़ी शुभ रही थी।

खैर! दोपहर चढ़ने से पूर्व मैं उनके आशीर्वाद ले आश्रम लौट आया था। यहां खुशी की बात यह कि पितामह कैशिक की ही तरह कुंडिनपुर की आम प्रजा भी मुझसे बहुत खुश थी। चारों ओर मेरी जय-जयकार हो रही थी। उनकी चहेती राजकुमारी को बचाने का पूरा श्रेय मुझे ही दिया जा रहा था। और निश्चित ही दूसरी तरफ इन सबके विपरीत जरासंध की तिकड़ी बुरी तरह तिलमिला उठी थी। ...यानी वह भी अपने खतरनाक मनसुबों पर पानी फेरने का पूरा श्रेय मुझे ही दे रहे थे। देना ही चाहिए। जहां मैं उपस्थित होऊं वहां का कर्ता-धर्ता मैं ही होता हूँ। अर्थात् कक्ष में आते ही मुझे अहंकार ने चारों ओर से घेर लिया था। पर छोड़ो, ऐसे हसीन मौके पर क्या तो अहंकार करना और क्या जरासंध जैसों की बात करना? रुक्मिणी की कुछ बात हो जाए। ...यानी कुछ बातें मेरे मन की कर ली जाए। सच कहूं तो इस विजय के बाद मैं मन-ही-मन उसे अपनाने को बुरी तरह मचल उठा था। यही नहीं, मैं उसे पाने को दृढ़-संकल्पित भी होता जा रहा था। वैसे उसे अपनाने में अब कोई बाधा भी नहीं बची थी। मैं स्वयं को उसके लायक सिद्ध कर ही चुका था। ऊपर से अब तो उसे शिशुपाल के चंगुल से छुड़वाकर उसका तारणहार भी बन गया था। इस दृष्टि से भी मेरा उस पर कुछ-न-कुछ अधिकार तो बनता ही था। कुल-मिलाकर सफलता का नशा ऐसा चढ़ा था कि कक्ष में यहां-से-वहां चक्कर लगाते हुए दिन में ही सपने देखना शुरू कर दिया था।

चलो, उस पर अधिकार जताने को व उसे पाने के सपने देखने को जीवन पड़ा हुआ है। सो, जैसे ही कुछ नशा उतरा कि मन कुछ सकारात्मक विचारों से भर गया। अचानक मेरी इस सफलता के पीछे शेव्या व श्वेतकेतु का निर्भीक योगदान याद आया। योगदान याद आते ही मैं उनके प्रति कृतज्ञता के भाव से भर गया, लेकिन मन ने फिर करवट ली। वह एकबार फिर "रुक्मिणीमय" हो गया। लगता है अचानक मिली इतनी बड़ी सफलता ने मुझे पगला दिया था। मेरा मन मुझे ही झुलाने में लगा हुआ था। अचानक शेव्या व श्वेतकेतु को भी रुक्मिणी के परिप्रेक्ष्य में ही देखने लगा था। वैसे बात भी सही थी, आज की तारीख में एक वे ही थे जो मेरे और रुक्मिणी के बीच सेतु का कार्य कर सकते थे। यदि मुझे रुक्मिणी को पाना है तो इस सेतु का ठीक से उपयोग करना बड़ा आवश्यक था। बस ध्यान रुक्मिणी के बहाने इन दोनों पर जा अटका और उसके साथ ही मन इनको लेकर भविष्य की योजनाओं में उलझ गया। भविष्य की योजना भी क्या थी? बस रुक्मिणी पर अधिकार जमाना था। उसे पाने के मार्ग खोलने थे। इन्हीं सब विचारों में संध्या हो गई। उधर संध्या होते ही खुश-खुश शेव्या व श्वेतकेतु मुझे बधाई देने पधारे। शेव्या को तो दोहरी खुशी थी। उसे मेरे साथ-साथ अपनी सहेली के शिशुपाल से छुटकारे की भी तो खुशी थी। कुछ देर तो बधाइयों का यह दौर चलता रहा, पर जल्द ही मैं गंभीर मंत्रणाओं पर आ गया। सबसे पहले तो मैंने रुक्मिणी संबंधित कोई भी सूचना, खासकर यदि वह उसके विवाह या स्वयंवर से संबंधित हो तो मुझ तक तुरंत पहुंचाए जाने का आग्रह किया। साथ ही रुक्मिणी को मेरे आकर्षण के बारे में कुछ भी न बताए जाने का निवेदन भी किया। मालूम पड़ा एक ही झटके में दिल टूट गया। उससे तो यह सपना चालू रहे यही ग्वाले के लिए ज्यादा अच्छा था। यह सब तो ठीक पर इसके आगे तो शेव्या से एक बड़ी ही अजीब फरमाइश कर बैठा। मैंने शेव्या से यह निवेदन किया कि जब भी मौका मिले वह रुक्मिणी के सामने मेरी योजना व वीरता के गुणगान गाती रहे। उसे बार-बार बताए

कि कैसे मैंने उसे शिशुपाल से बचाया व कैसे मैंने उसको स्वयंवर रूपी नर्क से उबारा। मेरा इससे अन्य कोई बदइरादा नहीं था। मेरी मंशा साफ थी। मैं तो सिर्फ अपनी वीरता व योजना की चर्चाओं से उसके मन में अपने लिए कुछ आकर्षण पैदा करना चाहता था। एक तरफ लगी इस आग को दो-तरफा जलाना चाहता था। अब इतना प्रयास तो इस दीवाने को करना बनता ही था। बस इसके साथ ही खुश-खुश शेव्या व श्वेतकेतु ने हर तरह के सहयोग का वचन देते हुए इजाजत चाही। वैसे भोज वाले दिन उनसे फिर मुलाकात की उम्मीद थी ही, लेकिन उस समय ये सब बातें कहां होने वाली थी?

खैर! वे लोग तो चले गए पर इधर मुझ दीवाने को भोज याद क्या आया कि मैंने फिर अपने रात्रि-जागरण का इन्तजाम कर लिया। मैं सीधा भोज के सपनों में ही खो गया। रुक्मिणी से मुलाकात होगी। अपने हाथों से मुझे भोजन परोसेगी। मुझे राजाओं के बीच सम्मानित बैठा पाकर कितना खुश होगी वह। ...बस कन्हैया बेहोश मत हो जाना। हालांकि "भोज" कल ही था; लेकिन मैंने यह रात्रि कैसे काटी होगी यह जाकर उससे पूछो जो जमीन पर बैठे-बैठे आसमान की ऊंचाइयों से प्रेम कर बैठा हो, और जिसे अगले दिन अनायास ही उसकी बराबरी पर बैठने का मौका मिलने वाला हो।

होगा, आखिर इस रात की भी सुबह हो ही गई। आज फिर एक निर्णायक घड़ी थी। राजाओं के बराबरी पर बैठने को मिले मौके को पूरी तरह भुनाना था। आज रुक्मिणी पर अपने व्यक्तित्व का सिक्का जमाकर ही छोड़ना था। बस मैं तो सुबह से जो सजना-संवरना शुरू हुआ तो भोज के समय तक सजता-धजता रहा। इस दरम्यान जाने कितने तो पीताम्बर पहने व न जाने कितने गहने पहन कर निकाले। अच्छा यह था कि भोज के समय तक तैयार हो गया था। राजमहल की ओर प्रस्थान भी पूरी शान से ही किया। आवश्यकता तो नहीं थी फिर भी दस रथों के काफिले के साथ ही पहुंचा था। अपने को सजाया तो इस कदर था कि क्या यशोदा व राधा मिलकर भी सजाती? आखिर रुक्मिणी से आंखें चार जो होने वाली थी; और फिर अपने प्रतिस्पर्धी युवराजों से बेहतर भी तो दिखना था। अंदाजा लगाना कोई मुश्किल नहीं कि मैं कितना सज-धजकर गया होऊंगा। और एकबार अच्छे से सज-धज लो तो चाल ही बदल जाती है। सो, कहने की जरूरत नहीं कि मैंने बड़ी शान से राजमहल में प्रवेश किया। प्रवेशद्वार पर ही सबका इत्तर लगाकर स्वागत हो रहा था। ...मेरा भी हुआ। यानी युवराजों में गिन लिया गया। मेरी तो शान ही बदल गई। कुछ ज्यादा ही तनते हुए भोज-प्रांगण में पहुंचा। भोज राजमहल के पीछे स्थित विशाल बगीचे में रखा गया था। वह तीन ओर से खूबसूरत रंग-बिरंगे कपड़ों से सजाया गया था। सौ के करीब राजे व युवराजों के बैठने की व्यवस्था साफ नजर आ रही थी। नहीं... नहीं, मैं सबसे पहले नहीं पहुंचा था। पूरा बावरा नहीं हो गया था, मुझे भी अपनी इज्जत का कुछ खयाल था। कई युवराज मेरे पहुंचने से पहले ही आ चुके थे। यदि इधर भोजन व्यवस्था की बात करूं तो कुल-जमा तीन कतारें लगी साफ नजर आ रही थी। मैं अंतिम कतार में बिठाया गया था। इन तीनों कतार के बाजू में ठीक राजमहल से लगे एक स्थान पर छः और लोगों के बैठने की व्यवस्था थी। शायद महाराज, जरासंध व महामंत्रीजी वगैरह के लिए होगी। होने दो, अभी तो यहां राजाओं व युवराजों का आना लगातार जारी था। हालांकि

बावजूद इसके वातावरण में कोई उमंग नहीं बन पा रहा था। स्वयंवर निरस्त होने की उदासी हर कोने में झलक रही थी। हां, फिर भी पांडाल पूरी तरह भर अवश्य गया था। अच्छा यह भी हुआ कि किसी को ज्यादा इन्तजार नहीं करना पड़ा। कुछ ही देर में महाराजा भीष्मक जरासंध, शिशुपाल व रुक्मी के साथ आ पधारे। सबने अपने स्थान पर खड़े होकर उनका अभिवादन किया। इसके साथ ही उन्होंने भी अपना स्थान ग्रहण किया।

...इधर सबके स्थान ग्रहण करते ही भोजन परोसना प्रारंभ हो गया। भोजन के थाल वगैरह तो पहले से बैठक के सामने रखे ही हुए थे। बस एक साथ बीसियों सेवक अलग-अलग वानगियां लेकर शुरू हो गए थे। माहौल तो जम ही गया था, और शानदार भोजन मेरी कमजोरी भी थी; लेकिन आज मन भोजन में बिल्कुल न था। क्योंकि आज मुझे अपनी उससे भी बड़ी कमजोरी का इन्तजार था। मैं तो एक अच्छे आशिक की तरह टकटकी लगाए प्रवेशद्वार की ओर ही देखे जा रहा था। पता नहीं कब रुक्मिणी प्रकट हो जाए। आज उसे जी भरकर देख लूं, फिर पता नहीं कब उसके दर्शन हों, ...या न भी हों! अच्छा था जो जीवन का यह सबसे हसीन इन्तजार जल्द ही समाप्त हो गया था, वरना यह आशिक तो टकटकी लगाए ही मर जाता। चलो जो हुआ नहीं उसकी बात क्या करना? अभी तो सोनेरी रंग के वस्त्रों से सजी रुक्मिणी देखते ही बनती थी। वह दूर से ही चांद का टुकड़ा नजर आ रही थी। ऐसा लग रहा था ...जैसे पूर्णिमा का चांद धरती पर उतर आया हो। मैं तो उसे देखता ही रह गया। घायल आशिक बेहोश होने को ही था कि तुरंत मैंने स्वयं को सम्भाला। क्योंकि शिशुपाल या रुक्मी को मेरी आशिकी की जरा-सी भी भनक लग गई तो मेरे भविष्य की सारी योजनाएं खटाई में पड़ सकती थी। बस इस एक डर ने मुझे पूरी तरह सम्भाल लिया। वाकई कहीं मेरी आंखें मेरे दिल का हाल बयां ही न कर दे। रुक्मिणी को हमेशा के लिए खोने से तो अच्छा है अभी उसे निहारने का आनंद त्याग दिया जाए। और मतलब की बात समझने में कन्हैया को क्या देर लगनी थी? चुपचाप सामान्य होकर बैठ गया। हालांकि यह सामान्य होना भी पूरी तरह से ऊपरी था, भीतर तो भावनाओं के हजार तूफान उठ ही रहे थे। एक तरफ जहां अपने सपनों को बचा पाने की खुशी थी, तो वहीं दूसरी तरफ आसमान पर विराजमान मेरी सपनों की रानी के यहां मेहमान बनकर युवराजों के साथ बराबरी पर बैठा होने की वजह से मैं पागल हुआ जा रहा था। ...साथ ही रुक्मिणी-दर्शन की मदहोशी तो छायी ही हुई थी। यही क्यों, इस समय तो बदली परिस्थितियां भी मन को सामान्य होने नहीं दे रही थी। मन सपनों की नई-नई उड़ानें भरने लग गया था। आपको याद होगा कि पहली बार जब मैं रुक्मिणी पर मोहित हुआ था तब मेरे और उसके दरम्यान बहुत बड़ा फासला था। वह राजकुमारी थी और मैं एक अनपढ़, गरीब ग्वाला। लेकिन अब मैं ना सिर्फ शिक्षित हूँ, बल्कि संभ्रांत भी हूँ। और आज मेरे व्यक्तित्व का प्रभाव भी किसी कीमत पर राजाओं से कम नहीं। ...अब राजाओं के बीच उसी के पिताजी द्वारा भोज पर आमंत्रित हूँ, भला इससे बड़ा इस बात का सबूत और क्या लोगे?

कुल-मिलाकर अजब हालत थी मेरी। जिसके ख्याल-मात्र से मैं मचल उठता था आज वही मुझे परोसने आ पधारी थी। स्वाभाविक तौर पर मेरे भीतर रोमांच अपनी चरम सीमा पर था, लेकिन उस पर जुल्म यह हो रहा था कि मुझे बगैर अपनी संवेदनाएं व्यक्त किए चुप-चाप बैठना

पड़ रहा था। कहने और देखने को पूरा जहां आंख के सामने मौजूद था, परंतु बावजूद इसके, स्वयं आंख-मुंह पर पट्टी मारकर गुमसुम बैठे रहना था। सचमुच आज की "कन्हैया" की स्थिति कन्हैया ही जान सकता था। होगा, अभी तो उधर रुक्मिणी के पीछे पकवान का थाल लिए चार सेवक चले आ रहे थे। शेव्या, रुक्मिणी के हाथ में हाथ डाले उसी के साथ चली आ रही थी। रुक्मिणी थोड़ी कमजोर अवश्य नजर आ रही थी, परंतु इस कमजोरी का उसकी सुंदरता पर कोई असर नहीं जान पड़ रहा था। वह मुंह नीचे किए ही एक के बाद एक राजाओं और युवराजों को पकवान परोस रही थी। यह सब तो ठीक पर वहां शिशुपाल तो इतना क्रोधित था कि उसने रुक्मिणी के हाथों परोसा पकवान तक ठुकरा दिया था। ...बेचारा घायल आशिक निश्चित ही अपना क्रोध गलत जगह निकाल रहा था। हालांकि इन तमाम बातों से बेखबर रुक्मिणी सिर्फ शिष्टाचार निभाये चली जा रही थी। वह किसे और क्या परोस रही है उस तक पर उसका ध्यान नहीं था। वैसे वह इतना कर रही थी यही काफी था, इससे ज्यादा उसकी हालत भी कहां थी। इधर मेरी कहूं तो मैं शेव्या व रुक्मिणी की निकटता देख बड़ी राहत महसूस कर रहा था। सचमुच इस निकटता ने मेरे लिए रुक्मिणी को पाने का सबसे बड़ा द्वार खोल दिया था। ...वैसे अब आपसे क्या छिपाऊं, मैं सीधे न सही पर तिरछी निगाहों से तो अपना ध्यान रुक्मिणी पर बनाए ही हुए था। ...अचानक क्या हुआ कि सामने की कतार में परोसते-परोसते रुक्मिणी की नजर मुझपर पड़ी। मुझे देखते ही उसके चेहरे पर कई भाव आए व गए। निश्चित ही उसे मेरे यहां होने की रत्ती भर अपेक्षा नहीं रही होगी। ऊपर से राजाओं की बराबरी पर बैठे होने वाली बात तो उसे बिल्कुल समझ नहीं आई होगी। और मेरी क्या कहूं? मैं तो उसके देखते ही मोम की तरह पिघल गया था। खैर, मेरी बारी भी आ ही गई। उसने मुझे भी पकवान परोसे, लेकिन कोई विशेष तवज्जो दी हो, ऐसा नहीं लगा। मैंने इस बात का बुरा भी नहीं माना। तवज्जो न दी...न सही, अपने हाथों से पकवान तो परोसे। मैं तो इसी से होश खो बैठा। राजकीय शिष्टाचार भूलकर एक ग्वाले की तरह सारे पकवान उंगलियां चाट-चाट कर खा गया। सच कहता हूँ पकवानों की ऐसी मिठास पहले कभी अनुभव न की थी।

खैर! भोज समाप्त हुआ और भोज के साथ ही भीष्मक की चिंता भी। वैसे कार्य तो मेरा भी समाप्त हो चुका था। मैं तुरंत मथुरा वापस लौट जाना चाहता था। यूं भी कार्य की समाप्ति के बाद अकारण रुकना अक्सर मुसीबत खड़ी करने वाला सिद्ध होता है। और यहां तो विशेष रूप से सावधान रहना आवश्यक था। जरासंध की तिकड़ी तो ताक में ही बैठी होगी, और वह कभी भी कोई भी मुसीबत खड़ी करने में सक्षम भी थी ही। बस यह शुभ विचार आते ही मैं फटाफट विश्रामालय गया व तत्क्षण जाने की तैयारियों में जुट गया। तैयारी क्या करनी थी, कपड़े ही तो बदलने थे। बस काफिले को तैयार रहने की सूचना दे फिर राजमहल जा पहुंचा। जी हां, दो दिन राजाओं के बीच क्या रहा था, राजकीय शिष्टाचार भी अच्छे से सीख गया था। अतः जाने से पूर्व मैं महाराजा भीष्मक से मिलना व उनसे आज्ञा लेना नहीं भूला। यह सब तो ठीक पर आदत से मजबूर मैं, था तो मैं ही। सोचा, निकलते-निकलते क्यों न जरासंध के तेवर भी जान लिया जाए? अब महाराज ने उसे ठहराया तो अपने बगल वाले कक्ष में ही था। और फिर भविष्य की खातिर व सावधानी के लिहाज से भी उसके मिजाज का हाल-चाल जानना जरूरी ही था। यानी काम का काम हो जाएगा और लगे हाथों

शौक भी पूरा हो जाएगा। बस, मैं सारे शिष्टाचारों को ताक पे रखकर सीधे उसके कक्ष में जा धमका। मुझे अचानक अपने कक्ष में पाकर वह बुरी तरह हड़बड़ा गया। यूं भी मुझे लोगों को चौंकाने में बड़ा मजा आता था, और फिर यह तो जरासंध था। मेरी सारी अदाओं पर पहला अधिकार उसका ही बनता था। हां; कक्ष में प्रवेश करने के बाद मैंने शिष्टाचार अवश्य निभाया। उसे प्रणाम किया। उसके तो मेरे प्रणाम का उत्तर देने का प्रश्न ही नहीं उठता था। वह जो अपने बिस्तर पर बैठा था... वहीं बैठा रहा। उसने मुझे बैठने तक के लिए नहीं कहा। कमाल था, मुझे सामने पाते ही राजकीय शिष्टाचार भी भूल गया था। तो मुझे कौन-सा निमंत्रण चाहिए था। मैं बेशरमों की तरह सामने के आसन पर जाकर बैठ गया।

स्वाभाविक तौर पर बातचीत भी मुझे ही प्रारंभ करनी थी, वह तो मुझसे बतियाने से रहा। ऐसे में मैं क्यों देर करने लगा? मैंने तुरंत बातचीत प्रारंभ करते हुए बड़ी विनम्रतापूर्वक कहा- आपकी छत्रछाया में आया था, कल प्रातःकाल वापस मथुरा जाने की सोच रहा था। सोचा, जाते-जाते आपकी आज्ञा ले लूं और हो सकता है इस बहाने आपके आशीर्वाद भी पा लूं।

कमाल था! मैं इतनी विनम्रतापूर्वक आज्ञा व आशीर्वाद मांग रहा था, फिर भी वह कोई प्रतिसाद नहीं दे रहा था। तो इससे मुझ बेशरम को क्या फर्क पड़ने वाला था। मैंने फिर बात आगे बढ़ाते हुए कहा- वैसे तो पिछले कितने ही वर्षों से मैं लगातार आपकी कृपा का पात्र बनता आया हूँ। सही मायने में आप ही मेरे जीवन के सच्चे "मार्गदर्शक" बने हुए हैं। ...इतना कह कर एक क्षण को मैं फिर चुप हो गया। जरासंध सबकुछ चुपचाप सुन तो रहा था पर प्रतिक्रिया वह अब भी कोई व्यक्त नहीं कर रहा था। हां, भीतर-ही-भीतर वह उबल काफी रहा था। वैसे मैंने हरकत भी कोई उसे ठंडक पहुंचाने वाली तो की नहीं थी। हालांकि अपने स्वभाव के विपरीत अब तक मैंने कोई ऐसी बात भी नहीं की थी कि उसे बुरा लगे। ना ही कोई कटाक्ष ही मारा था। लेकिन सच कहूं पहली बार अपने मार्गदर्शक से एकान्त में आमने-सामने मुलाकात हो रही थी, और ऐसी रूखी-सूखी निपट जाए...अच्छा नहीं लग रहा था। ...जी हां, ठीक समझे। मेरा मन उसे छेड़ने को हुआ। यूं भी इस समय वह पिंजरे में बंद घायल शेर से ज्यादा कुछ नहीं था। राजकीय शिष्टाचार को ध्यान में रखते हुए वह चाहकर भी इस समय मुझे कोई नुकसान तो पहुंचा नहीं सकता था। सो, जब छेड़ने में जोखिम ही नहीं तो छेड़ क्यों न दिया जाए? खुले मैदान में तो उसका सामना करने की हिम्मत मुझमें नहीं; खुले मैदान में तो उसने मुझे दौड़ा-दौड़ा कर थका दिया था। तो फिर ऐसे में हाथ लगा यह मौका व्यर्थ क्यों गंवाऊं? अतः जाते-जाते मैंने उसे छेड़ ही दिया। मैंने कहा- उम्मीद है अब आपसे एकबार फिर मथुरा में भेंट होगी। लेकिन अबकी पूरी तैयारी से आइएगा, कहीं फिर मुंह की न खानी पड़ जाए।

यह सुनते ही वह बुरी तरह तिलमिलाया, लेकिन बोला अब भी कुछ नहीं। मुझे इतने से ही संतोष था। छेड़ भी दिया व जो समझना था समझ भी लिया था। साथ ही जो समझाना था समझा भी दिया ही था। और तारण स्पष्ट था, अभी मथुरा लौटते वक्त जरासंध की मुझपर हमला करने की कोई योजना नहीं, यानी यात्रा सुरक्षित थी। बस जरासंध से एकतरफा इजाजत लेकर मैं वहां से निकल पड़ा। ...फिर भी आप सभी जानते हैं कि सावधानी बरताना मेरा स्वभाव था। भले ही जरासंध

का रास्ते में पलटवार करने का कोई इरादा नहीं, फिर भी यह बात यकीन से थोड़े ही कही जा सकती थी? अब आपसे क्या छिपाऊं, जरासंध से प्रातःकाल निकलने की बात भी उसे भुलावे में डालने के लिए ही कही थी। मेरा तो अभी दोपहर में ही कुंडिनपुर छोड़ना तय था। ताकि जरासंध का कोई खतरनाक इरादा हो तो भी वह कल निकलने के भुलावे में ही रहे, और मैं आज ही भाग जाऊं। माना वह कुंडिनपुर में हमला नहीं कर सकता पर कुंडिनपुर की सीमा व मथुरा के बीच रास्ते में तो मुझे पकड़ ही सकता है। मेरा जीवन भी अजीब था, जिंदा रहने के लिए भी न जाने कितने चक्कर चलाने पड़ते थे। कभी-कभी तो सोचता था कि कहीं यह जरासंध दौड़ा-दौड़ा कर ही मेरी जान तो नहीं ले लेगा। चलो जब इतनी बात चली है तो आपको मेरी चतुराई की कुछ और बातें भी बताऊं। जरासंध से मुलाकात करने के पीछे का एक दूरागामी कारण और भी था। दरअसल जरासंध को छेड़ कर मैं उसके क्रोध व नफरत की गहराई समझना चाहता था। यह तो दिखाई दे ही रहा था कि एक के बाद एक मिली असफलता ने उसके अहंकार को गहरी चोट पहुंचाई है। साथ ही यह भी तय था कि वह आज नहीं तो कल मथुरा पर एक भयानक व अंतिम आक्रमण अवश्य करेगा। तय यह भी था कि उसका यह आक्रमण इतना भयानक होगा कि उसमें वह मेरे समेत पूरी मथुरा को खाक में मिला देगा। ...अब यह सब तो तयशुदा चीजें थी। ये सारी पहेलियां तो सुलझी ही हुई थी। लेकिन कब...? बस मैं यह गुत्थी सुलझाना चाहता था, और जो सुलझ भी चुकी थी। उससे मुलाकात कर यह निश्चित कर चुका था कि हाल-फिलहाल उसकी ऐसे किसी आक्रमण की कोई योजना नहीं। निश्चित ही मेरे लिए यह जान लेना इस यात्रा की एक और बड़ी उपलब्धि थी। कुछ समय के लिए ही सही, जीवन सुरक्षित था, ...यह जान कन्हैया बहुत खुश हुआ। वैसे मेरी चतुराई की और हद कहूं तो शायद आपने ध्यान नहीं दिया होगा कि मैंने उससे अंतिम वाक्य बड़ा ही परिणामकारी कहा था। मैंने उठते-उठते उससे कहा था न कि "अबकी पूरी तैयारी से आइएगा, कहीं फिर मुंह की न खानी पड़ जाए"। नहीं समझे, ताकि वह जल्दबाजी में हमला न करे। कुछ सोचे, तगड़ी तैयारी करे फलस्वरूप मुझे लंबा समय मिल जाए। वरना वहां मथुरा में हमारे पास था क्या? उसकी छोटी-मोटी सेना ही हमें निपटाने को काफी थी। होगा, अभी तो इसके साथ ही मैं एक और विजय प्राप्त कर अपने शानदार काफिले के साथ मथुरा की ओर चल पड़ा था। फर्क सिर्फ इतना था कि यह मेरी व्यक्तिगत विजय थी। नितांत व्यक्तिगत...

अगला भाग...

मैं कृष्ण हूँ

शास्त्रों से रिसर्च पर आधारित

- एक प्रेमी
- एक कलाकार
- एक गुरु
- एक राजनेता
- एक व्यवसायी
- एक सायकोलॉजिस्ट
- एक दूरदर्शी

उपरोक्त सभी छह किताबें हिंदी, अंग्रेजी और गुजराती में अलग-अलग व कंप्लीट सेट में सभी प्रमुख बुक स्टोर्स और ई-कॉमर्स साइट्स पर उपलब्ध हैं।

दीप त्रिवेदी द्वारा लिखित अन्य बेस्टसेलर्स

मैं मन हूँ

मन की शक्तियों को अपनाओ और उसका अपने फायदे के लिए इस्तेमाल करो। दुनियाभर की बारह भाषाओं में अनुवाद हो चुकी इस बेस्टसेलर किताब की राष्ट्रीय और अंतर्राष्ट्रीय स्तर पर पांच लाख से अधिक कॉपियां बिक चुकी हैं।

3 आसान स्टेप्स में जीवन को जीतो

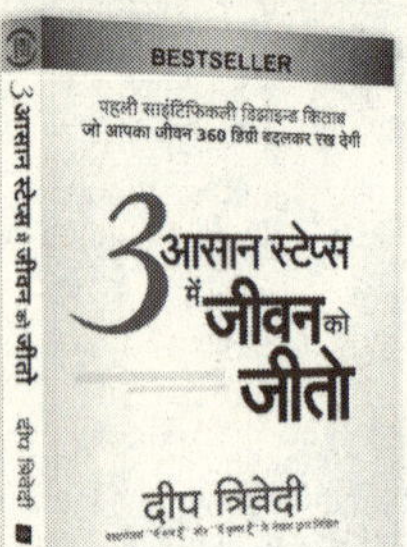

पहली साइंटिफिकली डिझाइन की गई किताब 50+ आसान डे-टू-डे प्रैक्टिकल एप्लीकेशन्स के साथ जो आपका जीवन 360 डिग्री बदलकर रख देगी।

101 सदाबहार कहानियां

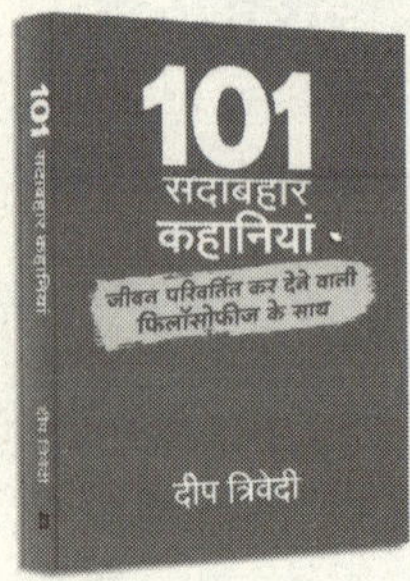

कहानियां, महान लोगों की गहरी शिक्षाओं को समझने का सबसे श्रेष्ठ माध्यम है। सरल भाषा में लिखी हुई इस किताब की कहानियां आपको महान लोगों, कलाकारों और दार्शनिकों के रोमांचक दुनिया की सैर पर ले जाएगी।

आप और आपका आत्मा

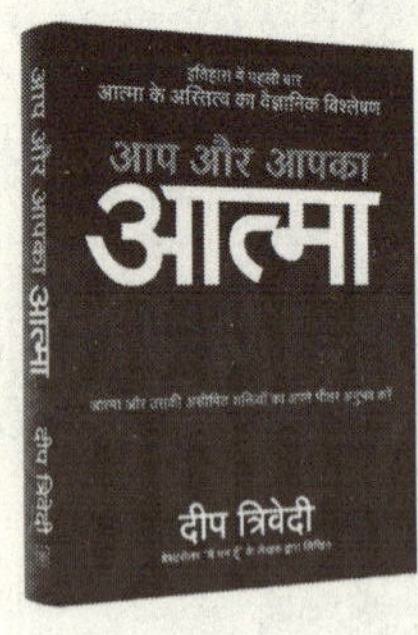

"आप और आपका आत्मा" में पहली बार मनुष्य की सर्वोच्च सत्ता - आत्मा और उसकी शक्तियों को साइंटिफिक तरीके से समझाया गया है। इस किताब के जरिए आप आत्मा और उसकी शक्तियों का अपने भीतर अनुभव कर अपना जीवन आसानी से कई गुना बेहतर बना लेंगे।

कृष्ण के 200+ चौंकाने वाले सत्य

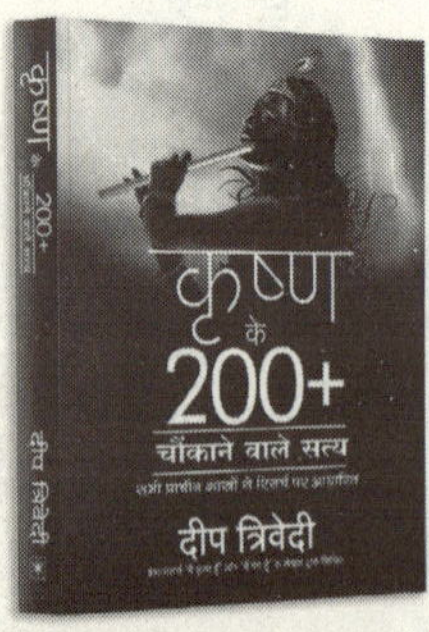

कृष्ण के चाहने वालों को कृष्ण के जीवन के बाबत फैलायी गई हवाई बातों से छुटकारा दिलवाने हेतु, इस किताब में 30 पौराणिक शास्त्रों से गहरी रिसर्च करने के बाद "कृष्ण के जीवन के 200+ चौंकाने वाले सत्य" रोचक सवाल और जवाब के माध्यम से प्रस्तुत किये गए हैं।

सबकुछ सायकोलॉजी है

सायकोलॉजी के फंडामेन्टल्स को अति सरल भाषा में समझाने वाली पहली किताब जो हर क्षेत्र में कार्यरत सभी उम्र के लोगों के लिए सहायक सिद्ध होगी।

उपरोक्त सभी किताबें अंग्रेजी, हिंदी, मराठी और गुजराती में www.aatmanestore.com के साथ-साथ सभी प्रमुख बुक स्टोर्स, ई-कॉमर्स साइट्स और दीप त्रिवेदी ऐप में ई-बुक और ऑडियोबुक फॉर्मेट में उपलब्ध है।